XVIII<sup>e</sup>

1700 — 1750 — 1800

| …utriche | Louis XIV (1661-1715) | Régence de Philippe d'Orléans (1715-1723) | Louis XV (1723-1774) | Louis XVI (1774-1792) | Ire République, Directoire et Consulat (1792-1804) |
|---|---|---|---|---|---|

**1664** Condamnation de Foucquet

**1682** Installation de Louis XIV à Versailles

**1668** Paix d'Aix-la-Chapelle

**1678** Paix de Nimègue

**1659** Traité des Pyrénées fin de la guerre France/Espagne

**1686-1794** Guerre de la ligue d'Augsbourg

**1681** Dragonnades contre les révoltes des protestants

**1716** Système financier de Law

**1720** Effondrement du système de Law

**1717** Triple Alliance

**1719** Guerre entre la France et l'Espagne

**1701-1714** Guerre de Succession d'Espagne

**1702-1705** Révolte des Camisards

**1724** Édit contre les protestants

**1713** Excommunication des Jansénistes

**1741-1748** Guerre coloniale avec l'Angleterre

**1748** Traité d'Aix-la-Chapelle

**1762** Affaire Calas

**1766** Affaire du chevalier de La Barre

**1756-1763** Guerre de Sept Ans

**1764** Expulsion des Jésuites

**1776** Indépendance des États-Unis

**1789** **RÉVOLUTION**

**1787** Édit de tolérance envers les protestants

**1793** Exécution de Louis XVI

**1795** Directoire

**1799** Coup d'État du 18-Brumaire

**1685** Révocation de l'édit de Nantes

**1755** Tremblement de terre de Lisbonne

**1766-1769** Voyage de Bougainville

**1768-1779** Voyages de Cook

**1666** Création de l'Académie des sciences de Paris

**1681** Halley étudie la comète qui portera son nom

**1687** Newton, *Principes mathématiques de philosophie naturelle*

**1736** Confirmation des principes de Newton par le calcul du méridien terrestre

**1765** Invention de la machine à vapeur

**1774** Grand téléscope de Herschel

**1783** Lavoisier Analyse de l'eau

**1800** Volta Pile électrique

**1661** Début de la construction du château de Versailles

**1662** Philippe de Champaigne *Ex-voto*

**1662** Vermeer *La Jeune Fille à la perle*

**1710** Destruction de l'abbaye de Port-Royal des-Champs

**1717** Watteau *L'Embarquement pour Cythère*

**1721** Bach *Six Concertos brandebourgeois*

**1742** Haendel *Le Messie*

**1748** Fouilles de Pompéi

**1766** Fragonard *Les Hasards heureux de l'escarpolette*

**1787** Mozart *Don Giovanni*

**1793** David *Marat expirant*

Classicisme — Philosophie des Lumiè…

**P. Bayle** 1647-1706
**B. de Fontenelle** 1657-1757
**J. Swift** 1667-1745
**C. Dumarsais** 1676-1756
**P. de Marivaux** 1688-1763
**Montesquieu** 1689-1755
**Voltaire** 1694-1778
**Abbé Prévost** 1697-1763
**L. de Jaucourt** 1704-1780
**C. Goldoni** 1707-1793
**J.-J. Rousseau** 1712-1778
**D. Diderot** 1713-1784
**J. Cazotte** 1719-1792
**É.-N. Damilaville** 1723-1768
**P. de Beaumarchais** 1732-1799
**N.-E. Restif de la Bretonne** 1734-1806
**J. Delille** 1738-1813
**L.-S. Mercier** 1740-1814
**C. de Laclos** 1741-1803
**Condorcet** 1743-1794
**J. W. von Goethe** 1749-1832
**F. von Schiller** 1759-1805
**A. Chénier** 1762-1794
**F.-R. de Chateaubriand** 1768-1848
**M. G. Lewis** 1775-1818

…81
…4
**…ry** 1607-1701
… 1610-1690
**…Évremond** 1613-1703
…613-1680
**…ontaine** 1621-1695
…-1673
**C. Perrault** 1628-1703
**…La Fayette** 1634-1693
**N. Boileau** 1636-1711
**J. Racine** 1639-1699
**J. de La Bruyère** 1645-1696
**F. Fénelon** 1651-1715

OUVRAGE RÉALISÉ SOUS LA DIRECTION D'HÉLÈNE SABBAH

# *Littérature 1re*

## DES TEXTES AUX SÉQUENCES

**Édition 2007**
(conforme au programme
appliqué à la rentrée 2007)

**Hélène SABBAH**
Agrégée de Lettres classiques

Jacqueline DAGÈS
Agrégée de Lettres modernes
Professeur formateur à l'IUFM de Versailles

Bénédicte SHAWKY-MILCENT
Agrégée de Lettres modernes

Catherine WEIL
Agrégée de Lettres classiques
Professeur associé à l'IUFM de Versailles

HATIER

Conception maquette : **Mateo Baronnet, Frédéric Jély**
Réalisation : **Hatier, Alinéa**
Iconographie : **Édith Garraud**, Hatier Illustration
Relecture, corrections : **Greta Rodriguez, Sylvaine Olive**
Chronologies en pages de garde : **Vincent Landrin**


ISBN : 978-2-218-92464-4

# Présentation

Cette nouvelle édition du manuel *Littérature 1re, des textes aux séquences*, a été conçue pour répondre aux modifications du programme de la classe de première, définies en 2006 et applicables à partir de 2007. Ces modifications portent sur les objets d'étude, dont certains, comme la **lettre**, ont été supprimés et d'autres, comme le **roman**, ajoutés. Elles ont entraîné une réorganisation d'ensemble du manuel, qui présente les caractéristiques suivantes.

## Un plan d'ensemble adapté au programme

Le manuel est construit sur les quatre grandes perspectives d'étude prévues par le programme de 2006 :
– **Genres et registres**, perspective générique qui rassemble le roman, le théâtre, la poésie et l'autobiographie ;
– **Argumentation,** perspective pragmatique abordée à travers les démarches qui consistent à convaincre, persuader et délibérer ;
– **Histoire littéraire et culturelle**, perspective historique qui regroupe des courants français et européens du XVIe siècle au XVIIIe siècle ;
– **Intertextualité et singularité des textes**, perspective génétique qui porte sur la notion de réécriture.

À l'intérieur de cette structure, perceptible dans le manuel par un choix de couleurs, se répartissent les **sept objets d'étude** de la classe de première : 1) le **roman** et ses personnages : visions de l'homme et du monde ; 2) la **poésie** ; 3) le **théâtre** en tant qu'art de la parole et de la représentation ; 4) l'argumentation : **convaincre, persuader et délibérer**, abordés à travers l'essai, la fable, le conte philosophique et la délibération ; 5) un **mouvement littéraire et culturel** du XVIe siècle au XVIIIe siècle ; 6) l'**autobiographie** ; 7) les **réécritures**.

## Un regroupement en séquences

Les différents **objets d'étude** sont traités à travers des **séquences** : chacune est constituée par un ensemble de textes et d'images représentatifs des différentes problématiques des objets d'étude. Ces problématiques sont ensuite reprises et synthétisées dans les pages « **Repères** » qui terminent les séquences et qui y renvoient. Cette organisation facilite la mise en place d'une **démarche inductive**. Chaque objet d'étude reposant sur plusieurs séquences, il est possible de construire différents parcours en utilisant le manuel de manière transversale.

## Les approches pédagogiques et la préparation à l'E. A. F.

Chaque texte est accompagné de **questions** qui permettent de l'étudier sur un plan littéraire en comprenant ses relations avec un ou plusieurs objets d'étude. Cette **lecture analytique** est suivie d'une « **question d'oral** » qui doit permettre aux élèves de se familiariser avec ce qu'on leur demande à l'oral de l'examen. La préparation à l'écrit est assurée par des **travaux sur des corpus**, des axes de **commentaire**, des sujets de **dissertation** et d'**écriture d'invention** : tous ces exercices portent sur des textes appartenant aux séquences. Enfin, **20 sujets complets** sont proposés : ils sont construits à partir de textes, de documents et d'images figurant eux aussi dans les séquences.

Nous souhaitons que ce manuel, conforme aux nouvelles instructions et à l'esprit des nouveaux documents d'accompagnement, enrichi de nombreux textes et documents iconographiques nouveaux, offre aux professeurs de lettres une aide efficace dans leur enseignement de la littérature, et qu'il permette aux élèves d'acquérir, grâce aux différents apprentissages proposés, une méthode de lecture et de compréhension des œuvres littéraires.

Hélène SABBAH

# Sommaire

## 1 Genres et registres

### Séquence 1 Évolution du personnage de roman



### Séquence 2 Roman et société, XVII^e^ et XVIII^e^ siècles



### Séquence 3 Roman et société, XIX^e^ et XX^e^ siècles

## Séquence 4 La poésie : les formes fixes



## Séquence 5 Poèmes en prose et formes libres

## Séquence 9 Le théâtre : texte et représentation, XX^e siècle



## Séquence 10 L'écriture autobiographique : nature et enjeux



## Séquence 11 L'écriture autobiographique : difficultés et finalités

# 2 L'argumentation

## Séquence 12 L'essai



## Séquence 13 La fable

## Séquence 14 Le conte philosophique



## Séquence 15 La délibération



# 3 Histoire littéraire

## Séquence 16 L'humanisme et ses ambitions



## Séquence 17 L'humanisme et ses incertitudes

## Séquence 18 Baroque et préciosité

### Le baroque



### La préciosité



## Séquence 19 Le classicisme : raison, codes et bienséance

## 4 Intertextualité et singularité des textes

### Séquence 23 Les réécritures : d'un texte à l'autre

# 1

# Genres et registres

Séquence 1

# Évolution du personnage de roman

## 1 Madame de La Fayette, *La Princesse de Clèves* (1678)

*L'action du roman se situe à la Cour du roi Henri II. Mariée au prince de Clèves, qu'elle estime mais n'aime pas, Madame de Clèves est sensible au charme du duc de Nemours. L'aveu qu'elle fait à son mari de cette attirance provoque la mort de ce dernier. Veuve et libre, elle refuse cependant d'épouser le duc.*

– Hé ! croyez-vous le[1] pouvoir, madame ? s'écria M. de Nemours. Pensez-vous que vos résolutions tiennent contre un homme qui vous adore et qui est assez heureux pour vous plaire ? Il est plus difficile que vous ne pensez, madame, de résister à ce[2] qui nous plaît et à ce qui nous aime. Vous l'avez fait par une vertu austère, qui n'a presque point d'exemple ; mais cette vertu ne s'oppose plus à vos sentiments, et j'espère que vous les suivrez malgré vous.

– Je sais bien qu'il n'y a rien de plus difficile que ce que j'entreprends, répliqua Mme de Clèves ; je me défie de mes forces, au milieu de mes raisons ; ce que je crois devoir à la mémoire de M. de Clèves serait faible, s'il[3] n'était soutenu par l'intérêt de mon repos[4] ; et les raisons de mon repos ont besoin d'être soutenues de celles de mon devoir. Mais, quoique je me défie de moi-même, je crois que je ne vaincrai jamais mes scrupules, et je n'espère pas aussi[5] de surmonter l'inclination que j'ai pour vous. Elle me rendra malheureuse, et je me priverai de votre vue, quelque violence qu'il m'en coûte. Je vous conjure, par tout le pouvoir que j'ai sur vous, de ne chercher aucune occasion de me voir. Je suis dans un état qui me fait des crimes[6] de tout ce qui pourrait être permis dans un autre temps, et la seule bienséance interdit tout commerce[7] entre nous.

M. de Nemours se jeta à ses pieds et s'abandonna à tous les mouvements dont il était agité. Il lui fit voir, et par ses paroles et par ses pleurs, la plus vive et la plus tendre passion dont un cœur ait jamais été touché. Celui de Mme de Clèves n'était pas insensible ; et, regardant ce prince avec des yeux un peu grossis par les larmes :

– Pourquoi faut-il, s'écria-t-elle, que je vous puisse accuser de la mort de M. de Clèves[8] ? Que n'ai-je commencé à vous connaître depuis que je suis libre,

1. Madame de Clèves vient d'affirmer à son interlocuteur sa résolution de ne pas céder à la passion qu'elle éprouve pour lui, par fidélité à son mari.

2. À la personne qui…

3. Si cela…

4. Ma tranquillité.

5. Non plus.

6. Qui considère comme des actions criminelles.

7. Toute relation.

8. Monsieur de Clèves est mort de désespoir.

**Guido Reni** (1575-1642), *Énée prenant congé de Didon* (vers 1630), détail : Didon et sa servante, huile sur toile, 119,5 x 150,5 cm (Gemaeldegalerie Alte Meister, Kassel).

ou pourquoi ne vous ai-je pas connu avant que d'être engagée? Pourquoi la destinée nous sépare-t-elle par un obstacle si invincible?

– Il n'y a point d'obstacle, madame, reprit M. de Nemours, vous seule vous opposez[9] à mon bonheur. Vous seule vous imposez[9] une loi que la vertu et la raison ne vous sauraient imposer.

– Il est vrai, répliqua-t-elle, que je sacrifie beaucoup à un devoir qui ne subsiste que dans mon imagination. Attendez ce que le temps pourra faire. M. de Clèves ne fait encore que d'expirer, et cet objet funeste est trop proche pour me laisser des vues claires et distinctes. Ayez cependant le plaisir de vous être fait aimer d'une personne qui n'aurait rien aimé, si elle ne vous avait jamais vu; croyez que les sentiments que j'ai pour vous seront éternels, et qu'ils subsisteront également, quoi que je fasse. Adieu, lui dit-elle; voici une conversation qui me fait honte. Rendez-en compte à M. le vidame[10]; j'y consens, et je vous en prie. »

Elle sortit en disant ces paroles, sans que M. de Nemours pût la retenir.

Tome quatrième (extrait).

9. Vous vous opposez, vous vous imposez.

10. Un proche de la princesse, qui a organisé la rencontre.

Contexte XVIIe s. ▶ p. 494
Notice biographique ▶ p. 514
SUJET DE BAC 1 ▶ p. 31

RECHERCHE

### Les mots et leur usage

**1.** Donnez le sens et l'étymologie du terme *bienséance* (l. 17) : en quoi est-il important dans la vie sociale du XVIIe siècle? À quel genre littéraire renvoie-t-il particulièrement?

## Lecture analytique

**2.** À partir du lexique et de la récurrence de certains termes, définissez le thème général du dialogue et ses différentes orientations.

**3.** Quelle est et comment s'exprime la position de chaque personnage? Répondez en prenant appui sur la ponctuation, les verbes, les types de phrases. Identifiez les différentes formes de discours présentes dans le texte : que révèlent-elles?

**4.** Repérez et reformulez les arguments de chaque interlocuteur en précisant à quels domaines ils appartiennent. Quels éléments opposés se trouvent confrontés?

**5.** À quel genre littéraire les deux personnages pourraient-ils appartenir? Répondez en vous appuyant sur le dialogue, le lexique, les formes de discours ainsi que sur le registre du texte et sur les valeurs mises en jeu.

## Question d'oral

**6.** Étudiez le texte en faisant ressortir ce qui oppose les deux personnages. Déduisez de cette étude ce qui caractérise l'un et l'autre.

## Lecture de l'image

**7.** L'héroïne représenté sur l'image est Didon au moment de sa séparation avec Énée. Vous direz qui sont ces deux personnages puis vous chercherez toutes les analogies qui rapprochent la scène du tableau de celle du roman de Madame de Lafayette.

REPÈRES Le personnage de roman ▶ p. 35
Le classicisme ▶ p. 394
La notion de registre ▶ p. 222

# 2 Abbé Prévost, *Histoire du chevalier Des Grieux et de Manon Lescaut* (1731)

*Amoureux de Manon Lescaut, désespéré de son infidélité, et séparé d'elle sur ordre de son père, le jeune chevalier Des Grieux s'est orienté, sous l'influence de son ami Tiberge, vers l'état ecclésiastique. Mais Manon le retrouve et vient lui rendre visite au séminaire.*

Elle me répondit[1] des choses si touchantes sur son repentir, et elle s'engagea à la fidélité par tant de protestations et de serments, qu'elle m'attendrit à un degré inexprimable. Chère Manon ! lui dis-je, avec un mélange profane d'expressions amoureuses et théologiques, tu es trop adorable pour une créature[2]. Je me sens le cœur emporté par une délectation[3] victorieuse. Tout ce qu'on dit de la liberté, à Saint-Sulpice[4], est une chimère. Je vais perdre ma fortune et ma réputation pour toi, je le prévois bien ; je lis ma destinée dans tes beaux yeux ; mais de quelles pertes ne serai-je pas consolé par ton amour ! Les faveurs de la fortune ne me touchent point ; la gloire me paraît une fumée ; tous mes projets de vie ecclésiastique étaient de folles imaginations ; enfin tous les biens différents de ceux que j'espère avec toi sont des biens méprisables, puisqu'ils ne sauraient tenir un moment, dans mon cœur, contre un seul de tes regards.

En lui promettant néanmoins un oubli général de ses fautes, je voulus être informé de quelle manière elle s'était laissé séduire par B... Elle m'apprit que, l'ayant vue à sa fenêtre, il était devenu passionné pour elle ; qu'il avait fait sa déclaration en fermier général[5], c'est-à-dire en lui marquant dans une lettre que le paiement serait proportionné aux faveurs ; qu'elle avait capitulé d'abord, mais sans autre dessein que de tirer de lui quelque somme considérable, qui pût servir à nous faire vivre commodément ; qu'il l'avait éblouie par de si magnifiques promesses, qu'elle s'était laissé ébranler par degrés ; que je devais juger pourtant de ses remords par la douleur dont elle m'avait laissé voir des témoignages, la veille de notre séparation ; que malgré l'opulence dans laquelle il l'avait entretenue, elle n'avait jamais goûté le bonheur avec lui, non seulement parce qu'elle n'y trouvait point, me dit-elle, la délicatesse de mes sentiments et l'agrément de mes manières ; mais parce qu'au milieu même des plaisirs qu'il lui procurait sans cesse, elle portait au fond du cœur le souvenir de mon amour et le remords de son infidélité. Elle me parla de Tiberge et de la confusion extrême que sa visite lui avait causée[6]. Un coup d'épée dans le cœur, ajouta-t-elle, m'aurait moins ému le sang. Je lui tournai le dos, sans pouvoir soutenir un moment sa présence. Elle continua de me raconter par quels moyens elle avait été instruite de mon séjour à Paris, du changement de ma

1. Le jeune homme vient de reprocher à Manon de l'avoir trahi.
2. Être humain.
3. Dans le vocabulaire théologique, *délectation* a le sens négatif d'abandon aux plaisirs.
4. Séminaire parisien où Des Grieux étudie la théologie.
5. Financier dont la fonction est de fixer et de collecter l'impôt.
6. Allusion à un épisode au cours duquel Tiberge a rencontré Manon.

**Louis Marin Bonnet** (1736-1793), *L'Amant écoute* (1755), détail, encre, pastel et gravure, 26,2 x 21,5 cm (Fitzwilliam Museum, Cambridge).

7. Des Grieux a fait un exposé théologique et oral en public à la Sorbonne et Manon y assistait.

8. Débat, discussion.

9. Trouble.

10. Penser à nous organiser.

Contexte XVIIIe s. ▸ p. 498
Notice biographique ▸ p. 516
SUJET DE BAC 1 ▸ p. 31

condition, et de mes exercices de Sorbonne[7]. Elle m'assura qu'elle avait été si agitée pendant la dispute[8], qu'elle avait eu beaucoup de peine, non seulement à retenir ses larmes, mais ses gémissements mêmes et ses cris, qui avaient été plus d'une fois sur le point d'éclater. Enfin, elle me dit qu'elle était sortie de ce lieu la dernière, pour cacher son désordre[9], et que ne suivant que le mouvement de son cœur et l'impétuosité de ses désirs, elle était venue droit au séminaire, avec la résolution d'y mourir, si elle ne me trouvait pas disposé à lui pardonner.

Où trouver un barbare qu'un repentir si vif et si tendre n'eût pas touché ? Pour moi, je sentis dans ce moment que j'aurais sacrifié pour Manon tous les évêchés du monde chrétien. Je lui demandai quel nouvel ordre elle jugeait à propos de mettre dans nos affaires. Elle me dit qu'il fallait sur-le-champ sortir du séminaire, et remettre à nous arranger[10] dans un lieu plus sûr. Je consentis à toutes ses volontés sans réplique.

Première partie (extrait).

RECHERCHE

### Histoire littéraire

**1.** Cherchez quelles relations l'*Histoire du chevalier Des Grieux et de Manon Lescaut* entretient avec les *Mémoires et aventures d'un homme de qualité*, ouvrage également de l'abbé Prévost.

**2.** L'histoire de Manon a inspiré plusieurs compositeurs d'opéra et plusieurs cinéastes : retrouvez des exemples de ces réécritures, qui sont aussi des adaptations à d'autres époques. Que révèlent ces transpositions ?

## Lecture analytique

**3.** En prenant appui sur l'emploi des pronoms personnels, dites ce qu'ont de particulier les trois paragraphes qui composent le texte. À partir du lexique, indiquez le thème de chacun d'eux.

**4.** Dans le premier paragraphe, étudiez l'expression de relations de conséquences : quelles sont les causes ? Quels sont les effets ? Comment s'exprime le mélange *d'expressions amoureuses et théologiques* (l. 3-4) dont parle le narrateur ? Que révèle ce mélange ?

**5.** Donnez les caractéristiques stylistiques du récit que fait le narrateur des explications de Manon (paroles rapportées, registre, formes de discours), les points sur lesquels elle insiste et les effets attendus sur l'interlocuteur. À partir de ces réponses, définissez l'utilité de ce second paragraphe.

**6.** Que traduisent le lexique et les pronoms personnels dans le dernier paragraphe en ce qui concerne les relations des deux personnages ?

**7.** Quel est l'intérêt, pour l'auteur et pour le lecteur, d'un récit fait à la première personne par le personnage/héros ? Sur quoi l'un (l'auteur) et l'autre (le narrateur) mettent-ils l'accent ?

## Question d'oral

**8.** Étudiez le texte en faisant ressortir les liens qui existent entre les trois paragraphes et en analysant leur intérêt respectif sur le plan des relations qui unissent les personnages.

## Étude comparée

**9.** Mettez en parallèle les deux extraits des romans de Madame de La Fayette (▸ p. 16) et de l'abbé Prévost (▸ p. 18) pour analyser les caractères et les comportements des personnages. Étudiez les attitudes des uns et des autres à l'égard de certaines valeurs.

## Commentaire

**10.** Commentez le paragraphe central du texte de l'abbé Prévost (l. 13 à 45) en vous aidant des axes suivants :
– les caractéristiques d'un récit indirect ;
– l'art de se disculper ;
– l'utilité du passage pour l'auteur, le narrateur, le lecteur.

REPÈRES
Le personnage de roman ▸ p. 35
L'esprit des Lumières ▸ p. 394
La notion de registre ▸ p. 222

# 3 Pierre de Marivaux, *Le Paysan parvenu* (1734-1735)

*Auteur de théâtre (**▸ p. 150**), Marivaux est aussi romancier.* Le Paysan parvenu *est le titre d'une autobiographie de fiction qui raconte la réussite sociale et personnelle d'un héros issu du peuple. En voici l'incipit.*

Le titre que je donne à mes Mémoires annonce ma naissance ; je ne l'ai jamais dissimulée à qui me l'a demandée, et il semble qu'en tout temps Dieu ait récompensé ma franchise là-dessus ; car je n'ai pas remarqué qu'en aucune occasion on en ait eu moins d'égard et moins d'estime pour moi.

J'ai pourtant vu nombre de sots qui n'avaient et ne connaissaient point d'autre mérite dans le monde, que celui d'être nés nobles, ou dans un rang distingué. Je les entendais mépriser beaucoup de gens qui valaient mieux qu'eux, et cela seulement parce qu'ils n'étaient pas gentilshommes ; mais c'est que ces gens qu'ils méprisaient, respectables d'ailleurs par mille bonnes qualités, avaient la faiblesse de rougir eux-mêmes de leur naissance, de la cacher, et de tâcher de s'en donner une qui embrouillât la véritable, et qui les mît à couvert du dédain du monde.

Or, cet artifice-là ne réussit presque jamais ; on a beau déguiser la vérité là-dessus, elle se venge tôt ou tard des mensonges dont on a voulu la couvrir ; et l'on est toujours trahi par une infinité d'événements qu'on ne saurait ni parer, ni prévoir ; jamais je ne vis, en pareille matière, de vanité qui fît une bonne fin[1].

C'est une erreur, au reste, que de penser qu'une obscure[2] naissance vous avilisse, quand c'est vous-même qui l'avouez, et que c'est de vous qu'on la sait. La malignité[3] des hommes vous laisse là ; vous la frustrez de ses droits ; elle ne voudrait que vous humilier, et vous faites sa charge[4] ; vous vous humiliez vous-même, elle ne sait plus que dire.

Les hommes ont des mœurs, malgré qu'ils en aient[5] ; ils trouvent qu'il est beau d'affronter leurs mépris injustes ; cela les rend à la raison. Ils sentent dans ce courage-là une noblesse qui les fait taire ; c'est une fierté sensée qui confond un orgueil impertinent.

Mais c'est assez parler là-dessus. Ceux que ma réflexion regarde se trouveront bien de m'en croire.

La coutume, en faisant un livre, c'est de commencer par un petit préambule, et en voilà un. Revenons à moi.

Le récit de mes aventures ne sera pas inutile à ceux qui aiment à s'instruire. Voilà en partie ce qui fait que je les donne ; je cherche aussi à m'amuser moi-même.

Je vis dans une campagne où je me suis retiré, et où mon loisir m'inspire un esprit de réflexion que je vais exercer sur les événements de ma vie. Je les écrirai du mieux que je pourrai ; chacun a sa façon de s'exprimer, qui vient de sa façon de sentir.

Parmi les faits que j'ai à raconter, je crois qu'il y en aura de curieux : qu'on me passe mon style en leur faveur ; j'ose assurer qu'ils sont vrais. Ce n'est point ici une histoire forgée à plaisir, et je crois qu'on le verra bien.

1. Qui réussît.
2. Une naissance non noble.
3. La méchanceté.
4. Vous la mettez en difficulté.
5. Bien que cela les contrarie.

Pour mon nom, je ne le dis point : on peut s'en passer ; si je le disais, cela me gênerait dans mes récits.

Quelques personnes pourront me reconnaître, mais je les sais discrètes, elles n'en abuseront point. Commençons.

Incipit.

Contexte **XVIIIe s.** ▸ p. 498
Notice biographique ▸ p. 515
Du même auteur ▸ p. 150

◂ École française (XVIIIe siècle), *Le Déjeuner de jambon*, huile sur toile, 252 x 203 cm (Musée des Beaux-Arts, Orléans).

## RECHERCHE

### Les mots et leur usage

**1.** Cherchez quel est le champ sémantique du mot *naissance* et précisez quel est le sens utilisé dans le texte (l. 1). Expliquez ensuite l'importance de ce terme au XVIIIe siècle en vous fondant sur ce que vous savez de la philosophie des Lumières (▸ p. 434).

## Lecture analytique

**2.** Le roman commence par ce que le narrateur appelle un *petit préambule* (l. 27). Donnez-en les limites et le thème, puis observez la composition de la fin du texte et dites de quoi il y est question.

**3.** En prenant appui sur le lexique, sur les temps verbaux et sur les articulations logiques, déterminez la fonction de ce *préambule* par rapport à la prise de position contenue dans les deux premières lignes du texte (et du roman).

**4.** À partir des champs lexicaux dominants, dites en quoi on peut parler de réflexion à la fois sociale et morale à propos du *préambule* : quels enseignements le lecteur peut-il tirer des propos du narrateur ?

**5.** Le narrateur utilise le mot *Mémoires* (l. 1) pour désigner ce qu'il s'apprête à écrire : retrouvez dans le texte tout ce qui peut correspondre à ce terme.

**6.** Récapitulez les informations dont dispose le lecteur à la fin de cet incipit. Que peut-il attendre de la suite ? Quelle semble être la vocation du récit qui commence ici ?

## Question d'oral

**7.** Étudiez le texte en faisant apparaître les différentes fonctions de cet incipit et les caractéristiques annoncées de ces Mémoires.

## Lecture de l'image

**8.** Observez le tableau pour donner son thème, ses composantes, ses grandes lignes, les couleurs et les effets de lumière. Qu'est-ce qui vous semble particulièrement mis en valeur par ces éléments ?

**9.** Déterminez à quel milieu appartiennent les personnages représentés en justifiant votre réponse par des indices précis.

**10.** Qu'apporte un tel tableau au spectateur du XXIe siècle ? Comment peut se justifier son choix pour illustrer le texte de Marivaux ?

**REPÈRES** Le personnage de roman ▸ p. 35
Roman et société ▸ p. 76
L'écriture autobiographique ▸ p. 219

# 4 Stendhal (Henri Beyle, dit)

## *Le Rouge et le Noir* (1830)

**Dubouchet** (XIXe siècle), illustration pour *Le Rouge et le Noir* de Stendhal, « Le procès », gravure.

*Le roman* Le Rouge et le Noir *raconte l'ascension sociale interrompue de Julien Sorel, jeune roturier devenu précepteur des enfants d'un notable de province, M. de Rênal, puis secrétaire d'un marquis parisien. Ayant, par vengeance, tiré sur Madame de Rênal, qui fut sa maîtresse, mais qui l'a dénoncé comme un arriviste «sans principe de religion», il est arrêté et jugé. Son jugement est l'occasion d'exprimer ce qu'il pense d'une société dont il s'est senti constamment rejeté.*

Voilà le dernier de mes jours qui commence, pensa Julien. Bientôt il se sentit enflammé par l'idée du devoir. Il avait dominé jusque-là son attendrissement, et gardé sa résolution de ne point parler; mais quand le président des assises[1] lui demanda s'il avait quelque chose à ajouter, il se leva. Il voyait devant lui les yeux de Mme Derville[2] qui, aux lumières, lui semblèrent bien brillants. Pleurerait-elle, par hasard? pensa-t-il.

«Messieurs les jurés,

L'horreur du mépris, que je croyais pouvoir braver au moment de la mort, me fait prendre la parole. Messieurs, je n'ai point l'honneur d'appartenir à votre classe, vous voyez en moi un paysan qui s'est révolté contre la bassesse de sa fortune.

Je ne vous demande aucune grâce, continua Julien en affermissant sa voix. Je ne me fais point illusion, la mort m'attend: elle sera juste. J'ai pu attenter aux jours de la femme la plus digne de tous les respects, de tous les hommages. Mme de Rênal avait été pour moi comme une mère. Mon crime est atroce, et il fut *prémédité*. J'ai donc mérité la mort, Messieurs les jurés. Mais quand je serais moins coupable, je vois des hommes qui, sans s'arrêter à ce que ma jeunesse peut mériter de pitié, voudront punir en moi et décourager à jamais cette classe de jeunes gens qui, nés dans une classe inférieure et en quelque sorte opprimés par la pauvreté, ont le bonheur de se procurer une bonne éducation, et l'audace de se mêler à ce que l'orgueil des gens riches appelle la société.

Voilà mon crime, Messieurs, et il sera puni avec d'autant plus de sévérité que, dans le fait, je ne suis point jugé par mes pairs. Je ne vois point sur les bancs des jurés quelque paysan enrichi, mais uniquement des bourgeois indignés…»

Pendant vingt minutes, Julien parla sur ce ton; il dit tout ce qu'il avait sur le cœur; l'avocat général, qui aspirait aux faveurs de l'aristocratie, bondissait sur son siège; mais malgré le tour un peu abstrait que Julien avait donné à la discussion, toutes les femmes fondaient en larmes. Mme Derville elle-même avait son mouchoir sur ses yeux. Avant de finir, Julien revint à la préméditation, à son

1. Il s'agit du président du tribunal.

2. Amie de Madame de Rênal. Cette dernière n'assiste pas au procès.

Contexte XIXe s. ► p. 502
Notice biographique ► p. 518
SUJET DE BAC 1 ► p. 31

**Charles Étienne Motte** (1785-1836), d'après Hippolyte Lecomte (1781-1857), *Bal de société sous la Restauration* (1819), lithographie coloriée (Musée Carnavalet, Paris).

repentir, au respect, à l'adoration filiale et sans bornes que, dans les temps plus heureux, il avait pour Mme de Rênal… Mme Derville jeta un cri et s'évanouit.

Deuxième partie, chapitre XLI, « Le jugement ».

## Lecture analytique

**1.** À partir de la ponctuation, de la disposition typographique du texte, des temps verbaux et des pronoms personnels, déterminez la composition de l'extrait en précisant qui parle et à qui. Qu'est-ce que permettent – concernant Julien – les différentes modalités d'écriture ?

**2.** En prenant appui sur le lexique, donnez le double thème du discours de Julien, son évolution et la nature de ce que le jeune homme considère comme son véritable crime.

**3.** *Julien parla sur ce ton* (l. 27) : par une observation précise de la manière dont s'exprime le personnage et des propos du narrateur, caractérisez le « ton » du discours. En quoi peut-on parler de « règlement de comptes » ?

**4.** Déterminez, à partir du contenu et du ton de ce discours, certains aspects du caractère du personnage.

**5.** Quelle est l'importance historique d'un tel discours ? Sur quoi fait-il réfléchir le lecteur de 1830 ? Celui du XXI$^{e}$ siècle ?

## Question d'oral

**6.** Étudiez le texte en montrant comment il exprime, par différents moyens rhétoriques, la situation historique et sociale du personnage, ainsi que son caractère et sa détermination.

## Écriture d'invention

**7.** *Il dit tout ce qu'il avait sur le cœur* (l. 27-28) : rédigez la partie de discours que le narrateur suggère ici sans la donner ; exposez les griefs de Julien, soit en vous fondant sur certains épisodes du roman, soit en reconstituant, à partir de ce que vous savez du personnage, des situations dans lesquelles il a eu à subir le mépris des bourgeois et des aristocrates qui l'entourent.

## Lecture des images

**8.** Dites ce que représentent les deux images des pages 22 et 23 et en quoi elles s'opposent.

**9.** La gravure en noir et blanc (p. 22) est une illustration du roman : quelles analogies présente-t-elle avec le texte ? Sur quoi le dessinateur a-t-il mis l'accent ?

**10.** Que représente l'image en couleur (p. 23) par rapport à l'intrigue du roman ? Pourquoi est-il intéressant de juxtaposer les deux représentations ?

REPÈRES Le personnage de roman ▸ p. 35
Roman et société ▸ p. 76

# 5 Gustave Flaubert, *L'Éducation sentimentale* (1869)

*Frédéric Moreau est un jeune provincial venu à Paris faire des études de droit, en 1840. Comme beaucoup de jeunes gens de sa génération – qui est celle de Flaubert – il rêve de réussite professionnelle et de grandes passions. Amoureux d'une femme mariée, Madame Arnoux, à qui il n'ose dire ses sentiments, il traîne son ennui pendant une de ses absences.*

Frédéric descendit l'escalier marche à marche[1]. L'insuccès de cette première tentative le décourageait sur le hasard des autres. Alors commencèrent trois mois d'ennui. Comme il n'avait aucun travail, son désœuvrement renforçait sa tristesse.

Il passait des heures à regarder, du haut de son balcon, la rivière qui coulait entre les quais grisâtres, noircis, de place en place, par la bavure des égouts, avec un ponton de blanchisseuses amarré contre le bord, où des gamins quelquefois s'amusaient, dans la vase, à faire baigner un caniche. Ses yeux délaissant à gauche le pont de pierre de Notre-Dame[2] et trois ponts suspendus, se dirigeaient toujours vers le quai aux Ormes[3], sur un massif de vieux arbres, pareils aux tilleuls du port de Montereau[4]. La tour Saint-Jacques, l'Hôtel de Ville, Saint-Gervais, Saint-Louis, Saint-Paul[5], se levaient en face, parmi les toits confondus, – et le génie de la colonne de Juillet[6] resplendissait à l'orient comme une large étoile d'or, tandis qu'à l'autre extrémité le dôme des Tuileries[7] arrondissait, sur le ciel, sa lourde masse bleue. C'était par derrière, de ce côté-là, que devait être la maison de Mme Arnoux.

Il rentrait dans sa chambre ; puis, couché sur son divan, s'abandonnait à une méditation désordonnée : plans d'ouvrages, projets de conduite, élancements vers l'avenir. Enfin, pour se débarrasser de lui-même, il sortait.

1. Il sort de chez Madame Arnoux, après s'être fait plutôt mal recevoir par M. Arnoux.
2. Notre-Dame de Paris.
3. Quai de la Seine, aujourd'hui quai des Célestins.
4. Sur la Marne, petite ville des environs de Paris.
5. Monuments parisiens.
6. Personnage surmontant une colonne située sur la place de la Bastille.
7. Palais parisien qui sera partiellement incendié pendant la révolution de 1870 et détruit en 1882.

**Joan-Barthold Jongkind** (1819-1891), *Notre-Dame depuis le quai de la Tournelle* (1852), huile sur toile, 27 x 40,5 cm, (Musée de la Ville de Paris, Musée du Petit-Palais).

Il remontait, au hasard, le quartier latin, si tumultueux d'habitude, mais désert à cette époque, car les étudiants étaient partis dans leurs familles. Les grands murs des collèges, comme allongés par le silence, avaient un aspect plus morne encore ; on entendait toutes sortes de bruits paisibles, des battements d'ailes dans des cages, le ronflement d'un tour, le marteau d'un savetier ; et les marchands d'habits, au milieu des rues, interrogeaient de l'œil chaque fenêtre, inutilement. Au fond des cafés solitaires, la dame du comptoir bâillait entre ses carafons remplis ; les journaux demeuraient en ordre sur la table des cabinets de lecture ; dans l'atelier des repasseuses, des linges frissonnaient sous les bouffées du vent tiède. De temps à autre, il s'arrêtait à l'étalage d'un bouquiniste ; un omnibus, qui descendait en frôlant le trottoir, le faisait se retourner ; et, parvenu devant le Luxembourg[8], il n'allait pas plus loin.

Quelquefois, l'espoir d'une distraction l'attirait vers les boulevards. Après de sombres ruelles exhalant des fraîcheurs humides, il arrivait sur de grandes places désertes, éblouissantes de lumière, et où les monuments dessinaient au bord du pavé des dentelures d'ombre noire. Mais les charrettes, les boutiques recommençaient, et la foule l'étourdissait, – le dimanche surtout, – quand, depuis la Bastille[5] jusqu'à la Madeleine[5], c'était un immense flot ondulant sur l'asphalte, au milieu de la poussière, dans une rumeur continue ; il se sentait tout écœuré par la bassesse des figures, la niaiserie des propos, la satisfaction imbécile transpirant sur les fronts en sueur ! Cependant, la conscience de mieux valoir que ces hommes atténuait la fatigue de les regarder.

Première partie, chapitre 5.

8. Jardin et palais parisiens.

Contexte XIXe s. ► p. 502
Notice biographique ► p. 513
Du même auteur ► p. 471 p. 474 p. 477

## Lecture analytique

**1.** Il est question, à la fin du premier paragraphe, du « désœuvrement » du personnage. Retrouvez dans le texte tous les éléments qui développent ce terme.

**2.** Comment s'exprime, dans l'extrait, la « tristesse » de Frédéric ? Prenez appui sur le lexique, sur les connotations et sur le point de vue adopté par le narrateur pour répondre à cette question.

**3.** Le narrateur ne se contente pas de raconter ce que fait ou ressent le personnage : à quoi s'attache-t-il aussi ? Quelles significations le lecteur peut-il attribuer à l'importance des lieux ?

**4.** Quels traits de caractère se dégagent des actions et du comportement du personnage mis en scène ?

## Question d'oral

**5.** Étudiez le texte en montrant par quels procédés d'écriture se trouvent exprimés le désœuvrement et la tristesse du héros.

## Travail sur un corpus de textes

**6.** Rapprochez les trois textes de l'abbé Prévost (► p. 18), Stendhal (► p. 22) et Gustave Flaubert (► p. 24) pour identifier et analyser trois manières différentes de présenter un héros et de faire ainsi comprendre son caractère et ce qu'il représente.

## Dissertation

**7.** Selon l'écrivain Jacques Lacarrière, « Les gens ne s'intéressent pas aux héros heureux. Il leur faut du tragique, du mythique, du monstrueux, du terrifiant ». Vous expliciterez et justifierez ce propos en l'illustrant puis vous le discuterez si cela vous paraît nécessaire.

## Lecture de l'image

**8.** Cherchez qui était Jongkind et à quelle école de peinture il se rattache.

**9.** Observez l'image : ses composantes, sa structure, ce qui la caractérise. D'après le titre, quel est l'élément dominant ?

**10.** Étudiez les contrastes de couleur : qu'est-ce qui semble avoir particulièrement intéressé le peintre ?

REPÈRES Le personnage de roman ► p. 35
Roman et société ► p. 76

# 6 Émile Zola,
## *L'Assommoir* (1877)

L'Assommoir *(autre extrait* ▸ *p. 447)* *– dont le titre est le terme argotique qui désigne un débit de boisson – est un roman qui raconte la déchéance d'une famille d'ouvriers parisiens sous l'effet conjugué de l'alcoolisme, de la violence et de la misère. L'héroïne en est Gervaise, dont la volonté d'ascension sociale a été contrecarrée par l'alcool et par l'environnement.*

Et Gervaise tint parole[1]. Elle s'avachit encore ; elle manquait l'atelier plus souvent, jacassait des journées entières, devenait molle comme une chiffe à la besogne. Quand une chose lui tombait des mains, ça pouvait bien rester par terre, ce n'était pas elle qui se serait baissée pour la ramasser. Les côtes lui poussaient en long[2]. Elle voulait sauver son lard[2]. Elle en prenait à son aise et ne donnait plus un coup de balai que lorsque les ordures manquaient de la faire tomber. Les Lorilleux[3], maintenant, affectaient de se boucher le nez, en passant devant sa chambre ; une vraie poison, disaient-ils. Eux, vivaient en sournois, au fond du corridor, se garant de toutes ces misères qui piaulaient[4] dans ce coin de la maison, s'enfermant pour ne pas avoir à prêter des pièces de vingt sous. Oh ! des bons cœurs, des voisins joliment obligeants ! oui, c'était le chat ! On n'avait qu'à frapper et à demander du feu, ou une pincée de sel, ou une carafe d'eau, on était sûr de recevoir tout de suite la porte sur le nez. Avec ça, des langues de vipère. Ils criaient qu'ils ne s'occupaient jamais des autres, quand il était question de secourir leur prochain ; mais ils s'en occupaient du matin au soir, dès qu'il s'agissait de mordre le monde à belles dents. Le verrou poussé, une couverture accrochée pour boucher les fentes et le trou de la serrure, ils se régalaient de potins, sans quitter leurs fils d'or une seconde. La dégringolade de la Banban[5] surtout les faisait ronronner la journée entière, comme des matous qu'on caresse. Quelle dèche[6], quel décatissage[7], mes amis ! Ils la guettaient aller aux provisions et rigolaient du tout petit morceau de pain qu'elle rapportait sous son tablier. Ils calculaient les jours où elle dansait devant le buffet[8]. Ils savaient, chez elle, l'épaisseur de la poussière, le nombre d'assiettes sales laissées en plan, chacun des abandons croissants de la misère et de la paresse. Et ses toilettes donc, des guenilles dégoûtantes qu'une chiffonnière n'aurait pas ramassées ! Dieu de Dieu ! il pleuvait drôlement sur sa mercerie, à cette belle blonde, cette cato[9] qui tortillait tant son derrière, autrefois, dans sa belle boutique bleue. Voilà où menaient l'amour de la fripe[10], les lichades[11] et les gueuletons[12]. Gervaise, qui se doutait de la façon dont ils l'arrangeaient[13], ôtait ses souliers, collait son oreille contre leur porte ; mais la couverture l'empêchait d'entendre. Elle les surprit seulement un jour en train de l'appeler « la grand-tétasse », parce que sans doute son devant de gilet était un peu fort, malgré la mauvaise nourriture qui lui vidait la peau. D'ailleurs, elle les avait quelque part ; elle continuait à leur parler, pour éviter les commentaires, n'attendant de ces salauds que des avanies[14], mais n'ayant même plus la force de leur répondre, et de les lâcher là comme un paquet de sottises. Et puis, zut ! elle demandait son plaisir, rester en tas, tourner ses pouces, bouger quand il s'agissait de prendre du bon temps, pas davantage.

Chapitre X.

1. Allusion à des propos de Gervaise, qui, exaspérée par l'alcoolisme de Coupeau, son mari, a promis qu'elle ne s'occuperait plus de rien à la maison et qu'elle « prendrait du plaisir là où elle en trouverait ».

2. Expressions imagées et populaires pour exprimer la paresse.

3. Beau-frère et belle-sœur de Gervaise, qui fabriquent chez eux des chaînes d'or.

4. Le verbe *piauler* a le sens de « geindre », « se lamenter ».

5. Surnom donné à Gervaise parce qu'elle boite.

6. Terme familier pour désigner la déchéance.

7. Terme familier pour désigner la vieillesse.

8. Expression familière pour exprimer que l'on n'a rien à manger.

9. Prostituée.

10. Allusion à l'époque heureuse où Gervaise avait une boutique à elle.

11. Beuveries.

12. Repas où l'on mange goulûment.

13. Dont on parlait d'elle.

14. Affronts, humiliations.

Contexte XIXe s. ▸ p. 502
Notice biographique ▸ p. 519
Du même auteur ▸ p. 446, p. 447

**Henri de Toulouse Lautrec** (1864-1901), *La Montrouge, Rosa la Rouge* (1886-1887), huile sur toile, 72,5 x 49 cm (Merion, The Barnes Foundation, USA).

RECHERCHE

### Les mots et leur usage

**1.** Explicitez la notion de « niveau de langue » en donnant des exemples précis des trois niveaux généralement hiérarchisés, puis cherchez dans quelles circonstances et pour quelles raisons un auteur peut être conduit à adopter la langue parlée, et même la langue argotique.

## Lecture analytique

**2.** En prenant appui sur le lexique, les connotations, les images et en tenant compte de la note 1, expliquez en quoi l'extrait étudié illustre l'affirmation *Elle s'avachit encore* (l. 1) et constitue une unité dans le récit.

**3.** Par l'observation des pronoms personnels utilisés dans le texte, expliquez comment le narrateur rapporte la déchéance de Gervaise : à travers quel regard le personnage est-il vu ? Quel peut être l'intérêt de cette manière de procéder ?

**4.** Quelle image est donnée des Lorilleux, par quels procédés ?

**5.** Certains des propos énoncés ne semblent pas appartenir au narrateur : identifiez des remarques qui pourraient relever du discours indirect libre. Dites de qui elles pourraient venir, et expliquez les effets produits par ce choix d'expression.

**6.** À partir d'exemples précis, déterminez plusieurs niveaux de langue : qu'est-ce qui peut justifier la manière d'écrire de Zola dans ce roman, manière qualifiée de style « qui pue » par ses détracteurs ?

**7.** On a, à son époque, accusé Zola d'écrire des romans orduriers : partagez-vous ce point de vue à propos de l'extrait étudié ? Sur quoi un tel extrait fait-il réfléchir le lecteur ?

## Question d'oral

**8.** Étudiez le texte en montrant par quels procédés le narrateur rend compte de la déchéance de Gervaise et en exposant l'intérêt qu'il peut y avoir, pour un romancier, et pour le lecteur, de mettre en scène de tels personnages.

## Dissertation

**9.** Un personnage médiocre peut-il faire un héros de roman ? Vous répondrez à cette question à partir des textes et des œuvres que vous avez lus et/ou étudiés.

REPÈRES Le personnage de roman ▶ p. 35
Roman et société ▶ p. 76

# 7 André Malraux, *La Condition humaine* (1933)

*L'action du roman est historique et se situe en Chine en 1927. À la tête des troupes du parti nationaliste, le Kuomintang, Tchang Kaï-chek, général et homme politique chinois, s'apprête à prendre la ville de Shanghaï, dont les communistes cherchent à s'emparer avant son arrivée. L'alliance finalement conclue entre nationalistes et communistes n'empêche pas les premiers d'exécuter un grand nombre de militants. Kyo fait partie de ce groupe de communistes condamnés et attend la mort.*

Allongé sur le dos, les bras ramenés sur la poitrine, Kyo ferma les yeux: c'était précisément la position des morts. Il s'imagina, allongé, immobile, les yeux fermés, le visage apaisé par la sérénité que dispense la mort pendant un jour à presque tous les cadavres, comme si devait être exprimée la dignité même des plus misérables. Il avait beaucoup vu mourir, et, aidé par son éducation japonaise, il avait toujours pensé qu'il est beau de mourir de *sa* mort, d'une mort qui ressemble à sa vie. Et mourir est passivité, mais se tuer est acte. Dès qu'on viendrait chercher le premier des leurs, il se tuerait en pleine conscience[1]. Il se souvint – le cœur arrêté – des disques de phonographe. Temps où l'espoir conservait un sens! Il ne reverrait pas May[2], et la seule douleur à laquelle il fût vulnérable était sa douleur à elle, comme si sa propre mort eût été une faute. « Le remords de mourir », pensa-t-il avec une ironie crispée. Rien de semblable à l'égard de son père qui lui avait toujours donné l'impression, non de faiblesse, mais de force. Depuis plus d'un an, May l'avait délivré de toute solitude, sinon de toute amertume. La lancinante fuite dans la tendresse des corps noués pour la première fois jaillissait, hélas! dès qu'il pensait à elle, déjà séparé des vivants… « Il faut maintenant qu'elle m'oublie… » Le lui écrire, il ne l'eût que meurtrie et attachée à lui davantage. « Et c'est lui dire d'en aimer un autre. » Ô prison, lieu

1. Kyo possède une capsule de cyanure et a décidé de se suicider.

2. May est l'épouse de Kyo.

Guerre civile chinoise (1929-1932), soldats de Tchang Kaï-chek, photographie.

où s'arrête le temps – qui continue ailleurs… Non! C'était dans ce préau séparé de tous par les mitrailleuses, que la Révolution, quel que fût son sort, quel que fût le lieu de sa résurrection, aurait reçu le coup de grâce; partout où les hommes travaillent dans la peine, dans l'absurdité, dans l'humiliation, on pensait à des condamnés semblables à ceux-là comme les croyants prient; et, dans la ville, on commençait à aimer ces mourants comme s'ils eussent été déjà des morts… Entre tout ce que cette dernière nuit couvrait de la terre, ce lieu de râles était sans doute le plus lourd d'amour viril. Gémir avec cette foule couchée, rejoindre jusque dans son murmure de plaintes cette souffrance sacrifiée… Et une rumeur inentendue prolongeait jusqu'au fond de la nuit ce chuchotement de la douleur: ainsi qu'Hemmelrich[3], presque tous ces hommes avaient des enfants. Pourtant, la fatalité acceptée par eux montait avec leur bourdonnement de blessés comme la paix du soir, recouvrait Kyo, ses yeux fermés, ses mains croisées sur son corps abandonné, avec une majesté de chant funèbre. Il aurait combattu pour ce qui, de son temps, aurait été chargé du sens le plus fort et du plus grand espoir; il mourait parmi ceux avec qui il aurait voulu vivre; il mourait, comme chacun de ces hommes couchés, pour avoir donné un sens à sa vie. Qu'eût valu une vie pour laquelle il n'eût pas accepté de mourir? Il est facile de mourir quand on ne meurt pas seul. Mort saturée de ce chevrotement fraternel, assemblée de vaincus où des multitudes reconnaîtraient leurs martyrs, légende sanglante dont se font les légendes dorées! Comment, déjà regardé par la mort, ne pas entendre ce murmure de sacrifice humain qui lui criait que le cœur viril des hommes est un refuge à morts qui vaut bien l'esprit?

Sixième partie 

3. Personnage du roman.

Contexte xx^e^ s. ▸ p. 506
Notice biographique ▸ p. 515
SUJET DE BAC 1 ▸ p. 31

## Lecture analytique

**1.** En prenant appui sur les champs lexicaux dominants, déterminez les thèmes essentiels de l'extrait et la manière dont ils se rattachent les uns aux autres.

**2.** À partir de la ponctuation, des temps et des modes verbaux, des pronoms personnels, identifiez différentes modalités d'écriture (récit, paroles rapportées, monologue intérieur, remarques appartenant au narrateur…) utilisées par le narrateur; mettez en relief leur alternance et dites quels sont les effets produits.

**3.** Rattachez le contenu de l'extrait au titre du roman: en quoi retrouve-t-on dans la méditation de Kyo toutes les données de la condition humaine?

**4.** Déterminez les différents registres du texte et expliquez d'où vient l'émotion que peut ressentir le lecteur.

**5.** Quelles sont les différentes valeurs évoquées et célébrées dans cet extrait? Quels sont les traits de caractère essentiels du personnage?

## Question d'oral

**6.** Étudiez le texte en montrant comment les choix d'écriture permettent au lecteur d'avoir une perception extérieure et intérieure d'un personnage confronté à une situation extrême, génératrice d'une réflexion sur le sens de l'existence.

## Commentaire

**7.** Vous commenterez le texte jusqu'à la ligne 24 (*comme s'ils eussent été déjà des morts*) en vous aidant des axes suivants:
– l'évocation des circonstances immédiates;
– actions, réminiscence, pensées et monologue intérieur;
– l'héroïsme d'un personnage confronté au tragique de la condition humaine.

REPÈRES
Le personnage de roman ▸ p. 35
La notion de registre ▸ p. 222

# 8 Nathalie Sarraute,

## *Le Planétarium* (1959)

Le Planétarium *met en scène un jeune couple qui s'installe dans des meubles offerts par différents membres de la famille. Nous sommes ici au début du roman. Celui-ci est composé de paragraphes séparés par des blancs et regroupés en chapitres.*

Quoi de plus simple, de plus naturel ? Une mère pleine de sollicitude – et que n'a-t-elle pas fait pour cette enfant, que ne ferait-elle pas ? – donne à sa fille et à son gendre l'adresse d'un bon fabricant, leur offre deux superbes fauteuils… « Exactement ce qu'il vous faut, vous ne trouverez rien de mieux. J'ai eu l'adresse par les Perrin, vous pouvez y aller de leur part. C'est un ancien ouvrier de chez Maple[1]. Il vous fera des prix. Ils sont confortables, solides et très jolis… un cuir splendide. » Mais c'est sa voix sans doute, quelque chose dans le ton, dans le son de sa voix, une hésitation, une gêne, un manque de confiance en soi qui a dû tout déclencher. Ils sont comme les chiens qu'excite la peur, même cachée ils la sentent… C'est ce petit vacillement à peine perceptible dans sa voix, qui a tout ébranlé, qui a tout fait chavirer… ils ont hésité un instant, ils se sont regardés… « Oh, je te remercie, maman – en rougissant légèrement, en baissant les yeux – mais ce n'est pas du tout ce qu'on voudrait, Alain et moi[2]… On pense à une bergère ancienne, on en a vu une chez un antiquaire… Elle sera peut-être un peu plus chère que les fauteuils de cuir, mais je t'assure que c'est une occasion aussi, et c'est tellement plus joli… » Ces mots, anodins en apparence – mais seuls les non-initiés pouvaient s'y tromper – ces mots, comme ceux qui autrefois révélaient l'hérésie et conduisaient droit au bûcher, ont montré que le mal était toujours là, aussi vivace et fort… son cœur s'est mis à battre, elle a rougi, n'importe qui, sauf eux, aurait été surpris de la violence de sa réaction, de cette rage haineuse tout à coup dans son ton, dans son rire faux, glacé, elle-même avait mal en l'entendant : « Mais que je suis bête… j'oublie toujours… c'est vrai… il suffit que ça vienne de moi, pauvre imbécile que je suis… que ça vienne de mes amis… Mais je le savais, je ne voulais même pas leur demander l'adresse… Mais je n'ai pas pu résister, c'était une telle occasion… Je les aurais achetés pour nous si j'avais pu en ce moment… » Ce regard qu'ils ont échangé… Ils ont toujours de ces regards… Leurs yeux se cherchent, se trouvent tout de suite, s'immobilisent, se fixent, tendus, comme pleins à craquer. Elle sait de quoi est faite cette transfusion silencieuse qui s'opère au-dessus d'elle tandis qu'elle gît entre eux, impuissante, inerte, terrassée : c'est bien là, hein ? Nous avions raison. Tu as vu ? J'ai vu. Mes félicitations, c'est bien la réaction prévue. Nous sommes très forts. C'est exactement ce que nous pensions, c'est ce que nous disons toujours… il faut danser au son de sa flûte[3]… dès qu'on s'écarte d'un pas de la route qu'elle a tracée, elle se pose en victime bafouée… Elle est autoritaire… possessive… Elle donne pour dominer… pour nous garder éternellement en tutelle… Et cette petite pique de la fin… Tu as vu ? – J'ai vu…

Troisième chapitre 

1. Fabricant de meubles anglais.

2. Le jeune couple se compose d'Alain et Gisèle Guimiez.

3. Il faut faire comme elle l'a décidé.

Contexte XXe s. ▶ p. 506
Notice biographique ▶ p. 518
Du même auteur ▶ p. 215

## Lecture analytique

**1.** Observez le texte avant toute lecture et signalez ce qu'il a de particulier concernant la typographie. Quelles premières remarques ou interrogations peut susciter cette manière d'écrire ?
**2.** Mettez en évidence les deux grandes étapes du texte à travers la situation évoquée et leur thème dominant : qu'est-ce qui permet de les différencier ? Qu'est-ce qui les rapproche ?
**3.** En prenant appui sur la ponctuation observée dans la question 1, déterminez les différentes modalités d'écriture utilisées par le narrateur et les différentes « voix » en présence. Sont-elles toujours facilement identifiables ? Quelles difficultés rencontrez-vous ?
**4.** Que permettent les différentes modalités repérées dans la question précédente concernant :
– les réactions intérieures des personnages ;
– les significations de certains regards et de certaines intonations ;
– les non-dits qui lient les protagonistes ?
Appuyez votre réponse sur la ponctuation et sur le lexique des émotions.
**5.** Nathalie Sarraute a donné le nom de « tropismes » aux différents mouvements émotionnels secrets et profonds qui animent les êtres humains : en quoi cet extrait révèle-t-il certains de ces tropismes ?

## Question d'oral

**6.** Étudiez le texte en analysant les différents procédés d'écriture grâce auxquels le narrateur révèle – de l'extérieur, mais surtout de l'intérieur – des personnages, des émotions et des états de conscience associés à une situation de la vie courante.

## Travail sur un corpus de textes

**7.** Rapprochez les textes de Gustave Flaubert (▸ p. 24), Émile Zola (▸ p. 26) et Nathalie Sarraute (▸ p. 30) pour étudier en quoi les personnages, même s'ils appartiennent à une période historique identifiée et ont une identité précise, sont représentatifs de comportements humains qui dépassent l'époque considérée.

REPÈRES Le personnage de roman ▸ p. 35

# SUJET DE BAC 1

**OBJET D'ÉTUDE**

**Le roman.**

**CORPUS**

**A –** Madame de La Fayette, *La Princesse de Clèves* (1678) ▸ p. 16.
**B –** Abbé Prévost, *Histoire du chevalier Des Grieux et de Manon Lescaut* (1731) ▸ p. 18.
**C –** Stendhal, *Le Rouge et Le Noir* (1830) ▸ p. 22.
**D –** A. Malraux, *La Condition humaine* (1933) ▸ p. 28.

## Questions sur le corpus

**1.** Trois des personnages mis en scène dans les extraits proposés se trouvent dans une situation extrême. Repérez et présentez rapidement ces personnages et la situation difficile à laquelle ils sont confrontés. Qu'a de particulier le quatrième personnage ?
**2.** À partir du rapprochement des quatre textes, récapitulez quelques caractéristiques du personnage de roman et dites de quelles valeurs certains vous semblent représentatifs.

## Écriture

### Commentaire

Vous ferez le commentaire du texte de Stendhal (▸ p. 22) à partir de « Messieurs les jurés » (l. 9) jusqu'à la fin de l'extrait.

### Dissertation

Parlant du monde romanesque et de ses personnages, Albert Camus écrit dans *L'Homme révolté* : « Les héros ont notre langage, nos faiblesses, nos forces. Leur univers n'est ni plus beau ni plus édifiant que le nôtre. Mais eux, du moins, courent jusqu'au bout de leur destin et il n'est jamais de si bouleversants héros que ceux qui vont jusqu'à l'extrémité de leur passion. »
Vous expliciterez et illustrerez ce point de vue à partir de vos lectures romanesques et vous le discuterez si cela vous semble nécessaire.

### Écriture d'invention

Faites discuter deux interlocuteurs (critiques, écrivains, lecteurs) qui n'ont pas le même point de vue en ce qui concerne la question suivante : qu'est-ce qu'un « bon » héros de roman ? Dans une brève présentation, dites qui sont et quel est le statut des deux interlocuteurs. Vous pouvez ensuite rapporter leurs propos en faisant alterner différentes formes de paroles rapportées et en mêlant aux paroles des précisions sur leurs attitudes. Votre texte aura entre 80 et 100 lignes.

# 9 Jean Rouaud, *Les Champs d'honneur* (1990)

*Présenté par son auteur comme un roman, le récit qui a pour titre* Les Champs d'honneur *est le premier des cinq volumes d'une suite romanesque consacrée à la vie d'une famille, celle de Jean Rouaud. À la fin de la troisième partie du roman, le narrateur évoque la mort de son oncle Émile lors de la Guerre de 1914-1918.*

**André Mare** (1885-1932), « Le départ de l'artilleur », gouache extraite des *Carnets de guerre (1914-1918)*.

Un an plus tard, c'était au tour d'Émile. Cette année d'écart aura séparé les deux frères sur l'interminable liste du monument aux morts : Joseph dans la colonne des victimes de 1916, Émile dans celle de 17[1], comme exilés l'un de l'autre, au point que leur parenté, pour le curieux qui note l'homonymie, semble s'affaiblir en un simple cousinage – alors que leurs deux noms accolés les auraient réunis dans la mort, vision de deux frères tombés côte à côte, balayés par la même explosion, définitivement jumelés par le souvenir. Cette seconde mort, sur laquelle elle n'avait plus que ses larmes à verser, Marie en partage la douleur avec Mathilde, la jeune veuve, mère du petit Rémi que son père découvre lors de la courte permission accordée pour la naissance de l'enfant. Entrant en tenue de soldat dans la chambre, à la tombée de la nuit, il s'approche sans bruit du berceau, se penche avec précaution pour ne pas verser sur cette petite chose endormie les tumultes de la guerre – abasourdi de joie soudain par ses minuscules poings serrés sur des songes blancs, ses cheveux d'ange, le trait finement ourlé de ses yeux clos, le réseau transparent de ses veines, l'inexprimable fraîcheur de son souffle qui trace sur la main meurtrie d'Émile comme une invitation au silence. Soulevant le voile de mousseline, Mathilde présente son œuvre à son grand homme. Car elle le voit grand dans sa triste tenue de combat qui sent la sueur, la poussière, l'infortune des armes. Elle lit dans ses traits durcis, dans les plis inédits de son visage autour de sa bouche et sur son front, l'âpreté de sa vie là-bas, ce courage permanent qu'il puise dans les entrailles. Elle n'ose lui parler des privations de l'arrière, à lui qui est privé de tout, des rudes tâches d'homme à accomplir, des décisions à prendre seule, de sa lassitude, de ce Noël insipide sans lui, de la petite crèche[2] malgré tout sur la commode avec son papier d'emballage qui imite la montagne et fait de ce coin de Palestine une espèce de site magdalénien[3]. Elle se sent pleine de reconnaissance et de pitié. Posant une main sur sa nuque, elle avoue ce manque cruel de tendresse qu'il partage avec elle, tandis que, levant la tête du berceau, il s'enivre du doux parfum de la femme poudrée. Elle a tellement attendu qu'elle n'est plus certaine de reconnaître en cet homme celui dont elle guettait désespérément le retour. Elle se demande maintenant à le contempler près d'elle si elle n'a pas vu trop grand pour son tricot, quand elle essayait en refermant ses bras sur elle dans une étreinte fictive, d'évaluer de mémoire le torse de son mari, avec cet emplacement pour poser sa tête à elle, ce

1. Allusion à la mort de Joseph. Émile et Joseph sont les frères de Marie.

2. Reconstitution, dans la tradition catholique, à l'occasion de la célébration de Noël, du lieu de naissance du Christ, à Bethléem.

3. De l'époque paléolithique, célèbre pour ses peintures rupestres.

creux tout exprès contre l'épaule qu'elle cherche de son front à présent pendant qu'il retire une à une les épingles de ses cheveux avec l'habileté d'un chercheur de poux, les déposant sur la table de chevet où elle saura les retrouver demain matin pour sa toilette, après qu'il lui aura passé l'enfant qui se réveille et pleure jusqu'à ce que, couché sur sa mère, il se mette à téter goulûment, des larmes de lait coulant de sa bouche. Une fois rassasié, son père l'élèvera très haut à bout de bras dans le pâle rayon du jour, au risque d'une envolée blanche qui tachera l'uniforme de drap bleu étalé sur la chaise. Mais Émile n'en a cure[4]. Il éprouve désormais un formidable sentiment d'invulnérabilité pour les combats à venir, sûr comme un danseur de l'esprit de passer à travers la mitraille, bardé du souvenir de cet enfant victorieux, né un 2 décembre, jour commémoratif d'Austerlitz et du Sacre[5], un signe d'on ne savait trop quoi mais que Rémi ne manquait jamais de rappeler à chaque anniversaire, se saupoudrant au passage d'un peu de poussière d'empire, si bien qu'à force l'ultime baiser d'Émile à son fils avant de repartir au front et d'y mourir s'est confondu avec les adieux de Fontainebleau[6] dans une chambre tapissée d'abeilles[7].

Troisième partie 

4. Ne s'en préoccupe pas.

5. Date du sacre de Napoléon Ier en 1804 et de la victoire d'Austerlitz en 1805.

6. Scène célèbre des adieux de Napoléon Ier au moment de la première abdication en 1814.

7. Les abeilles étaient l'emblème du Premier Empire.

Contexte XXe s. ► p. 506
Notice biographique ► p. 517

**RECHERCHE**

**Histoire littéraire**

**1.** De nombreux romanciers de nationalités différentes ont choisi comme contexte historique et comme thème de leurs récits la Première Guerre mondiale. Donnez les titres et les auteurs d'œuvres littéraires venues des littératures française, américaine, allemande, italienne et russe évoquant cet événement historique.

## Lecture analytique

**2.** Observez le début et la fin de l'extrait : qu'ont-ils en commun ? Dites ensuite comment le narrateur passe du premier fait évoqué dans le texte à la scène qui commence à la ligne 16 et reconstituez l'ordre chronologique des faits rapportés. Quel est l'effet produit par ce traitement du temps ? Aidez-vous des temps verbaux et des indicateurs de temps pour répondre à cette question.

**3.** Dans le récit de la scène entre Mathilde, Émile et l'enfant, dites – en prenant appui sur les pronoms personnels – selon quelle alternance la scène est vue et quels effets résultent de ce choix narratif.

**4.** Dans ce même récit, repérez les différentes oppositions perceptibles : que mettent-elles en relief ?

**5.** Quelle est et comment s'exprime la transformation d'Émile ? Aidez-vous de certaines figures (hyperbole, comparaison, métaphore, allusions historiques) pour étudier comment un personnage simplement familial et obscur se trouve assimilé à un héros de l'Histoire.

**6.** À partir des réponses aux questions précédentes, déterminez quel est le registre dominant du texte et quelles émotions une telle évocation peut faire naître chez le lecteur.

**7.** Sur quoi une telle scène peut-elle faire réfléchir le lecteur ? Que lui apprend-elle sur le pouvoir de la littérature ?

## Question d'oral

**8.** Vous étudierez le texte en montrant par quels différents procédés le narrateur rend compte du caractère poignant d'une scène de retrouvailles à l'issue de laquelle le personnage se trouve métamorphosé en héros historique.

## Dissertation

**9.** « Les personnages d'une œuvre ne ressemblent pas davantage à ceux de la réalité que les habitants des songes. La Clytemnestre d'Eschyle, Don Quichotte, les frères Karamazov, Madame Bovary, le Grand Meaulnes sont "vrais" parce qu'ils ne sont pas comme nous autres de pauvres êtres sans valeur exemplaire et symbolique ».
Vous direz ce que vous pensez de ce jugement du critique A. Béguin en vous fondant sur l'analyse de personnages romanesques que vous connaissez.

**REPÈRES** Le personnage de roman ► p. 35
La notion de registre ► p. 222

# 10 Lire l'image : R. Guttuso

**Renato Guttuso** (1912-1987), *L'Exécution en pleine campagne, Hommage à Federico García Lorca* (1938), huile sur toile (Galleria Nazionale d'Arte Moderna, Rome).

RECHERCHE

### Histoire littéraire

**1.** Le tableau a pour sous-titre « Hommage à Federico García Lorca » : élucidez cette indication en précisant qui est García Lorca et quelles relations cette représentation peut avoir avec lui. Quel est le contexte historique ? Tenez compte de la date du tableau.

### Histoire des arts

**2.** Cherchez ce que ce tableau doit à F. Goya et à E. Manet et citez d'autres exemples de reprises picturales, en commençant votre recherche dans ce manuel.

## Lecture de l'image

**3.** Dites quelles sont vos premières réactions devant ce tableau. Précisez ensuite ce qu'il représente, comment il est construit, quels sont ses éléments dominants et ses grandes lignes.

**4.** Étudiez les personnages représentés : qui sont-ils ? quelles conclusions le spectateur peut-il tirer de la manière dont ils sont vêtus ?

**5.** Observez les couleurs, en particulier celle qui domine : quelle est sa signification symbolique ?

**6.** Qu'est-ce qui, dans le tableau, évoque la notion d'hommage ?

REPÈRES La lecture de l'image ▶ p. 489

# Le personnage de roman

**D'abord assimilé aux héros épiques de la mythologie, le personnage de roman a connu, au long de l'histoire littéraire, de nombreuses métamorphoses, son existence et ses caractéristiques étant toujours liées à la vocation du genre dont il est un élément essentiel.**

## Une évolution historique

Dans les premières formes du roman (au XIIe siècle), le héros est l'héritier des **demi-dieux** antiques. Cette caractéristique demeure au XVIIe siècle à travers des personnages **nobles** et **valeureux**, incarnations des valeurs chevaleresques. Cependant des auteurs ont l'idée que le roman pourrait abandonner certains de ses codes traditionnels et mettre en scène de simples bourgeois, dans des situations de la **vie courante**.

■ **Ex:** Dans les romans précieux comme *L'Astrée* (1607-1627) d'Honoré d'Urfé, et *Clélie* (▸ p. 352) de Mlle de Scudéry, dans *La Princesse de Clèves* (▸ p. 16) de Mme de La Fayette, les personnages sont des modèles de vertu. En revanche, dans *Don Quichotte* (▸ p. 36), Cervantès ridiculise l'idéalisme de son héros. Scarron, dans *Le Roman comique* (1651-1657), et A. Furetière, dans *Le Roman bourgeois* (1666), ironisent sur le caractère stéréotypé des situations romanesques et proposent des personnages proches des lecteurs.

Cette **démythification** se poursuit au siècle des Lumières et témoigne d'une double revendication d'individualisme et de reconnaissance de personnages populaires. Le triomphe de la bourgeoisie après 1789, et l'émergence du prolétariat avec la révolution industrielle peuvent expliquer l'apparition de **nouveaux « héros »**, jeunes gens avides de réussite (Stendhal, ▸ p. 22), mais aussi paysans et ouvriers, porteurs soit de l'espoir d'une société nouvelle, soit, déjà, de revendications contre ses abus.

Le roman du XIXe siècle influence toute la littérature romanesque qui vient après. Les personnages, représentatifs de l'ensemble de la société, permettent aux lecteurs une constante assimilation: ils sont confrontés aux mêmes difficultés, aux mêmes situations.

Le Nouveau Roman de M. Butor et d'A. Robbe-Grillet fait disparaître le personnage, mais celui-ci revient en force dans les années 1970-1980.

■ **Ex:** Les personnages de l'Abbé Prévost (▸ p. 18) et de Marivaux (▸ p. 20) illustrent la transformation des héros. Pour Zola (▸ p. 26) un « héros » de roman peut incarner la dégradation humaine. Le roman du XXe siècle (A. Malraux, ▸ p. 28; J. Rouaud, ▸ p. 32) met en scène des êtres dont « l'héroïsme » est lié aux circonstances.

## Rôles et importance du personnage romanesque

Être de fiction et incarnation de la diversité humaine, le personnage romanesque est susceptible d'infinies variations. On peut cependant le faire entrer dans différentes typologies selon ses relations avec le narrateur, son rôle, ses fonctions.

– **Personnage et narrateur:** présenté par un narrateur qui le décrit de l'extérieur et / ou de l'intérieur, rapporte ses actions, ses pensées, ses paroles, le personnage est mis à distance dans les récits à la troisième personne et dans ceux à la première personne qui différencient personnage et narrateur. Inversement, il est mis en valeur lorsque les choses sont vues à travers son regard ou sa sensibilité (focalisation interne). Dans certains récits à la première personne, il arrive également que le narrateur et le personnage soient confondus. Ces choix narratifs sont révélateurs des **rôles** et **fonctions** attribués aux personnages.

■ **Ex:** Dans *La Princesse de Clèves* (▸ p. 16) comme dans *Le Planétarium* (▸ p. 30), les personnages sont vus par un narrateur extérieur et se font connaître par leurs paroles et leurs actions. Dans *Le Paysan parvenu* (▸ p. 20), c'est le personnage du paysan qui parle, se présente et raconte, rétrospectivement, quelles ont été les étapes de sa réussite. Ces modalités narratives entraînent des réactions différentes chez le lecteur en faisant varier la perception qu'il a du personnage.

– **Personnage, rôle et exemplarité:** selon les époques et l'idéologie romanesque qui y correspond (▸ p. 76), le personnage de roman s'inscrit dans des rôles ou dans des types, avec un trait dominant qui n'exclut ni ne limite sa complexité psychologique: libertin, chef de famille riche et autoritaire, prostituée au grand cœur, jeune ambitieux, militant politique confronté à la mort, fils s'interrogeant sur les liens familiaux, maîtresse protectrice, sage maître à penser, conseiller démoniaque et corrupteur… Ces rôles conduisent le lecteur à s'interroger sur la valeur morale des « héros » et sur leur **caractère exemplaire**. Ainsi, en perdant avec le temps leur **aura quasi divine,** les personnages se sont humanisés, et leur appartenance à une humanité commune, qui les rend plus proches du lecteur, a brouillé le message moral dont ils étaient initialement porteurs. On peut alors s'interroger sur leurs nouvelles fonctions, qui sont sans doute moins de faire rêver que d'aider à comprendre la société et la vie.

REPÈRES Roman et société ▸ p. 76

Séquence 2

# Roman et société, XVII^e^ et XVIII^e^ siècles

## 1 Miguel de Cervantès, *Don Quichotte* (1605-1615)

*Voyageurs rêvant d'aventures et de valeurs chevaleresques, Don Quichotte, et son écuyer Sancho Pança, héros du roman de Miguel de Cervantès, font ressortir, par des effets de décalage, les différences entre l'Espagne romanesque qu'ils incarnent et celle, réelle, dans laquelle ils vivent. L'extrait qui suit les montre arrivant à une taverne.*

Il y avait d'aventure à la porte de cette taverne deux jeunes femmes, de celles qu'on appelle *de nos sœurs*[1], lesquelles allaient à Séville avec des muletiers qui se rencontrèrent ce soir-là au gîte en la même taverne ; et, comme à notre aventurier tout ce qu'il pensait, voyait ou s'imaginait, lui semblait être fait et se passer de la même façon que ce qu'il avait lu[2], tout aussitôt qu'il vit la taverne, il se représenta que c'était un château avec ses quatre tours et chapiteaux[3] de reluisant argent, sans qu'il y manquât même son pont-levis et ses creux fossés, avec tous les accessoires et parties qui se représentent ordinairement en semblables châteaux. Il s'approcha de la taverne, qui lui semblait château, et, à petit trait d'icelle[4], retint la bride à Rossinante[5], attendant que quelque nain se mît entre les créneaux pour donner le signal avec une trompette qu'il arrivait un chevalier au château ; mais, comme il vit qu'on tardait et que Rossinante se hâtait enfin d'arriver à l'écurie, il s'approcha de la porte de la taverne et vit les deux filles débauchées qui étaient là, lesquelles lui semblèrent deux belles damoiselles ou deux gracieuses dames qui s'ébattaient devant la porte du château.

En ces entrefaites, il advint qu'un porcher qui ramassait[6] parmi les chaumes un troupeau de cochons (car, sauf excuse, ils s'appellent ainsi) sonna un cornet[7], au son duquel ils se ramassent, et à l'instant se représenta à don Quichotte ce qu'il désirait, et qui était que quelque nain donnât le signal de sa venue, et ainsi, avec un extrême contentement, il arriva près de la taverne et de ces dames, lesquelles, comme elles virent venir un homme armé de telle façon, avec lance et écu, tout épouvantées se voulaient retirer au-dedans de la taverne ; mais don Quichotte, comprenant par leur fuite qu'elles avaient peur, haussa sa visière de carton, et, découvrant son visage sec et poudreux, d'une gentille façon et d'une

1. Des prostituées.
2. Don Quichotte est un grand lecteur de romans de chevalerie.
3. Toits des différentes tours.
4. À une courte distance de celle-ci.
5. Nom du cheval de Don Quichotte.
6. Qui rassemblait.
7. Petite trompe servant à faire de la musique.
8. Qu'on ne leur cause un quelconque désagrément.

voix posée leur dit : « Que Vos Grâces ne fuient pas ni ne craignent qu'on leur fasse déplaisir aucun[8], car il n'appartient ni n'est bienséant à l'ordre de chevalerie, dont je fais profession, de faire tort à personne, combien moins à de si hautes damoiselles comme vos personnes le démontrent. » Les filles le regardaient et lui cherchaient à voir le visage, que la mauvaise visière leur cachait. Mais, comme elles s'entendirent appeler damoiselles, chose qui était si éloignée de leur profession, elles ne se purent tenir de rire, tellement que don Quichotte vint à se mettre en colère et à leur dire : « La modestie est bienséante aux belles et c'est grande folie que de rire qui de cause légère procède ; mais je ne vous le dis pas afin que vous vous en affligiez ou montriez du mécontentement, car mon intention n'est autre que de vous servir. »

Première partie, chapitre II, traduit de l'espagnol par C. Oudin, revu par J. Cassou © éd. Gallimard, 1949, 1988.

Contexte **XVIIe s.** ► p. 494
Notice biographique ► p. 511

**August Macke** (1887-1914), *Don Quichotte* (1912), huile sur toile, 18 x 21 cm (collection privée).

RECHERCHE

**Histoire littéraire**

**1.** Cherchez dans un ouvrage d'histoire littéraire des exemples de romans et de personnages de chevalerie. Citez leurs auteurs, situez-les dans le temps et donnez quelques éléments caractéristiques de l'idéal qu'ils illustrent.

## Lecture analytique

**2.** Grâce à un premier ensemble de repérages lexicaux, énumérez les composantes et les caractéristiques de l'univers réel dans lequel se trouve Don Quichotte.

**3.** À l'aide d'autres observations lexicales, retrouvez dans le texte tous les éléments constituant les représentations que le personnage a du monde qui l'entoure. Quelles remarques pouvez-vous faire concernant la juxtaposition des deux contextes ?

**4.** En prenant appui sur certains verbes, expliquez comment se met en place la confusion entre les deux univers.

**5.** À partir de certains procédés d'écriture que vous identifierez, définissez la position du narrateur par rapport à ses personnages et au lecteur ainsi que la manière dont il intervient dans le récit. Quel regard pose-t-il sur son héros ?

**6.** Quelles différentes significations le lecteur peut-il attribuer à la scène rapportée et à l'image qui est donnée du héros ?

## Question d'oral

**7.** Étudiez le texte en montrant ce qui caractérise le personnage par rapport à la société de son temps et ce sur quoi son attitude attire l'attention du lecteur.

## Écriture d'invention

**8.** En utilisant des éléments du texte (contexte, personnages...), composez deux récits d'une trentaine de lignes, rapportant, l'un, l'arrivée d'un chevalier dans un château médiéval, l'autre, l'arrivée d'un simple cavalier dans une auberge espagnole. Donnez au premier récit un registre épique et au second un registre réaliste.

REPÈRES
Roman et société ► p. 76
Le personnage de roman ► p. 35
La notion de genre ► p. 220
La notion de registre ► p. 222

# 2 Savinien de Cyrano de Bergerac, *L'Autre Monde, Histoire comique des états et empires de la Lune* (publication posthume en 1657)

*Le roman de science-fiction,* L'Autre Monde, Histoire comique des États et Empires de la lune, *met en scène un narrateur qui voyage dans l'espace, avec pour guide le «démon» de Socrate, qui incarne l'esprit de sagesse du philosophe antique. Alors que le voyageur s'étonne d'une société dans laquelle les anciens saluent avec respect les plus jeunes, son accompagnateur lui donne les explications suivantes.*

«Vous vous étonnez, continua-t-il, d'une coutume si contraire à celle de votre pays? mais elle ne répugne point à la droite raison[1]; car en conscience, dites-moi, quand un homme jeune et chaud[2] est en force d'imaginer, de juger et d'exécuter, n'est-il pas plus capable de gouverner une famille qu'un infirme sexagénaire, pauvre hébété, dont la neige de soixante hivers a glacé l'imagination et qui ne se conduit que par ce que vous appelez expérience des heureux succès, qui ne sont cependant que de simples effets du hasard contre toutes les règles de l'économie[3] de la prudence humaine. Pour du jugement, il en a aussi peu, quoique le vulgaire de votre monde en fasse un apanage[4] de la vieillesse; mais pour se désabuser[5], il faut qu'il sache que ce qu'on appelle «prudence» en un vieillard n'est autre chose qu'une appréhension panique, une peur enragée de ne rien entreprendre qui l'obsède. Ainsi quand il n'a pas risqué un danger où un jeune homme s'est perdu, ce n'est pas qu'il en préjugeât la catastrophe[6], mais il n'avait pas assez de feu pour allumer ces nobles élans qui nous font oser; au lieu que l'audace en ce jeune homme était comme un gage de la réussite de son dessein, parce que cette ardeur qui fait la promptitude et la facilité d'une exécution

1. Elle ne choque pas la raison.
2. Actif, énergique.
3. Manière de se comporter.
4. Une spécificité.
5. Pour se dégager de l'erreur.
6. Ce n'est pas parce qu'il en a prévu.

**Francis Cleyn** (1582-1658), *John Bankes et son tuteur*, huile sur toile (Kingston Lacy, Dorset).

était celle qui le poussait à l'entreprendre. Pour ce qui est d'exécuter, je ferais tort à votre esprit de m'efforcer à le convaincre de preuves. Vous savez que la jeunesse seule est propre à l'action ; et si vous n'en étiez pas tout à fait persuadé, dites-moi, je vous prie, quand vous respectez un homme courageux, n'est-ce pas à cause qu'il vous peut venger de vos ennemis, ou de vos oppresseurs ? et est-ce par autre considération que par pure habitude que vous le considérez, lorsqu'un bataillon de septante janviers a gelé son sang, et tué de froid tous les nobles enthousiasmes dont les jeunes personnes sont échauffées pour la justice ? Lorsque vous déférez au plus fort[7], n'est-ce pas afin qu'il vous soit obligé[8] d'une victoire que vous ne lui sauriez disputer ? Pourquoi donc vous soumettre à lui, quand la paresse a fondu ses muscles, débilité ses artères, évaporé ses esprits, et sucé la moelle de ses os ? Si vous adoriez une femme, n'était-ce pas à cause de sa beauté ? Pourquoi donc continuer vos génuflexions après que la vieillesse en a fait un fantôme à menacer les vivants de la mort ? Enfin lorsque vous aimiez un homme spirituel, c'était à cause que par la vivacité de son génie il pénétrait une affaire mêlée et la débrouillait, qu'il défrayait[9] par son bien dire l'assemblée du plus haut carat[10], qu'il digérait les sciences d'une seule pensée ; et cependant vous lui continuez vos honneurs, quand ses organes usés rendent sa tête imbécile[11], pesante et importune aux compagnies, et lorsqu'il ressemble plutôt à la figure d'un dieu foyer[12] qu'à un homme de raison.

Concluez donc par là, mon fils, qu'il vaut mieux que les jeunes gens soient pourvus du gouvernement des familles que les vieillards. »

7. Lorsque vous cédez par respect.

8. Qu'il vous doive.

9. Se faisait remarquer.

10. Une assemblée très brillante.

11. Incapable de penser.

12. Dieu du foyer représenté par une statue de pierre chez les romains.


Contexte XVII^e^ s. ▸ p. 494

Notice biographique ▸ p. 512

Du même auteur ▸ p. 344

SUJET DE BAC 2 ▸ p. 52


RECHERCHE

### Histoire littéraire

**1.** L'écrivain Savinien de Cyrano de Bergerac est devenu un personnage théâtral. Donnez le titre, l'auteur et la date de l'œuvre dont il est le héros. Récapitulez quelques-uns des traits de caractère que lui attribue son auteur.

## Lecture analytique

**2.** Rapprochez les deux premières et les deux dernières lignes de l'extrait pour dégager la thèse de celui qui parle et montrer en quoi le passage forme un tout avec une unité de sens.

**3.** À partir des pronoms personnels, étudiez la présence dans le texte de celui qui parle et de son interlocuteur. En quoi ce dernier est-il important ? Quelle est sa fonction ?

**4.** En prenant appui sur la ponctuation, sur des récurrences de termes, sur la reprise de deux figures de rhétorique, ainsi que sur certaines articulations logiques, expliquez comment le texte est construit.

**5.** En quoi consiste l'argumentation de celui qui parle ? Retrouvez ses arguments et précisez leur domaine, puis trouvez et identifiez dans le texte certains procédés d'écriture propres à rendre l'argumentation plus efficace.

**6.** Sur quoi les propos de celui qui parle peuvent-ils faire réfléchir ?

## Question d'oral

**7.** Étudiez le texte en montrant par quels arguments et par quelle stratégie se trouve étayée une thèse que vous reformulerez.

## Commentaire

**8.** Vous ferez le commentaire de l'extrait proposé en vous aidant des axes suivants :
– les indices d'un discours construit et articulé ;
– un jeu constant de parallélismes ;
– une mise en cause des idées toutes faites.

REPÈRES Roman et société ▸ p. 76

# 3 Montesquieu, *Lettres persanes* (1721)

*Roman épistolaire, les* Lettres persanes *sont une correspondance entre des Persans découvrant la France et des amis restés dans leur pays. Dans les lettres XI à XIV se trouve abordé, à la suite d'une question posée par Mirza, le problème de la vertu et de la manière dont elle rend, ou non, les hommes heureux. Usbek répond à travers l'exemple d'un peuple vertueux, les Troglodytes.*

USBEK AU MÊME.

Je ne saurais assez te parler de la vertu des Troglodytes. Un d'eux disait un jour : « Mon père doit demain labourer son champ : je me lèverai deux heures avant lui ; et, quand il ira à son champ, il le trouvera tout labouré. »

Un autre disait en lui-même : « Il me semble que ma sœur a du goût pour un jeune Troglodyte de nos parents ; il faut que je parle à mon père, et que je le détermine à faire ce mariage. »

On vint dire à un autre que des voleurs avaient enlevé son troupeau : « J'en suis bien fâché, dit-il ; car il y avait une génisse toute blanche, que je voulais offrir aux dieux. »

On entendait dire à un autre : « Il faut que j'aille au temple remercier les dieux ; car mon frère, que mon père aime tant, et que je chéris si fort, a recouvré la santé. »

Ou bien : « Il y a un champ qui touche celui de mon père, et ceux qui le cultivent sont tous les jours exposés aux ardeurs du soleil : il faut que j'aille y planter deux arbres, afin que ces pauvres gens puissent aller quelquefois se reposer sous leur ombre. »

**Jean-Frédéric Schall** (1752-1825), *L'Élysée, scène familiale*, gravure en couleurs (Institut national de recherche pédagogique).

Un jour que plusieurs Troglodytes étaient assemblés, un vieillard parla d'un jeune homme qu'il soupçonnait d'avoir commis une mauvaise action, et lui en fit des reproches. « Nous ne croyons pas qu'il ait commis ce crime, dirent les jeunes Troglodytes : mais, s'il l'a fait, puisse-t-il mourir le dernier de sa famille ! »

On vint dire à un Troglodyte que des étrangers avaient pillé sa maison, et avaient tout emporté. « S'ils n'étaient pas injustes, répondit-il, je souhaiterais que les dieux leur en donnassent un plus long usage qu'à moi. »

Tant de prospérités ne furent pas regardées sans envie : les peuples voisins s'assemblèrent ; et, sous un vain prétexte, ils résolurent d'enlever leurs troupeaux. Dès que cette résolution fut connue, les Troglodytes envoyèrent au-devant d'eux des ambassadeurs, qui leur parlèrent ainsi :

« Que vous ont fait les Troglodytes ? Ont-ils enlevé vos femmes, dérobé vos bestiaux, ravagé vos campagnes ? Non : nous sommes justes, et nous craignons les dieux. Que demandez-vous donc de nous ? Voulez-vous de la laine pour faire des habits ? voulez-vous du lait pour vos troupeaux ? ou des fruits de nos terres ? Mettez bas les armes, venez au milieu de nous, et nous vous donnerons de tout cela. Mais nous jurons, par ce qu'il y a de plus sacré, que, si vous entrez dans nos terres comme ennemis, nous vous regarderons comme un peuple injuste, et que nous vous traiterons comme des bêtes farouches[1]. »

Ces paroles furent renvoyées avec mépris ; ces peuples sauvages entrèrent armés dans la terre des Troglodytes, qu'ils ne croyaient défendus que par leur innocence.

Mais ils étaient bien disposés à la défense. Ils avaient mis leurs femmes et leurs enfants au milieu d'eux. Ils furent étonnés de l'injustice de leurs ennemis, et non pas de leur nombre. Une ardeur nouvelle s'était emparée de leur cœur : l'un voulait mourir pour son père, un autre pour sa femme et ses enfants, celui-ci pour ses frères, celui-là pour ses amis, tous pour le peuple Troglodyte : la place de celui qui expirait était d'abord prise par un autre, qui, outre la cause commune, avait encore une mort particulière à venger.

Tel fut le combat de l'injustice et de la vertu. Ces peuples lâches, qui ne cherchaient que le butin, n'eurent pas honte de fuir ; et ils cédèrent à la vertu des Troglodytes, même sans en être touchés.

*D'Erzeron, le 9 de la lune de Gemmadi, 2, 1711*[2].

Lettre XIII (intégrale).

1. Féroces.
2. Indication de la date dans le calendrier persan et dans le calendrier chrétien.

Contexte XVIIIe s. ▸ p. 498
Notice biographique ▸ p. 516
Du même auteur ▸ p. 396
SUJET DE BAC 2 ▸ p. 52

RECHERCHE

### Histoire littéraire

**1.** Cherchez où et dans quelles conditions a été publié le roman les *Lettres persanes*.
**2.** Quelle peut être l'utilité de faire découvrir la réalité sociale et historique d'un pays par un regard étranger ?

### Les mots et leur usage

**3.** Donnez le sens du mot *troglodyte* puis dites quel mot on utilise pour désigner une société idéale mais imaginaire. Quelle œuvre du XVIe siècle utilise ce mot comme titre ?

## Lecture analytique

**4.** Déterminez à partir de quels indices on peut parler ici d'écriture épistolaire, puis déterminez le thème de la lettre.
**5.** Observez le découpage du texte en paragraphes, et déterminez sa structure : en quoi peut-on distinguer deux grandes parties, elles-mêmes subdivisées ?
**6.** Qu'ont en commun les sept premiers paragraphes, à la fois sur le plan de la forme et sur celui du contenu ? Quelle est leur fonction ?
**7.** Que comporte et comment est construite la seconde grande partie du texte ? Quelles idées sur la guerre se révèlent à travers ces paragraphes ? À quoi la vertu se trouve-t-elle associée ?
**8.** Quel enseignement moral et social se dégage de la lettre ?

## Question d'oral

**9.** Étudiez le texte en montrant son caractère épistolaire, puis en analysant la manière de procéder de l'épistolier pour faire comprendre les manifestations, l'importance et la force de la vertu.

## Dissertation

**10.** Pensez-vous que ce soit la vocation des romans – et donc d'œuvres de fiction – de traiter des problèmes sociaux et moraux d'une société ?
Vous répondrez à cette question à partir des textes que vous avez étudiés et des romans que vous avez lus.

REPÈRES
Roman et société ▸ p. 76
L'esprit des Lumières ▸ p. 434
La notion de genre ▸ p. 220

# 4 Jonathan Swift, *Voyages de Gulliver* (1726)

*Le narrateur/héros mis en scène par Jonathan Swift est un voyageur qui rencontre, dans des contrées étranges, des personnages insolites. Ainsi, géant chez les Lilliputiens, il est un nain chez les Géants qui habitent Brobdingnag. Le roi de ce pays apprécie sa compagnie et aime discuter avec lui, comme le montre l'extrait suivant.*

Le souverain prenait plaisir à converser avec moi, à me questionner sur les mœurs, la religion, les lois, les gouvernements et la culture de l'Europe, dont je m'efforçais de rendre compte de mon mieux. Il avait l'esprit si pénétrant, le jugement si sûr, qu'il faisait des remarques et des observations extrêmement pertinentes sur tout ce que je lui disais. Mais je dois signaler qu'un jour où je m'étais étendu trop complaisamment sur mon pays bien-aimé, sur notre économie et nos guerres terrestres et maritimes, sur nos schismes[1] religieux et nos discordes politiques, il arriva que le Roi, entraîné par les préjugés de son éducation, me prit dans une main et, me caressant doucement de l'autre, me demanda si j'étais whig ou bien tory[2]. Puis se tournant vers son Premier Ministre, qui se tenait derrière lui avec son bâton blanc, insigne de sa charge (presque aussi haut que le grand mât du Royal Sovereign[3]), il lui fit observer quelle pauvre chose est la grandeur humaine, puisqu'elle peut être singée par d'aussi minuscules insectes. Et pourtant, ajouta-t-il, je suis sûr que ces créatures infimes ont des titres et des distinctions honorifiques, qu'ils se font des niches et des terriers qu'ils appellent maisons ou cités, qu'ils aiment à exhiber des toilettes et des équipages, qu'ils tombent amoureux, se battent, se disputent, qu'ils trichent et trahissent... Et il continua sur ce thème, tandis que je rougissais et pâlissais d'indignation, à entendre traiter avec tant de mépris notre noble patrie, reine des armes et des arts, fléau de la France, arbitre de l'Europe, siège de toutes les vertus, de la piété, de l'honneur et de la loyauté, orgueil et envie de l'Univers.

Mais, outre que ma situation ne me permettait pas de relever les insultes, j'en vins, en y réfléchissant mieux, à me demander si réellement j'avais été insulté. Car, habitué depuis plusieurs mois à voir et à entendre ces gens, à ne rencontrer aucun objet qui ne fût à leur taille, j'avais oublié peu à peu l'horreur que leur énormité m'avait tout d'abord inspirée. Au point même que, si j'avais vu alors un groupe de dames et de seigneurs anglais jouer leurs personnages dans le meilleur style de la cour, saluer, babiller et se pavaner[4] dans leur brillante parure de fête, j'aurais, à dire vrai, été fort tenté de me moquer d'eux autant que le Roi et ses grands pouvaient se moquer de moi. D'ailleurs, je ne pouvais m'empêcher de sourire de moi-même, quand la Reine me prenait dans sa main devant son miroir où je nous voyais tous les deux en pied et où la comparaison était si risible que je commençais vraiment à me croire ramené à des dimensions qui n'étaient pas les miennes.

Deuxième partie, « Voyage à Brobdingnag », chapitre III,
traduit de l'anglais par J. Pons, d'après l'édition d'Émile Pons


1. Ruptures.
2. Termes désignant des partis politiques anglais, le parti libéral, le parti conservateur.
3. Navire officiel.
4. Prendre des poses avantageuses.

Contexte XVIIIe s. ► p. 498
Notice biographique ► p. 518
SUJET DE BAC 2 ► p. 52

**Coppin**, *Les Voyages de Gulliver* de J. Swift, deuxième partie, « Voyage à Brobdingnag », lithographie (vers 1850).

RECHERCHE

**Histoire littéraire**

**1.** Quel auteur du XVIe siècle a utilisé des géants comme personnages de romans ?
**2.** Dans quelle œuvre, au titre significatif, Voltaire a-t-il mis en scène un personnage à la fois grand et petit ? Après avoir répondu à ces deux questions, cherchez si ces choix littéraires ont les mêmes significations.

## Lecture analytique

**3.** En prenant appui sur des repérages précis, dites quel est le thème de l'extrait et pourquoi ce thème est difficile à déterminer.
**4.** Repérez les articulations logiques, les indicateurs de temps et les temps verbaux : que remarquez-vous en ce qui concerne la forme de discours utilisée et la structure du texte ? Quelles modifications et quelles oppositions les articulations logiques font-elles apparaître ?
**5.** À partir de l'observation des pronoms personnels, des figures d'opposition, des registres, dites sur quel phénomène le narrateur et le roi mettent l'accent à travers leurs différents jugements. Tenez compte de la taille de chaque personnage pour répondre à cette question.
**6.** Quel est l'intérêt, pour le thème abordé, d'un récit à la première personne fait par celui qui en est aussi le personnage principal ?
**7.** Quelle leçon de vie sociale le lecteur peut-il trouver dans cet extrait ? Quels sont les bienfaits et les risques de l'habitude ?

## Question d'oral

**8.** Étudiez le texte en montrant par quels procédés son auteur met en lumière le caractère relatif des jugements humains pour en faire ressortir une leçon que vous préciserez.

## Étude comparée

**9.** Rapprochez les textes de Savinien de Cyrano de Bergerac (▸ p. 38) et de Jonathan Swift (▸ p. 42) pour montrer comment des situations romanesques sont de nature à susciter des réflexions sur la manière de vivre des hommes et sur l'organisation sociale.

## Lecture de l'image

**10.** L'image est une illustration du roman. Décrivez ce qu'elle représente puis retrouvez tous les éléments communs au texte et à la représentation.
**11.** Expliquez en quoi la représentation picturale facilite la compréhension du texte dans le cas particulier d'une aussi grande différence de taille entre certains personnages.

REPÈRES Roman et société ▸ p. 76
L'ironie ▸ p. 415

# 5 Jean-Jacques Rousseau, *La Nouvelle Héloïse* (1761)

*Malgré son peu d'estime pour les romans, Jean-Jacques Rousseau a composé* La Nouvelle Héloïse, *roman par lettres qui raconte d'une part la passion contrariée de Julie d'Etange pour Saint Preux et d'autre part la vie idyllique de la petite communauté de Clarens, en Suisse. Dans une lettre écrite à son ami anglais milord Édouard, Saint Preux évoque l'harmonie dans laquelle se déroulent les vendanges.*

Vous[1] ne sauriez concevoir avec quel zèle, avec quelle gaieté tout cela[2] se fait. On chante, on rit toute la journée, et le travail n'en va que mieux. Tout vit dans la plus grande familiarité; tout le monde est égal, et personne ne s'oublie. Les dames sont sans airs, les paysannes sont décentes, les hommes badins[3] et non grossiers. C'est à qui trouvera les meilleures chansons, à qui fera les meilleurs contes, à qui dira les meilleurs traits[4]. L'union même engendre les folâtres[5] querelles; et l'on ne s'agace mutuellement que pour montrer combien on est sûr les uns des autres. On ne revient point ensuite faire chez soi les messieurs[6]; on passe aux vignes toute la journée: Julie y a fait une loge[7] où l'on va se chauffer quand on a froid, et dans laquelle on se réfugie en cas de pluie. On dîne avec les paysans et à leur heure, aussi bien qu'on travaille avec eux. On mange avec appétit leur soupe un peu grossière, mais bonne, saine, et chargée d'excellents légumes. On ne ricane point orgueilleusement de leur air gauche et de leurs compliments rustauds[8]; pour les mettre à leur aise, on s'y prête sans affectation[9]. Ces complaisances ne leur échappent pas, ils y sont sensibles; et voyant qu'on veut bien sortir pour eux de sa place[10], ils s'en tiennent d'autant plus volontiers dans la leur. À dîner[11], on amène les enfants et ils passent le reste de la journée à la vigne. Avec quelle joie ces bons villageois les voient arriver! Ô bienheureux enfants! disent-ils en les pressant dans leurs bras robustes, que le bon Dieu prolonge vos jours aux dépens des nôtres! Ressemblez à vos père et mère, et soyez comme eux la bénédiction du pays! Souvent, en songeant que la plupart de ces hommes ont porté les armes, et savent manier l'épée et le mousquet[12] aussi bien que la serpette[13] et la houe[14], en voyant Julie au milieu d'eux si charmante et si respectée recevoir, elle et ses enfants, leurs touchantes acclamations, je me rappelle l'illustre et vertueuse Agrippine montrant son fils aux troupes de Germanicus[15]. Julie! femme incomparable! vous exercez dans la simplicité de la vie privée le despotique empire de la sagesse et des bienfaits: vous êtes pour tout le pays un dépôt[16] cher et sacré que chacun voudrait défendre et conserver au prix de son sang; et vous vivez plus sûrement, plus honorablement au milieu d'un peuple entier qui vous aime, que les rois entourés de tous leurs soldats.

Le soir, on revient gaiement tous ensemble. On nourrit et loge les ouvriers tout le temps de la vendange; et même le dimanche, après le prêche[17] du soir, on se rassemble avec eux et l'on danse jusqu'au souper. Les autres jours on ne se sépare point non plus en rentrant au logis, hors le baron[18] qui ne soupe jamais et se couche de fort bonne heure, et Julie qui monte avec ses enfants chez lui jusqu'à ce qu'il s'aille coucher. À cela près, depuis le moment qu'on prend le métier de vendangeur jusqu'à celui qu'on le quitte, on ne mêle plus la vie citadine à la vie rustique. Ces saturnales[19] sont bien plus agréables et plus sages que celles des Romains. Le renversement qu'ils affectaient était trop vain pour instruire

1. Désigne le destinataire, milord Édouard.
2. Les vendanges.
3. Plaisantant facilement.
4. Petites phrases spirituelles.
5. Légères, sans gravité.
6. Faire les prétentieux.
7. Un abri.
8. Qui manquent de raffinement.
9. Avec simplicité.
10. Sa position sociale.
11. Le dîner est le repas du milieu de journée.
12. Sorte de fusil.
13. Petit outil tranchant de forme courbe servant à tailler les vignes.
14. Outil pour retourner la terre.
15. Allusion à un épisode de l'histoire romaine. Agrippine, épouse de l'empereur Germanicus, calma les soldats de ce dernier en leur montrant Caligula, son fils.
16. Un bien.
17. Sermon religieux.
18. Le baron de Wolmar, mari de Julie.
19. Fêtes de l'Antiquité romaine en l'honneur de Saturne permettant une inversion des rôles entre les maîtres et les esclaves et entraînant souvent de grands désordres.

Contexte XVIIIe s. ▸ p. 498
Notice biographique ▸ p. 517
Du même auteur ▸ p. 185, p. 186, p. 204, p. 230, p. 252, p. 420, p. 422, p. 423

le maître ni l'esclave : mais la douce égalité qui règne ici rétablit l'ordre de la nature, forme une instruction pour les uns, une consolation pour les autres, et un lien d'amitié pour tous.

Lettre VII, de Saint Preux à milord Édouard (extrait).

**Francisco de Goya y Lucientes** (1746-1828), *Les Vendanges ou l'Automne* (1786-1787), huile sur toile, 275 x 190 cm (Musée du Prado, Madrid).

## RECHERCHE

### Histoire littéraire

**1.** Cherchez dans la littérature du XVIIIe siècle français des exemples de romans par lettres et donnez certaines de leurs caractéristiques. Quels peuvent être les différents intérêts, sur le plan de l'intrigue et sur celui des personnages, du choix d'une forme épistolaire ?

### Lecture analytique

**2.** Par l'observation des pronoms personnels et de la ponctuation, déterminez qui parle dans le texte, et à qui. Quels indices permettent d'identifier un extrait de lettre ?

**3.** Le début de l'extrait annonce la présentation d'un travail qui se fait dans la *gaieté* et dans la *familiarité* : retrouvez tous les procédés d'écriture – lexique, ponctuation, figures de rhétorique – qui expriment ces deux notions.

**4.** Les vendanges sont l'occasion de montrer une société dans laquelle *tout le monde est égal* (l. 3). Étudiez quelles sont et comment sont exprimées les preuves de cette égalité. Est-elle totale et définitive ?

**5.** En prenant appui sur le lexique et sur certaines connotations et références, définissez l'idéal moral qui se dégage de cet extrait.

**6.** Quelle(s) fonction(s) Rousseau semble-t-il accorder au roman, à travers cet extrait ? Quel intérêt le roman par lettres peut-il avoir par rapport à cette (ces) fonction(s) ?

### Question d'oral

**7.** Étudiez le texte en faisant ressortir les caractéristiques sociales et morales de la vie à Clarens dans le contexte des vendanges. Étudiez également le registre de l'extrait.

### Commentaire

**8.** Construisez et rédigez un commentaire du premier paragraphe du texte (l. 1 à 30) en vous aidant des axes suivants :
– des vendanges vécues dans la *gaieté* et dans la *familiarité* ;
– un modèle social d'égalité ;
– la présentation enthousiaste d'une vie collective fondée sur la vertu.

REPÈRES
Roman et société ▸ p. 76
L'esprit des Lumières ▸ p. 434
La notion de registre ▸ p. 222

# 6 Denis Diderot

## *Le Neveu de Rameau* (1762-1777)[1]

*L'œuvre, qui doit son titre au neveu du compositeur Jean-Philippe Rameau, s'apparente au roman, malgré de nombreux dialogues qui font penser au théâtre. Diderot y met en scène un personnage foncièrement original, le neveu, ou «Lui», face à «Moi», qui n'est pas souvent du même avis, et qui représente peut-être Diderot. Dans le passage donné ici, le neveu vient d'affirmer qu'il a un grand talent de mime.*

Puis il[2] se met à sourire, à contrefaire l'homme admirateur, l'homme suppliant, l'homme complaisant; il a le pied droit en avant, le gauche en arrière, le dos courbé, la tête relevée, le regard comme attaché sur d'autres yeux, la bouche entrouverte, les bras portés vers quelque objet; il attend un ordre, il le reçoit; il part comme un trait; il revient, il est exécuté; il en rend compte. Il est attentif à tout; il ramasse ce qui tombe; il place un oreiller ou un tabouret sous des pieds; il tient une soucoupe, il approche une chaise, il ouvre une porte; il ferme une fenêtre; il tire les rideaux; il observe le maître et la maîtresse; il est immobile, les bras pendants, les jambes parallèles; il écoute; il cherche à lire sur des visages; et il ajoute: «Voilà ma pantomime[3], à peu près la même que celle des flatteurs, des courtisans, des valets et des gueux[4].»

Les folies de cet homme, les contes de l'abbé Galiani[5], les extravagances de Rabelais[6] m'ont quelquefois fait rêver profondément. Ce sont trois magasins où je me suis pourvu de masques ridicules que je place sur le visage des plus graves personnages; et je vois Pantalon[7] dans un prélat, un satyre dans un président, un pourceau dans un cénobite[8], une autruche dans un ministre, une oie dans son premier commis.

MOI. – Mais à votre compte, dis-je à mon homme, il y a bien des gueux dans ce monde-ci; et je ne connais personne qui ne sache quelques pas de votre danse.

**1.** Dates probables de rédaction. Le manuscrit ne fut publié qu'en 1891.

**2.** Il s'agit du neveu.

**3.** Mouvement, danse.

**4.** Vagabonds, mendiants.

**5.** Prêtre italien ami des philosophes.

**6.** Voir textes pages 303, 305, 307, 323 et notice biographique page 517.

**7.** Vieillard pédant de la commedia dell'arte.

**8.** Religieux vivant dans une communauté.

**9.** Manière de se tenir et de placer les pieds, pour un danseur.

**10.** De naissance noble.

**11.** Sorte de col blanc qui se rabat.

**12.** Revenu attaché à une charge ecclésiastique.

**Jean-Antoine Watteau** (1684-1721), *Trois études d'homme ou d'un comédien*, papier beige, pierre noire, rehauts blanc et sanguine, 26,7 x 39 cm (Musée du Louvre, Paris).

13. Actrice de théâtre célèbre, maîtresse de Bertin.

14. Financier qui devint en 1742 trésorier des fonds particuliers de Louis XV.

Contexte XVIIIe s. ▶ p. 498

Notice biographique ▶ p. 512

Du même auteur ▶ p. 152 p. 153 p. 232 p. 285 p. 400 p. 416 p. 418

LUI. – Vous avez raison. Il n'y a dans tout un royaume qu'un homme qui marche, c'est le souverain. Tout le reste prend des positions[9].

MOI. – Le souverain? Encore y a-t-il quelque chose à dire. Et croyez-vous qu'il ne se trouve pas, de temps en temps, à côté de lui, un petit pied, un petit chignon, un petit nez qui lui fasse faire un peu de la pantomime? Quiconque a besoin d'un autre, est indigent et prend une position. Le roi prend une position devant sa maîtresse et devant Dieu; il fait son pas de pantomime. Le ministre fait le pas de courtisan, de flatteur, de valet ou de gueux devant son roi. La foule des ambitieux danse vos positions, en cent manières plus viles les unes que les autres, devant le ministre. L'abbé de condition[10], en rabat[11] et en manteau long, au moins une fois la semaine, devant le dépositaire de la feuille des bénéfices[12]. Ma foi, ce que vous appelez la pantomime des gueux, est le grand branle de la terre. Chacun a sa petite Hus[13] et son Bertin[14].

RECHERCHE

### Histoire des arts

**1.** Cherchez qui était Jean-Philippe Rameau, à quelle époque il a vécu et indiquez quelques-unes de ses œuvres.

### Histoire littéraire

**2.** Citez le nom, les dates et l'œuvre d'un auteur du XVIIe siècle qui s'est attaché à dénoncer, à travers de courts portraits, de nombreux comportements sociaux.

## Lecture analytique

**3.** Observez les alinéas, la ponctuation et les pronoms personnels pour déterminer comment le texte est composé et ce qui appartient à chacun des deux locuteurs. D'où vient la difficulté?

**4.** Définissez le thème de la scène et du dialogue qui sont rapportés ici; à partir des modalités d'écriture (et de paroles), exposez les trois manières différentes dont le thème est abordé.

**5.** Expliquez ce qui rapproche et ce qui différencie ces trois manières d'aborder le même thème, en analysant leurs caractéristiques et leurs points communs.

**6.** Étudiez les procédés de la généralisation dans le texte ainsi que les connotations et dites quelle leçon le lecteur peut tirer des propos des deux personnages.

## Question d'oral

**7.** Étudiez le texte en montrant par quels procédés différents se trouve exprimée dans le texte l'idée que la vie sociale n'est qu'une constante représentation.

## Travail sur un corpus de textes

**8.** Rapprochez les textes de Montesquieu (▶ p. 40), Jean-Jacques Rousseau (▶ p. 44) et Denis Diderot (▶ p. 46) pour mettre en évidence le thème commun à deux d'entre eux et le rôle joué dans le corpus par le troisième.

## Lecture de l'image

**9.** Expliquez ce que l'on appelle « dessin à la sanguine » et ce que c'est qu'une « étude ».

**10.** À quoi s'attache particulièrement le dessinateur dans ses trois études ? Répondez à partir d'une observation précise de ce qui est représenté.

**11.** Le titre est *Trois études d'homme ou d'un comédien* : en quoi peut-il être intéressant de savoir s'il s'agit d'un homme ou d'un comédien ?

**12.** Rapprochez ces trois études de l'extrait proposé : en quoi cette illustration et son titre sont-ils adaptés au contenu du texte ?

REPÈRES Roman et société ▶ p. 76

L'esprit des Lumières ▶ p. 434

# 7 Louis-Sébastien Mercier, *L'An 2440, rêve s'il en fut jamais* (1771)

*L'An 2440 est un roman d'anticipation. Le narrateur s'est endormi un soir à minuit et se réveille sept cents ans plus tard. Il découvre alors la capitale et la société française sous des aspects méconnaissables. Un « citoyen » rencontré lors de son réveil lui fait visiter Paris et lui donne toutes sortes d'explications. C'est lui qui parle ici.*

Il pouvait être très agréable de prendre du chocolat, de savourer des épices, de manger du sucre et des ananas, de boire la crème des Barbades[1], de vêtir les étoffes brillantes des Indes. Mais, en vérité, ces sensations étaient-elles assez voluptueuses pour nous fermer les yeux sur l'assemblage des maux inouïs que notre mollesse éveillerait dans les deux hémisphères ? Vous alliez briser les nœuds sacrés du sang et de la nature sur la côte de Guinée[2], vous armiez le père contre le fils et vous prétendiez[3] au nom de chrétiens, au nom d'hommes. Aveugles et barbares ! Vous ne l'avez que trop appris par une fatale expérience. La soif de l'or, exaltée dans tous les cœurs ; l'avidité faisant disparaître l'aimable modération ; la justice et la vertu mises au rang des chimères ; l'avarice pâle, inquiète, sillonnant les déserts de l'océan, peuplant de cadavres le vaste fond des mers ; une race entière d'hommes vendus, achetés, traités comme les animaux de la plus vile espèce[4] ; des rois devenus marchands, ensanglantant le globe pour le drapeau d'une frégate ; l'or enfin, sortant des mines du Pérou comme un fleuve brûlant, coulant en Europe pour dessécher partout sur son passage les racines du bonheur, et après avoir tourmenté, épuisé la race humaine, aller s'engloutir pour jamais dans les Indes, où la superstition enfouit d'un côté dans les entrailles de la terre ce que l'avarice en arrache de l'autre avec effort. Voilà le tableau fidèle des avantages que le commerce extérieur a produits au monde.

Nos vaisseaux ne font plus le tour du globe pour apporter de la cochenille[5] et de l'indigo[5]. Savez-vous quelles sont nos mines ? C'est le travail et l'industrie. Tout ce qui sert à la commodité, à l'aisance, aux intentions directes de la nature, est encouragé avec le plus grand soin. Tout ce qui tient au faste, à l'ostentation[6], à la vanité, à ce désir puéril de posséder exclusivement une chose de pure fantaisie, est sévèrement proscrit. On jette à la mer ces diamants perfides, ces perles dangereuses[7] et toutes ces pierres bigarrées[8] qui rendent les cœurs durs comme elles. Vous pensiez être très ingénieux dans les raffinements de votre mollesse ; mais sachez que vous n'avez donné que dans le superflu, dans l'ombre de la grandeur ; que vous n'étiez pas même voluptueux. Vos intentions futiles et misérables se bornaient à la jouissance d'un seul jour. Vous n'étiez que des enfants amoureux d'objets brillants, incapables de satisfaire à vos vrais besoins, ignorant l'art d'être heureux, vous tourmentant loin du but et prenant à chaque pas l'image pour la réalité.

Chapitre XL, « Du commerce » (extrait).

1. Iles des petites Antilles. La « crème des Barbades » désigne une liqueur de rhum.
2. Pays d'Afrique de l'ouest d'où partait la traite négrière.
3. Vous pensiez mériter.
4. Allusion à l'esclavage.
5. Insecte et matière colorante produisant des teintures, rouge pour la cochenille, bleue pour l'indigo.
6. Étalage indiscret de richesses.
7. Symboles du luxe inutile aux yeux de celui qui parle.
8. Aux couleurs variées.

Contexte XVIIIe s. ► p. 498
Notice biographique ► p. 515
SUJET DE BAC 2 ► p. 52

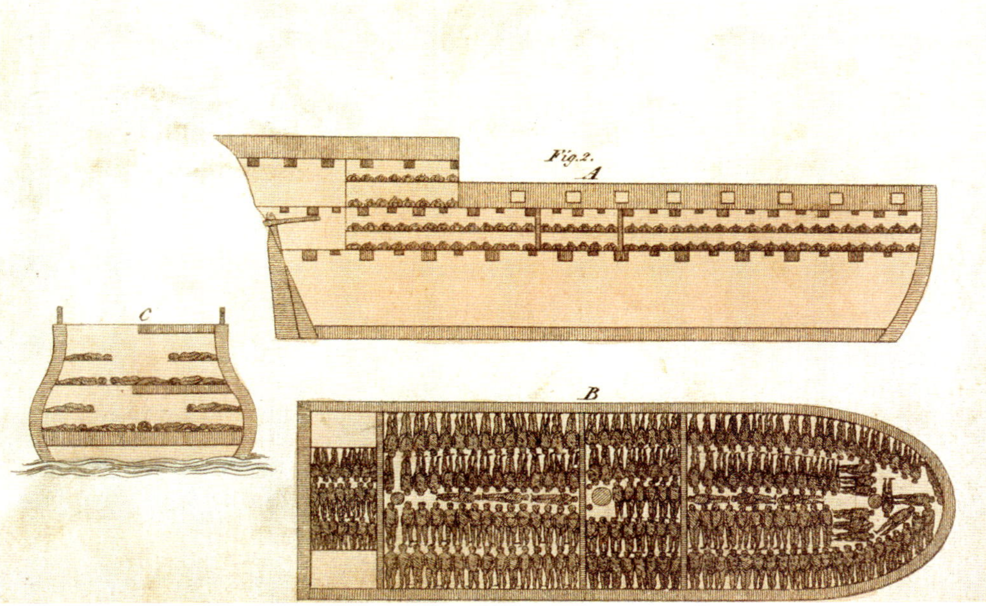


Ci-contre et page 48 : gravures en couleurs, « plans d'un camp d'esclaves et d'un bateau négrier » (XVIIIe siècle), anonyme.

RECHERCHE

**Histoire littéraire**

**1.** Le commerce et l'industrie sont des thèmes abordés par les philosophes des Lumières. Cherchez des indices de cet intérêt dans différentes œuvres et chez différents auteurs dont des extraits figurent, ou non, dans ce manuel.

**2.** La dénonciation de l'esclavage figure dans plusieurs œuvres du XVIIIe siècle. Retrouvez certaines de ces œuvres, puis indiquez pour chacune sa date, son auteur et le genre littéraire auquel elle appartient.

## Lecture analytique

**3.** Le chapitre de roman d'où est extrait le passage a pour titre « Du commerce ». Retrouvez dans le texte tout ce qui renvoie à cette notion, de manière directe ou indirecte.

**4.** Identifiez les différents temps verbaux utilisés et interprétez leur emploi : comment se situent dans le temps celui qui parle et les faits qu'il évoque ? Étudiez aussi la variation des pronoms personnels et des adjectifs possessifs. Que remarquez-vous ?

**5.** À partir du lexique, dites à quoi se trouve associé le commerce par celui qui parle et sur quoi portent ses critiques. Mettez en relief les différents procédés qui en soulignent la violence et qui sont susceptibles de toucher la sensibilité de l'interlocuteur et du lecteur.

**6.** Parallèlement, quel idéal de société se dessine dans le texte ? Quelles sont ses relations avec la morale ?

**7.** Le texte est une réflexion sur le commerce, sa nature, ses objectifs, ses effets : vous paraît-elle déplacée au XXIe siècle ?

## Question d'oral

**8.** Étudiez le texte en montrant comment la critique du commerce se trouve étroitement associée à des conceptions morales et permet de dessiner les grandes lignes d'une société idéale.

## Travail sur un corpus de textes

**9.** Rapprochez les textes de Montesquieu (▶ p. 40), Jean-Jacques Rousseau (▶ p. 44) et Louis-Sébastien Mercier (▶ p. 48) pour étudier comment la fiction romanesque se met au service d'une réflexion sociale et morale.

## Commentaire

**10.** Commentez le texte de Louis-Sébastien Mercier en vous aidant des axes suivants :
- un thème économique, le commerce ;
- les modalités d'une critique sévère ;
- les composantes d'une société idéale.

## Lecture des images

**11.** Décrivez ce que vous voyez sur les deux images et dites à quels éléments précis du texte ces deux représentations renvoient.

**12.** Comment est rendu le caractère inhumain de l'esclavage sur les deux images ?

REPÈRES
Roman et société ▶ p. 76
L'esprit des Lumières ▶ p. 434

# 8 Nicolas Edme Restif de la Bretonne, *La Paysanne pervertie ou les Dangers de la ville* (1784)

*Dans un roman par lettres d'inspiration autobiographique, N. E. Restif de la Bretonne raconte la déchéance progressive d'une jeune paysanne partie d'Auxerre avec l'idée de réussir à Paris. La lettre donnée ici est celle qu'Ursule, l'héroïne, écrit à Madame Parangon[1], pour lui raconter ses premières impressions de Paris.*

RÉPONSES D'URSULE,
AUX DEUX LETTRES PRÉCÉDENTES

[Elle raconte son arrivée, et comme la corruption règne dans les grandes villes.[2]]

10 août

Madame et très chère amie,

Votre lettre m'a fait le plaisir que vous imaginez, d'avoir de vos précieuses nouvelles: quant aux choses tristes[3], je les savais déjà, par la lettre de ma belle-sœur que je joins à celle-ci, et que je vous supplie de me rapporter; car elle m'est chère, à cause de la part d'où elle vient[4]. Je n'espère pas de réponse, mais votre vue[5], qui est pour moi le plus grand des biens.

Nous sommes arrivés très heureusement[6]. Paris, vu de la Seine, fait un spectacle imposant et majestueux: mais le dedans a ses désagréments, comme vous allez voir, et comme sans doute vous le savez. Nous sommes arrivées de grand jour au port Saint-Paul[7]: Je suis descendue la première, plus hardiment que je n'aurais cru. La bonne dame Canon[8] a eu peur, en me voyant aller si résolument, et elle s'est écriée: « Prenez garde, Ursule!... » Ce qui m'a fait frissonner, je ne sais pourquoi. Mes genoux ont tremblé, quand mes pieds ont touché la terre, comme si celle de Paris me devait porter malheur. Mais c'était de joie: car ce pays me plaît beaucoup, et je suis très satisfaite de la capitale; il ne me manque que la présence d'une amie adorée, pour y être heureuse. Mais il faut que je vous dise un mot des désagréments dont j'ai parlé. D'abord la chère dame Canon en est quelquefois de bien mauvaise humeur! Elle nous[9] fait souffrir de toutes les sottises qu'on nous dit, ou des compliments qu'on nous fait dans les rues. L'un de ces jours, un homme nous suivait le soir, et nous disait je ne sais combien de choses où je n'ai rien compris: nous doublions le pas ma charmante petite sœur et moi (je l'appelle ainsi depuis votre chère lettre, mais comme par amitié, sans lui en dire le vrai sujet), pour ne pas entendre les sots propos: Mme Canon nous a rappelées, et nous a grondées de ce que nous allions trop loin devant elle; nous avons marché doucement, et le vilain homme a été à son aise: Mme Canon, qui bouillait, et qui n'osait rien dire, parce qu'elle avait peur, nous a encore grondées de ce que nous allions doucement. Nous avons été vite; l'homme s'est mis entre elle et nous: elle nous a encore rappelées, suffoquée de colère, et elle l'a menacé de le faire arrêter: il lui a ri au nez; effectivement elle avait un air si comique, que Fanchette a éclaté; je me pinçais, moi, pour m'empêcher de rire, et surtout

1. Ursule a été confiée à Madame Parangon, épouse d'un imprimeur d'Auxerre, qui veille sur elle.
2. Présentation de l'auteur.
3. En particulier la maladie du frère d'Ursule.
4. À cause de la personne qui l'envoie.
5. J'espère vous voir.
6. Sans encombre.
7. Port sur la Seine, à Paris.
8. Tante de Madame Parangon, qui joue le rôle de gouvernante pour Ursule.
9. Ursule est accompagnée d'une amie, Mlle Fanchette, qui est la jeune sœur de Madame Parangon.

je regardais le vilain homme, qui s'est avisé de venir à moi : il m'a mise en colère, au point que je lui préparais un bon soufflet, lorsque la garde a paru. Il s'est aussitôt glissé entre deux carrosses, et nous ne l'avons plus vu. Après cela, nous en avons eu un autre plus poli, qui nous a fait de jolis compliments, surtout à Mlle Fanchette, qui me disait assez haut : « Est-ce qu'il nous connaît, ma bonne amie ? » C'est qu'il disait que nous n'avions pas besoin de parure, et que nous étions adorables en déshabillé ; que nous avions de l'esprit, et je ne sais combien d'autres choses. Il a beaucoup ri de ce que me disait Fanchette, à chacun de ses compliments ; car Mme Canon, qui donnait le bras à la cuisinière, était à quelques pas de nous, et cet homme-ci ne faisait pas semblant de nous parler. Ce qu'il nous disait était fort singulier, lorsque nous sommes heureusement arrivées à notre porte. Il nous a regardées entrer, et je l'ai encore aperçu du balcon, qui restait en extase de l'autre côté de la rue. Cela est drôle ici ! Comme on ne se connaît pas, chacun y dit ce qu'il pense, et on n'est pas retenu comme chez nous et à Au** [10], par une sorte de respect humain, dans la crainte que ces petits écarts ne soient sus. Il me semble, sans être philosophe, que c'est pourquoi le vice va plus tête levée ici qu'ailleurs ; il n'a que le moment présent de la honte à craindre ; la chose passée, la rue quittée, on est un être tout neuf, et absolument intact où l'on arrive. Cela est commode pour les malhonnêtes gens, et pour tant de filles perdues qu'il y a ici (dit-on). Vous voyez que je commence à raisonner ; c'est l'air de ce pays-ci qui est en cause ; et puis, quelquefois de sur notre chaise aux Tuileries[11], ou au Palais-Royal[11], nous entendons des femmes *philosopher*, comme elles disent, et cela donne envie de les imiter. Mais je badine, et je ne sais comment cela m'est venu. Je vous attends avec impatience, et je suis avec un respectueux attachement, Votre, etc. Je vous prie de faire tenir vous-même cette réponse à ma belle-sœur, épouse de mon frère Pierre : parce que je voudrais qu'elle fût sûrement remise, et en secret.

Deuxième partie, lettre XII (lettre intégrale).

10. Allusion à la vie à Auxerre.

11. Lieux parisiens.

Contexte XVIIIe s. ► p. 498
Notice biographique ► p. 517

**William Hogarth** (1697-1764), gravure extraite de la série *L'innocence bafouée* (1732), « Une maquerelle et une jeune fille » (Corporation of London Librairies and Guildhall Art Gallery).

## Lecture analytique

**1.** Retrouvez tous les indices qui définissent une lettre.

**2.** Évoquant sa découverte de Paris, l'épistolière parle à plusieurs reprises de « désagréments ». Retrouvez dans le texte tout ce qui exprime ces désagréments et précisez en quoi ils consistent. Comment se rattachent-ils au titre du roman ? Que laissent-ils présager ?

**3.** Par le repérage de certaines oppositions qui figurent dans le texte, faites apparaître la présence d'ambiguïtés dans ce que rapporte Ursule de ses premières expériences parisiennes : certains « désagréments » sont-ils si désagréables ? Quels traits de caractère ces ambiguïtés laissent-elles deviner chez celle qui parle ?

**4.** En prenant appui sur les temps et le sens des verbes, ainsi que sur le lexique, déterminez à partir de quel moment l'épistolière abandonne le discours narratif. Qu'envisage-t-elle ensuite, sous quelle forme ? Quel est l'intérêt respectif de chacune des deux formes utilisées ? Quel peut être leur objectif commun ?

**5.** Le romancier a choisi de faire de son roman un échange de lettres de fiction : en quoi est-il intéressant pour le lecteur que le texte soit écrit à la première personne par celle qui vit ce qui est raconté ? Qu'est-ce que permet la lettre ?

## Question d'oral

**6.** Étudiez le texte en montrant comment le caractère ambigu des « désagréments » racontés et l'attitude des jeunes héroïnes laissent deviner à la fois leur caractère et certaines caractéristiques de la vie parisienne quelques années avant la Révolution.

## Dissertation

**7.** Un auteur contemporain écrit : « Le public ne cherche pas seulement dans la lecture l'évasion et la distraction, la sensibilité individuelle, le sentiment et la rêverie ; il prend conscience des grands problèmes économiques et sociaux, il s'en informe, il s'en inquiète. »
Vous montrerez, à partir de vos lectures et de votre connaissance des romans, dans quelle mesure ce genre s'offre en effet comme un divertissement, une possibilité d'évasion, mais aussi comme l'occasion de réfléchir et d'apprendre dans le domaine de la vie économique et sociale.

**REPÈRES** Roman et société ▸ p. 76
Le personnage de roman ▸ p. 35
L'esprit des Lumières ▸ p. 434

# SUJET DE BAC 2

**OBJET D'ÉTUDE**

**Le roman.**

**CORPUS**

**A** – S. de Cyrano de Bergerac, *L'Autre Monde...* (1657) ▸ p. 38.
**B** – Montesquieu, *Lettres persanes* (1721) ▸ p. 40.
**C** – J. Swift, *Voyages de Gulliver* (1726) ▸ p. 42.
**D** – L.-S. Mercier, *L'An 2440, rêve s'il en fut jamais* (1771) ▸ p. 48.

## Questions sur le corpus

Sur quel procédé commun repose, dans l'ensemble du corpus, l'analyse et la présentation d'une société ? Que permet-il ?

## Écriture

### Commentaire

Vous ferez le commentaire de l'extrait des *Voyages de Gulliver* de J. Swift (▸ p. 42).

### Dissertation

L'écrivain contemporain Claude Roy écrit dans *Défense de la littérature* : « Certains esprits refusent le roman. Ils y voient une amusette, un gaspillage de forces. Ils trouvent la vie (ou l'Histoire) plus riche en histoires, la science plus excitante, et que la philosophie donne mieux à penser. “Comment peut-on lire des romans ? Moi, Monsieur, je ne lis que des Mémoires. Et moi, que des traités scientifiques. Pas de temps à perdre” ! »
Vous direz, en vous appuyant sur les textes du corpus, sur vos lectures et sur les romans que vous avez étudiés, ce que vous pensez de ce jugement sur les romans rapporté par Claude Roy.

### Écriture d'invention

En vous inspirant des procédés utilisés par les auteurs des textes du corpus, vous mettrez en scène un personnage du XXI^e siècle exposant à des interlocuteurs d'une autre galaxie, qui ignorent la civilisation du papier, ce qu'est un livre, en tant qu'objet, et pourquoi il faut sauvegarder la catégorie des romans, susceptibles, plus que les autres, de résister au temps et de remplir de nombreuses fonctions que vous définirez et illustrerez. Celui qui parle peut s'exprimer à la première personne (80 à 100 lignes).

# 9 Lire l'image : J.-H. Fragonard

**Jean-Honoré Fragonard** (1732-1806), *Le Verrou*, huile sur toile, 73 x 93 cm (Musée du Louvre, Paris).

RECHERCHE

### Histoire des arts

**1.** Recherchez quelques informations sur Fragonard et citez au moins trois titres de tableaux très célèbres de ce peintre.

**2.** Quel(s) aspect(s) du XVIII^e siècle ce tableau illustre-t-il ? De quelle œuvre romanesque célèbre, qui figure dans ce manuel, pourrait-il être rapproché ?

## Lecture de l'image

**3.** Décrivez minutieusement ce que vous voyez sur le tableau : que raconte la scène représentée ? En quoi pourrait-elle constituer un épisode de roman ?

**4.** Mettez en évidence la composition et les grandes lignes du tableau, les effets de contraste : qu'est-ce qui est mis en relief ?

**5.** Étudiez la manière dont sont rendus les mouvements. D'où vient l'impression de théâtralisation ?

**6.** Le titre du tableau est *Le Verrou* : explicitez-le et cherchez quel rôle le tableau fait jouer au spectateur.

REPÈRES La lecture de l'image ▸ p. 489

Séquence 3

# Roman et société, XIX^e et XX^e siècles

## 1 Honoré de Balzac, *Le Colonel Chabert* (1832-1835)

*Publié en 1832 dans la revue* L'Artiste, *le roman* Le Colonel Chabert *raconte comment un officier napoléonien, supposé mort à la bataille d'Eylau, en 1807, réapparaît en 1819 et tente de retrouver sa place dans la société. Aidé par l'avoué[1] Derville, il veut intenter un procès à sa femme, devenue, par son remariage, la comtesse Ferraud.*

– Colonel, votre affaire[2] est excessivement compliquée, lui dit Derville en sortant de la chambre pour s'aller promener au soleil le long de la maison[3].

– Elle me paraît, dit le soldat, parfaitement simple. L'on m'a cru mort, me voilà! rendez-moi ma femme et ma fortune; donnez-moi le grade de général auquel j'ai droit, car j'ai passé colonel dans la garde impériale, la veille de la bataille d'Eylau[4].

– Les choses ne vont pas ainsi dans le monde judiciaire, reprit Derville. Écoutez-moi. Vous êtes le comte Chabert, je le veux bien, mais il s'agit de le prouver judiciairement à des gens qui vont avoir intérêt à nier votre existence. Ainsi, vos actes[5] seront discutés. Cette discussion entraînera dix ou douze questions[6] préliminaires. Toutes iront contradictoirement jusqu'à la cour suprême, et constitueront autant de procès coûteux, qui traîneront en longueur, quelle que soit l'activité que j'y mette. Vos adversaires demanderont une enquête à laquelle nous ne pourrons pas nous refuser, et qui nécessitera peut-être une commission rogatoire[7] en Prusse. Mais supposons tout au mieux: admettons qu'il soit reconnu promptement par la justice que vous êtes le colonel Chabert. Savons-nous comment sera jugée la question soulevée par la bigamie fort innocente[8] de la comtesse Ferraud? Dans votre cause, le point de droit est en dehors du code, et ne peut être jugé par les juges que suivant les lois de la conscience, comme fait le jury dans les questions délicates que présentent les bizarreries sociales de quelques procès criminels. Or, vous n'avez pas eu d'enfants de votre mariage, et monsieur le comte Ferraud en a deux du sien, les juges peuvent déclarer nul le mariage où se rencontrent les liens les plus faibles, au profit du mariage qui en comporte de plus forts, du moment où il y a eu bonne foi chez les contractants. Serez-vous dans une position morale bien belle, en voulant *mordicus*[9] avoir à votre âge et dans les circonstances où vous vous trouvez, une femme qui ne vous

1. L'avoué défend les intérêts d'un client.
2. Aller en justice pour « récupérer » ses biens, sa fortune et sa femme.
3. Les deux personnages sont alors dans la chambre que Chabert occupe dans une misérable pension.
4. Bataille menée par Napoléon contre les armées russes, le 8 février 1807.
5. Vos documents.
6. Sujets à examiner.
7. Acte par lequel un juge d'instruction charge un autre juge de procéder à une enquête.
8. Déclarée veuve, l'épouse du colonel s'est remariée avec le comte Ferraud, et a eu deux enfants.
9. À tout prix.

aime plus ? Vous aurez contre vous votre femme et son mari, deux personnes puissantes qui pourront influencer les tribunaux. Le procès a donc des éléments de durée. Vous aurez le temps de vieillir dans les chagrins les plus cuisants.

– Et ma fortune ?

– Vous vous croyez donc une grande fortune ?

– N'avais-je pas trente mille livres de rente ?

– Mon cher colonel, vous aviez fait, en 1799, avant votre mariage, un testament qui léguait le quart de vos biens aux hospices[10].

– C'est vrai.

– Eh ! bien, vous censé mort, n'a-t-il pas fallu procéder à un inventaire, à une liquidation afin de donner ce quart aux hospices ? Votre femme ne s'est pas fait scrupule de tromper les pauvres. L'inventaire, où sans doute elle s'est bien gardée de mentionner l'argent comptant, les pierreries, où elle aura produit peu d'argenterie, et où le mobilier a été estimé à deux tiers au-dessous du prix réel, soit pour la favoriser, soit pour payer moins de droits au fisc[11], et aussi parce que les commissaires-priseurs sont responsables de leurs estimations, l'inventaire ainsi fait a établi six cent mille francs de valeurs. Pour sa part, votre veuve avait droit à la moitié. Tout a été vendu, racheté par elle[12], elle a bénéficié sur tout, et les hospices ont eu leurs soixante-quinze mille francs. Puis, comme le fisc héritait de vous, attendu que vous n'aviez pas fait mention de votre femme dans votre testament, l'Empereur a rendu par un décret à votre veuve la portion qui revenait au domaine public. Maintenant, à quoi avez-vous droit ? à trois cent mille francs seulement, moins les frais.

– Et vous appelez cela la justice ? dit le colonel ébahi.

10. Institution charitable : on dirait maintenant humanitaire.

11. À l'État.

12. Derville est aussi l'avoué de la comtesse Ferraud, ce qui explique qu'il soit si précisément au courant de sa fortune.

Contexte XIXe s. ► p. 502
Notice biographique ► p. 510

RECHERCHE

### Histoire littéraire

**1.** Les guerres napoléoniennes ont inspiré plusieurs romanciers français et étrangers du XIXe siècle. Retrouvez le titre, l'auteur et la date de certaines de ces œuvres. Comment peut-on expliquer ce choix thématique ?

**2.** Le roman *Le Colonel Chabert* a eu plusieurs titres : retrouvez-les (par exemple dans une présentation du roman figurant dans certaines éditions de poche) et cherchez sur quoi chacun d'entre eux met l'accent.

## Lecture analytique

**3.** Derville évoque le « monde judiciaire » : retrouvez les formulations et les différents indices qui expriment cette notion, puis précisez quels sont les deux aspects de la situation de Chabert abordés par l'avoué.

**4.** Retrouvez et reformulez les arguments successifs utilisés par Derville dans les deux domaines envisagés en signalant ce qui différencie ces domaines et chaque démarche argumentative ; dites sur quoi reposent ces arguments et à quoi ils font appel chez celui à qui ils s'adressent.

**5.** Expliquez la question posée par le colonel à la dernière ligne du texte et dites à quel genre littéraire le texte pourrait appartenir.

**6.** Quelles sont les deux époques historiques évoquées dans le texte ? Retrouvez et classez les différents éléments qui y font référence.

**7.** Retrouvez dans le texte tout ce qui renvoie à la vie sociale. Sur quel problème humain ce passage conduit-il le lecteur à réfléchir ?

## Question d'oral

**8.** Étudiez le texte en montrant en quoi l'argumentation de Derville révèle certains mécanismes sociaux et peut conduire logiquement à la réaction finale du colonel Chabert.

## Commentaire

**9.** Commentez la troisième réplique du texte (l. 7 à 29) en vous aidant des axes suivants :
– l'évocation du monde judiciaire ;
– un argumentaire en deux temps : arguments et stratégie adoptée ;
– un monde complexe dans lequel la justice ne repose pas uniquement sur les lois.

REPÈRES
Le personnage de roman ► p. 35
Roman et société ► p. 76
La notion de genre ► p. 220

# 2 Victor Hugo, *Les Misérables* (1862)

*Dans* Les Misérables, *Victor Hugo met en scène toute une humanité écrasée par la société et par un destin tragique. Ainsi Jean Valjean a été condamné au bagne pour avoir volé un pain. Libéré après une longue peine et traité partout comme un paria, il est accueilli par l'évêque de Digne, Monseigneur Bienvenu, à qui il dérobe des couverts en argent. Il est alors ramené par les gendarmes.*

La porte s'ouvrit. Un groupe étrange et violent apparut sur le seuil. Trois hommes en tenaient un quatrième au collet[1]. Les trois hommes étaient des gendarmes ; l'autre était Jean Valjean.

Un brigadier de gendarmerie, qui semblait conduire le groupe, était près de la porte. Il entra et s'avança vers l'évêque en faisant le salut militaire.

– Monseigneur... dit-il.

À ce mot, Jean Valjean, qui était morne et semblait abattu, releva la tête d'un air stupéfait.

– Monseigneur ! murmura-t-il. Ce n'est donc pas le curé...

– Silence, dit un gendarme. C'est monseigneur l'évêque.

Cependant monseigneur Bienvenu s'était approché aussi vivement que son âge le lui permettait.

– Ah ! vous voilà ! s'écria-t-il en regardant Jean Valjean. Je suis aise de vous voir. Eh bien, mais ! je vous avais donné les chandeliers aussi, qui sont en argent comme le reste et dont vous pourrez bien avoir deux cents francs. Pourquoi ne les avez-vous pas emportés avec vos couverts ?

Jean Valjean ouvrit les yeux et regarda le vénérable évêque avec une expression qu'aucune langue humaine ne pourrait rendre.

– Monseigneur, dit le brigadier de gendarmerie, ce que cet homme disait était donc vrai ? Nous l'avons rencontré. Il allait comme quelqu'un qui s'en va. Nous l'avons arrêté pour voir. Il avait cette argenterie.

– Et il vous a dit, interrompit l'évêque en souriant, qu'elle lui avait été donnée par un vieux bonhomme de prêtre chez lequel il avait passé la nuit ? Je vois la chose. Et vous l'avez ramené ici ? C'est une méprise.

– Comme cela, reprit le brigadier, nous pouvons le laisser aller ?

– Sans doute[2], répondit l'évêque.

Les gendarmes lâchèrent Jean Valjean qui recula.

– Est-ce que c'est vrai qu'on me laisse ? dit-il d'une voix presque inarticulée et comme s'il parlait dans le sommeil.

– Oui, on te laisse, tu n'entends donc pas ? dit un gendarme.

1. Col. *Prendre au collet* signifie *arrêter*.
2. Sans aucun doute.
3. Autre terme pour désigner des chandeliers.

Illustration (XIXe siècle) pour *Les Misérables* de V. Hugo, Maison de Victor Hugo (Paris).

– Mon ami, reprit l'évêque, avant de vous en aller, voici vos chandeliers. Prenez-les.

Il alla à la cheminée, prit les deux flambeaux[3] d'argent et les apporta à Jean Valjean. Les deux femmes le regardaient faire sans un mot, sans un geste, sans un regard qui pût déranger l'évêque.

Jean Valjean tremblait de tous ses membres. Il prit les deux chandeliers machinalement et d'un air égaré.

– Maintenant, dit l'évêque, allez en paix. – À propos, quand vous reviendrez, mon ami, il est inutile de passer par le jardin. Vous pourrez toujours entrer et sortir par la porte de la rue. Elle n'est fermée qu'au loquet jour et nuit.

Puis se tournant vers la gendarmerie :

– Messieurs, vous pouvez vous retirer.

Les gendarmes s'éloignèrent.

Jean Valjean était comme un homme qui va s'évanouir.

L'évêque s'approcha de lui, et lui dit à voix basse :

– N'oubliez pas, n'oubliez jamais que vous m'avez promis d'employer cet argent à devenir honnête homme.

Jean Valjean, qui n'avait aucun souvenir d'avoir rien promis, resta interdit. L'évêque avait appuyé sur ces paroles en les prononçant. Il reprit avec solennité :

– Jean Valjean, mon frère, vous n'appartenez plus au mal, mais au bien. C'est votre âme que je vous achète ; je la retire aux pensées noires et à l'esprit de perdition, et je la donne à Dieu.

Première partie, livre deuxième, chapitre XII, « L'évêque travaille ».

Contexte XIXe s. ► p. 502
Notice biographique ► p. 513
Du même auteur ► p. 112, p. 124, p. 126, p. 157, p. 158, p. 254, p. 287, p. 289
SUJET DE BAC 3 ► p. 74

## Lecture analytique

**1.** À partir du lexique, déterminez le thème de la scène et définissez le type de situation rapportée. En quoi est-elle intéressante pour le lecteur ? pour le narrateur ? Comment appellerait-on cela au théâtre ?

**2.** En prenant appui sur la ponctuation, sur les verbes de parole, sur les verbes d'action et sur les temps verbaux, dites de quoi se compose l'extrait puis analysez les différentes fonctions des éléments de récit et des éléments appartenant au discours rapporté. Quels sont les effets produits par ce dernier ? Quelle est l'importance de ce qui n'est pas dit ?

**3.** Quelles sont et comment s'expriment les réactions de Jean Valjean ? Qu'est-ce qui caractérise le comportement de l'évêque ?

**4.** À quoi le lecteur peut-il percevoir qu'il s'agit là d'un épisode décisif ? Étudiez la dernière réplique de l'évêque (tonalité, lexique, références) : quel est son sens ? En quoi est-elle dans la logique de tout ce qui précède ? Quel(s) enseignement(s) Victor Hugo transmet-il à travers cette scène ?

## Question d'oral

**5.** Étudiez le texte en mettant en relief tous les procédés d'écriture (narration, paroles rapportées, lexique, expression des réactions) permettant la mise en scène vivante et théâtralisée d'un épisode essentiel qui conditionne la suite de l'histoire, l'évolution du personnage et celle de l'intrigue.

## Écriture d'invention

**6.** Réécrivez ce passage de roman sous la forme d'un dialogue de théâtre en faisant les transformations nécessaires. Quelles remarques pouvez-vous faire à l'issue de ce travail concernant les spécificités des deux genres littéraires ?

REPÈRES
Le personnage de roman ► p. 35
Roman et société ► p. 76
La notion de genre ► p. 220

# 3 Léon Tolstoï, *La Guerre et la Paix* (1878)

*Dans une longue fresque historique, composée de 1865 à 1869 et publiée en 1878, Léon Tolstoï évoque la vie de l'aristocratie russe avant et pendant les campagnes napoléoniennes de 1805 et 1812. Le passage qui suit fait référence au retour des Moscovites dans leur ville après le départ de Napoléon et de son armée.*

De même qu'il est difficile d'expliquer pourquoi et où se hâtent les fourmis d'une fourmilière bouleversée, les unes sortant de terre en traînant des brindilles, des œufs et des fourmis mortes, les autres retournant à la fourmilière, se heurtant, se rattrapant, se battant, de même il serait tout aussi difficile d'expliquer les raisons pour lesquelles les Russes, après le départ des Français, se rassemblèrent en foule en ce lieu qui s'appelait autrefois Moscou. Mais de même qu'en observant les fourmis éparpillées autour de la fourmilière démolie, bien que celle-ci soit totalement détruite, il est évident d'après l'opiniâtreté, l'énergie et les innombrables insectes affairés, que tout a été détruit hormis quelque chose d'indestructible, d'immatériel, en quoi réside toute la force de la fourmilière ; de même Moscou, bien qu'il n'y eût plus ni autorités, ni églises, ni objets de culte, ni richesse, ni maisons, demeurait néanmoins la même Moscou qu'en août. Tout était détruit, sauf quelque chose d'immatériel, mais de puissant et d'indestructible.

Les mobiles auxquels obéissaient les gens qui, de toutes parts, affluaient à Moscou après que la ville eut été évacuée par l'ennemi, étaient les plus divers, les plus personnels et, au début, souvent de caractère primitif et bestial. Un seul mobile était commun à tous, retrouver ce lieu qui s'appelait auparavant Moscou pour y retrouver chacun son activité propre.

Au bout d'une semaine, Moscou comptait déjà quinze mille habitants, au bout de deux semaines, vingt-cinq mille et ainsi de suite. Augmentant sans arrêt, le chiffre de la population dépassait en automne 1813 celui de 1812.

Les premiers Russes qui entrèrent à Moscou furent les cosaques du détachement de Wintzingerode[1], des paysans des villages voisins et des habitants qui, ayant fui Moscou, s'étaient cachés dans les environs. Étant entrés dans Moscou dévastée et l'ayant trouvée pillée, les Russes commencèrent à piller eux aussi ; ils poursuivirent l'œuvre des Français. Les paysans arrivaient avec leurs charrettes pour emporter dans les villages tout ce qui avait été abandonné dans les maisons en ruine et les rues. Les cosaques emportaient ce qu'ils pouvaient dans leurs camps ; les propriétaires saccagés s'emparaient de tout ce qu'ils trouvaient dans les autres maisons et le transportaient chez eux sous prétexte que cela leur appartenait.

Après les premiers pilleurs en arrivèrent d'autres, d'autres encore et à mesure qu'augmentait leur nombre, le pillage devenait de jour en jour plus difficile et prenait des formes plus précises.

Les Français avaient trouvé Moscou vide[2], mais ayant conservé les formes de vie d'un organisme bien réglé, avec ses différents secteurs d'activité commerciale, artisanale, administrative, religieuse. Ces formes étaient privées de vie, mais elles existaient encore. Il y avait des marchés, des boutiques, des magasins, des entrepôts, la plupart pleins de marchandises ; il y avait des fabriques, des ateliers ; il y avait des palais, de riches demeures remplies d'objets de luxe ; il y avait des hôpi-

1. Ville du nord de l'Allemagne.

2. Les Russes avaient abandonné leur ville à l'arrivée de Napoléon.

**Gibele**, d'après Notoff, *L'Incendie de Moscou en septembre 1812* (1816), gravure en couleurs, (BnF, Paris).

Contexte XIXe s. ▶ p. 502
Notice biographique ▶ p. 519

taux, des prisons, des chancelleries, des églises, des cathédrales. À mesure que le séjour des Français se prolongeait, ces formes de la vie citadine se disloquaient, et finalement, tout se confondit en un vaste champ de mort et de pillage.

Livre IV, quatrième partie, chapitre XV, traduit du russe par Boris de Schloezer


## RECHERCHE

### Histoire

**1.** Dans quelles circonstances et dans quelles conditions Napoléon a-t-il pris la ville de Moscou en 1812 ?
**2.** Citez un épisode célèbre qui a marqué le retour vers la France des armées napoléoniennes. Quel auteur a rapporté ce retour sous forme poétique ?

### Histoire littéraire

**3.** Recherchez et citez le nom de cinq auteurs russes du XIXe siècle. Donnez leurs dates et pour chacun d'eux le titre d'une œuvre importante, de préférence romanesque.
**4.** Avec quel auteur russe l'écrivain français Gustave Flaubert a-t-il échangé de nombreuses lettres ?

## Lecture analytique

**5.** Sur quelle figure d'analogie récurrente est construit le premier paragraphe du texte ? Étudiez précisément ses composantes, ce qui est mis en parallèle, à partir de quels éléments communs. Dégagez de cette étude les deux grandes orientations thématiques du passage.
**6.** En prenant appui sur le lexique et sur la reprise de certains termes, expliquez comment se trouvent articulés le premier paragraphe et la suite : cherchez alors quelles sont l'importance et la fonction de ce premier paragraphe.
**7.** À partir de procédés d'écriture particuliers, précisez sur quels faits et sur quels phénomènes sociaux le narrateur met particulièrement l'accent à travers son récit.
**8.** Quelles réflexions le texte suscite-t-il chez le lecteur concernant les comportements des Russes et ceux des Français, et de manière plus générale ceux des habitants d'une ville occupée ? Tirez de ces observations quelques remarques sur ce que permet l'écriture romanesque.

## Question d'oral

**9.** Étudiez le texte en montrant par quels procédés le narrateur présente le comportement des Moscovites et fait comprendre au lecteur que ce comportement est déterminé par celui des troupes d'occupation. Déduisez de cet extrait une ou plusieurs fonctions des romans.

## Dissertation

**10.** Lors de la parution de son roman *La Valse aux adieux*, l'écrivain tchèque Milan Kundera déclarait : « Dans la vie, l'homme est continuellement coupé de son propre passé et de celui de l'humanité. Le roman permet de soigner cette blessure. »
Vous direz en quoi le roman peut aider les lecteurs à retrouver le passé, puis vous vous interrogerez sur d'autres « missions » attribuées à ce genre littéraire.

REPÈRES
Roman et société ▶ p. 76
La notion de registre ▶ p. 222
La notion de genre ▶ p. 220

# 4 Guy de Maupassant, *Bel-Ami* (1885)

*Georges Duroy – Bel-Ami – est un ambitieux qui cherche à gravir les échelons de la société grâce à ses relations féminines. Devenu journaliste à* La Vie française, *un «journal d'argent», avec l'aide de Madeleine Forestier, qu'il a épousée et qui écrit ses articles, il mène dans ce journal une violente campagne de dénigrement politique et personnel contre le président du conseil. Il a commencé avec un premier article très critique.*

L'article parut sous la signature de Georges Du Roy de Cantel[1], et fit grand bruit. On s'en émut à la Chambre[2]. Le père Walter[3] en félicita l'auteur et le chargea de la rédaction politique de *La Vie française*. Les échos revinrent à Boisrenard[4].

Alors commença, dans le journal, une campagne habile et violente contre le ministère qui dirigeait les affaires. L'attaque, toujours adroite et nourrie de faits, tantôt ironique, tantôt sérieuse, parfois plaisante, parfois virulente, frappait avec une sûreté et une continuité dont tout le monde s'étonnait. Les autres feuilles citaient sans cesse *La Vie française*, y coupaient des passages entiers, et les hommes du pouvoir s'informèrent si on ne pouvait pas bâillonner avec une préfecture[5] cet ennemi inconnu et acharné.

Du Roy devenait célèbre dans les groupes politiques. Il sentait grandir son influence à la pression des poignées de main et à l'allure des coups de chapeau. Sa femme, d'ailleurs, l'emplissait de stupeur et d'admiration par l'ingéniosité de son esprit, l'habileté de ses informations et le nombre de ses connaissances.

À tout moment, il trouvait dans son salon, en rentrant chez lui, un sénateur, un député, un magistrat, un général, qui traitaient Madeleine en vieille amie, avec une familiarité sérieuse. Où avait-elle connu tous ces gens ? Dans le monde, disait-elle. Mais comment avait-elle su capter leur confiance et leur affection ? Il ne le comprenait pas.

« Ça ferait une rude diplomate », pensait-il.

Elle rentrait souvent en retard aux heures des repas, essoufflée, rouge, frémissante, et, avant même d'avoir ôté son voile, elle disait :

« J'en ai du nanan[6], aujourd'hui. Figure-toi que le ministre de la Justice vient de nommer deux magistrats qui ont fait partie des commissions mixtes[7]. Nous allons lui flanquer un abattage[8] dont il se souviendra. »

Et on flanquait un abattage au ministre, et on lui en reflanquait un autre le lendemain et un troisième le jour suivant. Le député Laroche-Mathieu qui dînait rue Fontaine[9] tous les mardis, après le comte de Vaudrec[10] qui commençait la semaine, serrait vigoureusement les mains de la femme et du mari avec des démonstrations de joie excessives. Il ne cessait de répéter : « Cristi[11], quelle campagne. Si nous ne réussissons pas après ça ? »

Il espérait bien réussir en effet à décrocher le portefeuille des Affaires étrangères qu'il visait depuis longtemps.

C'était un de ces hommes politiques à plusieurs faces, sans conviction, sans grands moyens, sans audace et sans connaissances sérieuses, avocat de province, joli homme de chef-lieu, gardant un équilibre de finaud entre tous les partis extrêmes, sorte de jésuite républicain et de champignon libéral de nature douteuse, comme il en pousse par centaines sur le fumier populaire du suffrage universel.

Deuxième partie, chapitre II.

1. Georges Duroy a modifié son nom pour lui donner un aspect aristocratique.
2. La Chambre des députés, le Parlement.
3. Directeur de *La Vie française*.
4. Autre journaliste.
5. Le nommer préfet en échange de son silence.
6. Terme familier pour désigner une sucrerie très agréable. Le mot désigne ici de bons éléments pour un article.
7. Commissions créées après le coup d'État de Napoléon III en 1851 pour juger des délits d'opinion.
8. Action d'abattre, de tuer (le mot possède deux orthographes : abattage et abatage).
9. Adresse de Georges Duroy.
10. Ami personnel de Madeleine.
11. Interjection / juron utilisé dans le registre de langue très familier.

Contexte XIXe s. ► p. 502
Notice biographique ► p. 515
Du même auteur ► p. 291, p. 481

**Jean Béraud** (1849-1936), *La Soirée*, huile sur bois, 35 x 27 cm (Musée Carnavalet, Paris).

RECHERCHE

**Histoire**

**1.** 1836 est une date importante dans le domaine de la presse : à qui doit-on son développement, grâce à quel journal et à quelle « découverte » permettant d'importantes rentrées d'argent ?

**2.** Quel autre procédé, relatif à la littérature, servait à fidéliser les lecteurs de journaux ?

**Histoire littéraire**

**3.** Cherchez dans une biographie de Guy de Maupassant dans quelles circonstances cet écrivain a fréquenté les milieux de la presse.

## Lecture analytique

**4.** À partir de repérages (lexique, articulations chronologiques, figures de rhétorique) étudiez comment se trouve développée l'idée d'une *campagne habile et violente contre le ministère* (l. 4-5).

**5.** Quelles sont, et de quelle façon sont exprimées les relations entre la presse et la vie politique ? Par quels procédés le narrateur met-il l'accent sur certains aspects de ces relations ainsi que sur la vie politique et sur certains de ses représentants ?

**6.** En prenant appui sur les connotations, déterminez les prises de position de celui qui parle.

**7.** On parle de « réalisme » à propos des romans de Maupassant : quel sens peut-on attribuer à ce terme à partir de l'extrait qui figure ici ?

**8.** Les réflexions du narrateur sur la collusion entre la presse et la politique vous semblent-elles dépassées au XXIe siècle ? Sur quoi le lecteur est-il invité à réfléchir ?

## Question d'oral

**9.** Étudiez le texte en montrant par quels procédés le narrateur met l'accent sur des pratiques discutables qui soulignent l'influence de la presse sur la vie politique.

REPÈRES Le personnage de roman ▶ p. 35
Roman et société ▶ p. 76

# 5 Marcel Proust,
## *Le Temps retrouvé* (1927)

*La somme romanesque* À la recherche du temps perdu, *écrite à la première personne, constitue une vaste fresque de la société française du début du* xx*e siècle, mêlée à toutes sortes de réflexions du narrateur.* Le Temps retrouvé *en constitue le dernier volume, qui contient de nombreuses remarques sur l'art.*

La grandeur de l'art véritable, au contraire de celui que M. de Norpois[1] eût appelé un jeu de dilettante[2], c'était de retrouver, de ressaisir, de nous faire connaître cette réalité loin de laquelle nous vivons, de laquelle nous nous écartons de plus en plus, au fur et à mesure que prend plus d'épaisseur et d'imperméabilité la connaissance conventionnelle que nous lui substituons, cette réalité que nous risquerions fort de mourir sans l'avoir connue, et qui est tout simplement notre vie. La vraie vie, la vie enfin découverte et éclaircie, la seule vie par conséquent réellement vécue, c'est la littérature ; cette vie qui, en un sens, habite à chaque instant chez tous les hommes aussi bien que chez l'artiste. Mais ils ne la voient pas, parce qu'ils ne cherchent pas à l'éclaircir. Et ainsi leur passé est encombré d'innombrables clichés qui restent inutiles parce que l'intelligence ne les a pas « développés ». Notre vie, et aussi la vie des autres ; car le style, pour l'écrivain aussi bien que la couleur pour le peintre, est une question non de technique mais de vision. Il est la révélation, qui serait impossible par des moyens directs et conscients, de la différence qualitative qu'il y a dans la façon dont nous apparaît le monde, différence qui, s'il n'y avait pas l'art, resterait le secret éternel de

1. Personnage du roman.
2. D'amateur.
3. Ensemble de termes classés méthodiquement.

**John Singer Sargent** (1856-1925), *Un artiste dans son atelier* (1904), huile sur toile, 56,2 x 72 cm (Museum of Fine Arts, Boston).

chacun. Par l'art seulement nous pouvons sortir de nous, savoir ce que voit un autre de cet univers qui n'est pas le même que le nôtre, et dont les paysages nous seraient restés aussi inconnus que ceux qu'il peut y avoir dans la lune. Grâce à l'art, au lieu de voir un seul monde, le nôtre, nous le voyons se multiplier, et, autant qu'il y a d'artistes originaux, autant nous avons de mondes à notre disposition, plus différents les uns des autres que ceux qui roulent dans l'infini et, bien des siècles après qu'est éteint le foyer dont il émanait, qu'il s'appelât Rembrandt ou Vermeer, nous envoient encore leur rayon spécial.

Ce travail de l'artiste, de chercher à apercevoir sous de la matière, sous de l'expérience, sous des mots quelque chose de différent, c'est exactement le travail inverse de celui que, à chaque minute, quand nous vivons détournés de nous-mêmes, l'amour-propre, la passion, l'intelligence et l'habitude aussi accomplissent en nous, quand elles amassent au-dessus de nos impressions vraies, pour nous les cacher entièrement, les nomenclatures[3], les buts pratiques que nous appelons faussement la vie. En somme, cet art si compliqué est justement le seul art vivant. Seul il exprime pour les autres et nous fait voir à nous-mêmes notre propre vie, cette vie qui ne peut pas s'« observer », dont les apparences qu'on observe ont besoin d'être traduites et souvent lues à rebours et péniblement déchiffrées. Ce travail qu'avaient fait notre amour-propre, notre passion, notre esprit d'imitation, notre intelligence abstraite, nos habitudes, c'est ce travail que l'art défera, c'est la marche en sens contraire, le retour aux profondeurs où ce qui a existé réellement gît inconnu de nous, qu'il nous fera suivre.

Contexte XXe s. ▶ p. 506
Notice biographique ▶ p. 517
Du même auteur ▶ p. 192, p. 452, p. 453, p. 454
SUJET DE BAC 3 ▶ p. 74

## RECHERCHE

### Les mots et leur usage

**1.** Cherchez les différents sens du mot « cliché », puis donnez sa signification dans le texte (l. 11) et expliquez pourquoi le participe « *développés* » (l. 12) est mis entre guillemets dans le texte.

### Histoire des arts

**2.** Cherchez qui sont Rembrandt (l. 23) et Vermeer (l. 24) : donnez leurs dates, leur spécialité et citez pour chacun trois œuvres importantes.

### Bilan de lecture

**3.** En prenant appui sur la récurrence de certains termes, dites de quoi il est question dans le texte. Vous semble-t-il étonnant ou plausible de trouver un tel passage dans un roman ? Dans quel genre littéraire pourrait-on trouver cette sorte de texte ?

**4.** Le narrateur établit plusieurs parallélismes : retrouvez les différents éléments qu'il oppose deux à deux.

**5.** Quels sont, selon le narrateur, les obstacles qui gênent notre vision du monde ? Qu'est-ce qui différencie l'artiste de celui qui ne l'est pas ?

**6.** À partir des réponses précédentes, retrouvez les différentes fonctions que le narrateur attribue à l'art.

**7.** Étudiez en quoi le texte développe l'idée selon laquelle l'art nous permet de mieux connaître une certaine réalité. Comment ce texte se rattache-t-il à l'orientation « Roman et société » ?

### Étude comparée

**8.** Rapprochez ce texte de celui de Denis Diderot extrait des *Essais sur la peinture* (▶ p. 232) pour étudier la position des deux écrivains par rapport à la relation art/réalité.

### Lecture de l'image

**9.** Décrivez ce que vous voyez sur l'image, en retrouvant les éléments donnés par le titre. En quoi peut-on parler ici de « mise en abyme » ?

**10.** Indiquez ce que le peintre représenté est en train de peindre : qu'y a-t-il d'étonnant si l'on considère l'endroit où il se trouve ?

**11.** Quelles analogies peut-on trouver entre ce qu'écrit M. Proust et ce qui est montré sur ce tableau concernant la représentation de la réalité ?

REPÈRES
Roman et société ▶ p. 76
La notion de genre ▶ p. 220

# 6 Roger Martin du Gard, *Les Thibault* (1936)[1]

*Grande fresque romanesque en cinq tomes,* Les Thibault *évoque la société du début du XXe siècle à travers l'histoire de deux frères, Antoine et Jacques Thibault, dont les vies s'opposent. Alors qu'Antoine cherche à réussir en devenant un médecin réputé, Jacques s'engage dans le militantisme politique et adhère au socialisme. On le voit ici assister à une réunion politique pacifiste à la veille de la Guerre de 1914-1918. L'orateur est Jean Jaurès.*

Jacques, penché en avant, le menton sur le poing, l'œil tendu vers ce visage levé – qui semblait toujours regarder ailleurs, au-delà – ne perdait pas une syllabe.

Jaurès n'apportait rien de nouveau. Il dénonçait, une fois de plus, le danger des politiques de conquête et de prestige, la mollesse des diplomaties, la démence patriotique des chauvins[2], les stériles horreurs de la guerre. Sa pensée était simple ; son vocabulaire, assez restreint ; ses effets, souvent de la plus courante démagogie. Pourtant ces banalités généreuses faisaient passer à travers cette masse humaine à laquelle Jacques appartenait ce soir, un courant de haute tension qui la faisait osciller au commandement de l'orateur, frémir de fraternité ou de colère, d'indignation ou d'espoir, frémir comme une harpe au vent. D'où venait la vertu ensorcelante de Jaurès ? de cette voix tenace, qui s'enflait et ondulait en larges volutes sur ces milliers de visages tendus ? de son amour si évident des hommes ? de sa foi ? de son lyrisme intérieur ? de son âme symbolique, où tout s'harmonisait par miracle, le penchant à la spéculation verbeuse[3] et le sens précis de l'action, la lucidité de l'historien et la rêverie du poète, le goût de l'ordre et la volonté révolutionnaire ? Ce soir, particulièrement, une certitude têtue, qui pénétrait chaque auditeur jusqu'aux moelles, émanait de ces paroles, de cette voix, de cette immobilité : la certitude de la victoire toute proche, la certitude que, déjà, le refus des peuples faisait hésiter les gouvernements et que les hideuses forces de la guerre ne pourraient pas l'emporter sur celles de la paix.

Lorsque, après une péroraison[4] pathétique, il quitta enfin la tribune, contracté, écumant, tordu par le délire sacré, toute la salle, debout, l'acclama. Les battements de mains, les trépignements, faisaient un vacarme assourdissant, qui, pendant plusieurs minutes, roula d'un mur à l'autre du Cirque[5], comme l'écho du tonnerre dans une gorge de montagne. Des bras tendus agitaient frénétiquement des chapeaux, des mouchoirs, des journaux, des cannes. On eût dit un vent de tempête secouant un champ d'épis. En de pareils moments de paroxysme, Jaurès n'aurait eu qu'un cri à pousser, un geste de la main à faire, pour que cette foule fanatisée se jetât, derrière lui, tête baissée, à l'assaut de n'importe quelle Bastille[6].

1. Les premiers volumes ont été publiés en 1922, et l'épilogue en 1940.
2. Ceux qui manifestent un patriotisme excessif.
3. Pensée confuse et bavarde.
4. Conclusion d'un discours, selon la rhétorique antique.
5. Le Cirque Royal est la salle où a lieu le rassemblement.
6. Allusion à la révolution de 1789 ; symbole de l'arbitraire et de l'absolutisme.

**René Achille Rousseau-Decelle** (1881-1964), *Jean Jaurès à la Chambre des députés*, détail, huile sur toile (Assemblée nationale, Paris).

Insensiblement, ce tumulte s'ordonna, devint rythme. Pour se délivrer de l'étau qui les serrait, toutes ces poitrines haletantes recouraient de nouveau à la musique, au chant :

Debout les damnés de la terre !...

Et, au-dehors, les milliers de manifestants qui n'avaient pu entrer, et qui, malgré les déploiements de la police, obstruaient toutes les rues avoisinantes, reprirent le couplet de *L'Internationale*[7] :

Debout les damnés de la terre !...
..............................................
C'est l'éruption de la fin !

*Les Thibault* (tome IV), *L'Été 14*, chapitre LII,
« mercredi 29 juillet – Le meeting au Cirque Royal » © éd. Gallimard.

7. Chant de ralliement révolutionnaire datant de 1871.

Contexte XXe s. ▶ p. 506
Notice biographique ▶ p. 515

RECHERCHE

**Histoire**

**1.** Composez une notice biographique pour Jean Jaurès et expliquez brièvement quel a été son rôle à la veille de la Guerre de 1914-1918.

**2.** Cherchez dans quelles circonstances et par qui a été créée *L'Internationale* (l. 45).

## Lecture analytique

**3.** À partir de l'observation du lexique et de la structure du texte, identifiez, à propos du discours prononcé par Jaurès, les différents points abordés par le narrateur. Sur quoi celui-ci met-il particulièrement l'accent ?

**4.** Retrouvez dans le texte tout ce qui caractérise les idées développées par Jaurès.

**5.** Quels sont, et dans quel(s) registre(s) sont exprimés les caractéristiques de l'éloquence de Jaurès, ainsi que ses sources ?

**6.** Étudiez comment s'expriment les effets de son discours sur l'auditoire. Repérez le lexique et certaines figures de rhétorique récurrentes pour répondre à cette question.

**7.** Le texte évoque un discours. Que remarquez-vous concernant la manière dont est écrit le passage ?

**8.** En prenant appui sur certains termes et sur certaines connotations des propos du narrateur, dites sur quoi une telle évocation peut faire réfléchir le lecteur. Quels différents rôles se donne ici le narrateur ?

## Question d'oral

**9.** Étudiez le texte en faisant apparaître ses différentes orientations et la manière dont se trouvent rendus à la fois l'éloquence de l'orateur et ses effets sur la foule.

## Commentaire

**10.** Commentez le texte de Roger Martin du Gard en vous aidant des axes suivants :
– les « armes » de l'orateur et les sources de son pouvoir ;
– la nature et l'expression des effets sur l'auditoire ;
– un document historique qui est aussi une réflexion sur le pouvoir de la parole.

## Travail sur un corpus de textes

**11.** Regroupez les textes de Victor Hugo (▶ p. 56), de Guy de Maupassant (▶ p. 60), de Roger Martin du Gard (▶ p. 64) et de Jean Marie Gustave Le Clézio (▶ p. 72) pour étudier comment la mise en scène de personnages à travers un récit permet au narrateur de développer une réflexion sur les fonctionnements sociaux et d'y associer le lecteur.

REPÈRES
Le personnage de roman ▶ p. 35
Roman et société ▶ p. 76
La notion de registre ▶ p. 222

# 7 Albert Camus, *La Peste* (1947)

*Écrit juste après la Seconde Guerre mondiale,* La Peste *est un roman qui raconte l'histoire d'une ville sur laquelle s'abat, brusquement, une épidémie de peste. En quarantaine, la ville est coupée du monde et ses habitants, confrontés à la maladie et à la mort, tentent de survivre. Dans ce contexte, Camus s'attache au sort particulier de certains personnages, qui réfléchissent, avec des points de vue différents, sur une telle situation et sur son sens.*

On pouvait cependant[1] avoir d'autres sujets d'inquiétude par suite des difficultés du ravitaillement qui croissaient avec le temps. La spéculation s'en était mêlée et on offrait à des prix fabuleux des denrées de première nécessité qui manquaient sur le marché ordinaire. Les familles pauvres se trouvaient ainsi dans une situation très pénible, tandis que les familles riches ne manquaient à peu près de rien. Alors que la peste, par l'impartialité efficace qu'elle apportait dans son ministère[2], aurait dû renforcer l'égalité chez nos concitoyens, par le jeu normal des égoïsmes, au contraire, elle rendait plus aigu dans le cœur des hommes le sentiment de l'injustice. Il restait, bien entendu, l'égalité irréprochable de la mort, mais de celle-là, personne ne voulait. Les pauvres qui souffraient ainsi de la faim pensaient, avec plus de nostalgie encore, aux villes et aux campagnes voisines, où la vie était libre et où le pain n'était pas cher. Puisqu'on ne pouvait les nourrir suffisamment, ils avaient le sentiment, d'ailleurs peu raisonnable, qu'on aurait dû leur permettre de partir. Si bien qu'un mot d'ordre avait fini par courir qu'on lisait, parfois, sur les murs, ou qui était crié, d'autres fois, sur le passage du préfet : « Du pain ou de l'air. » Cette formule ironique donnait le signal de certaines manifestations vite réprimées, mais dont le caractère de gravité n'échappait à personne.

Les journaux, naturellement, obéissaient à la consigne d'optimisme à tout prix qu'ils avaient reçue. À les lire, ce qui caractérisait la situation, c'était « l'exemple émouvant de calme et de sang-froid » que donnait la population. Mais dans une ville refermée sur elle-même, où rien ne pouvait demeurer secret, personne ne se trompait sur « l'exemple » donné par la communauté. Et pour avoir une juste idée du calme et du sang-froid dont il était question, il suffisait d'entrer dans un lieu de quarantaine[3] ou dans un des camps d'isolement qui avaient été organisés par l'administration. Il se trouve que le narrateur, appelé ailleurs, ne les a pas connus. Et c'est pourquoi il ne peut citer ici que le témoignage de Tarrou[4].

Tarrou rapporte, en effet, dans ses carnets, le récit d'une visite qu'il fit avec Rambert[4] au camp installé sur le stade municipal. Le stade est situé presque aux portes de la ville, et donne d'un côté sur la rue où passent les tramways, de l'autre sur des terrains vagues qui s'étendent jusqu'au bord du plateau où la ville est construite. Il est entouré ordinairement de hauts murs de ciment et il avait suffi de placer des sentinelles aux quatre portes d'entrée pour rendre l'évasion difficile. De même, les murs empêchaient les gens de l'extérieur d'importuner de leur curiosité les malheureux qui étaient placés en quarantaine. En revanche, ceux-ci, à longueur de journée, entendaient, sans les voir, les tramways qui passaient, et devinaient, à la rumeur plus grande que ces derniers traînaient avec

1. L'extrait se situe à un moment où la maladie semble ne plus progresser.

2. Son action.

3. Procédure maritime d'isolement d'un navire arrivant dans un port. Ici la ville entière est isolée : personne n'y entre ni n'en sort.

4. Personnages importants du roman.

Édouard Léon Legrand, dit **Edy Legrand** (1892-1970), illustration pour *La Peste* d'A. Camus, aquarelle (1950), éditions Gallimard.

eux, les heures de rentrée et de sortie des bureaux. Ils savaient ainsi que la vie dont ils étaient exclus continuait à quelques mètres d'eux, et que les murs de ciment séparaient deux univers plus étrangers l'un à l'autre que s'ils avaient été dans des planètes différentes.

Quatrième partie © éd. Gallimard.

Contexte **XXe s.** ▶ p. 506
Notice biographique ▶ p. 511
Du même auteur ▶ p. 293
SUJET DE BAC 3 ▶ p. 74

## Lecture analytique

**1.** À partir du lexique, déterminez le thème du passage, l'orientation de chacun des paragraphes et ce qui les relie thématiquement.

**2.** À la fin du deuxième paragraphe il est fait référence à un « narrateur » : qu'a d'original cette indication ? par qui est pris en charge le récit ?

**3.** Celui qui parle ne se contente pas de rapporter des événements : que fait-il d'autre ? Par une observation précise du lexique, des verbes d'action, des connotations, des modalisateurs, déterminez les différentes interventions et prises de position de celui qui raconte.

**4.** Quelles remarques vous inspire le thème dominant de chaque paragraphe ? Répondez en vous fondant sur des connaissances historiques et en considérant la date de publication du roman.

**5.** À partir des connaissances historiques mises en jeu dans la question précédente, déterminez ce que représente, métaphoriquement, la ville en quarantaine. En quoi cette métaphore est-elle accentuée dans le troisième paragraphe ?

**6.** Déduisez des réponses précédentes sur quoi porte la réflexion philosophique de Camus dans cet extrait.

## Question d'oral

**7.** Étudiez le texte en montrant comment celui qui parle fait comprendre, derrière le récit d'événements, les caractéristiques inhumaines d'un univers dont la ville en quarantaine constitue la métaphore. Vous chercherez à quoi renvoie cet univers sur le plan historique.

## Étude comparée

**8.** Vous rapprocherez les textes de Leon Tolstoï (▶ p. 58) et d'Albert Camus (▶ p. 66), pour analyser en quoi l'évocation d'une ville « ouverte » et celle d'une ville fermée par la quarantaine sont de nature à provoquer des réflexions sur la vie des hommes et sur leurs comportements.

## Lecture de l'image

**9.** Cette image est une illustration du roman de Camus. Que représente-t-elle qui renvoie à l'histoire racontée ? Retrouvez différents éléments qui évoquent le thème.

**10.** On considère la situation de la ville en quarantaine, dans le roman, comme une métaphore de l'univers concentrationnaire : l'image vous semble-t-elle aller dans ce sens ? En quoi est-elle à la fois figurative et symbolique ? Qu'inspire-t-elle au lecteur ?

REPÈRES Roman et société ▶ p. 76

# 8 Georges Orwell, *1984* (1950)

*En 1950, Georges Orwell écrit un roman d'anticipation dont les données peuvent alors être considérées comme relevant de la science-fiction. L'extrait qui suit se situe au début du roman et présente l'environnement dans lequel évolue le personnage, nommé Winston.*

Derrière Winston, la voix du télécran[1] continuait à débiter des renseignements sur la fonte et sur le dépassement des prévisions pour le neuvième plan triennal[2]. Le télécran recevait et transmettait simultanément. Il captait tous les sons émis par Winston au-dessus d'un chuchotement très bas. De plus, tant que Winston demeurait dans le champ de vision de la plaque de métal, il pouvait être vu aussi bien qu'entendu. Naturellement, il n'y avait pas moyen de savoir si, à un moment donné, on était surveillé. Combien de fois, et suivant quel plan, la Police de la Pensée se branchait-elle sur une ligne individuelle quelconque, personne ne pouvait le savoir. On pouvait même imaginer qu'elle surveillait tout le monde, constamment. Mais de toute façon, elle pouvait mettre une prise sur votre ligne chaque fois qu'elle le désirait. On devait vivre, on vivait, car l'habitude devient instinct, en admettant que tout son émis était entendu et que, sauf dans l'obscurité, tout mouvement était perçu.

Winston restait le dos tourné au télécran. Bien qu'un dos, il le savait, pût être révélateur, c'était plus prudent. À un kilomètre, le ministère de la Vérité, où il travaillait, s'élevait vaste et blanc au-dessus du paysage sinistre. Voilà Londres, pensa-t-il avec une sorte de vague dégoût, Londres, capitale de la première région aérienne, la troisième, par le chiffre de sa population, des provinces de l'Océania[3]. Il essaya d'extraire de sa mémoire quelque souvenir d'enfance qui lui indiquerait si Londres avait toujours été tout à fait comme il la voyait. Y avait-il toujours eu ces perspectives de maisons du XIX$^{e}$ siècle en ruine, ces murs étayés par des poutres, ce carton aux fenêtres pour remplacer les vitres, ces toits plâtrés de tôle ondulée, ces clôtures de jardin délabrées et penchées dans tous les sens ? Y avait-il eu toujours ces emplacements bombardés où la poussière de plâtre tourbillonnait, où l'épilobe[4] grimpait sur des monceaux de décombres ? Et ces endroits où les bombes avaient dégagé un espace plus large et où avaient jailli de sordides colonies d'habitacles en bois semblables à des cabanes à lapins ? Mais c'était inutile, Winston n'arrivait pas à se souvenir. Rien ne lui restait de son enfance, hors une série de tableaux brillamment éclairés, sans arrière-plan et absolument inintelligibles.

1. Écran de télévision qui donne et capte tout à la fois des images et du son. Tout individu est ainsi étroitement surveillé.
2. Plan sur trois ans.
3. Nouveau nom du pays où se situe l'histoire (l'Angleterre).
4. Plante de grande taille, à fleurs rouges.

Affiche du film *1984*, réalisé par **Michael Radford** (1984), avec Richard Burton et John Hurt.

5. Abréviation de « nouvelle langue » : il s'agit d'un langage nouveau qui fait disparaître certains mots pour faire aussi disparaître ce qu'ils représentent.

Contexte XXe s. ▸ p. 506
Notice biographique ▸ p. 516

Le ministère de la Vérité – Miniver, en novlangue[5] – frappait par sa différence avec les objets environnants. C'était une gigantesque construction pyramidale de béton d'un blanc éclatant. Elle étageait ses terrasses jusqu'à trois cents mètres de hauteur. De son poste d'observation, Winston pouvait encore déchiffrer sur la façade l'inscription artistique des trois slogans du Parti.

LA GUERRE C'EST LA PAIX
LA LIBERTÉ C'EST L'ESCLAVAGE
L'IGNORANCE C'EST LA FORCE

Première partie, chapitre I, traduit de l'anglais par A. Audiberti © éd. Gallimard, 1950.

Sécurité routière, centre de coordination routière d'Île de France, Créteil (2005).

## Lecture analytique

**1.** En prenant appui sur le lexique et sur la récurrence de certains termes, donnez les caractéristiques de l'univers dans lequel vit le personnage.

**2.** Dans le second paragraphe, il est question d'un *paysage sinistre* (l. 16) : de quelle manière, par quels procédés d'écriture cette idée est-elle développée ?

**3.** Étudiez comment le narrateur, tout en racontant et en décrivant, émet des jugements personnels et dénonce des pratiques dont vous identifierez la nature. Sur quelles privations insiste-t-il particulièrement ?

**4.** Expliquez l'apparente incohérence des trois slogans qui terminent le texte, puis cherchez quels peuvent être leur(s) sens et les dangers et menaces qui s'attachent à ces significations. En quoi l'univers présenté répond-il à ces slogans ?

**5.** Le roman de Georges Orwell a pour titre une date, 1984. Quels aspects de la vie au XXe siècle vous semblent correspondre à ce qui est évoqué et présenté comme une anticipation ?

## Question d'oral

**6.** Étudiez le texte en montrant qu'il est à la fois un récit et la présentation critique d'un univers dont vous préciserez les caractéristiques. Vous conclurez sur l'efficacité dénonciatrice de la prose de fiction.

## Travail sur un corpus de textes

**7.** Regroupez les textes de Savinien de Cyrano de Bergerac (▸ p. 38), de Jonathan Swift (▸ p. 42), de Louis-Sébastien Mercier (▸ p. 48) et de Georges Orwell (▸ p. 68) pour étudier comment le choix de l'anticipation, de la science-fiction ou de l'évocation de mondes différents permet à la fiction romanesque de faire prendre conscience au lecteur de réalités sociales et humaines importantes.

## Lecture des images

**8.** Décrivez précisément ce qui est représenté sur l'affiche (p. 68) et dites quelles premières impressions elle suscite.

**9.** Étudiez les lignes, les couleurs, les contrastes : quel univers est ainsi représenté ? Sur quoi l'accent est-il mis par ces choix ainsi que par la présence de l'hélicoptère et celle de l'écran ?

**10.** Quels rapprochements pouvez-vous établir entre l'extrait du roman et cette représentation ?

**11.** Rapprochez les univers représentés sur chaque image (p. 68 et 69) : qu'ont-ils en commun ? Qu'y a-t-il cependant de différent ?

REPÈRES Roman et société ▸ p. 76

*Le Roi des Aulnes*, film réalisé par **Volker Schlöndorff** (1996), avec John Malkovich.

## 9 Michel Tournier, *Le Roi des Aulnes* (1970)

*Roman qui valut le prix Goncourt de 1970 à Michel Tournier,* Le Roi des Aulnes *raconte l'histoire d'Abel Tiffauges, qui se déroule pendant la Seconde Guerre mondiale. Prisonnier en Allemagne, ce personnage devient une sorte d'ogre « rabatteur » de jeunes Allemands destinés, par une éducation appropriée, à devenir les élites du régime hitlérien, jusqu'au jour où il trouve et recueille un enfant échappé d'un camp de la mort.*

Il fallut attendre deux jours pour que l'enfant[1] commençât à lui parler. Il s'exprimait dans un yiddish[2] mêlé de mots hébreux, lituaniens et polonais dont Tiffauges ne comprenait que les éléments d'origine allemande. Mais ils disposaient pour se comprendre d'un temps indéterminé et d'une inépuisable patience, et lorsque l'enfant tournait vers lui son mince visage poudré de dartres[3] et dévoré par ses grands yeux noirs, Tiffauges l'écoutait de toutes ses oreilles, de tout son être, car il voyait s'édifier un univers qui reflétait le sien avec une fidélité effrayante et qui en inversait tous les signes.

Il découvrait que sous cette Allemagne, tout entière exaltée et polarisée par la guerre, le réseau des camps de concentration formait un monde souterrain sans rapports – autres qu'accidentels – avec le monde superficiel des vivants. Dans toute l'Europe occupée par la Wehrmacht[4] – mais principalement en Allemagne, en Autriche et en Pologne – près d'un millier de villages, de hameaux, de lieux-dits formaient une carte géographique infernale qui sous-tendait le pays et qui avait ses hauts lieux, ses capitales, mais aussi ses sous-préfectures, ses nœuds de communication, ses centres de triage. Schirmeck, Natzviller, Dachau, Neuengamme, Bergen-Belsen, Buchenwald, Oranienburg, Theresienstadt, Mauthausen, Stutthof, Lodz, Ravensbrück[5]… Ces noms avaient dans la bouche d'Éphraïm[6] la valeur de points de repère familiers sur cette terre des ombres qui était la seule qu'il connût. Mais aucun ne brillait d'un éclat aussi noir que celui d'Oswiecim, à trente kilomètres au sud-est de Katowice, en Pologne, que les

1. Dans le passage qui précède, l'enfant est désigné par les mots « un paquet de toiles de sac appuyé à une borne » et assimilé à un objet.

2. Langue germanique parlée par les juifs d'Europe de l'Est.

3. Maladie de la peau.

4. L'armée allemande.

5. Tous ces noms désignent des camps de concentration et des camps d'extermination nazis.

6. Prénom de l'enfant.

7. L'anus du monde, lieu d'évacuation des excréments.

8. Pays du Nord de l'Europe situé sur la mer Baltique.

9. Organisation paramilitaire et policière nazie dont le nom, *SchutzStaffel*, d'où vient le sigle, a pour signification «échelon de protection».

10. Les déportés étaient tondus à leur arrivée dans les camps.

11. Fête juive au cours de laquelle les enfants se déguisent.

12. Mot qui signifie «porteur d'astre». L'enfant porte en effet une étoile jaune qui le désigne comme juif.

Contexte XXe s. ▶ p. 506
Notice biographique ▶ p. 519
Du même auteur ▶ p. 240
SUJET DE BAC 3 ▶ p. 74

Allemands appelaient Auschwitz. C'était l'*Anus Mundi*[7], la grande métropole de l'abjection, de la souffrance et de la mort vers laquelle convergeaient de tous les points de l'Europe des convois de victimes. Éphraïm y était arrivé si jeune qu'il lui semblait y être né, et il paraissait presque fier d'avoir grandi dans cet abîme qui se parait d'un prestige funèbre aux yeux du peuple concentrationnaire. Arrêtés par les *Services spéciaux* en juillet 1941, peu après l'invasion de l'Estonie[8] par la Wehrmacht, ses parents et lui avaient été envoyés directement à Auschwitz. De leur arrivée en wagons à bestiaux, il ne se souvenait précisément que des ballons captifs qui formaient un chapelet de saucisses dans le ciel sombre. Des SS[9] réglaient l'évolution de l'immense troupeau à coups de grands bâtons. Puis il y avait eu la douche, la tonte[10], la désinfection, et on leur avait enjoint pour se rhabiller de puiser dans un monceau de guenilles disparates, à la grande joie des enfants.

– On jouait à mettre des robes de femme, certains couraient en boitillant parce qu'ils n'avaient que deux chaussures droites ou deux chaussures gauches. On aurait cru que c'était Pourim[11] !

Et Éphraïm ne pouvait retenir un petit rire de crécelle en évoquant cette arrivée burlesque. Ensuite il avait été séparé de ses parents qu'il ne devait jamais revoir, et affecté aux blocs où étaient parqués les enfants de moins de seize ans et où se trouvaient même quelques bébés. Un ancien professeur venait leur faire la classe, et il n'oublierait jamais le sujet d'un devoir qu'on leur avait donné une fois: que vous arriverait-il si l'attraction universelle venait à cesser? Réponse: nous nous envolerions tous dans la Lune.

VI, «L'Astrophore[12]» © éd. Gallimard.

## RECHERCHE

### Histoire littéraire

**1.** Michel Tournier emprunte le titre de son roman à une ballade germanique. Trouvez qui est l'auteur de ce poème, qui l'a mis en musique sous la forme d'un lied, et quel en est le thème.

**2.** Cherchez ensuite les différentes relations qui unissent le poème et le roman, relations qui sont perceptibles dans l'extrait étudié (paratexte et texte).

### Lecture analytique

**3.** Il est question dans le texte d'un «univers» inversé par rapport à celui du personnage. À partir des informations données dans le texte, dans le paratexte et dans les notes, définissez le caractère «inversé» de cet univers. Qu'ont en commun les noms de lieux signalés dans le texte? Expliquez le sens de l'expression *une carte géographique infernale* (l. 14).

**4.** Quelle réalité historique le narrateur dénonce-t-il ici? Comment intègre-t-il cette réalité à un roman? Répondez en tenant compte de l'extrait, mais également des informations données par le paratexte et par les notes.

**5.** Quelles remarques vous inspire la lecture du dernier paragraphe?

**6.** De l'ogre chasseur d'enfants au sauveur d'un enfant, quelle(s) signification(s) symbolique(s) peut-on trouver au parcours d'Abel Tiffauges et à sa rencontre avec l'enfant? Quels éléments du texte aident le lecteur à trouver une réponse?

### Question d'oral

**7.** Étudiez le texte en montrant de quelle manière la réalité historique s'intègre au roman et comment le narrateur sensibilise son lecteur.

### Lecture de l'image

**8.** L'image proposée est extraite du film réalisé à partir du roman : quels éléments du paratexte et du texte y retrouvez-vous ? Si vous disposez du texte intégral, cherchez à quel extrait précis renvoie l'image.

**9.** Décrivez ce que vous voyez sur l'image et cherchez ce qui lui confère une portée symbolique. À qui peut être identifié le personnage de Tiffauges ?

REPÈRES Roman et société ▶ p. 76
La notion de registre ▶ p. 222

# 10 Jean Marie Gustave Le Clézio, *Désert* (1980)

*En racontant l'histoire de Lalla, venue du désert pour tenter sa chance en France, J. M. G. Le Clézio analyse les déchirements provoqués par la confrontation de la vie traditionnelle au Maghreb et de la civilisation moderne en Occident. Dans le passage qui suit, il s'agit du contrôle de police à l'arrivée d'un bateau à Marseille, et de la manière dont sont traités les immigrants.*

Enfin vient le moment de descendre à terre. Les passagers sont tellement fatigués d'attendre qu'ils mettent un bon moment avant de s'ébranler. Lalla suit la cohorte jusqu'à la grande baraque grise. Là, il y a trois policiers et des interprètes qui posent des questions à ceux qui arrivent. Pour les enfants, cela va un peu plus vite, parce que le policier se contente de lire ce qui est écrit sur les étiquettes et de le recopier sur ses fiches. Quand il a fini, l'homme regarde Lalla et lui demande:

« Tu as l'intention de travailler en France?

– Oui, dit Lalla.

– Quel travail?

– Je ne sais pas.

– Employée de maison. » Le policier dit cela, et il l'écrit sur sa feuille. Lalla ramasse sa valise, et elle va attendre avec les autres, dans la grande salle aux murs gris où brille la lumière électrique. Il n'y a rien pour s'asseoir, et malgré le froid de la pluie, au-dehors, il fait une chaleur suffocante dans la salle. Les enfants les plus jeunes se sont endormis dans les bras de leur mère, ou bien par terre, couchés sur des vêtements. Ce sont les enfants plus âgés qui se plaignent maintenant. Lalla a soif, sa gorge est sèche, ses yeux brûlent de fièvre. Elle est trop lasse pour penser à quoi que ce soit. Elle attend, le dos appuyé au mur, debout sur une jambe, puis sur l'autre. De l'autre côté de la salle, devant la barrière des policiers, il y a la jeune femme très pâle au regard vide, qui tient son minuscule bébé dans ses bras. Elle est debout devant le bureau de l'inspecteur, l'air hagard, sans rien dire. Le policier lui parle longuement, montre les papiers à l'interprète de la Croix-Rouge Internationale. Il y a quelque chose qui cloche. Le policier pose des questions, que l'interprète répète à la jeune femme, mais elle les regarde sans avoir l'air de comprendre. Ils ne veulent pas la laisser passer. Lalla regarde la jeune femme si pâle qui tient son bébé. Elle le serre si fort dans ses bras qu'il se réveille un peu et se met à crier, puis se calme quand sa mère, d'un geste rapide, a dégagé son sein et le lui a donné à sucer. Le policier a l'air embarrassé. Il se tourne, cherche des yeux autour de lui. Son regard rencontre celui de Lalla qui s'est approchée. Le policier lui fait signe de venir.

« Est-ce que tu parles sa langue?

– Je ne sais pas », dit Lalla.

Lalla dit quelques mots de chleuh[1], et la jeune femme la regarde un moment, puis elle lui répond.

« Dis-lui que ses papiers ne sont pas en règle, il manque l'autorisation pour le bébé. »

Lalla essaie de traduire la phrase. Elle croit que la jeune femme n'a pas compris, puis tout d'un coup, celle-ci s'affaisse et se met à pleurer. Le policier dit

1. Langue berbère du Maroc.

**Raymond Depardon** (né en 1942), *Femme touareg à Timouanine, Algérie* (mars 1974), photographie.

encore quelques mots, et l'interprète de la Croix-Rouge Internationale relève tant bien que mal la femme et l'emmène vers le fond de la salle, là où il y a deux ou trois fauteuils de skaï[2].

Lalla est triste, parce qu'elle comprend que la jeune femme devra reprendre le bateau en sens inverse, avec son bébé malade. Mais elle est trop fatiguée elle-même pour y penser très fort, et elle retourne s'appuyer contre le mur, près de sa valise. Il y a, en haut du mur, à l'autre bout de la salle, une pendule avec des chiffres écrits sur des volets. Chaque minute, un volet tourne en claquant. Les gens ne parlent plus, à présent. Ils attendent, assis par terre, ou debout contre le mur, le regard fixe, le visage tendu, comme si à chaque claquement la porte du fond allait s'ouvrir et les laisser partir.

Chapitre « La vie des esclaves » 

2. Matière synthétique imitant le cuir.

Contexte **XXe s.** ▶ p. 506
Notice biographique ▶ p. 514
Du même auteur ▶ p. 199

## Lecture analytique

**1.** Retrouvez et classez les différentes informations qui permettent au lecteur de se représenter le contexte de la scène. Qu'a de particulier ce contexte ?
**2.** À partir du lexique, déterminez les différents éléments humains de la scène et les comportements de chaque groupe. Quelle est ici la valeur du présent de l'indicatif utilisé ?
**3.** En quoi la scène rapportée porte-t-elle les marques de la présence et des jugements du narrateur ? Qu'est-ce qui se trouve dénoncé ? Identifiez le registre de la scène et dites par quels procédés d'écriture se trouvent provoquées les émotions du lecteur.
**4.** Quelle vous semble être l'utilité du récit d'une scène comme celle-ci dans un roman ?
**5.** Par qui d'autre qu'un romancier cette scène pourrait-elle être racontée ? Le serait-elle alors de la même manière ?

## Question d'oral

**6.** Étudiez le texte en faisant ressortir son caractère réaliste et authentique et en montrant comment le narrateur suscite l'émotion du lecteur.

## Commentaire

**7.** Commentez le texte à l'aide des axes suivants :
– un contexte administratif peu accueillant ;
– une présentation des comportements des uns et des autres ;
– un regard critique sur l'absence d'humanité.

## Dissertation

**8.** « En fait, la fonction du roman semble changer ; c'est maintenant un avant poste du journalisme, nous lisons des romans pour nous documenter sur des zones de vie que nous ne connaissons pas. »
À partir de ce constat de la romancière Doris Lessing (née en 1919), vous chercherez comment se manifeste l'orientation journalistique de certains romans, puis vous étudierez en quoi, cependant, même avec des emprunts aux faits divers ou au domaine documentaire, le roman s'en différencie.

## Lecture de l'image

**9.** Étudiez le cadrage de la photo (p. 73) et la manière dont le personnage se trouve mis en relief. D'où vient le caractère esthétique de l'image ?
**10.** Trouvez les relations qui unissent la photo choisie comme illustration au texte de J. M. G. Le Clézio. En quoi ce que représente l'image ajoute-t-il au pathétique de la scène racontée ?

**REPÈRES**
Roman et société ► p. 76
La notion de genre ► p. 220
La notion de registre ► p. 222

# SUJET DE BAC 3

**OBJET D'ÉTUDE**

■ **Le roman.**

**CORPUS**

**A** – V. Hugo, *Les Misérables* (1862) ► p. 56.
**B** – M. Proust, *Le Temps retrouvé* (1927) ► p. 62.
**C** – A. Camus, *La Peste* (1947) ► p. 66.
**D** – M. Tournier, *Le Roi des Aulnes* (1970) ► p. 70.

## Questions sur le corpus

**1.** Après avoir donné en quelques lignes le thème de chacun des extraits romanesques, expliquez sur quoi chacun d'entre eux conduit le lecteur à réfléchir.
**2.** Le texte de Marcel Proust diffère des autres : trouvez au moins deux différences.

## Écriture

### Commentaire

Commentez l'extrait des *Misérables*, de V. Hugo (► p. 56).

### Dissertation

Dans son essai *Pour un nouveau roman*, le romancier Alain Robbe-Grillet affirme qu'un roman « C'est avant tout une histoire » mais il précise que « Le vrai roman, c'est celui dont la signification dépasse l'anecdote, la transcende vers une vérité humaine profonde, une morale ou une métaphysique ».
Vous expliciterez et illustrerez ces propos, et éventuellement vous les discuterez, à partir des extraits qui constituent le corpus et des romans que vous avez lus et/ou étudiés.

### Écriture d'invention

Dans une lettre ouverte destinée à être publiée dans une revue littéraire, vous répondez à ceux qui refusent le roman sous prétexte qu'il relève de la fiction, et que, disent-ils, il ne leur apprend rien. Vous n'oublierez pas de donner un titre à votre lettre, de rappeler les circonstances de sa rédaction. Elle comportera de 50 à 80 lignes.

# 11 Lire l'image : G. Severini

**Gino Severini** (1883-1966), *Les Lanciers italiens au galop* (1915), huile sur toile (Pinacoteca Giovanni e Marella Agnelli).

RECHERCHE

### Histoire des arts

**1.** Cherchez des informations sur G. Severini ; en particulier, dites à quels différents courants sa peinture se rattache (thèmes choisis, technique adoptée). Citez le nom de peintres italiens ayant appartenu aux mêmes courants.

## Lecture de l'image

**2.** Décrivez ce que vous voyez sur le tableau en précisant ce qui est clairement identifiable et ce qui ne l'est pas.

**3.** En prenant appui sur les lignes et sur les couleurs, caractérisez la manière de peindre de G. Severini. Quels sont les effets produits par les techniques choisies ?

**4.** Le tableau date de 1915 : en quoi se rattache-t-il à une tragédie récente ? En quoi peut-il être considéré comme prémonitoire du siècle qui s'ouvre alors ?

**5.** Dans un article dont il est l'auteur, G. Severini parle de *précision, de rythme, de mouvements et de brutalité des machines* conduisant à un *nouveau réalisme*. Que retrouve-t-on de ces éléments dans le tableau ?

REPÈRES Le lecture de l'image ▸ p. 489

# REPÈRES

## Roman et société

**Bien qu'il soit une œuvre de fiction, et que certains voient en lui surtout un divertissement dépaysant, le roman entretient avec la réalité sociale un ensemble de relations complexes. Comme production artistique, il révèle certains aspects et certains choix esthétiques de la société qui le voit naître. En tant qu'imitation du réel, il place ses actions et ses personnages dans un contexte historique et social qui le situe. Il fait ainsi connaître ce contexte, et en témoigne, parfois pour le critiquer, parfois pour en faire l'éloge, parfois pour le prendre comme point de départ de créations utopiques et anticipatoires. Une des vocations du roman est aussi de prendre la société pour objet d'étude et d'analyse, dans une perspective quasi scientifique.**

### Le roman, révélateur d'un état social

L'historique du roman montre que son statut et l'image qu'on a de lui sont représentatifs de l'époque qui le voit naître. Il est ainsi considéré au XVIIe siècle comme un genre mineur par une **société lettrée**, imprégnée de littérature et de modèles antiques, qui lui préfère le théâtre et ses conflits tragiques, mais qui apprécie néanmoins son caractère historique et la complexité de ses intrigues amoureuses. Le siècle des Lumières, qui voit triompher la littérature d'idées critique et dénonciatrice, « utilise » la fiction romanesque dans la mesure où elle peut être un **outil efficace de contestation**. Le succès du roman au XIXe siècle traduit l'importance nouvelle de ceux qui y sont représentés et dont la vie et les sentiments deviennent brusquement inspirateurs et intéressants : les bourgeois, les paysans, les ouvriers. Au XXIe siècle, le développement du récit romanesque témoigne d'un goût particulier pour l'autofiction et pour l'exposé – très valorisé par les médias – de l'expérience personnelle : sous couvert de fiction, on parle surtout de soi et le roman est considéré comme le « vecteur » privilégié d'une écriture à tendance biographique.

■ **Ex :** Certaines similitudes thématiques et certains registres figurant à la fois dans *La Princesse de Clèves* (▸ p. 16) et les tragédies soulignent la subordination du roman à un genre considéré comme plus noble. Au XVIIIe siècle, des romans comme *Le Paysan parvenu* (▸ p. 20), *La Paysanne pervertie* (▸ p. 50) ou *La Nouvelle Héloïse* (▸ p. 44) révèlent un intérêt nouveau pour un genre qui permet de mêler réflexion politique, morale et expression des émotions et des sentiments. C'est à travers le roman que se manifeste l'émergence de l'individualisme. *Le Rouge et le Noir* (▸ p. 22), sous-titré *Chronique de 1830*, et *Les Misérables* (▸ p. 56 et 289), montrent l'intérêt suscité par la vie de personnages issus du peuple.

### La société, contexte romanesque

Quelle qu'en soit l'époque, le roman raconte une histoire fictive qui se déroule dans un **contexte historique et social** donné. Ce dernier sert de toile de fond à la fiction et répond à une curiosité légitime – où ? quand ? – en offrant au lecteur une diversité de milieux qu'il découvre, et qui, souvent, lui permettent de mieux comprendre l'intrigue. Lorsque le romancier choisit sa propre époque, il fait du roman un **témoignage** en apportant des **informations** à ses contemporains, mais surtout aux lecteurs à venir ; lorsqu'il choisit une époque et des lieux différents, qui l'obligent souvent à des recherches importantes, il crée un **dépaysement.** Dans les deux cas, le roman est source de connaissances.

■ **Ex :** Les romans d'Honoré d'Urfé ou de Mademoiselle de Scudéry (▸ p. 352) rendent compte des débats amoureux qui animent les salons précieux : les préoccupations des personnages, même situés dans un contexte antique, reflètent ceux des lettrés de la première moitié du XVIIe siècle. Après s'être intéressé au roman de chevalerie, à la manière de Walter Scott, et dans le goût romantique, Balzac met en scène la société de la Restauration dans *Le Colonel Chabert* (▸ p. 54) et aborde la douloureuse question de la réinsertion sociale de ceux qui ont servi le Premier Empire. Alexandre Dumas situe l'intrigue de certains romans au XVIe siècle, marquant ainsi le goût du XIXe pour le passé ; Flaubert rapporte le mal de vivre de la génération de 1820 (▸ p. 24). Léon Tolstoï décrit une partie de la société russe du début du XIXe siècle – les aristocrates – dans *La Guerre et la paix* (▸ p. 58). Roger Martin du Gard dépeint la société française en 1914 et ses réactions à l'approche de la guerre (▸ p. 64). À travers l'histoire de sa famille, Jean Rouaud trace une grande fresque historico-sociale dans *Les Champs d'honneur* (▸ p. 32). À la fin du XXe et au XXIe siècle, les romanciers n'hésitent pas à inclure dans leurs romans les problèmes de société : immigration, comme dans *Désert*, de J. M. G. Le Clézio (▸ p. 72), violence, fracture sociale, terrorisme… Un roman de 2006, *Dans la foule*, de L. Mauvignier, évoque un fait tragique survenu lors d'un match de football, dans le stade du Heysel en 1985.

# Roman et société

L'environnement politique et social qui sert de toile de fond et de thème aux romans est aussi l'occasion de **critique** et de **contestation** : le romancier utilise le récit romanesque et les subterfuges qu'il permet – fiction épistolaire, inversion des rôles comme chez S. de Cyrano de Bergerac (▸ p. 38), regard étranger, anticipation – pour exprimer ses prises de position et faire réfléchir ses lecteurs.

■ **Ex :** Les *Lettres persanes* de Montesquieu (▸ p. 40), les *Voyages de Gulliver* de J. Swift (▸ p. 42) sont des outils de **contestation sociale et politique** ; dans *La Nouvelle Héloïse* (▸ p. 44), Rousseau imagine, à son époque, une microsociété remarquable par son caractère égalitaire. Dans le domaine de l'anticipation, les romans de Cyrano de Bergerac (▸ p. 38), de Louis-Sébastien Mercier (▸ p. 48), de Georges Orwell (▸ p. 68) inventent des sociétés présentées comme réelles, et dont la finalité est de sensibiliser le lecteur à des modes de vie enviables ou au contraire redoutables. Chacun de ces romans laisse entendre ce que pourrait être une société idéale. Michel Tournier place l'action du roman *Le Roi des Aulnes* (▸ p. 70) dans l'Allemagne hitlérienne pour en dénoncer l'idéologie et les méthodes totalitaires, en prenant pour référence un mythe germanique illustré par Goethe et par Schubert.

## Le roman, outil d'analyse sociale

Mais certains romanciers accordent au roman – et donc à la fiction – encore une autre fonction, moins engagée politiquement, et plus sociologique : le roman permet l'analyse des **fonctionnements sociaux**, à travers celle des **comportements humains**, dans une perspective scientifique. On sait ainsi que Balzac, dans la « Préface » de la *Comédie humaine*, s'est donné comme ambition de construire une œuvre classant les types sociaux, comme le naturaliste Buffon a classé les espèces animales. Selon le romancier, cette typologie permettrait au lecteur de prendre connaissance de mécanismes propres à une époque, et de comprendre leurs relations avec l'Histoire, l'économie, la politique. Dans sa tentative de reconstitution d'une société entière, le romancier espère faire « concurrence à l'état civil » et pose comme principe sous-entendu que la fiction est finalement plus crédible et plus vraie que la réalité qui lui sert de modèle. On retrouve cette idée chez Marcel Proust (▸ p. 62).

Dans la perspective d'une analyse sociale, Zola va encore plus loin (▸ p. 26). Instigateur du **naturalisme**, il considère, comme il l'expose dans *Le Roman expérimental* (1880), que ce genre peut constituer un véritable outil d'observation et d'explication de la nature humaine, à travers des personnages dispersés dans différents milieux. Le titre de son œuvre, *Les Rougon-Macquart, histoire naturelle et sociale d'une famille sous le Second Empire* correspond à une entreprise inspirée de la médecine expérimentale de Claude Bernard. Des personnages, marqués par une hérédité commune, sont placés comme des « cobayes » de laboratoire dans des milieux sociaux différents : en observant leurs réactions et leurs comportements, le romancier, comme l'homme de science, cherche à mettre à jour des lois qui permettraient non seulement de mieux comprendre les hommes, mais aussi peut-être de faire dévier leurs destins individuels.

■ **Ex :** *Le Père Goriot* est un roman de Balzac qui permet au lecteur de comprendre comment la Révolution, loin d'apporter une utopique égalité entre les hommes, a favorisé l'édification de fortunes immenses, comme celle dont bénéficie le héros, mais qu'il voit fondre du fait de l'arrivisme sans limite de ses deux filles. *L'Assommoir* de Zola (▸ p. 26) présente, sous une forme narrative et romanesque, mais de manière **explicative** et **analytique**, l'enchaînement des différentes causes qui ont précipité la déchéance de Gervaise. Roger Martin du Gard montre, lui aussi, par un récit qui suit et révèle le parcours social des personnages, tout ce qui contribue à leur construction en tant qu'être humain (▸ p. 64). Tout comme Proust, Henry James, Edith Wharton, James Joyce et après eux Nathalie Sarraute (▸ p. 30), mettent à jour la subtilité des relations humaines à travers les apparences, les hiérarchies, les conversations, les non-dit, que leurs personnages appartiennent à la société française ou européenne ou encore à la société américaine des années 1880 à 1930.

On remarque ainsi que, comme le théâtre, qui s'intéresse aux **comportements humains**, le roman, qui raconte la **vie de personnages** dans un environnement auquel ils sont liés, offre constamment l'occasion d'une réflexion sur la **réciprocité des influences** entre l'homme et l'organisation sociale qu'il contribue à créer et à subir. Par sa capacité de mimétisme du réel, le roman offre aussi l'occasion de s'interroger sur le **destin** et sur la **liberté** des êtres, à travers des personnages dont la voie ne semble pas tracée, et dont le lecteur ne sait pas si elle relève du hasard ou du pouvoir du narrateur. Diderot s'intéressait déjà à cette question qu'il a mise en situation dans *Jacques le fataliste et son maître* (1765-1773) faisant du roman un lieu d'interrogations philosophiques.

REPÈRES Le personnage de roman ▸ p. 35

Séquence 4

# La poésie : les formes fixes

Pietro Buonaccorsi, dit **Pierino del Vaga** (1500-1546/7), *Tête de femme, vue de trois quarts* (XVIe siècle), dessin au crayon noir (Musée du Louvre, Paris).

## 1 Charles d'Orléans, *Ballades et rondeaux* (1430-1460)

Mort de moi ! vous y jouez, vous,
Avec dame Mélancolie ?
Mon cœur vous faites grand-folie[1] :
C'est la nourrice de Courroux.

Un baston qui pointe[2] aux deux bouts
Porte, dont elle s'escrimie[3] ;
Mort de moi ! vous y jouez, vous,
Avec dame Mélancolie ?

Je tiens sages[4] toutes et tous
Qui éloignent sa compagnie.
Saint Jean ! je ne m'y mettrai mie[5] :
Je m'y suis heurté à quant coups[6] ;
Mort de moi ! vous y jouez, vous,
Avec dame Mélancolie ?

Rondeau XXXVIII (orthographe modernisée), in *L'Écolier de Mélancolie*
© LGF, coll. « Le Livre de poche. Classiques d'aujourd'hui », 1995.

1. Grande folie.
2. Qui pique
3. Elle s'escrime.
4. Je tiens pour sages.
5. Je ne m'y mettrai pas.
6. Combien de fois.

Notice biographique ▶ p. 516
SUJET DE BAC 4 ▶ p. 83

RECHERCHE

**Les mots et leur usage**

**1.** Cherchez l'étymologie du mot *mélancolie* (v. 2). Quel mot anglais, utilisé dès le XVIII^e siècle, exprime l'état d'âme qui correspond à la mélancolie ?

## Lecture analytique

**2.** Observez la structure du poème et sa versification : que remarquez-vous ? Qu'est-ce qui est ainsi mis en relief ?

**3.** À partir des pronoms personnels et des verbes, dites à qui s'adresse le poète : les interrogations sont-elles uniquement personnelles ?

**4.** Quelle image est donnée de la mélancolie ? À travers quelles figures de rhétorique ?

## Question d'oral

**5.** Étudiez ce poème en faisant apparaître comment la reprise du refrain met en valeur non seulement la question mais ses différentes réponses.

REPÈRES
Les formes fixes ▸ p. 91
La versification ▸ p. 123
La notion de genre ▸ p. 220
La notion de registre ▸ p. 222

# 2 Clément Marot,

## *Œuvres poétiques* (1538)

**Loyset Liedet** (vers 1448-1478), *Le Jardin de l'Amour*, manuscrit du XV^e siècle, vélin (Bibliothèque de l'Arsenal, Paris).

### Chant de mai et de vertu

Volontiers en ce mois ici[1]
La terre mue et renouvelle.
Maints amoureux en font ainsi,
Sujets à faire amour nouvelle
Par légèreté de cervelle,
Ou pour être ailleurs plus contents ;
Ma façon d'aimer n'est pas telle,
Mes amours durent en tout temps.

1. En ce mois-ci.

N'y a si belle dame aussi
De qui la beauté ne chancelle[2] ;
Par temps, maladie ou souci,
Laideur les tire en sa nacelle[3] ;
Mais rien ne peut enlaidir celle
Que servir sans fin je prétends ;
Et pour ce[4] qu'elle est toujours belle
Mes amours durent en tout temps.

Celle dont je dis tout ceci,
C'est Vertu, la nymphe éternelle
Qui au mont d'honneur éclairci[5]
Tous les vrais amoureux appelle :
« Venez, amants, venez (dit-elle),
Venez à moi, je vous attends ;
Venez (ce dit[6] la jouvencelle),
Mes amours durent en tout temps. »

ENVOI

Prince, fais amie immortelle
Et à la bien aimer entends[7] ;
Lors pourras dire sans cautelle[8] :
« Mes amours durent en tout temps. »

XVIII (orthographe modernisée).

2. Mais il n'y pas de dame si belle que sa beauté ne chancelle…
3. Barque.
4. Parce qu'elle.
5. Rendu célèbre.
6. Dit ainsi.
7. Prends garde.
8. Hypocrisie.

Contexte XVIe s. ▸ p. 490
Notice biographique ▸ p. 515
Du même auteur ▸ p. 321
SUJET DE BAC 4 ▸ p. 83

RECHERCHE

### Les mots et leur usage

**1.** Cherchez les différents sens du mot « ballade » : à quels domaines artistiques renvoie-t-il ?

## Lecture analytique

**2.** Observez la forme du poème : strophes, rimes, récurrence de certains vers. En quoi ces différents éléments sont-ils liés ? Quelles sont les premières relations que l'on peut remarquer entre le refrain et le thème du poème ?
**3.** À partir du lexique, étudiez comment les trois strophes se rattachent au titre et comment le thème évolue d'une strophe à l'autre.
**4.** Quelle est, et à qui s'adresse la « leçon » du texte ? À quel mot du titre cette leçon correspond-elle ?

## Question d'oral

**5.** Étudiez le poème en soulignant les particularités de sa forme et en montrant comment le poète adapte à cette forme un thème à la fois lyrique et moral.

## Commentaire

**6.** Commentez la ballade de Marot en vous aidant des axes suivants :
– l'expression du temps et de l'amour en relation avec le refrain ;
– la leçon donnée par le poète et sa double orientation, affective et morale.

## Lecture de l'image

**7.** Décrivez ce que vous voyez sur l'image de la page 155 et dites ce qu'a de particulier ce jardin par rapport à son environnement. Quelles en sont les composantes ? En quoi le mot *jardin* est-il symbolique ?
**8.** Expliquez le titre du tableau, puis expliquez en quoi il peut illustrer le texte de Marot.

REPÈRES
Les formes fixes ▸ p. 91
La versification ▸ p. 123
La notion de genre ▸ p. 220
La notion de registre ▸ p. 222

**Giovanni Bellini** (vers 1430-1516), *Jeune fille à sa toilette* (1515), détail, huile sur panneau (Kunsthistorisches Museum, Vienne).

# 3 Louise Labé, *Sonnets* (1555)

*Les Sonnets de Louise Labé sont inspirés par une passion malheureuse, qu'elle vécut, et dont elle évoque ici le caractère fatal.*

Prédit me fut, que devais[1] fermement
Un jour aimer celui dont la figure[2]
Me fut décrite, et, sans autre peinture,
Le reconnus quand vis premièrement[3] :

Puis, le voyant aimer fatalement[4],
Pitié je pris de sa triste aventure :
Et tellement je forçai ma nature,
Qu'autant que lui aimai ardentement[5].

Qui n'eût pensé qu'en faveur devait croître
Ce que le Ciel et destins firent naître ?
Mais, quand je vois si nubileux apprêts[6],

Vents si cruels et tant horrible orage,
Je crois qu'étaient les infernaux arrêts[7],
Qui de si loin m'ourdissaient[8] ce naufrage.

Sonnet XIX (orthographe modernisée),
in *Poètes du XVIe siècle*, édition établie par A.-M. Schmidt


1. Dans certaines éditions le verbe est écrit *devait*, ce qui change le sens des premiers vers.
2. L'allure.
3. Pour la première fois.
4. Sous l'effet de la fatalité.
5. Forme ancienne pour l'adverbe *ardemment* : « avec ardeur ».
6. Tant de nuages menaçants.
7. Décisions venues des enfers.
8. Préparaient.

Contexte XVIe s. ▶ p. 490
Notice biographique ▶ p. 514

## Lecture analytique

**1.** En prenant appui sur le lexique, sur les temps verbaux et sur les indicateurs de temps, déterminez le thème du sonnet et l'évolution de la situation.
**2.** Que révèle l'emploi des pronoms de la première personne en ce qui concerne le pouvoir de décision de celle qui parle ? Quels termes reprennent l'idée contenue dans les trois premiers mots du poème ?
**3.** Sur quoi insiste l'articulation du vers 11 ? Étudiez la manière dont s'entrelacent dans le sonnet les deux thèmes exprimés dès le premier quatrain.
**4.** Quelle image de l'amour se trouve donnée dans et par ce sonnet ?

## Question d'oral

**5.** Étudiez le texte en montrant comment s'expriment la fatalité de l'amour et son caractère malheureux.

## Commentaire

**6.** Commentez le sonnet de Louise Labé en vous aidant des axes suivants :
– le thème de l'amour et son expression ;
– l'expression de la fatalité ;
– une conception de l'amour associée au malheur.

REPÈRES
Les formes fixes ▶ p. 91
La versification ▶ p. 123
L'humanisme ▶ p. 335
La notion de genre ▶ p. 220
La notion de registre ▶ p. 222

**École de Fontainebleau**, *Sabina Poppaea* (vers 1570), détail, huile sur toile, 66 x 52,2 cm (Musée d'Art et d'Histoire, Genève).

## 4 Pierre de Ronsard, *Sonnets pour Hélène* (1578)

*Poète officiel de la cour de François Ier, Ronsard compose des sonnets pour Hélène de Surgères, une suivante de la reine, afin de la distraire de la mort de son fiancé. Mais la jeune femme est peu sensible à cet hommage.*

Je ne serais marri[1] si tu comptais ma peine,
De compter tes degrés[2] recomptés tant de fois ;
Tu loges au sommet du Palais de nos Rois[3] :
Olympe n'avait pas la cime si hautaine.

Je perds à chaque marche et le pouls et l'haleine,
J'ai la sueur au front, j'ai l'estomac pantois[4],
Pour ouïr un nenni[5], un refus, une voix,
De dédain, de froideur et d'orgueil toute pleine.

Tu es comme Déesse assise en très haut lieu.
Pour monter en ton ciel je ne suis pas un Dieu.
Je ferai de la cour ma plainte coutumière,

T'envoyant jusqu'en haut mon cœur dévotieux[6].
Ainsi les hommes font à Jupiter prière :
Les hommes sont en terre, et Jupiter aux cieux.

Second livre, sonnet LXV (orthographe modernisée), recueilli dans *Les Amours*, texte établi par A.-M. Schmidt © éd. Gallimard, 1964.

1. Chagriné.
2. Escaliers.
3. Le Louvre.
4. Haletant, essoufflé.
5. Non.
6. Dévoué, plein de piété.

Contexte XVIe s. ► p. 490
Notice biographique ► p. 517
Du même auteur ► p. 310 p. 326
SUJET DE BAC 4 ► p. 83

## RECHERCHE

### Histoire culturelle

**1.** Élucidez les différentes références à la mythologie gréco-latine qui figurent dans le texte. Trouvez dans ce manuel des textes de la même période qui comportent eux aussi des allusions à la mythologie. Que révèle cette pratique chez les poètes du XVI$^{e}$ siècle ?

### Lecture analytique

**2.** Observez les pronoms personnels *je* et *tu* et les termes qui s'y rattachent, puis mettez en évidence toutes les oppositions exprimées dans le texte. Que révèlent-elles ?
**3.** À partir de repérages lexicaux précis, et de certaines figures de rhétorique, analysez le mélange des niveaux de langue. Que traduit-il ? En quoi les références mythologiques accentuent-elles ce mélange ?
**4.** En prenant appui sur les réponses aux deux questions précédentes, identifiez la relation que le poète instaure entre son interlocutrice et lui. Cette relation est-elle originale ?
**5.** La chute du texte repose sur une figure qui domine dans le poème. Étudiez-la et cherchez en quoi la construction traditionnelle du sonnet sur une double thématique est particulièrement présente ici.

### Question d'oral

**6.** Étudiez le texte en montrant comment le jeu des oppositions permet au poète de mettre en valeur l'image divinisée de sa destinataire.

### Commentaire

**7.** Commentez le sonnet de Ronsard en vous aidant des axes suivants :
– l'importance des oppositions dans le texte ;
– leur signification symbolique ;
– une plainte qui est aussi un éloge.


**REPÈRES**
Les formes fixes ▸ p. 91
La versification ▸ p. 123
L'humanisme ▸ p. 335
La notion de genre ▸ p. 220
La notion de registre ▸ p. 222


## SUJET DE BAC 4

**OBJET D'ÉTUDE**

■ **La poésie.**

**CORPUS**

A – C. d'Orléans, *Ballades et rondeaux* (1430-1460) ▸ p. 78.
B – C. Marot, *Œuvres poétiques* (1538) ▸ p. 79.
C – P. de Ronsard, *Sonnets pour Hélène* (1578) ▸ p. 82.
D – C. Baudelaire, *Les Fleurs du mal* (1857) ▸ p. 84.

### Questions sur le corpus

**1.** À quoi perçoit-on que les quatre poèmes appartiennent à ce que l'on appelle des formes fixes ?
**2.** Signalez certaines contraintes et difficultés déterminées par la forme fixe et illustrez-les par des exemples pris dans les textes du corpus.

### Écriture

#### Commentaire

Faites le commentaire du texte de Ronsard (▸ p. 82) en répondant aux deux questions suivantes :
– comment s'expriment les oppositions entre le poète et celle à qui il s'adresse ?
– étudiez la nature des relations que le poète instaure avec celle qu'il aime.

#### Dissertation

On a parfois tendance à réduire l'écriture poétique à un ensemble de techniques de versification. Vous direz dans quelle mesure cette opinion peut être justifiée par les formes fixes. Vous chercherez ensuite quels peuvent être les apports des différentes contraintes, qui expliquent que des poètes modernes composent encore des sonnets.

#### Écriture d'invention

Pour accompagner, dans un catalogue d'exposition, le tableau qui figure page 90, on vous a demandé d'écrire un court texte poétique en vous laissant le choix de la forme : ballade, sonnet ou forme versifiée mais non fixe. Vous hésitez et faites part de ces hésitations dans un texte délibératif d'une cinquantaine de lignes écrites à la première personne.

# 5 Charles Baudelaire, *Les Fleurs du mal* (1857)

*Par ses reprises régulières et ses effets sonores, ce texte de Charles Baudelaire s'apparente au pantoum, poème à forme fixe d'origine malaise, découvert grâce à Victor Hugo et codifié par Théodore de Banville.*

## Harmonie du soir

Voici venir les temps où vibrant sur sa tige
Chaque fleur s'évapore ainsi qu'un encensoir ;
Les sons et les parfums tournent dans l'air du soir ;
Valse mélancolique et langoureux vertige !

Chaque fleur s'évapore ainsi qu'un encensoir ;
Le violon frémit comme un cœur qu'on afflige ;
Valse mélancolique et langoureux vertige !
Le ciel est triste et beau comme un grand reposoir.

Le violon frémit comme un cœur qu'on afflige,
Un cœur tendre, qui hait le néant vaste et noir !
Le ciel est triste et beau comme un grand reposoir ;
Le soleil s'est noyé dans son sang qui se fige.

Un cœur tendre, qui hait le néant vaste et noir,
Du passé lumineux recueille tout vestige !
Le soleil s'est noyé dans son sang qui se fige...
Ton souvenir en moi luit comme un ostensoir !

« Spleen et Idéal », poème XLVII.

Contexte XIX^e^ s. ▶ p. 502
Notice biographique ▶ p. 510
Du même auteur ▶ p. 94, p. 96, p. 114, p. 127, p. 234, p. 444, p. 445
SUJET DE BAC 4 ▶ p. 83

RECHERCHE

### Histoire littéraire

**1.** Cherchez la définition du pantoum et donnez les caractéristiques de cette forme fixe. Quelles différences peut-on percevoir entre la définition et le texte de Baudelaire ?

### Lecture analytique

**2.** Observez le texte : quels phénomènes remarquez-vous ? Comment sont-ils liés ? Quels sont les effets produits ? Expliquez en quoi la forme du texte détermine les rimes et donc le choix de certains termes.

**3.** Repérez les mots qui sont à la rime, observez leur sens, leur environnement lexical, leurs connotations : comment pourraient-ils être classés ? Quels sont les deux thèmes dominants du poème ? En quoi sont-ils associés ?

**4.** Expliquez en quoi le poème correspond à son titre. Retrouvez pour cela les éléments qui correspondent aux deux termes et déterminez quel domaine non annoncé explicitement dans le titre occupe une place importante dans le texte.

**5.** Par rapport à l'ensemble du poème, quel est le rôle joué par le dernier vers ?

### Question d'oral

**6.** Étudiez le poème en faisant apparaître les liens perceptibles entre le titre, le thème et la forme.

REPÈRES

Les formes fixes ▶ p. 91
La versification ▶ p. 123
La notion de genre ▶ p. 220
La notion de registre ▶ p. 222

# 6 Arthur Rimbaud, *Poésies* (1870)

## Ma Bohème

*(Fantaisie)*

Je m'en allais, les poings dans mes poches crevées ;
Mon paletot aussi devenait idéal[1] ;
J'allais sous le ciel, Muse ! et j'étais ton féal[2] ;
Oh ! là ! là ! que d'amours splendides j'ai rêvées !

Mon unique culotte avait un large trou.
– Petit-Poucet rêveur, j'égrenais dans ma course
Des rimes. Mon auberge était à la Grande-Ourse[3].
– Mes étoiles au ciel avaient un doux frou-frou

Et je les écoutais, assis au bord des routes,
Ces bons soirs de septembre où je sentais des gouttes
De rosée à mon front, comme un vin de vigueur ;

Où, rimant au milieu des ombres fantastiques,
Comme des lyres, je tirais les élastiques
De mes souliers blessés, un pied près de mon cœur !

1. Le vêtement n'est plus qu'une « idée » tant il est usé.
2. Chevalier dévoué à son seigneur.
3. À la belle étoile.

Contexte XIXe s. ▶ p. 502
Notice biographique ▶ p. 517
Du même auteur ▶ p. 97, p. 115, p. 129, p. 130

**RECHERCHE**

### Les mots et leur usage

**1.** Cherchez les différents sens du mot *fantaisie*. Que désigne-t-il ici ?

### Lecture analytique

**2.** À partir du lexique et de la versification, étudiez l'expression et la mise en relief du voyage dans le poème.
**3.** À quelles émotions et à quels sentiments le voyage est-il lié ? Répondez en tenant compte de la ponctuation et des images.
**4.** Comment s'associent, dans le poème, les notions de voyage et de poésie ?

### Question d'oral

**5.** Étudiez le sonnet en montrant l'importance du voyage et son association à la création poétique.

### Commentaire

**6.** Commentez le sonnet de Rimbaud en vous aidant des axes suivants :
– l'expression du voyage ;
– la mise en relief de la fantaisie ;
– l'association voyage / création poétique.

### Dissertation

**7.** Pour Léonard de Vinci, un tableau est un poème que l'on voit. En rapprochant peinture et poésie, vous direz ce que vous inspire cette affirmation.

**REPÈRES**
Les formes fixes ▶ p. 91
La versification ▶ p. 123
La notion de genre ▶ p. 220
La notion de registre ▶ p. 222

# 7 Tristan Corbière, *Les Amours jaunes* (1873)

*À la différence de Nicolas Boileau, qui donne avec sérieux dans l'*Art poétique *les règles techniques du sonnet, Tristan Corbière en propose une définition « en situation ».*

## I Sonnet

AVEC LA MANIÈRE DE S'EN SERVIR

*Réglons notre papier et formons bien nos lettres :*

Vers filés à la main et d'un pied uniforme,
Emboîtant bien le pas, par quatre en peloton ;
Qu'en marquant la césure, un des quatre s'endorme...
Ça peut dormir debout comme soldats de plomb.

Sur le *railway* du Pinde[1] est la ligne, la forme ;
Aux fils du télégraphe : – on en suit quatre, en long ;
À chaque pieu, la rime – exemple : *chloroforme*.
– Chaque vers est un fil, et la rime un jalon.

– Télégramme sacré – 20 mots. – Vite à mon aide...
(Sonnet – c'est un sonnet –) ô Muse d'Archimède[2] !
– La preuve d'un sonnet est par l'addition :

– Je pose 4 et 4 = 8 ! Alors je procède,
En posant 3 et 3 ! – Tenons Pégase[3] raide :
« Ô lyre ! Ô délire ! Ô... » – Sonnet – Attention !

Pic de la Maladetta. – Août.

1. Montagne de Grèce où l'on situait le séjour d'Apollon et des Muses.

2. Mathématicien et physicien grec (287-212 av. J.-C.)

3. Le cheval Pégase incarne l'inspiration.

Contexte XIXe s. ▶ p. 502
Notice biographique ▶ p. 512

### Lecture analytique

**1.** Retrouvez dans le texte tous les termes faisant référence à un sonnet, puis expliquez comment le lecteur découvre de quoi il est question.

**2.** À quoi se trouve successivement associé le sonnet ? Repérez différentes figures d'analogie et des associations à la fois logiques et inattendues.

**3.** Quelles caractéristiques du sonnet le texte met-il en relief ?

**4.** Peut-on considérer ce texte comme une « recette » de sonnet ? Qu'a-t-il de particulièrement original ?

### Question d'oral

**5.** Étudiez ce texte en faisant apparaître son originalité.

### Travail sur un corpus de textes

**6.** À partir des sonnets de la séquence 4, et de ceux des séquences 16, 17 et 18, construisez un corpus de quatre textes tous construits sur une double thématique. Expliquez en quoi la forme du sonnet se prête à la coexistence de deux thèmes.

REPÈRES
Les formes fixes ▶ p. 91
La versification ▶ p. 123
La notion de genre ▶ p. 220

# 8 Guillaume Apollinaire,

## *Le Guetteur mélancolique* (publication posthume en 1952)

*Pourtant partisans de la libération des contraintes formelles, les poètes du XXe siècle ont parfois repris la forme traditionnelle du sonnet, comme Guillaume Apollinaire, qui en fait disparaître toute ponctuation.*

Ô mon cœur j'ai connu la triste et belle joie
D'être trahi d'amour et de l'aimer encore
Ô mon cœur mon orgueil je sais je suis le roi
Le roi que n'aime point la belle aux cheveux d'or

Rien n'a dit ma douleur à la belle qui dort
Pour moi je me sens fort mais j'ai pitié de toi
Ô mon cœur étonné triste jusqu'à la mort
J'ai promené ma rage en les soirs blancs et froids

Je suis un roi qui n'est pas sûr d'avoir du pain
Sans pleurer j'ai vu fuir mes rêves en déroute
Mes rêves aux yeux doux au visage poupin

Pour consoler ma gloire un vent a dit Écoute
Élève-toi toujours Ils te montrent la route
Les squelettes de doigts terminant les sapins

Contexte **XXe s.** ▶ p. 506
Notice biographique ▶ p. 510

Poème extrait du recueil « Stavelot », 1899 © éd. Gallimard.

**RECHERCHE**

### Histoire littéraire

**1.** Que désigne le nom *Stavelot* ? Pourquoi est-il important dans la vie d'Apollinaire ?

### Lecture analytique

**2.** Étudiez la présence de celui qui parle. À qui s'adresse-t-il ? Qui d'autre intervient dans le poème ?
**3.** À partir du lexique, et de certaines figures, identifiez le double thème sur lequel est construit le sonnet, ainsi que son registre. Quelles en sont les références littéraires ?
**4.** Le sonnet ne comporte aucune ponctuation. Quels sont les effets de ce choix sur le plan du rythme, des sonorités et sur celui de la syntaxe, donc du sens ? Quelle ponctuation pourriez-vous proposer ?
**5.** Quelle fonction de la poésie se dégage du poème ? Répondez en tenant compte des temps des verbes.

### Question d'oral

**6.** Montrez en quoi ce sonnet est construit sur des éléments qui s'opposent, et analysez les effets produits par l'absence de ponctuation.

### Travail sur un corpus de textes

**7.** À partir des textes de Guillaume Apollinaire (▶ p. 87) et Philippe Jaccottet (▶ p. 89), Joachim Du Bellay (▶ p. 325), Jean-Baptiste Chassignet (▶ p. 336), étudiez certaines variations de la forme du sonnet, puis analysez les similitudes de thème et de registre des quatre poèmes.

**REPÈRES**
Les formes fixes ▶ p. 91
La versification ▶ p. 123
La notion de genre ▶ p. 220
La notion de registre ▶ p. 222

# 9 Robert Desnos, *Contrée* (1944)

*Bien qu'il compose de la poésie depuis de nombreuses années, Robert Desnos expérimente, à partir de 1942, les formes fixes, et en particulier le sonnet. Il écrit à ce sujet : « C'est pour moi une curieuse expérience. Je vais à tâtons, mais les images, les mots, les rimes s'imposent comme les détails d'une clé pour ouvrir une serrure. »*[1]

## Le paysage

J'avais rêvé d'aimer. J'aime encor mais l'amour
Ce n'est plus ce bouquet de lilas et de roses
Chargeant de leurs parfums la forêt où repose
Une flamme à l'issue de sentiers sans détour.

J'avais rêvé d'aimer. J'aime encor mais l'amour
Ce n'est plus cet orage où l'éclair superpose
Ses bûchers aux châteaux, déroute, décompose,
Illumine en fuyant l'adieu du carrefour.

C'est le silex en feu sous mon pas dans la nuit,
Le mot qu'aucun lexique au monde n'a traduit
L'écume sur la mer, dans le ciel ce nuage.

À vieillir tout devient rigide et lumineux,
Des boulevards sans noms et des cordes sans nœuds.
Je me sens me roidir avec le paysage.



1. Lettre à Paul Éluard du 8 octobre 1942.

Contexte XXe s. ▶ p. 506
Notice biographique ▶ p. 512

**Pablo Picasso** (1881-1973), *Étude pour « L'Entrevue » : profil de femme au chignon* (hiver 1901-1902), mine de plomb avec frottages, 21,5 x 15,8 cm (Musée Picasso, Paris).

## Lecture analytique

**1.** À partir des anaphores et des temps verbaux, déterminez la structure et le thème du poème. Sur quelle figure d'opposition est-il construit ?

**2.** Comment s'explique le choix du titre du sonnet par rapport au thème traité ? Retrouvez dans le texte certains éléments de la nature et dites quel est leur rôle.

**3.** Quelles images successives le poème donne-t-il de l'amour ? Quelles transformations met-il en évidence ?

**4.** Quel est le registre de ce sonnet ? En quoi pourrait-on le rapprocher d'un texte du XVIe siècle ?

## Question d'oral

**5.** Étudiez le texte en montrant comment la structure met en valeur, à propos du thème évoqué, deux images et deux moments.

REPÈRES
Les formes fixes ▶ p. 91
La versification ▶ p. 123
La notion de genre ▶ p. 220
La notion de registre ▶ p. 222

# 10 Philippe Jaccottet,
## *L'Effraie et autres poésies* (1953)

*Sensible à tout ce qui, comme les hommes, est soumis au temps, la poésie de Philippe Jaccottet évoque la vie et ses émotions à travers leurs relations avec la nature.*

**Pablo Picasso** (1881-1973), *Homme assis à la canne et masque* (1900-1901), encre de chine sur papier, 32,5 x 25 cm (Musée Picasso, Paris).

Je sais maintenant que je ne possède rien,
pas même ce bel or qui est feuilles pourries,
encore moins ces jours volant d'hier à demain
à grands coups d'ailes vers une heureuse patrie.

Elle fut avec eux, l'émigrante fanée,
la beauté faible, avec ses secrets décevants,
vêtue de brume. On l'aura sans doute emmenée
ailleurs, par ces forêts pluvieuses. Comme avant,

je me retrouve au seuil d'un hiver irréel
où chante le bouvreuil obstiné, seul appel
qui ne cesse pas, comme le lierre. Mais qui peut dire

quel est son sens ? Je vois ma santé se réduire,
pareille à ce feu bref au-devant du brouillard
qu'un vent glacial avive, efface… Il se fait tard.



Contexte XX^e s. ▸ p. 506
Notice biographique ▸ p. 514

### Lecture analytique

**1.** Observez le texte et dites en quoi c'est un sonnet. Qu'est-ce qui le différencie cependant de sa forme traditionnelle ? Étudiez en particulier la relation entre les vers et les phrases.
**2.** À partir du lexique, récapitulez les domaines sur lesquels portent les constats de celui qui parle. Quels sont ces constats ? Quel en est le registre ?
**3.** Quelle est l'importance de la nature dans le poème ? Quel rôle joue-t-elle ?
**4.** Quelles difficultés comporte le texte ? Étudiez son caractère métaphorique. Quelles formulations se révèlent polysémiques ?

### Question d'oral

**5.** Étudiez le sonnet de Philippe Jaccottet en montrant en quoi, malgré certaines différences, il rejoint, par le thème et par le registre, la tradition lyrique de cette forme fixe.

### Travail sur un corpus de textes

**6.** Rapprochez les sonnets de Robert Desnos (▸ p. 88), Philippe Jaccottet (▸ p. 89) et Tristan L'Hermite (▸ p. 343) pour étudier comment s'expriment les sentiments personnels, ainsi que des thèmes qui se ressemblent, définissant un registre commun.

### Commentaire

**7.** Commentez le sonnet de Philippe Jaccottet en vous aidant des axes suivants :
– un constat négatif et décevant ;
– l'importance de la nature ;
– un sonnet original.

REPÈRES
Les formes fixes ▸ p. 91
La versification ▸ p. 123
La notion de genre ▸ p. 220
La notion de registre ▸ p. 222

# 11 Lire l'image : G. Braque

**Georges Braque** (1882-1963), *Nature morte avec une Guitare I* (1920-1921), huile sur toile, (Narodni Galerie, Prague).

**RECHERCHE**

### Histoire des arts

**1.** Cherchez le sens du mot *cubisme* et citez le nom de peintres ayant appartenu et participé à ce mouvement.

## Lecture de l'image

**2.** À partir des couleurs et des lignes du tableau, dites comment il est composé et ce qu'il représente.

**3.** Quelles sont les particularités de la représentation ? Reprenez la définition du mot *cubisme* et dites quelles relations vous percevez entre le tableau et la définition du mot.

**4.** Comment peut se justifier le choix d'un tel tableau pour illustrer la notion poétique de formes fixes (rondeau, ballade, sonnet) ? Tenez compte, pour répondre, de la présence du mot *valse* et de l'instrument de musique.

**REPÈRES** La lecture de l'image ▸ p. 489

# Les formes fixes

**On désigne par l'expression formes fixes des poèmes qui répondent à des règles strictes de composition : nombre et nature des rimes, nombre et structure des strophes, présence d'un refrain. Inventés au Moyen Âge ou à la Renaissance, ces textes courts, rondeaux, ballades et sonnets, qui exigent une grande virtuosité, n'ont pas tous disparu de la poésie moderne.**

## Le rondeau

Le rondeau était initialement une chanson sur laquelle on dansait « en rond », ce qui correspond à une **structure circulaire** créée par la reprise du refrain et par la répétition des mêmes sons. Il date de la fin du XIIIe siècle et est essentiellement composé en octosyllabes, vers assez rapides, ou en décasyllabes qui permettent des combinaisons variées de rythme : 4+6, 5+5, 6+4. Il ne comporte que deux rimes. On distingue plusieurs manières d'organiser les 14 ou 15 vers qui composent un rondeau.

**Ex :** Le rondeau de Charles d'Orléans (▸ p. 78) est composé de la manière suivante : un quatrain aux rimes *abba* ; un second quatrain aux rimes *abab*, qui reprend aux vers 7 et 8 les vers 1 et 2 sous forme de refrain ; un sizain (strophe de 6 vers) construit sur les mêmes rimes selon la disposition *abbaab*, la fin du sizain reprenant le refrain déjà présent dans les deux quatrains.

On peut avoir aussi la disposition suivante : deux quintils (strophes de 5 vers) encadrant un tercet, l'ensemble sur deux rimes (*aabba* / *aab* / *aabba*) avec comme refrain la reprise (deux fois) de la moitié du premier vers du poème.

**Poème lyrique**, le rondeau est utilisé pour exprimer des sentiments ; sa musicalité vient des reprises de sons grâce au refrain et au nombre réduit de rimes.

## La ballade

Du provençal *balar*, qui signifie *danser*, la ballade est également un **poème musical**, dont l'harmonie vient des contraintes rythmiques et sonores. La ballade comporte trois strophes de 7, 8 ou 10 vers suivies d'une demi-strophe de 4 ou 5 vers appelée « envoi ». Les vers sont des octosyllabes ou des décasyllabes. Le nombre de vers de l'envoi varie en fonction de la longueur des strophes. Cet envoi commence par une apostrophe (« Prince... ») et peut être acrostiche : les initiales des vers forment alors un nom, souvent celui du dédicataire. Le refrain est constitué par un même vers situé à la fin de chaque strophe et de l'envoi : il conditionne ainsi la présence d'une même rime. Le poème entier ne comporte que trois rimes.

**Ex :** La ballade de Marot (▸ p. 79), « Chant de Mai et de Vertu », repose sur la combinaison de rimes suivante : *ababbcbc* pour chaque strophe et *bcbc* pour l'envoi. Le refrain revient quatre fois.

La difficulté de la ballade vient du nombre réduit de rimes pour un ensemble important de vers : le poète doit donc utiliser un lexique varié et recherché. L'autre difficulté est celle de l'intégration du refrain, qui impose à la fois une rime récurrente et sa position dans chaque strophe.
Comme le rondeau, la ballade est un **poème lyrique** : ces deux formes ont été reprises au XIXe siècle par les poètes Tristan Corbière et Charles Cros.

## Le sonnet

Venu d'Italie sous le nom de *sonetto*, « petit son », le sonnet est un poème lui aussi destiné à être chanté. Sa forme a été définie par Pétrarque au XIVe siècle. Développé par Ronsard et du Bellay, le sonnet n'a jamais disparu de la poésie. Il comporte 14 vers, de même longueur, décasyllabes ou alexandrins, construits sur 5 rimes qui peuvent être réparties différemment. Cette composition rigoureuse est définie par Tristan Corbière (▸ p. 86).

**Ex :** On note les dispositions suivantes dans les sonnets de Louise Labé (▸ p. 81) : *abba* / *abba* / *ccd* / *ede* ; et de Robert Desnos (▸ p. 88) : *abba* / *abba* / *ccd* / *eed*.

Il existe d'autres combinaisons de rimes utilisées par les poètes modernes. On trouve ainsi chez Apollinaire une disposition reposant sur 4 rimes seulement (▸ p. 87) : *abab* / *baba* / *cdc* / *ddc*.

Construit sur deux groupes de strophes similaires, les **quatrains** et les **tercets**, le sonnet se prête à l'expression d'une **double thématique**.

**Ex :** Passion et fatalité chez Louise Labé (▸ p. 81), aurore et femme chez Vincent Voiture et Claude de Malleville (▸ p. 349 et 350 ), vagabondage et poésie chez Rimbaud (▸ p. 85), sincérité et inconstance chez Tristan L'Hermite (▸ p. 343).

Le dernier vers, « chute » ou « pointe », termine le texte de manière inattendue et souvent brillante, comme dans le sonnet de Jules Laforgue, « Intarissablement » (▸ p. 116).

Poème d'amour à l'origine, le sonnet est resté une forme lyrique et se prête parfois à la satire. Certains poètes, comme Raymond Queneau, lui ont fait prendre des formes inattendues, ce qui montre ses capacités d'adaptation.

REPÈRES La versification ▸ p. 123

Séquence 5

# Poèmes en prose et formes libres

## 1 Aloysius Bertrand, *Gaspard de la nuit* (1842)

*Aloysius Bertrand est l'inventeur d'un genre qu'admireront Hugo et Baudelaire. Son unique recueil de poèmes en prose,* Gaspard de la nuit*, est inspiré par les légendes du Moyen Âge, les atmosphères de mystère, de rêve et de sorcellerie.*

### La Ronde sous la cloche

À M. Louis Boulanger, peintre.

*C'était un bâtiment lourd, presque carré,*
*entouré de ruines, et dont la tour principale, qui possédait*
*encore son horloge, dominait tout le quartier.*
Fenimore Cooper[1]

Douze magiciens dansaient une ronde sous la grosse cloche de Saint-Jean. Ils évoquèrent[2] l'orage l'un après l'autre, et du fond de mon lit je comptai avec épouvante douze voix qui traversèrent processionnellement les ténèbres.

Aussitôt la lune courut se cacher derrière les nuées, et une pluie mêlée d'éclairs et de tourbillons fouetta ma fenêtre, tandis que les girouettes criaient comme des grues en sentinelle sur qui crève l'averse dans les bois.

La chanterelle[3] de mon luth[4], appendu à la cloison, éclata ; mon chardonneret battit de l'aile dans sa cage ; quelque esprit curieux tourna un feuillet du *Roman de la Rose*[5] qui dormait sur mon pupitre.

Mais soudain gronda la foudre au haut de Saint-Jean. Les enchanteurs s'évanouirent frappés à mort, et je vis de loin leurs livres de magie brûler comme une torche dans le noir clocher.

1. Romancier américain (1789-1851), auteur du *Dernier des Mohicans* et de *La Prairie*.
2. Firent apparaître par des formules magiques.
3. Corde la plus fine, donc la plus fragile d'un instrument à cordes.
4. Instrument de musique à cordes pincées, très répandu au Moyen Âge, symbole de la poésie lyrique.
5. Roman en vers de Guillaume de Lorris, écrit vers 1230.

**Samuel Palmer** (1805-1881), *Le Château enchanté*, détail, aquarelle et gouache sur papier (collection privée).

Cette effrayante lueur peignait des rouges flammes du purgatoire et de l'enfer les murailles de la gothique église, et prolongeait sur les maisons voisines l'ombre de la statue gigantesque de Saint-Jean.

Les girouettes se rouillèrent ; la lune fondit les nuées gris de perle ; la pluie ne tomba plus que goutte à goutte des bords du toit, et la brise, ouvrant ma fenêtre mal close, jeta sur mon oreiller les fleurs de mon jasmin secoué par l'orage.

Livre III, « La Nuit et ses prestiges ».

Contexte XIXe s. ▸ p. 502
Notice biographique ▸ p. 511
SUJET DE BAC 5 ▸ p. 103

## RECHERCHE

### Histoire culturelle

**1.** Cherchez qui était Louis Boulanger et pour quel genre de tableaux il est connu.

**2.** Recherchez les différentes significations symboliques du chiffre 12 dans la mythologie gréco-latine et dans la croyance chrétienne. Quelles relations est-il possible d'établir entre la présence de douze magiciens et le fait qu'il s'agit de l'église Saint-Jean ?

## Lecture analytique

**3.** En prenant appui sur le lexique, et en particulier sur le terme qui désigne les personnages présents, dites à quelle sorte de scène le narrateur assiste.

**4.** Étudiez les éléments évoqués dans les trois premières strophes et les perceptions mises en jeu. À quel registre ces trois étapes font-elles penser ?

**5.** Quel changement intervient à partir de la strophe 4 ? Étudiez les effets d'amplification. Quels rapports la situation a-t-elle avec Saint-Jean ?

**6.** Dites ce qu'évoque la dernière strophe, et comment elle se rattache aux deux premières.

**7.** À partir de la structure du texte et de la forme de discours à laquelle il appartient, déterminez quelques caractéristiques du poème en prose.

## Question d'oral

**8.** Étudiez le texte en faisant apparaître les relations entre le déroulement de la scène et la structure du poème. Proposez à partir de cette structure une définition du poème en prose.

REPÈRES Poèmes en prose et formes libres ▸ p. 107
La notion de genre ▸ p. 220
La notion de registre ▸ p. 222

**Vincent van Gogh** (1853-1890), *Les Remparts de Paris près de la Porte de Clichy* (été 1887), aquarelle, 39,5 x 53,5 cm (Whitworth Art Gallery, University of Manchester).

## 2 Charles Baudelaire, *Correspondance* (1862)

*Dans une lettre de 1862, accompagnant l'envoi de quelques-uns de ses poèmes en prose à son ami écrivain Arsène Houssaye, Baudelaire expose ce qu'est, pour lui, ce genre nouveau. Cette lettre est devenue par la suite la préface du recueil* Le Spleen de Paris.

À Arsène Houssaye

26 août 1862

Mon cher ami, je vous envoie un petit ouvrage dont on ne pourrait pas dire, sans injustice, qu'il n'a ni queue ni tête, puisque tout, au contraire, y est à la fois tête et queue, alternativement et réciproquement. Considérez, je vous prie, quelles admirables commodités cette combinaison nous offre à tous, à vous, à moi et au lecteur. Nous pouvons couper où nous voulons, moi ma rêverie, vous le manuscrit, le lecteur sa lecture ; car je ne suspends pas la volonté rétive[1] de celui-ci au fil interminable d'une intrigue superflue. Enlevez une vertèbre, et les

1. Réticente.

deux morceaux de cette tortueuse fantaisie se rejoindront sans peine. Hachez-la en nombreux fragments, et vous verrez que chacun peut exister à part. Dans l'espérance que quelques-uns de ces tronçons seront assez vivants pour vous plaire et vous amuser, j'ose vous dédier le serpent tout entier.

J'ai une petite confession à vous faire. C'est en feuilletant, pour la vingtième fois au moins, le fameux *Gaspard de la nuit*, d'Aloysius Bertrand (un livre connu de vous, de moi et de quelques-uns de nos amis, n'a-t-il pas tous les droits à être appelé *fameux*[2] ?) que l'idée m'est venue de tenter quelque chose d'analogue, et d'appliquer à la description de la vie moderne, ou plutôt d'*une* vie moderne et plus abstraite, le procédé qu'il avait appliqué à la peinture de la vie ancienne, si étrangement pittoresque.

Quel est celui de nous qui n'a pas, dans ses jours d'ambition, rêvé le miracle d'une prose poétique, musicale sans rythme et sans rime, assez souple et assez heurtée pour s'adapter aux mouvements lyriques de l'âme, aux ondulations de la rêverie, aux soubresauts de la conscience ?

C'est surtout de la fréquentation des villes énormes, c'est du croisement de leurs innombrables rapports que naît cet idéal obsédant. Vous-même, mon cher ami, n'avez-vous pas tenté de traduire en une *chanson* le cri strident du *Vitrier*, et d'exprimer dans une prose lyrique toutes les désolantes suggestions que ce cri envoie jusqu'aux mansardes, à travers les plus hautes brumes de la rue ?

Mais, pour dire le vrai, je crains que ma jalousie ne m'ait pas porté bonheur. Sitôt que j'eus commencé le travail, je m'aperçus que non seulement je restais bien loin de mon mystérieux et brillant modèle, mais encore que je faisais quelque chose (si cela peut s'appeler *quelque chose*) de singulièrement différent, accident dont tout autre que moi s'enorgueillirait sans doute, mais qui ne peut qu'humilier profondément un esprit qui regarde comme le plus grand honneur du poète d'accomplir *juste* ce qu'il a projeté de faire.

Votre bien affectionné,

C.B.

2. Les termes en italique le sont déjà dans le texte d'origine.

Contexte XIXe s. ▸ p. 502
Notice biographique ▸ p. 510
Du même auteur ▸ p. 84, p. 96, p. 114, p. 127, p. 234, p. 444, p. 445
SUJET DE BAC 5 ▸ p. 103

## Bilan de lecture

**1.** Quels indices permettent de déterminer à quel genre littéraire ce texte appartient ?

**2.** À partir de la métaphore filée qui occupe le premier paragraphe – et que vous expliciterez –, donnez les caractéristiques de l'*ouvrage* (l. 1) dont parle Baudelaire.

**3.** Précisez quelles sont les particularités de la prose poétique dont rêve celui qui parle.

**4.** Baudelaire précise chez qui il a trouvé un modèle et de quel univers vient son inspiration : où figurent ces deux informations dans le texte et qu'apprennent-elles au lecteur sur la naissance et les thèmes du poème en prose ?

## Écriture d'invention

**5.** Choisissez un bref passage de roman (scène d'action, description d'un paysage ou court récit) et transformez-le en poème en prose à la manière d'Aloysius Bertrand (▸ p. 92) et en tenant compte de la définition de Baudelaire (▸ p. 94).

**6.** Dans sa lettre à Arsène Houssaye, Baudelaire parle de l'inspiration des *villes*. En prenant pour point de départ l'aquarelle de Van Gogh de la page 94, composez un bref poème en prose et en strophes à la manière d'Aloysius Bertrand (▸ p. 92) ou en un seul paragraphe à la manière d'Arthur Rimbaud (▸ p. 97).

REPÈRES Poèmes en prose et formes libres ▸ p. 107
La notion de genre ▸ p. 220

# 3 Charles Baudelaire, *Le Spleen de Paris* (1862)[1]

*Admirateur d'Aloysius Bertrand (▸ p. 92), Baudelaire voit dans le poème en prose la possibilité d'exprimer, sous une forme à la fois libre et structurée, les atmosphères et les rencontres de la ville, ses propres sentiments et ses interrogations sur la création esthétique (▸ p. 94).*

## Le Fou et la Vénus

Quelle admirable journée ! Le vaste parc se pâme sous l'œil brûlant du soleil, comme la jeunesse sous la domination de l'Amour.

L'extase universelle des choses ne s'exprime par aucun bruit ; les eaux elles-mêmes sont comme endormies. Bien différente des fêtes humaines, c'est ici une orgie silencieuse.

On dirait qu'une lumière toujours croissante fait de plus en plus étinceler les objets ; que les fleurs excitées brûlent du désir de rivaliser avec l'azur du ciel par l'énergie de leurs couleurs, et que la chaleur, rendant visibles les parfums, les fait monter vers l'astre comme des fumées.

Cependant, dans cette jouissance universelle, j'ai aperçu un être affligé.

Aux pieds d'une colossale Vénus, un de ces fous artificiels, un de ces bouffons volontaires chargés de faire rire les rois quand le Remords ou l'Ennui les obsède, affublé d'un costume éclatant et ridicule, coiffé de cornes et de sonnettes, tout ramassé contre le piédestal, lève des yeux pleins de larmes vers l'immortelle Déesse.

Et ses yeux disent : – « Je suis le dernier et le plus solitaire des humains, privé d'amour et d'amitié, et bien inférieur en cela au plus imparfait des animaux. Cependant je suis fait, moi aussi, pour comprendre et sentir l'immortelle Beauté ! Ah ! Déesse ! ayez pitié de ma tristesse et de mon délire ! »

Mais l'implacable Vénus regarde au loin je ne sais quoi avec ses yeux de marbre.

Poème VII.

1. Date de rédaction, publication posthume en 1869.

Contexte XIXe s. ▸ p. 502
Notice biographique ▸ p. 510
Du même auteur ▸ p. 84, p. 94, p. 114, p. 127, p. 234, p. 444, p. 445
SUJET DE BAC 5 ▸ p. 103

**RECHERCHE**

### Histoire littéraire

**1.** La littérature du XIXe siècle et du début du XXe accorde une place importante aux « saltimbanques » (clown, pierrot, bouffon…). Cherchez des exemples de cette présence, ainsi que sa signification. Cherchez également des illustrations picturales de ce motif.

### Lecture analytique

**2.** Observez le nombre et la répartition des paragraphes : quel est le rôle du très court paragraphe 4 par rapport à l'ensemble du texte ? Sur quelles oppositions met-il l'accent ?

**3.** Retrouvez et classez tout ce qui, dans les trois premiers paragraphes, correspond à l'expression *jouissance universelle* (l. 10).

**4.** De la même manière, retrouvez dans les paragraphes 5 et 6 ce qui correspond à l'expression *un être affligé* (l. 10).

**5.** Qu'incarnent la Vénus et le fou ? À partir de la situation et de l'attitude de l'un et de l'autre, ainsi que de l'évocation de leurs relations et du contexte, interprétez la signification de cette rencontre et dites quel est le rôle de celui qui parle.

### Question d'oral

**6.** Étudiez le texte en montrant comment les oppositions entre les deux personnages prennent un sens symbolique et éclairent le lecteur sur l'image que Baudelaire a du poète.

**REPÈRES** Poèmes en prose et formes libres ▸ p. 107
La notion de genre ▸ p. 220

# 4 Arthur Rimbaud, *Illuminations* (1886)

*Le recueil intitulé* Illuminations *regroupe des textes inspirés autant par des représentations imagées que par une réalité perçue et rendue de manière insolite.*

## Les Ponts

**Robert-Léopold Leprince** (1800-1847), *Le Pont de Moret* (XIXe siècle), huile sur toile, 38 x 46 cm (Musée Magnin, Dijon).

Des ciels[1] gris de cristal. Un bizarre dessin de ponts, ceux-ci droits, ceux-là bombés, d'autres descendant ou obliquant en angles sur les premiers, et ces figures se renouvelant dans les autres circuits éclairés du canal, mais tous tellement longs et légers que les rives, chargées de dômes s'abaissent et s'amoindrissent. Quelques-uns de ces ponts sont encore chargés de masures. D'autres soutiennent des mâts, des signaux, de frêles parapets. Des accords mineurs se croisent, et filent, des cordes montent des berges. On distingue une veste rouge, peut-être d'autres costumes et des instruments de musique. Sont-ce des airs populaires, des bouts de concerts seigneuriaux, des restants d'hymnes publics ? L'eau est grise et bleue, large comme un bras de mer. – Un rayon blanc, tombant du haut du ciel, anéantit cette comédie.

1. Forme du mot au pluriel lorsqu'il appartient au lexique de la peinture.

Contexte XIXe s. ▸ p. 502
Notice biographique ▸ p. 517
Du même auteur ▸ p. 85, p. 115, p. 129, p. 130

RECHERCHE

### Les mots et leur usage

**1.** Cherchez les différents sens du mot *illuminations* : lesquels pourraient s'appliquer à une œuvre poétique ?

### Lecture analytique

**2.** Que constitue le texte par rapport à son titre ? Prenez appui sur la récurrence du mot *ponts* pour répondre. S'agit-il d'une description de la réalité ?

**3.** Deux perceptions sensorielles sont importantes dans le texte. Lesquelles ? Étudiez comment on passe de l'une à l'autre.

**4.** Quel est l'effet de la dernière phrase, et du dernier mot ? En quoi le lecteur est-il alors conduit à faire une autre lecture du texte ?

### Question d'oral

**5.** Étudiez le texte en montrant comment se mêlent la réalité, sa représentation et l'imagination de celui qui parle, entraînant le lecteur dans un univers difficile à identifier.

### Commentaire

**6.** Commentez le texte de Rimbaud en vous aidant des axes suivants :
– les ponts et leur expression diversifiée ;
– des perceptions visuelles aux perceptions auditives ;
– le caractère magique du poème en prose.

REPÈRES
Poèmes en prose et formes libres ▸ p. 107
Fonctions du poète et de la poésie ▸ p. 141
La notion de genre ▸ p. 220

# 5 Jules Laforgue,

## *Derniers vers* (publication posthume en 1890)

*Poète mort de tuberculose à vingt-sept ans, Jules Laforgue laisse une œuvre imprégnée à la fois de désespoir et de dérision, dans laquelle il innove en créant le vers libre.*

### L'Hiver qui vient

Blocus sentimental ! Messageries du Levant !…
Oh, tombée de la pluie ! Oh ! tombée de la nuit,
Oh ! le vent !…
La Toussaint, la Noël et la Nouvelle Année,
Oh, dans les bruines, toutes mes cheminées !…
D'usines…

On ne peut plus s'asseoir, tous les bancs sont mouillés ;
Crois-moi, c'est bien fini jusqu'à l'année prochaine,
Tant les bancs sont mouillés, tant les bois sont rouillés,
Et tant les cors ont fait ton ton, ont fait ton taine !…

Ah, nuées accourues des côtes de la Manche,
Vous nous avez gâté notre dernier dimanche.

Il bruine ;
Dans la forêt mouillée, les toiles d'araignées
Ploient sous les gouttes d'eau, et c'est leur ruine.

Soleils plénipotentiaires[1] des travaux en blonds Pactoles[2]
Des spectacles agricoles,
Où êtes-vous ensevelis ?
Ce soir un soleil fichu gît au haut du coteau
Gît sur le flanc, dans les genêts, sur son manteau,

Un soleil blanc comme un crachat d'estaminet[3]
Sur une litière de jaunes genêts
De jaunes genêts d'automne.
Et les cors lui sonnent !
Qu'il revienne…
Qu'il revienne à lui !
Taïaut ! Taïaut ! et hallali !
Ô triste antienne[4], as-tu fini !…
Et font les fous !…
Et il gît là, comme une glande arrachée dans un cou,
Et il frissonne, sans personne !…

Poème I (extrait), vers 1 à 31.

1. Qui détiennent tous les pouvoirs.
2. Fleuve dont la mythologie raconte que ses eaux contenaient de l'or, source de la richesse du roi Crésus.
3. Débit de boissons, café.
4. Refrain ou discours répété de manière lassante.

Contexte XIXe s. ▶ p. 502
Notice biographique ▶ p. 514
Du même auteur ▶ p. 116

**Théodore Rousseau** (1812-1867), *La Chaussée du roi* (1850), dessin avec fusain et lavis brun, 20 x 28,4 cm (Musée du Louvre, Paris).

RECHERCHE

### Les mots et leur usage

**1.** Cherchez dans un dictionnaire les mots *blocus*, *messagerie*, *Levant* et proposez une explication des deux expressions initiales du poème en sachant que la première repose sur un jeu de mots à partir de « blocus continental ». Tenez compte des sonorités. Comment ces expressions se rattachent-elles au titre ?

## Lecture analytique

**2.** Observez le texte, sa disposition dans la page, la longueur des vers, la ponctuation, les rimes : que remarquez-vous ?
**3.** À partir du lexique et de la structure du texte, étudiez sous quelles formes diverses s'exprime l'idée contenue dans le titre. Étudiez aussi comment ces expressions sont mises en relief par la diversité des rythmes, des interpellations et des images.
**4.** Quelles réactions le texte révèle-t-il chez celui qui parle ?
**5.** Que pouvez-vous dire du niveau de langue du poème ? Que traduit-il ?

## Question d'oral

**6.** Étudiez le texte en montrant en quoi il se différencie de la poésie traditionnelle et en quoi cette originalité s'adapte au thème choisi ainsi qu'aux réactions qu'il provoque chez celui qui parle.

## Commentaire

**7.** Commentez le texte de Jules Laforgue en vous aidant des axes suivants :
– l'expression de l'hiver et de ses désagréments ;
– les réactions personnelles de celui qui parle ;
– une poésie spontanée, familière et triviale, qui modifie la réalité.

REPÈRES
Poèmes en prose et formes libres ▸ p. 107
La versification ▸ p. 123
La notion de genre ▸ p. 220

# 6 Victor Segalen,

## *Stèles* (1912)

*Inspirés par les inscriptions des stèles, ces pierres qui parlent aux voyageurs chinois le long des routes, les poèmes de Victor Segalen mêlent observations, conseils et réflexions sous une forme et dans une langue parfois énigmatiques.*

行路須知[1]

### Conseils au bon voyageur

Ville au bout de la route et route prolongeant la ville : ne choisis donc pas l'une ou l'autre, mais l'une et l'autre bien alternées.

Montagne encerclant ton regard le rabat et le contient que la plaine ronde libère. Aime à sauter roches et marches ; mais caresse les dalles où le pied pose bien à plat.

Repose-toi du son dans le silence, et, du silence, daigne revenir au son. Seul si tu peux, si tu sais être seul, déverse-toi parfois jusqu'à la foule.

Garde bien d'élire un asile. Ne crois pas à la vertu d'une vertu durable : romps-la de quelque forte épice qui brûle et morde et donne un goût même à la fadeur.

Ainsi, sans arrêt ni faux pas, sans licol et sans étable, sans mérites ni peines, tu parviendras, non point, ami, au marais des joies immortelles,

Mais aux remous pleins d'ivresses du grand fleuve Diversité.

« Stèles du bord du chemin » © éd. LGF, coll. « Le Livre de poche. Classiques de poche », 1999.

1. « Ce qu'il faut nécessairement savoir pour suivre sa route » (traduction de Victor Segalen).

Contexte XX^e^ s. ▸ p. 506
Notice biographique ▸ p. 518

### Lecture analytique

**1.** Observez la disposition du poème, sa ponctuation et le premier mot de chaque strophe : que remarquez-vous ?

**2.** Quelles formulations signalent, tout au long du poème, qu'il s'agit de « conseils » ? À quels domaines s'appliquent-ils ?

**3.** À partir d'une figure de rhétorique récurrente, dites quelle est la caractéristique principale des conseils donnés : que mettent-ils ainsi en valeur ? Quelle est leur finalité ?

**4.** Quels enseignements le destinataire du texte peut-il tirer de l'ensemble des recommandations ? Quelle en est la « philosophie » ?

### Question d'oral

**5.** Étudiez le poème en faisant apparaître son caractère injonctif, les caractéristiques des conseils donnés, leurs relations avec le titre et avec l'inscription chinoise qui l'accompagne.

### Commentaire

**6.** Commentez le texte de Victor Segalen en vous aidant des axes suivants :
– des recommandations concernant le voyage ;
– des conseils qui concilient les contraires et conduisent à une philosophie de la vie.

REPÈRES Poèmes en prose et formes libres ▸ p. 107
La notion de genre ▸ p. 220

# 7 Jules Supervielle, *Débarcadères* (1922)

*Débarcadères* est un recueil inspiré par les voyages, les grands espaces, les paysages de bord de mer. Dans des poèmes dont la forme hésite entre prose et vers libres, le poète évoque les relations familières des hommes et de la nature, souvent personnifiée.

Contexte xx$^e$ s. ▸ p. 506
Notice biographique ▸ p. 518
Du même auteur ▸ p. 117

## Vers la ville

Vers la ville
c'est la descente de la montagne
et de la forêt avec ses tanguantes frondaisons.
Puis la grave rencontre de la verdure et de la cité,
les conciliabules dans les faubourgs, où s'échangent arbres et maisons,
les demeures des hommes se font de plus en plus denses,
ne laissant pénétrer les arbres que sur deux rangs vers les places
où ils forment les faisceaux,
pour reprendre ensuite leur marche jusqu'à la mer qui de ses lames frémissantes
coupe la côte,
mais n'empêche pas les îles, ces rappels couverts de palmes naufragées,
ni ces écueils devinés qui tachent d'un violet de ténèbres
le fond
des transparences marines.



**RECHERCHE**

### Les mots et leur usage

**1.** Cherchez les différents sens du mot *faisceaux* et expliquez l'image du vers 8.

### Lecture analytique

**2.** Observez la disposition typographique du poème et sa ponctuation : qu'est-ce qui évoque les vers, qu'est-ce qui appartient à la prose ? D'où viennent les effets de rythme ?
**3.** À partir du lexique, identifiez les trois éléments qui dominent le texte.
**4.** En prenant appui sur les réponses aux deux questions précédentes, étudiez la nature et l'expression des relations entre les trois éléments dominants. Dans quelle situation le poète met-il le lecteur ?
**5.** Quelle conception du monde Supervielle laisse-t-il deviner à travers cette évocation ? Utilisez les personnifications pour répondre à cette question.

### Question d'oral

**6.** Étudiez le poème en montrant l'adaptation de la forme au thème de la rencontre entre trois éléments du monde.

### Travail sur un corpus de textes

**7.** Regroupez les textes de Jules Laforgue (▸ p. 98), Jules Supervielle (▸ p. 101) et Pierre Reverdy (▸ p. 105) pour étudier ce qui les rapproche sur le plan de la forme et du thème traité.

### Commentaire

**8.** Commentez le texte de Jules Supervielle en vous aidant des axes suivants :
– l'expression d'un déplacement ;
– le décor et les « acteurs » de ce mouvement ;
– l'importance de la nature.

**REPÈRES**
Poèmes en prose et formes libres ▸ p. 107
Fonctions du poète et de la poésie ▸ p. 141
La notion de genre ▸ p. 220

**Georges Braque** (1882-1963), *Le Pain* (1941), huile et sable sur toile, 41 x 120 cm (Musée National d'Art Moderne, Centre G. Pompidou, Paris).

# 8 Francis Ponge, *Le parti pris des choses* (1942)

*Dans le recueil de poèmes en prose* Le parti pris des choses, *Francis Ponge entreprend de mettre en valeur l'originalité des choses et des objets en les montrant sous un aspect inattendu et chargé d'émotion.*

## Le pain

La surface du pain est merveilleuse d'abord à cause de cette impression quasi panoramique qu'elle donne : comme si l'on avait à sa disposition sous la main les Alpes, le Taurus ou la Cordillère des Andes.

Ainsi donc une masse amorphe en train d'éructer fut glissée pour nous dans le four stellaire, où durcissant elle s'est façonnée en vallées, crêtes, ondulations, crevasses… Et tous ces plans dès lors si nettement articulés, ces dalles minces où la lumière avec application couche ses feux, – sans un regard pour la mollesse ignoble sous-jacente.

Ce lâche et froid sous-sol que l'on nomme la mie a son tissu pareil à celui des éponges : feuilles ou fleurs y sont comme des sœurs siamoises soudées par tous les coudes à la fois. Lorsque le pain rassit ces fleurs fanent et se rétrécissent : elles se détachent alors les unes des autres, et la masse en devient friable…

Mais brisons-la : car le pain doit être dans notre bouche moins objet de respect que de consommation.



Contexte XXe s. ▸ p. 506
Notice biographique ▸ p. 516
SUJET DE BAC 5 ▸ p. 103

RECHERCHE

### Les mots et leur usage

**1.** Préparez une note explicative pour les mots *Taurus* (l. 3), *éructer* (l. 4), *stellaire* (l. 5).
**2.** Expliquer le double sens de l'expression *brisons-la* (l. 13).

## Lecture analytique

**3.** Observez la composition du texte en paragraphes et la présence de termes évoquant le pain dans chacun d'eux. Que remarquez-vous ?
**4.** À partir du lexique et des figures de rhétorique, précisez quels sont les domaines abordés à propos du pain. Mettez en évidence les nombreuses analogies perçues par le poète.
**5.** Prenez appui sur les temps verbaux, sur la structure et sur l'énonciation pour déterminer quels sont les deux mouvements suivis par le poète dans sa présentation du pain.
**6.** Cherchez le sens de l'expression *parti pris* et dites en quoi on peut parler ici de *parti pris* du pain.

## Question d'oral

**7.** Étudiez le texte en faisant apparaître les étapes du poème et les procédés qui font de cette présentation du pain une description de *parti pris*.

## Lecture de l'image

**8.** Décrivez ce que vous voyez sur le tableau de la page 102 et identifiez son genre pictural. Qu'a de particulier la technique utilisée par le peintre ? Que remarquez-vous en ce qui concerne les lignes et les couleurs ?
**9.** Quelles relations (similitudes et différences) peut-on trouver entre le poème et le tableau ?

REPÈRES
Poèmes en prose et formes libres ▸ p. 107
Fonctions du poète et de la poésie ▸ p. 141
La notion de genre ▸ p. 220

# SUJET DE BAC 5

OBJET D'ÉTUDE

**La poésie.**

CORPUS

A – A. Bertrand, *Gaspard de la nuit* (1842) ▸ p. 92.
B – C. Baudelaire, *Correspondance* (1862) ▸ p. 94.
C – C. Baudelaire, *Le Spleen de Paris* (1869) ▸ p. 96.
D – F. Ponge, *Le parti pris des choses* (1942) ▸ p. 102.

## Questions sur le corpus

**1.** Identifiez le genre de chacun des textes, puis dites quel est le rôle du texte B par rapport aux textes A et C.
**2.** Repérez plusieurs points communs aux textes A, C et D. À partir de ces points communs, proposez une définition du poème en prose qui tienne en trois ou quatre lignes.

## Écriture

### Commentaire

Faites le commentaire du poème de Francis Ponge (texte D, ▸ p. 102).

### Dissertation

La poésie traditionnelle repose sur les vers, leurs rythmes, les rimes et la musique qui s'en dégage. N'y a-t-il pas alors incompatibilité à parler de « poème en prose » ? Dans une première partie, vous montrerez le pouvoir musical de la versification régulière, puis vous chercherez en quoi le poème en prose peut être lui aussi musical et rythmé.

### Écriture d'invention

Construisez un dialogue argumenté dans lequel, au cours d'un débat littéraire, sont confrontés deux poètes. L'un défend les contraintes de la versification traditionnelle, l'autre évoque l'apparence de liberté du poème en prose, pour finalement considérer qu'il comporte lui aussi des contraintes. Faites-les parler après avoir, dans une rapide présentation, précisé les circonstances du débat et présenté les deux interlocuteurs.

# 9 Julien Gracq, *Liberté grande* (1946)

*À une œuvre essentiellement romanesque, Julien Gracq ajoute, après la guerre, le recueil de poésie en prose* Liberté grande, *qui évoque souvent, comme ses romans, des situations proches du rêve.*

## Le vent froid de la nuit

Je l'attendais le soir dans le pavillon de chasse, près de la Rivière Morte. Les sapins dans le vent hasardeux de la nuit secouaient des froissements de suaire et des craquements d'incendie. La nuit noire était doublée de gel, comme le satin blanc sous un habit de soirée, – au-dehors, des mains frisées couraient de toutes parts sur la neige. Les murs étaient de grands rideaux sombres, et sur les steppes de neige des nappes blanches, à perte de vue, comme des feux se décollent des étangs gelés, se levait la lumière mystique des bougies. J'étais le roi d'un peuple de forêts bleues, comme un pèlerinage avec ses bannières se range immobile sur les bords d'un lac de glace. Au plafond de la caverne bougeait par instants, immobile comme la moire d'une étoffe, le cyclone des pensées noires. En habit de soirée, accoudé à la cheminée et maniant un revolver dans un geste de théâtre, j'interrogeais par désœuvrement l'eau verte et dormante de ces glaces très anciennes ; une rafale plus forte parfois l'embuait d'une sueur fine comme celle des carafes, mais j'émergeais de nouveau, spectral et fixe, comme un marié sur la plaque du photographe qui se dégage des remous de plantes vertes. Ah ! les heures creuses de la nuit, pareilles à un qui voyage sur les os légers et pneumatiques d'un rapide – mais soudain elle était là, assise toute droite dans ses longues étoffes blanches.



Contexte XXe s. ▸ p. 506
Notice biographique ▸ p. 513

### Lecture analytique

**1.** Observez la première et la dernière phrase du poème : quel genre de scène déterminent-elles ? Qui en sont les « héros » ?

**2.** Repérez dans le texte tous les termes qui permettent d'identifier les lieux. Trouvez ensuite par quels procédés ils sont caractérisés et quelles sont leurs caractérisations. Quelle impression générale se dégage du paysage et de la caverne ?

**3.** Quels éléments de la scène concourent à un effet de théâtralisation et de mise en scène ?

**4.** De quelles façons différentes la scène peut-elle être lue et comprise ? Demandez-vous qui sont *je* et *elle*, à quoi renvoient les *pensées noires* et qui peut être le *roi* d'un univers nocturne d'images magiques et somptueuses. Rattachez ensuite votre interprétation au titre.

### Question d'oral

**5.** Étudiez le poème en présentant les caractéristiques de cette scène de rencontre et les différentes interprétations qu'elle suggère.

### Travail sur un corpus de textes

**6.** Étudiez le caractère narratif des textes poétiques d'Aloysius Bertrand (▸ p. 92), Charles Baudelaire (▸ p. 96) et Julien Gracq (▸ p. 104), ainsi que leur portée symbolique.

### Écriture d'invention

**7.** À la manière de Julien Gracq, composez un poème en prose dans lequel deux personnages humains prendront, dans un univers de votre choix, la forme de deux allégories.

REPÈRES Poèmes en prose et formes libres ▸ p. 107
Fonctions du poète et de la poésie ▸ p. 141
La notion de genre ▸ p. 220

# 10 Pierre Reverdy, *Main d'œuvre* (1949)

*Passionné de typographie, ce dont sa poésie porte la marque, et proche des surréalistes, avant de s'éloigner d'eux, Pierre Reverdy traduit dans ses poèmes la conscience d'appartenir à un monde complexe et changeant.*

## Bascule

La lutte du vent dans le port
                    Les mots brouillés dans l'air
Que la vague pousse plus fort
               En dessous quelque chose passe
On attend que tout se défasse
L'eau monte par-dessus
                    Les pierres disparaissent
Et de l'autre côté il y a des jours qui naissent
Les jours luisants amoncelés
          Au bord de l'horizon qui les laisse tomber
                    Un à un
La main qui guide les saisons se trompe
Et moi je tombe
                    Ma raison
                              glisse
Entre les lames sous le pont
Je vois l'autre côté du monde

Contexte xxe s. ▶ p. 506
Notice biographique ▶ p. 517

« Sources du vent » 

### Lecture analytique

**1.** Observez la disposition typographique du texte, la structure syntaxique, la nature et la fin des vers, les majuscules, l'absence de ponctuation : quelles impressions la lecture du texte provoque-t-elle ? Qu'est-ce qui est mis en relief ?

**2.** Cherchez et classez ce qui, dans le poème, renvoie au titre : de quels mouvements de *bascule* est-il question ?

**3.** Quelles réactions contradictoires une telle évocation peut-elle susciter chez le lecteur ? Quelle perception du monde révèle-t-elle chez le poète ?

### Question d'oral

**4.** Étudiez le texte en montrant comment une succession irrégulière de constats traduit le mouvement exprimé par le titre, et quelles réflexions cela peut inspirer au lecteur.

### Travail sur un corpus de textes

**5.** Rapprochez les textes de Jules Laforgue (▶ p. 98), Jules Supervielle (▶ p. 101), Pierre Reverdy (▶ p. 105) et Paul Claudel (▶ p. 131) pour étudier la nature et les effets des vers libres sur le plan des sonorités, des rythmes et de l'adaptation de la forme choisie au thème évoqué.

### Commentaire

**6.** Commentez le texte de Pierre Reverdy en vous aidant des axes suivants :
– un ensemble de constats au présent ;
– la notion de *bascule* et ce qu'elle peut inspirer.

REPÈRES
Poèmes en prose et formes libres ▶ p. 107
Fonctions du poète et de la poésie ▶ p. 141
La notion de genre ▶ p. 220

# 11 Lire l'image : P. Mondrian

**Piet Mondrian** (1872-1944), *Le Nuage rouge C* (1907), huile sur carton, 65 x 75 cm (Haags Gemeentemuseum, La Haye). 

RECHERCHE

### Histoire des arts

**1.** Cherchez des informations concernant le peintre Piet Mondrian. En particulier, signalez quel a été son parcours pictural et à quelle phase de ce parcours se situe le tableau intitulé *Le Nuage rouge C*. Dites par qui il a été influencé et à quel(s) courant(s) il a appartenu.

### Lecture de l'image

**2.** Expliquez ce que l'on voit sur l'image et justifiez son titre. À partir de l'observation des couleurs, dites quelle est l'importance du « nuage rouge ».

**3.** Quelles relations peut-on établir entre cette représentation et la notion de « formes libres » ?

**4.** Cherchez pour quelles raisons les peintres, mais aussi les poètes et les écrivains, se sont intéressés aux nuages. Donnez quelques exemples.

### Écriture d'invention

**5.** À partir du tableau de Piet Mondrian, composez un poème en prose ayant pour titre « Le nuage rouge ».

REPÈRES La lecture de l'image ▸ p. 489

# Poèmes en prose et formes libres

**Après des siècles de poésie versifiée, le XIXe siècle voit apparaître deux formes nouvelles, moins codifiées, le poème en prose et le vers libre, qui peuvent l'un et l'autre prendre des apparences diverses. Issues d'une revendication de liberté, ces formes se rattachent par certains aspects à la poésie traditionnelle mais innovent sur le plan du rythme, des sons et de la structure.**

## Les poèmes en prose

C'est sans doute la prose rythmée et lyrique de Chateaubriand qui a inspiré à Aloysius Bertrand – dans *Gaspard de la nuit* (▸ p. 92) – et à Maurice de Guérin – dans *Le Centaure* – des compositions nouvelles auxquelles on a donné le nom paradoxal de « poème en prose ». Ces textes allient en effet des caractéristiques appartenant aux deux genres.

– **Les marques de la prose** : le poème en prose se présente graphiquement comme un texte sans rimes ni vers, composé de courts paragraphes séparés ou non par des blancs ou de manière continue, sans alinéa.

■ **Ex :** « La Ronde sous la cloche » d'Aloysius Bertrand, (▸ p. 92) se compose de six courts paragraphes ; le poème « Les ponts » (▸ p. 97), d'Arthur Rimbaud, ne comporte qu'une dizaine de lignes, d'un seul bloc ; le texte de Francis Ponge, « Le pain » (▸ p. 102), regroupe quatre paragraphes irréguliers identifiables par les alinéas.

Mais la différence entre un extrait de prose et un poème en prose est que ce dernier constitue une **unité** de thème et de sens, et ne fait pas partie d'un texte plus long. Chaque poème est défini par un titre, comporte un début et une chute.

– **Les marques de la poésie** : le poème en prose emprunte à la poésie plusieurs éléments spécifiques : la disposition en paragraphes, qui rappelle les unités des strophes, le **rythme**, même sans vers, les reprises sonores, la **musicalité**, les images et un langage souvent **analogique** et **symbolique**, pour aborder des thèmes aussi variés que ceux de la poésie traditionnelle. Les reprises sonores viennent de la répétition de certains mots, les rythmes de la ponctuation, des groupes ternaires, des énumérations, de la structure des phrases.

■ **Ex :** On remarque ainsi dans « La Ronde sous la cloche » (▸ p. 92) la reprise des mots *lune*, *pluie*, *fenêtre*, *girouettes*. Les cinq strophes centrales du poème « Aube » (▸ p. 115) sont encadrées par deux octosyllabes ; « Le Fou et la Vénus » (▸ p. 96) est un poème très organisé, de manière symétrique autour d'une phrase centrale. Un nombre important d'antithèses crée un véritable rythme. Enfin, dans le texte de Julien Gracq (▸ p. 104), la situation de rendez-vous magique évoquée peut être celle de deux êtres, ou celle, symbolique, du poète et de l'inspiration : de nombreux mots et de nombreuses expressions sont à double sens.

La poésie en prose apparaît ainsi comme un mode d'écriture original, susceptible, comme le dit Baudelaire (▸ p. 95), de s'adapter aux *ondulations de la rêverie*, aux *soubresauts de la conscience*.

## Le vers libre

Parallèlement au développement du poème en prose naît le vers libre, qui ressemble, par sa disposition, à la poésie, mais qui n'a ni la régularité des vers ni les reprises sonores des rimes.

La disposition des vers libres évoque la poésie, mais on note immédiatement une grande **irrégularité** dans la longueur des vers, l'absence des rythmes propres à la versification traditionnelle (suite régulière de syllabes accentuées), et le manque de rimes récurrentes et codifiées à la fin des vers. Cette irrégularité souligne que le vers libre ne correspond à aucune contrainte définie : le poète est libre d'aller à la ligne comme il l'entend et c'est en général la syntaxe des phrases qui dicte l'organisation des vers.

■ **Ex :** « Bascule », de Pierre Reverdy (▸ p. 105), montre ces caractéristiques : vers décalés dans leur disposition, parfois réduits à un, deux ou trois mots, ce qui met en relief ces termes de manière graphique ; présence, parfois, d'un octosyllabe ou d'un alexandrin isolés, groupes de six syllabes. « L'Hiver qui vient », de Jules Laforgue (▸ p. 98), présente des caractéristiques similaires, soulignées par une ponctuation abondante, avec une apparence de rimes. Certains sons reviennent en fin de « ligne », ce qui donne l'impression que le texte est construit sur des morceaux poétiques mis bout à bout.

Les vers libres ont des rythmes particuliers, souvent associés aux thèmes traités : l'irrégularité qui les caractérise crée ou révèle des effets de rupture, qui existent aussi dans les idées.

Expression d'une liberté poétique, les vers libres, par leurs irrégularités, sont une marque d'originalité et de créativité. Ils sont très largement utilisés dans la poésie du XXe siècle, même si celle-ci n'oublie jamais la tradition versifiée.

Séquence 6

# Poésie et déchiffrement du monde

## 1 Alphonse de Lamartine, *Méditations poétiques* (1820)

*Recueil caractéristique du lyrisme romantique, les* Méditations poétiques *regroupent des poèmes célébrant la nature dans ses affinités avec la sensibilité humaine.*

### Le vallon

Tes jours[1], sombres et courts comme des jours d'automne,
Déclinent comme l'ombre au penchant des coteaux.
L'amitié te trahit[2], la pitié t'abandonne,
Et, seule, tu descends le sentier des tombeaux.

Mais la nature est là qui t'invite et qui t'aime ;
Plonge-toi dans son sein qu'elle t'ouvre toujours :
Quand tout change pour toi, la nature est la même,
Et le même soleil se lève sur tes jours.

De lumière et d'ombrage elle t'entoure encore :
Détache ton amour des faux biens que tu perds ;
Adore ici l'écho qu'adorait Pythagore[3],
Prête avec lui l'oreille aux célestes concerts.

Suis le jour dans le ciel, suis l'ombre sur la terre ;
Dans les plaines de l'air vole avec l'aquilon[4] ;
Avec le doux rayon de l'astre du mystère[5]
Glisse à travers les bois dans l'ombre du vallon.

Dieu, pour le concevoir, a fait l'intelligence :
Sous la nature enfin découvre son auteur[6] !
Une voix à l'esprit parle dans son silence :
Qui n'a pas entendu cette voix dans son cœur ?

Poème V (extrait), vers 45 à 64.

1. Le poète s'adresse à son âme.
2. Allusion à une rivalité amoureuse entre Lamartine et son ami Vignet.
3. Savant grec (VIe-Ve siècle av. J.-C.) pour qui la musique des sphères était synonyme d'harmonie.
4. Nom d'un vent du nord.
5. La lune.
6. Dieu.

Contexte XIXe s. ▶ p. 502
Notice biographique ▶ p. 514
SUJET DE BAC 6 ▶ p. 111

**Joseph Mallord William Turner** (1775-1851), *Le Lac de Lucerne, clair de lune, le Rigi au loin* (vers 1841), aquarelle, 23 x 30,7 cm (Whitworth Art Gallery, University of Manchester).

RECHERCHE

### Histoire culturelle

**1.** Cherchez des informations sur Pythagore. Par quoi est-il surtout connu ? À quel courant philosophique antique sa pensée et ses recherches se rattachent-elles ?

## Lecture analytique

**2.** À partir du lexique, repérez les différents éléments de la nature évoqués dans le poème et classez-les.
**3.** En prenant appui sur différents verbes et sur certaines figures de rhétorique, dites quels rôles le poète attribue à la nature.
**4.** Quelles sont les recommandations adressées par le poète à son âme ? Comment sont-elles mises en valeur ? Appuyez-vous sur les verbes à l'impératif.
**5.** À quoi doivent conduire, selon le poète, l'observation et l'imitation de la nature ? Quelle est la « leçon » de ces vers ? Quel en est le registre ?

## Question d'oral

**6.** Étudiez le texte en montrant comment s'expriment et ce que signifient les relations de celui qui parle et de la nature.

## Lecture de l'image

**7.** Que représente le tableau et quelles sont ses caractéristiques picturales (couleurs, nuances, contours, contrastes, effets particuliers) ? Pourrait-on le qualifier de *romantique* ?
**8.** Relisez le texte de Lamartine, et repérez des termes qui pourraient être associés à la représentation picturale : qu'ont en commun le poème et l'illustration ?

REPÈRES
La versification ► p. 123
La notion de genre ► p. 220

**Odilon Redon** (1840-1916), *La Branche fleurie* (1901), décoration pour la salle à manger du château de Domecy, huile sur toile, 247,5 x 163 cm (Musée d'Orsay, Paris).

## 2 Gérard de Nerval, *Petits châteaux de Bohême* (1853)

*Hanté par des questions sur l'origine de la vie, passionné par les mythes grecs, Gérard de Nerval s'interroge, dans de nombreux poèmes, sur son destin, son identité et sur son rapport au monde.*

### Vers dorés

*Eh quoi ! tout est sensible !*
Pythagore

Homme ! libre penseur[1] – te crois-tu seul pensant
Dans ce monde où la vie éclate en toute chose :
Des forces que tu tiens ta liberté dispose,
Mais de tous tes conseils[2] l'Univers est absent.

Respecte dans la bête un esprit agissant…
Chaque fleur est une âme à la Nature éclose ;
Un mystère d'amour dans le métal repose :
Tout est sensible ; – et tout sur ton être est puissant[3] !

Crains dans le mur aveugle un regard qui t'épie :
À la matière même un verbe[4] est attaché…
Ne la fais pas servir à quelque usage impie.

Souvent dans l'être obscur habite un Dieu caché ;
Et, comme un œil naissant couvert par ses paupières
Un pur esprit s'accroît sous l'écorce des pierres.

« Troisième château ».

1. L'expression renvoie aux théories matérialistes niant l'existence de Dieu.

2. Assemblées chargées de délibérer.

3. Exerce un pouvoir sur ton être.

4. Capacité de communiquer une pensée par les mots.

Contexte XIXe s. ▶ p. 502
Notice biographique ▶ p. 516
SUJET DE BAC 6 ▶ p. 111

RECHERCHE

**Les mots et leur usage**

**1.** Comment appelle-t-on un texte court précédant une œuvre, comme ici la citation de Pythagore ? Quelles en sont les fonctions ?

**Histoire culturelle**

**2.** Cherchez qui était Pythagore, à quelle époque il a vécu et à quel courant de pensée il se rattache.

## Lecture analytique

**3.** Mettez en évidence les oppositions exprimées par les quatre premiers vers. À quoi celui qui parle invite-t-il son interlocuteur à se comparer, et sur quel double plan ? Qui est cet interlocuteur ? En quoi peut-on parler ici de thèse ?

**4.** Dans la suite du sonnet, trouvez et explicitez les formulations qui rapprochent des éléments en apparence incompatibles. Sur quelle figure de rhétorique reposent certaines de ces formulations ? Quelles interférences ces rapprochements révèlent-ils ?

**5.** En utilisant la réponse à la question 2, précisez quel est le rôle des vers 5 à 14 (strophes 2, 3 et 4) par rapport au premier quatrain. Tenez compte de la forme de discours et du mode verbal récurrent.

**6.** Rapprochez ce texte du sonnet des « Correspondances » de Charles Baudelaire (▸ p. 114). Qu'ont-ils en commun ?

## Question d'oral

**7.** Étudiez comment s'exprime, dans le sonnet, l'idée que la vie existe dans ce qui est inanimé.

## Commentaire

**8.** Commentez le sonnet de Nerval en vous aidant des axes suivants :
- l'expression de nombreuses oppositions ;
- l'omniprésence de l'esprit ;
- un poème philosophique.

REPÈRES
Les formes fixes ▸ p. 91
La versification ▸ p. 123
La notion de genre ▸ p. 220
Fonctions du poète et de la poésie ▸ p. 141

# SUJET DE BAC 6

OBJET D'ÉTUDE

**La poésie.**

CORPUS

A – A. de Lamartine, *Méditations poétiques* (1820) ▸ p. 108.
B – G. de Nerval, *Petits châteaux de Bohème* (1853) ▸ p. 110.
C – C. Baudelaire, *Les Fleurs du mal* (1857) ▸ p. 114.
D – J. Laforgue, *Œuvres complètes* (1903) ▸ p. 116.

## Questions sur le corpus

**1.** En matière de forme, qu'est-ce qui différencie le texte A des trois autres poèmes ? En quoi peut-on dire que ces trois textes sont construits sur une double thématique ?

**2.** Qu'est-ce qui rapproche les quatre textes, qu'est-ce qui les sépare dans leur étude des relations entre l'homme et la nature ?

## Écriture

**Commentaire**

Vous ferez le commentaire du texte B, de Gérard de Nerval (▸ p. 110).

**Dissertation**

La poésie peut-elle aider à mieux comprendre le monde qui nous entoure ? Vous prendrez appui sur les textes du corpus et sur vos lectures poétiques pour répondre à cette question de manière personnelle, mais argumentée.

**Écriture d'invention**

Deux des quatre textes du corpus doivent figurer dans un ouvrage dans lequel ils seront illustrés par deux représentations picturales. On vous demande de trouver deux tableaux, que vous pouvez choisir dans ce manuel, susceptibles d'accompagner ces deux textes (laissés à votre choix). Expliquez ensuite, sans utiliser la première personne, les relations qui existent entre les images et les textes. Chaque texte comportera une trentaine de lignes. Les deux textes peuvent être séparés.

# 3 Victor Hugo,
## *Les Contemplations* (1856)

*En exil, parallèlement aux* Châtiments (▸ p. 126 et 254)*, Victor Hugo compose* Les Contemplations. *Ce recueil est construit en deux parties, séparées par une date, le 4 septembre 1843, jour de la mort accidentelle de sa fille Léopoldine. La première partie, « Autrefois », est consacrée aux poèmes du bonheur ; la seconde, « Aujourd'hui », est une méditation sur la mort et sur la destinée humaine.*

### Horror[1]

IV

Depuis quatre mille ans que, courbé sous la haine,
Perçant sa tombe avec les débris de sa chaîne,
Fouillant le bas, creusant le haut,
Il cherche à s'évader à travers la nature,
L'esprit forçat n'a pas encor fait d'ouverture
À la voûte du ciel cachot.

Oui, le penseur en vain, dans ses essors funèbres,
Heurte son âme d'ombre au plafond de ténèbres ;
Il tombe, il meurt ; son temps est court ;
Et nous n'entendons rien, dans la nuit qu'il nous lègue,
Que ce que dit tout bas la création bègue
À l'oreille du tombeau sourd.

Nous sommes les passants, les foules et les races.
Nous sentons, frissonnants, des souffles sur nos faces.
Nous sommes le gouffre agité ;
Nous sommes ce que l'air chasse au vent de son aile ;
Nous sommes les flocons de la neige éternelle
Dans l'éternelle obscurité.

Pour qui luis-tu, Vénus ? Où roules-tu, Saturne ?
Ils vont. Rien ne répond dans l'éther[2] taciturne.
L'homme grelotte, seul et nu.
L'étendue aux flots noirs déborde, d'horreur pleine ;
L'énigme a peur du mot ; l'infini semble à peine
Pouvoir contenir l'inconnu.

Toujours la nuit ! jamais l'azur ! jamais l'aurore !
Nous marchons. Nous n'avons point fait un pas encore !
Nous rêvons ce qu'Adam rêva ;
La création flotte et fuit, des vents battue ;
Nous distinguons dans l'ombre une immense statue,
Et nous lui disons : Jéhovah[3] !

Marine-Terrace, nuit du 30 mars 1854.
« Aujourd'hui », livre VI « Au bord de l'infini », IV$^{e}$ partie du poème XVI.

1. En latin, ce mot désigne une horreur sacrée, un effroi devant ce qui est terrifiant et incompréhensible pour l'homme.

2. L'air, le ciel.

3. Ou Yahvé, nom désignant Dieu chez les Hébreux.

Contexte XIX$^{e}$ s. ▸ p. 502
Notice biographique ▸ p. 513
Du même auteur ▸ p. 56, p. 124, p. 126, p. 157, p. 158, p. 254, p. 287, p. 289

**Victor Hugo** (1802-1885), *La Cité morte*, encre, eau et aquarelle sur papier (collection privée).

## Lecture analytique

**1.** À partir du lexique et des connotations, déterminez le thème de ces strophes et leurs relations avec le titre du poème, « Horror ». Comment évolue l'évocation ?

**2.** Quelles images sont données de l'univers, des hommes et de leurs relations ?

**3.** Étudiez la variation des pronoms personnels : comment peut-on l'interpréter ?

**4.** À partir de la ponctuation, des figures de rhétorique et du lexique, précisez quel est le registre du poème.

**5.** Qu'apporte l'écriture poétique à l'expression de ce qui est évoqué ?

## Question d'oral

**6.** Étudiez le texte en faisant apparaître ses relations (thème, images, registre) avec le titre.

## Commentaire

**7.** Commentez le texte de Victor Hugo en vous aidant des axes suivants :

– l'évocation d'un monde effrayant ;
– l'image de la faiblesse humaine ;
– le rôle du poète, la force de la poésie.

## Lecture de l'image

**8.** Observez l'image ci-dessus, donnez ses caractéristiques (contrastes, couleurs, lignes...) et dites ce qu'elle vous semble représenter. Diriez-vous qu'elle est figurative ou qu'elle est abstraite ?

**9.** Regardez son titre et expliquez les relations titre / image. Quel est son registre ? Comment pouvez-vous interpréter la partie supérieure du tableau et son mouvement ?

**10.** Cette image n'était pas destinée à illustrer le texte qu'elle accompagne : retrouvez cependant de nombreux éléments communs soulignant une similitude d'inspiration.

**REPÈRES** La versification ▸ p. 123
Fonctions du poète et de la poésie ▸ p. 141
La notion de genre ▸ p. 220
La notion de registre ▸ p. 222

# 4 Charles Baudelaire, *Les Fleurs du mal* (1857)

*Appelées aussi « synesthésies », les correspondances désignent les rapports entre le monde matériel et le monde spirituel. D'après Baudelaire, seuls les artistes savent déchiffrer le sens des analogies qui permettent de passer du monde des perceptions à celui des idées.*

## Correspondances

La Nature est un temple où de vivants piliers
Laissent parfois sortir de confuses paroles ;
L'homme y passe à travers des forêts de symboles
Qui l'observent avec des regards familiers.

Comme de longs échos qui de loin se confondent
Dans une ténébreuse et profonde unité,
Vaste comme la nuit et comme la clarté,
Les parfums, les couleurs et les sons se répondent.

Il est des parfums frais comme des chairs d'enfants,
Doux comme les hautbois, verts comme les prairies,
– Et d'autres, corrompus, riches et triomphants,

Ayant l'expansion des choses infinies,
Comme l'ambre, le musc[1], le benjoin et l'encens[2],
Qui chantent les transports de l'esprit et des sens.

« Spleen et Idéal », poème IV.

1. L'ambre est un parfum précieux qui tire son nom d'une substance parfumée provenant du cachalot. Le musc est un parfum préparé avec une substance provenant de certains cervidés.

2. Le benjoin et l'encens sont des substances aromatiques d'origine végétale, utilisées en parfumerie.

Contexte XIXe s. ▶ p. 502
Notice biographique ▶ p. 510
Du même auteur ▶ p. 84, p. 94, p. 96, p. 127, p. 234, p. 444, p. 445
SUJET DE BAC 6 ▶ p. 111

### Lecture analytique

**1.** Le sonnet est construit sur deux figures dominantes : trouvez-les, puis dites ce qu'elles rapprochent et quelles analogies elles mettent en évidence. Quelles relations peut-on établir avec le titre du poème ? Expliquez le vers 8.

**2.** En quoi le monde environnant est-il présenté comme un univers de signes ? Répondez en prenant appui sur certains termes des quatrains. Quels termes laissent penser que la compréhension de ces signes reste difficile ?

**3.** Étudiez le rôle des perceptions dans le poème : quels sens sont abordés ? En quoi les perceptions sont-elles étroitement liées à la notion de correspondance ? Répondez à partir du vers 8 et des tercets.

**4.** Quelles conceptions de la nature et du poète sont exposées dans ce sonnet ?

### Question d'oral

**5.** Étudiez le sonnet en faisant apparaître l'importance et le sens des comparaisons et des métaphores.

REPÈRES
Les formes fixes ▶ p. 91
La versification ▶ p. 123
La notion de genre ▶ p. 220

# 5 Arthur Rimbaud, *Illuminations* (1886)

*Les* Illuminations *regroupent des poèmes en prose qui retracent les charmes et les mystères d'une relation originale avec le monde (▸ p. 97). « Aube » évoque ainsi la magie du monde qui émerge des ténèbres.*

## Aube

J'ai embrassé l'aube d'été.

Rien ne bougeait encore au front des palais. L'eau était morte. Les camps d'ombres ne quittaient pas la route du bois. J'ai marché, réveillant les haleines vives et tièdes, et les pierreries regardèrent, et les ailes se levèrent sans bruit.

La première entreprise[1] fut, dans le sentier déjà empli de frais et blêmes éclats, une fleur qui me dit son nom.

Je ris au wasserfall[2] blond qui s'échevela à travers les sapins : à la cime argentée je reconnus la déesse.

Alors je levai un à un les voiles. Dans l'allée, en agitant les bras. Par la plaine, où je l'ai dénoncée au coq. À la grand'ville elle fuyait parmi les clochers et les dômes, et courant comme un mendiant sur les quais de marbre, je la chassais.

En haut de la route, près d'un bois de lauriers, je l'ai entourée avec ses voiles amassés, et j'ai senti un peu son immense corps. L'aube et l'enfant tombèrent au bas du bois.

Au réveil il était midi.

1. La première à être entreprise.

2. « Chute d'eau », en allemand.

Contexte XIXe s. ▸ p. 502
Notice biographique ▸ p. 517
Du même auteur ▸ p. 85, p. 97, p. 129, p. 130

### Lecture analytique

**1.** Observez la composition du poème : comment s'ouvre-t-il et se ferme-t-il ? Quelles étapes permettent de passer de l'ouverture à la fermeture, d'un moment important à un autre (que vous préciserez) ? Par quelles articulations ces étapes sont-elles soulignées ?

**2.** Étudiez la succession des actions de celui qui raconte : en quoi consistent-elles ? Qu'y a-t-il d'important et de nouveau à partir du paragraphe 4 ?

**3.** Qu'a de particulier le système énonciatif du texte ? Pour répondre, étudiez les pronoms personnels, et expliquez ce qu'a d'inattendu l'avant-dernière phrase.

**4.** Quel sens métaphorique ou symbolique peut-on attribuer au poème en tenant compte de son titre ? À qui l'enfant se trouve-t-il assimilé ? Qui est la « déesse » ? À quoi peut-on comparer la « marche » de l'enfant, puis sa course avec la déesse ?

### Question d'oral

**5.** Étudiez le texte en montrant comment l'itinéraire de l'enfant correspond à l'éveil de la nature mais peut avoir aussi une signification symbolique.

### Commentaire

**6.** Commentez le texte de Rimbaud selon les axes suivants :
- l'expression d'une métamorphose ;
- le rôle de *je* et celui de la *déesse* ;
- le récit d'une démarche de création poétique.

REPÈRES
Poèmes en prose et formes libres ▸ p. 107
Fonctions du poète et de la poésie ▸ p. 141
La notion de genre ▸ p. 220

# 6 Jules Laforgue,

## Œuvres complètes (publication posthume en 1903)

*Dans plusieurs de ses poèmes composés entre 1880 et 1887, Jules Laforgue évoque les grands sujets qui hantent l'humanité, comme le sens de la vie et de la mort, ou encore la puissance du temps.*

### Intarissablement

Dire qu'au fond des cieux n'habite nul Songeur,
Dire que par l'espace où sans fin l'or ruisselle,
De chaque atome monte une voix solennelle
Cherchant dans l'azur noir à réveiller un cœur !

Dire qu'on ne sait rien ! et que tout hurle en chœur.
Et que pourtant, malgré l'angoisse universelle,
Le Temps qui va roulant les siècles pêle-mêle,
Sans mémoire, éternel et grave travailleur,

Charriant sans retour engloutis dans ses ondes
Les cendres des martyrs, les cités et les mondes,
Le Temps, universel et calme écoulement,

Le Temps qui ne connaît ni son but, ni sa source,
Mais rencontre toujours des soleils dans sa course,
Tombe de l'urne bleue intarissablement !

« Le sanglot de la terre ».

Contexte XIX^e s. ▸ p. 502
Notice biographique ▸ p. 514
Du même auteur ▸ p. 98
SUJET DE BAC 6 ▸ p. 111

### Lecture analytique

**1.** D'où viennent les difficultés de compréhension de ce sonnet ? Qu'est-ce qui, cependant, attire l'attention du lecteur ? Répondez de manière personnelle.
**2.** Le sonnet est construit autour d'une articulation qui fait apparaître un élément important, peu présent dans les six premiers vers, mais omniprésent dans la suite. Quel est le sens de cette articulation ? Quel est l'élément important ?
**3.** En quoi l'élément qui domine la seconde moitié du sonnet peut-il être à la fois angoissant et rassurant ? Étudiez les images, les hyperboles, les phénomènes d'amplification, les rythmes et les sonorités, ainsi que le titre et le dernier mot du sonnet.
**4.** Le poème comporte de nombreuses oppositions : que traduisent-elles ? Quelles images donnent-elles de l'homme et de la condition humaine ?

### Question d'oral

**5.** Étudiez le sonnet en montrant comment la double évocation du monde et du temps rejoint des interrogations angoissantes sur la condition humaine.

REPÈRES
Les formes fixes ▸ p. 91
La versification ▸ p. 123
La notion de genre ▸ p. 220
La notion de registre ▸ p. 222

# 7 Jules Supervielle, *Débarcadères* (1922)

*Comme de nombreux autres poèmes du même recueil, « La Sphère » évoque l'émerveillement que provoquent, chez le poète, le monde et ses mystères.*

## La Sphère

Roulé dans tes senteurs, belle terre tourneuse,
Je suis enveloppé d'émigrants souvenirs,
Et mon cœur délivré des attaches peureuses
Se propage, gorgé d'aise et de devenir.

Sous l'émerveillement des sources et des grottes
Je me fais un printemps de villes et de monts
Et je passe de l'alouette au goémon,
Comme sur une flûte on va de note en note.

J'azure[1], fluvial, les gazons de mes jours,
Je narre[2] le neigeux leurre de la Montagne
Aux collines venant à mes pieds de velours
Tandis que les hameaux dévalent des campagnes.

Et comme un éclatant abrégé des saisons,
Mon cœur découvre en soi tropiques et banquises
Voyageant d'île en cap et de port en surprise
Il démêle un intime écheveau d'horizons.

In *Gravitations* © éd. Gallimard.

1. *Azurer* désigne l'action d'aviver l'éclat d'une couleur.

2. Je raconte, je fais connaître.

Contexte XXe s. ▶ p. 506
Notice biographique ▶ p. 518
Du même auteur ▶ p. 101

### Lecture analytique

**1.** Comment se marquent, dans le texte, la présence de celui qui parle et celle de sa destinataire ?

**2.** En relation avec les deux interlocuteurs, identifiez les deux réseaux lexicaux dominants et précisez à quel domaine renvoie chacun d'eux et comment ils « fonctionnent » l'un par rapport à l'autre.

**3.** Comment peut être compris l'itinéraire géographique de celui qui parle ? Quelles relations révèle-t-il entre le poète et le monde ?

**4.** En quoi cet itinéraire peut-il être compris comme celui de la création poétique ?

### Question d'oral

**5.** Étudiez le poème en montrant le parallélisme établi entre deux domaines et l'importance des relations que le poète entretient avec la « sphère ».

### Dissertation

**6.** Discutez ce point de vue du poète Stéphane Mallarmé : « Ce n'est point avec des idées que l'on fait des vers… c'est avec des mots. »

REPÈRES
La versification ▶ p. 123
La notion de genre ▶ p. 220
La notion de registre ▶ p. 222

# 8 Claude Roy, *L'Enfance de l'art* (1942)

*Romancier et essayiste, Claude Roy fut aussi un poète sensible à l'importance de l'engagement politique, à la complexité des sentiments, et aux mystères de la nature.*

## La Nuit

Elle est venue la nuit de plus loin que la nuit
à pas de vent de loup de fougère et de menthe
voleuse de parfum impure fausse nuit
fille aux cheveux d'écume issue de l'eau dormante

Après l'aube la nuit tisseuse de chansons
s'endort d'un songe lourd d'astres et de méduses
et les jambes mêlées aux fuseaux des saisons
veille sur le repos des étoiles confuses

Sa main laisse glisser les constellations
le sable fabuleux des mondes solitaires
la poussière de Dieu et de sa création
la semence de feu qui féconde les terres

Mais elle vient la nuit de plus loin que la nuit
à pas de vent de mer de feu de loup de piège
bergère sans troupeaux glaneuse sans épis
aveugle aux lèvres d'or qui marche sur la neige.

In *Poésies* 

Contexte **XX<sup>e</sup> s.** ▸ p. 506
Notice biographique ▸ p. 517

### Lecture analytique

**1.** Après une première lecture, déterminez d'où vient la difficulté du poème.
**2.** Mettez en parallèle le début du premier quatrain et celui du dernier quatrain : que remarquez-vous ? Comment peut-on comprendre le changement de temps et l'articulation logique ? Comment le poème est-il construit ?
**3.** À travers les images, métaphores et personnification utilisées, quelles caractéristiques de la nuit le poète met-il en relief ?
**4.** Que suggère le poème en ce qui concerne les relations entre le poète et la nature ?

### Question d'oral

**5.** Étudiez le poème en faisant ressortir sa structure et l'ensemble des caractéristiques de la nuit.

### Travail sur un corpus de textes

**6.** Rapprochez les textes d'Arthur Rimbaud (▸ p. 115), Jules Supervielle (▸ p. 117) et Claude Roy (▸ p. 118) pour étudier comment s'y expriment les relations du poète avec la nature.

### Commentaire

**7.** Commentez le texte de Claude Roy selon les axes suivants :
– une structure qui évoque un déroulement chronologique ;
– les images et caractéristiques de la nuit : l'expression du mystère.

**REPÈRES**
La versification ▸ p. 123
Fonctions du poète et de la poésie ▸ p. 141
La notion de genre ▸ p. 220
La notion de registre ▸ p. 222

# 9 René Char, *La Fontaine narrative* (1947)

*Très attaché aux lieux familiers de sa vie, René Char évoque ici la Sorgue, rivière qui capte et renvoie comme un miroir toutes les images du monde.*

## La Sorgue

### *Chanson pour Yvonne*

Rivière trop tôt partie, d'une traite, sans compagnon,
Donne aux enfants de mon pays le visage de ta passion.

Rivière où l'éclair finit et où commence ma maison,
Qui roule aux marches d'oubli la rocaille de ma raison.

Rivière, en toi terre est frisson, soleil anxiété.
Que chaque pauvre dans sa nuit fasse son pain de ta moisson.

Rivière souvent punie, rivière à l'abandon.

Rivière des apprentis à la calleuse condition,
Il n'est vent qui ne fléchisse à la crête de tes sillons.

Rivière de l'âme vide, de la guenille et du soupçon,
Du vieux malheur qui se dévide, de l'ormeau, de la compassion.

Rivière des farfelus, des fiévreux, des équarrisseurs,
Du soleil lâchant sa charrue pour s'acoquiner au menteur.

Rivière des meilleurs que soi, rivière des brouillards éclos,
De la lampe qui désaltère l'angoisse autour de son chapeau.

Rivière des égards au songe, rivière qui rouille le fer,
Où les étoiles ont cette ombre qu'elles refusent à la mer.

Rivière des pouvoirs transmis et du cri embouquant les eaux,
De l'ouragan qui mord la vigne et annonce le vin nouveau.

Rivière au cœur jamais détruit dans ce monde fou de prison,
Garde-nous violent et ami des abeilles de l'horizon.

In *Fureur et Mystère* © éd. Gallimard.

Contexte XXe s. ▶ p. 506
Notice biographique ▶ p. 511

**Piet Mondrian** (1872-1944), *Rivière avec une rangée d'arbres sur la gauche, ciel avec des bandes roses et jaune-vert* (vers 1907-1908), huile sur toile, 75 x 120 cm (Haags Gemeentemuseum, La Haye) © 2005 Mondrian/Holtzman Trust c/o HCR International - - hcr@hcrinternational.com

RECHERCHE

### Les mots et leur usage

**1.** Cherchez le sens des mots *calleuse* (v. 8), *équarrisseurs* (v. 12) et *embouquant* (v. 18).

## Lecture analytique

**2.** Observez la manière dont est construit le texte : que remarquez-vous ? Quel est l'effet produit ? À quel genre poétique ce poème peut-il être rattaché ?
**3.** À qui et à quoi la rivière se trouve-t-elle associée ? Quelle est la signification de ces diverses associations ? Comment comprenez-vous le dernier vers ?
**4.** Étudiez les caractéristiques prêtées à la rivière, en relation avec ce à quoi elle est associée, et classez-les selon leurs connotations négatives ou positives.
**5.** D'où vient la difficulté du texte, malgré une apparence de simplicité ?

## Question d'oral

**6.** Étudiez le texte en faisant apparaître la diversité des associations mises en jeu et des caractéristiques de la rivière.

## Écriture d'invention

**7.** En petites strophes successives, à la manière de René Char dans le poème « La Sorgue », adressez-vous à un lieu que vous connaissez bien, pour le présenter en insistant sur ses caractéristiques, ses relations avec des êtres, sur ce qu'il représente pour vous.

## Lecture de l'image

**8.** Faites une description précise de ce que vous voyez sur l'image ci-dessus : tenez compte des lignes, des couleurs.
**9.** Quelle est l'impression dominante du tableau et du paysage représenté ?
**10.** En quoi peut-on dire que le tableau, comme le poème de René Char (▸ p. 119), sont un éloge de la rivière ?

REPÈRES
Poèmes en prose et formes libres ▸ p. 107
La versification ▸ p. 123
La notion de genre ▸ p. 220
La notion de registre ▸ p. 222

# 10 Jean Tardieu, *Une voix sans personne* (1954)

*Poète et auteur de théâtre, Jean Tardieu a consacré son œuvre à des recherches sur le langage, ses « trahisons » et ses pouvoirs. Dans* Une voix sans personne*, il évoque le travail du poète, comme simple médiateur de messages mystérieux échangés avec le monde.*

Le rôle du poète n'est-il pas de donner la vie à ce qui se tait dans l'homme et dans les choses, puis de se perdre au cœur de la Parole ?

Cette parole qu'un peuple d'ombres se transmet d'une rive à l'autre du temps, il semble qu'une seule voix sans fin la porte et la profère.

Elle seule, dépositaire d'un monde de secrets, tire de notre absence une longue mémoire, dessine dans l'espace la figure de l'Homme et prête à nos hasards la forme d'un destin…

Mais peut-être au-delà d'elle-même, si nous prêtons l'oreille avec plus de ferveur, pourrons-nous percevoir l'écho de ce qui n'a même plus de nom dans aucune langue.

Les paroles, alors, qu'elles soient transparentes ou opaques, humbles ou chamarrées[1] d'images, ne contiendront pas plus de sens qu'un souffle sans visage qui résonnerait pour lui-même sur les débris d'un temple ou dans un champ superbement désert depuis toujours ignoré des humains.

Ainsi, qu'il laisse un nom ou devienne anonyme, qu'il ajoute un terme au langage ou qu'il s'éteigne dans un soupir, de toute façon le poète disparaît, trahi par son propre murmure et rien ne reste après lui qu'une voix – sans personne.



1. Ornées.

Contexte XXe s. ▶ p. 506
Notice biographique ▶ p. 518
Du même auteur ▶ p. 168 p. 169

## Bilan de lecture

**1.** Repérez tout ce qui, dans le texte, évoque un monde et des échanges mystérieux.

**2.** Retrouvez les termes qui font référence à la parole, et à la voix qui prononce des paroles.

**3.** Comment comprenez-vous le rôle du poète et celui de la parole poétique ? Que peut signifier l'existence d'une *voix sans personne* ?

**4.** Expliquez en quoi le texte correspond précisément à ce qui est suggéré dans la première phrase.

## Travail sur un corpus de textes

**5.** À partir des textes de cette séquence, composez vous-même un corpus de quatre textes dont le quatrième sera celui de Jean Tardieu. Faites en sorte que les trois autres comportent des *paroles transparentes ou opaques, humbles ou chamarrées d'images*, et expliquez ensuite, de manière organisée, en quoi la parole poétique peut être parfois très simple et parfois complexe.

## Écriture d'invention

**6.** Au cours d'un débat sur la poésie, deux interlocuteurs s'affrontent. Pour l'un, l'approche de la poésie est rendue difficile par les images, les symboles, l'obscurité de l'écriture, la versification. L'autre a un point de vue opposé. Rapportez leur dialogue.

REPÈRES
Poèmes en prose et formes libres ▶ p. 107
Fonctions du poète et de la poésie ▶ p. 141
La notion de genre ▶ p. 220

# 11 Lire l'image : P. Gauguin

**Paul Gauguin** (1848-1903) *Mahana no atua (Jour de Dieu)*, (1894), huile sur toile, 68,3 x 91,5 cm (Art Institute, Chicago).

RECHERCHE

**Histoire des arts**

**1.** Cherchez qui était Paul Gauguin, où il a vécu, à quels mouvements picturaux il s'est associé et qui il a influencé.

## Lecture de l'image

**2.** Décrivez le tableau en insistant sur sa composition et sur la disposition des personnages. Quelles sont les relations entre cette composition et le titre ?

**3.** Observez la technique du peintre : que remarquez-vous concernant les couleurs et leur répartition sur la toile ?

**4.** « Peinture et déchiffrement du monde » : expliquez en quoi on pourrait adopter ce titre pour regrouper les tableaux de Turner (▸ p. 109), Hugo (▸ p. 113), Mondrian (▸ p. 120) et Gauguin (▸ p. 122).

**5.** Comparez l'utilisation de la couleur dans ces quatre tableaux et expliquez en quoi elle ne relève pas des mêmes techniques.

REPÈRES La lecture de l'image ▸ p. 489

# La versification

**La poésie française traditionnelle repose sur des unités rythmiques et typographiques, les vers. Ces unités sont terminées par des sons repris en écho. On désigne ces reprises sonores par le mot rime. Les vers peuvent être regroupés en strophes.**

## Le vers et ses caractéristiques

– **La longueur** : le vers est une succession de syllabes prononcées et son nom dépend de ce nombre de syllabes, pair ou impair, qui définit sa longueur. On parle ainsi d'alexandrin (douze syllabes), de décasyllabe (dix), d'octosyllabe (huit). Les vers de six ou de quatre syllabes sont assez rares. On trouve des vers de onze syllabes (hendécasyllabes), de neuf, de sept (heptasyllabes), de cinq ou encore de trois syllabes, ces derniers étant rares. Le décompte des syllabes pose la question du « e muet » : jamais prononcé en fin de vers, il peut compter comme une syllabe à la fin d'un mot à l'intérieur d'un vers lorsque le mot suivant commence par une consonne.

**Ex :** Les deux vers suivants (Lamartine, ▸ p. 108) sont des alexandrins. Pour déterminer avec exactitude le nombre de syllabes prononcées, il faut compter deux syllabes pour *sombres*, *comme* et *déclinent*. Le nom *automne* compte pour deux syllabes et *l'ombre au penchant* pour quatre :
« Tes jours, sombres et courts comme des jours d'automne,]
Déclinent comme l'ombre au penchant des coteaux. ]»

– **Diérèse et synérèse** : deux phénomènes modifient la prononciation de certains mots. La **diérèse** consiste à prononcer, en poésie, une syllabe qui n'est pas prononcée en prose. La **synérèse** rassemble en une seule syllabe, dans un vers, ce que la prononciation prosaïque sépare.

**Ex :** Dans le vers suivant (Baudelaire, ▸ p. 114), le mot *expansion* compte quatre syllabes. Il s'agit d'une diérèse :
« Ayant l'expansion des choses infinies »

– **Césure et coupe** : le vers est divisé en éléments séparés par des coupes, ou pauses. La pause qui se situe au milieu d'un vers est la **césure**. Les autres sont des coupes secondaires. Les coupes, souvent signalées par la ponctuation, provoquent des effets de rythme : rupture, accélération ou ralentissement. Elles sont en relation avec les groupes syntaxiques, qu'elles mettent en relief, et avec les accents de la prononciation française.

**Ex :** Dans les deux vers suivants (Hugo, ▸ p. 124), la virgule qui suit le mot *nuit* coupe le vers en deux éléments égaux. L'expression apposée *sans lui complète* est ainsi mise en relief, surtout les deux mots qui suivent la césure, *sans lui* :
« Dans votre nuit, sans lui complète,
Lui seul a le front éclairé. »

– **Rejet et enjambement** : parfois se produit un phénomène de dissociation de la syntaxe et du vers lorsqu'une phrase se continue d'un vers sur le vers suivant sans interruption. Le phénomène porte le nom d'**enjambement** et la partie du vers qui « déborde » est un **rejet**. La rupture typographique et la continuité syntaxique attirent l'attention à la fois sur la fin du vers et sur le rejet.

**Ex :** Dans les deux vers suivants (Rimbaud, ▸ p. 85), l'enjambement met en relief l'expression *des rimes* et attire l'attention sur la comparaison entre le poète et le Petit Poucet :
« Petit Poucet rêveur, j'égrenais dans ma course
Des rimes. Mon auberge était à la Grande-Ourse. »

Lorsqu'une unité grammaticale commence en fin de vers, on appelle cette fin de vers un **contre-rejet**.

## Les rimes

La rime est le retour en fin de vers d'un, deux ou trois phonèmes semblables, ce qui entraîne la répétition musicale d'un même son. Les rimes sont définies et caractérisées par leur nature, leur qualité et leur disposition. Ainsi, on appelle **rime féminine** toute rime terminée par un « e muet ». Les autres rimes sont dites **masculines**. Jusqu'au XIXe siècle, il était de règle de faire alterner une rime féminine et une rime masculine. Les rimes sont dites pauvres lorsqu'elles ne comportent qu'un seul phonème semblable, comme *tout* et *bout*, suffisantes lorsqu'elles en comportent deux, comme *sacré* et *éclairé*, riches lorsqu'elles en comportent trois et plus, comme *lumière* et *chaumière*.

Pour ce qui est de la disposition, les rimes *aabb* sont suivies ou plates, les rimes *abab* sont alternées ou croisées, les rimes *abba* sont embrassées.

## Les strophes

Les vers peuvent être regroupés en strophes qui portent des noms : distique (2), tercet (3), quatrain (4), quintil (5), sizain (6). Ces regroupements attirent l'attention sur la structure des poèmes et sur des unités thématiques ou sémantiques.

REPÈRES Les formes fixes ▸ p. 91

genres

poésie poésie poésie

Séquence 7

# Fonctions du poète et de la poésie

## 1 Victor Hugo, *Les Rayons et les Ombres* (1840)

*Dans* Les Rayons et les Ombres, *Victor Hugo rêve d'une poésie et d'un poète aux pouvoirs civilisateurs. Définie dès la préface, cette fonction du poète est le thème – et le titre – du premier poème du recueil.*

### Fonction du poète

Peuples ! écoutez le poète !
Écoutez le rêveur sacré !
Dans votre nuit, sans lui complète,
Lui seul a le front éclairé.
Des temps futurs perçant les ombres,
Lui seul distingue en leurs flancs sombres
Le germe qui n'est pas éclos.
Homme, il est doux comme une femme.
Dieu parle à voix basse à son âme
Comme aux forêts et comme aux flots.

C'est lui qui, malgré les épines,
L'envie et la dérision,
Marche, courbé dans vos ruines,
Ramassant la tradition.
De la tradition féconde
Sort tout ce qui couvre le monde,
Tout ce que le ciel peut bénir.
Toute idée, humaine ou divine,
Qui prend le passé pour racine
A pour feuillage l'avenir.

Contexte XIXe s. ▶ p. 502
Notice biographique ▶ p. 513
Du même auteur ▶ p. 56, p. 112, p. 126, p. 157, p. 158, p. 254, p. 287, p. 289

Il rayonne ! il jette sa flamme
Sur l'éternelle vérité !
Il la fait resplendir pour l'âme
D'une merveilleuse clarté.
Il inonde de sa lumière
Ville et désert, Louvre[1] et chaumière,
Et les plaines et les hauteurs ;
À tous d'en haut il la dévoile ;
Car la poésie est l'étoile
Qui mène à Dieu rois et pasteurs !

25 mars-1er avril 1839.
Poème I, partie II, vers 277 à 306
(trois dernières strophes).

1. Désigne un palais, par opposition à la chaumière.

**Victor Hugo** (1802-1885),
*Le Phare des Casquets* (1866), plume et encre sur papier
(Maison Victor Hugo, Musée de la ville de Paris).

**RECHERCHE**

### Histoire littéraire

**1.** Cherchez qui fut – dans la mythologie grecque – le premier des poètes et dites quel était le pouvoir de sa poésie.

### Lecture analytique

**2.** Concernant la fonction du poète, dites, à partir du lexique, quelle est l'idée dominante de chaque strophe. En quoi cette idée permet-elle de définir aussi les fonctions de la poésie ?

**3.** Le poète est présenté comme un *rêveur sacré* : retrouvez dans le texte tout ce qui fait référence à une mission associée à la religion et permet de rapprocher le poète d'une divinité.

**4.** Le texte définit le poète en utilisant une écriture poétique : en quoi cette écriture versifiée et les registres choisis peuvent-ils accentuer la force du message ?

**5.** Quelles relations peut-on établir entre le contenu du poème et l'illustration qui l'accompagne ?

### Question d'oral

**6.** Étudiez le texte en faisant apparaître en quoi sa forme poétique rend la présentation de la fonction du poète plus frappante et plus émouvante.

**REPÈRES**
La versification ▸ p. 123
Fonctions du poète et de la poésie ▸ p. 141
La notion de genre ▸ p. 220

# 2 Victor Hugo,

## *Châtiments* (1853)

*Œuvre polémique dirigée contre Napoléon III par le poète exilé, les* Châtiments *(autre poème,* *▸ p. 254)* *illustrent le pouvoir dénonciateur de la poésie dans le domaine politique. En voici le poème liminaire.*

France ! à l'heure où tu te prosternes,
Le pied d'un tyran sur ton front,
La voix sortira des cavernes ;
Les enchaînés tressailleront.

Le banni, debout sur la grève,
Contemplant l'étoile et le flot,
Comme ceux qu'on entend en rêve,
Parlera dans l'ombre tout haut ;

Et ses paroles qui menacent,
Ses paroles dont l'éclair luit,
Seront comme des mains qui passent
Tenant des glaives dans la nuit.

Elles feront frémir les marbres
Et les monts que brunit le soir,
Et les chevelures des arbres
Frissonneront sous le ciel noir.

Elles seront l'airain qui sonne[1],
Le cri qui chasse les corbeaux,
Le souffle inconnu dont frissonne
Le brin d'herbe sur les tombeaux.

Elles crieront : Honte aux infâmes,
Aux oppresseurs, aux meurtriers !
Elles appelleront les âmes
Comme on appelle des guerriers !

Sur les races qui se transforment,
Sombre orage, elles planeront ;
Et si ceux qui vivent s'endorment,
Ceux qui sont morts s'éveilleront.

Jersey, août 1853.
Livre I, « La société est sauvée »,
poème 1 (intégral).

1. L'airain désigne des trompettes, par référence à l'épisode biblique de Jéricho.

Contexte XIXe s. ▸ p. 502
Notice biographique ▸ p. 513
Du même auteur ▸ p. 56, p. 112, p. 124, p. 157, p. 158, p. 254, p. 287, p. 289
SUJET DE BAC 7 ▸ p. 139

**Honoré Daumier** (1808-1879), planche dans *Le Charivari* du 16 novembre 1870, lithographie, 22,7 x 18,8 cm (Bibliothèque nationale de France, Paris).

RECHERCHE

**Histoire**

**1.** Rappelez les circonstances historiques du coup d'État de décembre 1851. Où se trouve Victor Hugo en 1853 lorsqu'il compose les *Châtiments* ?

**Histoire culturelle**

**2.** Au vers 17, le poète renvoie indirectement à un épisode biblique, celui des « trompettes de Jéricho ». Cherchez des précisions sur cet épisode et expliquez les rapprochements que l'on peut établir entre cette histoire et le contenu du poème.

## Lecture analytique

**3.** À partir du lexique, retrouvez tout ce qui, dans le texte, évoque la situation politique de la France en 1853.

**4.** Le texte met en scène une *voix* (v. 3) : à qui appartient-elle ? Comment se manifeste cette *voix* ? Répondez en prenant appui sur un champ lexical important et sur certaines répétitions.

**5.** À partir du repérage des verbes au futur, expliquez quelles sont les fonctions de cette *voix*.

**6.** Compte tenu de la place du poème et de la situation, en 1853, de celui qui l'écrit, expliquez quelle est son utilité et quelle mission Victor Hugo s'attribue.

**7.** En quoi les images du texte rendent-elles le message plus clair et plus accessible au lecteur ?

## Question d'oral

**8.** Étudiez le texte en justifiant sa position de poème liminaire d'une œuvre engagée, à partir de l'évocation du *banni* et de sa fonction.

## Écriture d'invention

**9.** Victor Hugo présente le poète comme un prophète dont le rôle est de guider le peuple dans des circonstances difficiles. Après avoir cherché dans sa biographie à quels moments et dans quelles circonstances il a pu jouer ce rôle, vous rédigerez un article littéraire sous le titre : « Un poète fidèle à son idéal ». Votre article, écrit à la troisième personne, comportera entre cinquante et cent lignes.

REPÈRES La versification ► p. 123
Fonctions du poète et de la poésie ► p. 141
La notion de genre ► p. 220

# 3 Charles Baudelaire, *Notes nouvelles sur Edgar Poe* (1857)

*Dans cet extrait, qui appartient à la préface de sa traduction des* Nouvelles Histoires extraordinaires *d'Edgar Poe, Charles Baudelaire définit la nature et la fonction de la poésie.*

C'est cet admirable, cet immortel instinct du Beau qui nous fait considérer la terre et ses spectacles comme un aperçu, comme une correspondance du Ciel. La soif insatiable de tout ce qui est au-delà, et que révèle la vie, est la preuve la plus vivante de notre immortalité. C'est à la fois par la poésie et *à travers*[1] la poésie, par et *à travers*[1] la musique que l'âme entrevoit les splendeurs situées derrière le tombeau ; et quand un poème exquis amène les larmes au bord des yeux, ces larmes ne sont pas la preuve d'un excès de jouissance, elles sont bien plutôt le témoignage d'une mélancolie irritée, d'une postulation[2] des nerfs, d'une nature exilée dans l'imparfait et qui voudrait s'emparer immédiatement, sur cette terre même, d'un paradis révélé.

Ainsi le principe de la poésie est, strictement et simplement, l'aspiration humaine vers une beauté supérieure, et la manifestation de ce principe est dans un enthousiasme, une excitation de l'âme, – enthousiasme tout à fait indépen-

1. Ces termes sont en italique dans le texte de Baudelaire.

2. Une attente, une demande.

**Édouard Manet** (1832-1883), *Le Corbeau* (1875), lithographie (Hambourg Kunsthalle, Hambourg).

dant de la passion qui est l'ivresse du cœur, et de la vérité qui est la pâture de la raison. Car la passion est *naturelle*[1], trop naturelle pour ne pas introduire un ton blessant, discordant, dans le domaine de la beauté pure, trop familière et trop violente pour ne pas scandaliser les purs Désirs, les gracieuses Mélancolies et les nobles Désespoirs qui habitent les régions surnaturelles de la poésie.

Cette extraordinaire élévation, cette exquise délicatesse, cet accent d'immortalité qu'Edgar Poe exige de la Muse, loin de le rendre moins attentif aux pratiques d'exécution, l'ont poussé à aiguiser sans cesse son génie de praticien. Bien des gens, de ceux surtout qui ont lu le singulier poème intitulé « Le Corbeau », seraient scandalisés si j'analysais l'article où notre poète a ingénument en apparence, mais avec une légère impertinence que je ne puis blâmer, minutieusement expliqué le mode de construction qu'il a employé, l'adaptation du rythme, le choix d'un refrain, – le plus bref possible et le plus susceptible d'applications variées, et en même temps le plus représentatif de mélancolie et de désespoir, orné d'une rime la plus sonore de toutes (*nevermore*[1], jamais plus), – le choix d'un oiseau capable d'imiter la voix humaine, mais d'un oiseau, – le corbeau, – marqué dans l'imagination populaire d'un caractère funeste et fatal, – le choix du ton le plus poétique de tous, le ton mélancolique, – du sentiment le plus poétique, l'amour pour une morte, etc. – « Et je ne placerai pas, dit-il, le héros de mon poème dans un milieu pauvre, parce que la pauvreté est triviale et contraire à l'idée de Beauté. Sa mélancolie aura pour gîte une chambre magnifiquement et poétiquement meublée. »

Contexte XIXe s. ▶ p. 502
Notice biographique ▶ p. 510
Du même auteur ▶ p. 84, p. 94, p. 96, p. 114, p. 234, p. 444, p. 445

**RECHERCHE**

**Histoire littéraire**

**1.** Quel philosophe est à l'origine de la théorie des idées et du « mythe de la caverne » ?

**2.** Dans quel texte poétique Charles Baudelaire analyse-t-il le phénomène des *correspondances* ? En quoi consiste ce phénomène et quel est son autre nom ?

## Bilan de lecture

**3.** Sur quelle conception du monde, exprimée dans le premier paragraphe, Charles Baudelaire fait-il reposer le rôle de la poésie ?

**4.** Explicitez les différences établies par celui qui parle entre l'enthousiasme poétique, la passion et la raison.

**5.** Reformulez le thème et les idées principales du long paragraphe consacré au poème d'Edgar Poe, « Le Corbeau ». Quelle en est l'utilité par rapport à la réflexion sur la poésie ?

## Travail sur un corpus de textes

**6.** Concernant le rôle du poète, dites ce qu'ont en commun les textes de Charles Baudelaire (▶ p. 127, *Notes nouvelles sur E. Poe*, et ▶ p. 114, « Correspondances ») et d'Arthur Rimbaud (▶ p. 129). Quelle est le statut du sonnet des « Correspondances » par rapport aux deux autres textes ?

**REPÈRES**

Fonctions du poète et de la poésie ▶ p. 141
L'essai ▶ p. 243
La notion de genre ▶ p. 220

# 4 Arthur Rimbaud, Lettre à Paul Demeny (1871)

*Dans la lettre, dite « du voyant », Arthur Rimbaud, alors âgé de dix-sept ans, expose à un jeune poète déjà connu, Paul Demeny, ses théories poétiques et les démarches à mettre en œuvre pour découvrir « l'inconnu ». En voici deux extraits.*

Je dis qu'il faut être *voyant*, se faire *voyant*[1].

Le Poète se fait *voyant* par un long, immense et raisonné *dérèglement de tous les sens*[1]. Toutes les formes d'amour, de souffrance, de folie ; il cherche lui-même, il épuise en lui tous les poisons, pour n'en garder que les quintessences. Ineffable torture où il a besoin de toute la foi, de toute la force surhumaine, où il devient entre tous le grand malade, le grand criminel, le grand maudit, – et le suprême Savant ! – Car il arrive à l'*inconnu*[1] ! Puisqu'il a cultivé son âme, déjà riche, plus qu'aucun ! Il arrive à l'inconnu, et quand, affolé, il finirait par perdre l'intelligence de ses visions, il les a vues ! Qu'il crève dans son bondissement par les choses inouïes et innombrables : viendront d'autres horribles travailleurs ; ils commenceront par les horizons où l'autre s'est affaissé ! [...]

Donc le poète est vraiment voleur de feu[2].

Il est chargé de l'humanité, des *animaux*[1] même ; il devra faire sentir, palper, écouter ses inventions ; si ce qu'il rapporte de *là-bas*[1] a forme, il donne forme ; si c'est informe, il donne de l'informe. Trouver une langue ; – Du reste, toute parole étant idée, le temps d'un langage universel viendra ! Il faut être académicien, – plus mort qu'un fossile, – pour parfaire un dictionnaire, de quelque langue que ce soit. Des faibles se mettraient à *penser* sur la première lettre de l'alphabet, qui pourraient vite ruer dans la folie !

Cette langue sera de l'âme pour l'âme, résumant tout, parfums, sons, couleurs, de la pensée accrochant la pensée et tirant. Le poète définirait la quantité d'inconnu s'éveillant en son temps dans l'âme universelle : il donnerait plus – que la formule de sa pensée, que la notation de *sa marche au Progrès*[1] ! Énormité devenant norme, absorbée par tous, il serait vraiment *un multiplicateur de progrès*[1] !

Lettre du 15 mai 1871 (extraits).

1. Ces mots sont en italique dans le texte de Rimbaud.
2. Allusion au mythe de Prométhée.

Contexte XIXe s. ▶ p. 502
Notice biographique ▶ p. 517
Du même auteur ▶ p. 85, p. 97, p. 115, p. 130

## RECHERCHE

### Histoire littéraire

**1.** Cherchez qui était Prométhée (allusion de la ligne 12) et en quoi il peut servir de référence au poète tel que l'envisage Arthur Rimbaud.

### Lecture analytique

**2.** Quels procédés d'écriture font comprendre au lecteur qu'il s'agit, dans les deux parties du texte, de l'exposé d'une démarche poétique ?

**3.** En quoi cette démarche consiste-t-elle ? Que met-elle en jeu ? En prenant appui sur le lexique et sur les figures de rhétorique, donnez ses caractéristiques, ses moyens, ses objectifs.

**4.** Comment se trouvent exprimées, dans le texte, les difficultés et les limites de l'expérience poétique ?

**5.** En tenant compte de la ponctuation, du lexique et de la structure de certaines phrases, dites quel est le registre des deux extraits.

### Question d'oral

**6.** Étudiez les deux extraits pour en dégager les conceptions d'Arthur Rimbaud en matière de poésie.

REPÈRES
Fonctions du poète et de la poésie ▶ p. 141
La notion de genre ▶ p. 220

# 5 Arthur Rimbaud, *Une saison en enfer* (1873)

Une saison en enfer *rapporte différentes expériences de découverte et de retranscription du monde à l'aide d'un langage, « accessible à tous les sens ». Le texte intitulé « Alchimie du verbe » en est un exemple, mêlant ce qui est auditif, visuel et intelligible.*

## Alchimie du verbe[1]

À moi. L'histoire d'une de mes folies.

Depuis longtemps je me vantais de posséder tous les paysages possibles, et trouvais dérisoires les célébrités de la peinture et de la poésie moderne.

J'aimais les peintures idiotes, dessus de portes, décors, toiles de saltimbanques, enseignes, enluminures populaires ; la littérature démodée, latin d'église, livres érotiques sans orthographe, romans de nos aïeules, contes de fées, petits livres de l'enfance, opéras vieux, refrains niais, rythmes naïfs.

Je rêvais croisades, voyages de découvertes dont on n'a pas de relations[2], républiques sans histoires, guerres de religion étouffées, révolutions de mœurs, déplacements de races et de continents : je croyais à tous les enchantements[3].

J'inventai la couleur des voyelles ! – *A* noir, *E* blanc, *I* rouge, *O* bleu, *U* vert. – Je réglai la forme et le mouvement de chaque consonne, et, avec des rythmes instinctifs, je me flattai d'inventer un verbe poétique accessible, un jour ou l'autre, à tous les sens. Je réservais la traduction.

Ce fut d'abord une étude. J'écrivais des silences, des nuits, je notais l'inexprimable. Je fixais des vertiges.

« Délires II ».

1. L'alchimie est une science occulte, associant chimie et magie pour obtenir de l'or à partir du plomb ; le mot *verbe* désigne le langage.
2. Récits.
3. Opérations magiques consistant à envoûter.

Contexte XIXe s. ▶ p. 502
Notice biographique ▶ p. 517
Du même auteur ▶ p. 85, p. 97, p. 115, p. 129

## Lecture analytique

**1.** Retrouvez et classez les sources d'inspiration du poète : mettez en relief leur diversité et ce qui les rassemble.

**2.** En prenant appui sur certains mots clés du texte, notamment dans le premier et le dernier paragraphes, dites quelles sont les caractéristiques des expériences rapportées. Quelles ambitions traduisent-elles ? Dans quels domaines ?

**3.** Étudiez la présence dans le texte de celui qui parle, et trouvez au moins un exemple, dans son œuvre, de texte poétique en relation avec ce qui est évoqué ici.

**4.** Art poétique, journal, poème en prose, récit de fiction : étudiez le mélange des genres dans le texte.

**5.** Rapprochez ce texte des extraits de la lettre à Paul Demeny (▶ p. 129) : qu'ont-ils en commun ?

## Question d'oral

**6.** Étudiez le texte en mettant en relief la diversité et l'originalité de ce qui fait l'inspiration et la démarche poétiques d'Arthur Rimbaud.

## Commentaire

**7.** Commentez le texte d'Arthur Rimbaud en vous aidant des axes suivants :
– l'expression des sources d'inspiration ;
– l'explicitation d'une démarche poétique ;
– la confusion de plusieurs genres littéraires.

REPÈRES
Fonctions du poète et de la poésie ▶ p. 141
L'écriture autobiographique ▶ p. 219
La notion de genre ▶ p. 220

**Maurice Denis** (1870-1943), *Étude d'arbres, Loctudy* (1893), huile sur toile, 20 x 27 cm (collection privée).

# 6 Paul Claudel, *Cinq Grandes Odes* (1910)

*La quatrième des* Cinq Grandes Odes*, textes poétiques écrits en « versets[1] », a été composée en 1907. Dans la première partie, le poète évoque l'ivresse de l'inspiration, mais aussi la simplicité de sa poésie.*

Ah, je suis ivre ! ah, je suis livré au dieu[2] ! j'entends une voix en moi et la mesure qui s'accélère, le mouvement de la joie,
L'ébranlement de la cohorte Olympique[3], la marche divinement tempérée !
Que m'importent tous les hommes à présent ! Ce n'est pas pour eux que je suis fait, mais pour le
Transport[4] de cette mesure sacrée !
Ô le cri de la trompette bouchée ! ô le coup sourd sur la tonne orgiaque[5] !
Que m'importe aucun d'eux ? Ce rythme seul ! Qu'ils me suivent ou non ? Que m'importe qu'ils m'entendent ou pas ?
Voici le dépliement de la grande Aile poétique !
Que me parlez-vous de la musique ? laissez-moi seulement mettre mes sandales d'or !
Je n'ai pas besoin de tout cet attirail qu'il lui faut. Je ne demande pas que vous vous bouchiez les yeux.
Les mots que j'emploie,
Ce sont les mots de tous les jours, et ce ne sont point les mêmes !
Vous ne trouverez point de rimes dans mes vers ni aucun sortilège. Ce sont vos phrases mêmes. Pas aucune[6] de vos phrases que je ne sache reprendre !
Ces fleurs sont vos fleurs et vous dites que vous ne les reconnaissez pas.
Et ces pieds sont vos pieds, mais voici que je marche sur la mer et que je foule les eaux[7] de la mer en triomphe !

Quatrième ode, « La Muse qui est la grâce » 

1. Le verset claudélien est un vers irrégulier, libre, qui repose sur des phrases de longueur différente, marquées par des alinéas.
2. Dionysos, dieu du vin et incarnation de l'inspiration.
3. Allusion indirecte au poète grec Pindare (518-438 av. J.-C), qui composa des odes célébrant les vainqueurs des jeux d'Olympie.
4. Mouvement caractérisé par une forte émotion.
5. Tonneau de grande dimension. La *tonne orgiaque* fait référence aux fêtes en l'honneur de Dionysos.
6. Il n'y a pas une.
7. Ce pouvoir de marcher sur les eaux rapproche le poète du Christ.

Contexte **XX$^e$ s.** ► p. 506
Notice biographique ► p. 511

RECHERCHE

**Histoire littéraire**

**1.** Recherchez l'histoire et les caractéristiques de l'ode. Qui en a écrit, à quelles époques, dans quels registres ?

**2.** Citez plusieurs représentations symboliques de l'inspiration.

## Lecture analytique

**3.** À partir de la ponctuation et du lexique, ainsi que de certaines figures et du rythme, étudiez ce qui suggère l'élan de l'inspiration poétique. À quel domaine se rattache la poésie ?

**4.** Quelles caractéristiques de la poésie se trouvent présentées dans le texte ?

**5.** En quoi le texte lui-même est-il une illustration de ce qu'il expose ?

## Question d'oral

**6.** Étudiez le texte en exposant la conception poétique qu'il présente et qu'il met en œuvre dans sa forme.

## Travail sur un corpus de textes

**7.** Rapprochez les textes de Victor Hugo (► p. 124), d'Arthur Rimbaud (► p. 129) et de Paul Claudel (► p. 131) pour étudier de quelle manière, dans ces textes, le poète se trouve rattaché au monde du divin.

## Dissertation

**8.** « Ce sont les mots de tous les jours, et ce ne sont point les mêmes », « Ces fleurs sont vos fleurs et vous dites que vous ne les reconnaissez pas ».
À partir des textes étudiés et des textes lus, vous expliciterez ces deux remarques de Paul Claudel en montrant que la poésie utilise les mots ordinaires, mais qu'elle a la capacité de les métamorphoser, et vous direz comment. Vous pouvez également faire porter votre réflexion sur la peinture et utiliser l'illustration de la page 131.

REPÈRES
Fonctions du poète et de la poésie ► p. 141
Poèmes en prose et formes libres ► p. 107
La notion de genre ► p. 220

# 7 Jean Cocteau, *Le Rappel à l'ordre* (1926)

*Dans une réflexion sur la nature de la poésie, le poète, peintre et dramaturge Jean Cocteau définit la capacité qu'a celle-ci de « dévoiler » la vérité et l'authenticité du monde.*

On a coutume de présenter la poésie comme une dame voilée, langoureuse, étendue sur un nuage. Cette dame a une voix musicale et ne dit que des mensonges.

Maintenant, connaissez-vous la surprise qui consiste à se trouver soudain en face de son propre nom comme s'il appartenait à un autre, à voir, pour ainsi dire, sa forme et à entendre le bruit de ses syllabes sans l'habitude aveugle et sourde que donne une longue intimité ? Le sentiment qu'un fournisseur, par exemple, ne connaît pas un mot qui nous paraît si connu, nous ouvre les yeux, nous débouche les oreilles. Un coup de baguette fait revivre le lieu commun.

Il arrive que le même phénomène se produise pour un objet, un animal. L'espace d'un éclair, nous « voyons » un chien, un fiacre, une maison « pour la première fois ». Tout ce qu'ils présentent de spécial, de fou, de ridicule, de beau nous accable. Immédiatement après, l'habitude frotte cette image puissante avec sa gomme. Nous caressons le chien, nous arrêtons le fiacre, nous habitons la maison. Nous ne les voyons plus.

Voilà le rôle de la poésie. Elle dévoile, dans toute la force du terme. Elle montre nues, sous une lumière qui secoue la torpeur, les choses surprenantes qui nous environnent et que nos sens enregistraient machinalement.

Inutile de chercher au loin des objets et des sentiments bizarres pour surprendre le dormeur éveillé. C'est là le système du mauvais poète et ce qui nous vaut l'exotisme. Il s'agit de lui montrer ce sur quoi son cœur, son œil glissent chaque jour, sous un angle et avec une vitesse tels qu'il lui paraît le voir et s'en émouvoir pour la première fois.

Voilà bien la seule création permise à la créature. Car s'il est vrai que la multitude des regards patine les statues, les lieux communs, chefs-d'œuvre éternels, sont recouverts d'une épaisse patine qui les rend invisibles et cache leur beauté.

Mettez un lieu commun en place, nettoyez-le, frottez-le, éclairez-le de telle sorte qu'il frappe avec sa jeunesse et avec la même fraîcheur, le même jet qu'il avait à sa source, vous ferez œuvre de poète.

Tout le reste est littérature.

**Jean Cocteau** (1889-1963), *Orphée de profil*, encre et lavis sur papier, 42 x 27 cm (collection privée, Paris).

Contexte **XX^e s.** ▸ p. 506

Notice biographique ▸ p. 512

## RECHERCHE

### Les mots et leur usage

**1.** Cherchez le sens du mot *patine* (l. 34) et expliquez son double emploi dans le texte.

### Histoire littéraire

**2.** Observez le rythme de la dernière phrase, puis cherchez à quel poète du XIX^e siècle, auteur d'un « art poétique », Cocteau emprunte cette formule.

## Bilan de lecture

**3.** Observez la composition du texte et expliquez ce qui relie les différents paragraphes. Comment Jean Cocteau procède-t-il pour faire comprendre au lecteur le rôle de la poésie ? Explicitez ce rôle.

**4.** Quels éléments nous empêchent, selon Jean Cocteau, d'approcher la réalité et la beauté des choses ? De quels moyens le poète dispose-t-il pour révéler cette réalité et cette beauté ?

**5.** Quelles conclusions peut-on tirer du texte concernant le pouvoir du poète et la nature de la poésie ?

**6.** Qu'a de paradoxal la dernière phrase ?

## Travail sur un corpus de textes

**7.** Regroupez les textes de Paul Claudel (▸ p. 207), Jean Cocteau (▸ p. 208) et Francis Ponge (▸ p. 178) : qu'est-ce qui les rapproche en ce qui concerne l'inspiration et l'écriture poétiques ? Quel rôle particulier joue le texte de Francis Ponge par rapport aux deux autres ?

## Écriture d'invention

**8.** « Mettez un lieu commun en place… » (l. 36 à 40). À la manière de Jean Cocteau dans *Le Rappel à l'ordre*, inventez un « procédé » pour écrire de la poésie à partir de ce qui est commun, habituel. Exposez la manière de faire, les instruments, et mettez cette démarche en application à travers un exemple précis de texte en prose. L'ensemble comportera entre trente et cinquante lignes.

REPÈRES Fonctions du poète et de la poésie ▸ p. 141

L'essai ▸ p. 243

La notion de genre ▸ p. 220

# 8 Paul Éluard,

## *Deux poètes d'aujourd'hui* (1947)

*Dans le poème suivant, dont le titre est emprunté au poète Lautréamont (1846-1870), Éluard répond à ceux de ses amis qui lui reprochent de s'être engagé politiquement.*

### « La poésie doit avoir pour but la vérité pratique »

à mes amis exigeants

Si je vous dis que le soleil dans la forêt
Est comme un ventre qui se donne dans un lit
Vous me croyez vous approuvez tous mes désirs

Si je vous dis que le cristal d'un jour de pluie
Sonne toujours dans la paresse de l'amour
Vous me croyez vous allongez le temps d'aimer

Si je vous dis que sur les branches de mon lit
Fait son nid un oiseau qui ne dit jamais oui
Vous me croyez vous partagez mon inquiétude

Si je vous dis que dans le golfe d'une source
Tourne la clé d'un fleuve entr'ouvrant la verdure
Vous me croyez encore plus vous comprenez

Mais si je chante sans détours ma rue entière
Et mon pays entier comme une rue sans fin
Vous ne me croyez plus vous allez au désert[1]

Car vous marchez sans but sans savoir que les hommes
Ont besoin d'être unis d'espérer de lutter
Pour expliquer le monde et pour le transformer

D'un seul pas de mon cœur je vous entraînerai
Je suis sans forces j'ai vécu je vis encore
Mais je m'étonne de parler pour vous ravir
Quand je voudrais vous libérer pour vous confondre
Aussi bien avec l'algue et le jonc de l'aurore
Qu'avec nos frères qui construisent leur lumière.

In *Œuvres complètes*, tome 2 © éd. Gallimard, coll. « Bibliothèque de la Pléiade ».

1. Vous vous éloignez dans la solitude.

Contexte XX^e^ s. ▶ p. 506
Notice biographique ▶ p. 512

**Fernand Léger** (1881-1955),
*Les Constructeurs* (1950), gouache sur papier (collection privée).

RECHERCHE

### Histoire littéraire

**1.** Recherchez qui était Lautréamont, quelle était sa conception de la poésie et ce qu'il a écrit. Précisez aussi quelle influence il a exercée sur les poètes surréalistes.

## Bilan de lecture

**2.** Observez la structure du texte, les anaphores, la présence d'articulations logiques, les reprises de structure de vers : que remarquez-vous ? Quel est l'effet produit à la lecture ? À quel moment du texte y a-t-il un changement important ?

**3.** Quelles relations le poète met-il en évidence dans les quatre premières strophes entre lui-même et ses amis ? Quels sont les thèmes abordés, les registres utilisés ? Que met en évidence cette partie du poème ?

**4.** Qu'y a-t-il de différent, à partir de la strophe 5, en ce qui concerne le thème d'inspiration poétique, l'attitude du poète, celle de ses amis ? Quel sens donnez-vous à l'expression *chanter sans détours* (v. 13) ?

**5.** Quel rôle le poète expose-t-il dans la dernière strophe ? En quoi ce rôle constitue-t-il une synthèse de deux orientations ?

## Commentaire

**6.** Commentez le poème de Paul Éluard en vous aidant des axes suivants :
– une structure en deux étapes évoquant deux attitudes opposées ;
– l'exposé d'un choix personnel conciliant deux vocations de la poésie.

## Lecture de l'image

**7.** Faites apparaître toutes les relations de sens entre le titre du tableau ci-dessus et ce qu'il représente. Quel est son registre ?

**8.** Expliquez quelles idées du poème le tableau de Fernand Léger illustre et met en valeur.

REPÈRES
Fonctions du poète et de la poésie ▸ p. 141
La versification ▸ p. 123
La notion de genre ▸ p. 220

*L'Affiche rouge*, 1944
(collection privée).

## 9 Louis Aragon, *Le Roman inachevé* (1956)

*Les « Strophes pour se souvenir » ont été écrites en 1955, en mémoire des membres du groupe Manouchian, résistants étrangers fusillés par les Allemands le 21 février 1944. L'annonce de leur condamnation s'était faite par une affiche reproduisant leurs photographies, et qui est restée sous le nom de* l'Affiche rouge *(ci-dessus).*

### Strophes pour se souvenir

Vous n'avez réclamé la gloire ni les larmes
Ni l'orgue ni la prière aux agonisants
Onze ans déjà que cela passe vite onze ans
Vous vous étiez servi simplement de vos armes
La mort n'éblouit pas les yeux des Partisans[1]

Vous aviez vos portraits sur les murs de nos villes
Noirs de barbe et de nuit hirsutes menaçants
L'affiche qui semblait[2] une tache de sang
Parce qu'à prononcer vos noms sont difficiles
Y cherchait un effet de peur sur les passants

1. Nom donné aux résistants à l'occupation allemande.

2. Qui ressemblait à.

Nul ne semblait vous voir Français de préférence
Les gens allaient sans yeux pour vous le jour durant
Mais à l'heure du couvre-feu des doigts errants
Avaient écrit sous vos photos MORTS POUR LA FRANCE
Et les mornes matins en étaient différents

Tout avait la couleur uniforme du givre
À la fin février pour vos derniers moments.
Et c'est alors que l'un de vous dit calmement
*Bonheur à tous Bonheur à ceux qui vont survivre*
*Je meurs sans haine en moi pour le peuple allemand*

*Adieu la peine et le plaisir Adieu les roses*
*Adieu la vie adieu la lumière et le vent*
*Marie-toi sois heureuse et pense à moi souvent*
*Toi qui vas demeurer dans la beauté des choses*
*Quand tout sera fini plus tard en Erivan*[3]

*Un grand soleil d'hiver éclaire la colline*
*Que la nature est belle et que le cœur me fend*
*La justice viendra sur nos pas triomphants*
*Ma Mélinée*[4] *ô mon amour mon orpheline*
*Et je te dis de vivre et d'avoir un enfant*

Ils étaient vingt et trois quand les fusils fleurirent
Vingt et trois qui donnaient leur cœur avant le temps
Vingt et trois étrangers et nos frères pourtant
Vingt et trois amoureux de vivre à en mourir
Vingt et trois qui criaient la France en s'abattant

Partie 3 

3. Capitale de l'Arménie, d'où était originaire Manouchian.

4. Prénom de la femme de Manouchian. Aragon emprunte ici des passages de la dernière lettre écrite par Manouchian à sa femme.

Contexte XXe s. ▶ p. 506
Notice biographique ▶ p. 510
SUJET DE BAC 7 ▶ p. 139

## Lecture analytique

**1.** Observez les différentes graphies du texte : comment peut-on les expliquer ? Quelle est leur signification ? Déterminez aussi les différentes situations d'énonciation et la présence de destinataires. À quoi correspondent les changements de temps d'une strophe à l'autre ?

**2.** Retrouvez dans le texte les éléments qui font référence aux circonstances historiques de l'exécution, et qui donnent des informations sur les hommes du groupe Manouchian.

**3.** Que met en relief Aragon lorsqu'il évoque les actions, la situation et l'exécution du groupe, et lorsqu'il rapporte les mots de Manouchian lui-même ? Sur quoi l'éloge porte-t-il ?

**4.** Quelle leçon et quelle réflexion Aragon propose-t-il à des lecteurs français, à travers un texte qui ne leur est pas directement adressé ? En quoi le choix d'une expression poétique peut-il donner plus de force à ce message ?

**5.** Expliquez, grâce à l'affiche, ce qui est dit dans la strophe 2.

**6.** Le texte ne comporte aucune ponctuation, sauf au vers 17. Quel est l'effet produit ?

## Question d'oral

**7.** Étudiez le texte en montrant les différents choix du poète pour célébrer le sacrifice et la mémoire des hommes du groupe Manouchian. Déduisez de cette étude une fonction importante de la poésie.

REPÈRES Fonctions du poète et de la poésie ▶ p. 141
La versification ▶ p. 123
La notion de genre ▶ p. 220

## 10 Alain Bosquet, *Un jour après la vie* (1984)

*Poète observateur de son siècle, Alain Bosquet exprime dans ses poèmes une vision parfois empreinte de dérision. Le texte que voici rappelle cependant un des pouvoirs du poète et de la poésie.*

**Marc Chagall** (1887-1985), *Le Village* (1966), peinture (Galerie Daniel Malingue, Paris).

### Passage d'un poète

Le poète est passé : un remous dans l'argile
se dresse en monument,
avec soudain le bras qui se profile,
la lèvre et l'œil aimants.

Le poète est passé : le ruisseau qui hésite,
devient fleuve royal ;
il n'a plus de repos ni de limites :
il ressemble au cheval.

Le poète est passé ; au milieu du silence
s'organise un concert,
comme un lilas ; une pensée se pense,
le monde s'est ouvert.

Le poète est passé ; un océan consume
ses bateaux endormis.
La plage est d'or et tous les ors s'allument
pour s'offrir aux amis.

Le poète est passé : il n'est plus de délire
qui ne soit œuvre d'art.
Le vieux corbeau devient un oiseau-lyre.
Il n'est jamais trop tard

pour vivre quinze fois : si le poète hirsute
repasse avant l'été,
consultez-le car de chaque minute
il fait l'éternité.



Contexte xxe s. ▶ p. 506
Notice biographique ▶ p. 511

## Lecture analytique

**1.** Observez la structure du poème : anaphores, ponctuation, nature et disposition des vers, effets de rupture. Quelle est son originalité ?
**2.** Quelle relation la structure du texte met-elle en valeur entre le premier hémistiche de chaque premier vers et la suite de la strophe ? Quel phénomène se trouve souligné ? Quels sont les domaines envisagés ?
**3.** Explicitez le pouvoir du poète en prenant appui sur le lexique, les figures de rhétorique et les associations de mots. À quel personnage se trouve-t-il assimilé ?
**4.** Mettez en parallèle ce poème et le texte d'Arthur Rimbaud, « Aube » (▸ p. 115) : pourquoi peut-on les rapprocher ?

## Question d'oral

**5.** Étudiez le texte en montrant comment sa composition met en valeur l'importance du passage du poète et les métamorphoses que ce passage entraîne.

## Commentaire

**6.** Faites le commentaire de ce poème en vous aidant des axes suivants :
– une structure originale, permettant l'évocation de domaines différents ;
– les conséquences du *passage du poète* ;
– les pouvoirs du poète : la métamorphose du monde.

## Travail sur un corpus de textes

**7.** À partir des différents textes poétiques qui figurent dans les quatre séquences sur la poésie (▸ p. 78 à 139) et dans les séquences 16 à 18 (▸ p. 300 à 355), composez vous-même un corpus de cinq textes dont le dernier sera celui d'Alain Bosquet (▸ p. 138). Étudiez dans les textes choisis la manière dont le poète métamorphose le réel.

## Lecture de l'image

**8.** À partir du tableau de Marc Chagall (▸ p. 138), dont vous préciserez le contenu, vous expliquerez en quoi le peintre, comme le poète, est capable de métamorphoser le monde qui l'entoure.

REPÈRES
Fonctions du poète et de la poésie ▸ p. 141
La versification ▸ p. 123
La notion de genre ▸ p. 220

# SUJET DE BAC 7

### OBJET D'ÉTUDE

**La poésie.**

### CORPUS

A – P. de Ronsard, *Discours des misères de ce temps* (1562) ▸ p. 326.
B – A. d'Aubigné, *Les Tragiques* (1575-1616) ▸ p. 328.
C – V. Hugo, *Châtiments* (1853) ▸ p. 126.
D – L. Aragon, *Le Roman inachevé* (1956) ▸ p. 136.

## Questions sur le corpus

**1.** Trouvez et classez les éléments qui permettent de dire que ces quatre textes poétiques appartiennent à la littérature engagée.
**2.** Repérez et identifiez cinq procédés d'écriture qui confèrent aux textes une grande force de dénonciation. Donnez des exemples précis pris dans les différents textes.

## Écriture

### Commentaire

Commentez le texte de Victor Hugo (▸ p. 126).

### Dissertation

Le dictionnaire définit la poésie comme « l'art de combiner les sonorités, les rythmes, les mots d'une langue pour évoquer des images, suggérer des sensations, des émotions ». En prenant appui sur les textes du corpus, et sur vos lectures, vous montrerez en quoi la poésie engagée correspond bien à cette définition, mais la dépasse, et utilise les mots avec une autre finalité, que vous préciserez.

### Écriture d'invention

Dans le cadre des « Journées de la poésie », on vous demande de composer, sous forme de manifeste à publier dans une revue littéraire, une défense de la poésie, pour redonner le goût de lire des poèmes. Vous pouvez prendre position de manière personnelle, choisir la forme de discours, à condition que la visée soit argumentative, et utiliser la première personne. Votre texte aura de 80 à 100 lignes.

# 11 Lire l'image : G. Moreau

**Gustave Moreau** (1826-1898), *Orphée ou Jeune fille thrace portant la tête d'Orphée* (1865), huile sur toile, 154 x 99,5 cm (Musée d'Orsay, Paris).

RECHERCHE

### Histoire littéraire

**1.** Retrouvez les points essentiels de la légende d'Orphée. En particulier, dites quelle a été sa mort, où elle s'est produite et dans quelles circonstances. Rattachez alors le tableau de Gustave Moreau à ce récit et expliquez d'où vient son inspiration en tenant compte du double titre de l'œuvre : *Orphée* ou *Jeune fille thrace portant la tête d'Orphée*.

**2.** Le tableau a été exposé au Salon de 1866. Expliquez ce qu'est un *salon* et citez le nom d'un poète contemporain de Gustave Moreau qui s'est intéressé à la peinture et a écrit des *salons*.

### Lecture de l'image

**3.** À partir du double titre du tableau, expliquez ce qu'il représente et décrivez ce que vous voyez sur l'image.

**4.** Quelle est la composition du tableau ? Pour répondre, mettez en évidence ses grandes lignes, ainsi que la répartition de ses composantes.

**5.** Dites sur quels procédés reposent les effets de contrastes et quels sont leurs effets. Observez aussi les récurrences de couleurs.

**6.** Quelles impressions émanent du tableau ? Parmi les mots suivants, quels sont ceux qui vous paraissent le mieux caractériser la scène : réalisme, mystère, étrangeté, tristesse, terreur, mélancolie, rêve, peur, chagrin ? Justifiez précisément votre réponse.

REPÈRES La lecture de l'image ▸ p. 489

# Fonctions du poète et de la poésie

**S'interroger sur les fonctions du poète, c'est envisager aussi celles de la poésie, qui constitue son moyen d'expression privilégié. En fonction des époques, le poète a pu jouer des rôles différents, mais qu'il soit un artiste au service d'un prince ou d'un régime, un mage qui conduit les peuples vers la lumière, un marginal révolté contre les institutions et le pouvoir, il est toujours celui qui fait du langage un outil, une arme ou un champ d'exploration. La poésie exprime, révèle, dénonce, toujours en utilisant la force des mots.**

## Le poète messager du divin

Selon la tradition, le poète est l'héritier d'**Orphée**, inspiré par les Muses et familier du Parnasse. Prêtre d'Apollon, il sait, par la force incantatoire de la poésie lyrique, qui est musique, chant et harmonie, calmer les bêtes féroces, enchanter la nature et apaiser les passions humaines. Doté d'un pouvoir de divination, il déchiffre l'invisible et devient ainsi le poète alchimiste, capable de métamorphoser le réel, de déchiffrer les symboles et d'accéder à l'univers des idées. Cette conception du poète **médiateur du sacré**, et **voyant privilégié**, fut celle de la Pléiade (XVIe siècle), reprise ensuite par les poètes du XIXe siècle, Hugo, Théophile Gautier, Baudelaire et Rimbaud qui assimile même le poète à Prométhée.

■ **Ex :** Le sonnet des « Correspondances » de Baudelaire (▸ p. 114) et certains extraits de la « Lettre du voyant », de Rimbaud (▸ p. 129) font comprendre ce rôle d'intermédiaire du poète dont l'expérience traduite en mots donne accès à une réalité autre puisqu'il s'agit *d'exprimer l'inexprimable*, et de *fixer des vertiges* en associant les mots à des couleurs et à des sensations. La poésie est alors la clé d'entrée dans cette autre réalité, en même temps que sa révélation. Au XXe siècle, des poètes comme Jules Supervielle, Pierre Reverdy, Philippe Jaccottet s'inscrivent dans cette tradition.

Mais ce statut privilégié éloigne parfois le poète des communautés humaines, dont lui-même se sent exclu parce qu'il en refuse les conventions. L'expression ***poète maudit***, créée par Verlaine, s'applique à ces poètes qui se voient plus en clown et en saltimbanque qu'en bourgeois, qui mènent des expériences extrêmes, comme Rimbaud, Verlaine lui-même, Tristan Corbière, Jules Laforgue, Charles Cros, Stéphane Mallarmé. Pour eux, l'écriture poétique devient témoignage des refus, des déceptions et des révoltes personnelles.

## Le poète engagé

Comme le proclame Hugo dans « Fonction du poète » (▸ p. 124), celui-ci a un rôle à jouer dans les temps difficiles : **mage** et **guide**, il lui revient de conduire les hommes vers la lumière, de nourrir leurs espoirs et de les aider à supporter leurs souffrances, de célébrer ceux qui se sont sacrifiés avec grandeur et générosité, de créer et de maintenir une solidarité, de faire que leur souvenir reste vivant.

■ **Ex :** Cette conception est mise en œuvre dans les « Strophes pour se souvenir » de Louis Aragon (▸ p. 136) et dans le poème de Paul Éluard « À mes amis exigeants » (▸ p. 134). Ce fut également celle de Ronsard (▸ p. 326) et d'Agrippa d'Aubigné (▸ p. 328) qui dénoncèrent l'horreur des guerres civiles, et de leurs conséquences désastreuses pour la France.

L'engagement poétique pour une cause politique ou humanitaire fait de la poésie une **arme**, sous des formes parfois inattendues comme le montrent certains textes des *Châtiments* de Hugo (▸ p. 126). Les mots racontent, évoquent, suggèrent, critiquent, blessent. Le poète crie son indignation et prend position, parfois au risque de sa vie. La poésie se prête à l'expression du tragique, de l'épique, du pathétique. Elle est **satire** et **parodie**.

## Le poète interprète de la vie et des sentiments des hommes

Par sa poésie et par sa capacité d'observation et d'expression des sentiments, le poète met son talent au service des hommes pour exprimer leurs enthousiasmes, leurs bonheurs, leurs angoisses et leurs malheurs. Lorsqu'il exprime ses propres sentiments, il parle au nom de tous, et traduit ce que chacun a pu ressentir. La poésie devient le langage de toutes les **émotions.**

■ **Ex :** Lorsque Lamartine évoque la nature en automne (▸ p. 108), que Hugo exprime ses angoisses devant l'infini du monde et du temps (▸ p. 112), lorsque Philippe Jaccottet parle du sentiment du temps (▸ p. 89) et trace le bilan d'une vie, lorsque Louise Labé se plaint de la fatalité de l'amour (▸ p. 81), ils disent tous ce que chaque être peut éprouver. Les poètes sont les porte-paroles des hommes parce qu'ils savent trouver les mots qui pourront traduire avec exactitude le caractère individuel de chaque expérience, qui est avant tout expérience humaine, et donc commune. Ils sont ainsi à l'origine d'une rencontre émotionnelle qui ouvre la voie à la connaissance de soi et des autres.

Séquence 8

# Le théâtre : texte et représentation, XVII^e^-XIX^e^

## 1 Molière

### Document 1

**Les personnages[1] de *L'École des femmes* (1662)**

ARNOLPHE, autrement M. de la Souche.
AGNÈS, jeune fille innocente[2] élevée par Arnolphe.
HORACE, amant[3] d'Agnès.
ALAIN, paysan, valet d'Arnolphe.
GEORGETTE, paysanne, servante d'Arnolphe.
CHRYSALDE, ami d'Arnolphe.
ENRIQUE, beau-frère de Chrysalde.
ORONTE, père d'Horace et grand ami d'Arnolphe.
LE NOTAIRE.
*La scène est dans une place de ville.*

1. Pour la première représentation, la distribution des rôles était la suivante : Arnolphe, Molière ; Agnès, Melle de Brie ; Horace, La Grange ; Alain, Brécourt ; Georgette, Melle La Grange.
2. Naïve.
3. Amoureux.

### Document 2

**Les acteurs et les rôles de *L'Impromptu de Versailles* (1663)**

MOLIÈRE (41 ans), marquis ridicule.
BRÉCOURT (25 ans), homme de qualité.
LA GRANGE (24 ans), marquis ridicule.
DU CROISY (37 ans), poète.
LA THORILLIÈRE (37 ans), marquis fâcheux.
BÉJART (33 ans), homme qui fait le nécessaire[1].
MADEMOISELLE[2] DU PARC (30 ans), marquise façonnière[3].
MADEMOISELLE BÉJART (45 ans), prude.
MADEMOISELLE DE BRIE (33 ans), sage coquette.
MADEMOISELLE MOLIÈRE[4] (21 ans), satirique spirituelle.
MADEMOISELLE DU CROISY (33 ans), peste doucereuse.
MADEMOISELLE HERVÉ (?), servante précieuse.
*La scène est à Versailles, dans la salle de la Comédie.*

1. L'expression désigne un laquais, un valet.
2. *Mademoiselle* désigne une femme mariée qui n'est pas noble.
3. Qui fait des manières, des façons.
4. Armande Béjart, femme de Molière.

Contexte XVII^e^ s. ▶ p. 494
Notice biographique ▶ p. 515
Du même auteur ▶ p. 143, p. 146, p. 354, p. 361, p. 363, p. 378

RECHERCHE

**Les mots et leur usage**

**1.** Cherchez les différents sens du mot *fâcheux*. Que désigne-t-il précisément au XVIIe siècle dans le contexte du théâtre ?

## Étude comparée

**2.** Observez les deux documents et dites de quoi chacun est composé : qu'est-ce qui permet de les rapprocher ?

**3.** Qu'est-ce qui, cependant, les différencie ?

**4.** Quelles conclusions pouvez-vous tirer des différences observées en ce qui concerne la pièce qui a pour titre *L'Impromptu de Versailles*, sur le plan des notions d'identité, de position sociale, de rôle, de personnage et de comédien ?

REPÈRES Le théâtre : texte et représentation ▸ p. 180
La notion de genre ▸ p. 220

**École française**, *Molière dans le rôle de Mascarille* (XVIIe siècle), huile sur pierre (Bibliothèque nationale de France, Paris).

# 2 Molière, *L'Impromptu de Versailles* (1663)

*Dans une courte pièce intitulée* L'Impromptu de Versailles, *Molière se met en scène avec sa troupe (document 2, ▸ p. 142), supposée improviser un spectacle pour le roi. Ce « théâtre dans le théâtre » est une occasion pour lui d'envisager, sous une forme théâtrale, différentes questions, notamment celles des rôles et du jeu des acteurs.*

MOLIÈRE. – […] *(Parlant à La Grange.)* Vous, prenez garde à bien représenter avec moi votre rôle de marquis.

MADEMOISELLE[1] MOLIÈRE. – Toujours des marquis !

MOLIÈRE. – Oui, toujours des marquis. Que diable voulez-vous qu'on prenne pour un caractère agréable de théâtre ? Le marquis aujourd'hui est le plaisant de la comédie ; et comme, dans toutes les comédies anciennes, on voit toujours un valet bouffon qui fait rire les auditeurs, de même, dans toutes nos pièces de maintenant, il faut toujours un marquis ridicule qui divertisse la compagnie.

MADEMOISELLE BÉJART. – Il est vrai, on ne s'en saurait passer.

MOLIÈRE. – Pour vous, Mademoiselle…

MADEMOISELLE DU PARC. – Mon Dieu, pour moi, je m'acquitterai fort mal de mon personnage, et je ne sais pas pourquoi vous m'avez donné ce rôle de façonnière[2].

MOLIÈRE. – Mon Dieu, Mademoiselle, voilà comme vous disiez lorsque l'on vous donna celui de *La Critique de l'École des femmes*[3], cependant vous vous en êtes acquittée à merveille, et tout le monde est demeuré d'accord qu'on ne peut pas mieux faire que vous avez fait. Croyez-moi, celui-ci sera de même ; et vous le jouerez mieux que vous ne pensez.

1. Le mot *mademoiselle* désigne une femme mariée qui n'est pas noble.

2. Femme qui fait des manières.

3. Le rôle de Climène, une précieuse maniérée.

MADEMOISELLE DU PARC. – Comment cela se pourrait-il faire ? Car il n'y a point de personne au monde qui soit moins façonnière que moi.

MOLIÈRE. – Cela est vrai ; et c'est en quoi vous faites mieux voir que vous êtes excellente comédienne, de bien représenter un personnage qui est si contraire à votre humeur[4]. Tâchez donc de bien prendre, tous, le caractère de vos rôles, et de vous figurer que vous êtes ce que vous représentez.

*(À Du Croisy.)* Vous faites le poète, vous, et vous devez vous remplir de ce personnage, marquer cet air pédant qui se conserve parmi le commerce[5] du beau monde, ce ton de voix sentencieux, et cette exactitude de prononciation qui appuie sur toutes les syllabes, et ne laisse échapper aucune lettre de la plus sévère orthographe.

*(À Brécourt.)* Pour vous, vous faites un honnête homme de cour, comme vous avez déjà fait dans *La Critique de l'École des femmes*[6], c'est-à-dire que vous devez prendre un air posé, un ton de voix naturel, et gesticuler le moins qu'il vous sera possible.

*(À La Grange.)* Pour vous, je n'ai rien à vous dire.

*(À Mademoiselle Béjart.)* Vous, vous représentez une de ces femmes qui, pourvu qu'elles ne fassent point l'amour[7], croient que tout le reste leur est permis, de ces femmes qui se retranchent toujours fièrement sur leur pruderie[8], regardent un chacun de haut en bas, et veulent que toutes les plus belles qualités que possèdent les autres ne soient rien en comparaison d'un misérable honneur dont personne ne se soucie. Ayez toujours ce caractère devant les yeux, pour en bien faire les grimaces[9].

*(À Mademoiselle De Brie.)* Pour vous, vous faites une de ces femmes qui pensent être les plus vertueuses personnes du monde pourvu qu'elles sauvent les apparences, de ces femmes qui croient que le péché n'est que dans le scandale, qui veulent conduire doucement les affaires qu'elles ont sur le pied d'attachement honnête[10], et appellent amis ce que les autres nomment galants. Entrez bien dans ce caractère.

*(À Mademoiselle Molière.)* Vous, vous faites le même personnage que dans *La Critique*[11], et je n'ai rien à vous dire, non plus qu'à Mademoiselle Du Parc.

*(À Mademoiselle Du Croisy.)* Pour vous, vous représentez une de ces personnes qui prêtent doucement des charités à tout le monde, de ces femmes qui donnent toujours le petit coup de langue en passant, et seraient bien fâchées d'avoir souffert qu'on eût dit du bien du prochain. Je crois que vous ne vous acquitterez pas mal de ce rôle.

*(À Mademoiselle Hervé.)* Et pour vous, vous êtes la soubrette de la Précieuse[12] qui se mêle de temps en temps dans la conversation et attrape, comme elle peut, tous les termes de sa maîtresse. – Je vous dis tous vos caractères afin que vous vous les imprimiez fortement dans l'esprit. Commençons maintenant à répéter et voyons comme cela ira. Ah ! voici justement un fâcheux ! Il ne nous fallait plus que cela.

Scène 1 (extrait).

4. Caractère.
5. La fréquentation.
6. Le personnage de Dorante dans *La Critique de l'École des femmes*.
7. Qu'elles ne se laissent pas courtiser.
8. Apparence de vertu.
9. Attitude hypocrite.
10. Comme s'il s'agissait d'attachement honnête.
11. Le personnage d'Élise dans *La Critique de l'École des femmes*.
12. Sur la préciosité, ► p. 357.

Contexte XVIIe s. ► p. 494
Notice biographique ► p. 515
Du même auteur ► p. 142, p. 146, p. 354, p. 361, p. 363, p. 378
SUJET DE BAC 9 ► p. 171

*L'Impromptu de Versailles*, de Molière, mise en scène de **Pierre Dux**, avec Simon Eine dans le rôle de Molière, à la Comédie-Française à Paris, en 1977.

RECHERCHE

**Histoire littéraire**

**1.** L'extrait fait référence à *La Critique de l'École des femmes* : cherchez dans quelles circonstances et avec quels objectifs cette pièce a été écrite.

## Lecture analytique

**2.** Observez l'indication des personnages qui parlent et les didascalies en italique : comment est construit le texte ? À partir des verbes et des pronoms personnels, identifiez la forme de discours utilisée.

**3.** Qu'ont en commun les propos adressés par Molière à chacun de ses comédiens ? Dans chaque propos, dégagez ce qui est précisément destiné à l'acteur et ce qui s'adresse plus généralement au public.

**4.** Récapitulez et classez les informations données par le texte concernant les différents rôles envisagés, la nature des personnages de la comédie, le travail de l'acteur.

**5.** Qu'a d'original le texte sur le plan théâtral ? Connaissez-vous d'autres textes de théâtre présentant la même originalité ?

## Question d'oral

**6.** Étudiez le texte en faisant apparaître son originalité et ce qu'il révèle du métier d'acteur, dans le domaine de la comédie, au XVII^e^ siècle.

## Travail sur un corpus de textes

**7.** Regroupez les documents de la page 142 et l'extrait de comédie (▸ p. 143) pour faire apparaître ce qu'ont de particulier certains rôles du théâtre de Molière. Quelles relations existent entre les rôles, les personnages et les comédiens ?

## Lecture de l'image

**8.** Retrouvez dans la mise en scène de Pierre Dux tous les éléments qui correspondent au dialogue et à ce qu'il révèle de la situation théâtrale. Qu'est-ce qui suggère ici le « théâtre dans le théâtre » ?

**9.** Comment les notions de fiction et de réalité se brouillent-elles sur cette image ?

REPÈRES Le théâtre : texte et représentation ▸ p. 180
La notion de genre ▸ p. 220

*Le Misanthrope*, de Molière, mise en scène d'**A. Vitez** et **Y. Kokkos**, avec Dominique Blanc dans le rôle de Célimène et Patrice Kerbrat dans celui d'Alceste, au Théâtre de Chaillot à Paris, en 1988.

## 3 Molière,
## *Le Misanthrope* (1666)

*Au théâtre, les sentiments et les émotions passent par les mots et par les gestes. Ces derniers sont indiqués, ou non, par les didascalies de l'auteur. Mais il arrive que celles-ci ne soient pas nécessaires. L'extrait suivant (autre extrait,* *▸ p. 361**) met en scène Alceste, qui se dit « ennemi du genre humain », et Célimène, une coquette dont il est amoureux. Alceste a saisi un billet sans destinataire dans lequel elle avoue son amour à un homme. C'est alors qu'elle arrive.*

ALCESTE. – Ô Ciel ! de mes transports[1] puis-je être ici le maître ?

CÉLIMÈNE. – Ouais ! Quel est donc le trouble où je vous vois paraître ?
Et que me veulent dire et ces soupirs poussés,
Et ces sombres regards que sur moi vous lancez ?

ALCESTE. – Que toutes les horreurs dont une âme est capable
À vos déloyautés n'ont rien de comparable ;
Que le sort, les démons, et le Ciel en courroux
N'ont jamais rien produit de si méchant que vous.

CÉLIMÈNE. – Voilà certainement des douceurs que j'admire.

ALCESTE. – Ah ! ne plaisantez point, il n'est pas temps de rire :
Rougissez bien plutôt, vous en avez raison[2] ;
Et j'ai de sûrs témoins[3] de votre trahison.
Voilà ce que marquaient[4] les troubles de mon âme :
Ce n'était pas en vain que s'alarmait ma flamme ;
Par ces fréquents soupçons, qu'on trouvait odieux,
Je cherchais le malheur qu'ont rencontré mes yeux ;
Et malgré tous vos soins et votre adresse à feindre,

1. Manifestations de grande agitation.
2. Vous avez des raisons pour rougir.
3. Preuves.
4. Présageaient.

Mon astre[5] me disait ce que j'avais à craindre.
Mais ne présumez pas que, sans être vengé,
Je souffre le dépit de me voir outragé.
Je sais que sur les vœux on n'a point de puissance,
Que l'amour veut partout naître sans dépendance,
Que jamais par la force on n'entra dans un cœur,
Et que toute âme est libre à nommer son vainqueur.
Aussi ne trouverais-je aucun sujet de plainte,
Si pour moi votre bouche avait parlé sans feinte ;
Et, rejetant[6] mes vœux dès le premier abord,
Mon cœur n'aurait eu droit de s'en prendre qu'au sort.
Mais d'un aveu trompeur voir ma flamme applaudie[7],
C'est une trahison, c'est une perfidie,
Qui ne saurait trouver de trop grands châtiments,
Et je puis tout permettre à mes ressentiments.
Oui, oui, redoutez tout après un tel outrage ;
Je ne suis plus à moi, je suis tout à la rage :
Percé du coup mortel dont vous m'assassinez,
Mes sens par la raison ne sont plus gouvernés,
Je cède aux mouvements d'une juste colère,
Et je ne réponds pas de ce que je puis faire.

CÉLIMÈNE. – D'où vient donc, je vous prie, un tel emportement ?
Avez-vous, dites-moi, perdu le jugement ?

Acte IV, scène 3 (extrait), vers 1277 à 1316.

5. Signe sous lequel on est né.

6. Si vous aviez rejeté.

7. Référence aux espoirs qu'avait Alceste de voir sa passion acceptée et partagée par Célimène.

Contexte XVIIe s. ▸ p. 494
Notice biographique ▸ p. 515
Du même auteur ▸ p. 142, p. 143, p. 354, p. 361, p. 363, p. 378
SUJET DE BAC 8 ▸ p. 160

## Lecture analytique

**1.** Au moment où arrive Célimène, quelle est la situation du public par rapport à elle et par rapport à Alceste ? Quel est l'intérêt de cette situation ? En quoi la première réplique d'Alceste oriente-t-elle toute la suite de l'échange ?

**2.** Repérez dans le texte tous les termes qui indiquent ce que peuvent être l'apparence, les gestes, les actions d'Alceste, les manifestations de sa colère. Que peut, à partir de ces mots, imaginer le lecteur en ce qui concerne l'attitude du personnage et le jeu de l'acteur ?

**3.** Comment les émotions et les sentiments d'Alceste se manifestent-ils aussi dans le rythme de ses paroles, dans certaines figures de rhétorique, dans la versification ?

**4.** Comment ces réactions sont-elles justifiées par Alceste ? Étudiez les différents reproches adressés à Célimène, l'expression de la douleur et celle de la vengeance.

**5.** Célimène ne dit presque rien, mais elle est présente : indiquez ce que pourraient être certaines de ses réactions face au violent discours d'Alceste, et comment ces réactions pourraient être interprétées par une comédienne jouant ce rôle.

## Question d'oral

**6.** Étudiez le texte en montrant comment le discours traduit non seulement les sentiments et les émotions du personnage, mais aussi la manière de les jouer.

## Écriture d'invention

**7.** Vous assistez à une répétition théâtrale au cours de laquelle un metteur en scène indique, étape par étape, à un comédien, la manière d'interpréter le rôle d'Alceste dans l'extrait qui précède. Ce comédien intervient et dialogue avec le metteur en scène : rapportez ce dialogue.

## Lecture de l'image

**8.** Qu'a de particulier le décor visible sur l'image ?

**9.** Comment se manifeste la colère d'Alceste dans le jeu du comédien qui l'incarne ? Que semble révéler l'attitude de Célimène ?

REPÈRES
Le théâtre : texte et représentation ▸ p. 180
Le classicisme ▸ p. 394
La versification ▸ p. 123
La notion de genre ▸ p. 220

*Britannicus*, de Jean Racine, mise en scène d'**Alain Françon**, avec Yann Collette (Burrhus) et Nada Strancar (Agrippine), au Théâtre des Amandiers à Nanterre, en 1992.

## 4 Jean Racine, *Britannicus* (1669)

*Lorsqu'une scène ne peut être représentée au théâtre, un récit rapporte ce qui s'est passé, mettant en jeu l'imagination du public.*

*À la suite de péripéties qui ont opposé Néron à son demi-frère Britannicus, le premier offre au second et à la cour un banquet de réconciliation au cours duquel Britannicus est empoisonné. En voici le récit fait par Burrhus[1] à Agrippine, mère de Néron et de Britannicus.*

1 BURRHUS. – Ce dessein[2] s'est conduit avec plus de mystère.
À peine l'Empereur[3] a vu venir son frère[4],
Il se lève, il l'embrasse, on se tait, et soudain
César[3] prend le premier une coupe à la main :
« Pour achever ce jour sous de meilleurs auspices,
Ma main de cette coupe épanche les prémices[5],
Dit-il, dieux, que j'appelle à cette effusion[6],
Venez favoriser notre réunion. »
Par les mêmes serments Britannicus se lie,
La coupe dans ses mains par Narcisse[7] est remplie.
Mais ses lèvres à peine en ont touché les bords,
Le fer ne produit point de si puissants efforts[8]
Madame[9], la lumière à ses yeux est ravie,
Il tombe sur son lit[10] sans chaleur et sans vie.

1. Burrhus est le précepteur de Britannicus.
2. L'assassinat de Britannicus.
3. Néron.
4. Britannicus.
5. Verse les premières gouttes de la coupe, en hommage aux dieux.
6. Action de répandre.
7. Narcisse est supposé servir Britannicus, mais il est aux ordres de Néron.
8. Effets.
9. Désigne Agrippine.
10. Les Romains mangeaient, en effet, allongés.

11. L'épilepsie, maladie dont était atteint le père de Britannicus, l'empereur Claude.

12. La foule.

Contexte XVIIe s. ▶ p. 494
Notice biographique ▶ p. 517
Du même auteur ▶ p. 282
p. 366

Jugez combien ce coup frappe tous les esprits :
La moitié s'épouvante, et sort avec des cris ;
Mais ceux qui de la cour ont un plus long usage
Sur les yeux de César[3] composent leur visage.
Cependant sur son lit il demeure penché ;
D'aucun étonnement il ne paraît touché :
« Ce mal[11] dont vous craignez, dit-il, la violence
A souvent sans péril attaqué son enfance. »
Narcisse veut en vain affecter quelque ennui,
Et sa perfide joie éclate malgré lui.
Pour moi, dût l'Empereur[3] punir ma hardiesse,
D'une odieuse cour j'ai traversé la presse[12],
Et j'allais accablé de cet assassinat
Pleurer Britannicus, César[3] et tout l'État.

Acte V, scène 5 (extrait), vers 1619 à 1646.

RECHERCHE

### Histoire littéraire

**1.** Le passage concernant la mort de Britannicus est inspiré des *Annales* de Tacite (XIII, 6). Cherchez ce texte et mettez-le en parallèle avec celui de Racine. Que remarquez-vous ? Comment peut s'expliquer ce phénomène d'imitation ? Pourrait-on employer ici le mot « plagiat » ?

**2.** Pourquoi une scène d'assassinat ne peut-elle être rendue sur scène dans la tragédie classique ? Rappelez les différentes règles qui régissent ce genre littéraire.

## Lecture analytique

**3.** À partir de l'observation des verbes (nature et sens) et des indicateurs de temps, identifiez la forme de discours à laquelle appartient le texte. Repérez les passages où figurent des paroles rapportées et identifiez les différents locuteurs.

**4.** Distinguez dans le texte les différents moments de la scène rapportée et faites des remarques sur leurs proportions respectives dans le récit. Sur quoi celui qui raconte met-il l'accent ? À quoi fait-il appel chez ceux qui l'écoutent ?

**5.** Quel est le temps verbal le plus fréquemment utilisé dans le texte ? Quel est l'effet produit par cette utilisation dans le contexte précis d'une scène passée rapportée oralement ? Dans quelle situation Burrhus met-il ses interlocuteurs, qui n'assistaient pas au banquet, ainsi que le public ?

**6.** Quel est l'intérêt des observations faites par Burrhus sur le comportement des courtisans : à qui s'adressent-elles ? Déduisez de cette recherche des remarques sur certaines fonctions du récit tragique.

## Question d'oral

**7.** Étudiez cette tirade en montrant comment son caractère visuel permet à l'interlocutrice de Burrhus et au public de se représenter une scène rendue par le texte théâtral.

## Commentaire

**8.** Faites le commentaire de la tirade de Burrhus en vous aidant des axes suivants :
– un texte narratif incluant des paroles rapportées ;
– une manière visuelle, dense et rapide de rapporter une scène violente ;
– les fonctions d'un récit porteur de remarques morales et d'émotions personnelles du narrateur.

## Lecture de l'image

**9.** Observez les éléments de mise en scène : qu'est-ce qui évoque l'Antiquité ? Qu'est-ce qui semble anachronique ?

**10.** Quels effets de contraste ou d'harmonie le spectateur peut-il remarquer ?

REPÈRES
Le théâtre : texte et représentation ▶ p. 180
Le classicisme ▶ p. 394
La versification ▶ p. 123
La notion de genre ▶ p. 220

*Les Acteurs de bonne foi*, de Marivaux, mise en scène de **Claude Stratz**, avec Thierry Frémont dans le rôle de Blaise, Patrick Catalifo dans le rôle de Merlin, Madeleine Assas dans le rôle de Lisette et Vanessa Larre dans le rôle de Colette, au Théâtre de la Commune à Aubervilliers, en 1992.

## 5 Pierre de Marivaux, *Les Acteurs de bonne foi* (1757)

*Merlin, Lisette, Blaise et Colette sont des domestiques qui ont décidé de donner une représentation théâtrale sous forme d'impromptu à partir d'un canevas. La scène 2 expose la situation.*

1 MERLIN. – Allons, mes enfants, je vous attendais ; montrez-moi un petit échantillon de votre savoir-faire, et tâchons de gagner notre argent le mieux que nous pourrons ; répétons.

LISETTE. – Ce que j'aime de ta comédie, c'est que nous nous la donnerons à nous-mêmes ; car je pense que nous allons tenir de jolis propos.

MERLIN. – De très jolis propos ; car, dans le plan de ma pièce, vous ne sortez point de votre caractère, vous autres : toi, tu joues une maligne soubrette à qui l'on n'en fait point accroire, et te voilà ; Blaise a l'air d'un nigaud pris sans vert[1], et il en fait le rôle ; une petite coquette de village et Colette, c'est la même chose ; un joli homme[2] et moi, c'est tout un. Un joli homme est inconstant, une coquette n'est pas fidèle : Colette trahit Blaise, je néglige ta flamme. Blaise est un

1. Surpris, pris au dépourvu.

2. Un homme à la mode.

sot qui en pleure, tu es une diablesse qui t'en mets en fureur ; et voilà ma pièce. Oh ! je défie qu'on arrange mieux les choses.

BLAISE. – Oui ; mais si ce que j'allons[3] jouer allait être vrai ! Prenez garde, au moins ; il ne faut pas du tout de bon[4] ; car j'aime Colette, dame !

MERLIN. – À merveille ! Blaise, je te demande ce ton de nigaud-là dans la pièce.

LISETTE. – Écoutez, Monsieur le joli homme, il a raison ; que ceci ne passe point la raillerie ; car je ne suis pas endurante, je vous en avertis.

MERLIN. – Fort bien, Lisette ! Il y a un aigre-doux dans ce ton-là qu'il faut conserver.

COLETTE – Allez, allez, Mademoiselle Lisette ; il n'y a rien à appriander[5] pour vous ; car vous êtes plus jolie que moi ; Monsieur Merlin le sait bien.

MERLIN. – Courage, friponne ; vous y êtes, c'est dans ce goût-là qu'il faut jouer votre rôle. Allons, commençons à répéter.

LISETTE. – C'est à nous deux à commencer, je crois.

MERLIN. – Oui, nous sommes la première scène ; asseyez-vous là, vous autres ; et nous, débutons. Tu es au fait, Lisette. *(Colette et Blaise s'asseyent comme spectateurs d'une scène dont ils ne sont pas[6].)* Tu arrives sur le théâtre, et tu me trouves rêveur et distrait. Recule-toi un peu, pour me laisser prendre ma contenance.

Scène 2 (intégrale).

3. « Je vais », en langue familière.

4. Il ne faut pas du tout que cela soit « pour de bon ».

5. Appréhender, craindre.

6. À laquelle ils ne participent pas.

Contexte XVIIIe s. ▶ p. 498
Notice biographique ▶ p. 515
SUJET DE BAC 8 ▶ p. 160

## RECHERCHE

### Les mots et leur usage

**1.** Les mots suivants appartiennent au langage du théâtre : « acteur », « comédien », « emploi », « personnage », « rôle ». Regroupez ceux qui peuvent être considérés comme des synonymes, donnez leur sens et illustrez ce sens par des exemples pris dans les textes et documents de cette séquence.

### Histoire littéraire

**2.** Dans quel genre de théâtre les acteurs, qui improvisent sur des canevas préétablis, sont-ils reconnaissables à leurs costumes et à leurs masques ? Citez plusieurs noms de personnages de ce théâtre et donnez les caractéristiques de ces personnages.

**3.** Comment les différents rôles du théâtre comique étaient-ils signalés dans la comédie antique ?

## Lecture analytique

**4.** Repérez et classez, dans l'ensemble de la scène, les termes qui évoquent le monde du théâtre et le travail des comédiens/acteurs. Quels rôles se donne Merlin ? En quoi peut-on parler de « théâtre dans le théâtre » ? Distinguez les deux « niveaux » de théâtre et expliquez ce qui rend la situation complexe.

**5.** Qu'y a-t-il de particulier dans les rôles attribués à chacun par Merlin ? Répondez en tenant compte des rapprochements noms / rôles / caractères des personnages.

**6.** Étudiez en quoi les « acteurs » ont conscience des conséquences possibles de cette distribution des rôles. Précisez dans quels domaines, d'après eux, ces conséquences peuvent se faire sentir.

**7.** Récapitulez les différents problèmes propres au théâtre abordés ici par Marivaux. Tenez compte de la scène, mais aussi du titre de la pièce.

## Question d'oral

**8.** Étudiez la scène en montrant sur quoi elle fait réfléchir le spectateur en ce qui concerne la nature des rôles, la question du jeu théâtral, les relations entre le théâtre et le réel.

REPÈRES Le théâtre : texte et représentation ▶ p. 180
La notion de genre ▶ p. 220

# 6 Denis Diderot, *Le Fils naturel* (1757)

*Homme de théâtre autant que penseur des Lumières, Denis Diderot s'est intéressé aux questions de mise en scène et à ce qui, dans la gestuelle, est susceptible de retranscrire les émotions. Il est connu par des comédies dites « larmoyantes », au cours desquelles les personnages s'épanchent librement. Voici la première scène de l'une d'elles.*

*La scène est dans un salon. On y voit un clavecin, des chaises, des tables de jeu ; sur une de ces tables un trictrac*[1]*, sur une autre quelques brochures ; d'un côté un métier à tapisserie, etc., dans le fond un canapé, etc.*

DORVAL, *seul.*

*Il est en habit de campagne, en cheveux négligés ; assis dans un fauteuil, à côté d'une table sur laquelle il y a des brochures. Il paraît agité. Après quelques mouvements violents, il s'appuie sur un des bras de son fauteuil, comme pour dormir. Il quitte bientôt cette situation. Il tire sa montre, et dit :*

À peine est-il six heures.

*Il se jette sur l'autre bras de son fauteuil ; mais il n'y est pas plus tôt qu'il se relève, et dit :*

Je ne saurais dormir.

*Il prend un livre qu'il ouvre au hasard, et qu'il referme presque sur-le-champ, et dit :* Je lis sans rien entendre[2].

*Il se lève. Il se promène, et dit :*

Je ne peux m'éviter… Il faut sortir d'ici… Sortir d'ici ! Et j'y suis enchaîné ! J'aime !… *(comme effrayé)* et qui aimai-je ?… J'ose me l'avouer ; malheureux, et je reste. *(Il appelle violemment.)* Charles. Charles.

Acte I, scène 1 (intégrale).

1. Jeu de dés, ancêtre du jacquet et du backgammon.

2. Comprendre.

Contexte XVIIIe s. ▶ p. 498
Notice biographique ▶ p. 512
Du même auteur ▶ p. 46, p. 153, p. 232, p. 285, p. 400, p. 416, p. 418
SUJET DE BAC 8 ▶ p. 160

## Bilan de lecture

**1.** Observez le texte et sa typographie : que remarquez-vous ? Quel est le statut de ce qui est écrit en romain ? Quel terme désigne tout ce qui est ici écrit en italique ?

**2.** À qui sont destinées les informations des quatre premières lignes ? Quelle est leur fonction ?

**3.** En quoi le reste du texte en italique est-il différent des quatre premières lignes ? Quelles informations comporte-t-il ? À quelle forme de discours appartient-il ?

**4.** À quoi se résument ici les paroles réellement théâtrales ? Expliquez en quoi les trois premières répliques de Dorval pourraient être supprimées. Quelle est l'utilité de la dernière réplique (l. 16 à 18) ?

**5.** Lors de la représentation, que reste-t-il de cet ensemble textuel ? Quel effet produit sur la lecture la présence du texte en italique ?

REPÈRES Le théâtre : texte et représentation ▶ p. 180
La notion de genre ▶ p. 220

**Johann Zoffany** (1733-1810), *David Garrick et Susannah Maria Cibber dans une représentation théâtrale de Thomas Otway* (1762-1763), huile sur toile (Somerset Maugham Theatre Collection, Londres).

## 7 Denis Diderot, *Le Paradoxe sur le comédien* (1773-1778)[1]

*Dans un essai consacré au travail du comédien, Denis Diderot fait dialoguer deux interlocuteurs, « le premier » et « le second » , dont les avis sont opposés. De manière assez provocatrice, « le premier » vient d'affirmer que le bon acteur doit jouer sans manifester la moindre sensibilité.*

LE SECOND. – Nulle sensibilité !

LE PREMIER. – Nulle. Je n'ai pas encore bien enchaîné mes raisons, et vous me permettrez de vous les exposer comme elles me viendront, dans le désordre de l'ouvrage même de votre ami[2].

Si le comédien était sensible, de bonne foi lui serait-il permis de jouer deux fois de suite un même rôle avec la même chaleur et le même succès ? Très chaud à la première représentation, il serait épuisé et froid comme un marbre à la troisième. Au lieu qu'imitateur attentif et disciple réfléchi de la nature, la première fois qu'il se présentera sur la scène sous le nom d'Auguste, de Cinna, d'Orosmane, d'Agamemnon, de Mahomet, copiste rigoureux de lui-même ou de ses études, et observateur continu de nos sensations, son jeu, loin de s'affaiblir, se fortifiera des réflexions nouvelles qu'il aura recueillies ; il s'exaltera ou se tempérera, et vous en serez de plus en plus satisfait. S'il est lui quand il joue, comment cessera-t-il d'être lui ? S'il veut cesser d'être lui, comment saisira-t-il le point juste auquel il faut qu'il se place et s'arrête ?

Ce qui me confirme dans mon opinion, c'est l'inégalité des acteurs qui jouent d'âme. Ne vous attendez de leur part à aucune unité ; leur jeu est alternativement fort et faible, chaud et froid, plat et sublime. Ils manqueront demain l'endroit où ils auront excellé aujourd'hui ; en revanche, ils excelleront dans celui qu'ils auront manqué la veille. Au lieu que le comédien qui jouera de réflexion, d'étude de la nature humaine, d'imitation constante d'après quelque modèle idéal, d'imagination, de mémoire, sera un, le même à toutes les représentations,

1. Le texte, écrit en 1773 et remanié en 1778, n'a été publié qu'en 1830.

2. Il s'agit de l'ouvrage *Garrick ou les acteurs anglais*, d'Antonio Sticotti, paru en 1769.

3. Irrégulier, variant selon les jours.

4. Célèbre actrice (1723-1803), contemporaine de Diderot, qui révolutionna la manière de dire les vers tragiques et qui contribua à modifier la nature des costumes de scène.

5. François Le Quesnoy (1594-1642), sculpteur bruxellois.

Contexte XVIIIe s. ▶ p. 498
Notice biographique ▶ p. 512
Du même auteur ▶ p. 46 p. 152 p. 232 p. 285 p. 400 p. 416 p. 418
SUJET DE BAC 8 ▶ p. 160

toujours également parfait : tout a été mesuré, combiné, appris, ordonné dans sa tête ; il n'y a dans sa déclamation ni monotonie, ni dissonance. La chaleur a son progrès, ses élans, ses rémissions, son commencement, son milieu, son extrême. Ce sont les mêmes accents, les mêmes positions, les mêmes mouvements ; s'il y a quelque différence d'une représentation à l'autre, c'est ordinairement à l'avantage de la dernière. Il ne sera pas journalier[3] ; c'est une glace toujours disposée à montrer les objets et à les montrer avec la même précision, la même force et la même vérité. Ainsi que le poète, il va sans cesse puiser dans le fonds inépuisable de la nature, au lieu qu'il aurait bientôt vu le terme de sa propre richesse.

Quel jeu plus parfait que celui de la Clairon[4] ? cependant suivez-la, étudiez-la et vous serez convaincu qu'à la sixième représentation elle sait par cœur tous les détails de son jeu comme tous les mots de son rôle. Sans doute elle s'est fait un modèle auquel elle a d'abord cherché à se conformer ; sans doute elle a conçu ce modèle le plus haut, le plus grand, le plus parfait qu'il lui a été possible ; mais ce modèle qu'elle a emprunté de l'histoire, ou que son imagination a créé comme un grand fantôme, ce n'est pas elle ; si ce modèle n'était que de sa hauteur, que son action serait faible et petite ! Quand, à force de travail, elle a approché de cette idée le plus près qu'elle a pu, tout est fini ; se tenir ferme là, c'est une pure affaire d'exercice et de mémoire. Si vous assistiez à ses études, combien de fois vous lui diriez : *Vous y êtes !...* combien de fois elle vous répondrait : *Vous vous trompez !...* C'est comme Le Quesnoy[5], à qui son ami saisissait le bras, et criait : *Arrêtez ! le mieux est l'ennemi du bien : vous allez tout gâter...* Vous voyez ce que j'ai fait, répliquait l'artiste haletant au connaisseur émerveillé ; mais vous ne voyez pas ce que j'ai là, et ce que je poursuis.

## RECHERCHE

### Histoire littéraire

**1.** À quels auteurs et à quelles tragédies appartiennent les personnages d'Auguste, Cinna, Orosmane, Agamemnon, Mahomet (l. 9 à 10) ?

## Bilan de lecture

**2.** Quel est le double intérêt des lignes 1 à 4 sur le plan de la thèse et sur celui de l'organisation du discours ? Comment la suite du texte est-elle structurée ?
**3.** Reformulez le premier argument : sur quel type de raisonnement repose-t-il ? Observez les modes et les temps verbaux, ainsi que la ponctuation.
**4.** Où commence et quel est le second argument ? En quoi prolonge-t-il et développe-t-il la même idée que le premier, mais sous une forme différente ?
**5.** Quel rôle joue dans le texte l'allusion à Melle Clairon ? D'où vient l'unité du texte ?
**6.** Dégagez de l'ensemble du texte ce qui caractérise l'acteur idéal selon Diderot.

## Travail sur un corpus de textes

**7.** Rapprochez l'extrait de Molière (▶ p. 143), le texte de Marivaux (▶ p. 150) et celui de Diderot (▶ p. 153) pour mettre en relief leur thème commun et certains éléments qui les différencient, à la fois dans la forme et dans la problématique traitée.

## Lecture de l'image

**8.** Le tableau de la page 153 représente une mise en scène théâtrale et le jeu de deux acteurs : étudiez les différentes oppositions dans l'ensemble du décor, ses caractéristiques ainsi que la mise en valeur des personnages.
**9.** Qu'évoque l'attitude et les gestes des deux comédiens ? Expliquez en quoi l'ensemble de ce qui est représenté relève d'une mise en scène calculée.

REPÈRES Le théâtre : texte et représentation ▶ p. 180
La notion de genre ▶ p. 220

Décor de **Jacques Noël** pour *On ne badine pas avec l'amour* de Musset, mise en scène de Guy Lauzin, en 1958.

## 8 Alfred de Musset, *On ne badine pas avec l'amour* (1834-1861)[1]

*Au théâtre, il existe différents types de relations entre ce qui est dit dans le dialogue et ce qui est vu par le spectateur : coïncidence, décalage, redondance. Chercher le sens et les justifications de tels choix permet de mieux comprendre la nature et les visées d'une œuvre. La scène d'exposition de la comédie* On ne badine pas avec l'amour *en est un exemple.*

*Une place devant le château.*

LE CHŒUR. – Doucement bercé sur sa mule fringante, messer Blazius s'avance dans les bluets fleuris, vêtu de neuf, l'écritoire au côté. Comme un poupon sur l'oreiller, il se ballotte sur son ventre rebondi, et, les yeux à demi fermés, il marmotte un *Pater noster*[2] dans son triple menton. Salut, maître Blazius, vous arrivez au temps de la vendange, pareil à une amphore antique.

MAÎTRE BLAZIUS. – Que ceux qui veulent apprendre une nouvelle d'importance m'apportent ici premièrement un verre de vin frais.

LE CHŒUR. – Voilà notre plus grande écuelle ; buvez, maître Blazius ; le vin est bon ; vous parlerez après.

MAÎTRE BLAZIUS. – Vous saurez, mes enfants, que le jeune Perdican, fils de notre seigneur, vient d'atteindre à sa majorité, et qu'il est reçu docteur[3] à Paris. Il revient aujourd'hui même au château, la bouche toute pleine de façons de parler si belles et si fleuries qu'on ne sait que lui répondre les trois quarts du temps.

1. La pièce, publiée en 1834, fut jouée pour la première fois le 18 novembre 1861.

2. Début d'une prière chrétienne.

3. Titre universitaire obtenu après la soutenance d'une thèse.

Toute sa gracieuse personne est un livre d'or[4] ; il ne voit pas un brin d'herbe à terre, qu'il ne vous dise comment cela s'appelle en latin ; et quand il fait du vent ou qu'il pleut, il vous dit tout clairement pourquoi. Vous ouvririez des yeux grands comme la porte que voilà, de le voir dérouler un des parchemins qu'il a coloriés d'encres de toutes couleurs, de ses propres mains et sans en rien dire à personne. Enfin c'est un diamant fin des pieds à la tête, et voilà ce que je viens annoncer à M. le baron. Vous sentez que cela me fait quelque honneur, à moi, qui suis son gouverneur depuis l'âge de quatre ans ; ainsi donc, mes bons amis, apportez une chaise que je descende un peu de cette mule-ci sans me casser le cou ; la bête est tant soit peu rétive, et je ne serais pas fâché de boire encore une gorgée avant d'entrer.

LE CHŒUR. – Buvez, maître Blazius, et reprenez vos esprits. Nous avons vu naître le petit Perdican, et il n'était pas besoin, du moment qu'il arrive, de nous en dire si long. Puissions-nous retrouver l'enfant dans le cœur de l'homme !

MAÎTRE BLAZIUS. – Ma foi, l'écuelle est vide ; je ne croyais pas avoir tout bu. Adieu ; j'ai préparé, en trottant sur la route, deux ou trois phrases sans prétention qui plairont à monseigneur ; je vais tirer la cloche. *(Il sort.)*

LE CHŒUR. – Durement cahotée sur son âne essoufflé, dame Pluche gravit la colline ; son écuyer transi gourdine à tour de bras le pauvre animal, qui hoche la tête, un chardon entre les dents. Ses longues jambes maigres trépignent de colère, tandis que, de ses mains osseuses, elle égratigne son chapelet. Bonjour donc, dame Pluche ; vous arrivez comme la fièvre, avec le vent qui fait jaunir les bois.

DAME PLUCHE. – Un verre d'eau, canaille que vous êtes ! un verre d'eau et un peu de vinaigre !

LE CHŒUR. – D'où venez-vous, Pluche, ma mie ? Vos faux cheveux[5] sont couverts de poussière ; voilà un toupet[5] de gâté, et votre chaste robe est retroussée jusqu'à vos vénérables jarretières.

DAME PLUCHE. – Sachez, manants, que la belle Camille, la nièce de votre maître, arrive aujourd'hui au château. Elle a quitté le couvent sur l'ordre exprès de monseigneur, pour venir en son temps et lieu recueillir, comme faire se doit, le bon bien qu'elle a de sa mère. Son éducation, Dieu merci, est terminée ; et ceux qui la verront auront la joie de respirer une glorieuse[6] fleur de sagesse et de dévotion. Jamais il n'y a rien eu de si pur, de si ange, de si agneau et de si colombe que cette chère nonnain[7] ; que le seigneur Dieu du ciel la conduise ! Ainsi soit-il ! Rangez-vous, canaille ; il me semble que j'ai les jambes enflées.

LE CHŒUR. – Défripez-vous, honnête Pluche ; et quand vous prierez Dieu, demandez de la pluie ; nos blés sont secs comme vos tibias.

DAME PLUCHE. – Vous m'avez apporté de l'eau dans une écuelle qui sent la cuisine ; donnez-moi la main pour descendre ; vous êtes des butors et des malappris. *(Elle sort.)*

LE CHŒUR. – Mettons nos habits du dimanche, et attendons que le baron nous fasse appeler. Ou je me trompe fort, ou quelque joyeuse bombance est dans l'air aujourd'hui. *(Ils sortent.)*

Acte I, scène 1 (intégrale).

4. Livre où sont écrits des faits illustres.

5. Faux cheveux et toupet désignent une sorte de perruque à la mode vers 1830.

6. Qui est marquée par la gloire divine.

7. Diminutif de « nonne ».

Contexte XIXe s. ► p. 502

Notice biographique ► p. 516

RECHERCHE

### Histoire littéraire

**1.** Cherchez quelle a été l'importance de *La Nuit vénitienne* dans l'œuvre théâtrale de Musset.
**2.** Quels étaient le rôle et la composition du chœur dans le théâtre antique ? Est-il habituel de le rencontrer dans une comédie ?

## Lecture analytique

**3.** Observez les didascalies indiquant l'ordre de parole des personnages et celles qui précisent des mouvements. Que remarquez-vous ? Complétez vos observations après la lecture de la scène : qu'a de particulier sa structure ? Faites apparaître tous les effets de parallélisme.
**4.** Quel rôle similaire jouent le chœur, maître Blazius puis Dame Pluche dans les répliques 1, 4, 7 et 10 ? À quel genre littéraire pourraient appartenir ces éléments du texte théâtral ? Comment se rattachent-ils cependant au dialogue ?
**5.** Étudiez dans quel registre se font les présentations successives. Quelle est l'utilité pour le dramaturge, pour les lecteurs, pour le public, de présenter ceux qui arrivent au moment même où ils arrivent, puis de donner de nombreux détails sur deux personnages qui vont arriver ?
**6.** La scène a une structure très rigoureuse : faites un descriptif de cette structure et cherchez quelles peuvent en être les justifications. Vous pouvez vous aider de l'image de la page 155.

## Question d'oral

**7.** Étudiez la scène en montrant comment sa structure et ce qu'elle apprend au lecteur et au spectateur conditionnent son attente et la suite de l'intrigue.

## Lecture de l'image

**8.** Observez le décor de Jacques Noël (► p. 155) et mettez-le en relation avec la structure de la scène 1 : que remarquez-vous ?
**9.** Identifiez les personnages et retrouvez quelques indices du thème. En quoi peut-on dire que toutes les composantes de la pièce se trouvent ici réunies ?

REPÈRES
Le théâtre : texte et représentation ► p. 180
La lecture de l'image ► p. 489
La notion de genre ► p. 220

# 9 Victor Hugo,
## *Ruy Blas* (1838)

### Texte 1

### Don Salluste[1]

*Le salon de Danaé dans le palais du roi, à Madrid. Ameublement magnifique dans le goût demi-flamand du temps de Philippe IV[2]. À gauche, une grande fenêtre à châssis dorés et à petits carreaux. Des deux côtés, sur un pan coupé, une porte basse donnant dans quelque appartement intérieur. Au fond, une grande cloison vitrée à châssis dorés s'ouvrant par une large porte également vitrée sur une longue galerie. Cette galerie, qui traverse tout le théâtre, est masquée par d'immenses rideaux qui tombent du haut en bas de la cloison vitrée. Une table, un fauteuil, et ce qu'il faut pour écrire.*

*Don Salluste entre par la petite porte de gauche, suivi de Ruy Blas et de Gudiel[3], qui porte une cassette[4] et divers paquets qu'on dirait disposés pour un voyage. Don Salluste est vêtu de velours noir, costume de cour du temps de Charles II[5], La Toison d'or[6] au cou. Par-dessus l'habillement noir, un riche manteau de velours clair, brodé d'or et doublé de satin noir. Épée à grande coquille. Chapeau à plumes blanches. Gudiel est en noir, épée au côté. Ruy Blas est en livrée[7]. Haut-de-chausse[8] et justaucorps[9] bruns. Surtout[10] galonné, rouge et or. Tête nue et sans épée.*

Acte I, scène 1 (extrait).

1. Titre de l'acte.
2. Roi de 1621 à 1665.
3. Domestique.
4. Coffre.
5. Roi d'Espagne et de Sicile de 1665 à 1700.
6. Ordre de chevalerie créé en 1429 dont l'insigne était un collier avec un motif en forme de bélier d'or.
7. Costume de domestique : la livrée signale ainsi le statut social du personnage.
8. Pantalon.
9. Vêtement couvrant le haut du corps.
10. Veste portée sur le justaucorps.

SUJET DE BAC 8 ► p. 160

## Bilan de lecture

**1.** Le texte est composé de deux paragraphes : que présente chacun d'eux ? À qui s'adressent-ils ?
**2.** Classez les informations données par le contenu des deux paragraphes : à quels domaines appartiennent-elles ? Quelles sont leurs finalités ? Que devient un tel texte lors de la représentation ?
**3.** Déduisez des questions précédentes l'importance du décor et des costumes dans une pièce de théâtre.

## Travail sur un corpus de textes

**4.** Les documents et les textes de Molière (▸ p. 142), Denis Diderot (▸ p. 152), et Victor Hugo (▸ p. 157) sont tous des textes de théâtre. Identifiez leur nature, précisez où ils se trouvent dans une pièce, qui est leur auteur et quel est leur rôle. Qu'a de particulier par rapport aux autres le texte de Denis Diderot ?

**REPÈRES** Le théâtre : texte et représentation ▸ p. 180
La notion de genre ▸ p. 220

**Alexandre Benois**, maquette de décor de l'acte I de *Ruy Blas*, de Victor Hugo, Comédie-Française, 1927.

### Texte 2

*L'action de* Ruy Blas *se situe en Espagne, au* XVII^e^ *siècle. Don Salluste de Bazan, un aristocrate chassé de la cour par la reine, cherche à se venger. Il utilise pour cela la passion secrète de Ruy Blas, son valet, pour la souveraine, et le fait passer pour son cousin, don César de Bazan. Devenu ministre, Ruy Blas vient d'apprendre de la reine qu'elle l'aime.*

RUY BLAS, *seul.*
*(Il est comme absorbé dans une contemplation angélique.)*
Devant mes yeux c'est le ciel que je voi[1] !
De ma vie, ô mon Dieu, cette heure est la première.
Devant moi tout un monde, un monde de lumière,
Comme ces paradis qu'en songe nous voyons,
S'entrouvre en m'inondant de vie et de rayons !
Partout en moi, hors moi, joie, extase et mystère,
Et l'ivresse, et l'orgueil, et ce qui sur la terre
Se rapproche le plus de la divinité,
L'amour dans la puissance et dans la majesté !
La reine m'aime ! ô Dieu ! c'est bien vrai, c'est moi-même !
Je suis plus que le roi puisque la reine m'aime !

1. Orthographe voulue par la rime avec *toi* au vers qui précède.

*Ruy Blas*, de Victor Hugo, mise en scène de **Georges Wilson**, avec Lambert Wilson dans le rôle de Ruy Blas, au Théâtre des Bouffes du Nord à Paris, en 1992.

Oh ! cela m'éblouit. Heureux, aimé, vainqueur !
Duc d'Olmedo, – L'Espagne à mes pieds, – J'ai son cœur !
Cet ange, qu'à genoux je contemple et je nomme,
D'un mot me transfigure et me fait plus qu'un homme.
Donc je marche vivant dans mon rêve étoilé !
Oh ! oui, j'en suis bien sûr, elle m'a bien parlé.
C'est bien elle. Elle avait un petit diadème
En dentelle d'argent. Et je regardais même
Pendant qu'elle parlait, – je crois la voir encor, –
Un aigle ciselé sur son bracelet d'or.
Elle se fie à moi, m'a-t-elle dit. Pauvre ange !
Oh ! s'il est vrai que Dieu, par un prodige étrange,
En nous donnant l'amour, voulut mêler en nous
Ce qui fait l'homme grand à ce qui le fait doux,
Moi, qui ne crains plus rien maintenant qu'elle m'aime,
Moi, qui suis tout-puissant, grâce à son choix suprême,
Moi, dont le cœur gonflé ferait envie aux rois,
Devant Dieu qui m'entend, sans peur, à haute voix,
Je le dis, vous pouvez vous confier, madame,
À mon bras comme reine, à mon cœur comme femme !
Le dévouement se cache au fond de mon amour
Pur et loyal ! Allez, ne craignez rien !

*(Depuis quelques instants, un homme est entré par la porte du fond, enveloppé d'un grand manteau, coiffé d'un chapeau galonné d'argent. Il s'est avancé lentement vers Ruy Blas sans être vu, et, au moment où Ruy Blas, ivre d'extase et de bonheur, lève les yeux au ciel, cet homme lui pose brusquement la main sur l'épaule. Ruy Blas se retourne comme réveillé en sursaut. L'homme laisse tomber son manteau, et Ruy Blas reconnaît don Salluste. Don Salluste est vêtu d'une livrée couleur de feu à galons d'argent, pareille à celle du page de Ruy Blas.)*

Acte III, scène 4 (intégrale), vers 1276 à 1308.

Contexte XIXe s. ▶ p. 502
Notice biographique ▶ p. 513
Du même auteur ▶ p. 56, p. 112, p. 124, p. 126, p. 157, p. 254, p. 287, p. 289
SUJET DE BAC 8 ▶ p. 160

RECHERCHE

**Histoire littéraire**

**1.** Cherchez dans des pièces de théâtre que vous connaissez des situations dans lesquelles un personnage se trouve seul en scène pour parler. Quelle(s) forme(s) de discours peuvent alors prendre ses paroles ?

## Lecture analytique

**2.** Observez les neuf premiers vers, puis les vers 14 à 33 : en l'absence de toute information (didascalies signalant l'acte, la scène et le nom du personnage), à quel genre littéraire font-ils penser ? Quelle forme prend ici le discours théâtral et quel est le registre utilisé ?

**3.** En prenant appui sur le lexique des sentiments, dites quel est le thème du texte et comment s'exprime l'intensité de ce qui est ressenti. Mettez en relief le mélange des modes d'expression (évocation, description, récit, injonction, prière, faux discours indirect...).

**4.** En quoi les paroles de Ruy Blas comportent-elles de véritables indications de mise en scène et de jeu de physionomie ?

**5.** Déterminez qui sont les différents destinataires du message. Quel est l'intérêt de reprendre l'évocation d'une scène à laquelle vient d'assister le spectateur ?

**6.** Quel est le statut du texte en italique ? Quel rôle joue-t-il ici ? À qui s'adresse-t-il ?

## Question d'oral

**7.** Étudiez le monologue en montrant que le texte théâtral exprime des sentiments et des émotions à travers les mots, mais qu'il induit aussi différents gestes, mouvements et jeux de physionomie associés à ces mots.

## Commentaire

**8.** Commentez le texte en vous aidant de ces axes :
– l'expression du bonheur ;
– un nouveau statut social ;
– l'effet de rupture lié à l'arrivée de don Salluste et le sens de la scène.

## Écriture d'invention

**9.** En conservant le même registre que dans cette tirade, transcrivez les émotions de Ruy Blas en prose romanesque, à la troisième personne et au passé. Terminez ce texte en reprenant textuellement la didascalie finale et en la mettant aux temps du récit.

## Lecture de l'image

**10.** Expliquez en quoi le jeu de l'acteur (photo, ▸ p. 159) correspond à la situation exprimée par le texte : que révèlent son visage, ses mains et sa tête un peu inclinée en arrière ?

**11.** À quel passage du monologue feriez-vous précisément correspondre l'image ?

REPÈRES
Le théâtre : texte et représentation ▸ p. 180
La notion de genre ▸ p. 220
La notion de registre ▸ p. 222

# SUJET DE BAC 8

OBJET D'ÉTUDE

**Le théâtre : texte et représentation.**

CORPUS

A – Molière, *Le Misanthrope* (1666) ▸ p. 146.
B – Marivaux, *Les Acteurs de bonne foi* (1757) ▸ p. 150.
C – D. Diderot, *Le Fils naturel* (1757) ▸ p. 152.
D – V. Hugo, *Ruy Blas* (1838), texte 1 ▸ p. 157.
E – V. Hugo, *Ruy Blas* (1838), texte 2 ▸ p. 158.

## Questions sur le corpus

**1.** Précisez – avec des justifications empruntées aux textes et à leur paratexte – à quel genre théâtral appartient chaque extrait.

**2.** Identifiez et classez tous les éléments qui apportent des informations sur la manière de jouer et de mettre en scène ces différents textes de théâtre.

## Écriture

### Commentaire

Commentez le texte de Molière (▸ p. 146).

### Dissertation

Le texte théâtral contient-il, en lui-même, tout ce qui permet de le représenter ? Vous répondrez à cette question en prenant appui sur les textes du corpus et sur votre connaissance du théâtre lu et joué.

### Écriture d'invention

Vous assistez à une répétition de la scène 4 de l'acte III de *Ruy Blas* (texte 2 de Victor Hugo, ▸ p. 158) : le metteur en scène dialogue avec l'acteur pour mettre au point le jeu de ce dernier, qui participe à la réflexion.
Rapportez ce dialogue en faisant clairement apparaître les décisions de mise en scène et leurs justifications.

# 10 Lire les images : mises en scène de *Tartuffe*

*Tartuffe*, de Molière, mise en scène de **Roger Planchon**, avec Nelly Borgeaud et Roger Planchon, au Théâtre de la Porte Saint-Martin, en 1976.

*Tartuffe*, de Molière, mise en scène de **Jean-Marie Villégier**, avec Jean-louis Cassarino et Dominique Charpentier, au Théâtre de l'Athénée, en 1999.

## RECHERCHE

### Histoire littéraire

**1.** Il s'agit, dans les deux mises en scène, de la même scène de *Tartuffe*. Retrouvez cette scène, dites qui sont les deux personnages et quel est le thème de leur conversation.

### Lecture des images

**2.** Pour chacune des mises en scène, précisez ce que vous voyez et quels sont les choix du metteur en scène concernant le décor : nature des lieux, éléments qui attirent l'attention, couleurs, formes. Quelle peut être la signification symbolique de ces décors ?

**3.** Étudiez les personnages dans chaque interprétation : costumes, attitudes, gestes. Que peut-on deviner si l'on ne connaît pas ce qui précède ?

**4.** Rapprochez les deux représentations et dites en quoi elles diffèrent sur les plans abordés dans les questions précédentes : décor, mise en scène, certaines attitudes. Quelle est celle que vous préférez ? Donnez vos raisons (personnelles) en disant aussi ce que vous n'aimez pas dans l'une des deux mises en scène.

**REPÈRES** Le théâtre : texte et représentation ► p. 180
La lecture de l'image ► p. 489
La notion de genre ► p. 220

Séquence 9

# Le théâtre : texte et représentation, XX<sup>e</sup>

## 1 Antonin Artaud, *Le Théâtre et son double* (1938)

*Écrivain et poète tenté par les expériences extrêmes, comme Rimbaud, Antonin Artaud fut aussi un metteur en scène de théâtre.* Le Théâtre et son double *regroupe ses théories en matière d'expression théâtrale : importance du geste, du mouvement, de la vie, mise en place de « signes ».*

Il n'est pas absolument prouvé que le langage des mots soit le meilleur possible. Et il semble que sur la scène qui est avant tout un espace à remplir et un endroit où il se passe quelque chose, le langage des mots doive céder la place au langage par signes[1] dont l'aspect objectif est ce qui nous frappe immédiatement le mieux.

Considéré sous cet angle le travail objectif de la mise en scène reprend une sorte de dignité intellectuelle du fait de l'effacement des mots derrière les gestes, et du fait que la partie plastique et esthétique du théâtre abandonne son caractère d'intermède décoratif pour devenir au sens propre du mot un *langage* directement communicatif.

En d'autres termes, s'il est vrai que dans une pièce faite pour être parlée le metteur en scène a tort de s'égarer sur des effets de décors plus ou moins savamment éclairés, sur des jeux de groupes, sur des mouvements furtifs, tous effets on pourrait dire épidermiques et qui ne font que surcharger le texte, il est ce faisant beaucoup plus près de la réalité concrète du théâtre que l'auteur qui aurait pu s'en tenir au livre, sans recourir à la scène dont les nécessités spatiales semblent lui échapper.

On pourra m'objecter la haute valeur dramatique de tous les grands tragiques chez qui c'est bien le côté littéraire, ou en tout cas parlé qui semble dominer.

À cela je répondrai que si nous nous montrons aujourd'hui tellement incapables de donner d'Eschyle, de Sophocle, de Shakespeare une idée digne d'eux, c'est très vraisemblablement que nous avons perdu le sens de la physique de leur théâtre. C'est que le côté directement humain et agissant d'une diction, d'une gesticulation, de tout un rythme scénique nous échappe. Côté qui devrait avoir autant sinon plus d'importance que l'admirable dissection parlée[2] de la psychologie de leurs héros.

1. Le mot désigne ici ce qui est matériel, mais qui prend, dans le contexte théâtral, une valeur symbolique.

2. Analyse par les mots des émotions et des sentiments.

*The White Horse Butcher (Le Boucher du cheval blanc)*, mise en scène de **Peter Schuman**, avec la compagnie Bread and Puppet, au Théâtre d'Orsay à Paris, en 1977.

Contexte **XX^e^ s.** ▶ p. 506
Notice biographique ▶ p. 510

C'est par ce côté, par le moyen de cette gesticulation précise qui se modifie avec les époques et qui actualise les sentiments que l'on peut retrouver la profonde humanité de ce théâtre.

Mais cela serait-il, et cette physique existerait-elle réellement que j'affirmerais encore qu'aucun de ces grands tragiques n'est le théâtre lui-même, qui est affaire de matérialisation scénique et qui ne vit que de matérialisation.

In *Œuvres complètes*, tome IV © éd. Gallimard, 1964.

## RECHERCHE

### Histoire littéraire

**1.** Situez dans le temps les auteurs qui apparaissent dans le texte et citez deux ou trois titres de leurs pièces.

**2.** Dans quel théâtre les gestes et les mimiques improvisés remplacent-ils un texte écrit inexistant ?

**3.** On considère que le XX^e^ siècle a été, au théâtre, l'ère des metteurs en scène : cherchez dans une histoire du théâtre les noms de quelques grands théoriciens de la mise en scène de la première et de la seconde moitié de ce siècle. Précisez quelques-unes de leurs idées en matière de mise en scène.

### Bilan de lecture

**4.** Quel est le thème de l'extrait et quelle est la thèse de celui qui parle ?

**5.** Langage des mots et mise en scène : quelles relations Artaud établit-il entre ces deux composantes du théâtre ? Sont-elles opposées ?

**6.** Reformulez l'objection du paragraphe 4 et sa réponse. À quoi servent les références à Eschyle, Sophocle et Shakespeare ?

### Lecture de l'image

**7.** Observez les personnages en scène, décrivez-les et dites à quoi ils peuvent faire penser.

**8.** En l'absence de toute indication de dialogue, quel *langage par signes* (l. 4) pourrait-on identifier à partir de ce que l'on voit sur scène ?

REPÈRES
Le théâtre : texte et représentation ▶ p. 180
L'essai ▶ p. 243
La notion de genre ▶ p. 220

**André Barsacq** (1903-1973), maquette pour *Antigone* de Jean Anouilh, mise en scène d'André Barsacq au Théâtre de l'Atelier à Paris en 1944, huile sur toile, 45,7 x 60,5 cm (Bibliothèque nationale de France, Paris).

# 2 Jean Anouilh,

## *Antigone* (1944)

*Voici la didascalie initiale d'*Antigone *et la fin de la présentation des personnages faite par le Prologue.*

1 *Un décor neutre. Trois portes semblables. Au lever du rideau, tous les personnages sont en scène. Ils bavardent, tricotent, jouent aux cartes.*

*Le Prologue se détache et s'avance.*

LE PROLOGUE. – [...] Cet homme robuste, aux cheveux blancs, qui médite là, près de son page, c'est Créon. C'est le roi. Il a des rides, il est fatigué. Il joue au jeu difficile de conduire les hommes. Avant, du temps d'Œdipe, quand il n'était que le premier personnage de la cour, il aimait la musique, les belles reliures, les longues flâneries chez les petits antiquaires de Thèbes. Mais Œdipe et ses fils sont morts. Il a laissé ses livres, ses objets, il a retroussé ses manches et il a pris leur place.

Quelquefois, le soir, il est fatigué, et il se demande s'il n'est pas vain de conduire les hommes. Si cela n'est pas un office sordide qu'on doit laisser à d'autres, plus frustes... Et puis, au matin, des problèmes précis se posent, qu'il faut résoudre, et il se lève, tranquille, comme un ouvrier au seuil de sa journée.

La vieille dame qui tricote, à côté de la nourrice qui a élevé les deux petites, c'est Eurydice, la femme de Créon. Elle tricotera pendant toute la tragédie jusqu'à ce que son tour vienne de se lever et de mourir. Elle est bonne, digne, aimante. Elle ne lui est d'aucun secours. Créon est seul. Seul avec son petit page qui est trop petit et qui ne peut rien non plus pour lui.

Ce garçon pâle, là-bas, au fond, qui rêve, adossé au mur, solitaire, c'est le Messager. C'est lui qui viendra annoncer la mort d'Hémon tout à l'heure. C'est pour cela qu'il n'a pas envie de bavarder ni de se mêler aux autres. Il sait déjà...

Enfin les trois hommes rougeauds qui jouent aux cartes, leur chapeau sur la nuque, ce sont les gardes. Ce ne sont pas de mauvais bougres, ils ont des femmes, des enfants, et des petits ennuis comme tout le monde, mais ils vous empoigneront les accusés le plus tranquillement du monde tout à l'heure. Ils sentent l'ail, le cuir et le vin rouge et ils sont dépourvus de toute imagination. Ce sont les auxiliaires toujours innocents et toujours satisfaits d'eux-mêmes, de la justice. Pour le moment, jusqu'à ce qu'un nouveau chef de Thèbes dûment mandaté leur ordonne de l'arrêter à son tour, ce sont les auxiliaires de la justice de Créon.

Et maintenant que vous les connaissez tous, ils vont pouvoir vous jouer leur histoire. Elle commence au moment où les deux fils d'Œdipe, Étéocle et Polynice, qui devaient régner sur Thèbes un an chacun à tour de rôle, se sont battus et entre-tués sous les murs de la ville, Étéocle l'aîné, au terme de la première année de pouvoir ayant refusé de céder la place à son frère. Sept grands princes étrangers que Polynice avait gagnés à sa cause ont été défaits devant les sept portes de Thèbes. Maintenant la ville est sauvée, les deux frères ennemis sont morts et Créon, le roi, a ordonné qu'à Étéocle, le bon frère, il serait fait d'imposantes funérailles, mais que Polynice, le vaurien, le révolté, le voyou, serait laissé sans pleurs et sans sépulture, la proie des corbeaux et des chacals. Quiconque osera lui rendre les devoirs funèbres sera impitoyablement puni de mort.

*Pendant que le Prologue parlait les personnages sont sortis un à un. Le Prologue disparaît aussi.*

*L'éclairage s'est modifié sur la scène. C'est maintenant une aube grise et livide dans une maison qui dort.*

Extrait du début de la pièce © éd. de La Table Ronde, 1946.

Contexte xx^e^ s. ▸ p. 506
Notice biographique ▸ p. 510
Du même auteur ▸ p. 256, p. 442

RECHERCHE

### Histoire littéraire

**1.** Préparez une note explicative pour chacun des noms propres du texte et cherchez le sens du mot *prologue*.

**2.** Il existe une autre Eurydice dans la mythologie antique : qui est-elle et à quel mythe se rattache-t-elle ? Quelles pièces de théâtre la mettent en scène ?

## Lecture analytique

**3.** Observez ce qui est dit dans la première didascalie et dans la dernière : qu'y a-t-il d'inattendu dans la présence, puis dans le départ des personnages ? En quoi peut-on parler d'inversion par rapport aux conventions du théâtre ?

**4.** Comment la présentation faite par le Prologue est-elle construite ? Que donne-t-elle successivement ? Quel genre littéraire évoque-t-elle ?

**5.** Expliquez en quoi les formulations présentant les personnages contribuent à l'illusion théâtrale.

**6.** Explicitez la phrase *ils vont pouvoir vous jouer leur histoire* (l. 31-32), en analysant les implicites et le caractère paradoxal de l'affirmation : sur quelle confusion insiste-t-elle ? En quoi Jean Anouilh met-il le public dans la même situation que celui des représentations antiques ? Quel rôle joue le personnage / Prologue ?

## Question d'oral

**7.** Étudiez le texte en faisant apparaître son originalité par rapport au théâtre conventionnel et l'importance que peut avoir une telle présentation des personnages.

## Écriture d'invention

**8.** Choisissez une pièce que vous connaissez bien et rédigez, à la manière de Jean Anouilh, une tirade prononcée par un personnage / Prologue présentant les personnages et leur action, en utilisant le présent, le passé et le futur. Exprimez-vous à la troisième personne et faites intervenir la deuxième personne représentant le destinataire.

REPÈRES Le théâtre : texte et représentation ▸ p. 180
La notion de genre ▸ p. 220

# 3 Jean-Louis Barrault,
## Mise en scène de *Phèdre* (1946)

*Jean-Louis Barrault a été comédien de théâtre, de cinéma et metteur en scène. Il justifie, dans un ouvrage qu'il lui a consacré, sa mise en scène de* Phèdre, *de Racine.*

**Jean Hugo**, maquette de costume pour *Phèdre*, de Jean Racine, à la Comédie-Française à Paris en 1942, gouache, 44 x 27,5 cm (Bibliothèque de la Comédie-Française, Paris).

*Les lumières.* On doit sentir constamment la présence du soleil.

L'action commence à l'aube et se termine après le coucher du soleil. Le soleil manifestera d'autant plus intensément sa présence que la scène sera traversée de rayons. Jamais ce qu'on appelle un « plein-feu » de théâtre ne donnera autant l'impression brûlante du soleil que si celui-ci perce l'atmosphère par des faisceaux lumineux serrés. La présence du soleil se manifeste avec plus de force à travers les fentes d'une persienne qu'en plein milieu d'une plaine où tout, baigné par lui, est aplati.

Que les projecteurs soient « saignants ». Il suffit de fissures justement disposées dans les murs, et à travers lesquelles le soleil s'infiltrera, pour donner une impression de grande luminosité.

*Les ombres.* Les ombres, elles, doivent avoir des tonalités chaudes. Ce sont elles qui envelopperont la déclaration de Phèdre, ses invocations à Vénus, l'affolement des deux femmes à la scène 3 de l'acte III, le délire de Phèdre au IVe acte, etc.

Si les coins d'ombre et les points de lumière sont bien répartis, le décor est sauvé. Un bout de ciel, néanmoins, doit être réservé. Les personnages sont « enfermés », psychologiquement enveloppés, *envoûtés* par leurs passions ; il nous faut donc devant les yeux un point lointain mais lumineux d'une sortie possible. Un coin de ciel comme un désir permanent.

Pour ce qui concerne l'encadrement de cette atmosphère de noirs et de blancs, on ne peut faire que des recommandations générales.

*Phèdre* est une œuvre classique, il faut être économe. Il ne faut aucun ornement ou accessoire extérieur à l'action.

L'utilisation d'une matière d'aspect lourd et puissant est préférable à la toile peinte qui fait pauvre. « C'est un vieux principe : on ne doit jamais peindre en trompe-l'œil des objets qui d'habitude sont en perpétuel mouvement, tels que jets d'eau, cascades, plantes, oiseaux dans une cage ou linge susceptible de flotter au vent. »

Il n'y a aucun meuble dès le lever du rideau. Deux servantes, ou simplement Panope, apporteront un siège au moment voulu (vers 154). Ce siège sera enlevé entre le Ier et le IIe acte.

L'atmosphère magique d'un théâtre rend l'air suffisamment pesant pour que l'on puisse s'y adosser.

*Phèdre* est du théâtre pur : tout doit être exprimé par l'homme, comme tout traite de l'homme et est construit pour l'homme. Vénus, qui préside à l'action et qu'il faut bien se garder de représenter sous la forme d'une statue (bien qu'elle protégeât le palais de Thésée, et qu'une statue de Vénus fût érigée à l'entrée du palais), Vénus est la bête qui ronge le ventre de Phèdre, le scorpion qui dévore Hippolyte. Vénus, c'est Phèdre, c'est Hippolyte. Neptune qui exécute, c'est la chevelure ondulée de Thésée. Neptune est *dans* Thésée.

Les bois, les arcs, les javelots, le char, les préparatifs du voyage constamment remis : c'est Théramène.

Le vol néfaste des oiseaux, le Destin, les pleureuses antiques, le goût de l'huile, les parfums lourds qui annoncent l'Orient, les superstitions païennes, le corbeau du malheur enfin : c'est Œnone.

Thésée, Théramène, Œnone : voilà le véritable décor, la « couleur locale ». Sur eux jouent alternativement les ombres et les lumières. Contre eux viennent, ou s'abriter comme dans une crique, ou échouer contre un écueil, les futures victimes qui bientôt seront précipitées dans la Mort.

Le reste doit être invisible. Là gît toute la difficulté pour le décorateur. Rendre le cadre invisible. Murs, voûtes, colonnes, aux tonalités claires, ou même blanches, opaques, blafardes.

Quant au lieu dramatique, j'allais dire : lieu géométrique ou mieux : champ magnétique, c'est une espèce de carrefour où convergent quatre chemins différents. C'est un lieu de rencontre ménagé dans le labyrinthe. Il y a le chemin d'Hippolyte, il y a le chemin d'Aricie, il y a le chemin de Phèdre et enfin il y a le chemin de l'évasion ; c'est par ce dernier qu'on aperçoit le coin lointain de ciel. Par ce chemin arrivera le roi qui provoquera la *mort* (Thésée). Par ce chemin on s'enfuit vers *la mort* (Œnone, Hippolyte). Par ce chemin reviendra l'homme qui racontera la mort (Théramène).

« Le Décor » 

Contexte XXe s. ▶ p. 506
Notice biographique ▶ p. 510
SUJET DE BAC 9 ▶ p. 171

## RECHERCHE

### Histoire littéraire

**1.** Cherchez qui sont Phèdre, Thésée, Hippolyte, Aricie, Œnone, Théramène, Panope. Quel est le rôle de Vénus dans la pièce ?

## Bilan de lecture

**2.** Quelles significations la présence du soleil peut-elle avoir par rapport au thème de la tragédie ? Quel est le sens des ombres ? Répondez à partir des connotations mythologiques, morales et dramaturgiques des mots *soleil* et *ombres*.

**3.** Qu'est-ce qu'impose, selon Jean-Louis Barrault, une pièce classique ? Comment le metteur en scène peut-il respecter cette contrainte ? Répondez à partir du texte.

**4.** Étudiez la relation d'identification établie par le metteur en scène entre des personnages et des objets, des situations : quelles conséquences cette relation peut-elle avoir sur des choix de décor ?

**5.** Utilisez les réponses aux questions précédentes pour expliquer ce que les choix de mise en scène apportent au texte.

**6.** Rapprochez le texte d'Antonin Artaud (▶ p. 162) de celui de Jean-Louis Barrault : qu'ont-ils en commun ?

## Travail sur un corpus de textes

**7.** À partir des textes de Victor Hugo (▶ p. 157), d'Antonin Artaud (▶ p. 162) et de Jean-Louis Barrault (▶ p. 166), étudiez l'importance et le rôle des *signes* dans la mise en scène d'une pièce de théâtre.

## Lecture de l'image

**8.** Observez et décrivez le costume de Phèdre dessiné par J. Hugo (▶ p. 166) : que révèle-t-il concernant le personnage, son statut, l'époque mise en scène, les sources d'inspiration du dessinateur ?

**9.** À partir de la réponse à la question 8, énumérez certaines des fonctions du costume au théâtre.

REPÈRES
Le théâtre : texte et représentation ▶ p. 180
L'essai ▶ p. 243
La notion de genre ▶ p. 220

# 4 Jean Tardieu, *Un mot pour un autre* (1951)

## Texte 1

*Dans* Un mot pour un autre, *Jean Tardieu utilise le dialogue théâtral pour faire apparaître, grâce à la mise en scène et à l'habileté des comédiens, certaines caractéristiques du langage.*

### Préambule

*Vers l'année 1900 – époque étrange entre toutes –, une curieuse épidémie s'abattit sur la population des villes, principalement sur les classes fortunées. Les misérables atteints de ce mal prenaient soudain les mots les uns pour les autres, comme s'ils eussent puisé au hasard les paroles dans un sac.*

*Le plus curieux est que les malades ne s'apercevaient pas de leur infirmité, qu'ils restaient d'ailleurs sains d'esprit, tout en tenant des propos en apparence incohérents, que, même au plus fort du fléau, les conversations mondaines allaient bon train, bref, que le seul organe atteint était : le « vocabulaire ».*

*Ce fait historique – hélas, contesté par quelques savants – appelle les remarques suivantes :*

*que nous parlons souvent pour ne rien dire,*

*que si, par chance, nous avons quelque chose à dire, nous pouvons le dire de mille façons différentes,*

*que les prétendus fous ne sont appelés tels que parce que l'on ne comprend pas leur langage,*

*que dans le commerce[1] des humains, bien souvent les mouvements du corps, les intonations de la voix et l'expression du visage en disent plus long que les paroles,*

*et aussi que les mots n'ont, par eux-mêmes, d'autres sens que ceux qu'il nous plaît de leur attribuer.*

*Car enfin, si nous décidons ensemble que le cri du chien sera nommé hennissement et aboiement celui du cheval, demain nous entendrons tous les chiens hennir et tous les chevaux aboyer.*

*C'est à l'habileté des comédiens que nous remettons le soin de nous prouver ces quelques vérités, du reste bien connues, dans la petite scène que voici[2] :*

Préambule (intégral), in *La Comédie du langage* © éd. Gallimard.

1. Les relations.

2. « Ce texte de présentation peut être supprimé. Mais, s'il est maintenu (ce qui est préférable), il peut être interprété, soit par un "présentateur" qui dit le texte sur la scène, devant le rideau fermé, soit par une voix "off", masculine ou féminine. » (Note de Jean Tardieu.)

Contexte XXe s. ▸ p. 506
Notice biographique ▸ p. 518
Du même auteur ▸ p. 121, p. 169

**RECHERCHE**

**Les mots et leur usage**

**1.** Cherchez le sens de l'expression « arbitraire du signe » et dites à quoi elle peut s'appliquer dans les propos de Jean Tardieu.

**Bilan de lecture**

**2.** Quel est le contenu et quelle est l'utilité du *Préambule* donné par Tardieu ?

**3.** Quels éléments du *Préambule* concernent et annoncent un texte théâtral ?

REPÈRES Le théâtre : texte et représentation ▸ p. 180
La notion de genre ▸ p. 220

## Texte 2

Décor : *un salon plus « 1900 » que nature.*

*Au lever du rideau, Madame est seule. Elle est assise sur un « sopha » et lit un livre.*

IRMA, *entrant et apportant le courrier.* – Madame, la poterne vient d'élimer le fourrage…

*Elle tend le courrier à Madame, puis reste plantée devant elle, dans une attitude renfrognée et boudeuse.*

MADAME, *prenant le courrier.* – C'est tronc !… Sourcil bien !… *(Elle commence à examiner les lettres puis, s'apercevant qu'Irma est toujours là :)* Eh bien, ma quille ! Pourquoi serpez-vous là ? *(Geste de congédiement.)* Vous pouvez vidanger !

IRMA. – C'est que, Madame, c'est que…

MADAME. – C'est que, c'est que, c'est que quoi-quoi ?

IRMA. – C'est que je n'ai plus de « Pull-over » pour la crécelle…

MADAME, *prend son grand sac posé à terre à côté d'elle et après une recherche qui paraît laborieuse, en tire une pièce de monnaie qu'elle tend à Irma.* – Gloussez ! Voici cinq gaulois ! Loupez chez le petit soutier d'en face : c'est le moins foreur du panier…

IRMA, *prenant la pièce comme à regret, la tourne et la retourne entre ses mains, puis.* – Madame, c'est pas trou : yaque, yaque…

MADAME. – Quoi-quoi : yaque-yaque ?

IRMA, *prenant son élan.* – Y-a que, Madame, yaque j'ai pas de gravats pour mes haridelles, plus de stuc pour le bafouillis de ce soir, plus d'entregent pour friser les mouches… plus rien dans le parloir, plus rien pour émonder, plus rien… plus rien… *(Elle fond en larmes.)*

MADAME, *après avoir vainement exploré son sac de nouveau et l'avoir montré à Irma.* – Et moi non plus, Irma ! Ratissez : rien dans ma limande !

IRMA, *levant les bras au ciel.* – Alors ! Qu'allons-nous mariner, Mon Pieu ?

MADAME, *éclatant soudain de rire.* – Bonne quille, bon beurre ! Ne plumez pas ! J'arrime le Comte d'un croissant à l'autre. *(Confidentielle.)* Il me doit plus de cinq cents crocus !

IRMA, *méfiante.* – Tant fieu s'il grogne à la godille, mais tant frit s'il mord au Saupiquet !… *(Reprenant sa litanie :)* Et moi qui n'ai plus ni froc ni gel pour la meulière, plus d'arpège pour les…

MADAME, *l'interrompant avec agacement.* – Salsifis ! Je vous le plie et le replie : le Comte me doit des lions d'or ! Pas plus lard que demain. Nous fourrons dans les grands Argousins : vous aurez tout ce qu'il clôt. Et maintenant, retournez à la basoche ! Laissez-moi saoule ! *(Montrant son livre.)* Laissez-moi filer ce dormant ! Allez, allez ! Croupissez ! Croupissez !

*Irma se retire en maugréant. Un temps. Puis la sonnette de l'entrée retentit au loin.*

IRMA, *entrant. Bas à l'oreille de Madame et avec inquiétude.* – C'est Madame de Perleminouze, je fris bien : Madame *(elle insiste sur « Madame »)*, Madame de Perleminouze !

MADAME, *un doigt sur les lèvres, fait signe à Irma de se taire, puis, à voix haute et joyeuse.* – Ah ! Quelle grappe ! Faites-la vite grossir !

*Irma sort. Madame, en attendant le visiteuse, se met au piano et joue. Il en sort un tout petit air de boîte à musique.*

*Retour d'Irma, suivie de Madame de Perleminouze.*

IRMA, *annonçant.* – Madame la Comtesse de Perleminouze !

MADAME, *fermant le piano et allant au-devant de son amie.* – Chère, très chère peluche ! Depuis combien de trous, depuis combien de galets n'avais-je pas eu le mitron de vous sucrer !

MADAME DE PERLEMINOUZE, *très affectée.* – Hélas ! Chère ! J'étais moi-même très, très vitreuse ! Mes trois plus jeunes tourteaux ont eu la citronnade, l'un après l'autre. Pendant tout le début du corsaire, je n'ai fait que nicher des moulins, courir chez le ludion ou chez le tabouret, j'ai passé des puits à surveiller leur carbure, à leur donner des pinces et des moussons. Bref, je n'ai pas eu une minette à moi.

MADAME. – Pauvre chère ! Et moi qui ne me grattais de rien !

Début de la pièce, in *La Comédie du langage* © éd. Gallimard.

Contexte XX^e^ s. ▶ p. 506
Notice biographique ▶ p. 518
Du même auteur ▶ p. 121, p. 168
SUJET DE BAC 9 ▶ p. 171

## Lecture analytique

**1.** Qu'a de particulier le langage utilisé dans la scène ? Observez la structure des phrases, la ponctuation, les mots : sur lequel de ces trois éléments portent les « anomalies » ?
**2.** Trouvez un certain nombre de procédés utilisés par Jean Tardieu pour transformer les mots habituels.
**3.** Identifiez et classez tous les éléments qui favorisent la compréhension des répliques.
**4.** Rapprochez l'extrait de dialogue et le *Préambule* (▶ p. 168) et dites quelles sont, dans le domaine du langage, les *vérités* prouvées par l'échange de propos.

## Question d'oral

**5.** Étudiez le dialogue en montrant grâce à quels éléments on peut le comprendre et ce sur quoi le dramaturge fait réfléchir le public.

## Travail sur un corpus de textes

**6.** Rapprochez les textes de Denis Diderot (▶ p. 152), Jean Tardieu (▶ p. 169) et Samuel Beckett (▶ p. 171) pour faire apparaître l'importance des didascalies et leur utilité : ont-elles la même fonction dans les trois textes ?

## Commentaire

**7.** Commentez l'extrait de Jean Tardieu en vous aidant des axes suivants :
– un dialogue déconcertant dans lequel un mot en vaut un autre ;
– un dialogue accessible et les éléments qui le rendent compréhensible ;
– le théâtre, un art « total » aux fonctions diverses.

## Écriture d'invention

**8.** En vous inspirant de la manière de procéder de Jean Tardieu, choisissez un extrait de comédie et réécrivez-le en mettant systématiquement *un mot pour un autre*, mais en veillant à la compréhension du dialogue.
**9.** En vous inspirant du texte de Victor Hugo (▶ p. 157), présentez le salon où se passe l'action sous forme d'une longue didascalie descriptive. Faites également la présentation de Madame en disant comment elle est habillée.

REPÈRES Le théâtre : texte et représentation ▶ p. 180
La notion de genre ▶ p. 220

## SUJET DE BAC 9

**OBJET D'ÉTUDE**

■ **Le théâtre : texte et représentation.**

**CORPUS**

A – Molière, *L'Impromptu de Versailles* (1663) ▸ p. 143.
B – J.-L. Barrault, *Mise en scène de Phèdre* (1946) ▸ p. 166.
C – J. Tardieu, *Un mot pour un autre* (1951) ▸ p. 169.
D – E. Ionesco, *Notes et contre-notes* (1966) ▸ p. 176.

### Questions sur le corpus

**1.** Identifiez le genre de chacun des textes du corpus. Quelle est la particularité du texte A ?

**2.** Retrouvez et classez, à partir de la confrontation des quatre textes, tous les éléments qui, sans appartenir au texte théâtral lui-même, constituent un langage non verbal et ont une signification pour le public.

### Écriture

**● Commentaire**

Vous ferez le commentaire du texte de Jean Tardieu (▸ p. 169).

**● Dissertation**

Au théâtre, il n'y a pas que le langage des mots. Après avoir exposé quelles différentes formes peut prendre ce langage, vous chercherez, en vous appuyant sur les textes du corpus et sur vos connaissances théâtrales, d'autres types de langages utilisés sur la scène. Vous expliquerez leur force et leur pouvoir symbolique.

**● Écriture d'invention**

Vous ferez dialoguer deux metteurs en scène : le premier est partisan d'un théâtre refusant les effets de mise en scène au profit du texte ; le second, au contraire, prône l'existence d'une mise en scène importante et comportant de nombreux « signes ». Leur débat a lieu à l'occasion d'un festival. Vous présenterez en quelques lignes les interlocuteurs avant de leur donner la parole, sans intervenir personnellement.

## 5 Samuel Beckett, *Fin de partie* (1957)

*Dans certaines pièces du XXe siècle, il arrive que les didascalies prennent une très grande importance par rapport au dialogue lui-même. En témoigne le début de la pièce de Samuel Beckett,* Fin de partie.

*Intérieur sans meubles.*

*Lumière grisâtre.*

*Aux murs de droite et de gauche, vers le fond, deux petites fenêtres haut perchées, rideaux fermés.*

*Porte à l'avant-scène à droite. Accroché au mur, près de la porte, un tableau retourné.*

*À l'avant-scène à gauche, recouvertes d'un vieux drap, deux poubelles l'une contre l'autre.*

*Au centre, recouvert d'un vieux drap, assis dans un fauteuil à roulettes, Hamm.*

*Immobile à côté du fauteuil, Clov le regarde. Teint très rouge.*

*Il va se mettre sous la fenêtre à gauche. Démarche raide et vacillante. Il regarde la fenêtre à gauche, la tête rejetée en arrière. Il tourne la tête, regarde la fenêtre à droite. Il va se mettre sous la fenêtre à droite. Il regarde la fenêtre à droite, la tête rejetée en*

*Fin de partie* de Samuel Beckett, mise en scène de **Charles Tordjman** à Nancy en 1992, avec Daniel Martin et Philippe Fretun.

*arrière. Il tourne la tête et regarde la fenêtre à gauche. Il sort, revient aussitôt avec un escabeau, l'installe sous la fenêtre à gauche, monte dessus, tire le rideau. Il descend de l'escabeau, fait six pas vers la fenêtre à droite, retourne prendre l'escabeau, l'installe sous la fenêtre à droite, monte dessus, tire le rideau. Il descend de l'escabeau, fait trois pas vers la fenêtre à gauche, retourne prendre l'escabeau, l'installe sous la fenêtre à gauche, monte dessus, regarde par la fenêtre. Rire bref. Il descend de l'escabeau, fait un pas vers la fenêtre à droite, retourne prendre l'escabeau, l'installe sous la fenêtre à droite, monte dessus, regarde par la fenêtre. Rire bref. Il descend de l'escabeau, va vers les poubelles, retourne prendre l'escabeau, le prend, se ravise, le lâche, va aux poubelles, enlève le drap qui les recouvre, le plie soigneusement et le met sur le bras. Il soulève un couvercle, se penche et regarde dans la poubelle. Rire bref. Il rabat le couvercle. Même jeu avec l'autre poubelle. Il va vers Hamm, enlève le drap qui le recouvre, le plie soigneusement et le met sur le bras. En robe de chambre, coiffé d'une calotte en feutre, un grand mouchoir taché de sang étalé sur le visage, un sifflet pendu au cou, un plaid sur les genoux, d'épaisses chaussettes aux pieds, Hamm semble dormir. Clov le regarde. Rire bref. Il va à la porte, s'arrête, se retourne, contemple la scène, se tourne vers la salle.*

CLOV, *regard fixe, voix blanche.* – Fini, c'est fini, ça va finir, ça va peut-être finir. *(Un temps.)* Les grains s'ajoutent aux grains, un à un, et un jour, soudain, c'est un tas, un petit tas, l'impossible tas. *(Un temps.)* On ne peut plus me punir. *(Un temps.)* Je m'en vais dans ma cuisine, trois mètres sur trois mètres sur trois mètres, attendre qu'il me siffle. *(Un temps.)* Ce sont de jolies dimensions, je m'appuierai à la table, je regarderai le mur, en attendant qu'il me siffle.

*Il reste un moment immobile. Puis il sort. Il revient aussitôt, va prendre l'escabeau, sort en emportant l'escabeau. Un temps. Hamm bouge. Il bâille sous le mouchoir. Il ôte le mouchoir de son visage. Teint très rouge. Lunettes noires.*

HAMM. – À – *(bâillements)* – à moi. *(Un temps.)* De jouer. *(Il tient à bout de bras le mouchoir ouvert devant lui.)* Vieux linge ! *(Il ôte ses lunettes, s'essuie les yeux, le visage, essuie les lunettes, les remet, plie soigneusement le mouchoir et le met délicatement dans la poche du haut de sa robe de chambre. Il s'éclaircit la gorge, joint les bouts des doigts.)* Peut-il y a – *(bâillements)* – y avoir misère plus… plus haute que la mienne ? Sans doute. Autrefois. Mais aujourd'hui ? *(Un temps.)* Mon père ? *(Un temps.)* Ma mère ? *(Un temps.)* Mon… chien ? *(Un temps.)* Oh je veux bien qu'ils souffrent autant que de tels êtres peuvent souffrir. Mais est-ce dire que nos souffrances se valent ? Sans doute. *(Un temps.)* Non, tout est a – *(bâillements)* – bsolu, *(fier)* plus on est grand et plus on est plein. *(Un temps. Morne.)* Et plus on est vide. *(Il renifle.)* Clov ! *(Un temps.)* Non, je suis seul. *(Un temps.)* Quels rêves – avec un s ! Ces forêts ! *(Un temps.)* Assez, il est temps que cela finisse, dans le refuge aussi. *(Un temps.)* Et cependant j'hésite, j'hésite à… à finir. Oui, c'est bien ça, il est temps que cela finisse et cependant j'hésite encore à – *(bâillements)* – à finir. *(Bâillements.)* Oh là là, qu'est-ce que je tiens, je ferais mieux d'aller me coucher. *(Il donne un coup de sifflet. Entre Clov aussitôt. Il s'arrête à côté du fauteuil.)* Tu empestes l'air ! *(Un temps.)* Prépare-moi, je vais me coucher.

CLOV. – Je viens de te lever.

HAMM. – Et après ?

CLOV. – Je ne peux pas te lever et te coucher toutes les cinq minutes, j'ai à faire.

*Un temps.*

HAMM. – Tu n'as jamais vu mes yeux ?

CLOV. – Non.

HAMM. – Tu n'as jamais eu la curiosité, pendant que je dormais, d'enlever mes lunettes et de regarder mes yeux ?

CLOV. – En soulevant les paupières ? *(Un temps.)* Non.

HAMM. – Un jour je te les montrerai. *(Un temps.)* Il paraît qu'ils sont tout blancs. *(Un temps.)* Quelle heure est-il ?

CLOV. – La même que d'habitude.

HAMM. – Tu as regardé ?

CLOV. – Oui.

HAMM. – Et alors ?

CLOV. – Zéro.

Début de la pièce © éd. de Minuit.

Contexte XXe s. ▸ p. 506
Notice biographique ▸ p. 511

## Lecture analytique

**1.** Observez la composition de l'extrait : à partir de quoi est-il construit ? Qu'y a-t-il là d'étonnant ? Quelle disproportion remarquez-vous ? Quelle première conclusion pouvez-vous tirer en ce qui concerne la place de la parole orale des personnages ?

**2.** Quelle est l'utilité de la première très longue didascalie pour le spectateur ? Que voit-il ? Qu'entend-il ? Quelles informations peut-il déduire des éléments du décor, des agissements du personnage qui est en scène ? Quels « signes » (▸ p. 162) perçoit-il ?

**3.** À quoi servent toutes les indications qui figurent sous forme de didascalies dans la réplique de Hamm ? Que remarque-t-on si l'on rapproche la première didascalie et le discours de Hamm : gestes d'un côté, mots de l'autre ?

**4.** Quels sont les éléments récurrents dans les répliques des personnages concernant les thèmes abordés ? Est-il possible de déterminer s'il s'agit d'un début ou d'une fin ? Quelles remarques la réponse à cette question entraîne-t-elle ?

**5.** À partir des réponses précédentes, dites ce qui caractérise cet extrait sur le plan théâtral : à quel genre théâtral fait-il penser ? Quel est son registre ? Quel effet peut-il produire sur le public ?

## Question d'oral

**6.** Étudiez le texte en analysant l'importance des didascalies par rapport au dialogue, pour le lecteur d'une part, pour le spectateur de l'autre, et dites quelles conclusions on peut tirer de ce déséquilibre.

REPÈRES Le théâtre : texte et représentation ▸ p. 180
La notion de genre ▸ p. 220

# 6 Eugène Ionesco, *Rhinocéros* (1959)

*Rhinocéros est une pièce qui analyse l'évolution des comportements et des réactions des habitants d'une petite ville à la présence inopinée d'un rhinocéros. L'extrait qui suit se situe au début de la pièce, au moment de l'arrivée de l'animal.*

LA SERVEUSE[1]. – Mais qu'est-ce que c'est ?

*Bérenger, toujours indolent, sans avoir l'air d'entendre quoi que ce soit, répond tranquillement à Jean au sujet de l'invitation ; il remue les lèvres ; on n'entend pas ce qu'il dit ; Jean se lève d'un bond, fait tomber sa chaise en se levant, regarde du côté de la coulisse gauche, en montrant du doigt, tandis que Bérenger, toujours un peu vaseux, reste assis.*

JEAN. – Oh ! un rhinocéros ! *(Les bruits produits par l'animal s'éloigneront à la même vitesse, si bien que l'on peut déjà distinguer les paroles qui suivent ; toute cette scène doit être jouée très vite, répétant :)* Oh ! un rhinocéros !

LA SERVEUSE. – Oh ! un rhinocéros !

L'ÉPICIÈRE, *qui montre sa tête par la porte de son épicerie.* – Oh ! un rhinocéros ! *(À son mari, resté dans la boutique :)* Viens vite voir, un rhinocéros !

*Tous suivent du regard, à gauche, la course du fauve.*

JEAN. – Il fonce droit devant lui, frôle les étalages !

L'ÉPICIER, *dans sa boutique.* – Où ça ?

LA SERVEUSE, *mettant les mains sur les hanches.* – Oh !

L'ÉPICIÈRE, *à son mari qui est toujours dans sa boutique.* – Viens voir !

*Juste à ce moment l'Épicier montre sa tête.*

L'ÉPICIER, *montrant sa tête.* – Oh ! un rhinocéros !

LE LOGICIEN, *venant vite en scène par la gauche.* – Un rhinocéros, à toute allure sur le trottoir d'en face !

*Toutes ces répliques, à partir de : « Oh ! un rhinocéros ! » dit par Jean, sont presque simultanées. On entend un « ah !» poussé par une femme. Elle apparaît. Elle court jusqu'au milieu du plateau ; c'est la Ménagère avec son panier au bras ; un fois arrivée au milieu du plateau, elle laisse tomber son panier ; ses provisions se répandent sur la scène, une bouteille se brise, mais elle ne lâche pas le chat tenu sous l'autre bras.*

LA MÉNAGÈRE. – Ah ! Oh !

*Le Vieux Monsieur élégant venant de la gauche, à la suite de la Ménagère, se précipite dans la boutique des épiciers, les bouscule, entre, tandis que le Logicien ira se plaquer contre le mur du fond, à gauche de l'entrée de l'épicerie. Jean et la Serveuse debout, Bérenger assis, toujours apathique, forment un autre groupe. En même temps, on a pu entendre en provenance de la gauche des « oh ! », des « ah ! », des pas de gens qui fuient. La poussière, soulevée par le fauve, se répand sur le plateau.*

LE PATRON, *sortant sa tête par la fenêtre à l'étage au-dessus du café.* – Que se passe-t-il ?

1. Les personnages sont tous des habitants de la petite ville.

*Rhinocéros*, d'Eugène Ionesco, mise en scène de **E. Demarcy-Motta**, au Théâtre de la Ville à Paris, en 2004.

Contexte **XX^e s.** ▶ p. 506
Notice biographique ▶ p. 514
Du même auteur ▶ p. 176

LE VIEUX MONSIEUR, *disparaissant derrière les épiciers.* – Pardon !

*Le Vieux Monsieur élégant a des guêtres blanches, un chapeau mou, une canne à pommeau d'ivoire ; le Logicien est plaqué contre le mur, il a une petite moustache grise, des lorgnons, il est coiffé d'un canotier.*

L'ÉPICIÈRE, *bousculée et bousculant son mari, au Vieux Monsieur.* – Attention, vous, avec votre canne !

L'ÉPICIER. – Non, mais des fois, attention !

*On verra la tête du Vieux Monsieur derrière les épiciers.*

LA SERVEUSE, *au Patron.* – Un rhinocéros !

LE PATRON, *de sa fenêtre, à la Serveuse.* – Vous rêvez ! *(Voyant le rhinocéros.)* Oh ! ça alors !

LA MÉNAGÈRE. – Ah ! *(Les « oh » et les « ah » des coulisses sont comme un arrière-fond sonore à son « ah » à elle ; la Ménagère, qui a laissé tomber son panier à provisions et la bouteille, n'a donc pas laissé tomber son chat qu'elle tient sous l'autre bras.)* Pauvre minet, il a eu peur !

LE PATRON, *regardant toujours vers la gauche, suivant des yeux la course de l'animal, tandis que les bruits produits par celui-ci vont en décroissant : sabots, barrissements, etc. Bérenger, lui, écarte simplement un peu la tête, à cause de la poussière, un peu endormi, sans rien dire ; il fait simplement une grimace.* – Ça alors !

Acte I (extrait) 

## Lecture analytique

**1.** Observez les termes qui désignent les personnages : que remarquez-vous ? Que peut signifier un tel choix ? Sur quoi le lecteur est-il conduit à réfléchir ? Comment, d'après vous, le spectateur peut-il les identifier ?

**2.** Distinguez, à partir de la typographie, ce qui, au théâtre, est entendu et ce qui est vu. Établissez une proportion entre ces deux textes : que remarquez-vous ? Qu'y a-t-il de particulier dans le texte entendu ?

**3.** En accordant une telle place aux didascalies, l'auteur de la pièce souligne leur importance : à quoi servent-elles ? Faites-en une étude précise pour identifier les différents types d'informations qu'elles donnent : apparence, gestes, comportements, jeux de scènes. Soulignez les effets de diversité et les phénomènes de récurrence. Ces didascalies ont-elles pour seul rôle de donner des informations ?

**4.** Devant un extrait comme celui-ci, le lecteur est en droit de s'interroger sur le choix, par Ionesco, de la forme du dialogue théâtral (et non de la fiction romanesque) pour faire passer le message qu'il destine au public : quelles réponses pouvez-vous donner à cette question ?

## Question d'oral

**5.** Étudiez le texte en montrant l'importance des didascalies par rapport au dialogue. Dites quelles sont leurs fonctions et comment on peut interpréter leur présence.

REPÈRES Le théâtre : texte et représentation ▶ p. 180
La notion de genre ▶ p. 220

# 7 Eugène Ionesco, *Notes et contre-notes* (1966)

*Dramaturge, Ionesco est aussi un théoricien du théâtre. Dans* Notes et contre-notes*, il réfléchit sur le sens et la portée du théâtre. Il évoque ici la parole théâtrale.*

Si l'on pense que le théâtre n'est que théâtre de la parole, il est difficile d'admettre qu'il puisse avoir un langage autonome. Il ne peut être que tributaire des autres formes de pensée qui s'expriment par la parole, tributaire de la philosophie, de la morale. Les choses sont différentes si l'on considère que la parole ne constitue qu'un des éléments de choc du théâtre. D'abord le théâtre a une façon propre d'utiliser la parole, c'est le dialogue, c'est la parole de combat, de conflit. Si elle n'est que discussion chez certains auteurs, c'est une grande faute de leur part. Il existe d'autres moyens de théâtraliser la parole : en la portant à son paroxysme, pour donner au théâtre sa vraie mesure, qui est dans la démesure ; le verbe[1] lui-même doit être tendu jusqu'à ses limites ultimes, le langage doit presque exploser, ou se détruire, dans son impossibilité de contenir les significations.

Mais il n'y a pas que la parole : le théâtre est une histoire qui se vit, recommençant à chaque représentation, et c'est aussi une histoire que l'on voit vivre. Le théâtre est autant visuel qu'auditif. Il n'est pas une suite d'images, comme le cinéma, mais une construction, une architecture mouvante d'images scéniques.

Tout est permis au théâtre : incarner des personnages, mais aussi matérialiser des angoisses, des présences intérieures. Il est donc non seulement permis, mais recommandé, de faire jouer les accessoires, faire vivre les objets, animer les décors, concrétiser les symboles.

De même que la parole est continuée par le geste, le jeu, la pantomime, qui, au moment où la parole devient insuffisante, se substituent à elle, les éléments scéniques matériels peuvent l'amplifier à leur tour. L'utilisation des accessoires est encore un autre problème. (Artaud en a parlé[2].)

« Expérience du théâtre » © éd. Gallimard.

1. L'ensemble des mots.
2. Pour Artaud, ▸ p. 162.

Contexte XXe s. ▸ p. 506
Notice biographique ▸ p. 514
Du même auteur ▸ p. 174
SUJET DE BAC 9 ▸ p. 171

## RECHERCHE

### Histoire littéraire

**1.** Quel philosophe du XVIIIe siècle s'est interrogé, dans un essai dialogué, sur le travail du comédien et sur la manière de jouer, soit en maîtrisant ses émotions, soit en les utilisant sur scène ?

## Bilan de lecture

**2.** De quoi est-il question dans ce texte et quelle est sa composition ? Répondez en donnant les différents points abordés.
**3.** Qu'a de particulier la parole au théâtre selon Eugène Ionesco ?
**4.** Quelle différence l'auteur établit-il entre le cinéma et le théâtre ?
**5.** Quels autres éléments que la parole jouent un rôle important au théâtre ? Répondez à partir du texte d'Antonin Artaud (▸ p. 162).

## Travail sur un corpus

**6.** À partir des textes et des images des séquences 12 et 13, composez vous-même un corpus de cinq documents comportant le texte de E. Ionesco (▸ p. 176) et un document iconographique au choix. En prenant appui sur ces documents, vous montrerez en quoi le théâtre peut, comme le dit E. Ionesco, *matérialiser des angoisses, des présences intérieures*, et comment il utilise des *éléments scéniques matériels*.

REPÈRES
Le théâtre : texte et représentation ▸ p. 180
L'essai ▸ p. 243
La notion de genre ▸ p. 220

*Les Chaises*, d'Eugène Ionesco, mise en scène de **Laurent Pelly**, décor de Chantal Thomas, au Théâtre Le Cargo à Grenoble, en 2003.

## 8 Jacques Lassalle, *Conversations sur la formation de l'acteur* (2004)

*Jacques Lassalle est metteur en scène et professeur d'interprétation. Il dialogue avec Jean-Loup Rivière, professeur de dramaturgie.*

**Jean-Loup Rivière.** – J'ai l'impression qu'aujourd'hui, il y a un culte de « l'énergie » qui a pour conséquence de délaisser le travail sur les formes. On fait croire aux élèves[1] que leur corps est dans leur corps…

**Jacques Lassalle.** – … Alors qu'il faut aller le chercher ailleurs. Le théâtre a horreur du corps hystérique. Or, spontanément, l'acteur est hystérique. Les acteurs pensent que leur hystérie est le gage de leur authenticité, de leur implication, de leur offrande d'eux-mêmes. J'essaie toujours de « calmer la partie ». Dès la première lecture, je demande aux acteurs de ne me proposer aucune interprétation. « Ne jouez pas. Donnez à entendre seulement l'effort de concentration que vous exigez de vous-même pour comprendre ce que vous lisez. » Au théâtre, il n'y a rien de plus grand que d'habiter sa pensée, de la montrer au travail. On voit tant d'acteurs absents de la pensée du texte, autant que de leur propre pensée. Alors que le grand acteur est dans un état, pourrait-on dire, de présence multipliée : présent à la pensée du texte, à la plus ou moins grande qualité d'écoute de ses partenaires et du public, présent tout autant aux pensées et sentiments qui, dans le même temps, le traversent. « Vous, commencez déjà par être présents sans discontinuité à la pensée du texte que vous proférez. Qu'il ne parle pas à votre place. Qu'il ne vous précède ni ne vous "sème" en chemin. Ne le sacrifiez pas

1. Il s'agit des élèves de cours d'art dramatique.

non plus aux à-côtés, aux inventions du jeu, si gratifiantes qu'elles soient. Ne soyez pas comme cet interprète d'une fable de La Fontaine qui rendait inaudible le "ramage" de son modèle, tant il s'enchantait de son "plumage", et des sons et des lazzis[2] qu'il lui inspirait. Ensuite, ensuite seulement, viendront d'autres questions, dis-je souvent à mes élèves. Tchekhov avait noté, chez les grands acteurs, la capacité de se ménager des sortes d'absences au cœur de la plus absolue concentration. Soyez comme ces lecteurs-voyageurs qui de temps en temps lèvent les yeux de la page et regardent, par la fenêtre ou le hublot, le ciel, les paysages qui se succèdent, l'esprit toujours occupé par ce qu'ils sont en train de lire. Ce qu'on appelle la présence de l'acteur, c'est peut-être sa double capacité, au cœur de la plus grande concentration, d'entraîner ses spectateurs, simultanément dedans et dehors, à l'intérieur et aux confins du rôle, dans le rythme même de sa respiration et de sa fantaisie. »

Pour le corps, c'est la même chose. On ne précise jamais assez le premier geste. Il génère tous les autres. C'est l'incipit[3]. Comme le premier mot, la première touche sur la toile, la première note, le premier geste est décisif. Ceux qui suivront seront à son image, choisis, maîtres de leurs contours, de leur vitesse d'exécution, libres de s'accomplir jusqu'à leur terme ou de s'interrompre comme suspendus. L'acteur simultanément étonne et sécurise. La surprise viendra, mais, si violente, si soudaine qu'elle puisse être, elle ne mettra jamais en péril notre tranquille certitude d'être au théâtre, de rester dans l'ordre du suggéré, du rêve, du symbolique, qui, tout en partant du réel, ne veut être que la promesse manifeste d'autres réalités jusque-là cachées.

2. Mot italien désignant des moqueries.

3. Mot latin signifiant le début.

Contexte XXe s. ▸ p. 506

In *Apprendre* n° 20, quatrième conversation (extrait), 13 juin 2003



## RECHERCHE

### Histoire littéraire

**1.** Cherchez qui est Anton Tchekhov (l. 23) et quelles relations il a avec le théâtre.

## Bilan de lecture

**2.** Observez la forme de discours dominante : qu'est-ce qui permet de parler ici de recommandations ?

**3.** Reformulez et explicitez les recommandations de Jacques Lassalle : en quoi consiste le travail de base du comédien ? Pourquoi ce travail est-il particulièrement difficile ? Étudiez ce qui est dit des relations avec le texte.

**4.** Qu'est-ce que le travail préconisé par Jacques Lassalle permet d'éviter ? Qu'apporte-t-il au spectateur ?

**5.** Rapprochez ce texte de celui de Diderot (▸ p. 153) : que remarquez-vous ? Établissez un parallèle entre les idées des deux hommes de théâtre.

## Lecture de l'image

**6.** Observez l'image (▸ p. 177), qui représente un décor de théâtre et dites ce que ce décor a d'inattendu, d'insolite.

**7.** À partir des gestes et de l'attitude du comédien qui se trouve en scène, essayez de deviner ce qu'il exprime. Vous semble-t-il manifester *l'hystérie* que refuse Jacques Lassalle ou au contraire la concentration ?

**8.** Rapprochez le jeu de ce comédien de celui de Lambert Wilson (▸ p. 159) : que remarquez-vous ?

REPÈRES Le théâtre : texte et représentation ▸ p. 180
La notion de genre ▸ p. 220

# 9 Lire l'image : mise en scène de *Britannicus*

*Britannicus,* de Jean Racine, mise en scène de **Brigitte Jacques Wajeman**, avec Jean-Baptiste Malartre dans le rôle de Narcisse et Alexandre Pavloff dans le rôle de Néron, au Théâtre du Vieux Colombier à Paris, en 2004.

RECHERCHE

### Histoire littéraire

**1.** Dans la tragédie de Racine, *Britannicus*, Néron et Narcisse, le gouverneur de Britannicus, se trouvent ensemble, comme sur l'image, dans trois scènes. Retrouvez ces scènes et cherchez à laquelle d'entre elles la mise en scène donnée ici semble le mieux correspondre.

## Lecture de l'image

**2.** Décrivez l'image pour mettre en relief les éléments de décor et de mise en scène.

**3.** Sur le plan de l'époque, quels sont les choix du metteur en scène ? Comment se matérialisent-ils ? Quel sens le spectateur peut-il leur donner ?

**4.** La mise en scène présente un élément dominant et insolite : dites quel est cet élément, ce qu'il peut représenter ou symboliser, quelles relations il peut entretenir avec le thème de la pièce et sa nature tragique.

## Dissertation

**5.** Faut-il jouer les pièces de théâtre dans les costumes de leur époque ? Vous répondrez à cette question en précisant quelles sont les différentes fonctions des costumes de théâtre, puis vous vous demanderez pourquoi il est possible, et parfois souhaitable, de bouleverser les apparences vestimentaires historiques.

REPÈRES Le théâtre : texte et représentation ▸ p. 180
La lecture de l'image ▸ p. 489

# REPÈRES

## Le théâtre : texte et représentation

**Parmi les différentes formes d'expression artistique, le théâtre présente une originalité : texte destiné à être lu, il est aussi un spectacle dont la vocation est d'être vu et entendu. Dans le premier cas, le texte comporte des indications qui mettent en jeu l'imagination. Dans le second, l'action se passe sur une scène et existe vraiment : dans un décor copiant la réalité, face à un public, des comédiens miment des situations de la vie en jouant un rôle créé par un auteur et mis en place par un metteur en scène. Dans la représentation théâtrale, tout est important et signifiant : le décor, les costumes, les déplacements, les gestes, les mimiques et, bien entendu, la parole, ou son absence. Mais ces composantes ont évolué au cours du temps.**

### Une évolution historique

L'histoire du théâtre montre que l'on est progressivement passé, aussi bien ce qui concerne le texte que la représentation, d'une codification stricte à une grande liberté et à un brouillage des genres.

■ **Ex :** La **tragédie antique**, véritable rituel religieux, était strictement réglementée sur le plan de la structure, de la nature du texte et sur celui du costume et du jeu des acteurs : masques, cothurnes, toges, déplacement rythmé du chœur, alternance de parties chantées et de dialogues. Au XVII$^{e}$ siècle, la **tragédie classique** (▸ p. 148) était encore soumise à des règles strictes, abolies par le **drame romantique** (▸ p. 157-158). Le XX$^{e}$ siècle voit le mélange des genres et l'éclatement des formes.

Ainsi, au cours des siècles, le caractère sacré du théâtre – qui conditionnait des formes, des structures, et même le langage – s'est estompé pour aboutir à un art qui s'efforce de transcrire, dans un langage naturel, des réalités sociales, politiques, humaines, avec de nouveaux modes de représentation, mais sans modifier sa nature profonde : une parole en action, un récit en paroles.

### Le texte théâtral, nature et composantes

Une pièce de théâtre est un texte écrit dans lequel il faut distinguer différentes composantes. Si les paroles qui doivent être dites constituent la part la plus importante, il faut signaler la présence des didascalies.

– **Le texte dit** : il est essentiel puisqu'au théâtre tout passe par la parole, en l'absence d'un narrateur qui interviendrait entre les dialogues. C'est à travers les dialogues ou les monologues (ces derniers sous forme de tirades) que sont données les informations, que l'intrigue se noue, que l'action progresse, que se fait le dénouement. On remarque alors une particularité du théâtre : ce qui se passe sur la scène n'a pas pour seuls témoins et participants les comédiens jouant les personnages : le public est également présent et tout ce qui est dit, même les apartés, s'adresse indirectement à lui. Ce phénomène dit de **double énonciation** est générateur d'effets très nombreux en relation avec le registre de la pièce.

■ **Ex :** Dans la scène 3 de l'acte IV du *Misanthrope* (▸ p. 146), le public sait de quoi il est question alors que le personnage qui arrive ne le sait pas. Il y a ainsi une complicité créée avec les spectateurs.

Le texte dit prend des formes variées, échange rapide et violent des **stichomythies**, longues tirades lyriques (▸ p. 158), répliques construites de manière symétrique (▸ p. 155), monologues délibératifs (▸ p. 280), récits imposés par la tragédie qui ne doit pas mettre en scène la violence (▸ p. 148). Le texte théâtral emprunte les différentes **formes de discours** : informatif lorsqu'il s'agit d'annonces, notamment dans les expositions (▸ p. 164), narratif lorsqu'il faut rapporter des faits passés, argumentatif dans les débats et les conflits verbaux, injonctif lorsqu'il s'agit de recommandations. C'est aussi à travers les paroles prononcées que les personnages se font connaître (▸ p. 174) : la parole est toujours révélatrice.

Il arrive enfin que le théâtre prenne le langage comme objet même de la parole théâtrale.

■ **Ex :** Tardieu montre avec humour (▸ p. 169) comment la nature de certaines situations suffit pour que chacun des interlocuteurs comprenne des propos dans lesquels, systématiquement, un mot a été mis *pour un autre*.

– **Les didascalies, texte écrit mais non dit** : au théâtre, tout ce qui est texte écrit n'est pas dit. Il y a d'abord l'indication des personnages : nom, position sociale, liens de parenté, rôle théâtral parfois même, au début de la pièce (▸ p. 142). Il y a ensuite l'indication des décors, parfois très précise.

■ **Ex :** Hugo donne une description très minutieuse du salon de Danaé où se situe le premier acte de *Ruy Blas* (▸ p. 157), Diderot précise où se déroule le début de la comédie *Le Fils naturel* (▸ p. 152).

Il y a aussi de nombreuses indications, données par les dramaturges, sur la manière de jouer et sur ce que doivent faire les acteurs sur scène, à certains moments de la pièce.

# Le théâtre : texte et représentation

■ **Ex :** On remarque que chez certains auteurs, chez Ionesco ou Beckett, ces didascalies sont très nombreuses et parfois très longues. Au début de *Fin de partie* (▸ p. 171), les didascalies constituent une véritable présentation narrative des actions des personnages. Ce texte prend le pas sur les dialogues, réduits à des échanges brefs et peu informatifs. Le spectateur s'interroge alors sur le rôle de la parole par rapport à une succession d'actions des personnages. Ce qui compte alors n'est pas le contenu du discours mais son absence et le manque de communication.

Au théâtre existent aussi les « didascalies internes » : ce sont des indications de jeu, gestes ou mimiques, qui figurent dans le dialogue théâtral lui-même.

■ **Ex :** Alceste (▸ p. 146) parle de ses *transports*, et, à son sujet, Célimène emploie les mots *soupirs poussés*, *sombres regards*.

Le texte théâtral prend ainsi des formes et des modalités variées. Il est l'essentiel. Mais il se trouve accompagné, enrichi, précisé par d'autres **éléments signifiants** qui sont, eux aussi, spécifiques au théâtre : on peut parler des lieux, des costumes et du jeu des acteurs, autres composantes de la représentation visuelle.

## L'importance des lieux

Concernant les lieux de la représentation, on peut parler du théâtre lui-même et du décor.

– **Le théâtre lui-même** : amphithéâtre dans l'Antiquité, parvis des églises ou rues et places publiques au Moyen Âge, salles fermées ensuite, le lieu de la représentation est révélateur de la nature de la représentation, mais aussi d'un contexte historique et culturel.

■ **Ex :** La farce ou la commedia dell'arte, qui comportent des thèmes traditionnels, relèvent de l'improvisation, mettent en scène des personnages très reconnaissables à leurs costumes, et se prêtent à des représentations de rues. Le raffinement du théâtre à l'italienne accentue l'illusion théâtrale en séparant le public des acteurs et en permettant les pièces dites « à machine » avec des mécaniques compliquées.

Les codes de la représentation – trois coups frappés, chute du rideau entre les actes et à la fin, invitation à applaudir – , maintiennent l'idée d'une ritualisation de la représentation.

– **Le décor** : indicateur des lieux où se passe l'action, unique dans la tragédie classique, il se diversifie dans les autres formes de théâtre. Son rôle est de situer ce qui se passe, sur un plan géographique et historique, avec en général une portée symbolique et des recherches esthétiques.

■ **Ex :** Les deux décors de *Tartuffe* (▸ p. 161) sont révélateurs de choix de mise en scène : dans celui de gauche les drapés des statues confèrent aux lieux une sorte de mystère religieux. Celui de droite, très inspiré des intérieurs de 1920-1930, souligne que l'hypocrisie religieuse n'est pas réservée à une époque et qu'elle traverse le temps. Le décor de la pièce de Musset, *On ne badine pas avec l'amour* (▸ p. 155) joue visiblement sur les symétries, reprenant ainsi la structure de la première scène. Le décor des *Acteurs de bonne foi* (▸ p. 150) fait clairement apparaître que l'on est dans une situation de « théâtre dans le théâtre ».

## Les costumes, la mise en scène et le jeu des acteurs

– **Les costumes** : comme le décor, ils ont une première fonction, qui est informative. Ils aident le spectateur à identifier l'époque, le milieu social, la fonction de certains personnages et dans certains cas leur caractère. Ainsi, dans la commedia dell'arte, on reconnaît très bien Arlequin, Colombine, Pierrot, comme dans la comédie antique on savait qui étaient les personnages à la couleur de leur perruque. Le costume est représentatif et peut devenir symbolique lorsqu'il joue sur les anachronismes : ainsi on peut jouer *Phèdre* ou *Britannicus* en costume de ville du XX$^{e}$ siècle, ce qui permet de mettre l'accent non sur le caractère historique de l'action, mais sur la complexité des relations entre les personnages et leur côté intemporel.

– **La mise en scène et le jeu des acteurs** : les deux éléments sont inséparables, le jeu étant réglé par le metteur en scène et intégré à sa conception de la représentation. La mise en scène est elle aussi informative et symbolique : elle aide à comprendre l'intrigue, en utilisant les éléments du décor, la lumière, des objets signifiants et doit se mettre au service de l'esprit de la pièce. C'est la mise en scène qui règle les déplacements des acteurs, leurs gestes, leurs jeux de physionomie. C'est donc au metteur en scène qu'il appartient de déterminer la nature du jeu des acteurs et de décider s'il doivent être spontanés et éprouver les émotions qu'ils jouent ou s'ils doivent, comme le prônent Diderot (▸ p. 153) et Jacques Lassalle (▸ p. 177), se contrôler, intérioriser leur rôle et jouer « à froid », ce qui n'exclut pas de mimer l'hystérie ou la folie lorsque l'exige le respect de l'illusion théâtrale.

Séquence 10

# L'écriture autobiographique : nature et enjeux

## 1 Saint Augustin, *Les Confessions* (IVe siècle)

*Parmi les différentes formes d'écriture autobiographique figurent les confessions. Le théologien latin Saint Augustin retrace, dans une œuvre écrite vers 397-400 qui porte ce titre, l'itinéraire spirituel qui l'a conduit à une conversion chrétienne. L'extrait suivant rapporte un vol commis lors de son adolescence.*

### Augustin s'accuse d'un larcin

Certes votre loi, Seigneur, condamne le larcin, une loi gravée dans le cœur des hommes, et que leur iniquité[1] même n'abolit pas. Quel voleur accepte qu'on le vole ? Le riche n'admet pas l'excuse de l'indigence[2]. Eh bien ! moi, j'ai voulu voler, et j'ai volé sans que la misère m'y poussât, rien que par insuffisance et mépris du sentiment de justice, par excès d'iniquité. Car j'ai volé ce que je possédais en abondance et de meilleure sorte. Ce n'est pas de l'objet convoité par mon vol que je voulais jouir, mais du vol même et du péché.

Il y avait dans le voisinage de notre vigne un poirier chargé de fruits qui n'avaient rien de tentant, ni la beauté ni la saveur. En pleine nuit (selon notre exécrable habitude nous avions prolongé jusque-là nos jeux sur les places), nous nous en allâmes, une bande de mauvais garçons, secouer cet arbre et en emporter les fruits. Nous en fîmes un énorme butin, non pour nous en régaler, mais pour le jeter aux porcs. Sans doute nous en mangeâmes un peu, mais notre seul plaisir fut d'avoir commis un acte défendu.

Voilà mon cœur, ô Dieu, voilà mon cœur dont vous avez eu pitié au fond de l'abîme. Qu'il vous dise maintenant, ce cœur que voilà, ce qu'il cherchait dans cet abîme, pour faire le mal sans raison, sans autre raison de le faire que sa malice[3] même. Malice honteuse, et je l'ai aimée ; j'ai aimé ma propre perte ; j'ai aimé ma chute ; non l'objet qui me faisait choir, mais ma chute même, je l'ai aimée. Ô laideur de l'âme qui abandonnait votre soutien pour sa ruine, et ne convoitait dans l'infamie que l'infamie elle-même.

Livre II, chapitre IV, traduit du latin par J. Trabucco © éd. Flammarion, 1964.

1. Immoralité.
2. Pauvreté.
3. Aptitude et inclination à faire le mal.

Notice biographique ► p. 518

**Sandro Botticelli** (1444-1510), *Saint Augustin dans sa cellule* (XVe siècle), peinture à fresque, 47 x 27 cm (Galerie des Offices, Florence).

RECHERCHE

### Les mots et leur usage

**1.** Cherchez dans un dictionnaire les différents sens du mot *confession*. Quelles sont les connotations religieuses du mot ? Quel est son sens précis dans un contexte chrétien ?

## Lecture analytique

**2.** Mettez en évidence tout ce qui, dans le texte, renvoie à la notion de *larcin*. Par quels procédés lexicaux celui qui parle présente-t-il ce larcin comme un acte grave ?

**3.** Comment le texte est-il construit ? Observez les temps verbaux, la nature du lexique, la présence de l'interlocuteur pour différencier les étapes suivies. Quels rôles jouent les paragraphes 1 et 3 ? Que contient le deuxième ?

**4.** Identifiez dans le texte les termes qui renvoient à la morale chrétienne et à la notion de *confession*. En quoi consiste la sincérité de celui qui parle dans le dernier paragraphe ?

**5.** En quoi peut-on parler ici d'écriture autobiographique ?

## Question d'oral

**6.** Étudiez le texte en montrant en quoi il s'agit d'une confession.

REPÈRES L'écriture autobiographique ▶ p. 219
La notion de genre ▶ p. 220

# 2 Michel de Montaigne, *Essais* (1580-1588-1595)

*Les* Essais *sont une œuvre écrite à la première personne, dans laquelle Montaigne fait part de ses réflexions et de certaines expériences vécues, sans pour autant raconter sa vie. Voici ce que l'auteur dit à son lecteur en matière d'avertissement.*

**École française**, *Portrait présumé de l'écrivain Michel de Montaigne* (XVIe siècle), huile sur panneau (Musée Condé, Chantilly).

## Au lecteur

C'est ici un livre de bonne foi, Lecteur. Il t'avertit dès l'entrée, que je ne m'y suis proposé aucune fin, que domestique et privée : je n'y ai eu nulle considération de ton service, ni de ma gloire : mes forces ne sont pas capables d'un tel dessein. Je l'ai voué à la commodité particulière de mes parents et amis : à ce que m'ayant perdu (ce qu'ils ont à faire bientôt[1]) ils y puissent retrouver aucuns[2] traits de mes conditions et humeurs, et que par ce moyen ils nourrissent plus entière et plus vive, la connaissance qu'ils ont eue de moi. Si c'eût été pour rechercher la faveur du monde, je me fusse paré de beautés empruntées. Je veux qu'on m'y voie en ma façon simple, naturelle et ordinaire, sans étude et artifice : car c'est moi que je peins. Mes défauts s'y liront au vif, mes imperfections et ma forme naïve[3], autant que la révérence publique me l'a permis. Que si j'eusse été parmi ces nations qu'on dit vivre encore sous la douce liberté des premières lois de nature, je t'assure que je m'y fusse très volontiers peint tout entier, et tout nu. Ainsi, Lecteur, je suis moi-même la matière de mon livre : ce n'est pas raison[4] que tu emploies ton loisir en un sujet si frivole et si vain. Adieu donc. De Montaigne, ce 12. de Juin. 1580[5].

Livre I, « Au lecteur » (orthographe et langue modernisées), édition sous la direction de J. Céard © LGF, coll. « Le livre de poche. Classiques de poche », 2002,

1. Montaigne était atteint d'une maladie des reins, maladie dite de la pierre.
2. Certains.
3. Naturelle, d'origine.
4. Ce n'est pas une raison pour que…
5. Date donnée dans l'édition de 1588. L'édition de 1580 indiquait « ce premier de mars 1580 ».

Contexte XVIe s. ▶ p. 490
Notice biographique ▶ p. 516
Du même auteur ▶ p. 202, p. 226, p. 311, p. 313, p. 330, p. 331

## Lecture analytique

**1.** Définissez la situation d'énonciation : qui parle, à qui, à quel sujet ?
**2.** À partir du lexique et de l'organisation des idées du texte, définissez la finalité de l'avis destiné au lecteur puis la finalité de l'œuvre présentée. Dites aussi ce que Montaigne refuse.
**3.** Quelles sont les caractéristiques de l'œuvre telles qu'elles sont données dans le texte ? Expliquez en quoi la finalité et les caractéristiques de l'œuvre se trouvent liées.
**4.** Sur quel paradoxe repose cet avis ?

## Question d'oral

**5.** Étudiez le texte en montrant qu'il définit les caractéristiques et les finalités d'une œuvre, ainsi que l'état d'esprit de son auteur.

REPÈRES
L'écriture autobiographique ▶ p. 219
L'humanisme ▶ p. 335
L'essai ▶ p. 243

# 3 Jean-Jacques Rousseau

## *Les Confessions* (1765-1770)[1]

*Reprenant le titre de l'œuvre de Saint Augustin (▸ p. 182), Jean-Jacques Rousseau compose, à partir de 1765, une œuvre autobiographique originale, qui présente sa vie et justifie ses actions. Voici l'incipit du livre I (texte 1 ci-dessous) et un autre extrait de ce même livre I (texte 2, ▸ p. 186).*

### Texte 1

*Intus, et in cute*[2]

Je forme une entreprise qui n'eut jamais d'exemple et dont l'exécution n'aura point d'imitateur. Je veux montrer à mes semblables un homme dans toute la vérité de la nature ; et cet homme ce sera moi.

Moi, seul. Je sens mon cœur et je connais les hommes. Je ne suis fait comme aucun de ceux que j'ai vus ; j'ose croire n'être fait comme aucun de ceux qui existent. Si je ne vaux pas mieux, au moins je suis autre. Si la nature a bien ou mal fait de briser le moule dans lequel elle m'a jeté, c'est ce dont on ne peut juger qu'après m'avoir lu.

Que la trompette du Jugement dernier sonne quand elle voudra, je viendrai, ce livre à la main, me présenter devant le souverain juge[3]. Je dirai hautement[4] : « Voilà ce que j'ai fait, ce que j'ai pensé, ce que je fus. J'ai dit le bien et le mal avec la même franchise. Je n'ai rien tu de mauvais, rien ajouté de bon, et s'il m'est arrivé d'employer quelque ornement indifférent[5], ce n'a jamais été que pour remplir un vide occasionné par mon défaut de mémoire ; j'ai pu supposer vrai ce que je savais avoir pu l'être, jamais ce que je savais être faux. Je me suis montré tel que je fus ; méprisable et vil quand je l'ai été, bon, généreux, sublime[6], quand je l'ai été : j'ai dévoilé mon intérieur[7] tel que tu l'as vu toi-même. Être éternel, rassemble autour de moi l'innombrable foule de mes semblables ; qu'ils écoutent mes confessions, qu'ils gémissent de mes indignités[8], qu'ils rougissent de mes misères. Que chacun d'eux découvre à son tour son cœur aux pieds de ton trône avec la même sincérité ; et puis qu'un seul te dise, s'il l'ose : *Je fus meilleur que cet homme-là.* »

Livre I (incipit).

1. Dates de rédaction, publication posthume en 1782.
2. « Intérieurement et sous la peau », citation du poète latin Perse (*Satires*, III, 30).
3. Dieu.
4. D'une voix forte.
5. Sans conséquence.
6. Admirable.
7. Ce qui se passe en moi.
8. Bassesses.

Contexte XVIIIe s. ▸ p. 498
Notice biographique ▸ p. 517
Du même auteur ▸ p. 44, p. 186, p. 204, p. 230, p. 252, p. 420, p. 422, p. 423

**Allan Ramsay** (1713-1784), *Portrait de Jean-Jacques Rousseau* (XVIIIe siècle), huile sur toile (Château de Coppet, Paris).

**RECHERCHE**

### Les mots et leur usage

**1.** Donnez le champ sémantique du mot *nature* (l. 3), puis cherchez dans ce manuel quelques textes faisant référence à la *nature* dans des sens différents. Expliquez à chaque fois le sens envisagé.

**2.** Quel est le sens de l'expression *Jugement dernier* (l. 9) ? Cherchez ce qui correspond à cette notion chrétienne dans la mythologie gréco-latine.

## Lecture analytique

**3.** Le texte, placé au tout début de l'œuvre, commence par une épigraphe et comporte le mot *entreprise* dans sa première phrase. Retrouvez les formulations qui définissent l'entreprise et ses caractéristiques, ainsi que ses deux destinataires.

**4.** Quelles justifications de son entreprise celui qui parle donne-t-il ? Ces justifications diffèrent-elles selon les destinataires ?

**5.** En quoi peut-on parler de mise en scène dans le troisième paragraphe ? Étudiez le caractère visuel de ce qui est rapporté, l'insertion du discours direct, la dramatisation et les procédés de gradation. Quel effet l'emploi insistant de la première personne produit-il dans ce paragraphe, et dans le texte tout entier ?

**6.** Comment, à partir de ce texte, peut-on rattacher l'œuvre annoncée à la notion de *confession* ?

## Question d'oral

**7.** Étudiez le texte en faisant apparaître en quoi le caractère unique de l'entreprise se trouve accordé au caractère présenté comme unique de son auteur.

## Commentaire

**8.** Commentez le texte de Rousseau en vous aidant des axes suivants :
- les caractéristiques de l'entreprise de « confession » ;
- l'expression de ses objectifs ;
- la question de la sincérité.

## Étude comparée

**9.** Rapprochez ce début des *Confessions* (▸ p. 185) de l'avis « Au lecteur » de Montaigne (▸ p. 184) : mettez en évidence des éléments communs et des différences importantes.

**REPÈRES** L'écriture autobiographique ▸ p. 219
La notion de genre ▸ p. 220
L'esprit des Lumières ▸ p. 434

**Nicolas-Bernard Lepicie** (1735-1784), *L'Enfant en pénitence* (XVIII^e siècle), huile sur toile (Musée des Beaux-Arts, Lyon).

## Texte 2

Un souvenir qui me fait frémir encore et rire tout à la fois, est celui d'une chasse aux pommes qui me coûta cher. Ces pommes étaient au fond d'une dépense[1] qui, par une jalousie[2] élevée, recevait du jour de la cuisine. Un jour que j'étais seul dans la maison, je montai sur la may[3] pour regarder dans le jardin des Hespérides ce précieux fruit dont je ne pouvais approcher. J'allai chercher la broche pour voir si elle y pourrait atteindre : elle était trop courte. Je l'allongeai par une autre petite broche qui servait pour le menu gibier ; car mon maître aimait la chasse. Je piquai plusieurs fois sans succès ; enfin je sentis avec transport que j'amenais une pomme. Je tirai très doucement : déjà la pomme touchait à la jalousie : j'étais prêt à la saisir. Qui dira ma douleur ? La pomme était trop grosse, elle ne put passer par le trou. Que d'inventions ne mis-je point en usage pour la tirer ! Il fallut trouver des supports pour tenir la broche en état, un couteau assez long

1. Lieu où l'on range des provisions.
2. Volet.
3. Meuble en bois où l'on range le pain.

pour fendre la pomme, une latte pour la soutenir. À force d'adresse et de temps je parvins à la partager, espérant tirer ensuite les pièces l'une après l'autre ; mais à peine furent-elles séparées, qu'elles tombèrent toutes deux dans la dépense. Lecteur pitoyable[4], partagez mon affliction.

Je ne perdis point courage ; mais j'avais perdu beaucoup de temps. Je craignais d'être surpris ; je renvoie au lendemain une tentative plus heureuse, et je me remets à l'ouvrage tout aussi tranquillement que si je n'avais rien fait, sans songer aux deux témoins indiscrets qui déposaient contre moi[5] dans la dépense.

Le lendemain, retrouvant l'occasion belle, je tente un nouvel essai. Je monte sur mes tréteaux, j'allonge la broche, je l'ajuste ; j'étais prêt à piquer… Malheureusement le dragon ne dormait pas ; tout à coup la porte de la dépense s'ouvre : mon maître en sort, croise les bras, me regarde et me dit : « Courage !… » La plume me tombe des mains.

Bientôt, à force d'essuyer de mauvais traitements, j'y devins moins sensible ; ils me parurent enfin une sorte de compensation[6] du vol, qui me mettait en droit de le continuer. Au lieu de retourner les yeux en arrière et de regarder la punition, je les portais en avant et je regardais la vengeance. Je jugeais que me battre comme fripon, c'était m'autoriser à l'être. Je trouvais que voler et être battu allaient ensemble, et constituaient en quelque sorte un état, et qu'en remplissant la partie de cet état qui dépendait de moi, je pouvais laisser le soin de l'autre à mon maître. Sur cette idée je me mis à voler plus tranquillement qu'auparavant. Je me disais : « Qu'en arrivera-t-il enfin ? Je serai battu. Soit : je suis fait pour l'être. »

J.-J. Rousseau, *Les Confessions*, Livre I.

4. Enclin à la pitié.
5. Qui m'accusaient.
6. Dédommagement.

Contexte XVIII^e s. ▶ p. 498
Notice biographique ▶ p. 517
Du même auteur ▶ p. 44, p. 185, p. 204, p. 230, p. 252, p. 420, p. 422, p. 423
SUJET DE BAC 10 ▶ p. 193

## RECHERCHE

### Histoire culturelle

**1.** Rousseau évoque ici le *jardin des Hespérides* (l. 5) : à quoi fait-il référence ? Quelle est la relation entre ce jardin et la pomme ? Quel héros mythologique se trouve associé à ce lieu ?

**2.** La pomme est également associée à un autre jardin : lequel ? dans quelles circonstances ? avec quelle(s) signification(s) symbolique(s) ?

## Lecture analytique

**3.** À partir de quels indices le lecteur peut-il déterminer le caractère autobiographique du texte ?

**4.** Quelle est la fonction de la première phrase ? Retrouvez dans la suite du texte tout ce qui peut correspondre aux verbes *frémir* et *rire*.

**5.** Le narrateur utilise le présent, le passé et le futur. Identifiez ces temps verbaux et déterminez leur valeur.

**6.** Identifiez les procédés rhétoriques par lesquels celui qui parle fait de l'épisode une aventure à suspense, et dites quel est le double registre du texte.

**7.** Quel est le rôle du dernier paragraphe ? Déterminez sa portée morale, les responsabilités sociales et humaines qu'il met en jeu.

## Question d'oral

**8.** Étudiez le texte en montrant comment le narrateur donne de l'importance à l'épisode pour en tirer des observations justifiant son comportement.

## Étude comparée

**9.** Rapprochez l'extrait des *Confessions* de Rousseau de celui des *Confessions* de Saint Augustin (▶ p. 182). Sous un même titre, ces deux extraits sont-ils similaires ? Analysez ce qui les rapproche et ce qui les différencie.

REPÈRES
L'écriture autobiographique ▶ p. 219
La notion de genre ▶ p. 220
L'esprit des Lumières ▶ p. 434

# 4 François-René de Chateaubriand, *Mémoires d'outre-tombe* (1848)

*Commencés en 1809 sous le titre* Mémoires de ma vie, *les* Mémoires d'outre-tombe *retracent la vie personnelle et les engagements politiques de Chateaubriand, qui fut lié à bien des événements historiques de son temps.*

Le 18 juin 1815, vers midi, je sortis de Gand par la porte de Bruxelles ; j'allai seul achever ma promenade sur la grande route. J'avais emporté les *Commentaires de César*[1] et je cheminais lentement, plongé dans ma lecture. J'étais déjà à plus d'une lieue de la ville, lorsque je crus ouïr un roulement sourd : je m'arrêtai, regardai le ciel assez chargé de nuées, délibérant en moi-même si je continuerais d'aller en avant, ou si je me rapprocherais de Gand dans la crainte d'un orage. Je prêtai l'oreille ; je n'entendis plus que le cri d'une poule d'eau dans des joncs et le son d'une horloge de village. Je poursuivis ma route : je n'avais pas fait trente pas que le roulement recommença, tantôt bref, tantôt long et à intervalles inégaux ; quelquefois il n'était sensible que par une trépidation de l'air, laquelle se communiquait à la terre sur ces plaines immenses, tant il était éloigné[2]. Ces détonations moins vastes, moins onduleuses, moins liées ensemble que celles de la foudre, firent naître dans mon esprit l'idée d'un combat. Je me trouvais devant un peuplier planté à l'angle d'un champ de houblon. Je traversai le chemin et je m'appuyai debout contre le tronc de l'arbre, le visage tourné du côté de Bruxelles. Un vent du sud s'étant levé m'apporta plus distinctement le bruit de l'artillerie. Cette grande bataille, encore sans nom, dont j'écoutais les échos au pied d'un peuplier, et dont une horloge de village venait de sonner les funérailles inconnues, était la bataille de Waterloo !

Auditeur silencieux et solitaire du formidable arrêt des destinées, j'aurais été moins ému si je m'étais trouvé dans la mêlée : le péril, le feu, la cohue de la mort ne m'eussent pas laissé le temps de méditer ; mais seul sous un arbre, dans la campagne de Gand, comme le berger des troupeaux qui paissaient autour de moi, le poids des réflexions m'accablait : Quel était ce combat ? Était-il définitif ? Napoléon était-il là en personne ? Le monde, comme la robe du Christ[3], était-il jeté au sort ? Succès ou revers de l'une ou de l'autre armée, quelle serait la conséquence de l'événement pour les peuples, liberté ou esclavage ? Mais quel sang coulait ! chaque bruit parvenu à mon oreille n'était-il pas le dernier soupir d'un Français ? Était-ce un nouveau Crécy, un nouveau Poitiers, un nouvel Azincourt[4], dont allaient jouir les plus implacables ennemis de la France ? S'ils triomphaient, notre gloire n'était-elle pas perdue ? Si Napoléon l'emportait, que devenait notre liberté ? Bien qu'un succès de Napoléon m'ouvrît un exil éternel[5], la patrie l'emportait dans ce moment dans mon cœur ; mes vœux étaient pour l'oppresseur de la France, s'il devait, en sauvant notre honneur, nous arracher à la domination étrangère.

IIIe partie, Livre XXIII, chapitre 16.

1. Ouvrage historique écrit par Jules César au Ier siècle av. J.-C.
2. Chateaubriand se trouve alors à 60 km du lieu d'où viennent les bruits.
3. Selon les Évangiles, la robe du Christ fut tirée au sort par les soldats romains.
4. Noms de trois victoires des Anglais sur les Français pendant la guerre de Cent Ans.
5. Chateaubriand, alors hostile à Napoléon Ier, avait composé contre lui un pamphlet intitulé *De Buonaparte et des Bourbons*.

Contexte XIXe s. ▶ p. 502
Notice biographique ▶ p. 511
Du même auteur ▶ p. 205

**Johann Lorenz Rugendas** (1775-1826), *Fuite de Napoléon dans la bataille de Belle Alliance (Waterloo), le 18 juin 1815*, gravure (Fondation Dosne-Thiers, collection F. Masson, Paris).

RECHERCHE

### Histoire littéraire

**1.** Dans une édition des *Mémoires d'outre-tombe*, cherchez dans quelles circonstances Chateaubriand se trouvait en Belgique au moment de la bataille de Waterloo.

**2.** Cherchez le nom d'autres auteurs qui ont également évoqué la bataille de Waterloo. Donnez le titre et la date des œuvres concernées, ainsi que leur genre littéraire.

## Lecture analytique

**3.** Identifiez les deux grandes parties du texte et dites ce qui les différencie. Quelle est la position de celui qui parle dans chaque partie ?

**4.** À partir du lexique des perceptions, étudiez l'évocation des combats : sur quoi repose-t-elle ? Cette évocation rend-elle compte de la nature de l'événement ? Soyez attentif aux connotations et aux analogies.

**5.** Que traduit la ponctuation récurrente de la seconde partie du texte ? Quel est alors le thème abordé ? Étudiez le caractère à la fois personnel et national des préoccupations de celui qui parle.

**6.** Lorsque Chateaubriand écrit cet épisode, il connaît l'issue de la bataille. Quelles réflexions peut inspirer cette situation concernant les relations entre l'autobiographie et l'Histoire ?

**7.** Cherchez les différents sens du mot *mémoire* et dites quel est celui qui convient ici.

## Question d'oral

**8.** Étudiez ce texte en faisant apparaître certaines caractéristiques de l'écriture autobiographique lorsqu'elle s'attache à rapporter des événements historiques.

## Commentaire

**9.** Vous ferez le commentaire de la première partie du texte (jusqu'à *Waterloo*, l. 19) en vous aidant des axes suivants :
– les caractéristiques d'un récit historique à la première personne ;
– l'évocation atténuée d'une bataille mémorable ;
– une dramatisation indirecte.

REPÈRES L'écriture autobiographique ► p. 219
La notion de genre ► p. 220

**Paul Gavarni** (1804-1866), *Edmond et Jules de Goncourt au théâtre* (1853), lithographie (collection privée).

## 5 Edmond et Jules de Goncourt, *Journal* (1887)

*Pendant des années, de 1851 à 1896, les frères Edmond et Jules de Goncourt ensemble, puis Edmond seul, ont tenu un journal, sous-titré* Mémoires de la vie littéraire, *dans lequel ils notaient des événements divers de la vie littéraire parisienne, auxquels ils participaient ou qu'ils observaient.*

*1er mars*

C'est le dernier dimanche de Flaubert, qui repart s'enterrer dans le travail à Croisset.

Un monsieur arrive, mince, un peu raide, maigre, avec un peu de barbe ; ni petit ni grand, ni pète-sec ; l'œil bleuâtre sous ses lunettes ; une figure décharnée, un peu effacée, qui s'anime en parlant ; un regard qui prend de la grâce en vous écoutant, une parole douce, coulante, un peu tombante de la bouche, qui montre les dents : c'est Taine[1].

1. Hippolyte Taine, critique littéraire, philosophe et historien français (1828-1893). Il pensait pouvoir expliquer la production littéraire par différents facteurs comme la race, le milieu social et géographique de l'écrivain, le moment historique.

Comme causeur, c'est une sorte de jolie petite incarnation de la critique moderne, très savante, aimable et un peu pédante. Un fonds de professeur – on ne se défroque pas de cela[2] –, mais sauvé par une grande simplicité, l'agrément du monde, une attention bien élevée et se donnant joliment aux autres.

Il se moque avec nous doucement de cette REVUE DES DEUX MONDES[3], où un Suisse corrige tout le monde et est grossier avec tous ses écrivains. Il nous conte cette jolie histoire d'un article de M. de Witt, le gendre de M. Guizot, où il eût fallu une bataille pour faire passer le premier mot de l'article : « La mode est aux mémoires. » Buloz ne voulait absolument pas qu'un article de la REVUE DES DEUX MONDES commençât par ce mot *mode*. Lui-même est encore obligé de disputer pour ne pas être rogné ou remanié : on lui indique des endroits, « où il faudrait des généralités… » Singulières et honteuses choses, que ces fourches caudines[4] du style, subies au XIX$^{e}$ siècle par les plus grands, les plus fameux, les plus considérables, Rémusat[5] comme Cousin ! La dignité de l'homme de lettres, quoi qu'on dise, a diminué : les démocraties l'abaissent.

Comme nous parlions de ce que nous avait dit la veille Tourgueniev, qu'il n'y avait qu'un homme populaire en Russie, Dickens, que depuis 1830, notre littérature n'y entrait plus comme influence, que tout allait aux romans anglais et américains, Taine nous dit que pour lui, il est certain que l'avenir développera encore ce mouvement, que l'influence littéraire et scientifique de la France ira toujours en diminuant, comme elle a diminué depuis le XVIII$^{e}$ siècle ; qu'en France, il y a pour toutes les sciences, par exemple, dix hommes remarquables, un beau front d'armée, mais rien derrière, pas de troupes ; que c'est toujours l'histoire de Paris et de la province… « Hachette a refusé de faire les frais d'une traduction de l'HISTOIRE ROMAINE de Mommsen[6] et il a eu raison. On publie en ce moment une merveilleuse édition, en Allemagne, des œuvres de Sébastien Bach : sur quinze cents souscriptions, il y en a dix en France. »

Année 1863, 1$^{er}$ mars 

2. On ne se débarrasse pas de certaines habitudes.

3. Revue littéraire dirigée par le Suisse François Buloz.

4. Référence à un épisode de l'histoire romaine (321 av. J.-C.) au cours duquel l'armée romaine vaincue par les Samnites dut passer sous le joug dans le défilé des Fourches Caudines. L'expression est depuis synonyme d'humiliation.

5. Claire-Élisabeth Rémusat (1780-1821), femme de lettres française, auteur de *Mémoires* sur la cour de Napoléon I$^{er}$.

6. Historien allemand (1817-1903), qui, par ses recherches, a renouvelé l'étude de l'Antiquité romaine.

Contexte XIX$^{e}$ s. ▶ p. 502
Notice biographique ▶ p. 513

## RECHERCHE

### Histoire littéraire

**1.** À l'aide d'une biographie de Flaubert (l. 1), précisez sur quelle œuvre ce romancier travaille en 1863. Que désigne Croisset (l. 2) s'agissant de Flaubert ?
**2.** Situez historiquement Taine (l. 7), Guizot (l. 14) et Cousin (l. 21).
**3.** Situez historiquement Tourgueniev (l. 23) et Dickens (l. 24) et citez le titre de plusieurs de leurs œuvres.

## Bilan de lecture

**4.** Observez le temps verbal dominant : quelles sont ses valeurs ? Quelles relations peut-on établir entre ce temps et la notion de « journal » ? À quoi le lecteur perçoit-il que le texte n'appartient pas à la fiction ?
**5.** Comment peut se justifier le découpage du texte en paragraphes : quel est leur contenu ? Quel « fil conducteur » thématique relie l'ensemble des composantes du texte ? Qu'est-ce qui, dans le texte, correspond au sous-titre de l'œuvre : *Mémoires de la vie littéraire* ?
**6.** Comment se marque, dans le texte, la présence de celui qui écrit ? Quel rôle se donne-t-il ? Comment ce texte se rattache-t-il à la notion d'autobiographie ?

REPÈRES L'écriture autobiographique ▶ p. 219
La notion de genre ▶ p. 220

**Kees van Dongen** (1877-1968), *La madeleine* (1947), illustration pour *À la recherche du temps perdu* de Marcel Proust, lithographie en couleur (collection privée).

## 6 Marcel Proust,
## *À la recherche du temps perdu, Du côté de chez Swann* (1913)

À la recherche du temps perdu *est un roman à la première personne qui fait penser à une autobiographie. Dans le passage qui suit, le narrateur raconte un épisode fondamental : en mangeant une madeleine trempée dans du thé, il a ressenti une émotion très forte.*

Et dès que j'eus reconnu le goût du morceau de madeleine trempé dans le tilleul que me donnait ma tante (quoique je ne susse pas encore et dusse remettre à bien plus tard de découvrir pourquoi ce souvenir me rendait si heureux), aussitôt la vieille maison grise sur la rue, où était sa chambre, vint comme un décor de théâtre, s'appliquer au petit pavillon donnant sur le jardin, qu'on avait construit pour mes parents sur ses derrières (ce pan tronqué que seul j'avais revu jusque-là) ; et avec la maison, la ville, depuis le matin jusqu'au soir et par tous les temps, la Place où on m'envoyait avant déjeuner, les rues où j'allais faire des courses, les chemins qu'on prenait si le temps était beau. Et comme dans ce jeu où les Japonais s'amusent à tremper dans un bol de porcelaine rempli d'eau, de petits morceaux de papier jusque-là indistincts qui, à peine y sont-ils plongés, s'étirent, se contournent, se colorent, se différencient, deviennent des fleurs, des maisons, des personnages consistants et reconnaissables, de même maintenant toutes les fleurs de notre jardin et celle du parc de M. Swann, et les nymphéas[1] de la Vivonne, et les bonnes gens du village et leurs petits logis et l'église et tout Combray et ses environs, tout cela qui prend forme et solidité, est sorti, ville et jardins, de ma tasse de thé.

Première partie, « Combray ».

1. Sortes de nénuphars.

Contexte XXe s. ▶ p. 506
Notice biographique ▶ p. 517
Du même auteur ▶ p. 62 p. 452 p. 453 p. 454

## Lecture analytique

**1.** La première phrase du texte est très longue : que rapporte-t-elle en plusieurs étapes ? Étudiez le « mécanisme » évoqué et montrez comment la structure de la phrase souligne le caractère progressif du phénomène évoqué. D'où vient l'impression d'une construction se faisant de manière autonome ?

**2.** Sur quelle figure repose la seconde phrase ? Que met-elle en relief ? Expliquez comment cette figure permet au lecteur de comprendre le caractère magique de la réminiscence.

**3.** Quels sont les indices de la présence du narrateur dans le texte ? Quelles sont les marques de l'écriture autobiographique ?

## Question d'oral

**4.** Étudiez le texte en montrant comment son écriture et sa structure sont indissociables du déroulement de la réminiscence, dont vous préciserez le contenu et le caractère presque magique.

## Commentaire

**5.** Commentez l'extrait de Marcel Proust en vous aidant des axes suivants :
- une mise en place autonome des éléments ;
- le décor et ses caractéristiques ;
- la présence et le rôle du narrateur.

## Lecture de l'image

**6.** Faites une description de ce que vous voyez sur l'image. En quoi illustre-t-elle au plus près le texte qu'elle accompagne ? Sur quoi met-elle l'accent ?

**7.** Donnez quelques caractéristiques de la technique du peintre dans ce tableau, en le comparant à d'autres scènes d'intérieur (par exemple les reproductions données pages 370 et 186). Que remarquez-vous ?

**REPÈRES** L'écriture autobiographique ▸ p. 219
La notion de genre ▸ p. 220

# SUJET DE BAC 10

**OBJET D'ÉTUDE**

**Le biographique.**

**CORPUS**

**A** – J.-J. Rousseau, *Les Confessions* (1765-1770) texte 2 ▸ p. 186.
**B** – M. Leiris, *L'Âge d'homme* (1939) ▸ p. 194.
**C** – J.-P. Sartre, *Les Mots* (1964) ▸ p. 197.
**D** – J. M. G. Le Clézio, *L'Africain* (2004) ▸ p. 199.

## Questions sur le corpus

**1.** Identifiez et classez des caractéristiques communes aux quatre textes concernant l'écriture autobiographique.

**2.** Sur quel(s) plan(s) le lecteur peut-il rapprocher les quatre expériences rapportées ?

## Écriture

### Commentaire

Vous commenterez le premier paragraphe du texte de Michel Leiris (▸ p. 194, l. 1 à 18).

### Dissertation

Pourquoi parler de son enfance ? En vous appuyant sur les textes du corpus et sur vos lectures, vous chercherez toutes les raisons que l'on peut avoir de parler de ce moment de la vie. Vous montrerez comment ces raisons se marquent dans l'écriture même des textes autobiographiques et quels risques comporte une telle entreprise.

### Écriture d'invention

Un éditeur répond à un auteur qui se propose d'écrire son autobiographie : il lui expose les difficultés de cette tâche. Rédigez cette lettre.

# 7 Michel Leiris, *L'Âge d'homme* (1939)

*Dans l'œuvre autobiographique* L'Âge d'homme, *Michel Leiris rapporte des épisodes de son enfance dont il pense qu'ils sont à l'origine de réactions et de comportements de l'adulte qu'il est devenu.*

## Gorge coupée

Âgé de cinq ou six ans[1], je fus victime d'une agression. Je veux dire que je subis dans la gorge une opération qui consista à m'enlever des végétations ; l'intervention eut lieu d'une manière très brutale, sans que je fusse anesthésié. Mes parents avaient d'abord commis la faute de m'emmener chez le chirurgien sans me dire où ils me conduisaient. Si mes souvenirs sont justes, je m'imaginais que nous allions au cirque ; j'étais donc très loin de prévoir le tour sinistre que me réservaient le vieux médecin de la famille, qui assistait le chirurgien, et ce dernier lui-même. Cela se déroula, point pour point, ainsi qu'un coup monté et j'eus le sentiment qu'on m'avait attiré dans un abominable guet-apens. Voici comment les choses se passèrent : laissant mes parents dans le salon d'attente, le vieux médecin m'amena jusqu'au chirurgien, qui se tenait dans une autre pièce en grande barbe noire et blouse blanche (telle est, du moins, l'image d'ogre que j'en ai gardée) ; j'aperçus des instruments tranchants et, sans doute, eus-je l'air effrayé car, me prenant sur ses genoux, le vieux médecin dit pour me rassurer : « Viens, mon petit coco ! On va jouer à faire la cuisine. » À partir de ce moment je ne me souviens de rien, sinon de l'attaque soudaine du chirurgien qui plongea un outil dans ma gorge, de la douleur que je ressentis et du cri de bête qu'on éventre que je poussai. Ma mère, qui m'entendit d'à côté, fut effarée.

Dans le fiacre qui nous ramena je ne dis pas un mot ; le choc avait été si violent que pendant vingt-quatre heures il fut impossible de m'arracher une parole ; ma mère, complètement désorientée, se demandait si je n'étais pas devenu muet. Tout ce que je me rappelle de la période qui suivit immédiatement l'opération, c'est le retour en fiacre, les vaines tentatives de mes parents pour me faire parler puis, à la maison : ma mère me tenant dans ses bras devant la cheminée du salon, les sorbets qu'on me faisait avaler, le sang qu'à diverses reprises je dégurgitai et qui se confondait pour moi avec la couleur fraise des sorbets.

Ce souvenir est, je crois, le plus pénible de mes souvenirs d'enfance. Non seulement je ne comprenais pas que l'on m'eût fait si mal, mais j'avais la notion d'une duperie, d'un piège, d'une perfidie atroce de la part des adultes, qui ne m'avaient amadoué que pour se livrer sur ma personne à la plus sauvage agression. Toute ma représentation de la vie en est restée marquée : le monde, plein de chausse-trapes, n'est qu'une vaste prison ou salle de chirurgie ; je ne suis sur terre que pour devenir chair à médecins, chair à canons, chair à cercueil ; comme la promesse fallacieuse de m'emmener au cirque ou de jouer à faire la cuisine, tout ce qui peut m'arriver d'agréable en attendant n'est qu'un leurre, une façon de me dorer la pilule pour me conduire plus sûrement à l'abattoir où, tôt ou tard, je dois être mené.

V, « La tête d'Holopherne » 

1. La scène se passe en 1906 ou 1907.

Contexte XX^e s. ▶ p. 506
Notice biographique ▶ p. 514
SUJET DE BAC 10 ▶ p. 193

**Pablo Picasso** (1881-1973), *Portrait de Michel Leiris* (1963), graphite et pastels gras sur papier vergé, 37,2 x 27 cm (Centre Pompidou, Musée National d'Art Moderne, Paris).

**RECHERCHE**

### Histoire culturelle

**1.** Recherchez à quoi fait référence le titre du chapitre « La tête d'Holopherne ».

## Lecture analytique

**2.** Le texte possède un titre, « Gorge coupée » : retrouvez tout ce qui, dans le récit, renvoie à ce titre et à ses connotations dramatiques.

**3.** Expliquez en quoi la division en trois paragraphes correspond à une structure particulière du texte.

**4.** L'adulte rapporte un souvenir d'enfance très douloureux : à partir du lexique, des connotations, des figures de rhétorique, étudiez comment la scène est rendue effrayante. Que traduit cette manière de présenter les choses ? De même, quelle est la fonction des évocations du deuxième paragraphe ?

**5.** Quelle est la finalité du dernier paragraphe ? En quoi permet-il de comprendre le choix de ce souvenir ? Comment s'exprime l'importance de cet épisode dans la vie de Michel Leiris ?

## Question d'oral

**6.** Étudiez le texte en faisant apparaître les relations entre la nature de l'épisode vécu par l'enfant, et raconté par l'adulte, et ses conséquences sur la formation de l'adulte.

## Écriture d'invention

**7.** Dans un article destiné à une revue littéraire et intitulé « Quand les adultes évoquent leur enfance », vous exposez de manière organisée ce qui caractérise l'écriture autobiographique, qui joue sur deux moments et sur deux images d'une vie.

## Lecture de l'image

**8.** Observez ce portrait de Michel Leiris par Pablo Picasso et dites quelle est l'originalité de la technique utilisée. Cherchez l'âge de l'écrivain en 1963. Cet âge est-il visible sur le portrait ?

**9.** Quelles peuvent être les explications du choix du peintre : quelle(s) signification(s) trouvez-vous, personnellement, à la manière dont est fait ce portrait ?

**10.** Qu'est-ce qui vous paraît justifier le choix de ce portrait pour accompagner le texte ?

**REPÈRES** L'écriture autobiographique ▸ p. 219
La notion de genre ▸ p. 220

# 8 Jean Guéhenno,

## *Journal des années noires, 1940-1944* (1947)

*Pendant la Seconde Guerre mondiale, Jean Guéhenno, alors professeur de lettres, a tenu un journal publié quelques années plus tard.*

*4 octobre.*

Plus rien noté dans ce journal depuis des jours. Silence et misère sur la ville. Le malheur aussi, devenu habitude, peut être sans histoire.

*10 octobre.*

Je suis rentré à Henri-IV[1], où je vais tenir la place d'un de mes collègues prisonniers. J'ai vu déjà passer trois ou quatre fois les khâgneux[2] en compagnie de qui je vais passer l'année, mais je ne les connais pas encore. Ils sont une cinquantaine. Quelques visages intelligents. Mais, est-ce au fond de moi trop d'exigence, j'aurais souhaité, pour ces premières rencontres, les trouver plus vibrants et plus inquiets. Ils « rentrent », comme chaque année, paraissent ne penser qu'à leur concours[3], à l'École, aux versions grecques et aux thèmes latins. Ils m'ont semblé un peu amorphes, pour tout dire. Je leur ai dit quel sens plus grave encore aurait cette année notre travail, que mon métier était de leur enseigner la France, la pensée française, c'est-à-dire une chose qui, si sceptique que je puisse être à l'égard de l'histoire, me semblait aussi solide que les Alpes ou les Pyrénées, que cette solidité serait notre garantie, qu'il ne dépendait de rien, ni de personne, que la France fût autre que ce qu'elle était, qu'on ne pouvait heureusement pas changer son histoire, que Montaigne, Pascal, Voltaire, Michelet, Hugo, Renan la gardaient, que par suite, conformément à la loi de mon métier et par simple probité, fidèle à moi-même, à mon pays, à l'Europe, je leur parlerais comme j'avais toujours parlé, que si la victoire n'eût point changé mes pensées, la défaite non plus ne les pouvait changer.

*16 octobre.*

Vient l'hiver. Nous nous enfonçons doucement dans le gris et le froid. Le « rationnement » est, aux termes mêmes des déclarations officielles (Discours Caziot[4]) « anormalement bas ». Un biologiste m'expliquait l'autre jour qu'il était tout juste suffisant à maintenir les gens en vie à la condition qu'ils restent couchés et ne travaillent pas. Voilà qui promet. Il y a à Paris plus de soixante mille chômeurs. On commence, paraît-il, à faire commerce des tickets[5]. Les plus pauvres vendent aux plus riches leur droit à vivre, à manger.

Les Allemands, installés dans l'école de l'autre côté de la rue, luisants et bien nourris, chantent au commandement.

Que va devenir ce pays au fond d'une telle misère ?... Je rêve d'un signe à quoi se reconnaîtraient les hommes encore un peu fiers.

Octobre 1940 

1. Lycée parisien.
2. Élèves des classes préparatoires littéraires.
3. Le concours d'entrée à l'École Normale Supérieure.
4. Pierre Caziot, ministre secrétaire d'État à l'agriculture en 1940.
5. Tickets permettant d'obtenir des aliments rationnés.

Contexte xx^e^ s. ▸ p. 506
Notice biographique ▸ p. 513

## Lecture analytique

**1.** Quels éléments indiquent qu'il s'agit d'un « journal », comme l'indique le titre ? Trouvez des caractéristiques communes aux trois textes. Quel est aussi l'élément thématique commun qui les relie ?
**2.** Identifiez les composantes des extraits : réflexions, récit, remarques, constats, paroles rapportées. Qu'est-ce qui constitue la partie la plus importante du deuxième texte (10 octobre) ?
**3.** Retrouvez dans le texte ce qui fait référence à la profession de celui qui parle et à la responsabilité qu'il y attache. Expliquez le contenu, l'importance et le registre du discours tenu aux étudiants. Analysez l'émotion qui s'en dégage.
**4.** Explicitez le titre *Journal des années noires* et dites quelle image Jean Guéhenno donne de lui-même à travers ces quelques fragments.

## Question d'oral

**5.** Étudiez les trois textes en faisant apparaître la diversité de l'écriture d'un « journal » et le caractère particulier d'un journal de guerre.

## Travail sur un corpus de textes

**6.** Rapprochez les textes de Chateaubriand (▸ p. 188), des frères Goncourt (▸ p. 190) et de Jean Guéhenno (▸ p. 196) : qu'ont de particulier les deux extraits de « journal » ? En quoi le texte de Chateaubriand pourrait-il être rapproché d'un « journal », en quoi s'en différencie-t-il ?

REPÈRES L'écriture autobiographique ▸ p. 219
La notion de genre ▸ p. 220

**Ernest Roger**, *Jeux au jardin du Luxembourg à Paris* (1907), photographie.

# 9 Jean-Paul Sartre, *Les Mots* (1964)

*L'œuvre autobiographique de Jean-Paul Sartre,* Les Mots, *raconte comment de la lecture, dont il était passionné, enfant, il est passé à l'écriture, devenant ainsi un écrivain. La fin de la première partie est consacrée à un épisode particulièrement marquant de son enfance.*

1 Il y avait une autre vérité. Sur les terrasses du Luxembourg[1], des enfants jouaient, je m'approchais d'eux, ils me frôlaient sans me voir, je les regardais avec des yeux de pauvre : comme ils étaient forts et rapides ! comme ils étaient beaux ! Devant ces héros de chair et d'os, je perdais mon intelligence prodigieuse, mon savoir universel, ma musculature athlétique, mon adresse spadassine[2] ; je

1. Jardin entourant le palais du Luxembourg, à Paris.
2. Un spadassin est un tueur à gages.

m'accotais à un arbre, j'attendais. Sur un mot du chef de la bande, brutalement jeté : « Avance, Pardaillan[3], c'est toi qui feras le prisonnier », j'aurais abandonné mes privilèges. Même un rôle muet m'eût comblé ; j'aurais accepté dans l'enthousiasme de faire un blessé sur une civière, un mort. L'occasion ne m'en fut pas donnée : j'avais rencontré mes vrais juges, mes contemporains, mes pairs, et leur indifférence me condamnait. Je n'en revenais pas de me découvrir par eux : ni merveille ni méduse, un gringalet qui n'intéressait personne. Ma mère cachait mal son indignation : cette grande et belle femme s'arrangeait fort bien de ma courte taille, elle n'y voyait rien que de naturel : les Schweitzer sont grands et les Sartre petits, je tenais de mon père, voilà tout. Elle aimait que je fusse, à huit ans, resté portatif et d'un maniement aisé : mon format réduit passait à ses yeux pour un premier âge prolongé. Mais, voyant que nul ne m'invitait à jouer, elle poussait l'amour jusqu'à deviner que je risquais de me prendre pour un nain – ce que je ne suis pas tout à fait – et d'en souffrir. Pour me sauver du désespoir elle feignait l'impatience : « Qu'est-ce que tu attends, gros benêt ? Demande-leur s'ils veulent jouer avec toi. » Je secouais la tête : j'aurais accepté les besognes les plus basses, je mettais mon orgueil à ne pas les solliciter. Elle désignait des dames qui tricotaient sur des fauteuils de fer : « Veux-tu que je parle à leurs mamans ? » Je la suppliais de n'en rien faire ; elle prenait ma main, nous repartions, nous allions d'arbre en arbre et de groupe en groupe, toujours implorants, toujours exclus. Au crépuscule, je retrouvais mon perchoir[4], les hauts lieux où soufflait l'esprit, mes songes : je me vengeais de mes déconvenues par six mots d'enfant[5] et le massacre de cent reîtres[6].

Fin de la partie I, « Lire » © éd. Gallimard.

3. Héros des romans de Michel Zévaco (1860-1916).

4. L'enfant habite chez son grand-père à un étage élevé.

5. Enfant élevé par son grand-père et par sa mère, qui l'adulent, le jeune Sartre est admiré dans ses moindres paroles.

6. Hommes de guerre.

Contexte XX^e s. ▶ p. 506
Notice biographique ▶ p. 518
SUJET DE BAC 10 ▶ p. 193

## Lecture analytique

**1.** Donnez le thème de l'épisode raconté et étudiez l'importance de la première personne.

**2.** Celui qui parle ne se contente pas de raconter : que fait-il d'autre ? À quoi le lecteur peut-il percevoir que c'est l'adulte qui parle ?

**3.** En prenant appui sur le lexique, les connotations, les figures de rhétorique, étudiez la dramatisation de la scène.

**4.** Qu'est-ce qui, dans le texte, souligne qu'il s'agit là d'un épisode important et révélateur : que révèle-t-il ?

## Question d'oral

**5.** Étudiez le texte en montrant comment le récit d'une scène d'enfance, fait par l'adulte, en fait ressortir le caractère traumatisant et révélateur.

## Écriture d'invention

**6.** La même scène est racontée à la première personne par la mère de l'enfant, personnage de l'histoire. Elle s'adresse à son fils devenu adulte, lui rappelant à la fois le déroulement de l'épisode, ce qu'elle en a compris à l'époque, les raisons de son propre comportement et les réflexions que lui inspire l'ensemble des faits.

## Travail sur un corpus de textes

**7.** Rapprochez les textes de Jean-Jacques Rousseau (texte 2 ▶ p. 186), de Michel Leiris (▶ p. 194) et de Jean-Paul Sartre (▶ p. 197) pour montrer, dans les trois cas, l'importance d'une situation déterminante vécue dans l'enfance et rapportée par l'adulte.

REPÈRES L'écriture autobiographique ▶ p. 219
La notion de genre ▶ p. 220

# 10 Jean Marie Gustave Le Clézio

## *L'Africain* (2004)

*Dans un court récit autobiographique, Jean Marie Gustave Le Clézio rend hommage à son père, médecin en Afrique, dont il fut longtemps séparé. Dans le passage qui suit, le romancier évoque un épisode qui se situe lorsqu'il a lui-même huit ans et qu'il vient d'arriver à Ogoja, au Nigeria.*

Case de brousse à Banso (Cameroun de l'ouest),
photographie provenant des archives de J. M. G. Le Clézio (collection privée).

Les fourmis, à Ogoja, étaient des insectes monstrueux de la variété exectoïde[1], qui creusaient leurs nids à dix mètres de profondeur sous la pelouse du jardin, où devaient vivre des centaines de milliers d'individus. Au contraire des termites, doux et sans défense, incapables dans leur cécité de causer le moindre mal, sauf celui de ronger le bois vermoulu des habitations et les troncs des arbres déchus, les fourmis étaient rouges, féroces, dotées d'yeux et de mandibules, capables de sécréter du poison et d'attaquer quiconque se trouvait sur leur chemin. C'étaient elles les véritables maîtresses d'Ogoja.

Je garde le souvenir cuisant de ma première rencontre avec les fourmis, dans les jours qui ont suivi mon arrivée. Je suis dans le jardin, non loin de la maison. Je n'ai pas remarqué le cratère qui signale l'entrée de la fourmilière. Tout d'un coup, sans que je m'en sois rendu compte, je suis entouré par des milliers d'insectes. D'où viennent-ils ? J'ai dû pénétrer dans la zone dénudée qui entoure l'orifice de leurs galeries. Ce n'est pas tant des fourmis que je me souviens, que de la peur que je ressens. Je reste immobile, incapable de fuir, incapable de penser, sur le sol tout à coup mouvant, formant un tapis de carapaces, de pattes et d'antennes qui tourne autour de moi et resserre son tourbillon, je vois les fourmis qui ont commencé à monter sur mes chaussures, qui s'enfoncent entre les mailles de ces fameuses chaussettes de laine imposées par mon père. Au même instant je ressens la brûlure des premières morsures, sur mes chevilles, le

1. Le Clézio évoque probablement l'espèce *formica exsectiodes*, des fourmis agressives originaires d'Afrique de l'ouest, à tête et thorax rouges, à pattes et abdomen noirs, et qui vivent en colonies très nombreuses.

long de mes jambes. L'affreuse impression, la hantise d'être mangé vivant. Cela dure quelques secondes, des minutes, un temps aussi long qu'un cauchemar. Je ne m'en souviens pas, mais j'ai dû crier, hurler même, parce que, l'instant d'après, je suis secouru par ma mère qui m'emporte dans ses bras et, autour de moi, devant la terrasse de la maison, il y a mon frère, les garçons du voisinage, ils regardent en silence, est-ce qu'ils rient ? Est-ce qu'ils disent : *Small boy him cry*[2] ? Ma mère ôte mes chaussettes, retournées délicatement comme on enlèverait une peau morte, comme si j'avais été fouetté par des branches épineuses, je vois mes jambes couvertes de points sombres où perle une goutte de sang, ce sont les têtes des fourmis accrochées à la peau, leurs corps ont été arrachés au moment où ma mère retirait mes chaussettes. Leurs mandibules sont enfoncées profondément, il faut les extraire une par une avec une aiguille trempée dans l'alcool.

Une anecdote, une simple anecdote. D'où vient que j'en garde la marque, comme si les morsures des fourmis guerrières étaient encore sensibles, que tout cela s'était passé hier ? Sans doute est-ce mêlé de légende, de rêve.



2. Phrase dite en pidgin, anglais parlé en Afrique anglophone, équivalant à « Pourquoi il crie, le petit garçon ? ».

Contexte xxe s. ▶ p. 506
Notice biographique ▶ p. 514
Du même auteur ▶ p. 72
SUJET DE BAC 10 ▶ p. 193

## Lecture analytique

**1.** Le texte est construit en trois grandes étapes : quelles sont-elles ? Qu'est-ce qui les différencie ?
**2.** Étudiez la présentation des fourmis : quel en est le registre et quelle est la forme de discours ?
**3.** En prenant appui sur la structure des phrases et sur leur rythme, sur les temps des verbes et sur l'utilisation de la première personne, dites quelles sont les caractéristiques du récit et quel est son registre. Comment se marque le décalage temporel entre l'épisode vécu et sa rédaction ?
**4.** Dans l'ensemble du texte, différenciez ce qui appartient à l'adulte et ce qui relève de l'expérience de l'enfant. Cette différenciation est-elle facile ?

## Question d'oral

**5.** Étudiez le texte en faisant apparaître les caractéristiques de l'écriture autobiographique dans le récit, fait par un adulte, d'un épisode marquant de son enfance.

## Travail sur un corpus de textes

**6.** À partir des textes de cette séquence, construisez un corpus dans lequel figurera le texte de J. M. G. Le Clézio. Le regroupement des extraits aura pour problématique les deux questions suivantes, auxquelles vous répondrez : en quoi ces différents extraits appartiennent-ils à ce que l'on appelle des « récits d'enfance » ? Comment peuvent se justifier de tels récits ?

**REPÈRES** L'écriture autobiographique ▶ p. 219
La notion de genre ▶ p. 220

# 11 Lire l'image : P. Gauguin

**Paul Gauguin** (1848-1903), *Autoportrait au Christ jaune* (1890-1891), huile sur toile, 38 x 46 cm (Musée d'Orsay, Paris).

RECHERCHE

### Histoire des arts

**1.** Cherchez à quelle époque a vécu Paul Gauguin, à quel courant pictural il s'oppose et quelles relations le rattachent à la ville de Pont-Aven ainsi qu'aux îles de Polynésie.

**2.** Cherchez des exemples d'autoportraits célèbres de peintres. En quoi l'exercice de l'autoportrait peut-il constituer un défi pour un peintre ?

### Lecture de l'image

**3.** Expliquez la référence au « Christ jaune » en cherchant à quel tableau Gauguin fait référence : que peuvent signifier l'autoportrait présent sur la toile et la reprise d'un tableau qui existe déjà ?

**4.** Quel est l'objet qui figure sur la droite du tableau ? Quelle peut être sa signification ?

**5.** Étudiez la composition de l'ensemble et la répartition des couleurs, ainsi que les contrastes et les effets de disproportion.

**6.** Observez le visage du peintre : d'où vient l'impression de vie ?

**7.** Donnez quelques caractéristiques de la technique du peintre.

REPÈRES La lecture de l'image ▸ p. 489

Séquence 11

# L'écriture autobiographique : difficultés et finalités

## 1 Michel de Montaigne, *Essais* (1580-1588-1595)

*Montaigne a défini son projet au début du livre I des* Essais *(▶ p. 184), mais dans le chapitre 18 du livre II, dont le titre est « Sur le démenti », il s'interroge sur le bien-fondé de son entreprise.*

1 Et si personne ne me lit, ai-je perdu mon temps en occupant mon esprit, pendant tant d'heures oisives, de pensées aussi utiles et aussi agréables ? Moulant ce portrait sur moi-même, il a fallu si souvent me façonner et mettre de l'ordre en moi pour extraire cette image que le modèle s'est affermi et, en quelque mesure[1], formé lui-même. En me peignant pour autrui, je me suis peint intérieurement de couleurs plus nettes que ne l'étaient celles que j'avais d'abord. Je n'ai pas plus fait mon livre que mon livre ne m'a fait, livre consubstantiel à son auteur, qui ne s'occupe que de moi, qui est un membre de ma vie, qui ne s'occupe pas de tiers et n'a pas de fin[2] extérieure à lui comme les autres livres. Ai-je perdu mon temps en faisant pour moi l'inventaire de moi-même si continuellement, si soigneusement ? Car ceux qui s'analysent en pensée seulement, et oralement, une heure en passant, ne s'examinent pas aussi essentiellement et ne se pénètrent pas comme celui qui fait de cela son étude, son ouvrage et son métier, qui s'engage à tenir un registre permanent avec toute sa foi, toute sa force.

Les plaisirs les plus délicieux se digèrent, certes, au-dedans, évitent de laisser des traces d'eux-mêmes et évitent d'être vus non seulement par le public, mais par un autre individu.

Combien de fois cette tâche m'a détourné de pensées ennuyeuses ! Et doivent être comptées ennuyeuses toutes les pensées frivoles. Nature nous a gratifiés d'une large faculté de nous occuper à part dans nos réflexions et elle nous y convie souvent pour nous apprendre que nous nous devons en partie à la société, mais, dans la meilleure partie, à nous-mêmes. Afin de discipliner mon imagina-

1. Dans une certaine mesure.
2. Finalité.
3. La politesse.

**École française**, portrait de Montaigne (XVIIe siècle), huile sur toile, 70 x 52 cm (château de Versailles).

Contexte XVIe s. ► p. 490
Notice biographique ► p. 516
Du même auteur ► p. 184 p. 226 p. 311 p. 313 p. 330 p. 331
SUJET DE BAC 11 ► p. 217

tion même à rêver avec quelque ordre et suivant un plan, et de la préserver de se perdre et de vagabonder au vent, il n'y a rien comme de donner forme et de noter sur un registre tant de menues pensées qui se présentent à elle. Je prête attention à mes rêveries parce que j'ai à les enregistrer. Combien de fois, étant contrarié par quelque action que la civilité[3] et la raison me défendaient de blâmer ouvertement, je m'en suis soulagé ici, non sans un dessein d'instruire le public !

Livre II, chapitre XVIII, « Sur le démenti », adapté et traduit du français du XVIe siècle par A. Lanly © éd. Champion, 1989.

RECHERCHE

### Les mots et leur usage

**1.** Expliquez en quoi les mots *registre* (l. 14 et 27) et *enregistrer* (l. 7) conviennent particulièrement bien à l'écriture autobiographique.

### Histoire littéraire

**2.** Cherchez des informations sur les *Essais* : étapes de la rédaction, de la publication, objectifs de l'écrivain, forme choisie, thèmes abordés. À quelle définition du mot *essai* cette œuvre correspond-elle ?

## Lecture analytique

**3.** En prenant appui sur le lexique et sur les questions qui ouvrent les deux premiers paragraphes, dites sur quoi porte le débat abordé par Montaigne dans ce texte.

**4.** Quels sont ses arguments ? Quelle thèse soutiennent-ils ? Comment les adjectifs *utiles* et *agréables* de la ligne 2 sont-ils repris par l'argumentation ?

**5.** Relevez et classez les mots qui évoquent le travail d'écriture autobiographique. Quelles sont ses caractéristiques ? Quel sens donnez-vous à la phrase *je n'ai pas plus fait mon livre que mon livre ne m'a fait* (l. 6-7) ? Que signifie étymologiquement le mot *consubstantiel* (l. 7) ?

**6.** Où est-il question d'autrui dans ce texte ? Quelles relations Montaigne établit-il ici avec son lecteur ? Comment comprenez-vous la dernière expression du texte ?

## Question d'oral

**7.** Étudiez le texte en faisant apparaître les réponses données par Montaigne aux questions portant sur les raisons de parler de soi.

## Commentaire

**8.** Commentez le texte de Montaigne en vous aidant des axes suivants :
– l'importance de la première personne : « je » s'intéressant à « me » ;
– l'utilité de l'écriture autobiographique ;
– la spécificité d'un livre « consubstantiel » à son auteur.

## Étude comparée

**9.** Rapprochez ce texte de l'avertissement adressé au lecteur au début du livre I (► p. 184). Quelles idées ces deux extraits ont-ils en commun ? Quelles différences peut-on également observer ?

REPÈRES L'écriture autobiographique ► p. 219
La délibération ► p. 297
L'humanisme ► p. 335

# 2 Jean-Jacques Rousseau, *Manuscrit de Neuchâtel* (1764)

*Dans cet extrait du préambule du* Manuscrit de Neuchâtel, *première version de l'œuvre qu'il commence à rédiger en 1765, et qui deviendra* Les Confessions, *Jean-Jacques Rousseau s'interroge sur l'une des difficultés de l'écriture autobiographique (**▶ p. 186**).*

D'après **Maurice Quentin de La Tour** (1704-1788), *Portrait de J.-J. Rousseau* (1743), huile sur toile, 64 x 53 cm (château de Versailles).

Il faudrait pour ce que j'ai à dire inventer un langage aussi nouveau que mon projet : car quel ton, quel style prendre pour débrouiller[1] ce chaos immense de sentiments si divers, si contradictoires, souvent si vils et quelquefois si sublimes[2] dont je fus sans cesse agité ? Que de riens, que de misères ne faut-il point que j'expose, dans quels détails révoltants, indécents, puérils et souvent ridicules ne dois-je pas entrer pour suivre le fil de mes dispositions secrètes, pour montrer comment chaque impression qui a fait trace en mon âme y entra pour la première fois ? Tandis que je rougis seulement à penser aux choses qu'il faut que je dise, je sais que des hommes durs traiteront encore d'impudence[3] l'humiliation des plus pénibles aveux ; mais il faut faire ces aveux ou me déguiser ; car si je tais quelque chose on ne me connaîtra sur rien, tant tout se tient, tant tout est un dans mon caractère, et tant ce bizarre et singulier assemblage a besoin de toutes les circonstances de ma vie pour être bien dévoilé.

Si je veux faire un ouvrage écrit avec soin comme les autres, je ne me peindrai pas, je me farderai. C'est ici de mon portrait qu'il s'agit et non pas d'un livre. Je vais travailler pour ainsi dire dans la chambre obscure[4] ; il n'y faut point d'autre art que de suivre exactement les traits que je vois marqués. Je prends donc mon parti sur le style comme sur les choses. Je ne m'attacherai point à le rendre uniforme ; j'aurai toujours celui qui me viendra, j'en changerai selon mon humeur sans scrupule, je dirai chaque chose comme je la sens, comme je la vois, sans recherche, sans gêne, sans m'embarrasser de la bigarrure[5]. En me livrant à la fois au souvenir de l'impression reçue et au sentiment présent je peindrai doublement l'état de mon âme, savoir[6] au moment où l'événement m'est arrivé et au moment où je l'ai décrit ; mon style inégal et naturel, tantôt rapide et tantôt diffus, tantôt sage et tantôt fou, tantôt grave et tantôt gai, fera lui-même partie de mon histoire. Enfin quoi qu'il en soit de la manière dont cet ouvrage peut être écrit, ce sera toujours par son objet un livre précieux pour les philosophes : c'est, je le répète, une pièce de comparaison pour l'étude du cœur humain, et c'est la seule qui existe.

1. Démêler.
2. Élevés, nobles.
3. Effronterie.
4. Dispositif optique, ancêtre de la caméra photographique, comprenant des lentilles et des miroirs, qui, au lieu de l'œil, utilise une pellicule sensible au foyer de l'image.
5. Disparité.
6. À savoir.

Contexte XVIIIe s. ▶ p. 498
Notice biographique ▶ p. 517
Du même auteur ▶ p. 44, p. 185, p. 186, p. 230, p. 252, p. 420, p. 422, p. 423

**RECHERCHE**

**Histoire littéraire**

**1.** Trouvez des informations sur les attaques dont Rousseau fait l'objet en 1764 et sur les raisons qui l'ont poussé à écrire *Les Confessions*.

**2.** Rousseau parle ici d'un projet nouveau : cherchez à travers l'histoire littéraire en quoi la rédaction d'une œuvre autobiographique relevant de la « confession » constitue une nouveauté. À quand remonte la précédente ?

## Lecture analytique

**3.** Identifiez la difficulté essentielle que signale Rousseau concernant son projet ainsi que ce qui la justifie.

**4.** Le premier paragraphe du texte expose à la fois la finalité et le contenu de l'œuvre autobiographique : en prenant appui sur le lexique, explicitez ces deux orientations du texte.

**5.** Quel est le thème du second paragraphe ? En quoi cette seconde partie de texte est-elle liée à la première ?

**6.** Que définit la seconde partie en matière d'écriture ?

## Travail sur un corpus de textes

**7.** Rousseau fait référence au *souvenir de l'impression reçue* et au *sentiment présent* (l. 28). Partant de cette caractéristique de la démarche autobiographique, vous composerez, à l'aide des extraits des séquences 10 et 11, un corpus de quatre textes qui mettront en évidence cette caractéristique de l'écriture autobiographique et vous la ferez apparaître dans un exposé construit et illustré d'exemples.

**REPÈRES** L'écriture autobiographique ► p. 219
La notion de genre ► p. 220

# 3 François-René de Chateaubriand, *Mémoires de ma vie* (1809)[1]

*François-René de Chateaubriand a entrepris la rédaction de ses mémoires en 1809. Les* Mémoires de ma vie *sont la première version de ce qui deviendra, à partir de 1832, les* Mémoires d'outre-tombe *(► p. 188). Voici le début du prologue commencé en 1809.*

Je me suis souvent dit : « Je n'écrirai point les mémoires de ma vie ; je ne veux point imiter ces hommes qui, conduits par la vanité et le plaisir qu'on trouve naturellement à parler de soi, révèlent au monde des secrets inutiles, des faiblesses qui ne sont pas les leurs, et compromettent la paix des familles. » Après ces belles réflexions me voilà écrivant les premières lignes de mes mémoires ; pour ne pas rougir à mes propres yeux, et pour me faire illusion, voici comment je pallie[2] mon inconséquence[3].

D'abord je n'entreprends ces mémoires qu'avec le dessein formel de ne disposer d'aucun nom, que du mien propre, dans tout ce qui concernera ma vie privée ; j'écris principalement pour rendre compte de moi à moi-même ; je n'ai jamais été heureux, je n'ai jamais atteint le bonheur que j'ai poursuivi avec la persévérance qui tient à l'ardeur naturelle de mon âme ; personne ne sait quel était le bonheur que je cherchais ; personne n'a connu entièrement le fond de mon cœur ; la plupart des sentiments y sont restés ensevelis ou ne se sont montrés dans mes ouvrages que comme appliqués à des êtres imaginaires. Aujourd'hui que je regrette encore mes chimères[4] sans les poursuivre, que parvenu au sommet de la vie je descends vers la tombe, je veux avant de mourir remonter vers mes belles années, expliquer mon inexplicable cœur, voir enfin ce que je pourrai

1. Publication posthume en 1874.
2. J'atténue.
3. Manque de suite dans les idées.
4. Rêves un peu fous.

**Anne Louis Girodet-Trioson** (1767-1824), portrait de F.-R. de Chateaubriand (1811), huile sur toile, 130 x 96 cm (château de Versailles).

dire, lorsque ma plume sans contrainte s'abandonnera à tous mes souvenirs. En rentrant au sein de ma famille qui n'est plus. En rappelant des illusions passées, des amitiés évanouies, j'oublierai le monde au milieu duquel je vis, et auquel je suis si parfaitement étranger ; ce sera de plus un moyen agréable pour moi d'interrompre des études pénibles, et quand je me sentirai las de tracer les tristes vérités de l'histoire[5], je me reposerai en écrivant l'histoire de mes songes.

Je considère ensuite que ma vie appartenant au public par un côté, je n'aurais pas pu échapper à tous ces faiseurs de mémoires, à tous ces biographes-marchands qui couchent le soir sur le papier ce qu'ils ont entendu dire le matin dans les antichambres. J'ai eu des succès littéraires, j'ai attaqué toutes les erreurs de mon temps, j'ai démasqué les hommes, blessé une multitude d'intérêts ; je dois donc avoir réuni contre moi la double phalange[6] des ennemis littéraires et politiques ; ils ne manqueront pas de me peindre à leur manière ; et ne l'ont-ils pas déjà fait ? Dans un siècle où les plus grands crimes commis ont dû faire naître les haines les plus violentes, dans un siècle corrompu, où les bourreaux ont un intérêt à noircir les victimes, [où][7] les plus grossières calomnies sont celles que l'on répand avec le plus de légèreté, tout homme qui a joué un rôle dans la société doit, pour la défense de sa mémoire, laisser un monument[8] par lequel on puisse le juger. Mais avec cette idée je vais peut-être me montrer meilleur que je ne suis ? J'en serai peut-être tenté ?… À présent je ne le crois pas : je suis résolu à dire toute la vérité. Comme j'entreprends d'ailleurs l'histoire de ma vie je n'aurai pas autant de raisons de mentir. Au reste si je me fais illusion sur moi, ce sera de bonne foi, et par cela même, on verra encore la vérité au fond de mes préventions personnelles[9].

Livre I.

5. Allusion aux recherches historiques auxquelles Chateaubriand souhaite aussi se consacrer.

6. Groupe dont les membres sont étroitement unis.

7. Les crochets indiquent un mot ajouté qui manquait dans le manuscrit ayant servi à établir le texte.

8. Ensemble de documents, d'archives.

9. Idées toutes faites sur soi-même.

Contexte XIXe s. ▶ p. 502
Notice biographique ▶ p. 511
Du même auteur ▶ p. 188
SUJET DE BAC 11 ▶ p. 217

**RECHERCHE**

### Histoire littéraire

**1.** Donnez quelques illustrations du rôle politique et diplomatique que Chateaubriand a joué sous le Premier Empire et sous la Restauration.
**2.** D'autres écrivains du XIXe siècle ont eu également un engagement politique. Donnez quelques exemples et, pour chacun d'entre eux, le titre et la date d'une œuvre dans laquelle s'exprime cet engagement.

## Lecture analytique

**3.** En quoi consiste l'*inconséquence* (l. 7) de celui qui parle ? Répondez à cette question à partir des oppositions qui figurent dans le premier paragraphe. À quelle forme de discours appartient la partie du texte annoncée par *voici* (l. 6) ?
**4.** Observez la structure du texte à partir du deuxième paragraphe, ainsi que les articulations logiques. Quel est le rôle des deuxième et troisième paragraphes par rapport au premier ?
**5.** Quelles sont les raisons données dans le deuxième paragraphe pour expliquer la rédaction de ces mémoires ? À quel domaine appartiennent-elles ? Trouvez ensuite les raisons données dans le troisième paragraphe et cherchez, de la même manière, à quel domaine elles renvoient. Dites ce qu'ont de commun et de différent les deux domaines envisagés.
**6.** Celui qui parle évoque ce que l'on peut reprocher aux auteurs d'autobiographies, puis les difficultés d'une telle démarche. Retrouvez dans le texte ces reproches et ces difficultés.

## Question d'oral

**7.** Étudiez le texte en mettant en relief son caractère argumentatif et en montrant qu'il sert ainsi de justification à la démarche entreprise par Chateaubriand.

**REPÈRES**
L'écriture autobiographique ▶ p. 219
L'essai ▶ p. 243
La notion de genre ▶ p. 220

# 4 George Sand, *Histoire de ma vie* (1854-1856)

*Commencée en 1847, et publiée en 1854-1856, l'*Histoire de ma vie *est une autobiographie dont le contenu et la forme sont déterminés par la notion de « solidarité ». Dans les premières lignes du chapitre I de la première partie, l'auteur s'explique sur ses intentions.*

Je ne pense pas qu'il y ait de l'orgueil et de l'impertinence à écrire l'histoire de sa propre vie, encore moins à choisir, dans les souvenirs que cette vie a laissés en nous, ceux qui nous paraissent valoir la peine d'être conservés. Pour ma part, je crois accomplir un devoir, assez pénible même, car je ne connais rien de plus malaisé que de se définir et de se résumer en personne.

L'étude du cœur humain est de telle nature, que plus on s'y absorbe, moins on y voit clair ; et pour certains esprits actifs, se connaître est une étude fastidieuse et toujours incomplète. Pourtant je l'accomplirai, ce devoir ; je l'ai toujours eu devant les yeux ; je me suis toujours promis de ne pas mourir sans avoir fait ce que j'ai toujours conseillé aux autres de faire pour eux-mêmes : une étude sincère de ma propre nature et un examen attentif de ma propre existence.

Une insurmontable paresse (c'est la maladie des esprits trop occupés et celle de la jeunesse par conséquent) m'a fait différer jusqu'à ce jour d'accomplir cette tâche ; et, coupable peut-être envers moi-même, j'ai laissé publier sur mon compte un assez grand nombre de biographies pleines d'erreurs, dans la louange comme dans le blâme. Il n'est pas jusqu'à mon nom qui ne soit une fable dans certaines de ces biographies, publiées d'abord à l'étranger et reproduites en France avec des modifications de fantaisie. Questionnée par les auteurs de ces récits, appelée à donner les renseignements qu'il me plairait de fournir, j'ai poussé l'apathie jusqu'à refuser à des personnes bienveillantes le plus simple indice. J'éprouvais, je l'avoue, un dégoût mortel à occuper le public de ma personnalité, qui n'a rien de saillant, lorsque je me sentais le cœur et la tête remplis de personnalités plus fortes, plus logiques, plus complètes, plus idéales, de types supérieurs à moi-même, de personnages de roman en un mot. Je sentais qu'il ne faut parler de soi au public qu'une fois en sa vie, très sérieusement, et n'y plus revenir.

Quand on s'habitue à parler de soi, on en vient facilement à se vanter, et cela, très involontairement sans doute, par une loi naturelle de l'esprit humain, qui ne peut s'empêcher d'embellir et d'élever l'objet de sa contemplation. Il y a même de ces vanteries naïves dont on ne doit pas s'effrayer lorsqu'elles sont revêtues des formes du lyrisme. Comme celles des poètes, qui ont, sur ce point, un privilège spécial et consacré. Mais l'enthousiasme de soi-même qui inspire ces audacieux élans vers le ciel n'est pas le milieu où l'âme puisse se poser pour parler longtemps d'elle-même aux hommes. Dans cette excitation, le sentiment de ses propres faiblesses lui échappe. Elle s'identifie avec la Divinité, avec l'idéal qu'elle embrasse ; s'il se trouve en elle quelque retour vers le regret et le repentir, elle l'exagère jusqu'à la poésie du désespoir et du remords ; elle devient Werther, ou Manfred, ou Faust, ou Hamlet, types sublimes au point de vue de l'art, mais qui, sans le secours de l'intelligence philosophique, sont devenus parfois de funestes exemples ou des modèles hors de portée.

Contexte XIXe s. ▸ p. 502
Notice biographique ▸ p. 518
SUJET DE BAC 11 ▸ p. 217

Ire partie, chapitre I (incipit).

**RECHERCHE**

### Histoire littéraire

**1.** Cherchez qui sont Werther, Manfred, Faust, Hamlet (l. 37-38) et ce qui fait d'eux des héros.

## Bilan de lecture

**2.** En prenant appui sur le lexique, déterminez le thème général de cet incipit et la forme de discours utilisée.

**3.** Qu'est-ce qui peut, selon celle qui parle, constituer des obstacles à l'entreprise autobiographique ? Quels sont ses risques ?

**4.** Quelles sont les raisons de parler de soi ? Retrouvez les différents arguments mis en relief par George Sand.

**5.** À partir d'éléments implicites ou explicites du texte, déterminez les caractéristiques d'une œuvre autobiographique telle que l'envisage George Sand.

## Travail sur un corpus de textes

**6.** Regroupez les textes de Chateaubriand (▸ p. 205), George Sand (▸ p. 207) et François Mauriac (▸ p. 212) pour mettre en évidence les raisons d'écrire une autobiographie et les écueils que présente cette entreprise.

**REPÈRES** L'écriture autobiographique ▸ p. 219
La notion de genre ▸ p. 220

# 5 Colette,
## *Les Vrilles de la vigne* (1908)

*Dans « Rêverie de nouvel an », court texte autobiographique, Colette évoque le mécanisme qui fait naître des souvenirs et évoque une des fonctions de l'autobiographie, la prise de conscience de la vie.*

Matins d'hiver, lampe rouge dans la nuit, air immobile et âpre d'avant le lever du jour, jardin deviné dans l'aube obscure, rapetissé, étouffé de neige, sapins accablés qui laissiez, d'heure en heure, glisser en avalanches le fardeau de vos bras noirs, – coups d'éventail des passereaux effarés, et leurs jeux inquiets dans une poudre de cristal plus ténue, plus pailletée que la brume irisée d'un jet d'eau… Ô tous les hivers de mon enfance, une journée d'hiver vient de vous rendre à moi ! C'est mon visage d'autrefois que je cherche, dans ce miroir ovale saisi d'une main distraite, et non mon visage de femme, de femme jeune que sa jeunesse va, bientôt, quitter…

Enchantée encore de mon rêve, je m'étonne d'avoir changé, d'avoir vieilli pendant que je rêvais… d'un pinceau ému je pourrais repeindre, sur ce visage-ci, celui d'une fraîche enfant roussie de soleil, rosie de froid, des joues élastiques achevées en un menton mince, des sourcils mobiles prompts à se plisser, une bouche dont les coins rusés démentent la courte lèvre ingénue… Hélas, ce n'est qu'un instant. Le velours adorable du pastel ressuscité s'effrite et s'envole… L'eau sombre du petit miroir retient seulement mon image qui est bien pareille, toute pareille à moi, marquée de légers coups d'ongle, finement gravée aux paupières, aux coins des lèvres, entre les sourcils têtus… Une image qui ne sourit ni ne s'attriste, et qui murmure, pour moi seule : « Il faut vieillir. Ne pleure pas, ne joins pas des doigts suppliants, ne te révolte pas : il faut vieillir. Répète-toi cette parole, non comme un cri de désespoir, mais comme le rappel d'un départ nécessaire. Regarde-toi, regarde tes paupières, tes lèvres, soulève sur tes tempes les boucles de tes cheveux : déjà tu commences à t'éloigner de ta vie, ne l'oublie pas, il faut vieillir ! »

Contexte XXe s. ▸ p. 506
Notice biographique ▸ p. 512

« Éloigne-toi lentement, lentement, sans larmes ; n'oublie rien ! Emporte ta santé, ta gaîté, ta coquetterie, le peu de bonté et de justice qui t'a rendu la vie moins amère ; n'oublie pas ! Va-t'en parée, va-t'en douce, et ne t'arrête pas le long de la route irrésistible, tu l'essaierais en vain, – puisqu'il faut vieillir ! Suis le chemin, et ne t'y couche que pour mourir. Et quand tu t'étendras en travers du vertigineux ruban ondulé, si tu n'as pas laissé derrière toi un à un tes cheveux en boucles, ni tes dents une à une, ni tes membres un à un usés, si la poudre éternelle n'a pas, avant ta dernière heure, sevré tes yeux de la lumière merveilleuse – si tu as, jusqu'au bout gardé dans ta main la main amie qui te guide, couche-toi en souriant, dors heureuse, dors privilégiée… »

**Émilie Charmy** (1877-1974),
*Colette* (1921), huile sur toile (collection privée).

## Lecture analytique

**1.** Déterminez, à partir du lexique, le thème général du texte. En prenant appui sur les pronoms personnels, dites qui sont les différents locuteurs et destinataires de ce qui est dit.

**2.** Comment se met en place la réminiscence dans le premier paragraphe ? Qu'est-ce qui détermine le passage de la première évocation à la réflexion du deuxième paragraphe ?

**3.** Étudiez les relations de celle qui parle avec le temps et avec sa propre image.

**4.** Quelle est ici la fonction de l'écriture autobiographique ?

**5.** Rapprochez ce texte de celui de Nathalie Sarraute (► p. 215) : quel élément commun marque le caractère « dédoublant » de l'autobiographie ?

## Question d'oral

**6.** Étudiez le texte en montrant la mise en place du souvenir et ses effets sur la réflexion de celle qui parle. Déduisez de cette analyse un rôle particulier de l'autobiographie.

## Commentaire

**7.** Commentez les deux derniers paragraphes du texte (l. 10 à 36) en vous aidant des axes suivants :
– l'expression du dédoublement ;
– l'expression poétique du temps et de la mort ;
– une fonction importante de l'écriture de soi.

**REPÈRES** L'écriture autobiographique ► p. 219
La notion de genre ► p. 220

# 6 André Gide,
## *Si le grain ne meurt* (1920)

*Au début de* Si le grain ne meurt, *œuvre autobiographique, André Gide évoque l'une des difficultés de son entreprise. Il fait allusion ici à un épisode de la guerre franco-prussienne de 1870.*

J'écrirai mes souvenirs comme ils viennent, sans chercher à les ordonner. Tout au plus les puis-je grouper autour des lieux et des êtres ; ma mémoire ne se trompe pas souvent de place ; mais elle brouille les dates ; je suis perdu si je m'astreins à de la chronologie. À reparcourir le passé, je suis comme quelqu'un dont le regard n'apprécierait pas bien les distances et parfois reculerait extrêmement ce que l'examen reconnaîtra beaucoup plus proche. C'est ainsi que je suis resté longtemps convaincu d'avoir gardé le souvenir de l'entrée des Prussiens à Rouen :

C'est la nuit. On entend la fanfare militaire, et du balcon de la rue de Crosne où elle passe, on voit les torches résineuses fouetter d'inégales lueurs les murs étonnés des maisons…

Ma mère à qui, plus tard, j'en reparlai, me persuada que d'abord, en ce temps, j'étais beaucoup trop jeune[1] pour en avoir gardé quelque souvenir que ce soit ; qu'au surplus jamais un Rouennais, ou en tout cas aucun de ma famille, ne se serait mis au balcon pour voir passer fût-ce Bismarck[2] ou le roi de Prusse[3] lui-même, et que si les Allemands avaient organisé des cortèges, ceux-ci eussent défilé devant des volets clos. Certainement mon souvenir devait être des « retraites aux flambeaux » qui, tous les samedis soir, remontaient ou descendaient la rue de Crosne après que les Allemands avaient depuis longtemps déjà vidé la ville.

– C'était là ce que nous te faisions admirer du balcon, en te chantant, te souviens-tu :

1. André Gide a un an en 1870.
2. Chancelier de la Prusse à partir de 1862, puis de l'Empire allemand de 1871 à 1890.
3. Guillaume Ier, roi de Prusse de 1861 à 1888, proclamé empereur de l'Empire allemand le 18 janvier 1871.

Zim laï la ! Zim laï la
Les beaux militaires !

Et soudain je reconnaissais aussi la chanson. Tout se remettait à sa place et reprenait sa proportion. Mais je me sentais un peu volé ; il me semblait que j'étais plus près de la vérité d'abord, et que méritait bien d'être un événement historique ce qui, devant mes sens tout neufs, se douait d'une telle importance. De là ce besoin inconscient de le reculer à l'excès afin que le magnifiât[4] la distance.

Ire partie, chapitre I © éd. Gallimard.

4. Que l'idéalisât.

Contexte xxe s. ▸ p. 506
Notice biographique ▸ p. 513

*Gide enfant* (1877), photographie (collection Danièle Allegret-Rosch).

## RECHERCHE

### Les mots et leur usage

**1.** Donnez l'explication du titre de l'œuvre en précisant les connotations du mot *grain* ; en quoi ce titre se rattache-t-il à la notion d'autobiographie ?

### Histoire littéraire

**2.** Les événements historiques des années 1870-1871 en France ont inspiré de nombreux écrivains, qu'ils soient romanciers ou poètes. Retrouvez le nom de certains d'entre eux et les œuvres marquées par ces faits historiques. Donnez leurs titres et leurs dates.

**3.** André Gide a pratiqué une autre forme d'écriture autobiographique : laquelle ?

## Lecture analytique

**4.** Observez et identifiez les temps des verbes : quel est le sens de leur emploi dans le texte ? Que révèlent leur nombre et leur diversité ?

**5.** Étudiez précisément les variations de l'énonciation en identifiant le récit, les paroles rapportées et le discours indirect libre. Que remarquez-vous ?

**6.** Le temps des verbes et l'énonciation sont liés à une difficulté importante évoquée et analysée par celui qui parle. Quelle est cette difficulté ? Quelle faculté met-elle en cause ? Prenez appui sur le lexique pour répondre à cette question.

**7.** Quel rôle le récit de l'épisode historique joue-t-il ? Expliquez précisément le sens du mot *ainsi* (l. 6) dans l'expression *C'est ainsi que*. À quoi s'oppose, dans le texte, l'épisode historique tel qu'il est rapporté par l'enfant ?

## Question d'oral

**8.** Étudiez le texte en montrant comment sa structure et les jeux sur les temps rendent compte d'une difficulté importante du travail de l'autobiographe.

## Commentaire

**9.** Commentez le texte d'André Gide en vous aidant des axes suivants :
– une structure originale et des temps verbaux révélateurs ;
– souvenir et réalité : leur distorsion et ce qu'elle enseigne.

REPÈRES L'écriture autobiographique ▸ p. 219
La notion de genre ▸ p. 220

# 7 François Mauriac, *Commencements d'une vie* (1932)

*Le texte qui suit est un extrait de l'introduction à* Commencements d'une vie, *récit autobiographique de François Mauriac.*

De tous mes plaisirs, le plus cher me venait de ce cœur mélancolique justement, que dans mes souvenirs je me suis plu à monter en épingle. Je me rappelle mon émerveillement lorsque, à seize ans, je découvris dans l'*Homme libre*, de Barrès[1], la mirobolante formule : « sentir le plus possible en s'analysant le plus possible ». Cela me jeta dans des transports[2]. C'était ce que je faisais depuis l'âge de raison. Un enfant jouait à être solitaire et méconnu ; et c'est le plus passionnant des jeux… Peut-être parce qu'un instinct l'avertit qu'il y a là beaucoup plus qu'un jeu : une préparation, un exercice pour devenir homme de lettres. Aimer à se regarder souffrir, signe évident de vocation ; mais il faut commencer par souffrir et je me souviens que je faisais flèche de tout bois…

Attention ! me voilà sur une piste qui, si je l'avais suivie, m'aurait fait découvrir un enfant encore plus étranger à moi-même que celui dont j'ai naguère tenté de reproduire les traits[3].

Est-ce à dire que les souvenirs d'un auteur nous égarent toujours sur son compte ? Bien loin de là : le tout est de savoir les lire. C'est ce qui y transparaît de lui-même malgré lui qui nous éclaire sur un écrivain. Les véritables visages de Rousseau, de Chateaubriand, de Gide se dessinent peu à peu dans le filigrane[4] de leurs confessions et mémoires. Tout ce qu'ils escamotent (même si c'est le bien), tout ce sur quoi ils appuient (même si c'est le mal) nous aide à retrouver les traits qu'ils ont mis, parfois, beaucoup de soin à brouiller.

Surtout, gardons-nous de croire qu'un auteur retouche ses souvenirs avec l'intention délibérée de nous tromper. Au vrai, il obéit à une nécessité : il faut bien qu'il immobilise, qu'il fixe cette vie passée qui fut mouvante. Tel sentiment, telle passion qu'il éprouva, mais qui furent, dans la réalité, mêlés à beaucoup d'autres, imbriqués dans un ensemble, il faut bien qu'il les isole, qu'il les délimite, qu'il leur impose des contours, sans tenir compte de leur durée, de leur évolution insaisissable. C'est malgré lui qu'il découpe, dans son passé fourmillant, ces figures aussi arbitraires que les constellations dont nous avons peuplé la nuit.

Il ne faut pas non plus faire grief à un auteur de ce que ses mémoires sont, le plus souvent, une justification de sa vie. Même sans l'avoir voulu au départ, nous finissons toujours par nous justifier ; nous sommes toujours à la barre[5], dès que nous parlons de nous, – même si nous ne savons plus devant qui nous plaidons. Mémoires, confessions, souvenirs témoignent qu'à toute foi religieuse survit, dans la plupart des hommes, *cette angoisse du compte à rendre*. Tout auteur de mémoires, chacun à sa façon, et fût-ce en s'accusant, prépare sa défense… Devant la postérité ? peut-être ; mais inconsciemment ne cherche-t-il pas à fixer l'aspect qu'aura son âme aux yeux de Celui qui la lui donna[6] et qui peut la lui redemander à chaque instant ?

Introduction (extrait) © éd. Grasset.

1. Homme politique et écrivain français (1862-1923), auteur notamment de *Un Homme libre*, *Les Déracinés*, *La Colline inspirée*.
2. Mouvements d'enthousiasme.
3. Allusion au roman autobiographique *Le Jeune Homme* (1926).
4. Entre les lignes.
5. En position de défenseurs d'une cause.
6. Dieu.

Contexte XXe s. ▶ p. 506
Notice biographique ▶ p. 515
SUJET DE BAC 11 ▶ p. 217

**Jacques-Émile Blanche** (1861-1942), *Étude pour le portrait de François Mauriac* (1923), toile sur carton, 54 x 45 cm (Musée des Beaux-Arts, Rouen).

RECHERCHE

### Histoire littéraire

**1.** Quelle autre forme d'écriture autobiographique François Mauriac a-t-il, comme André Gide (▸ p. 210), pratiquée ?

## Lecture analytique

**2.** Après avoir précisé le rôle des deux premiers paragraphes, mettez-les en parallèle avec le reste du texte pour faire apparaître les points communs et les différences entre ces deux grandes étapes.

**3.** Quelle question importante concernant l'écriture autobiographique se trouve abordée à partir du troisième paragraphe ? Quelle thèse suggère François Mauriac ? Avec quels arguments y répond-il ?

**4.** Expliquez en quoi les arguments donnés par celui qui parle :
– font apparaître les difficultés et les spécificités de l'écriture autobiographique ;
– explicitent les finalités – souvent implicites – et les caractéristiques de la démarche autobiographique.

**5.** Comment peut s'expliquer le passage du *je* au *nous* dans cet extrait ? Le *nous* représente-t-il toujours les mêmes personnes ? Au nom de qui François Mauriac parle-t-il dans cet extrait d'introduction ?

## Question d'oral

**6.** Étudiez le texte en montrant comment celui qui parle passe de l'évocation à la réflexion et expose les différentes difficultés de l'entreprise autobiographique.

## Travail sur un corpus de textes

**7.** À partir des textes de Jean-Jacques Rousseau (▸ p. 204), François-René de Chateaubriand (▸ p. 205), de André Gide (▸ p. 210) et de François Mauriac (▸ p. 212), étudiez comment se pose la question de la vérité dans l'autobiographie.

## Dissertation

**8.** N'écrit-on des mémoires que pour se justifier ? À partir des textes que vous avez étudiés et de vos lectures, vous montrerez la part importante de justification qui entre dans certaines œuvres autobiographiques, puis vous exposerez d'autres raisons et d'autres finalités d'écrire sur soi.

REPÈRES L'écriture autobiographique ▸ p. 219
La notion de genre ▸ p. 220

Marguerite Yourcenar chez elle dans le Maine (USA), 1er novembre 1979, photographie.

# 8 Marguerite Yourcenar, *Souvenirs pieux* (1974)

*Romancière et première femme à être entrée à l'Académie française, en 1980, Marguerite Yourcenar est l'auteur d'une autobiographie en trois volumes, dont l'ensemble a pour titre* Le Labyrinthe du monde, *qui doit l'aider à comprendre qui elle est et quelles sont ses origines. Le passage qui suit se situe tout au début du chapitre I.*

Ayant ainsi consigné ces quelques faits[1] qui ne signifient rien par eux-mêmes, et qui, cependant, et pour chacun de nous, mènent plus loin que notre propre histoire et même que l'histoire tout court, je m'arrête, prise de vertige devant l'inextricable enchevêtrement d'incidents et de circonstances qui plus ou moins nous déterminent tous. Cet enfant du sexe féminin, déjà pris dans les coordonnées de l'ère chrétienne et de l'Europe du XXe siècle, ce bout de chair rose pleurant dans un berceau bleu, m'oblige à me poser une série de questions d'autant plus redoutables qu'elles paraissent banales, et qu'un littérateur qui sait son métier se garde bien de formuler. Que cet enfant soit moi, je n'en puis douter sans douter de tout. Néanmoins, pour triompher en partie du sentiment d'irréalité que me donne cette identification, je suis forcée, tout comme je le serais pour un personnage historique que j'aurais tenté de recréer, de m'accrocher à des bribes de souvenirs reçus de seconde ou de dixième main, à des informations tirées de bouts de lettres ou de feuillets de calepins qu'on a négligé de jeter au panier, et que notre avidité de savoir pressure au-delà de ce qu'ils peuvent donner, ou d'aller compulser dans des mairies ou chez des notaires des pièces authentiques dont le jargon administratif et légal élimine tout contenu humain. Je n'ignore pas que tout cela est faux ou vague comme tout ce qui a été réinterprété par la mémoire de trop d'individus différents, plat comme ce qu'on écrit sur la ligne pointillée d'une demande de passeport, niais comme les anecdotes qu'on se transmet en famille, rongé par ce qui entre-temps s'est amassé en nous comme une pierre par le lichen ou du métal par la rouille. Ces bribes de faits crus connus sont cependant entre cet enfant et moi la seule passerelle viable ; ils sont aussi la seule bouée qui nous soutient tous deux sur la mer du temps. C'est avec curiosité que je me mets ici à les rejointoyer[2] pour voir ce que va donner leur assemblage : l'image d'une personne et de quelques autres, d'un milieu, d'un site, ou, çà et là, une échappée momentanée sur ce qui est sans nom et sans forme.

Chapitre I, « L'accouchement » © éd. Gallimard.

1. Il s'agit de la date, de l'heure et du lieu de sa naissance ainsi que de la nationalité de ses parents.

2. Terme technique de la construction : mettre des joints entre des pierres.

Contexte XXe s. ▶ p. 506
Notice biographique ▶ p. 519

## Lecture analytique

**1.** À partir du lexique, déterminez le thème de l'extrait.

**2.** Celle qui parle fait état de ses propres réactions lorsqu'elle évoque l'enfant qu'elle fut à sa naissance : identifiez et caractérisez ces réactions ainsi que les explications qu'elle en donne.

**3.** Marguerite Yourcenar évoque les sources du travail autobiographique : quelles sont-elles ? Par quelles difficultés sont-elles marquées ? Étudiez en particulier comment s'exprime le manque de fiabilité des « outils » utilisés. Avec quel autre genre littéraire établit-elle une comparaison ?

**4.** En quoi les questions abordées sont-elles, comme le dit Marguerite Yourcenar, « redoutables » ?

## Question d'oral

**5.** Étudiez le texte en montrant l'ensemble des difficultés auxquelles se heurte l'autobiographe dans la recherche de ses origines et dans sa volonté de se connaître personnellement.

## Dissertation

**6.** Montaigne affirme avoir écrit les *Essais* pour que ses proches aient une meilleure connaissance de lui (► p. 184). D'autres écrivains donnent à leur démarche autobiographique d'autres justifications. Après avoir exposé certaines de ces justifications, vous vous demanderez si le résultat de toute autobiographie (et peut-être la finalité cachée) n'est pas de se faire connaître et de laisser de soi une image choisie et construite.

## Écriture d'invention

**7.** Un auteur a décidé d'écrire « l'autobiographie » d'un personnage célèbre, comme Marguerite Yourcenar l'a fait pour l'empereur romain Hadrien (*Mémoires d'Hadrien*, 1951). Sous forme de lettre, il expose son projet à un éditeur en expliquant les raisons qui l'ont poussé à choisir tel ou tel personnage historique d'une autre époque (écrivain, peintre, sculpteur, inventeur...). Il présente aussi sa méthode en soulignant les difficultés qu'il pressent.

**REPÈRES** L'écriture autobiographique ► p. 219
La notion de genre ► p. 220

# 9 Nathalie Sarraute,

## *Enfance* (1983)

*Dans son autobiographie, intitulée* Enfance, *Nathalie Sarraute a choisi de faire se répondre deux voix, celle qui veut écrire, et celle, plus intériorisée, qui objecte, freine, ou au contraire, aide à l'évocation des souvenirs. Dans le passage qui suit, il est question d'une des tentatives d'écriture de Nathalie Sarraute, tentative que sa mère veut montrer à un invité.*

Maman me presse, me gronde doucement... « Ne te fais pas prier comme ça, ce n'est pas gentil, ce n'est pas bien, va le chercher, viens le montrer... » Et aussi la présence du Monsieur[1] assis à contre-jour, le dos à la fenêtre, son silence attentif, son attente pèsent sur moi, me poussent... mais je sais que je ne dois pas le faire, il ne le faut pas, je ne dois pas céder, je m'efforce comme je peux de résister... « Mais ce n'est rien du tout, c'est juste pour m'amuser... ce n'est vraiment rien... – Ne sois pas si timide... Vous savez que ce qu'elle écrit, c'est tout un long roman... » Le Monsieur[1]...

– Qui était-ce ? je me le demande.

– Impossible de me le rappeler. Ce pouvait être Korolenko[1], à en juger par l'[illegible], par l'affection pour lui que je sentais chez maman... elle publiait dans

1. Ami de la mère de Nathalie Sarraute.

sa revue, elle le voyait beaucoup, Kolia[2] et elle en parlaient souvent… Mais peu importe son nom. Cette estime, cette affection ont rendu plus forte encore, irrésistible la pression des paroles qu'il a prononcées, tout à fait sur le même ton que s'il parlait à une grande personne : « Mais ça m'intéresse beaucoup. Tu dois me le montrer… » Alors… à qui n'est-ce jamais arrivé ? qui peut prétendre ignorer cette sensation qu'on a parfois, quand sachant ce qui va se passer, ce qui vous attend, le redoutant… on avance vers cela quand même…

– On dirait même qu'on le désire, que c'est cela qu'on cherche…

– Oui, ça vous tire… une drôle d'attraction…

Je suis retournée dans ma chambre, j'ai sorti du tiroir de ma table un épais cahier recouvert d'une toile cirée noire, je l'ai rapporté et je l'ai tendu au Monsieur…

– À « l'oncle », devrais-tu dire, puisque c'est ainsi qu'en Russie les enfants appellent les hommes adultes…

– Bon, « l'oncle » ouvre le cahier à la première page… les lettres à l'encre rouge sont très gauchement tracées, les lignes montent et descendent… Il les parcourt rapidement, feuillette plus loin, s'arrête de temps en temps… il a l'air étonné… il a l'air mécontent… Il referme le cahier, il me le rend et il dit : « Avant de se mettre à écrire un *roman*, il faut apprendre l'orthographe… »

J'ai remporté le cahier dans ma chambre, je ne sais plus ce que j'en ai fait, en tout cas il a disparu, et je n'ai plus écrit une ligne…

– C'est un des rares moments de ton enfance dont il t'est arrivé parfois, bien plus tard, de parler…

– Oui, pour répondre, pour donner des raisons à ceux qui me demandaient pourquoi j'ai tant attendu avant de commencer à « écrire »… C'était si commode, on pouvait difficilement trouver quelque chose de plus probant : un de ces magnifiques « traumatismes de l'enfance »…

– Tu n'y croyais pas vraiment ?

– Si, tout de même, j'y croyais… par conformisme. Par paresse. Tu sais bien que jusqu'à ces derniers temps je n'ai guère été tentée de ressusciter les événements de mon enfance. Mais maintenant, quand je m'efforce de reconstituer comme je peux ces instants, ce qui me surprend d'abord, c'est que je ne retrouve pour ainsi dire pas de colère ou de rancune contre « l'oncle ».

– Il a dû y en avoir pourtant… Il avait été brutal…

– C'est sûr. Mais elle s'est probablement très vite effac[illegible] et ce que je parviens à retrouver, c'est surtout une impression de délivra[illegible]n peu comme ce qu'on éprouve après avoir subi une opération, un[illegible], une ablation douloureuses, mais nécessaires, mais bienfaisantes[illegible]

2. Second mari de la mère de Nathalie Sarraute et beau-père de cette dernière.

– Il n'est pas possible que tu l'aies perçu ainsi sur le moment…

Contexte XXe s. ▸ p. 506
Notice biographique ▸ p. 518
Du même auteur ▸ p. 30

– Évidemment. Cela ne pouvait pas m'apparaître tel que je le vois à présent, quand je m'oblige à cet effort… dont je n'étais pas capable… quand j'essaie de m'enfoncer, d'atteindre, d'accrocher, de dégager ce qui est resté là, enfoui.



## Lecture analytique

**1.** À partir de la disposition typographique du texte, dites comment il est construit ; délimitez ce qui appartient aux différentes voix, puis identifiez ces voix, ainsi que les formes de discours. Pourquoi cette différenciation est-elle difficile ?

**2.** Quel est le rôle joué par la seconde voix, ou « voix de la conscience » ?

**3.** Étudiez les temps verbaux dominants et expliquez en quoi ils complètent les réponses à ce qui est demandé dans les questions 1 et 2.

**4.** À travers l'échange de paroles, définissez certaines difficultés et certaines caractéristiques de l'écriture autobiographique.

**5.** Autobiographie et moments importants de l'enfance : quels éléments de réflexion apporte ce texte concernant cette problématique ?

## Question d'oral

**6.** Étudiez la manière originale dont se fait ici la réminiscence d'un souvenir d'enfance et les réflexions qu'il fait naître chez Nathalie Sarraute. Déduisez de cette étude certaines fonctions de l'écriture autobiographique.

REPÈRES L'écriture autobiographique ▸ p. 219
La notion de genre ▸ p. 220

# SUJET DE BAC 11

### OBJET D'ÉTUDE

**Le biographique.**

### CORPUS

A – M. de Montaigne, *Essais* (1580-1588-1595) ▸ p. 202.
B – F.-R. de Chateaubriand, *Mémoires de ma vie* (1809) ▸ p. 205.
C – G. Sand, *Histoire de ma vie* (1854-1856) ▸ p. 207.
D – F. Mauriac, *Commencements d'une vie* (1932) ▸ p. 212.

## Questions sur le corpus

**1.** Analysez les titres des œuvres d'où viennent les extraits : en quoi renvoient-ils au genre biographique ? Qu'a de particulier le titre de l'œuvre d'où est extrait le texte A ?

**2.** Retrouvez et classez les raisons données par les quatre auteurs d'écrire de manière autobiographique.

## Écriture

### Commentaire

Commentez le texte de Montaigne (▸ p. 202).

### Dissertation

Pour plusieurs auteurs d'autobiographies, ce genre aide à mieux se connaître : vous montrerez le bien-fondé de cette idée en un développement argumenté illustré d'exemples tirés de vos lectures. Vous expliquerez ensuite quelles autres justifications peut avoir la démarche autobiographique et ce qu'elle apporte sur d'autres plans.

### Écriture d'invention

Deux écrivains d'opinions différentes débattent de l'utilité d'écrire une autobiographie : entreprise inutile et narcissique, souvent mensongère, pour l'un, démarche de connaissance de soi, pour l'autre, utile à soi et utile aux autres.
Rapportez leur dialogue au discours direct, après quelques lignes de présentation des circonstances du débat.

# 10 Lire les images : L. Freud

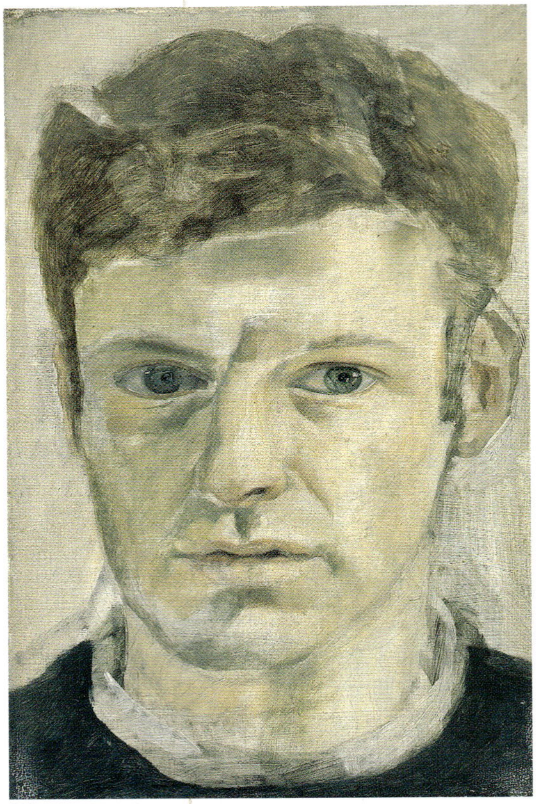

**Lucian Freud** (né en 1922), *Autoportrait* (1949), peinture (collection privée).

**Lucian Freud** (né en 1922), *Autoportrait* (1990-1991), huile sur toile, 30,5 x 30,5 cm (collection of Mr & Mrs S.I. Newhouse, Jr., USA).

RECHERCHE

### Histoire des arts

**1.** Cherchez à quelle date est né Lucian Freud pour déterminer son âge sur chacun des autoportraits.

## Lecture des images

**2.** Observez les deux portraits et mettez en évidence leur ressemblance. À quoi reconnaît-on dans le second la personne représentée dans le premier ? Quel élément du visage est particulièrement frappant, pour celui qui regarde les deux tableaux ?

**3.** Quels sont les signes du vieillissement ? Par quelle technique sont-ils rendus - et peut-être accentués - dans le second portrait ?

**4.** De quelle manière les deux visages sont-ils mis en valeur dans chaque portrait ?

**5.** Que permet la réalisation de portraits de la même personne à plus de quarante années de distance ? S'il s'agit d'autoportraits, que peut signifier la volonté du peintre de se représenter à deux époques de sa vie ?

**6.** Quel serait l'équivalent de ces deux autoportraits dans une autobiographie écrite ?

REPÈRES La lecture de l'image ▸ p. 489

# L'écriture autobiographique

**L'étymologie du mot autobiographie met en lumière trois éléments venant du grec ancien, le verbe *graphein*, « écrire », *bio*, « la vie », et *auto*, « soi-même » : on dit qu'une œuvre est autobiographique lorsque celui qui l'écrit et la signe en est aussi le narrateur et le héros.**

## Histoire et formes de l'autobiographie

On doit la première forme d'écriture à la première personne à Saint Augustin (IVe siècle ap. J.-C.) dont les *Confessions* (▸ p. 182) retracent un itinéraire de conversion religieuse. Les *Essais* de Montaigne, au XVIe siècle (▸ p. 184), constituent une œuvre originale, qui n'est pas un récit de vie, mais, comme le dit son auteur, *l'essai de ses facultés* à travers des réflexions associées à ses lectures et à son expérience. Autre forme autobiographique, les *Mémoires* de Saint-Simon sont un ensemble de chroniques rapportant la vie à la cour de Louis XIV, écrites par un observateur présent. Mais c'est au XVIIIe siècle, avec Rousseau, puis au XIXe siècle que se développent les ouvrages dans lesquels le *moi* est mis en valeur.

■ **Ex :** Dans ses *Confessions* (▸ p. 185), Rousseau affirme sa singularité et avoue ses fautes, pour obtenir le pardon de ses contemporains et de Dieu. Mais sa démarche est elle-même singulière : il montre par le récit détaillé de sa jeunesse en quoi les premières années d'une vie ont une influence décisive sur la personnalité. Chateaubriand (▸ p. 205) et George Sand (▸ p. 207 ) font de leurs écrits autobiographiques, comme Stendhal, un outil de connaissance de soi.

Nombreuses au XXe siècle, les œuvres autobiographiques mettent en relief la recherche des origines, la volonté d'expliquer par des expériences fondatrices certains traumatismes liés à l'enfance, ou le désir de laisser un témoignage sur des faits historiques marquants.

■ **Ex :** On peut citer ainsi les recherches de Marguerite Yourcenar (▸ p. 214), *L'Âge d'homme* de Michel Leiris (▸ p. 194), le *Journal des années noires* de Jean Guéhenno (▸ p. 196).

## Caractéristiques de l'écriture autobiographique

La définition de l'autobiographie induit certaines spécificités. Toute autobiographie implique un phénomène de dédoublement entre le *je* qui écrit et le *moi* qui est l'objet de l'écriture. Cette mise à distance prend des formes variées :

■ **Ex :** Dans *Enfance*, de N. Sarraute (▸ p. 215), coexistent deux voix qui parfois s'opposent et parfois s'entre-aident dans l'évocation des souvenirs. M. Yourcenar établit également cette dissociation en parlant de *l'être que j'appelle moi*.

Le *je* qui écrit est séparé du *moi* dont il parle par les années entre l'adulte qui possède un certain recul et qui peut porter un regard critique sur sa vie et l'enfant qui a vécu en pleine spontanéité. Cette différence se traduit dans l'écriture par l'opposition entre le récit qui renvoie à l'enfance (fait par l'adulte) et l'analyse menée par celui qui rapporte les faits. Présent et passé sont difficiles à identifier, récit et analyse se mêlent de manière complexe, et le lecteur n'est jamais certain que le narrateur ne modifie pas les choses, dans le sens d'une idéalisation, ou dans celui d'une dévalorisation.

■ **Ex :** Le récit que fait Rousseau de la « chasse aux pommes » (▸ p. 186) met en lumière cette ambiguïté. L'épisode est raconté d'une façon telle qu'il se transforme en fait digne d'une épopée, justifiant un châtiment dont l'interprétation est donnée dans le texte. L'adulte explique les réactions de l'adolescent et les conséquences d'une punition qui se transforme en justification d'autres méfaits. Le lecteur peut avoir l'impression d'une sorte de « trucage » justificatif qui met en cause la sincérité du narrateur.

## Difficultés et finalités de l'autobiographie

Tous les autobiographes révèlent les difficultés rencontrées dans cette entreprise. La première est celle de la vérité. Que découvre celui qui est à la recherche de lui-même et que montre-t-il de lui ? Quelles garanties de sincérité peut-il offrir à son lecteur lorsqu'il doit remonter dans son passé, faire appel à une mémoire souvent infidèle et qu'il prend lui-même conscience, comme le fait André Gide (▸ p. 210), des confusions de souvenirs ? Entreprise qui veut maîtriser le temps, l'autobiographie recherche une exactitude sans doute utopique.
Une autre difficulté vient, comme le souligne Rousseau, de l'inaptitude du langage à traduire les émotions et les sentiments que la mémoire fait revenir. Il faudrait, dit-il, *inventer un langage nouveau* (▸ p. 204). Enfin, si l'on en croit François Mauriac (▸ p. 212), il y a dans toute démarche autobiographique l'idée d'un *compte à rendre*, ce qui confère à ce genre d'écrit un objectif de justification propre à idéaliser certains faits ou à atténuer certains autres. Les finalités multiples de l'autobiographie risquent sans cesse d'en fausser le contenu.

# REPÈRES

## La notion de genre

**Un ensemble de mots organisés constitue un énoncé, mais, même s'ils peuvent présenter quelques similitudes, un article de presse, un extrait de roman et une réplique de théâtre en prose n'ont pas les mêmes caractéristiques. La première différence porte sur l'appartenance à la fiction (le roman, le théâtre), ou à la réalité (l'article de presse). D'autres spécificités sont identifiables, qui permettent de définir des critères de différenciation. On dit alors que ces énoncés appartiennent à des genres différents. L'appartenance à un genre repose sur des caractéristiques communes, mais on observe aussi des mélanges qu'il est intéressant d'analyser.**

### Fiction et réalité

Une première distinction sépare les énoncés de **fiction** de ceux qui appartiennent à la **réalité**. Ainsi une dépêche d'agence, un article de presse, le récit journalistique d'un fait divers relèvent de la réalité. Il en est de même pour les biographies, dans lesquelles un auteur rend compte de la vie d'un être réel, et pour les lettres échangées par des personnes ayant existé. Les autobiographies authentiques sont elles aussi des énoncés rapportant la vie de personnes réelles. On situe également dans la réalité les **textes d'idées** comme les discours, les essais, les articles de dictionnaire et d'encyclopédie.

■ **Ex :** Montaigne explique dans les *Essais* (▸ p. 226) comment il utilise son jugement personnel ; les réflexions de Diderot sur la peinture (▸ p. 232) s'appliquent à des tableaux et à des peintres réels.

Appartiennent à la **fiction** les œuvres **imaginées** par un auteur : roman, conte, nouvelle, fable, épopée, et qui mettent en scène des personnages entièrement recréés.

■ **Ex :** Zola (▸ p. 26) a inventé les personnages de *L'Assommoir* à partir de l'observation d'ouvriers, mais Gervaise n'est pas une personne réelle et historique, pas plus que Jean Valjean (▸ p. 56 et 289), le héros des *Misérables* imaginé par Hugo.

À l'intérieur de ces deux grandes catégories, les productions littéraires se différencient selon leur nature, leurs formes, leur contenu et selon les fonctions qui leur sont traditionnellement reconnues.

### Les genres qui relèvent de la fiction

Trois catégories de productions littéraires, elles-mêmes composées de « sous-groupes », ont en commun d'appartenir à la **fiction**, mais sont nettement différenciées par leur écriture et par leurs fonctions : le roman, le théâtre et la poésie.

– **Le récit de fiction romanesque** : il regroupe le roman, la nouvelle, le conte, est écrit en prose, met en jeu un narrateur, des personnages et des actions inventés. Versifié à sa naissance, le roman a évolué vers une représentation de la réalité avec pour vocation de raconter des « histoires » imitées du réel mais inventées.

■ **Ex :** L'histoire que met en scène Madame de La Fayette dans *La Princesse de Clèves* (▸ p. 16) est celle de personnages inventés, placés dans des situations qui imitent la réalité mais relèvent de l'imagination. Dans un contexte inspiré de l'Histoire (la Seconde Guerre mondiale), le personnage d'Abel Tiffauges (▸ p. 70) a été entièrement créé par Michel Tournier.

Se rattachent à ce genre la **biographie**, l'**autobiographie** et les **lettres**, lorsqu'il est prouvé que ces trois catégories relèvent de l'invention. Ces « sous-groupes » ont en commun d'être écrits à la première personne, « je » représentant une **personne fictive**.

■ **Ex :** L'œuvre de Marcel Proust, *À la recherche du temps perdu* (▸ p. 192) n'est pas une véritable autobiographie. De même, les lettres échangées par les personnages des *Liaisons dangereuses* (▸ p. 468) ne sont pas des lettres réellement échangées par de vrais épistoliers.

– **Le théâtre** : en vers ou en prose, il met en scène des personnages fictifs et fait évoluer une action uniquement à partir d'échanges de parole, sans aucune intervention d'un narrateur, dans un décor artificiel. Il regroupe des « sous-genres » : farce, comédie, tragédie, différenciés jusqu'au XVIII$^{e}$ siècle par des codifications précises, puis mêlés avec l'apparition du drame romantique. Sa fonction est traditionnellement de divertir et de faire réfléchir.

■ **Ex :** Les personnages, l'époque, la situation et le niveau de langue de l'extrait de *Bérénice* (▸ p. 282) ou d'*Horace* (▸ p. 280) permettent d'identifier la tragédie d'après les codes du XVII$^{e}$ siècle. La scène d'exposition d'*On ne badine pas avec l'amour* (▸ p. 155) indique que l'on est dans une comédie.

– **La poésie** : difficilement classable, la poésie est un genre particulier dont on peut dire qu'il hésite entre fiction et réalité. Créée par le poète qui parle en son propre nom et se désigne par « je », mais en suggérant que ce « je » peut être tout autre être humain, la poésie est l'invention d'un langage particulier pour exprimer une double réalité extérieure (le monde) et intérieure (les sentiments). Elle comporte de nombreux sous-groupes : fable, poésie engagée, épopée, poésie élégiaque... Ses thèmes recouvrent l'ensemble du

# La notion de genre

réel abordé sous des formes diverses, vers, prose, formes fixes ou formes libres.

■ **Ex :** Les sonnets de Ronsard ou de Joachim du Bellay évoquent la vie des deux poètes, mais de manière symbolique. Aloysius Bertrand (▸ p. 92) remémore une réalité médiévale entre magie et histoire, Louis Aragon rappelle un épisode historique précis (▸ p. 136).

## Les genres non fictionnels

On désigne par la dénomination « non fictionnels » les genres qui **traitent la réalité** sans faire intervenir d'invention. Leur élément commun est l'**énonciation** : celui qui parle est l'auteur et signataire du texte, non un narrateur, un personnage ou un « poète » de fiction. Cette catégorie regroupe les essais, traités, articles de dictionnaire, les biographies, autobiographies et correspondances réelles.

– **Les essais et les traités** : les textes d'idées permettent à des auteurs d'exprimer leurs opinions, de prendre position, d'argumenter. Ils ont en commun de ne pas raconter une histoire fictive mais d'analyser, d'exposer, d'argumenter avec comme objectif de convaincre, de faire valoir des idées, de défendre des thèses.

■ **Ex :** Dans un discours, Rousseau (▸ p. 230) évoque les débuts de l'humanité sous la forme, non d'un récit romancé, mais d'un exposé qui se veut scientifique. Voltaire, dans le *Traité sur la tolérance*, (▸ p. 409) s'efforce de montrer, exemples à l'appui, d'où viennent les comportements intolérants des hommes. Baudelaire (▸ p. 234) prend position par rapport à la photographie en exposant ses réactions personnelles face au progrès.

– **Les dictionnaires** : ouvrages de référence, les dictionnaires ne relèvent pas de la fiction. Ils sont historiques, reconnaissables à l'organisation et à la nature de leur contenu, des articles classés. De vocation essentiellement informative et explicative, les dictionnaires et encyclopédies n'excluent pas, pour certains, des prises de position.

■ **Ex :** Dans le *Dictionnaire philosophique* (▸ p. 411), Voltaire s'insurge violemment contre la torture. *L'Encyclopédie* de Diderot et d'Alembert (▸ p. 400 à 407) est un ouvrage didactique mais également critique.

– **Les biographies et autobiographies réelles** : le genre biographique a pour vocation de retracer la vie d'une personne réelle, inscrite dans l'histoire. S'exprimant en général à la troisième personne, le biographe recompose une vie réelle à partir d'une documentation non moins authentique. L'autobiographe s'exprime à la première personne et parle de lui-même en faisant valoir sa volonté d'être sincère et de dire la vérité sur sa vie. L'authenticité de ce qu'il écrit peut être vérifiée par des témoignages et documents contemporains.

■ **Ex :** André Gide (▸ p. 210) évoque un souvenir historique et analyse, dans un souci de franchise, comment il s'est déformé dans sa mémoire.

– **Les correspondances réelles** : les lettres écrites par des écrivains dans le cadre de leur vie personnelle ou professionnelle ne relèvent pas de la fiction : signées par leurs auteurs, les écrivains, qui utilisent la première personne pour parler d'eux-mêmes, ces lettres authentiques et historiques s'apparentent au genre autobiographique tout en s'en différenciant par le contenu, la longueur et les objectifs.

■ **Ex :** On peut citer comme exemples deux lettres de Fénelon (▸ p. 387 et 389), l'une adressée au roi, l'autre à l'Académie, la lettre de Diderot à Sophie Volland (▸ p. 418) ou encore celle de Rousseau à Monsieur de Malesherbes (▸ p. 422).

## L'utilité des genres et leur brouillage

Pour le lecteur, il est important de savoir si ce qu'il lit relève de la fiction ou de la réalité. La différenciation des genres permet de mieux comprendre la manière dont fonctionne chacun d'entre eux, surtout si l'on considère qu'ils peuvent être rapprochés par les **registres** utilisés. Les critères qui différencient les genres sont des instruments d'analyse. Ils facilitent aussi le repérage de brouillages. Ainsi, le conte en vers appartient-il au genre de la fiction romanesque ou à la poésie ? On remarque aussi qu'une œuvre de fiction romanesque, roman (▸ p. 62), conte philosophique (▸ p. 263), ou de poésie (▸ p. 110, 134), peut comporter des passages qui relèvent du texte d'idées. Il est alors intéressant de comparer le « traitement » d'une même problématique à travers des genres différents, qui n'ont pas la même façon de procéder ni la même efficacité.

■ **Ex :** Les textes de Marcel Proust (▸ p. 62) et de Louis-Sébastien Mercier (▸ p. 48), qui appartiennent à la fiction romanesque, la fable de La Fontaine consacrée au pouvoir des fables (▸ p. 249), présentent des passages qui pourraient, par leur thème, figurer dans des essais. On voit aussi dans certaines œuvres théâtrales, notamment chez Samuel Beckett (▸ p. 171) de longues didascalies de discours narratif faisant intervenir une « voix » inhabituelle dans ce genre.

Enfin les nombreuses réécritures (▸ p. 438 et suivantes) illustrent la possibilité de passer d'un genre à un autre.

# La notion de registre

**Comme d'autres modes d'expression, la littérature traduit, ou suscite des émotions. Associées à des sentiments, rire, larmes, pitié, crainte, admiration, ces émotions touchent l'émetteur qui les exprime ou le destinataire qui les ressent, et naissent de situations évoquées par les mots. On donne le nom de registre à ce qui peut, à travers le langage, par le jeu du lexique, de la syntaxe, des images, de la rhétorique, provoquer de telles émotions. Certains de ces registres renvoient à des genres littéraires avec lesquels il ne faut pas les confondre. Savoir identifier et analyser les différents registres conduit à mieux comprendre les relations complexes entre un texte, son contenu et le lecteur.**

## Le registre comique

Identifiable au fait qu'il provoque le rire, le **registre comique** est facilement perceptible. Il provient de toutes sortes de **procédés** dont la caractéristique essentielle est le **décalage** : une chute inattendue est comique, comme le sont les tartes à la crème, grimaces et coups de pied dans le derrière des farces et des clowns. Le comique vient aussi de situations insolites, de calembours et de jeux de mots, de répétitions, de distorsions burlesques entre les mots utilisés et la réalité exprimée.

■ **Ex :** La présentation burlesque, par Scarron, du cheval de Troie sous la forme triviale d'une *rosse* (▸ p. 439) provoque le rire parce que les mots traduisent une réalité différente de l'image conventionnelle.

En déclenchant le rire, les procédés comiques dédramatisent une situation et divertissent tout en posant les bases d'une réflexion. Le comique aide à *corriger les vices des hommes.*

## Le registre épidictique

En dehors de certains genres littéraires : éloge funèbre, discours de réception, odes célébrant les vainqueurs olympiques de l'antiquité, nécrologies, ce registre est celui de l'**éloge** et du **blâme**. Dans le premier cas, le langage est mis au service des qualités à travers une célébration des actions, des faits, des comportements. Le lexique est valorisant, avec des connotations positives, des hyperboles : tout renvoie à un **système de valeurs** qu'il convient de respecter. Le blâme est rendu de manière strictement opposée : mise en évidence de défauts, mauvais comportements, non respect des valeurs. Ce qui est blâmé constitue un **contre-modèle**. L'éloge est de nature à susciter l'admiration, le blâme doit provoquer le rejet, le dégoût. Ils renvoient l'un et l'autre à la morale.

■ **Ex :** Dans son analyse de la photographie (▸ p. 234), Baudelaire multiplie les termes très dévalorisants. Dans l'article « Philosophe » de l'*Encyclopédie* (▸ p. 404), Dumarsais donne du philosophe une image très élogieuse en disant qu'il marche, précédé du flambeau de la raison.

## Le registre épique

Hors du genre de l'épopée, on utilise l'expression **registre épique** lorsque des situations, des faits, des actions, des personnages sont grossis démesurément, et **amplifiés** jusqu'à la déformation. L'emploi du pluriel, du singuliers collectif, des superlatifs, des hyperboles, des énumérations, tout ce qui est de nature à **exagérer** a pour finalité de frapper la sensibilité du lecteur en insistant sur la **démesure.**

■ **Ex :** Évoquant l'univers sous la forme d'un vaste chaos, Hugo, dans *Les Contemplations* (▸ p. 112) utilise des formulations qui en font ressortir le caractère effrayant pour l'être humain : il évoque *les foules, les races, les flots noirs, l'infini.*

Le registre épique a souvent pour effet de traduire la disproportion entre l'homme et ce qui l'entoure.

## Le registre fantastique

On parle de **registre fantastique** pour caractériser des situations qui relèvent de l'**irrationnel**, du surnaturel, et qui échappent aux explications. Le mot fantastique s'applique à l'hésitation entre réel et irrationnel. Parmi les thèmes et motifs fantastiques on peut citer **l'animation des objets**, les apparitions ou disparitions inexpliquées, la présence, sous différentes formes, d'êtres maléfiques. Le héros doute alors de ses propres facultés et peut croire à l'existence de mondes parallèles. Le registre fantastique peut se trouver dans toutes sortes d'écrits, il traduit souvent plus les fantasmagories d'une sensibilité que la réalité de phénomènes insolites.

■ **Ex :** On peut parler de fantastique dans le texte de S. Cyrano de Bergerac (▸ p. 344). Le texte de Jacques Cazotte (▸ p. 425) et celui de Matthew Lewis (▸ p. 431) mettent en scène le diable au XVIII$^{e}$.

## Le registre lyrique

Par référence à la lyre d'Orphée (▸ p. 140), le mot **lyrisme** s'applique à l'expression des **sentiments personnels** : l'amour, la nostalgie, la colère, les regrets, la douleur, le chagrin, la joie, l'enthousiasme, relèvent du **registre lyrique**. Ce registre se révèle dans l'utilisation du vocabulaire de l'affectivité, dans l'expression des émotions, grâce à la ponctuation, dans des images et des métaphores qui traduisent réactions et sentiments. La poésie est le mode d'expression privilégié

# La notion de registre

du lyrisme, que l'on trouve aussi dans les lettres (▸ p. 422), dans l'autobiographie (▸ p. 209), au théâtre (▸ p. 158) et dans le roman (▸ p. 16)

■ **Ex :** Les poètes du XVI$^{e}$ siècle (▸ p. 309, 310) ont composé des sonnets lyriques ; ce registre caractérise aussi le mouvement romantique (▸ p. 108), le mouvement symboliste (▸ p. 116) et la poésie moderne (▸ p. 117, 118).

## Le registre pathétique

Issu du mot grec *pathos*, qui désigne la souffrance, l'adjectif pathétique caractérise ce qui est de nature à susciter la pitié. Le **registre pathétique** regroupe l'ensemble de procédés qui expriment une situation de **souffrance** et provoquent chez le lecteur des réactions de **compassion** parfois accompagnée de larmes. La séparation cruelle d'êtres qui s'aiment, un enfant abandonné, un être sans défense injustement condamné... sont de nature à engendrer des émotions poignantes chez le lecteur. Le pathétique naît des situations rapportées mais aussi de la manière dont le lecteur s'assimile aux victimes. Le pathétique figure dans le roman, au théâtre, en poésie. Les images cinématographiques ont une forte puissance créatrice de pathétique.

■ **Ex :** Il y a quelque chose de pathétique dans la manière dont Titus (▸ p. 282) se bat contre lui-même et cherche des arguments pour ne pas renvoyer Bérénice, tout en sachant que ce combat est perdu d'avance. La délibération de Jean Valjean, dont l'enjeu est la liberté d'un homme, suscite également une grande compassion chez le lecteur (▸ p. 289).

## Le registre parodique

On parle de **parodie** pour désigner une imitation à finalité comique. La parodie implique une reprise des caractéristiques d'une écriture : lexique, syntaxe, rythme, mais d'une façon telle que le résultat provoque le rire. Le **burlesque**, qui consiste à composer une épopée à propos d'un sujet trivial ou à traiter de manière triviale un sujet noble, relève de la parodie. Tout l'art de la parodie consiste à **imiter** tout en marquant un décalage qui provoque l'**effet comique**.

■ **Ex :** Le texte de Georges Fourest (▸ p 450) évoque un sonnet de J.-M. de Heredia par l'exotisme et l'ampleur du rythme, mais la chute vient briser cette impression.

La parodie peut avoir un effet critique et dénonciateur en démystifiant une situation, un personnage ou un genre littéraire. La scène I de *Cléopastre* (▸ p. 456) est plus près de la parodie que du pastiche.

## Le registre polémique

Par son étymologie, « polémique » connote le combat, la confrontation. Le **registre polémique** caractérise les affrontements verbaux dans lesquels les mots et les arguments portent comme des coups. Ses caractéristiques sont la violence des termes, la force des arguments, l'habileté rhétorique à transformer des **idées** en **armes**, l'inscription de la colère et de l'indignation dans des formules frappantes. La polémique figure dans les discours politiques, au théâtre, notamment sous la forme de stichomythies, dans la poésie engagée.

■ **Ex :** L'analyse que Baudelaire fait de la photographie (▸ p. 234) constitue une critique sévère, qui atteint aussi les peintres ratés. Le ton est violent, le lexique parfois insultant : les mots blessent comme des armes.

## Le registre satirique

Proche du registre polémique, le **registre satirique** caractérise les procédés d'écriture qui **dénoncent des situations** en les rendant ridicules. La satire se donne pour fonction de faire réagir les lecteurs par l'utilisation de l'ironie (▸ p. 415), par le grandissement qui ridiculise, par la mise en relief de certains comportements.

■ **Ex :** Montesquieu (▸ p. 396) fait une double satire du roi et du pape en les présentant comme des *magiciens*. Voltaire ridiculise de la même façon (▸ p. 398) les aristocrates français qui ne travaillent pas.

Le registre satirique est indissociable de **l'argumentation** et croise le registre épidictique : toute satire comporte nécessairement un blâme.

## Le registre tragique

On parle de **tragique**, en dehors du genre de la tragédie, lorsque le lecteur a le sentiment que le destin s'acharne sur un être. Il y a dans le **registre tragique**, exprimé par le lexique du malheur et de la **fatalité**, l'idée que l'être humain lutte en vain contre des forces qui le dominent et l'accablent. Caractéristique de la tragédie, le registre tragique figure dans le roman et dans la poésie :

■ **Ex :** Le tragique caractérise l'évocation par Aragon des membres du groupe Manouchian (▸ p. 136) : ces hommes ont été exécutés sans avoir la plus petite possibilité d'échapper à ce destin.

En apparence différenciés, les registres coexistent souvent à l'intérieur des textes, soulignant la complexité et la proximité de certaines émotions, à l'image même de la vie.

**John Ritchie** (1858-1875), *Une réunion de paroisse* (1867), huile sur panneau, 45 x 49,5 cm (Sotheby's, Londres).

# 2

# L'argumentation

Séquence 12

# L'essai

## 1 Michel de Montaigne, *Essais* (1580-1588-1595)

*Dans le chapitre L du premier livre des* Essais*, Montaigne définit sa démarche et donne ainsi un sens original au titre de son œuvre. Les* Essais *constituent le premier « essai » de la littérature.*

Le jugement est un outil pour tous les sujets et l'on s'en sert partout. Pour cette raison, j'emploie toutes sortes d'occasions pour faire ici des essais du mien. Si c'est un sujet que je ne comprenne pas du tout, à ce sujet-là lui-même je l'essaie[1], en sondant le gué de bien loin, et puis, le trouvant trop profond pour ma taille, je reste sur la rive : et le fait de reconnaître que je ne peux pas passer de l'autre côté est un trait de son action, et même un des traits dont il se vante le plus. Tantôt dans un sujet vain, un sujet de rien, j'essaie de voir s'il pourra lui donner de la consistance et fournir de quoi l'appuyer et l'étayer. Tantôt je le mène en promenade vers un sujet noble et rebattu dans lequel il n'a rien de personnel à trouver, le chemin étant si frayé qu'il ne peut marcher que sur la piste d'autrui. Là il s'amuse à choisir la route qui lui semble la meilleure et, entre mille sentiers, il dit que celui-ci ou celui-là a été le mieux choisi. Je prends le premier sujet que m'offre le hasard. Tous me sont également bons. Et je ne me propose jamais de les présenter entiers, car je ne vois le tout de rien : ceux qui nous promettent de nous faire voir ce tout ne le voient pas non plus. Parmi les cent membres et visages que possède chaque chose, j'en prends un tantôt pour le lécher seulement, tantôt pour l'effleurer et parfois pour le pénétrer jusqu'à l'os : je lui donne un coup de scalpel, non pas le plus largement, mais le plus profondément que je puis. Et j'aime le plus souvent à saisir ces éléments par quelque aspect inusité. Je me hasarderais à traiter à fond quelque matière si je me connaissais moins. Semant ici un mot, là un autre, échantillons détachés de leur ensemble, étant sans dessein et sans engagement à l'égard du lecteur, je ne suis pas tenu de traiter sérieusement ma matière ni d'y adhérer moi-même sans varier quand cela me plaît ; et je puis me livrer au doute et à l'incertitude, et à mon état par excellence qui est l'ignorance.

Tout mouvement nous fait connaître. Cette même âme de César qui se fait voir quand il règle et conduit la bataille de Pharsale[2], se fait voir aussi quand il

1. J'essaie mon jugement.

2. Bataille célèbre qui opposa en 48 av. J.-C. César et Pompée et qui vit la défaite de Pompée.

3. Intrigues.

4. Démocrite (460-370 av. J.-C.) et Héraclite (550-480 av. J.-C.) sont deux philosophes grecs.

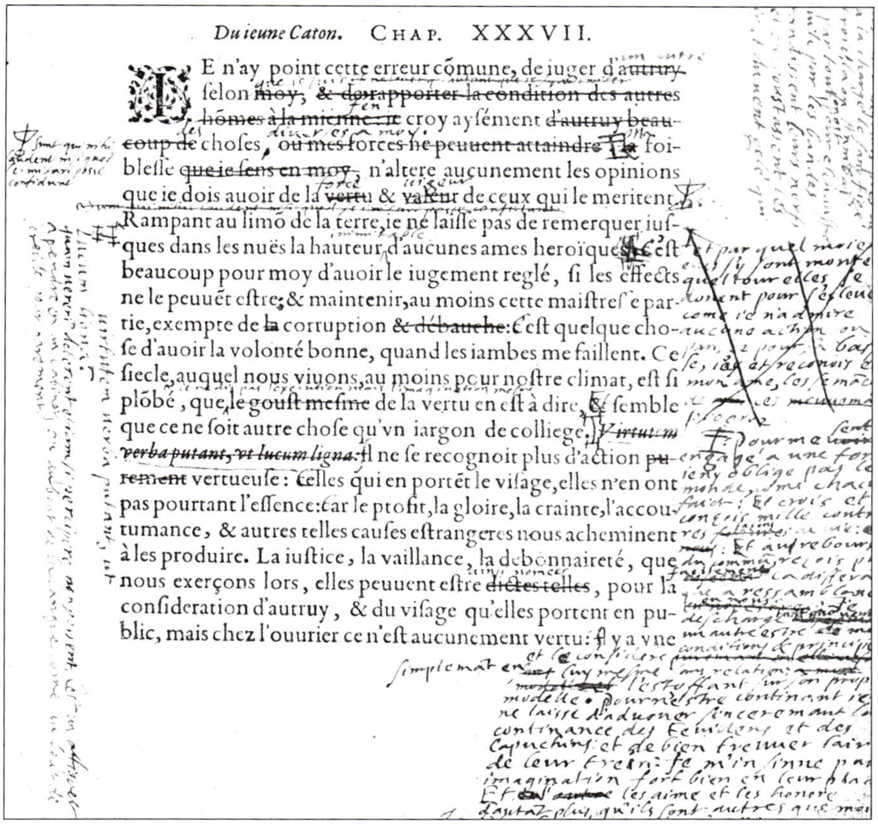
Du ieune Caton. CHAP. XXXVII.

Il n'ay point cette erreur cõmune, de iuger d'autruy ſelon moy, & de rapporter la condition des autres hõmes à la mienne. Ie croy ayſément d'autruy beaucoup de choſes, où mes forces ne peuuent attaindre. La foibleſſe que ie ſens en moy, n'altere aucunement les opinions que ie dois auoir de la vertu & valeur de ceux qui le meritent. Rampant au limo de la terre, ie ne laiſſe pas de remerquer iuſques dans les nuës la hauteur d'aucunes ames heroïques. C'eſt beaucoup pour moy d'auoir le iugement reglé, ſi les effects ne le peuuẽt eſtre ; & maintenir, au moins cette maiſtreſſe partie, exempte de la corruption & débauche : C'eſt quelque choſe d'auoir la volonté bonne, quand les iambes me faillent. Ce ſiecle, auquel nous viuons, au moins pour noſtre climat, eſt ſi plõbé, que le gouſt meſme de la vertu en eſt à dire, & ſemble que ce ne ſoit autre choſe qu'vn iargon de colliege, Virtutem verba putant, vt lucum ligna : Il ne ſe recognoit plus d'action purement vertueuſe : Celles qui en portẽt le viſage, elles n'en ont pas pourtant l'eſſence : car le profit, la gloire, la crainte, l'accouſtumance, & autres telles cauſes eſtrangeres nous acheminent à les produire. La iuſtice, la vaillance, la debonnaireté, que nous exerçons lors, elles peuuent eſtre dictes telles, pour la conſideration d'autruy, & du viſage qu'elles portent en public, mais chez l'ouurier ce n'eſt aucunement vertu : Il y a vne

Page des *Essais* de **Montaigne** (XVIe siècle), édition corrigée par l'auteur (Bibliothèque Nationale, Paris).


Contexte XVIe s. ▶ p. 490

Notice biographique ▶ p. 516

Du même auteur ▶ p. 184 p. 202 p. 311 p. 313 p. 330 p. 331


organise des parties[3] oisives et amoureuses. On juge un cheval non seulement à le voir manœuvrer sur une piste, mais encore à le voir marcher au pas et même à le voir au repos à l'écurie.

Parmi les fonctions de l'âme, il en est de basses : celui qui ne la voit pas encore par là ne la connaît pas parfaitement. Et peut-être l'observe-t-on le mieux quand elle va de son pas simple.

Livre I, chapitre L, « Sur Démocrite et Héraclite[4] », adapté et traduit du français du XVIe siècle par A. Lanly © éd. Champion, 1989.

## Lecture analytique

**1.** Explicitez la première phrase de l'extrait pour mettre en relief les caractéristiques essentielles de la démarche de Montaigne. Dans la suite du texte, retrouvez des termes qui renvoient aux notions de jugement et de diversité des sujets abordés.

**2.** En quoi peut-on parler également de diversité dans les manières de procéder ? Récapitulez, à partir du lexique et notamment des verbes, les différentes actions envisagées par celui qui parle.

**3.** Comment se manifeste la subjectivité dans l'écriture des *Essais* à travers ce qui est dit dans le texte ?

**4.** Sur quels principes Montaigne fait-il reposer la démarche adoptée dans les *Essais* ?

**5.** En prenant appui sur certaines figures récurrentes, caractérisez la manière d'écrire de Montaigne dans cet extrait, puis proposez une définition de l'essai à partir du texte.

## Question d'oral

**6.** Étudiez le texte en montrant comment il donne des éléments de définition et de caractérisation de la démarche de l'essai telle que l'envisage Montaigne.

## Lecture de l'image

**7.** Expliquez en quoi la page des *Essais* corrigée par Montaigne illustre le contenu du texte et la démarche de l'essai.


REPÈRES
L'humanisme ▶ p. 335
La notion de courant culturel ▶ p. 435
L'essai ▶ p. 243

Jan Vermeer (1632-1675), *L'Astronome dit aussi L'Astrologue* (XVIIe siècle), huile sur toile, 51 x 45 cm (Musée du Louvre, Paris).

# 2 Blaise Pascal, *Pensées* (1670)

*Dans les* Pensées, *œuvre composée de nombreux fragments (▸ p. 365), le philosophe Blaise Pascal cherche à ramener à la religion ceux qui ne croient pas. À cette fin, il leur propose une image de la condition humaine et de l'homme sans Dieu, perdu entre deux infinis.*

Que l'homme contemple donc la nature entière dans sa haute et pleine majesté, qu'il éloigne sa vue des objets bas qui l'environnent, qu'il regarde cette éclatante lumière mise comme une lampe éternelle pour éclairer l'univers, que la terre lui paraisse comme un point au prix du vaste tour que cet astre décrit, et qu'il s'étonne de ce que ce vaste tour lui-même n'est qu'une pointe très délicate à l'égard de celui que ces astres qui roulent dans le firmament embrassent. Mais si notre vue s'arrête là, que l'imagination passe outre. Elle se lassera plus tôt de concevoir que la nature de fournir. Tout ce monde visible n'est qu'un trait imperceptible dans l'ample sein de la nature, nulle idée n'en approche. Nous avons beau enfler nos conceptions au-delà des espaces imaginables, nous n'enfantons que des atomes au prix de la réalité des choses. C'est une sphère infinie dont le centre est partout, la circonférence nulle part. Enfin c'est le plus grand des caractères sensibles de la toute-puissance de Dieu que notre imagination se perde dans cette pensée.

Que l'homme étant revenu à soi considère ce qu'il est au prix de ce qui est, qu'il se regarde comme égaré dans ce canton détourné de la nature, et que de ce petit cachot où il se trouve logé, j'entends l'univers, il apprenne à estimer la terre, les royaumes, les villes et soi-même, son juste prix.

Qu'est-ce qu'un homme, dans l'infini ?

Mais pour lui présenter un autre prodige aussi étonnant, qu'il recherche dans ce qu'il connaît les choses les plus délicates, qu'un ciron[1] lui offre dans la petitesse de son corps des parties incomparablement plus petites, des jambes avec des jointures, des veines dans ses jambes, du sang dans ses veines, des humeurs dans ce sang, des gouttes dans ses humeurs, des vapeurs dans ces gouttes, que divisant encore ces dernières choses il épuise ses forces en ces conceptions, et que le dernier objet où il peut arriver soit maintenant celui de notre discours. Il pensera peut-être que c'est là l'extrême petitesse de la nature.

Je veux lui faire voir là-dedans un abîme nouveau, je lui veux peindre non seulement l'univers visible, mais l'immensité qu'on peut concevoir de la nature dans l'enceinte de ce raccourci d'atome. Qu'il y voie une infinité d'univers, dont chacun a son firmament, ses planètes, sa terre, en la même proportion que le monde visible, dans cette terre, des animaux, et enfin des cirons, dans lesquels

1. Très petit animal de la famille des araignées, servant d'exemple pour l'extrême petitesse.

il retrouvera ce que les premiers ont donné, et trouvant encore dans les autres la même chose sans fin et sans repos, qu'il se perde dans ces merveilles aussi étonnantes dans leur petitesse, que les autres par leur étendue ! Car qui n'admirera que notre corps, qui tantôt n'était pas perceptible dans l'univers imperceptible lui-même dans le sein du tout, soit à présent un colosse, un monde ou plutôt un tout à l'égard du néant où l'on ne peut arriver ?

Qui se considérera de la sorte s'effraiera de soi-même et se considérant soutenu dans la masse que la nature lui a donnée entre ces deux abîmes de l'infini et du néant, il tremblera dans la vue de ses merveilles, et je crois que sa curiosité se changeant en admiration, il sera plus disposé à les contempler en silence qu'à les rechercher avec présomption.

Car enfin qu'est-ce que l'homme dans la nature ? Un néant à l'égard de l'infini, un tout à l'égard du néant, un milieu entre rien et tout, infiniment éloigné de comprendre les extrêmes, la fin des choses et leur principe sont pour lui invinciblement cachés dans un secret impénétrable (*que pourra-t-il donc concevoir ? il est*)[2] également incapable de voir le néant d'où il est tiré et l'infini, où il est englouti.

Fragment 230, « Disproportion de l'homme », texte établi par Ph. Sellier, in *Les Moralistes du XVII^e siècle* © éd. Robert Laffont, coll. « Bouquins », 1992.

2. Les mots entre parenthèses s'expliquent par le caractère inachevé de certains fragments de l'œuvre.

Contexte XVIIe s. ▶ p. 494
Notice biographique ▶ p. 516
Du même auteur ▶ p. 365
SUJET DE BAC 12 ▶ p. 237

## Lecture analytique

**1.** Étudiez la manière dont le texte est construit et retrouvez ce qui, dans sa structure et dans son thème, correspond au titre du fragment.

**2.** À quoi vise la première partie du texte ? Par quels moyens rhétoriques ? Observez la structure des phrases, les figures d'amplification, les étapes successives de l'évocation.

**3.** Quelle est la seconde démarche de celui qui parle ? Quels procédés contribuent à exprimer la notion de « disproportion » ?

**4.** À partir du lexique et des conclusions tirées par Pascal lui-même, déterminez les objectifs de la double évocation.

**5.** D'où vient la force de persuasion du texte ? Étudiez les formulations injonctives, les images, la présence perceptible de celui qui parle, la manière dont il fait appel à la sensibilité et à l'imagination du lecteur.

## Question d'oral

**6.** Étudiez le texte en faisant apparaître tous les moyens mis au service d'une volonté de persuader l'homme que sa condition est instable et difficile à comprendre.

## Commentaire

**7.** Commentez les lignes 1 à 24 (*dans l'infini*) en vous aidant des axes suivants :
– l'expression d'une invitation / injonction ;
– l'évocation imagée et progressive de l'infiniment grand ;
– la leçon : une certaine image de l'homme.

REPÈRES Le classicisme ▶ p. 394
L'essai ▶ p. 243

# 3 Jean-Jacques Rousseau, *Discours sur l'origine et les fondements de l'inégalité parmi les hommes* (1755)

*Jean-Jacques Rousseau avait connu, en 1750, un grand succès avec le* Discours sur les sciences et les arts. *En 1755, il en compose un autre dont le thème est l'origine de l'inégalité. C'est l'occasion pour lui de prolonger sa réflexion sur les relations entre l'homme, la nature, le progrès et la civilisation.*

Tant que les hommes se contentèrent de leurs cabanes rustiques, tant qu'ils se bornèrent à coudre leurs habits de peaux avec des épines ou des arêtes, à se parer de plumes et de coquillages, à se peindre le corps de diverses couleurs, à perfectionner ou embellir leurs arcs et leurs flèches, à tailler avec des pierres tranchantes quelques canots de pêcheurs ou quelques grossiers instruments de musique ; en un mot, tant qu'ils ne s'appliquèrent qu'à des ouvrages qu'un seul pouvait faire, et qu'à des arts[1] qui n'avaient pas besoin du concours de plusieurs mains, ils vécurent libres, sains, bons et heureux autant qu'ils pouvaient l'être par leur nature et continuèrent à jouir entre eux des douceurs d'un commerce indépendant : mais dès l'instant qu'un homme eut besoin du secours d'un autre, dès qu'on s'aperçut qu'il était utile à un seul d'avoir des provisions pour deux, l'égalité disparut, la propriété s'introduisit, le travail devint nécessaire et les vastes forêts se changèrent en des campagnes riantes qu'il fallut arroser de la sueur des hommes, et dans lesquelles on vit bientôt l'esclavage et la misère germer et croître avec les moissons.

La métallurgie et l'agriculture furent les deux arts dont l'invention produisit cette grande révolution. Pour le poète, c'est l'or et l'argent ; mais pour le philosophe, ce sont le fer et le blé qui ont civilisé les hommes et perdu le genre humain. Aussi l'un et l'autre étaient-ils inconnus aux sauvages de l'Amérique, qui pour cela sont toujours demeurés tels ; les autres peuples semblent même être restés barbares tant qu'ils ont pratiqué l'un de ces arts sans l'autre. Et l'une des meilleures raisons peut-être pourquoi[2] l'Europe a été, sinon plus tôt, du moins plus constamment et mieux policée[3] que les autres parties du monde, c'est qu'elle est à la fois la plus abondante en fer et la plus fertile en blé.

Il est difficile de conjecturer comment les hommes sont parvenus à connaître et employer le fer ; car il n'est pas croyable qu'ils aient imaginé d'eux-mêmes de tirer la matière de la mine, et de lui donner les préparations nécessaires pour la mettre en fusion avant que de savoir ce qui en résulterait. D'un autre côté, on peut d'autant moins attribuer cette découverte à quelque incendie accidentel, que les mines ne se forment que dans les lieux arides et dénués d'arbres et de plantes ; de sorte qu'on dirait que la nature avait pris des précautions pour nous dérober ce fatal secret. Il ne reste donc que la circonstance extraordinaire de quelque volcan, qui, vomissant des matières métalliques en fusion, aura donné aux observateurs l'idée d'imiter cette opération de la nature ; encore faut-il leur supposer bien du courage et de la prévoyance pour entreprendre un travail aussi pénible, et envisager d'aussi loin les avantages qu'ils en pouvaient retirer ; ce qui ne convient guère qu'à des esprits déjà plus exercés que ceux-ci ne le devaient être.

1. *Art* a ici le sens classique de « technique ».
2. Pour lesquelles.
3. Civilisée.

**Angelo Biasioli** (1790-1830), hutte naturelle, Nouvelle-Hollande, planche 64 du *Costume ancien et moderne* par Jules Ferrario, publié dans les années 1820-1830, lithographie en couleur (collection privée).

Quant à l'agriculture, le principe en fut connu longtemps avant que la pratique en fût établie, et il n'est guère possible que les hommes, sans cesse occupés à tirer leur subsistance des arbres et des plantes, n'eussent assez promptement l'idée des voies que la nature emploie pour la génération des végétaux ; mais leur industrie[4] ne se tourna probablement que fort tard de ce côté-là, soit parce que les arbres qui, avec la chasse et la pêche, fournissaient à leur nourriture, n'avaient pas besoin de leurs soins, soit faute de connaître l'usage du blé, soit faute d'instruments pour le cultiver, soit faute de prévoyance pour le besoin à venir, soit enfin faute de moyens pour empêcher les autres de s'approprier le fruit de leur travail. Devenus plus industrieux, on peut croire qu'avec des pierres aiguës et des bâtons pointus ils commencèrent par cultiver quelques légumes ou racines autour de leurs cabanes, longtemps avant que de savoir préparer le blé et d'avoir les instruments nécessaires pour la culture en grand ; sans compter que, pour se livrer à cette occupation et ensemencer des terres, il faut se résoudre à perdre d'abord quelque chose pour gagner beaucoup dans la suite ; précaution fort éloignée du tour d'esprit de l'homme sauvage, qui, comme je l'ai dit, a bien de la peine à songer le matin à ses besoins du soir.

Extrait.

4. Travail, recherche.


Contexte XVIIIe s. ▶ p. 498

Notice biographique ▶ p. 517

Du même auteur ▶ p. 44, p. 185, p. 186, p. 204, p. 252, p. 420, p. 422, p. 423

SUJET DE BAC 12 ▶ p. 237


## RECHERCHE

### Histoire culturelle

**1.** Qu'est-ce que le « mythe du bon sauvage » ? Replacez cette expression dans le contexte des Lumières et dites quels auteurs contemporains de Jean-Jacques Rousseau ont traité ce thème dans leurs œuvres.

**2.** Quelles relations peut-on établir entre Jean-Jacques Rousseau et l'ethnologue Claude Lévi-Strauss, auteur de *Tristes tropiques* (1955) ? Parcourez une biographie de Claude Lévi-Strauss ainsi que le sommaire et le chapitre XXXVIII de *Tristes tropiques.*

**3.** Jean-Jacques Rousseau évoque ici la manière dont les hommes ont découvert le feu. Quel mythe apporte une réponse à cette question ? Quel personnage mythologique en est le héros ?

## Bilan de lecture

**4.** Concernant l'origine de l'inégalité, quelle thèse Rousseau met-il en place dans le premier paragraphe du texte ? Quelles sont, selon lui, les conditions de l'égalité ? Qu'est-ce qui déclenche sa disparition ?

**5.** Quel rôle joue le deuxième paragraphe par rapport au premier ? Quelle relation établit-il entre la disparition de l'égalité d'une part, l'*agriculture* et la *métallurgie* d'autre part ? À quoi servent les références aux *sauvages* d'Amérique et à l'Europe ?

**6.** Dites quelle fonction similaire ont les paragraphes 3 et 4. Donnez le thème de chacun et précisez en quoi consiste la démarche de Jean-Jacques Rousseau.

**7.** Le temps joue un rôle important dans l'argumentation de Jean-Jacques Rousseau : à quels termes, à quelle structure du texte le lecteur peut-il percevoir la notion d'évolution chronologique ? Sur le plan argumentatif, à quoi servent les paragraphes 2, 3 et 4 ?

**8.** En vous appuyant sur les textes de la séquence 21 (▶ p. 396 à 412), expliquez en quoi Jean-Jacques Rousseau ne s'inscrit pas, avec ce texte, dans l'esprit des Lumières, en dépit d'un titre qui semble orienter vers les préoccupations des philosophes.


REPÈRES
L'esprit des Lumières ▶ p. 434
L'essai ▶ p. 243

# 4 Denis Diderot, *Essais sur la peinture* (1765)

*Passionné par toutes les questions d'esthétique, Diderot a analysé des œuvres picturales pour étudier ce que l'on appelle le beau. Dans les* Essais sur la peinture *qui complètent le* Salon de 1765, *il s'intéresse aux relations entre l'art, la nature et l'homme.*

Si dans un tableau la vérité des lumières se joint à celle de la couleur, tout est pardonné, du moins dans le premier instant. Incorrections de dessin, manques d'expression, pauvreté de caractères, vices d'ordonnance, on oublie tout ; on demeure extasié, surpris, enchaîné, enchanté.

S'il nous arrive de nous promener aux Tuileries[1], au bois de Boulogne[1], ou dans quelque endroit écarté des Champs-Élysées[1] sous quelques-uns de ces vieux arbres épargnés parmi tant d'autres qu'on a sacrifiés au parterre et à la vue de l'hôtel de Pompadour[2] sur la fin d'un beau jour, au moment où le soleil plonge ses rayons obliques à travers la masse touffue de ces arbres dont les branches entremêlées les arrêtent, les renvoient, les brisent, les rompent, les dispersent sur les troncs, sur la terre, entre les feuilles, et produisent autour de nous une variété infinie d'ombres fortes, d'ombres moins fortes, de parties obscures, moins obscures, éclairées, plus éclairées, tout à fait éclatantes ; alors les passages de l'obscurité à l'ombre, de l'ombre à lumière, de la lumière au grand éclat, sont si doux, si touchants, si merveilleux, que l'aspect d'une branche, d'une feuille arrête l'œil, et suspend la conversation au moment même le plus intéressant. Nos pas s'arrêtent involontairement ; nos regards se promènent sur la toile magique, et nous nous écrions : quel tableau ! Oh que cela est beau ! Il semble que nous considérions la nature comme le résultat de l'art. Et réciproquement, s'il arrive que le peintre nous répète le même enchantement sur la toile, il semble que nous regardions l'effet de l'art comme celui de la nature. Ce n'est pas au Salon[3], c'est dans le fond d'une forêt, parmi les montagnes que le soleil ombre et éclaire, que Loutherbourg et Vernet[4] sont grands.

Le ciel répand une teinte générale sur les objets. La vapeur de l'atmosphère se discerne au loin ; près de nous son effet est moins sensible. Autour de moi les objets gardent toute la force et toute la variété de leurs couleurs, ils se ressentent moins de la teinte de l'atmosphère et du ciel ; au loin ils s'effacent, ils s'éteignent, toutes leurs couleurs se confondent ; et la distance qui produit cette confusion, cette monotonie, les montre tous gris, grisâtres, d'un blanc mat ou plus ou moins éclairé, selon le lieu de la lumière et l'effet du soleil. C'est le même effet que celui de la vitesse avec laquelle on tourne un globe tacheté de différentes couleurs, lorsque cette vitesse est assez grande pour lier les taches et réduire leurs sensations particulières de rouge, de blanc, de noir, de bleu, de vert, à une sensation unique et simultanée.

Que celui qui n'a pas étudié et senti les effets de la lumière et de l'ombre dans les campagnes, au fond des forêts, sur les maisons des hameaux, sur les toits des villes, le jour, la nuit, laisse là les pinceaux, surtout qu'il ne s'avise pas d'être paysagiste. Ce n'est pas dans la nature seulement, c'est sur les arbres, c'est sur les eaux de Vernet, c'est sur les collines de Loutherbourg que le clair de la lune est beau.

1. Noms de trois jardins situés à Paris ou dans les environs de la capitale au XVIIIe siècle.

2. L'hôtel de Pompadour, acheté par Madame de Pompadour en 1753 et agrandi en 1755, est l'actuel palais de l'Élysée.

3. Exposition de peinture.

4. ▶ p. 413, où est reproduit un tableau de Joseph Vernet.

Contexte XVIIIe s. ▶ p. 498
Notice biographique ▶ p. 512
Du même auteur ▶ p. 46, p. 152, p. 153, p. 285, p. 400, p. 416, p. 418

**Philip James de Loutherbourg** (1740-1812), *Paysage dans la région du Lac* (XVIIIe siècle), huile sur toile, 56,5 x 86 cm (Leeds Museums and Art galleries, Temple Newsam house).

RECHERCHE

### Histoire des arts

**1.** Cherchez qui sont Loutherbourg (l. 23) et Joseph Vernet (l. 23) et quelle est leur spécialité picturale.

## Lecture analytique

**2.** Le premier paragraphe met en évidence deux composantes de l'émotion esthétique. Donnez ces deux composantes et retrouvez dans le texte des formulations qui y renvoient. Comment les quatre participes qui finissent le paragraphe 1 sont-ils repris ensuite dans le texte ?

**3.** Nature / représentation picturale : étudiez l'expression de ces deux notions dans le texte, leurs relations et une caractéristique essentielle de ces relations, mise en relief par Diderot.

**4.** Observez la dernière phrase des paragraphes 2 et 4 : comment ces deux phrases sont-elles construites ? Quelle inversion le lecteur peut-il remarquer ? Expliquez en quoi cette inversion permet de comprendre les relations de réciprocité entre la nature, la peinture et le beau.

**5.** À partir du lexique de la sensibilité, dites quelle est l'importance de l'émotion dans l'appréciation du beau. Précisez aussi comment se traduit la subjectivité de celui qui parle et comment il peut toucher son lecteur.

## Question d'oral

**6.** Étudiez cet extrait en montrant sur quels critères repose le *beau* selon Diderot et ce qui confère au texte un caractère passionné associé à la magie des paysages évoqués.

## Commentaire

**7.** Commentez le texte en vous aidant des axes suivants :
– la présence de la lumière et de la couleur ;
– le pouvoir magique des paysages ;
– l'art et la nature : des relations de valorisation réciproques.

## Lecture de l'image

**8.** Retrouvez les relations que l'on peut établir entre le tableau et ce que Diderot dit du peintre Loutherbourg. Étudiez en particulier les effets de nuages, de soleil, de lumière et de couleur.

REPÈRES L'esprit des Lumières ▸ p. 434
L'essai ▸ p. 243

Gaspard Félix Tournachon, dit **Nadar** (1820-1910), *Charles Baudelaire assis dans un fauteuil Louis XIII* (1855), collection privée.

## 5 Charles Baudelaire, *Écrits sur l'art, Salon de 1859*

*Baudelaire commença sa carrière littéraire par des textes de critique esthétique. Le* Salon de 1859 *est un ensemble de réflexions, dont certaines sous forme de lettres, sur la représentation picturale. Le texte qui suit est extrait d'une critique de la photographie.*

Comme l'industrie photographique était le refuge de tous les peintres manqués, trop mal doués ou trop paresseux pour achever leurs études, cet universel engouement[1] portait non seulement le caractère de l'aveuglement et de l'imbécillité, mais avait aussi la couleur d'une vengeance. Qu'une si stupide conspiration, dans laquelle on trouve, comme dans toutes les autres, les méchants et les dupes, puisse réussir d'une manière absolue, je ne le crois pas, ou du moins je ne veux pas le croire ; mais je suis convaincu que les progrès mal appliqués de la photographie ont beaucoup contribué, comme d'ailleurs tous les progrès purement matériels, à l'appauvrissement du génie artistique français, déjà si rare. La Fatuité[2] moderne aura beau rugir, éructer[3] tous les borborygmes[4] de sa ronde personnalité, vomir tous les sophismes[5] indigestes dont une philosophie récente l'a bourrée à gueule-que-veux-tu[6], cela tombe sous le sens que l'industrie, faisant

1. Allusion au succès de la photographie, dont Baudelaire a parlé dans le début du texte.
2. La prétention.
3. Émettre bruyamment, proférer.
4. Bruit causé par le déplacement des gaz dans le tube digestif.
5. Raisonnements erronés ayant une apparence de logique.
6. Au maximum (expression dérivée de jusqu'à la « gueule » du canon).

irruption dans l'art, en devient la plus mortelle ennemie, et que la confusion des fonctions empêche qu'aucune soit bien remplie. La poésie et le progrès sont deux ambitieux qui se haïssent d'une haine instinctive, et, quand ils se rencontrent dans le même chemin, il faut que l'un des deux serve l'autre. S'il est permis à la photographie de suppléer l'art dans quelques-unes de ses fonctions, elle l'aura bientôt supplanté ou corrompu tout à fait, grâce à l'alliance naturelle qu'elle trouvera dans la sottise de la multitude. Il faut donc qu'elle rentre dans son véritable devoir, qui est d'être la servante des sciences et des arts, mais la très humble servante, comme l'imprimerie et la sténographie, qui n'ont ni créé ni suppléé la littérature. Qu'elle enrichisse rapidement l'album du voyageur et rende à ses yeux la précision qui manquerait à sa mémoire, qu'elle orne la bibliothèque du naturaliste, exagère les animaux microscopiques, fortifie même de quelques renseignements les hypothèses de l'astronome ; qu'elle soit enfin le secrétaire et le garde-note de quiconque a besoin dans sa profession d'une absolue exactitude matérielle, jusque-là rien de mieux. Qu'elle sauve de l'oubli les ruines pendantes, les livres, les estampes et les manuscrits que le temps dévore, les choses précieuses dont la forme va disparaître et qui demandent une place dans les archives de notre mémoire, elle sera remerciée et applaudie. Mais s'il lui est permis d'empiéter sur le domaine de l'impalpable et de l'imaginaire, sur tout ce qui ne vaut que parce que l'homme y ajoute de son âme, alors malheur à nous !

II, « Le public moderne et la photographie ».

Contexte XIXe s. ▶ p. 502
Notice biographique ▶ p. 510
Du même auteur ▶ p. 84, p. 94, p. 96, p. 114, p. 127, p. 444, p. 445

RECHERCHE

**Histoire des arts**

**1.** Cherchez à quelle époque et par qui la photographie a été inventée. Citez les noms de cinq grands photographes du XXe siècle.

## Lecture analytique

**2.** Par quels moyens lexicaux Baudelaire fait-il comprendre au lecteur son point de vue sur la photographie ? Précisez quel est ce point de vue.
**3.** Concernant l'art, quel est le reproche essentiel adressé par Baudelaire à la photographie ? Sur quelles justifications ce reproche repose-t-il ?
**4.** Récapitulez les « compétences » reconnues à la photographie par celui qui parle. Dans quels domaines se situent-elles ? Quel est le point commun aux différentes fonctions envisagées ? Sur quels plans Baudelaire la juge-t-il incompétente ?
**5.** Étudiez comment s'expriment, dans le texte, la présence et la subjectivité de celui qui parle.

## Question d'oral

**6.** Étudiez le texte en faisant apparaître tous les procédés de dévalorisation de la photographie et ce qui, aux yeux de Baudelaire, justifie sa critique.

## Écriture d'invention

**7.** Prenez appui sur les différentes fonctions que Baudelaire reconnaît à la photographie pour rédiger un article intitulé : « Une indispensable servante ». Vous mettrez en valeur l'aide apportée par la photographie dans les domaines cités, en développant chacun des points abordés et en donnant des exemples. Comme dans un essai, vous pouvez utiliser la première personne.

## Lecture de l'image

**8.** Le portrait de Baudelaire est une photographie prise par le célèbre photographe Nadar : qu'est-ce qui, cependant, pourrait laisser penser qu'il s'agit d'un tableau ? Trouvez et étudiez certains effets.
**9.** En quoi cette représentation peut-elle illustrer le débat du texte sur les fonctions de la photographie et sur le refus de Baudelaire de la considérer comme un art ?

REPÈRES L'essai ▶ p. 243

▲ Tsugouharu ou **Léonard Foujita** (1886-1968), *Portrait de Jean Rostand (1894-1977) dans sa maison de Ville d'Avray* (1955), huile sur toile (Musée Carnavalet, Paris).

# 6 Jean Rostand,
## *Pensées d'un biologiste* (1954)

*Fils du dramaturge Edmond Rostand à qui l'on doit la comédie héroïque* Cyrano de Bergerac *(1897), Jean Rostand a consacré sa vie à la biologie et a fait connaître la génétique au grand public. Humaniste, il a laissé un ensemble de textes dans lesquels il réfléchit sur les relations de l'homme et du monde qui l'entoure.*

Mais, laissant au moraliste le soin de peser les douleurs et les satisfactions individuelles, demandons-nous ce que l'homme, en tant que membre de l'espèce, peut penser de lui-même et de son labeur.

Certes, à se souvenir de ses origines[1], il a bien sujet de se considérer avec complaisance. Ce petit-fils de poisson, cet arrière-neveu de limace, a droit à quelque orgueil de parvenu. Jusqu'où n'ira-t-il pas dans sa maîtrise des forces matérielles ? Quel secret ne dérobera-t-il pas à la nature ? Demain, il libérera l'énergie intra-atomique, il voyagera dans les espaces interplanétaires, il prolongera la durée de sa propre vie, il combattra la plupart des maux qui l'assaillent, et même ceux que créent ses propres passions, en instaurant un ordre meilleur dans ses collectivités.

Sa réussite a de quoi lui tourner un peu la tête. Mais, pour se dégriser aussitôt, qu'il situe son royaume dérisoire parmi les astres sans nombre que lui révèlent ses télescopes : comment se prendrait-il encore au sérieux, sous quelque aspect qu'il s'envisage, une fois qu'il a jeté le regard dans les gouffres glacés où se hâtent les nébuleuses spirales[2] !

Quel sort, au demeurant, peut-il prédire à son œuvre, à son effort ? De tout cela, que restera-t-il, un jour, sur le misérable grain de boue où il réside ? L'espèce humaine passera, comme ont passé les dinosaures et les stégocéphales[3]. Peu à peu, la petite étoile qui nous sert de soleil abandonnera sa force éclairante et chauffante… Toute vie alors aura cessé sur la terre qui, astre périmé, continuera de tourner sans fin dans les espaces sans bornes… Alors, de toute la civilisation humaine ou surhumaine – découvertes, philosophies, idéaux, religions –, rien ne subsistera. Il ne restera même pas de nous ce qui reste aujourd'hui de l'homme du Néanderthal[4], dont quelques débris au moins ont trouvé un asile dans les musées de son successeur. En ce minuscule coin d'univers sera annulée pour jamais l'aventure falote[5] du protoplasme[6]… Aventure qui déjà, peut-être, s'est achevée sur d'autres mondes… Aventure qui, en d'autres mondes peut-être, se renouvellera… Et partout soutenue par les mêmes illusions, créatrice des mêmes tourments, partout aussi absurde, aussi vaine, aussi nécessairement promise dès le principe à l'échec final et à la ténèbre infinie…



1. Le début du texte évoque l'arrivée de l'homme sur la terre.
2. Une nébuleuse spirale est une galaxie, c'est-à-dire un ensemble d'étoiles, de poussières et de gaz.
3. Amphibien fossile de la fin de l'ère primaire.
4. Premier squelette fossile humain découvert en 1856 en Allemagne et représentant le type humain ayant peuplé l'Europe et le Moyen-Orient de 120 000 à 35 000 ans av. J.-C.
5. Terne, banale.
6. Terme de biologie désignant un des éléments constitutifs de la cellule.

Contexte xxe s. ► p. 506
Notice biographique ► p. 517
SUJET DE BAC 12 ► p. 237

## Lecture analytique

**1.** Expliquez en quoi l'extrait correspond, dans son contenu et dans sa structure, à la question posée dans le premier paragraphe. Répondez en prenant appui sur les mots de liaison et sur le lexique. Dites quel est le rôle des paragraphes 1 et 3.
**2.** Quelles sont, et comment s'expriment, les raisons que l'homme peut avoir d'être fier ?
**3.** Quelles images celui qui parle donne-t-il de l'humanité et de son destin dans le quatrième paragraphe ? Comment met-il en jeu les réactions du lecteur ? Observez la ponctuation, la nature des phrases, les connotations. Définissez les différents registres.
**4.** Donnez votre point de vue personnel sur ce qu'écrit ici Jean Rostand et demandez-vous quelle peut être la finalité d'une telle évocation.
**5.** Sur quels points particuliers cet extrait de Jean Rostand rappelle-t-il le texte de Pascal (► p. 228) ? Utilisez le paratexte pour mettre en relief une différence importante.

## Question d'oral

**6.** Étudiez le texte de Jean Rostand en faisant apparaître l'aspect contradictoire de l'évocation de l'humanité et les différents registres utilisés par celui qui parle.

## Travail sur un corpus de textes

**7.** Rapprochez les textes de Pascal (► p. 228), Diderot (► p. 232), Baudelaire (► p. 234) et Jean Rostand (► p. 236) pour étudier ce qu'ils ont en commun sur les plans suivants : évocation d'une question touchant l'homme dans ses relations avec le monde environnant, expression de la subjectivité et des prises de position personnelles de celui qui parle, appel à la sensibilité du lecteur.

## Écriture d'invention

**8.** Dans la suite du texte de Jean Rostand, celui-ci se demande si l'homme peut, du moins, se regarder comme le dépositaire d'une valeur privilégiée. Sous la forme d'un plaidoyer défendant l'homme, vous répondrez à Jean Rostand en exposant les valeurs humanistes sur lesquelles peut reposer la confiance en l'être humain.

REPÈRES L'essai ► p. 243

# SUJET DE BAC 12

**OBJET D'ÉTUDE**

**Convaincre, persuader et délibérer : l'essai.**

**CORPUS**

**A –** B. Pascal, *Pensées* (1670) ► p. 228.
**B –** J.-J. Rousseau, *Discours sur l'origine et les fondements de l'inégalité parmi les hommes* (1755) ► p. 230.
**C –** J. Rostand, *Pensées d'un biologiste* (1954) ► p. 236.
**D –** M. Tournier, *Douceurs et colères des éléments* (1979) ► p. 240.

## Questions sur le corpus

Les quatre extraits proposés peuvent être rapprochés sur un plan thématique. Déterminez ce thème, faites apparaître d'autres points communs sur le plan de l'écriture, puis demandez-vous si ces extraits ont la même visée.

## Écriture

### Commentaire

Commentez les paragraphes 3 et 4 (l. 13 à 32) du texte de Jean Rostand (texte C, ► p. 236).

### Dissertation

Le dictionnaire définit l'essai de la manière suivante : « Ouvrage en prose rassemblant des réflexions diverses ou traitant un sujet d'intérêt général sans prétendre l'épuiser ni arriver à des conclusions définitives ».
Vous montrerez en quoi les quatre extraits, et d'autres essais que vous avez lus, présentent ces caractéristiques, et quels intérêts le lecteur peut trouver à ces œuvres, qui présentent de nombreuses différences et une grande diversité. Si vous connaissez des textes qui permettent de définir le genre de l'essai – textes de Montaigne, par exemple – n'oubliez pas de les citer.

### Écriture d'invention

Composez un article d'une cinquantaine de lignes sur le thème des *héros élémentaires* (Michel Tournier, ► p. 240), l'expression servant de titre : exposez leur fonction telle qu'elle est présentée par Michel Tournier, puis trouvez et analysez d'autres rôles en les accompagnant d'exemples. Vous pouvez utiliser la première personne.

# 7 René Huyghe, *L'Art et l'homme* (1961)

*Historien de l'art, René Huyghe est l'auteur de plusieurs essais sur la peinture. Il analyse ici les sources de la représentation picturale.*

L'art commence du moment où l'homme crée non plus, comme les animaux dans un dessein utilitaire, mais pour représenter ou pour exprimer. Dans l'un et l'autre cas, il se sert d'un objet, façonné de sa main, créé par lui : l'œuvre d'art.

Par elle, il représente ou il exprime, c'est-à-dire qu'il essaie de rompre, dans l'un et l'autre cas, une des limites que lui impose la nature. Quand il représente, il lutte contre l'impossibilité où il est mis d'échapper à la fuite du temps, qui abolit sans cesse ce que nous sommes ; il le confie à une matière plus stable et plus durable que la mémoire. Dans les sociétés anciennes, il sculptait ou il peignait le mythe religieux ou l'événement historique dont il voulait fixer le spectacle ; dans les temps plus récents, il s'attache de plus en plus à préserver un visage ou un paysage dont la fugitive beauté l'a ému. L'art ressortit[1] alors surtout à l'impression.

Mais il est une autre impossibilité : celle de faire connaître à autrui ce que l'on porte en soi, le monde inconnu, inexprimable, de ce que l'on ressent, de ce que l'on imagine, de ce que l'on rêve. L'artiste tente de faire rentrer dans le visible ce monde invisible qui n'existe que dans notre tête ou dans notre cœur ; il essaie de projeter dans son œuvre ce qu'il détient en lui, aussi bien le besoin d'une certaine harmonie qu'une manière de penser ou une manière de sentir. Ce secret, il cherche à en donner l'équivalence lisible dans une image et à le faire ainsi éprouver à ceux qui la déchiffreront. L'art ressortit alors surtout à l'expression.

Matériellement parlant, l'art est donc un acte par lequel on transporte, ou transcrit dans la matière. Mais quoi ? Quelque chose de l'univers ou quelque chose de soi ; un reflet du monde extérieur ou du monde intérieur, et bien souvent les deux à la fois. Car tout ce qu'on figure de l'univers, on l'interprète immanquablement à sa manière ; on y imprime son propre accent.

Inversement, tout ce qu'on exprime de soi, on est obligé, pour lui donner un corps, de l'incarner dans une apparence visible, empruntée aux choses ; de même l'auteur dramatique est obligé de faire passer ses intentions dans les paroles et les gestes des acteurs, qui, sur la scène, s'agiteront à son gré.

Par l'art, ce qui est dans l'âme prend une forme, devient une réalité visible ; par l'art, la réalité visible, jusque-là uniquement physique, prend un sens humain, acquiert une âme. Merveilleux et fécond échange d'où naît une tierce réalité, qui est à la fois l'homme et le monde, qui participe des deux et les relie, en les portant en même temps à un degré supérieur d'existence, celui de la beauté.

Un miracle est accompli. Auparavant, l'homme se sentait uni de force à l'univers et séparé de lui par nature, comme l'âme peut l'être dans le corps. Il vivait écartelé entre deux mondes incompatibles : celui de la vie morale et celui de la vie physique, sans arriver à combler ni à franchir le gouffre qui les sépare. Il parvenait à agir sur ce monde physique, il parvenait même à essayer de le comprendre ; il ne parvenait pas à se confondre avec lui. L'art crée le lieu de

1. Résulte de.

**Nicolas de Staël** (1914-1955), *Le Chemin de fer proche de la mer au coucher du soleil* (1955), huile sur toile, 73 x 100 cm (collection privée).

rencontre, où les deux réalités, au lieu de s'affronter, comme dans tout le reste de notre existence, trouvent enfin un prestigieux terrain d'entente, s'harmonisent, fusionnent même.

L'art surgit à mi-chemin de l'homme et de l'univers. L'homme se reconnaît en lui, y retrouve ses pensées et ses sentiments, en même temps qu'il y fait sien ce qui l'entoure et n'est pas lui. La dualité irréductible de sa double expérience externe et interne se trouve enfin résolue.

Prenons-y garde : c'est la clef même de la nature de l'art, de son rôle, de sa raison d'être ; c'est sa définition et ce qui fait son importance irremplaçable, indispensable dans l'équilibre humain.

Contexte XXe s. ▶ p. 506
Notice biographique ▶ p. 513



## Lecture analytique

**1.** À partir de certains termes récurrents, du découpage en paragraphes et des articulations logiques, donnez le thème du texte et faites apparaître la rigueur de sa structure : quelles sont ses deux grandes orientations ?

**2.** Trouvez et reformulez les deux premières impossibilités contre lesquelles l'art permet de lutter. Quels mots (terminant des paragraphes) correspondent à ces deux fonctions ?

**3.** Que peut observer le lecteur à partir du paragraphe 6 ?

**4.** Explicitez la notion de *miracle* (l. 37) en montrant, à partir du texte, en quoi l'art réalise une véritable fusion (l. 45).

**5.** Récapitulez, en suivant l'ordre du texte, les différentes fonctions de l'œuvre d'art, telles qu'elles sont données dans le texte, puis rapprochez cet extrait de celui de Diderot (▶ p. 232) et cherchez les raisons de ce rapprochement.

## Travail sur un corpus de textes

**6.** Expliquez de manière organisée sur quels plans on peut rapprocher les textes de Denis Diderot (▶ p. 232), Charles Baudelaire (▶ p. 234) et René Huyghe (▶ p. 238). Demandez-vous aussi par quels aspects ils peuvent illustrer la démarche énoncée par Montaigne (▶ p. 226).

## Écriture d'invention

**7.** Choisissez, éventuellement dans ce manuel, une représentation picturale qui vous semble pouvoir illustrer les démarches analysées par René Huyghe. Après avoir présenté le tableau (nom du peintre, thème, lieu d'exposition du tableau, technique picturale...), expliquez en quoi, par toutes ses caractéristiques, il permet de comprendre ce qui est dit dans le texte : la lutte contre certains obstacles, l'impression, l'expression, la traduction, sous forme figurative, de ce qui est ressenti et de ce qui est vu, la rencontre de l'homme et de l'univers à travers la représentation.

REPÈRES L'essai ▶ p. 243

# 8 Michel Tournier,
## *Douceurs et colères des éléments* (1979)

*Romancier connu pour sa reprise de l'histoire de Robinson Crusoé, essayiste attentif à l'évolution du monde mais aussi à la résurgence des mythes, Michel Tournier évoque ici les relations complexes entre l'homme et la nature.*

L'homme forme avec la nature un très vieux couple, indissolublement uni, bien qu'assez orageux. Au commencement, l'homme démuni de tout, menacé de toutes parts, n'était que le plus faible et le moins adapté des animaux. C'est que sa vocation – ce qui le distingue parmi les autres vivants – consiste à adapter la nature à ses besoins au lieu de s'adapter à elle. Contre le froid l'animal a sa fourrure. L'homme construit sa maison et la dote d'un chauffage. Il crée ainsi un minuscule microclimat où il s'épanouit de bien-être.

Mais à mesure que sa puissance augmente et conjure la menace des éléments naturels, une nostalgie immémoriale lui fait regretter les temps héroïques de sa nudité et de sa faiblesse. À force de s'entourer de décors et de nourritures artificiels, il lui vient une nausée de l'humain, et il se prend à rêver d'intempéries et de météores qui sont comme autant d'incursions du ciel dans sa vie. Certains sports – que l'on pourrait qualifier d'élémentaires – n'ont pas d'autre raison d'être. La nage en mer et le voilier, le ski, l'alpinisme, le vol à voile[1] nous retrempent aux sources originelles de notre histoire, voire de notre préhistoire, et il n'est pas jusqu'à l'équitation qui nous restitue le chaud contact de l'animal hors duquel nos ancêtres n'auraient pu survivre.

Les éléments sont tous nourriciers. La terre donne ses récoltes et ses minerais, la mer ses poissons, le feu cuit la soupe, et l'air emplit nos poumons.

Mais ces rassurantes fonctions pèsent de peu de poids en regard des forces colossales qu'ils peuvent déchaîner. Il y a dans l'orage ou la tempête une majesté cosmique doublée d'une inaltérable innocence qui leur donne une dimension sacrée. Les « héros élémentaires » de notre temps – Éric Tabarly, Paul-Émile Victor, Haroun Tazieff – font figure d'intercesseurs entre le commun des hommes, parmi lesquels ils ont un pied, et l'empire redoutable des mers, des glaces ou des volcans où ils ont l'autre pied. Et que dire du spéléologue Michel Siffre qui s'engloutit des semaines entières dans la nuit des gouffres, réalisant ainsi une expérience effrayante d'inhumation vivante ? En le voyant s'exhumer, tremblant et pleurant d'émotion et de fatigue, je pensais à Lazare sortant de son tombeau[2], et aussi à une racine végétale, parce qu'elle est le symbole à la fois de la vie et de la mort.

Cette dimension métaphysique[3] des forces élémentaires prend une signification vengeresse dans leur déchaînement brutal. Le Déluge universel[4], le feu de Sodome et Gomorrhe[5], les plaies d'Égypte[6] manifestèrent le bras d'un Dieu courroucé par la mauvaiseté des hommes. Cette signification n'est pas perdue. Lorsque, le 14 avril 1912, le steamer Titanic, heurté par un iceberg, coula avec quinze cents personnes, il se trouva des penseurs prophétiques pour célébrer cette salutaire revanche de la nature bafouée contre l'homme. Quelques années auparavant, le 4 mai 1897, l'incendie du Bazar de la Charité, où périrent nombre de femmes de la haute société, avait été salué comme un miracle par Léon Bloy[7], l'homme « qui proférait l'absolu dans un clairon d'or »[7].

In *Petites proses* © éd. Gallimard.

1. Mode de déplacement d'un planeur.
2. Personnage biblique ressuscité par le Christ.
3. Qui relève de forces surnaturelles que l'homme ne comprend pas.
4. Châtiment imposé par Dieu, selon la Bible, pour punir les hommes de leur méchanceté.
5. Villes bibliques détruites en punition de l'immoralité de leurs habitants.
6. Série de maux (au nombre de dix) infligée par Dieu aux Égyptiens, selon la Bible.
7. Écrivain du XIXe siècle (1846-1917), auteur de violents pamphlets. La citation souligne la virulence des propos tenus par cet auteur, qui se donnait un rôle de juge intransigeant.

Contexte XXe s. ▶ p. 506
Notice biographique ▶ p. 519
Du même auteur ▶ p. 70
SUJET DE BAC 12 ▶ p. 237

Lave du volcan Pelé s'écoulant dans la mer (Hawaii, États-Unis), photographie.

**RECHERCHE**

### Les mots et leur usage

**1.** Le mot *élémentaires* est employé à plusieurs reprises dans le texte (l. 13, 23 et 31). Cherchez ses différents sens et donnez, de manière précise, sa signification contextuelle. Cherchez aussi les différents sens du mot *héros* (l. 23) et précisez quel est celui du texte.

### Histoire culturelle

**2.** Dites à quelle époque ont vécu les trois héros cités aux lignes 23 et 24 et quelle était leur « spécialité ».

## Lecture analytique

**3.** Quelles sont les trois étapes de la relation homme / nature dans les 19 premières lignes du texte ? Mettez en relief les caractéristiques de cette relation et la manière dont s'exprime l'idée d'une évolution dans le temps.

**4.** Quels aspects de la nature sont évoqués dans la seconde partie du texte, à partir du quatrième paragraphe ? Prenez appui sur le lexique, les connotations, les figures de rhétorique.

**5.** Quelle est alors la fonction des *héros élémentaires* (l. 23) ? Qu'ont-ils d'héroïque ?

**6.** Expliquez en quoi les explications évoquées par Michel Tournier rejoignent certains mythes antiques.

## Question d'oral

**7.** Étudiez le texte en montrant comment, dans l'analyse des relations homme / nature, Michel Tournier passe d'une présentation historique à des explications qui relèvent de la croyance.

## Lecture d'image

**8.** Décrivez ce que vous voyez sur l'image et dites à quelles idées du texte elle vous semble le mieux correspondre.

REPÈRES L'essai ▶ p. 243

# 9 Lire l'image : I. Fantin-Latour

**Ignace Henri Jean Fantin-Latour** (1836-1904), *Un atelier aux Batignolles* (1870), huile sur toile 204 x 273,5 cm (Musée d'Orsay, Paris).
Sont représentés, assis : Édouard Manet (peignant), Zacharie Astruc. Et debout, de gauche à droite : Otto Schölderer, Pierre-Auguste Renoir, Émile Zola, Edmond Maître, Frédéric Bazille, Claude Monet.

RECHERCHE

**Histoire des arts**

**1.** Cherchez quelle est la spécialité des différents artistes représentés sur le tableau. Citez pour chacun des peintres et pour l'écrivain le titre d'une œuvre, avec sa date (Zacharie Astruc est un critique d'art, Edmond Maître est un amateur d'art).

## Lecture de l'image

**2.** Décrivez ce que vous voyez sur le tableau : quelles sont ses composantes, sa composition, les couleurs dominantes ?

**3.** Qu'est-ce qui, dans le tableau, correspond à la notion d'*atelier* ? En quoi chacun des personnages est-il lié à l'idée de création artistique ?

**4.** Comment ce tableau peut-il illustrer le genre de l'essai et la démarche de l'argumentation ?

REPÈRES La lecture de l'image ▶ p. 489
L'essai ▶ p. 243

# L'essai

**Le mot essai désigne des ouvrages de longueur variée dans lesquels l'auteur, parlant en général en son propre nom et en utilisant la première personne, propose à ses contemporains des réflexions, des jugements, des réactions en relation avec ce qu'il lit, ce qu'il voit, ce qu'il observe et ce qu'il vit. L'essayiste ne se considère pas comme un spécialiste ; il ne construit pas un système philosophique.**

## Historique et formes de l'essai

On peut considérer que c'est Montaigne, qui, en donnant à son œuvre le titre *Essais* a créé un genre nouveau dans lequel se trouve mis en relief le caractère **évolutif** d'une réflexion constamment en train de se faire. Les siècles qui suivent voient se développer ce genre d'écrit qui permet de prendre position de manière personnelle sans pour autant prétendre détenir une vérité définitive, même si certains de ces essais, fortement argumentés, **construisent** et **défendent des théories**. Les domaines abordés sont multiples.

**Ex :** On peut citer les *Pensées* de Pascal (▸ p. 228), les discours de Rousseau (▸ p. 230), le *Traité sur la tolérance*, de Voltaire (▸ p. 409), et toutes sortes d'ouvrages de critique et d'analyse du XIX^e et du XX^e siècles. Ces ouvrages traitent de religion, d'idées philosophiques et de comportements humains, de questions d'esthétique (Baudelaire, ▸ p. 234, René Huyghe, ▸ p. 238), d'ethnologie, de linguistique, de littérature. Aucun domaine de recherche ne leur est interdit ni réservé.

Notre époque est caractérisée par une prolifération des essais : ils portent en général sur des questions d'**actualité** et beaucoup sont **polémiques**.

## Les caractéristiques de l'essai

Malgré la différence d'époque, Paul Valéry, dans *Variété* (1924-1944), et Montaigne, dans les *Essais*, ont une perception très proche de ce qu'est un essai. On peut, à partir de leurs œuvres, déterminer certaines caractéristiques de ce genre.

– **Une absence de codification** : il n'y a pas de définition formelle de l'essai, qui échappe ainsi à toute contrainte de longueur, d'énonciation ou de forme de discours.

**Ex :** On trouve chez Montaigne, comme chez d'autres essayistes, des passages de récit, des réflexions (▸ p. 311), des citations commentées, des « choses vues » et méditées, des interrogations personnelles (▸ p. 202), des remarques faites à propos de prises de position d'autres écrivains ou penseurs, contemporains ou non. Paul Valéry utilise l'expression *études de circonstances*, ce qui met en relief la nature des thèmes.

– **La présence de celui qui écrit** : dans l'essai, l'auteur prend la parole et parle **en son propre nom**. Cette présence est perceptible à l'emploi de la première personne du singulier. Mais ce n'est pas toujours le cas. L'essai peut utiliser le *nous* ou le *on* ; il comporte cependant de nombreux indices des choix et des prises de position de celui qui parle : **modalisateurs, connotations**, récurrence de certains **registres**. Ancré dans la situation d'énonciation, le discours fait référence au temps de l'écriture, mais l'essai n'exclut pas le récit.

**Ex :** Le point de vue personnel très critique de Baudelaire sur la photographie est rendu par l'utilisation d'un lexique trivial, *éructer*, *à gueule-que-veux-tu* (▸ p. 234) ; Jean Rostand ironise sur les origines de l'homme en parlant de *petit-fils de poisson* ou *d'arrière-neveu de limace* (▸ p. 236).

Composition non conventionnelle, l'essai se démarque ainsi par sa liberté de ton.

– **Une expérimentation du jugement** : sous une forme métaphorique, Montaigne explique que l'essai lui permet de confronter son propre jugement à différentes situations qui sont celles de la vie et à des manières de penser qui sont communes, dans l'air du temps (▸ p. 226). L'essai est une œuvre qui fait se rencontrer les réactions de son auteur et celles des autres, qu'il connaît par ses observations, par ses lectures, par sa culture, par une imprégnation des courants de pensée du passé et de son temps.

**Ex :** Paul Valéry explique ainsi qu'il a seulement voulu *se rendre un peu plus nettes les notions qu'il [a] reçues de tout le monde*, et il explique par là que l'essai n'est pas une œuvre de spécialiste, mais d'amateur. On pourrait ajouter qu'il s'agit d'amateurs éclairés.

## Les fonctions de l'essai

Ouvert à la pensée d'autrui, personnel, et caractérisé par la recherche d'éléments de réflexion, l'essai nourrit celle du lecteur en lui permettant de confronter sa culture à des prises de position différentes. Il est donc **formateur**. La lecture d'essais permet à chacun de comprendre qu'il est à la fois un individu particulier et une illustration de la condition humaine commune, un être inscrit dans l'histoire environnante, mais différent des autres. L'essai lu ou composé informe sur ce que l'on est.

Séquence 13

# La fable

## 1 Ésope, *Fables* (VIe s. av. J.-C.)

*Courts récits en prose à vocation didactique, les* Fables *d'Ésope charment et font réfléchir leurs lecteurs en mettant en scène des animaux.*

Deux aigles volant au-dessus d'un lièvre, céramique grecque à figures noires attribuée au peintre des Aigles (vers 525 av. J.-C.), détail (Musée du Louvre, Paris).

### L'aigle et la renarde

S'étant liés d'amitié, un aigle et une renarde avaient décidé de devenir voisins, afin que l'habitude resserre leurs liens. L'aigle s'éleva donc au sommet d'un grand arbre et y fit sa couvée ; la renarde se glissa dans le buisson au pied de l'arbre pour y mettre bas. Or un jour qu'elle était sortie en quête de pâture, l'aigle dans la disette fondit sur le buisson et ravit les renardeaux, dont il se régala avec ses aiglons. À son retour, la renarde comprit ce qui s'était produit, et s'affligea non pas tant de la mort de ses petits que de son incapacité à la venger : elle qui vivait sur terre ne pouvait en effet pourchasser un volatile. Aussi dut-elle rester à l'écart et s'en tenir au seul recours des impuissants et des faibles : maudire son ennemi. Cependant l'aigle ne tarda pas à subir le châtiment de son manque de foi. Un jour, à la campagne, au cours du sacrifice d'une chèvre[1], il emporta de l'autel un viscère[2] encore en feu, qu'il ramena dans son aire[3]. À peine l'avait-il déposé parmi les brindilles qu'un vent violent se leva et fit jaillir d'un vieux fétu une flamme brillante ; les aiglons furent consumés, car ils étaient encore trop jeunes pour voler, et tombèrent sur le sol. La renarde se précipita, et sous les yeux de l'aigle les dévora jusqu'au dernier.

La fable montre que les traîtres à l'amitié échappent peut-être à la vengeance de leurs victimes trop faibles, mais ne sauraient se soustraire au châtiment divin.

Fable I, traduite du grec ancien par D. Loayza © éd. Flammarion, 1995.

1. Les sacrifices d'animaux étaient fréquents dans l'Antiquité grecque. Ce détail renvoie au contexte religieux.
2. Organe mou situé à l'intérieur du corps, comme le foie, les poumons, le cœur.
3. Nid de l'aigle.

Notice biographique ▶ p. 513
Du même auteur ▶ p. 245 p. 441
SUJET DE BAC 13 ▶ p. 255

**RECHERCHE**

**Histoire littéraire**

**1.** Cherchez dans la vie d'Ésope l'épisode au cours duquel on raconte que le fabuliste prononça la phrase : *la langue est la meilleure et la pire des choses*.

## Lecture analytique

**2.** Observez la manière dont sont reliées les phrases (liens logiques ou chronologiques) et dont s'enchaînent les épisodes du récit. D'où vient l'impression de rapidité ? Sur quoi le fabuliste met-il l'accent ?

**3.** Étudiez de quelle manière se trouve exprimée et soulignée dans le texte l'appartenance des deux animaux à des espèces différentes. Précisez ce qui, dès la première phrase, pourrait atténuer leurs différences.

**4.** Repérez les interventions du narrateur dans le récit : quelles sont leurs fonctions ?

**5.** Le fabuliste explicite le sens de la fable dans les deux dernières lignes. Quels autres enseignements et thèmes de réflexion pourrait-on trouver dans ce récit ?

## Question d'oral

**6.** Étudiez le caractère narratif du texte et la manière dont se dégage la leçon avant que ne soit formulée la moralité.

## Commentaire

**7.** Commentez le texte d'Ésope en vous aidant des axes suivants :
– un récit rapide et dense ;
– l'inversion des situations ;
– la manière dont s'impose la « leçon » à travers le texte et dans la moralité.

REPÈRES La fable ► p. 259

**Arthur Rackham** (1867-1939), *Les grenouilles et le puits* (1912), gravure illustrant une fable d'Ésope (collection privée).

# 2 Ésope et Phèdre

## Texte 1 Ésope, *Fables* (VI^e siècle av. J.-C.)

### Les grenouilles qui réclamaient un roi

Les grenouilles, qu'affligeait leur régime anarchique, avaient dépêché à Zeus une ambassade pour lui demander de leur donner un roi. Voyant leur niaiserie, Zeus lança dans leur marais un pieu. Les grenouilles, d'abord effrayées par le bruit, se réfugièrent dans les profondeurs du marais ; puis, comme le pieu restait immobile, elles remontèrent, et finirent par tant le mépriser qu'elles grimpaient dessus pour s'y accroupir. Humiliées d'avoir un tel roi, elles se rendirent à nouveau auprès de Zeus pour le prier de leur donner un autre maître : le premier était par trop indolent. Alors Zeus courroucé leur envoya une hydre[1], qui les prit et les dévora.

La fable montre qu'il vaut mieux avoir pour chefs des hommes nonchalants, mais sans méchanceté, que de cruels fauteurs de trouble.

Fable 44, traduite du grec par Daniel Loayza © éd. GF. Flammarion, 1995.

1. Animal fabuleux en forme de serpent d'eau.

Notice biographique ► p. 513
Du même auteur ► p. 244
p. 441

## Texte 2 Phèdre, *Fables* (Ier siècle ap. J.-C.)

*Caius Julius Phaedrus (Phèdre) est un fabuliste latin qui s'est inspiré d'Ésope et dont les fables ont souvent été reprises par La Fontaine.*

### Les grenouilles qui demandent un roi

Alors qu'Athènes florissait sous des lois égalitaires, les agitations d'une liberté turbulente mirent le désordre dans l'État, et la licence relâcha les vieilles entraves. Grâce à une entente entre les hommes des différents partis, Pisistrate[1], usurpant l'autorité, s'empare de la citadelle. Les Athéniens déploraient leur funeste esclavage, non que ce maître fut cruel, mais il leur pesait, parce que, d'une façon générale, ils n'avaient pas l'habitude du joug[2]. Comme ils en venaient à se plaindre de leur fardeau, Ésope leur raconta cet apologue[3] : les grenouilles errant en liberté dans leurs marais demandèrent à grands cris à Jupiter un roi, pour réprimer par la force le dérèglement des mœurs. Le père des dieux sourit et leur donna pour maître un petit soliveau[4], dont la chute soudaine au milieu des étangs épouvanta par la secousse et par le bruit la gent[5] craintive. Plongé dans la vase il restait sans bouger depuis longtemps, quand par hasard une des grenouilles lève en silence la tête hors de l'eau et, après avoir examiné le roi, appelle toutes ses compagnes. Bannissant leur effroi, toutes à l'envi[6] arrivent en nageant, et sur le soliveau leur troupe saute brutalement. Quand elles l'eurent couvert de toute espèce d'outrages, elles envoyèrent des ambassadrices à Jupiter pour lui demander un autre roi, alléguant la nullité de celui qui leur avait été donné. Il leur envoya alors une hydre[7] qui, d'une dent cruelle, se mit à les happer les unes après les autres. En vain, tour à tour fuient-elles la mort passivement, la crainte étouffe leurs cris. Elles chargent donc en cachette Mercure[8] de prier Jupiter de les secourir dans leur détresse ; mais alors le dieu : « Puisque vous n'avez pas voulu, leur dit-il, supporter votre bonheur, résignez-vous à votre malheur jusqu'au bout. »

– Et vous aussi citoyens, ajouta Ésope, supportez le malheur présent, de peur qu'un plus grand ne vous arrive.

Livre I, fable 2, traduite du latin par A. Brenot © éd. Les Belles Lettres, 1924.

1. Tyran athénien (600-527 av. J.-C.).
2. Nécessité de se soumettre à une autorité.
3. Cette fable.
4. Morceau de bois.
5. Le peuple.
6. À qui mieux mieux, en rivalisant.
7. Animal fabuleux en forme de serpent d'eau.
8. Messager des dieux.

Notice biographique ▶ p. 516
SUJET DE BAC 13 ▶ p. 255

## Lecture analytique

**1.** Étudiez la composition du texte de Phèdre et expliquez quelle est la démarche particulière adoptée par cet auteur. À qui appartient la conclusion ? Qu'est-ce que cela révèle sur le plan de l'inspiration de Phèdre ?

**2.** À partir du lexique, retrouvez les relations de similitude qui existent entre la situation historique évoquée et la fable des grenouilles. Qu'y a-t-il de différent, cependant, entre les deux histoires ?

**3.** Pour faire réfléchir les Athéniens, Ésope a recours à une anecdote qui met en scène des animaux : quel est l'intérêt de ce choix ? Répondez en tenant compte de certaines caractéristiques de son « apologue ».

**4.** Quelle est la portée argumentative du récit d'Ésope ? Reformulez la leçon qu'il contient en lui donnant une dimension générale.

## Étude comparée

**5.** Mettez en parallèle la fable d'Ésope (▶ p. 245) et la version qu'en donne Phèdre (ci-dessus) : quelles conclusions pouvez-vous tirer de ce rapprochement ?

## Question d'oral

**6.** Étudiez le texte de Phèdre en montrant qu'il comporte à la fois une fable et la démonstration de son efficacité.

REPÈRES La fable ▶ p. 259

# 3 Jean de La Fontaine,

## *Fables* (1693)

*Les* Fables *de La Fontaine s'inscrivent dans une tradition ancienne, dont Ésope (▶ p. 244, 245) et Phèdre (▶ p. 246) constituent des représentants importants. Mettant en scène des animaux ou des hommes, elles constituent de petites comédies versifiées qui reflètent la vie sociale ainsi que des questions politiques ou morales.*

**Pablo Picasso** (1881-1973), *La Grenouille*, lithographie (collection privée).

Texte 1

### Les grenouilles qui demandent un roi

Les grenouilles, se lassant
De l'état Démocratique,
Par leurs clameurs firent tant
Que Jupin[1] les soumit au pouvoir Monarchique.
Il leur tomba du Ciel un Roi tout pacifique :
Ce Roi fit toutefois un tel bruit en tombant
Que la gent marécageuse,
Gent fort sotte et fort peureuse,
S'alla cacher sous les eaux,
Dans les joncs, dans les roseaux,
Dans les trous du marécage,
Sans oser de longtemps regarder au visage
Celui qu'elles croyaient être un géant nouveau ;
Or c'était un Soliveau[2],
De qui la gravité[3] fit peur à la première
Qui de le voir s'aventurant
Osa bien quitter sa tanière.
Elle approcha, mais en tremblant.
Une autre la suivit, une autre en fit autant,
Il en vint une fourmilière ;
Et leur troupe à la fin se rendit familière
Jusqu'à sauter sur l'épaule du Roi.
Le bon Sire le souffre, et se tient toujours coi.
Jupin en a bientôt la cervelle rompue.
« Donnez-nous, dit ce peuple, un Roi qui se remue. »
Le Monarque des Dieux leur envoie une Grue,
Qui les croque, qui les tue,
Qui les gobe à son plaisir,
Et Grenouilles de se plaindre ;
Et Jupin de leur dire : « Eh quoi ! votre désir
À ses lois croit-il nous astreindre ?
Vous avez dû[4] premièrement
Garder votre Gouvernement ;
Mais, ne l'ayant pas fait, il vous devait suffire
Que votre premier roi fût débonnaire et doux :
De celui-ci contentez-vous,
De peur d'en rencontrer un pire. »

Livre III, fable 4.

1. Jupiter.
2. Pièce de bois que l'on pose sur les poutres d'une construction.
3. Immobilité et sérieux.
4. Vous auriez dû.

Contexte XVIIe s. ▶ p. 494
Notice biographique ▶ p. 514
Du même auteur ▶ p. 249 p. 250 p. 372 p. 441 p. 462

Jean Ignace Isidore Gérard, dit **Grandville** (1803-1847), *Les Grenouilles qui demandent un roi,* illustration pour les *Fables* de La Fontaine (XIXe siècle), gravure.

## Lecture analytique

**1.** À partir des temps verbaux et des indications spatio-temporelles, identifiez la forme de discours du texte.

**2.** Le texte retrace des changements de régime politique : observez la manière dont ces différentes étapes sont rendues dans le texte. Comment peut s'expliquer leur différence de longueur ? Que permet-elle au narrateur en ce qui concerne la présentation des grenouilles ?

**3.** Quelles analogies le lecteur peut-il établir à la lecture de cette fable ?

**4.** Dites quels sont les différents enseignements de la fable et sur quels plans ils se situent. Le lecteur a-t-il besoin des six derniers vers pour comprendre la portée éducative du texte ?

**5.** Les fables de La Fontaine sont écrites en vers : citez quelques effets créés par la versification.

## Question d'oral

**6.** Étudiez la fable en montrant comment son caractère narratif contribue à la mise en place d'analogies préparant l'enseignement final.

## Commentaire

**7.** Commentez le texte de La Fontaine en vous aidant des axes suivants :

– un récit structuré soulignant des changements successifs ;

– les caractéristiques des grenouilles et les analogies avec les hommes ;

– plusieurs leçons politiques.

## Travail sur un corpus de textes

**8.** Rapprochez la fable de La Fontaine de celles d'Ésope (► p. 245) et de Phèdre (► p. 246) pour faire apparaître ce qui les rapproche et ce qui les différencie.

## Lecture de l'image

**9.** Établissez une liste de toutes les composantes de la fable que l'on peut retrouver sur l'image. À quel épisode précis est-il fait allusion ?

**10.** Quelles sont les caractéristiques de la représentation ? Étudiez ce qui relève de la gravure, et ce qui appartient en propre au dessinateur.

**11.** Comparez les grenouilles représentées par Grandville (► p. 248) pour illustrer la fable à celles d'A. Rackham (► p. 245) et à celle de Picasso (► p. 247) : qu'observez-vous ?

**12.** Rapprochez cette illustration de celle de la page 463 : quel registre commun pouvez-vous identifier ?

**REPÈRES** La fable ► p. 259
La versification ► p. 123

Texte 2

## Le pouvoir des fables (seconde partie)

Jean-Baptiste Oudry (1686-1755), *Portrait allégorique de Jean de La Fontaine entouré des animaux de ses Fables* (XVIIIe siècle), détail, gravure (Bibliothèque Nationale, Paris).

Dans Athène[1] autrefois peuple vain et léger,
Un Orateur[2] voyant sa patrie en danger,
Courut à la Tribune ; et d'un art tyrannique[3],
Voulant forcer les cœurs dans une république,
Il parla fortement sur le commun salut.
On ne l'écoutait pas : l'Orateur recourut
À ces figures violentes[4]
Qui savent exciter les âmes les plus lentes.
Il fit parler les morts, tonna, dit ce qu'il put.
Le vent emporta tout ; personne ne s'émut.
L'animal aux têtes frivoles[5]
Étant fait à ces traits, ne daignait l'écouter.
Tous regardaient ailleurs : il en vit s'arrêter
À des combats d'enfants, et point à ses paroles.
Que fit le harangueur ? Il prit un autre tour.
« Cérès[6], commença-t-il, faisait voyage un jour
Avec l'Anguille et l'Hirondelle :
Un fleuve les arrête ; et l'Anguille en nageant,
Comme l'Hirondelle en volant,
Le traversa bientôt. » L'assemblée à l'instant
Cria tout d'une voix : « Et Cérès, que fit-elle ?
– Ce qu'elle fit ? un prompt courroux
L'anima d'abord contre vous.
Quoi, de contes d'enfants son peuple s'embarrasse !
Et du péril qui le menace
Lui seul entre les Grecs il néglige l'effet !
Que ne demandez-vous ce que Philippe[7] fait ? »
À ce reproche l'assemblée,
Par l'Apologue réveillée,
Se donne entière à l'Orateur :
Un trait de Fable en eut l'honneur[8].
Nous sommes tous d'Athène[1] en ce point[9] ; et moi-même,
Au moment que je fais cette moralité,
Si *Peau d'âne*[10] m'était conté,
J'y prendrais un plaisir extrême,
Le monde est vieux, dit-on : je le crois, cependant
Il le faut amuser encor comme un enfant.

Livre VIII, fable 4, vers 34 à 70.

1. Écrit sans s par licence poétique.
2. L'orateur est Démade, homme politique athénien (384-320 av. J.-C.).
3. Violent.
4. Il s'agit des figures de rhétorique comme les hyperboles ou la prosopopée, qui consiste à faire *parler les morts*.
5. Le peuple.
6. Déesse des moissons.
7. Philippe de Macédoine, qui menaçait alors Athènes.
8. Un élément de fable eut l'honneur *de réveiller l'assemblée*.
9. Sur ce point.
10. Conte de Perrault.

Contexte XVIIe s. ▶ p. 494
Notice biographique ▶ p. 514
Du même auteur ▶ p. 247 p. 250 p. 372 p. 441 p. 462
SUJET DE BAC 13 ▶ p. 255

## Lecture analytique

**1.** À partir de la ponctuation, des paroles rapportées, des temps verbaux et des différentes formes de discours, déterminez la structure originale du texte : combien y a-t-il de récits et de narrateurs ? En quoi peut-on parler de « fable dans la fable » ?

**2.** Mettez en parallèle les deux méthodes employées par l'orateur en précisant les caractéristiques de chacune ainsi que les effets produits et les réactions de l'auditoire.

**3.** À quelle conclusion le lecteur doit-il aboutir en ce qui concerne le « pouvoir » des fables et la nature humaine ? Rapprochez les vers 1, 32 et 37.

## Question d'oral

**4.** Étudiez le texte en faisant apparaître le phénomène d'emboîtement des récits et la mise en parallèle de deux manières de procéder, valorisant la fable au détriment du discours sérieux.

## Lecture de l'image

**5.** Expliquez le sens du titre de la gravure de la page 249 (dont est donné un détail) à partir de ce qui est représenté. En particulier, étudiez le rôle joué sur l'image par les animaux mis en scène et l'importance du rideau qu'ils soutiennent.

**REPÈRES** La fable ▸ p. 259
La versification ▸ p. 123

## Texte 3 Préface des *Fables*

*Dans la préface de ses* Fables*, La Fontaine insiste sur ce qu'il doit à l'antiquité gréco-latine et fait l'éloge du genre de l'apologue, qui permet, grâce aux récits fabuleux, d'accéder à la vérité et à la sagesse en apportant toutes sortes d'enseignements.*

C'est pour ces raisons[1] que Platon, ayant banni Homère de sa République[2], y a donné à Ésope une place très honorable. Il souhaite que les enfants sucent ces Fables avec le lait; il recommande aux Nourrices de les leur apprendre: car on ne saurait s'accoutumer de trop bonne heure à la sagesse et à la vertu; plutôt que d'être réduits à corriger nos habitudes, il faut travailler à les rendre bonnes pendant qu'elles sont encore indifférentes au bien ou au mal. Or, quelle méthode y peut contribuer plus utilement que ces Fables? Dites à un enfant que Crassus[3], allant contre les Parthes[4], s'engagea dans leur pays sans considérer comment il en sortirait; que cela le fit périr, lui et son Armée, quelque effort qu'il fit pour se retirer. Dites au même enfant que le Renard et le Bouc descendirent au fond d'un puits pour y éteindre leur soif; que le Renard en sortit s'étant servi des épaules et des cornes de son camarade comme d'une échelle; au contraire le Bouc y demeura pour n'avoir pas eu tant de prévoyance; et par conséquent il faut considérer en toute chose la fin[5]. Je demande lequel de ces deux exemples fera le plus d'impression sur cet enfant. Ne s'arrêtera-t-il pas au dernier, comme plus conforme et moins disproportionné que l'autre à la petitesse de son esprit? Il ne faut pas m'alléguer que les pensées de l'enfance sont d'elles-mêmes assez enfantines, sans y joindre encore de nouvelles badineries. Ces badineries ne sont telles qu'en apparence; car dans le fond elles portent un sens très solide. Et comme, par la définition du Point, de la Ligne, de la Surface, et par d'autres principes très familiers, nous parvenons à des connaissances qui mesurent enfin

1. La Fontaine vient de rappeler la valeur des fables sur le plan de la sagesse.
2. *La République*, œuvre philosophique de Platon (427-347 av. J.-C.).
3. Consul romain (115-53 av. J.-C.) qui engagea une guerre contre les Parthes, guerre qu'il perdit et au cours de laquelle il fut tué.
4. Peuple vivant dans la région nord-est de l'Iran actuel.
5. Moralité de la fable « Le renard et le bouc » (III, V).

le Ciel et la Terre, de même aussi, par les raisonnements et conséquences que l'on peut tirer de ces Fables, on se forme le jugement et les mœurs, on se rend capable de grandes choses.

Elles ne sont pas seulement Morales, elles donnent encore d'autres connaissances. Les propriétés des Animaux et leurs divers caractères y sont exprimés ; par conséquent les nôtres aussi, puisque nous sommes l'abrégé de ce qu'il y a de bon et de mauvais dans les créatures irraisonnables. Quand Prométhée[6] voulut former l'homme, il prit la qualité dominante de chaque bête : de ces pièces si différentes il composa notre espèce ; il fit cet ouvrage qu'on appelle *le petit Monde*[7]. Ainsi ces fables sont un tableau où chacun de nous se trouve dépeint. Ce qu'elles nous représentent confirme les personnes d'âge avancé dans les connaissances que l'usage leur a données, et apprend aux enfants ce qu'il faut qu'ils sachent. Comme ces derniers sont nouveaux venus dans le monde, ils n'en connaissent pas encore les habitants, ils ne se connaissent pas eux-mêmes. On ne les doit laisser dans cette ignorance que le moins qu'on peut : il leur faut apprendre ce que c'est qu'un Lion, un Renard, ainsi du reste ; et pourquoi l'on compare quelquefois un homme à ce renard ou à ce lion. C'est à quoi les Fables travaillent : les premières Notions de ces choses proviennent d'elles.

Préface des *Fables* (extrait).

6. Héros mythologique qui créa l'homme, selon certaines légendes.

7. Équivalent du mot « microcosme » qui désigne l'homme.

Contexte XVIIe s. ▶ p. 494
Notice biographique ▶ p. 514
Du même auteur ▶ p. 247, p. 249, p. 372, p. 441, p. 462

*Le Renard et le Bouc*, gravure en couleurs (vers 1900), couverture d'un livre scolaire (collection privée).

## Lecture analytique

**1.** Retrouvez dans le texte et reformulez tous les arguments présentés par La Fontaine pour défendre ses fables et mettre en valeur leur rôle positif. Classez ces arguments en fonction des domaines envisagés.

**2.** En quoi cette argumentation permet-elle au fabuliste de répondre à certaines critiques et à certaines objections ?

**3.** Identifiez dans le texte certains procédés rhétoriques et certaines formes de raisonnement grâce auxquels le fabuliste rend son argumentation efficace.

## Question d'oral

**4.** Étudiez l'extrait de la préface des *Fables* en faisant apparaître son caractère argumentatif.

## Travail sur un corpus de textes

**5.** Rapprochez les trois textes de La Fontaine (▶ p. 247, 249 et 250) pour étudier en quoi les fables mettent en application les principes prônés dans la préface.

**6.** Regroupez les textes de La Fontaine (préface ▶ p. 250, « le Philosophe scythe » ▶ p. 372) et de Hugo (▶ p. 254) pour retrouver et classer les différents enseignements des fables dans des domaines que vous préciserez.

REPÈRES La fable ▶ p. 259
L'essai ▶ p. 243

# 4 Jean-Jacques Rousseau, *Émile ou De l'éducation* (1762)

*Dans son traité d'éducation, Jean-Jacques Rousseau aborde les lectures des enfants et juge sévèrement les* Fables *de La Fontaine : à titre d'exemple, il vient de montrer, par une analyse précise, quelles sont, à son avis, les difficultés de la fable « Le corbeau et le renard ».*

Suivez les enfants apprenant leurs fables, et vous verrez que, quand ils sont en état d'en faire l'application, ils en font presque toujours une contraire à l'intention de l'auteur, et qu'au lieu de s'observer sur le défaut dont on les veut guérir ou préserver, ils penchent à aimer le vice avec lequel on tire parti des défauts des autres. Dans la fable précédente[1], les enfants se moquent du corbeau, mais ils s'affectionnent tous au renard ; dans la fable qui suit, vous croyez leur donner la cigale pour exemple ; et point du tout, c'est la fourmi qu'ils choisiront. On n'aime point à s'humilier : ils prendront toujours le beau rôle ; c'est le choix de l'amour-propre, c'est un choix très naturel. Or, quelle horrible leçon pour l'enfance ! Le plus odieux de tous les monstres serait un enfant avare et dur, qui saurait ce qu'on lui demande et ce qu'il refuse. La fourmi fait plus encore, elle lui apprend à railler dans ses refus.

Dans toutes les fables où le lion est un des personnages, comme c'est d'ordinaire le plus brillant, l'enfant ne manque point de se faire lion ; et quand il préside à quelque partage, bien instruit par son modèle, il a grand soin de s'emparer de tout. Mais, quand le moucheron terrasse le lion, c'est une autre affaire ; alors l'enfant n'est plus lion, il est moucheron. Il apprend à tuer un jour à coups d'aiguillon ceux qu'il n'oserait attaquer de pied ferme.

1. « Le corbeau et le renard ».

**Félix Lorioux** (1872-1964), *La Cigale et la Fourmi*, chromo publicitaire.

Dans la fable du loup maigre et du chien gras, au lieu d'une leçon de modération qu'on prétend lui donner, il en prend une de licence. Je n'oublierai jamais d'avoir vu beaucoup pleurer une petite fille qu'on avait désolée avec cette fable, tout en lui prêchant toujours la docilité. On eut peine à savoir la cause de ses pleurs ; on la sut enfin. La pauvre enfant s'ennuyait d'être à la chaîne, elle se sentait le cou pelé ; elle pleurait de n'être pas loup.

Ainsi donc la morale de la première fable citée est pour l'enfant une leçon de la plus basse flatterie ; celle de la seconde, une leçon d'inhumanité ; celle de la troisième, une leçon d'injustice ; celle de la quatrième, une leçon de satire ; celle de la cinquième, une leçon d'indépendance. Cette dernière leçon, pour être superflue à mon élève, n'en est pas plus convenable aux vôtres. Quand vous leur donnez des préceptes qui se contredisent, quel fruit espérez-vous de vos soins ? Mais peut-être, à cela près, toute cette morale qui me sert d'objection contre les fables fournit-elle autant de raisons de les conserver. Il faut une morale en paroles et une en actions dans la société, et ces deux morales

2. Enseignement religieux.

3. Négocions.

Contexte XVIIIe s. ▶ p. 498
Notice biographique ▶ p. 517
Du même auteur ▶ p. 44
p. 185
p. 186
p. 204
p. 230
p. 420
p. 422
p. 423

ne se ressemblent point. La première est dans le catéchisme[2], où on la laisse ; l'autre est dans les fables de La Fontaine pour les enfants, et dans ses contes pour les mères. Le même auteur suffit à tout.

Composons[3], monsieur de La Fontaine. Je promets, quant à moi, de vous lire avec choix, de vous aimer, de m'instruire dans vos fables ; car j'espère ne pas me tromper sur leur objet ; mais, pour mon élève, permettez que je ne lui en laisse pas étudier une seule jusqu'à ce que vous m'ayez prouvé qu'il est bon pour lui d'apprendre des choses dont il ne comprendra pas le quart ; que, dans celles qu'il pourra comprendre, il ne prendra jamais le change, et qu'au lieu de se corriger sur la dupe, il ne se formera pas sur le fripon.

Livre second (extrait).

*La Cigale et la Fourmi*, illustration anonyme (fin XIXe siècle), chromo (collection privée).

RECHERCHE

**Histoire littéraire**

**1.** En 1762, Jean-Jacques Rousseau compose un traité d'éducation considéré depuis comme très moderne pour son temps. Cherchez dans un ouvrage d'histoire littéraire ou dans une biographie de Rousseau quelques-unes des idées nouvelles qu'il énonce. Expliquez ensuite en quoi les interrogations concernant l'éducation sont particulièrement importantes à l'époque des Lumières.

**2.** Retrouvez et lisez les différentes fables auxquelles Rousseau fait référence dans l'extrait.

## Lecture analytique

**3.** En prenant appui sur la récurrence de certains termes, dégagez la thèse soutenue par Rousseau dans cet extrait et étudiez la présence de cette thèse à travers les différents paragraphes.

**4.** Comment se marquent dans le texte la présence de celui qui parle et celle de ses interlocuteurs ? Qu'y a-t-il de particulier dans le dernier paragraphe ?

**5.** Mettez en évidence la structure du texte en identifiant les arguments et les exemples, puis reformulez ces arguments, dites à quel domaine ils appartiennent et interrogez-vous sur leur validité.

**6.** Par quels procédés celui qui parle cherche-t-il à faire partager son point de vue sur les fables de La Fontaine ?

**7.** Donnez votre avis sur la manière d'argumenter de Jean-Jacques Rousseau : apporte-t-il des arguments convaincants ?

## Question d'oral

**8.** Étudiez la manière dont Rousseau critique les fables de La Fontaine et ce qu'il leur reproche.

REPÈRES La fable ▶ p. 259
L'essai ▶ p. 243
L'esprit des Lumières ▶ p. 434

# 5 Victor Hugo,
## *Châtiments* (1853)

*Œuvre polémique contre le régime du Second Empire et contre Napoléon III, les* Châtiments *(▸ p. 126) regroupent des textes très divers. « Fable ou Histoire » est un texte inspiré de La Fontaine.*

### Fable ou Histoire

Un jour, maigre et sentant un royal appétit,
Un singe d'une peau de tigre se vêtit.
Le tigre avait été méchant ; lui, fut atroce.
Il avait endossé le droit d'être féroce.
Il se mit à grincer des dents, criant : je suis
Le vainqueur des halliers[1], le roi sombre des nuits !
Il s'embusqua, brigand des bois, dans les épines ;
Il entassa l'horreur, le meurtre, les rapines[2],
Égorgea les passants, dévasta la forêt,
Fit tout ce qu'avait fait la peau qui le couvrait.
Il vivait dans un antre, entouré de carnage,
Chacun, voyant la peau, croyait au personnage.
Il s'écriait, poussant d'affreux rugissements :
Regardez, ma caverne est pleine d'ossements ;
Devant moi, tout recule et frémit, tout émigre,
Tout tremble ; admirez-moi, voyez, je suis un tigre !
Les bêtes l'admiraient, et fuyaient à grands pas.
Un belluaire[3] vint, le saisit dans ses bras,
Déchira cette peau comme on déchire un linge,
Mit à nu ce vainqueur, et dit : tu n'es qu'un singe.

Jersey, septembre 1852.
Livre III, « La famille est restaurée »,
poème III (intégral).

1. Groupes de buissons serrés et touffus.
2. Pillages, vols.
3. Gladiateur combattant les bêtes féroces.

Contexte XIXe s. ▸ p. 502
Notice biographique ▸ p. 513
Du même auteur ▸ p. 56, p. 112, p. 124, p. 126, p. 157, p. 158, p. 287, p. 289
SUJET DE BAC 13 ▸ p. 255

◂ Paul Hadol, dit **White** (1835-1875), *La Ménagerie impériale* : portrait-charge n°1 de Napoléon III, « Le vautour (lâcheté et férocité) » (1870), lithographie en couleur (Château de Compiègne).

RECHERCHE

**Histoire littéraire**

**1.** Dans un recueil des *Fables* de La Fontaine, cherchez celle qui a la même identification que le texte de Victor Hugo, livre III, texte III, et dites ce que vous remarquez en les mettant en parallèle.

## Lecture analytique

**2.** En prenant appui sur les données de temps et de lieux et sur les verbes, déterminez à quelle forme de discours appartient le texte.
**3.** Quelles sont les caractéristiques du comportement du singe devenu tigre ? Prenez appui sur les verbes d'action et sur une figure récurrente pour répondre.
**4.** Quelle est la signification historique et symbolique du choix des deux animaux ? De quoi le lecteur a-t-il besoin pour comprendre de qui il est question ?
**5.** Expliquez qui est le *belluaire* (v. 18) et en quoi le titre du poème comporte plusieurs significations.

## Question d'oral

**6.** Étudiez le texte en mettant en relief toutes les relations entre le contenu, la forme et le titre.

## Commentaire

**7.** Commentez le texte de Victor Hugo en vous aidant des axes suivants :
– les caractéristiques d'une fable ;
– de la fable à l'Histoire : une anecdote codée ;
– la leçon et ses « instruments ».

## Lecture de l'image

**8.** Expliquez comment a procédé le dessinateur pour représenter son personnage et permettre l'identification. En quoi peut-on parler de caricature ?
**9.** Le vautour est associé, sur l'image, à la lâcheté et à la férocité : comment cette idée est-elle rendue par le dessin ?
**10.** Quel élément de cette image indique que l'on est dans une série ?
**11.** Retrouvez tout ce qui permet le rapprochement entre le texte et l'image.

REPÈRES La fable ▸ p. 259
Fonctions du poète et de la poésie ▸ p. 141
La notion de registre ▸ p. 222

# SUJET DE BAC 13

OBJET D'ÉTUDE

**L'argumentation : convaincre, persuader et délibérer ; la fable.**

CORPUS

A – Ésope, *Fables* (VIe siècle av. J. C.), « L'aigle et la renarde » ▸ p. 244.
B – Phèdre, *Fables* (Ier siècle ap. J. C.), « Les grenouilles qui demandent un roi » ▸ p. 246.
C – La Fontaine, *Fables* (1693), « Le pouvoir des fables » ▸ p. 249.
D – V. Hugo, *Châtiments* (1853), « Fable ou histoire » ▸ p. 254.
E – J. Anouilh, *Fables* (1962), « La vive » ▸ p. 256.

## Questions sur le corpus

Voici la définition du mot *fable* : « Court récit allégorique en prose ou en vers, comportant un enseignement ou une morale ».
Vous expliquerez – avec des justifications précises – en quoi les cinq textes se rattachent tous à la définition donnée, mais de manière différente pour certains d'entre eux, puis vous reformulerez brièvement l'enseignement de chacun en précisant à quel domaine il fait référence.

## Écriture

**Commentaire**

Vous commenterez le texte de La Fontaine « Le pouvoir des fables », (texte C ▸ p. 249).

**Dissertation**

Plusieurs auteurs, comme Rousseau ou Lamartine, ont sévèrement condamné les fables de La Fontaine en récusant leur portée éducative. Rousseau, en particulier, les accusait d'être incompréhensibles et de donner aux enfants de mauvais exemples (▸ p. 252). Bien avant eux pourtant, Érasme avait loué l'efficacité des textes de fiction dans l'éducation.
En prenant appui sur les textes du corpus et sur votre connaissance personnelle de fables de diverses époques, vous étayerez ces deux points de vue et vous direz quel est votre point de vue personnel.

**Écriture d'invention**

Sous le titre « Éloge de la fable », vous rédigerez un article littéraire pour faire l'apologie de la fable en tant qu'instrument utile dans l'argumentation. Cet éloge sera l'occasion de mettre en relief les caractéristiques et le fonctionnement de ce genre littéraire, grâce à des exemples précis de textes lus ou étudiés. Votre texte comportera entre 50 et 100 lignes.

# 6 Jean Anouilh, *Fables* (1962)

*Jean Anouilh est un auteur de théâtre (▸ p. 164) qui s'est, comme il le dit dans son « Avertissement », offert le plaisir de composer un recueil de fables (une autre fable de ce recueil figure p. 442).*

**La vive**

Un enfant criait sur la plage
Il se tordait sur le sol.
On accourut du voisinage
On l'emporta hurlant, au prochain parasol.
Son petit pied gonflait de seconde en seconde.
Ses cris fendaient le cœur à tout le monde.
C'était pitié de voir souffrir cet innocent.
Un médecin passant,
D'aventure,
S'approcha. (Il ne faisait pas sérieux tout nu.)
Se penchant sur le pauvre petit corps tordu :
« C'est une vive, il faut une voiture,
Dit-il, le pharmacien
Lui fera une piqûre.
Moi, maintenant, je ne puis rien.
Il ajouta : Hélas, jusqu'à l'autre marée,
Le pauvre petit va souffrir beaucoup. »

Prises de panique à ce coup
Les mères affolées groupèrent leur troupeau.
Si un monstre marin était sorti de l'eau
Il ne les eût pas étonnées.

Contexte xx^e s. ► p. 506
Notice biographique ► p. 510
Du même auteur ► p. 164 p. 442
SUJET DE BAC 13 ► p. 255

« C'est trop injuste, disaient-elles ;
Juste à la fin de la journée !
– La sale bête qu'on ne voit même pas !
– Il jouait, Madame, à deux pas ;
Avec sa petite pelle.
Il faisait des petits pâtés, bien gentiment !
– Pourquoi, mon Dieu, pourquoi faut-il donc toujours craindre,
Lorsque l'on a des enfants ?
– Il faut se plaindre,
Dit un vieillard, au Syndicat d'initiative.
Ils demandent assez d'argent.
Ils doivent protéger les gens !
– Il faut bien que chacun vive »,

Dit la vive
Qui avait piqué l'enfant.



**Jean-Denis Malclès** (1912-2002), illustrations (ci-contre et p. 256) pour les *Fables* (1962) de Jean Anouilh (éd. de La Table Ronde).

## Lecture analytique

**1.** Observez la mise en page du texte : que remarquez-vous ? Comparez avec les fables de La Fontaine. Après une première lecture, précisez de quoi il est question dans ces vers.

**2.** Étudiez l'organisation et les étapes du récit : ce dernier suit-il le schéma narratif habituel ? À partir de l'observation des verbes d'action et de leurs sujets, ainsi que des passages au discours direct, dites à quoi s'intéresse surtout le narrateur.

**3.** En prenant appui sur le lexique, sur certaines figures récurrentes et sur la versification, définissez les différents registres présents dans le texte. Quelles informations donnent-ils concernant la ou les visées du texte ?

**4.** Ce texte est, comme le signale son auteur, une fable : en quoi correspond-il à la définition de ce genre ? En quoi en diffère-t-il ? Répondez en utilisant les réponses précédentes et en observant la nature et la fonction des trois derniers vers. Résument-ils un enseignement ?

## Question d'oral

**5.** Étudiez le texte d'Anouilh en montrant tout ce qui l'apparente à une fable, mais aussi ce qui lui confère une certaine originalité. Cette fable aurait-elle selon vous obtenu l'approbation de Rousseau ?

## Oral

**6.** Préparez une lecture du texte à plusieurs voix en identifiant précisément les locuteurs. Quelles difficultés ce travail fait-il apparaître ? À quelles observations ces difficultés conduisent-elles ?

REPÈRES La fable ► p. 259
Imitation, transposition, parodie et pastiche ► p. 461

# 7 Lire l'image : M. Chagall

Marc Chagall (1887-1985), *L'Oiseau blessé d'une flèche* (1926-1927), gouache pour les fables de La Fontaine (Stedelijk Museum, Amsterdam).

**L'oiseau blessé d'une flèche**

Mortellement atteint d'une flèche empennée,
Un oiseau déplorait sa triste destinée,
Et disait, en souffrant un surcroît de douleur :
« Faut-il contribuer à son propre malheur ?
Cruels humains, vous tirez de nos ailes
De quoi faire voler ces machines mortelles ;
Mais ne vous moquez point, engeance sans pitié :
Souvent il vous arrive un sort comme le nôtre. »
Des enfants de Japet toujours une moitié
Fournira des armes à l'autre.

J. de La Fontaine, *Fables* (1693), Livre II, fable VI.

RECHERCHE

**Histoire des arts**

**1.** Trouvez les noms de cinq illustrateurs des fables de La Fontaine et situez-les en donnant leurs dates.

**2.** Cherchez des éléments d'information sur le peintre Marc Chagall et citez quelques-uns de ses thèmes d'inspiration.

## Lecture de l'image

**3.** Observez la composition de l'image et retrouvez les différents éléments de la fable. Sur quoi l'accent est-il mis ? Par quels moyens ?

**4.** Comment pourriez-vous caractériser la manière de peindre de Chagall dans ce tableau ?

## Écriture d'invention

**5.** Composez un article d'une cinquantaine de lignes dans lequel vous expliquerez pourquoi l'illustration des fables de La Fontaine a pu inspirer de nombreux peintres célèbres par d'autres genres de tableaux.

REPÈRES La fable ▸ p. 259
La lecture de l'image ▸ p. 489

# La fable

**La fable, qui renvoie par son étymologie latine – *fabula* – à l'idée de légende, d'histoire inventée, est définie comme un court récit allégorique comportant une moralité, un enseignement. Cette définition met en lumière deux fonctions indissociables : la fable doit divertir mais aussi instruire.**

## Historique de la fable

La fable est un genre littéraire qui remonte à l'Antiquité gréco-latine.

**Ex :** on peut citer les fables d'Ésope (VI^e^ siècle av. J. C.), esclave affranchi à l'esprit vif et acéré, qui composait de courts textes (▸ p. 244 et 245) dont certains étaient destinés à le tirer de situations difficiles. Un auteur latin, Phèdre (I^er^ siècle ap. J.-C.), reprend certaines des fables d'Ésope (▸ p. 246) et en invente d'autres.

Par la suite, la fable est représentée en Europe au XVI^e^ siècle par l'italien Abstemius et au XVII^e^ siècle par l'indien Pilpay. La Fontaine s'en fait une spécialité au XVII^e^ siècle en France (▸ p. 247, 249…) en n'hésitant pas – par admiration pour l'Antiquité – à mêler son inspiration à celle de ses prédécesseurs. On trouve encore des fables à l'époque des Lumières, chez Florian. Au XX^e^ siècle, Jean Anouilh (▸ p. 256) en compose un recueil et réécrit certains textes de La Fontaine, en adoptant un registre, où se mêlent ironie et cynisme.

La fable traverse ainsi les siècles, avec une même vocation, faire **réfléchir** à partir d'un **récit anecdotique** mettant en scène des animaux personnifiés ou des êtres humains.

## Des textes narratifs et dialogués

Les fables sont des textes qui appartiennent au **discours narratif**. On y trouve des **actions** successives situées dans le temps et dans l'espace, accomplies par des personnages, et rapportées par un **narrateur**, l'évolution d'une situation initiale à une situation finale, la présence d'un élément perturbateur. L'ensemble suit le **schéma narratif des contes**.

**Ex :** la fable de l'aigle et de la renarde (▸ p. 244), celle des grenouilles (▸ p. 247), celle du philosophe Scythe (▸ p. 372) montrent les modifications successives d'une situation.

Il arrive souvent que le narrateur laisse la parole aux personnages, à travers des modalités diverses : discours direct, indirect ou indirect libre, discours narrativisé. Cette pratique, qui met en relief plusieurs **voix**, confère à la fable une grande vivacité et l'**actualité** d'une scène à laquelle assisterait le lecteur.

## De la narration à l'enseignement moral

Destinée à **divertir** par sa brièveté, la fable utilise cette caractéristique, et la densité qui en découle, pour remplir une fonction didactique. Celle-ci est facilitée par plusieurs éléments.

– **Un caractère imagé et illustratif** : la fable rapporte des situations concrètes, de manière précise et détaillée, que le lecteur peut se représenter facilement.

**Ex :** l'attitude des grenouilles face au soliveau (▸ p. 247), la vantardise du singe habillé en tigre (▸ p. 254), la manière dont le Scythe émonde ses plantations (▸ p. 372) sont rendues de manière très imagée et vivante. Il ne s'agit pas d'idées mais de mises en scène de situations très clairement identifiables.

– **Un caractère généralisable** : même si certains récits sont au passé, le caractère stéréotypé des situations et celui des personnages, notamment l'utilisation d'animaux personnifiés, facilitent l'assimilation. Les « héros » sont en effet représentatifs de catégories sociales, familiales ou comportementales, et non d'individualités : princes, pauvres, philosophes, sujets, rois, méchants, ambitieux, menteurs… Ainsi, chacun peut se reconnaître et adapter la situation présentée à des cas connus, ou l'inverse, sans se sentir directement concerné. Les lieux et le temps n'appartiennent pas à une époque nettement définie, et même si l'on peut observer des références à l'Histoire, elles restent généralisables.

**Ex :** l'aigle et la renarde représentent deux catégories aux modes de vie différents (▸ p. 244), les grenouilles illustrent la versatilité de la foule (▸ p. 247), le Scythe incarne un dogmatisme peu réfléchi (▸ p. 372).

– **La présence d'une moralité** : l'enseignement de la fable constitue une **thèse** dont le récit lui-même est à la fois l'**argument** et l'**exemple** : les mauvais comportements sont châtiés et les bons récompensés. Le lecteur est ainsi conduit par l'histoire à « décrypter » la leçon. Mais dans bien des cas le **caractère didactique** est souligné par l'intervention du narrateur, qui résume de manière lapidaire et efficace la morale de l'histoire. Il arrive aussi que le rôle du fabuliste se résume à constater, de manière quelque peu désabusée, un état de fait propre à la nature humaine.

La fable mêle divertissement et enseignement, généralisation et cas particulier, image et réflexion, symbole et morale : elle fonctionne donc toujours sur un **système analogique**.

Séquence 14

# Le conte philosophique

## 1 Voltaire, *Zadig ou la Destinée* (1747)

*L'histoire de Zadig, jeune et riche bourgeois confronté à de nombreuses aventures et mésaventures, se situe en Orient. Le sous-titre « ou la destinée » suggère que le conte comporte une réflexion philosophique. Dans le chapitre intitulé « Le souper », Zadig, devenu esclave, puis ami du marchand Sétoc, l'accompagne à la foire de Balzora, grand lieu de rencontre d'ethnies et de religions différentes.*

### Le souper

Sétoc, qui ne pouvait se séparer de cet homme en qui habitait la sagesse, le mena à la grande foire de Balzora[1], où devaient se rendre les plus grands négociants de la terre habitable. Ce fut pour Zadig une consolation sensible de voir tant d'hommes de diverses contrées réunis dans la même place. Il lui paraissait que l'univers était une grande famille qui se rassemblait à Balzora. Il se trouva à table, dès le second jour, avec un Égyptien, un Indien gangaride[2], un habitant du Cathay[3], un Grec, un Celte, et plusieurs autres étrangers qui, dans leurs fréquents voyages vers le golfe Arabique, avaient appris assez d'arabe pour se faire entendre. L'Égyptien paraissait fort en colère. « Quel abominable pays que Balzora ! disait-il ; on m'y refuse mille onces d'or sur le meilleur effet du monde. – Comment donc, dit Sétoc ; sur quel effet vous a-t-on refusé cette somme ? – Sur le corps de ma tante, répondit l'Égyptien ; c'était la plus brave femme d'Égypte. Elle m'accompagnait toujours ; elle est morte en chemin : j'en ai fait une des plus belles momies que nous ayons ; et je trouverais dans mon pays tout ce que je voudrais en la mettant en gage. Il est bien étrange qu'on ne veuille pas seulement me donner ici mille onces d'or sur un effet si solide. » Tout en se courrouçant, il était près de manger d'une excellente poule bouillie, quand l'Indien, le prenant par la main, s'écria avec douleur : « Ah ! qu'allez-vous faire ? – Manger de cette poule, dit l'homme à la momie. – Gardez-vous-en bien, dit le Gangaride ; il se pourrait faire que l'âme de la défunte fût passée dans le corps de cette poule, et vous ne voudriez pas vous exposer à manger votre tante. Faire cuire des poules, c'est outrager manifestement la nature. –

1. Balzora ou Bassora, dans le sud de l'Irak actuel.

2. Habitant près du fleuve Gange.

3. La Chine.

**Ali Quli Jabbadar** (XVIIe siècle), *Chah Sulayman et ses courtisans* (1670), gouache et or sur papier, 23,2 x 42,1 cm (Institut d'études orientales, Saint-Pétersbourg).

Que voulez-vous dire avec votre nature et vos poules ? reprit le colérique Égyptien ; nous adorons un bœuf, et nous en mangeons bien. – Vous adorez un bœuf! est-il possible ? dit l'homme du Gange. – Il n'y a rien de si possible, repartit l'autre ; il y a cent trente-cinq mille ans que nous en usons ainsi, et personne parmi nous n'y trouve à redire. – Ah ! cent trente-cinq mille ans ! dit l'Indien, ce compte est un peu exagéré ; il n'y en a que quatre-vingt mille que l'Inde est peuplée, et assurément nous sommes vos anciens, et Brama[4] nous avait défendu de manger des bœufs avant que vous vous fussiez avisés de les mettre sur les autels et à la broche. – Voilà un plaisant animal que votre Brama, pour le comparer à Apis[5] ! dit l'Égyptien ; qu'a donc fait votre Brama de si beau ? » Le bramin[6] répondit : « C'est lui qui a appris aux hommes à lire et à écrire, et à qui toute la terre doit le jeu des échecs. – Vous vous trompez, dit un Chaldéen[7] qui était auprès de lui ; c'est le poisson Oannès[8] à qui on doit de si grands bienfaits, et il est juste de ne rendre qu'à lui ses hommages. Tout le monde vous dira que c'était un être divin, qu'il avait la queue dorée, avec une belle tête d'homme, et qu'il sortait de l'eau pour venir prêcher à terre trois heures par jour. Il eut plusieurs enfants qui furent rois, comme chacun sait. J'ai son portrait chez moi, que je révère comme je le dois. On peut manger du bœuf tant qu'on veut ; mais c'est assurément une très grande impiété de faire cuire du poisson ; d'ailleurs vous êtes tous deux d'une origine trop peu noble et trop récente pour me rien disputer. La nation égyptienne ne compte que cent trente-cinq mille ans, et les Indiens ne se vantent que de quatre-vingt mille, tandis que nous avons des almanachs de quatre mille siècles. Croyez-moi, renoncez à vos folies, et je vous donnerai à chacun un beau portrait d'Oannès. »

L'homme de Cambalu[9], prenant la parole, dit : « Je respecte fort les Égyptiens, les Chaldéens, les Grecs, les Celtes, Brama, le bœuf Apis, le beau poisson Oannès ; mais peut-être que le Li[10] ou le Tien[10], comme on voudra l'appeler, vaut bien les bœufs et les poissons. Je ne dirai rien de mon pays ; il est aussi grand que la terre d'Égypte, la Chaldée et les Indes ensemble. Je ne dispute pas d'antiquité, parce qu'il suffit d'être heureux, et que c'est fort peu de chose d'être ancien ; mais, s'il fallait parler d'almanachs, je dirais que toute l'Asie prend les nôtres, et que nous en avions de fort bons avant qu'on sût l'arithmétique en Chaldée.

– Vous êtes de grands ignorants tous tant que vous êtes ! s'écria le Grec ; est-ce que vous ne savez pas que le chaos est le père de tout, et que la forme et la matière ont mis le monde dans l'état où il est ? » Ce Grec parla longtemps ; mais

4. Divinité hindoue.

5. Apis : divinité égyptienne.

6. Membre de la première caste de la société hindoue.

7. Chaldéen : habitant de la Chaldée (ancien pays de Mésopotamie).

8. Oannès : dieu poisson dont Voltaire a trouvé la description dans un ouvrage de son époque consacré à la mythologie et aux fables.

9. Cambalu : capitale mongole de l'Empire chinois.

10. Mots chinois qui signifient la lumière et la raison, et qui peuvent désigner Dieu.

il fut enfin interrompu par le Celte, qui, ayant beaucoup bu pendant qu'on disputait, se crut alors plus savant que tous les autres, et dit en jurant qu'il n'y avait que Teutath[11] et le gui de chêne qui valussent la peine qu'on en parlât ; que, pour lui, il avait toujours du gui dans sa poche ; que les Scythes[12], ses ancêtres, étaient les seules gens de bien qui eussent jamais été au monde ; qu'ils avaient, à la vérité, quelquefois mangé des hommes, mais que cela n'empêchait pas qu'on ne dût avoir beaucoup de respect pour sa nation ; et qu'enfin, si quelqu'un parlait mal de Teutath, il lui apprendrait à vivre. La querelle s'échauffa pour lors, et Sétoc vit le moment où la table allait être ensanglantée. Zadig, qui avait gardé le silence pendant toute la dispute, se leva enfin : il s'adressa d'abord au Celte, comme au plus furieux ; il lui dit qu'il avait raison, et lui demanda du gui ; il loua le Grec sur son éloquence, et adoucit tous les esprits échauffés. Il ne dit que très peu de chose à l'homme du Cathay, parce qu'il avait été le plus raisonnable de tous. Ensuite il leur dit : « Mes amis, vous alliez vous quereller pour rien, car vous êtes tous du même avis. » À ce mot, ils se récrièrent tous. « N'est-il pas vrai, dit-il au Celte, que vous n'adorez pas ce gui, mais celui qui a fait le gui et le chêne ? – Assurément, répondit le Celte. – Et vous, monsieur l'Égyptien, vous révérez apparemment dans un certain bœuf celui qui vous a donné les bœufs ? – Oui, dit l'Égyptien. – Le poisson Oannès, continua-t-il, doit céder à celui qui a fait la mer et les poissons. – D'accord, dit le Chaldéen. – L'Indien, ajouta-t-il, et le Cathayen, reconnaissent comme vous un premier principe ; je n'ai pas trop bien compris les choses admirables que le Grec a dites, mais je suis sûr qu'il admet aussi un Être supérieur, de qui la forme et la matière dépendent. » Le Grec, qu'on admirait, dit que Zadig avait très bien pris sa pensée. « Vous êtes donc tous de même avis, répliqua Zadig, et il n'y a pas là de quoi se quereller. » Tout le monde l'embrassa. Sétoc, après avoir vendu fort cher ses denrées, reconduisit son ami Zadig dans sa tribu. Zadig apprit en arrivant qu'on lui avait fait son procès en son absence, et qu'il allait être brûlé à petit feu.

Chapitre douzième (intégral).

11. Divinité gauloise.

12. Peuple vivant entre le Danube et le Don.

Contexte XVIIIe s. ▶ p. 498

Notice biographique ▶ p. 519

Du même auteur ▶ p. 263, p. 267, p. 270, p. 272, p. 398, p. 409, p. 411

## Bilan de lecture

**1.** Donnez le thème général du chapitre et explicitez son titre.

**2.** Observez à quels endroits du texte il est fait référence à Zadig et quel est alors son rôle dans l'histoire : que pouvez-vous remarquer ? Tirez de ces observations des conclusions concernant la composition du chapitre.

**3.** Que mettent en lumière les échanges de paroles entre les différents interlocuteurs au début de la scène ? Étudiez la manière dont le thème initial se transforme progressivement en rivalité : que dénonce ainsi celui qui raconte ?

**4.** Comment se manifeste l'habileté de Zadig ? Explicitez, en le synthétisant, le contenu de son discours.

**5.** Quels sont les registres fréquemment utilisés par celui qui raconte l'histoire ? Quels en sont les effets ? Étudiez aussi la manière dont il manifeste sa présence.

**6.** Définissez la leçon (ou les leçons) qui se dégage(nt) de l'épisode rapporté, en tenant compte de la chute du texte, dont vous expliciterez l'effet.

## Commentaire

**7.** Vous ferez le commentaire de la fin du texte (de *Zadig*, l. 64, à la fin du chapitre) en vous aidant des axes suivants :
– l'expression de la diversité ;
– la mise en relief d'un élément commun et le sens de cette démarche ;
– des caractéristiques du conte philosophique : efficacité du dialogue, sérieux et ironie.

REPÈRES
Le conte philosophique ▶ p. 279
L'ironie ▶ p. 415
L'esprit des Lumières ▶ p. 434

## 2 Voltaire, *Memnon ou la Sagesse humaine* (1749)

*Destiné par son auteur au divertissement de la cour polonaise en exil installée à Nancy,* Memnon *n'en aborde pas moins un thème grave. C'est un conte oriental qui traite de philosophie.*

Memnon conçut un jour le projet insensé d'être parfaitement sage. Il n'y a guère d'hommes à qui cette folie n'ait quelquefois passé par la tête. Memnon se dit à lui-même : « Pour être très sage, et par conséquent très heureux, il n'y a qu'à être sans passions ; et rien n'est plus aisé, comme on sait. Premièrement, je n'aimerai jamais de femme ; car, en voyant une beauté parfaite, je me dirai à moi-même : ces joues-là se rideront un jour ; ces beaux yeux seront bordés de rouge ; cette gorge ronde deviendra plate et pendante ; cette belle tête deviendra chauve. Or je n'ai qu'à la voir à présent des mêmes yeux dont je la verrai alors, et assurément cette tête ne fera pas tourner la mienne.

En second lieu je serai toujours sobre ; j'aurai beau être tenté par la bonne chère, par des vins délicieux, par la séduction de la société ; je n'aurai qu'à me représenter les suites des excès, une tête pesante, un estomac embarrassé, la perte de la raison, de la santé et du temps, je ne mangerai alors que pour le besoin ; ma santé sera toujours égale, mes idées toujours pures et lumineuses. Tout cela est si facile qu'il n'y a aucun mérite à y parvenir.

Ensuite, disait Memnon, il faut penser un peu à ma fortune ; mes désirs sont modérés ; mon bien est solidement placé sur le receveur général des finances de Ninive[1], j'ai de quoi vivre dans l'indépendance : c'est là le plus grand des biens. Je ne serai jamais dans la cruelle nécessité de faire ma cour ; je n'envierai personne, et personne ne m'enviera. Voilà qui est encore très aisé. J'ai des amis, continuait-il, je les conserverai, puisqu'ils n'auront rien à me disputer. Je n'aurai jamais d'humeur avec eux, ni eux avec moi ; cela est sans difficulté. »

Ayant fait ainsi son petit plan de sagesse dans sa chambre, Memnon mit la tête à la fenêtre. Il vit deux femmes qui se promenaient sous des platanes auprès de sa maison. L'une était vieille, et paraissait ne songer à rien ; l'autre était jeune, jolie, et semblait fort occupée. Elle soupirait, elle pleurait, et n'en avait que plus de grâces. Notre sage fut touché, non pas de la beauté de la dame (il était bien sûr de ne pas sentir une telle faiblesse), mais de l'affliction où il la voyait. Il descendit ; il aborda la jeune Ninivienne[2] dans le dessein de la consoler avec sagesse. Cette belle personne lui conta, de l'air le plus naïf et le plus touchant, tout le mal que lui faisait un oncle qu'elle n'avait point ; avec quels artifices il lui avait enlevé un bien qu'elle n'avait jamais possédé, et tout ce qu'elle avait à craindre de sa violence. « Vous me paraissez un homme de si bon conseil,

1. Ville de Mésopotamie.
2. Habitante de Ninive.

*Femme avec un faucon* (vers 1750), miniature indienne (Victoria et Albert Museum, Londres).

lui dit-elle, que si vous aviez la condescendance de venir jusque chez moi, et d'examiner mes affaires, je suis sûre que vous me tireriez du cruel embarras où je suis. » Memnon n'hésita pas à la suivre, pour examiner sagement ses affaires, et pour lui donner un bon conseil.

La dame affligée le mena dans une chambre parfumée, et le fit asseoir avec elle poliment sur un large sofa, où ils se tenaient tous deux les jambes croisées vis-à-vis l'un de l'autre. La dame parla en baissant les yeux, dont il échappait quelquefois des larmes, et qui en se relevant rencontraient toujours les regards du sage Memnon. Ses discours étaient pleins d'un attendrissement qui redoublait toutes les fois qu'ils se regardaient. Memnon prenait ses affaires extrêmement à cœur, et se sentait de moment en moment la plus grande envie d'obliger[3] une personne si honnête et si malheureuse. Ils cessèrent insensiblement, dans la chaleur de la conversation, d'être vis-à-vis l'un de l'autre. Leurs jambes ne furent plus croisées. Memnon la conseilla de si près, et lui donna des avis si tendres, qu'ils ne pouvaient ni l'un ni l'autre parler d'affaires, et qu'ils ne savaient plus où ils en étaient.

Comme ils en étaient là, arrive l'oncle, ainsi qu'on peut bien le penser : il était armé de la tête aux pieds ; et la première chose qu'il dit fut qu'il allait tuer, comme de raison, le sage Memnon et sa nièce ; la dernière qui lui échappa fut qu'il pouvait pardonner pour beaucoup d'argent. Memnon fut obligé de donner tout ce qu'il avait. On était heureux dans ce temps-là d'en être quitte à si bon marché ; l'Amérique n'était pas encore découverte, et les dames affligées n'étaient pas à beaucoup près si dangereuses qu'elles le sont aujourd'hui.

Memnon, honteux et désespéré, rentra chez lui : il y trouva un billet qui l'invitait à dîner avec quelques-uns de ses intimes amis. « Si je reste seul chez moi, dit-il, j'aurai l'esprit occupé de ma triste aventure, je ne mangerai point ; je tomberai malade : il vaut mieux allez faire avec mes amis intimes un repas frugal. J'oublierai, dans la douceur de leur société, la sottise que j'ai faite ce matin. » Il va au rendez-vous ; on le trouve un peu chagrin. On le fait boire pour dissiper sa tristesse. Un peu de vin pris modérément est un remède pour l'âme et pour le corps. C'est ainsi que pense le sage Memnon ; et il s'enivre. On lui propose de jouer après le repas. Un jeu réglé avec des amis est un passe-temps honnête. Il joue ; on lui gagne tout ce qu'il a dans sa bourse, et quatre fois autant sur sa parole. Une dispute s'élève sur le jeu, on s'échauffe : l'un de ses amis intimes lui jette à la tête un cornet[4], et lui crève un œil. On rapporte chez lui le sage Memnon ivre, sans argent, et ayant un œil de moins.

Il cuve un peu son vin, et dès qu'il a la tête plus libre, il envoie son valet chercher de l'argent chez le receveur général des finances de Ninive pour payer ses intimes amis : on lui dit que son débiteur a fait le matin une banqueroute frauduleuse qui met en alarme cent familles. Memnon, outré, va à la cour avec un emplâtre sur l'œil et un placet[5] à la main pour demander justice au roi contre le banqueroutier. Il rencontre dans un salon plusieurs dames qui portaient toutes d'un air aisé des cerceaux[6] de vingt-quatre pieds de circonférence. L'une d'elles, qui le connaissait un peu, dit en le regardant de côté : « Ah ! l'horreur ! » Une autre, qui le connaissait davantage, lui dit : « Bonsoir, monsieur Memnon ; mais vraiment, monsieur Memnon, je suis fort aise de vous voir ; à propos, monsieur Memnon, pourquoi avez-vous perdu un œil ? » Et elle passa sans attendre sa réponse. Memnon se cacha dans un coin, et attendit le moment où il pût se jeter

3. Rendre service.

4. Il s'agit d'un cornet à dés.

5. Demande écrite par laquelle on cherche à obtenir justice.

6. Cercles rigides portés par les femmes pour arrondir leurs jupes.

*Scène de Darbar*, (fin XVIIIe siècle), miniature indienne, gouache sur papier (collection Sangaram Singh, Jaïpur, Rajahstan).

aux pieds du monarque. Ce moment arriva. Il baisa trois fois la terre, et présenta son placet. Sa gracieuse Majesté le reçut très favorablement, et donna le mémoire à un de ses satrapes[7] pour lui en rendre compte. Le satrape tire Memnon à part, et lui dit d'un air de hauteur, en ricanant amèrement : « Je vous trouve un plaisant borgne de vous adresser au roi plutôt qu'à moi, et encore plus plaisant d'oser demander justice contre un honnête banqueroutier que j'honore de ma protection, et qui est le neveu d'une femme de chambre de ma maîtresse. Abandonnez cette affaire-là, mon ami, si vous voulez conserver l'œil qui vous reste.

Memnon, ayant ainsi renoncé le matin aux femmes, aux excès de table, au jeu, à toute querelle, et surtout à la cour, avait été avant la nuit trompé et volé par une belle dame, s'était enivré, avait joué, avait eu une querelle, s'était fait crever un œil, et avait été à la cour, où l'on s'était moqué de lui.

Pétrifié d'étonnement et navré de douleur, il s'en retourne la mort dans le cœur. Il veut rentrer chez lui ; il y trouve des huissiers qui démeublaient sa maison de la part de ses créanciers. Il reste presque évanoui sous un platane ; il y rencontre la belle dame du matin, qui se promenait avec son cher oncle, et qui éclata de rire en voyant Memnon avec son emplâtre. La nuit vint ; Memnon se

7. Dignitaires proches des monarques orientaux.

coucha sur de la paille auprès des murs de sa maison. La fièvre le saisit; il s'endormit dans l'accès, et un esprit céleste lui apparut en songe.

Il était tout resplendissant de lumière. Il avait six belles ailes, mais ni pieds, ni tête, ni queue, et ne ressemblait à rien. « Qui es-tu? lui dit Memnon. – Ton bon génie, lui répondit l'autre. – Rends-moi donc mon œil, ma santé, mon bien, ma sagesse, lui dit Memnon. » Ensuite il lui conta comment il avait perdu tout cela en un jour. « Voilà des aventures qui ne nous arrivent jamais dans le monde que nous habitons, dit l'esprit. – Et quel monde habitez-vous? dit l'homme affligé. – Ma patrie, répondit-il, est à cinq cents millions de lieues du soleil, dans une petite étoile auprès de Sirius, que tu vois d'ici. – Le beau pays! dit Memnon; quoi! vous n'avez point chez vous de coquines qui trompent un pauvre homme, point d'amis intimes qui lui gagnent son argent et qui lui crèvent un œil, point de banqueroutiers, point de satrapes qui se moquent de vous en vous refusant justice? – Non, dit l'habitant de l'étoile, rien de tout cela. Nous ne sommes jamais trompés par les femmes, parce que nous n'en avons point; nous ne faisons point d'excès de table, parce que nous ne mangeons point; nous n'avons point de banqueroutiers, parce qu'il n'y a chez nous ni or ni argent; on ne peut pas nous crever les yeux, parce que nous n'avons point de corps à la façon des vôtres; et les satrapes ne nous font jamais d'injustice, parce que dans notre petite étoile tout le monde est égal. »

Memnon lui dit alors: « Monseigneur, sans femme et sans dîner, à quoi passez-vous votre temps? – À veiller, dit le génie, sur les autres globes qui nous sont confiés; et je viens pour te consoler. – Hélas! reprit Memnon, que ne veniez-vous la nuit passée pour m'empêcher de faire tant de folies? – J'étais auprès d'Assan, ton frère aîné, dit l'être céleste. Il est plus à plaindre que toi. Sa gracieuse Majesté le roi des Indes, à la cour duquel il a l'honneur d'être, lui a fait crever les deux yeux pour une petite indiscrétion, et il est actuellement dans un cachot, les fers aux pieds et aux mains. – C'est bien la peine, dit Memnon, d'avoir un bon génie dans une famille pour que, de deux frères, l'un soit borgne, l'autre aveugle; l'un couché sur la paille, l'autre en prison. – Ton sort changera, reprit l'animal de l'étoile. Il est vrai que tu seras toujours borgne; mais, à cela près, tu seras assez heureux, pourvu que tu ne fasses jamais le sot projet d'être parfaitement sage. – C'est donc une chose à laquelle il est impossible de parvenir? s'écria Memnon en soupirant. – Aussi impossible, lui répliqua l'autre, que d'être parfaitement habile, parfaitement fort, parfaitement puissant, parfaitement heureux. Nous-mêmes, nous en sommes bien loin. Il y a un globe où tout cela se trouve; mais dans les cent mille millions de mondes qui sont dispersés dans l'étendue tout se suit par degrés. On a moins de sagesse et de plaisir dans le second que dans le premier, moins dans le troisième que dans le second, ainsi du reste jusqu'au dernier, où tout le monde est complètement fou. – J'ai bien peur, dit Memnon, que notre petit globe terraqué[8] ne soit précisément les petites-maisons de l'univers dont vous me faites l'honneur de me parler. – Pas tout à fait, dit l'esprit; mais il en approche: il faut que tout soit en sa place. – Eh mais! dit Memnon, certains poètes, certains philosophes, ont donc grand tort de dire que *tout est bien*[9]? – Ils ont grande raison, dit le philosophe de là-haut, en considérant l'arrangement de l'univers entier. – Ah! je ne croirai cela, répliqua le pauvre Memnon, que quand je ne serai plus borgne. »

Conte intégral.

8. Composé de terre et d'eau.

9. Ce thème du « tout est bien » se retrouve dans *Candide*.

Contexte XVIIIe s. ▸ p. 498
Notice biographique ▸ p. 519
Du même auteur ▸ p. 260, p. 267, p. 270, p. 272, p. 398, p. 409, p. 411
SUJET DE BAC 14 ▸ p. 277

## Bilan de lecture

**1.** À partir d'une expression qui figure au début et à la fin du conte, dites en une phrase quel est son thème. Qu'est-ce qui suscite, d'emblée, la curiosité du lecteur ?
**2.** Déterminez la structure du conte et son « fonctionnement » global, des résolutions initiales à l'apparition de « l'esprit céleste ».
**3.** Caractérisez les résolutions initiales et dites ce qu'elles révèlent du caractère de Memnon. Retrouvez ensuite, dans les différentes étapes du récit, des éléments qui renvoient à chacune de ces résolutions. Quel est le caractère commun à ces différentes étapes ?
**4.** Établissez une liste des raisons pouvant expliquer l'échec de Memnon : que révèlent ces raisons, sur Memnon, sur les êtres humains, sur la vie en général ?
**5.** Déterminez le rôle de « l'esprit céleste » et dégagez les différents enseignements du conte, en précisant dans quels domaines ils se situent.
**6.** Définissez le ton général du conte et dites quels procédés contribuent au plaisir de la lecture.

## Lecture de l'image

**7.** Cherchez ce qu'on appelle une « miniature » et précisez quelle est la technique utilisée pour chacune des deux miniatures représentées (▸ p. 263 et 265). En quoi peut-on parler de stylisation pour la première ?
**8.** À quel épisode de *Memnon* la première image (▸ p. 263) peut-elle correspondre ? Répondez en prenant appui sur certains détails du texte et sur le personnage représenté.
**9.** Le mot « darbar » désigne une audience publique accordée par un souverain indien. À partir de cette définition, interprétez la scène représentée sur l'image de la page 265, puis cherchez quel épisode de *Memnon* elle pourrait illustrer.

**REPÈRES**
Le conte philosophique ▸ p. 279
L'ironie ▸ p. 415
L'esprit des Lumières ▸ p. 434

# 3 Voltaire,

## *Candide ou l'Optimisme* (1759)

*Présenté comme « traduit de l'allemand » et écrit par un certain Docteur Ralph,* Candide ou l'optimisme *a pour thème une réflexion qui figurait déjà dans* Memnon *(▸ p. 263) dix ans plus tôt, et qui se traduit par la formule « Tout est bien ». Le premier chapitre, donné ici intégralement, permet de compléter l'analyse du conte philosophique engagée avec les textes qui précèdent.*

### Comment Candide fut élevé dans un beau château et comment il fut chassé d'icelui[1]

Il y avait en Vestphalie, dans le château de monsieur le baron de Thunder-ten-tronckh, un jeune garçon à qui la nature avait donné les mœurs les plus douces. Sa physionomie annonçait son âme. Il avait le jugement assez droit, avec l'esprit le plus simple ; c'est, je crois, pour cette raison qu'on le nommait Candide. Les anciens domestiques de la maison soupçonnaient qu'il était fils de la sœur de monsieur le baron, et d'un bon et honnête gentilhomme du voisinage, que cette demoiselle ne voulut jamais épouser parce qu'il n'avait pu prouver que soixante et onze quartiers[2], et que le reste de son arbre généalogique avait été perdu par l'injure du temps.

1. Formule d'ancien français pour « celui-ci ».

2. Soixante et onze ascendants de noblesse authentique.

Monsieur le baron était un des plus puissants seigneurs de la Vestphalie, car son château avait une porte et des fenêtres. Sa grande salle même était ornée d'une tapisserie. Tous les chiens de ses basses-cours composaient une meute dans le besoin ; ses palefreniers[3] étaient ses piqueurs[4], le vicaire[5] du village était son grand aumônier[6]. Ils l'appelaient tous Monseigneur, et ils riaient quand il faisait des contes.

Madame la baronne, qui pesait environ trois cent cinquante livres[7], s'attirait par là une très grande considération, et faisait les honneurs de la maison avec une dignité qui la rendait encore plus respectable. Sa fille Cunégonde, âgée de dix-sept ans, était haute en couleur, fraîche, grasse, appétissante. Le fils du baron paraissait en tout digne de son père. Le précepteur Pangloss était l'oracle de la maison, et le petit Candide écoutait ses leçons avec toute la bonne foi de son âge et de son caractère.

Pangloss enseignait la métaphysico-théologo-cosmolonigologie. Il prouvait admirablement qu'il n'y a point d'effet sans cause, et que, dans ce meilleur des mondes possibles, le château de monseigneur le baron était le plus beau des châteaux, et madame la meilleure des baronnes possibles.

« Il est démontré, disait-il, que les choses ne peuvent être autrement : car tout étant fait pour une fin, tout est nécessairement pour la meilleure fin. Remarquez bien que les nez ont été faits pour porter des lunettes ; aussi avons-nous des lunettes. Les jambes sont visiblement instituées pour être chaussées, et nous avons des chausses[8]. Les pierres ont été formées pour être taillées et pour en faire des châteaux ; aussi monseigneur a un très beau château : le plus grand baron de la province doit être le mieux logé ; et les cochons étant faits pour être mangés, nous mangeons du porc toute l'année. Par conséquent, ceux qui ont avancé que tout est bien ont dit une sottise : il fallait dire que tout est au mieux. »

Candide écoutait attentivement, et croyait innocemment : car il trouvait mademoiselle Cunégonde extrêmement belle, quoiqu'il ne prît jamais la hardiesse de le lui dire. Il concluait qu'après le bonheur d'être né baron de Thunder-ten-tronckh, le second degré de bonheur était d'être mademoiselle Cunégonde ; le troisième, de la voir tous les jours ; et le quatrième, d'entendre maître Pangloss, le plus grand philosophe de la province, et par conséquent de toute la Terre.

Un jour, Cunégonde, en se promenant auprès du château, dans le petit bois qu'on appelait parc, vit entre des broussailles le docteur Pangloss qui donnait une leçon de physique expérimentale à la femme de chambre de sa mère, petite brune très jolie et très docile. Comme mademoiselle Cunégonde avait beaucoup de disposition pour les sciences, elle observa, sans souffler, les expériences réitérées[9] dont elle fut témoin ; elle vit clairement la raison suffisante du docteur, les effets et les causes, et s'en retourna tout agitée, toute pensive, toute remplie du désir d'être savante,

3. Personnes qui pansent les chevaux.

4. Personnel s'occupant de la meute de chiens.

5. Curé du village.

6. Prêtre attaché à un prince et à sa cour.

7. Plus de cent kilos.

8. Bas.

9. Répétées.

**Moreau Le Jeune** (1741-1814), illustration pour *Candide* de Voltaire.

songeant qu'elle pourrait bien être la raison suffisante du jeune Candide, qui pouvait aussi être la sienne.

Elle rencontra Candide en revenant au château, et rougit; Candide rougit aussi; elle lui dit bonjour d'une voix entrecoupée, et Candide lui parla sans savoir ce qu'il disait. Le lendemain, après le dîner, comme on sortait de table, Cunégonde et Candide se trouvèrent derrière un paravent; Cunégonde laissa tomber son mouchoir, Candide le ramassa; elle lui prit innocemment la main; le jeune homme baisa innocemment la main de la jeune demoiselle avec une vivacité, une sensibilité, une grâce toute particulière; leurs bouches se rencontrèrent, leurs yeux s'enflammèrent, leurs genoux tremblèrent, leurs mains s'égarèrent. Monsieur le baron de Thunder-ten-tronckh passa auprès du paravent, et, voyant cette cause et cet effet, chassa Candide du château à grands coups de pied dans le derrière; Cunégonde s'évanouit: elle fut souffletée par madame la baronne dès qu'elle fut revenue à elle-même; et tout fut consterné dans le plus beau et le plus agréable des châteaux possibles.

Chapitre premier (intégral).

Contexte XVIIIe s. ▸ p. 498
Notice biographique ▸ p. 519
Du même auteur ▸ p. 260, p. 263, p. 270, p. 272, p. 398, p. 409, p. 411

## Bilan de lecture

**1.** Retrouvez dans le texte toutes les informations contenues dans le titre du chapitre et précisez quelle est sa structure.

**2.** Parmi tous les éléments qui composent ce chapitre, retrouvez et classez ceux qui font référence aux contes merveilleux.

**3.** Comment ces éléments sont-ils traités ici par le narrateur? Quels sont les effets de ce traitement, d'une part en ce qui concerne les personnages eux-mêmes, d'autre part sur le plan des idées énoncées à travers leur présentation?

**4.** L'un des personnages est caractérisé par sa « philosophie »: dites en quoi elle consiste et retrouvez dans le chapitre des éléments qui y renvoient de manière explicite.

**5.** Repérez les différents indices de la présence du conteur et définissez le ou les registres du texte, ainsi que les effets produits.

**6.** À quel mythe très connu le départ de Candide fait-il référence? Qu'est-ce que le lecteur peut alors attendre dans la suite de l'histoire?

## Question d'oral

**7.** Étudiez les deux derniers paragraphes du chapitre (l. 46 à 72) en montrant comment l'épisode rapporté se situe dans la ligne de ce qui précède, tout en constituant une rupture.

## Commentaire

**8.** Commentez les cinq premiers paragraphes du chapitre (l. 1 à 35) en vous aidant des axes suivants:
- le début d'un conte merveilleux;
- la présence de distorsions inattendues;
- un conte qui ne se contente pas de raconter.

## Écriture d'invention

**9.** En prenant modèle sur le chapitre premier de *Candide*, composez un incipit de conte philosophique construit à partir de personnages de notre époque. Présentez ces personnages les uns après les autres et faites comprendre vers quelle critique ou vers quels enseignements s'orientent toutes les composantes de ce début. Faites en sorte d'attirer la curiosité du lecteur sans lui en dire trop sur la suite, mais en créant un effet de suspens.

REPÈRES
Le conte philosophique ▸ p. 279
L'ironie ▸ p. 415
L'esprit des Lumières ▸ p. 434

# 4 Voltaire, *Histoire d'un bon bramin* (1761)

*L'*Histoire d'un bon bramin*, que Voltaire considérait comme une parabole*[1] *est, comme* Zadig *(*▶ p. 260*), et* Memnon *(*▶ p. 263*) un conte oriental et philosophique qui traite d'un thème récurrent à l'époque des Lumières.*

Je rencontrai dans mes voyages un vieux bramin[2], homme fort sage, plein d'esprit, et très savant ; de plus, il était riche, et, partant, il en était plus sage encore : car, ne manquant de rien, il n'avait besoin de tromper personne. Sa famille était très bien gouvernée par trois belles femmes qui s'étudiaient à lui plaire ; et, quand il ne s'amusait pas avec ses femmes, il s'occupait à philosopher.

Près de sa maison, qui était belle, ornée et accompagnée de jardins charmants, demeurait une vieille Indienne, bigote, imbécile, et assez pauvre.

Le bramin me dit un jour : « Je voudrais n'être jamais né. » Je lui demandai pourquoi. Il me répondit : « J'étudie depuis quarante ans, ce sont quarante années de perdues ; j'enseigne les autres, et j'ignore tout : cet état porte dans mon âme tant d'humiliation et de dégoût que la vie m'est insupportable. Je suis né, je vis dans le temps, et je ne sais pas ce que c'est que le temps ; je me trouve dans un point entre deux éternités, comme disent nos sages, et je n'ai nulle idée de l'éternité. Je suis composé de matière ; je pense, je n'ai jamais pu m'instruire de ce qui produit la pensée ; j'ignore si mon entendement est en moi une simple faculté, comme celle de marcher, de digérer, et si je pense avec ma tête comme je prends avec mes mains. Non seulement le principe de ma pensée m'est inconnu, mais le principe de mes mouvements m'est également caché : je ne sais pour quoi j'existe. Cependant on me fait chaque jour des questions sur tous ces points : il faut répondre ; je n'ai rien de bon à dire ; je parle beaucoup, et je demeure confus et honteux de moi-même après avoir parlé.

« C'est bien pis quand on me demande si Brama[3] a été produit par Vitsnou[3], ou s'ils sont tous deux éternels. Dieu m'est témoin que je n'en sais pas un mot, et il y paraît bien à mes réponses. « Ah ! mon révérend père, me dit-on, apprenez-nous comment le mal inonde toute la Terre. » Je suis aussi en peine que ceux qui me font cette question : je leur dis quelquefois que tout est le mieux du monde ; mais ceux qui ont été ruinés et mutilés à la guerre n'en croient rien, ni moi non plus ; je me retire chez moi accablé de ma curiosité et de mon ignorance. Je lis nos anciens livres, et ils redoublent mes ténèbres. Je parle à mes compagnons : les uns me répondent qu'il faut jouir de la vie, et se moquer des hommes ; les autres croient savoir quelque chose, et se perdent dans des idées extravagantes ; tout augmente le sentiment douloureux que j'éprouve. Je suis prêt quelquefois de tomber dans le désespoir, quand je songe qu'après toutes mes recherches je ne sais ni d'où je viens, ni ce que je suis, ni où j'irai, ni ce que je deviendrai. »

L'état de ce bon homme me fit une vraie peine : personne n'était ni plus raisonnable ni de meilleure foi que lui. Je conçus que plus il avait de lumières dans son entendement et de sensibilité dans son cœur, plus il était malheureux.

Je vis le même jour la vieille femme qui demeurait dans son voisinage : je lui demandai si elle avait jamais été affligée de ne savoir pas comment son âme était faite. Elle ne comprit seulement pas ma question : elle n'avait jamais réfléchi un

1. Détail donné par René Pomeau dans la présentation de l'*Histoire d'un bon bramin*, éd. GF-Flammarion, 1966.

2. Membre de la première des castes hindoues.

3. Divinités de la religion hindoue.

Miniature moghol, *Un prince en discussion avec un homme de religion tenant un livre* (XVIIIe siècle), Victoria & Albert Museum, Londres.

seul moment de sa vie sur un seul des points qui tourmentaient le bramin ; elle croyait aux métamorphoses de Vitsnou de tout son cœur, et pourvu qu'elle pût avoir quelquefois de l'eau du Gange[4] pour se laver, elle se croyait la plus heureuse des femmes.

Frappé du bonheur de cette pauvre créature, je revins à mon philosophe, et je lui dis : « N'êtes-vous pas honteux d'être malheureux, dans le temps qu'à votre porte il y a un vieil automate qui ne pense à rien, et qui vit content ? – Vous avez raison, me répondit-il ; je me suis dit cent fois que je serais heureux si j'étais aussi sot que ma voisine, et cependant je ne voudrais pas d'un tel bonheur. »

Cette réponse de mon bramin me fit une plus grande impression que tout le reste ; je m'examinai moi-même, et je vis qu'en effet je n'aurais pas voulu être heureux à condition d'être imbécile.

Je proposai la chose à des philosophes, et ils furent de mon avis. « Il y a pourtant, disais-je, une furieuse contradiction dans cette façon de penser : car enfin de quoi s'agit-il ? D'être heureux. Qu'importe d'avoir de l'esprit ou d'être sot ? Il y a bien plus : ceux qui sont contents de leur être sont bien sûrs d'être contents ; ceux qui raisonnent ne sont pas si sûrs de bien raisonner. Il est donc clair, disais-je, qu'il faudrait choisir de n'avoir pas le sens commun, pour peu que ce sens commun contribue à notre mal-être. » Tout le monde fut de mon avis, et cependant je ne trouvai personne qui voulût accepter le marché de devenir imbécile pour devenir content. De là je conclus que, si nous faisons cas du bonheur, nous faisons encore plus de cas de la raison.

Mais, après y avoir réfléchi, il paraît que de préférer la raison à la félicité, c'est être très insensé. Comment donc cette contradiction peut-elle s'expliquer ? Comme toutes les autres. Il y a là de quoi parler beaucoup.

Conte intégral.

4. Le Gange, en Inde, est le fleuve sacré des hindous, qui considèrent que son eau est purificatrice.

Contexte XVIIIe s. ► p. 498
Notice biographique ► p. 519
Du même auteur ► p. 260, p. 263, p. 267, p. 272, p. 398, p. 409, p. 411

**RECHERCHE**

**Histoire littéraire**

**1.** Citez les titres et les dates d'au moins quatre contes philosophiques de Voltaire faisant référence à l'Orient.

## Bilan de lecture

**2.** Par qui le conte est-il pris en charge ? Ce narrateur se contente-t-il de raconter une situation vécue ? Qui pourrait être ce *je* ? À qui fait-il penser ?

**3.** Mettez en parallèle la situation matérielle du bramin et le contenu de ses paroles (l. 9 à 35). Quelles distorsions apparaissent ? Qu'y a-t-il de désespérant dans ses propos ? Sur quoi mettent-ils l'accent ?

**4.** Quels sont les traits caractéristiques de la vieille femme voisine du bramin ?

**5.** Définissez la méthode employée par le narrateur pour tenter de mieux comprendre les points de vue opposés.

**6.** À quoi sert ce conte ? Donnez votre point de vue en précisant ce qu'il vous a appris ou ce sur quoi il vous a fait réfléchir.

## Dissertation

**7.** En vous appuyant sur les contes que vous connaissez, vous montrerez comment le discours narratif se met au service de l'argumentation pour délivrer un message moral. Vous vous interrogerez aussi sur les limites d'un tel pouvoir.

## Travail sur un corpus de textes

**8.** À partir de l'extrait de *Zadig* (► p. 260) et des deux contes intégraux *Memnon* (► p. 263) et *Histoire d'un bon bramin* (► p. 270), dégagez plusieurs caractéristiques du conte philosophique tel que le conçoit Voltaire : nature du héros et de ses aventures, situation de l'action dans le temps et dans l'espace, utilisation de la fiction orientale, registres, leçons diverses et thèmes de réflexion.

**REPÈRES** Le conte philosophique ► p. 279
L'esprit des Lumières ► p. 434

**Jean-Baptiste Greuze** (1725-1805), *Tête de jeune fille*, pastel (Musée du Louvre, Paris).

# 5 Voltaire, *L'Ingénu* (1767)

*L'Ingénu est un conte qui met en scène un huron d'Amérique du Nord venu en France et confronté à la société française du règne de Louis XIV. Mais ce sont les différents abus propres au pouvoir politique et religieux du* XVIII$^{e}$ *siècle qui sont dénoncés à travers ses mésaventures. Alors qu'il est interné arbitrairement, la condition mise à sa libération est que sa fiancée, M$^{lle}$ de Saint-Yves, accepte les avances d'un certain M. de Saint-Pouange, personnage haut placé. Elle consulte alors son confesseur.*

## Elle consulte un jésuite

Dès que la belle et désolée Saint-Yves fut avec son bon confesseur, elle lui confia qu'un homme puissant et voluptueux lui proposait de faire sortir de prison celui qu'elle devait épouser légitimement[1], et qu'il demandait un grand prix de son service ; qu'elle avait

Louis Carrogis, dit **Carmontelle** (1717-1806), *Le père Matt, jésuite*, dessin, aquarelle, gouache et sanguine, 12,5 x 16,5 cm (Musée Condé, Chantilly).

une répugnance horrible pour une telle infidélité, et que, s'il ne s'agissait que de sa propre vie, elle la sacrifierait plutôt que de succomber.

« Voilà un abominable pécheur! lui dit le père Tout-à-tous. Vous devriez bien me dire le nom de ce vilain homme: c'est à coup sûr quelque janséniste; je le dénoncerai à sa révérence le père de La Chaise, qui le fera mettre dans le gîte[2] où est à présent la chère personne que vous devez épouser. »

La pauvre fille, après un long embarras et de grandes irrésolutions, lui nomma enfin Saint-Pouange.

« Monseigneur de Saint-Pouange! s'écria le jésuite; ah! ma fille, c'est tout autre chose; il est cousin du plus grand ministre que nous ayons jamais eu, homme de bien, protecteur de la bonne cause, bon chrétien; il ne peut avoir eu une telle pensée; il faut que vous ayez mal entendu. – Ah! mon père, je n'ai entendu que trop bien; je suis perdue, quoi que je fasse; je n'ai que le choix du malheur et de la honte: il faut que mon amant reste enseveli tout vivant, ou que je me rende indigne de vivre. Je ne puis le laisser périr, et je ne puis le sauver. »

Le père Tout-à-tous tâcha de la calmer par ces douces paroles:

« Premièrement, ma fille, ne dites jamais ce mot *mon amant*; il y a quelque chose de mondain qui pourrait offenser Dieu. Dites *mon mari*; car, bien qu'il ne le soit pas encore, vous le regardez comme tel; et rien n'est plus honnête.

Secondement, bien qu'il soit votre époux en idée, en espérance, il ne l'est pas en effet: ainsi vous ne commettriez pas un adultère, péché énorme qu'il faut toujours éviter autant qu'il est possible.

Troisièmement, les actions ne sont pas d'une malice de coulpe[3] quand l'intention est pure, et rien n'est plus pur que de délivrer votre mari.

Quatrièmement, vous avez des exemples dans la sainte Antiquité, qui peuvent merveilleusement servir à votre conduite. Saint Augustin[4] rapporte que sous le proconsulat de Septimius Acyndinus, en l'an 340 de notre salut, un pauvre homme, ne pouvant payer à César ce qui appartenait à César, fut condamné à mort, comme il est juste, malgré la maxime: *Où il n'y a rien le roi perd ses droits*. Il s'agissait d'une livre d'or; le condamné avait une femme en qui Dieu avait mis la beauté et la prudence. Un vieux richard promit de donner une livre d'or, et même plus, à la dame, à condition qu'il commettrait avec elle le péché immonde. La dame ne crut point mal faire en sauvant la vie à son mari. Saint Augustin approuve fort sa généreuse résignation. Il est vrai que le vieux richard la trompa, et peut-être même son mari n'en fut pas moins pendu; mais elle avait fait tout ce qui était en elle pour sauver sa vie.

1. Le huron.
2. La prison.
3. La malice est la mauvaise intention et la coulpe est le péché.
4. Auteur latin (354-430) qui fut évêque (► p. 518).

5. Monsieur de Saint Pouange.

Contexte XVIIIe s. ► p. 498
Notice biographique ► p. 519
Du même auteur ► p. 260 p. 263 p. 267 p. 270 p. 398 p. 409 p. 411

Soyez sûre, ma fille, que quand un jésuite vous cite saint Augustin, il faut que ce saint ait pleinement raison. Je ne vous conseille rien, vous êtes sage ; il est à présumer que vous serez utile à votre mari. Monseigneur de Saint-Pouange est un honnête homme, il ne vous trompera pas : c'est tout ce que je puis vous dire ; je prierai Dieu pour vous, et j'espère que tout se passera à sa plus grande gloire. »

La belle Saint-Yves, non moins effrayée des discours du jésuite que des propositions du sous-ministre[5] s'en retourna éperdue chez son amie. Elle était tentée de se délivrer, par la mort, de l'horreur de laisser dans une captivité affreuse l'amant qu'elle adorait, et de la honte de le délivrer au prix de ce qu'elle avait de plus cher, et qui ne devait appartenir qu'à cet amant infortuné.

Chapitre seizième (intégral).

## RECHERCHE

### Histoire littéraire

**1.** Faites une recherche concernant le jansénisme et expliquez ce qu'était l'ordre des jésuites. Quels rôles les jansénistes et les jésuites ont-ils joué par rapport à l'*Encyclopédie* ? Dans une biographie de Voltaire, cherchez quelles étaient leurs relations avec cet auteur.

**2.** Cherchez le sens du mot « casuistique » et expliquez pourquoi on peut utiliser ce terme à propos des arguments utilisés par le confesseur.

## Lecture analytique

**3.** Dites quel est le thème du chapitre, en définissant et en caractérisant la situation dans laquelle se trouve l'héroïne, puis mettez en parallèle le début et la fin (premier et dernier paragraphe) : que remarquez-vous ?

**4.** Expliquez en quoi consiste l'argumentation du jésuite : reformulez les différents arguments en précisant à quel domaine ils appartiennent. Qu'ont-ils en commun ?

**5.** À partir de ses arguments, caractérisez la manière de raisonner du jésuite : que révèle-t-elle chez ce personnage ?

**6.** Expliquez en quoi ce chapitre est particulièrement dénonciateur en classant les différentes cibles et les différentes critiques. Identifiez certains procédés qui contribuent à l'efficacité de la dénonciation. Comment pourrait-on formuler la leçon du chapitre ?

## Écriture d'invention

**7.** Réécrivez ce chapitre seizième sous forme de dialogue de théâtre. Ajoutez des répliques et des didascalies de manière à supprimer tout élément narratif.

## Lecture de l'image

**8.** Quels sentiments, quelles émotions la représentation de la page 272 vous semble-t-elle exprimer ? Observez et analysez par quelles techniques est rendu son caractère expressif.

**9.** Quelles relations pouvez-vous établir entre cette image et l'un des personnages de l'extrait ?

REPÈRES
Le conte philosophique ► p. 279
L'esprit des Lumières ► p. 434
L'*Encyclopédie* ► p. 414
La délibération ► p. 297

# 6 René Pomeau, Introduction aux *Romans et contes* de Voltaire (1966)

*Spécialiste de Voltaire, René Pomeau a réuni ses contes et romans dans un ouvrage qui commence par une présentation de « Voltaire conteur ». Le texte qui suit en est la conclusion.*

Page de titre de *Candide*, édition de 1759 (BnF, Paris).

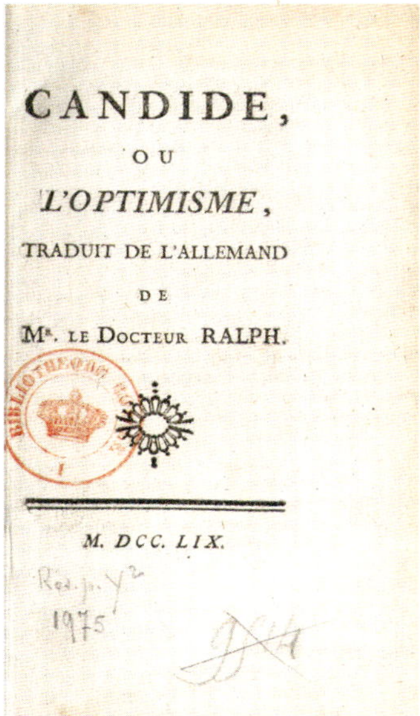


Le conte voltairien ordinairement s'élabore autour d'un protagoniste, tantôt acteur, tantôt témoin des aventures, mais toujours, de celles-ci, commentateur philosophique. Tout ce qui advient est au passage salué de ses réflexions ou interrogations. La glose[1] gagne naturellement en intérêt à mesure que l'événement devient plus insolite, offrant des contrastes plus accentués. La variété narrative concourt à l'exercice de la pensée. Aussi Voltaire promène-t-il son Zadig non seulement de Babylone en Égypte et retour, mais dans les hauts et les bas de la société. Simple particulier, époux de femmes infidèles, premier ministre, esclave, affranchi, prétendant évincé du trône, roi enfin et possesseur d'Astarté : dans ces mille traverses le héros ne cesse de faire ses réflexions. Il médite à bâtons rompus, mais selon un leitmotiv[2] : comment un homme tel que lui, paré de toutes les qualités, n'obtient-il pas de la Destinée le bonheur qu'il mérite ?

Le retour périodique de l'interrogation rythme le récit, et en resserre l'unité. Pareillement *Candide*, à intervalles inégaux mais assez réguliers pour que l'effet soit perçu, est ponctué par le refrain du « meilleur des mondes ».

Or ces questions sont celles qu'agite Voltaire philosophe. Lui-même parle par la bouche des Babouc, Memnon, Zadig, Scarmentado, Candide, l'Ingénu[3]. Il a constitué dans le *corpus* de ses contes le plus agréable répertoire de ses idées. Encore est-ce trop peu de dire que les protagonistes sont ses porte-parole. Ils sont lui-même. Le fond de leurs personnages est sa propre activité incessante d'observation critique, vertu éminemment voltairienne attestée à chaque page de sa *Correspondance*. Il va jusqu'à leur prêter, parfois, quelques particularités de son histoire personnelle. Zadig pâtit comme lui du fanatisme de l'archimage Yébor (Boyer, évêque de Mirepoix, l'un de ses ennemis à la cour de Louis XV). Tous deux ont connu l'inconstance féminine (Voltaire celle de Mme Denis, avant de surprendre celle de Mme du Châtelet[4]), et l'inconstance des rois. Candide, de concert avec l'hôte des Délices et le seigneur de Ferney, invente le bonheur du « jardin ». Comme jadis le jeune Arouet[5], l'Ingénu est emmuré vivant dans la Bastille. Non que Voltaire aille jusqu'à l'autobiographie : de tels détails, épisodiques, confirment seulement qu'il a créé ces personnages à partir de lui-même.

Page de titre de *Memnon*, édition de 1747 (BnF, Paris).

Ils sont un Voltaire rajeuni, embelli, corrigé. En eux il s'est mis tel qu'il est et tel qu'il s'imagine. Il leur insuffle

1. Ensemble de commentaires et d'explications.
2. Sorte de refrain, idée qui revient sans cesse.
3. Noms de personnages des contes.
4. Noms de deux maîtresses de Voltaire.
5. Patronyme de Voltaire, qu'il a transformé par anagramme.

son « insolence naturelle », son érudition ironique. Comme lui, d'un mot ils dénoncent les illusions, les impostures, les crimes.

Car les « gestes[6] » de ces personnages ne sont point œuvres gratuites, inventées pour le seul plaisir. Dans le chapitre du *Taureau blanc*[7] où il s'explique sur l'art de conter, il souhaite que le conte « sous le voile de la fable laisse entrevoir aux yeux exercés une vérité fine qui échappe au vulgaire » ; il demande que la fable soit « bien vraie, bien avérée et bien morale ». S'il ne respecte guère le réalisme qu'il semble exiger, du moins propose-t-il des allégories lestées de sens. Mais qui évitent l'écueil du genre allégorique. Il ne juxtapose pas l'image à l'idée, dans une mise en œuvre pédagogique. Son inspiration militante est inhérente au récit, non surajoutée. Sa philosophie se fait homme dans le héros du conte, lequel se confond avec lui-même. Dès lors les images où sa pensée prend corps ressemblent moins aux classiques allégories qu'aux symboles quelque peu énigmatiques d'un art plus moderne. En leur centre ces clairs récits recèlent quelque chose qui résiste à l'élucidation. Légers mais consistants, les meilleurs possèdent finalement l'épaisseur des grandes œuvres.

« Voltaire conteur », introduction aux *Romans et contes* de Voltaire © éd. GF-Flammarion, 1966.

6. Succession d'aventures, comme dans les épopées médiévales.

7. *Le Taureau blanc* est un autre conte oriental de Voltaire.

Couverture des *Romans et contes* de Voltaire, illustrée avec une miniature tirée des *Costumes de la cour de Constantinople* (Turquie, 1720), édition de 1966 (GF-Flammarion).

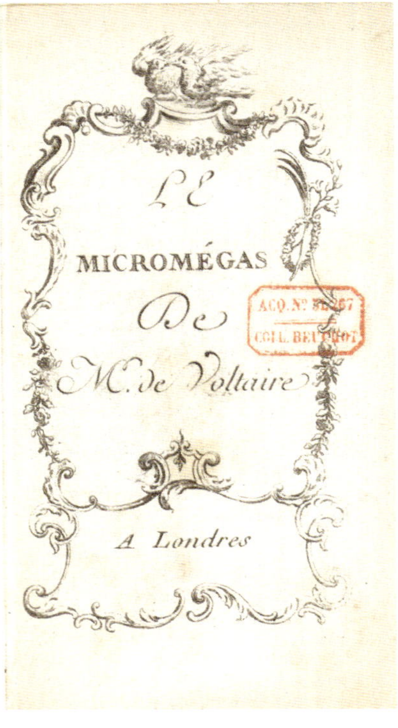


Page de titre de *Micromégas*, édition de 1752 (BnF, Paris).

RECHERCHE

**Histoire littéraire**

**1.** Que désignent les mots « Ferney » et « Délices » (l. 33) dans la vie de Voltaire ?
**2.** Expliquez dans quelles circonstances Voltaire a été embastillé (l. 35). Quelles difficultés a-t-il rencontrées lors de la publication de certaines œuvres ? Que lui reprochait-on ?

## Bilan de lecture

**3.** Dégagez du texte de René Pomeau toutes les caractéristiques du conte philosophique voltairien, en insistant sur le rapprochement des deux termes : en quoi relèvent-ils du conte, en quoi sont-ils philosophiques ?
**4.** Quelle image les contes de Voltaire donnent-ils de leur créateur, d'après René Pomeau ?
**5.** Qu'apporte au lecteur des contes un texte comme celui qui est proposé ici ?

## Écriture d'invention

**6.** Préparez un texte de présentation/préface (30 à 60 lignes) des deux contes donnés intégralement dans cette séquence, Memnon (▶ p. 263 à 266) et Histoire d'un bon bramin (▶ p. 270-271). Dans ce texte écrit à la troisième personne, insistez sur la notion de conte philosophique écrit pour divertir et pour instruire et sur ce que permet l'inspiration orientale.

## Lecture des images

**7.** Décrivez les trois pages de titre des contes *Candide, Memnon* et *Micromégas* (▶ p. 275-276). Donnez leurs composantes, en remarquant leur position hiérarchique et classez les informations dont dispose ainsi le lecteur.
**8.** Quelles différences constatez-vous entre ces trois documents et la couverture de l'édition G-F Flammarion de 1966 des contes et romans de Voltaire (▶ p. 276) ? Qu'est-ce qui est mis en valeur sur cette couverture moderne ?
**9.** Si vous deviez illustrer la couverture d'une édition de *Candide*, vers quoi se porterait votre choix ?

REPÈRES
Le conte philosophique ▶ p. 279
L'esprit des Lumières ▶ p. 434
L'essai ▶ p. 243
La délibération ▶ p. 297

# SUJET DE BAC 14

OBJETS D'ÉTUDE

**L'argumentation : convaincre, persuader et délibérer ; le conte philosophique.**

CORPUS

Voltaire, *Memnon* (1749) ▶ p. 263.

## Questions sur le corpus

**1.** Vous expliquerez en quoi *Memnon* est un conte et comment cette histoire se met au service d'une interrogation philosophique importante.
**2.** Quelle leçon le lecteur doit-il retenir de sa lecture ? Comment y a-t-il été conduit ?

## Écriture

● **Commentaire**

Commentez les trois premiers paragraphes du conte (l. 1 à 38).

● **Dissertation**

Dans son introduction aux romans et contes de Voltaire, René Pomeau juge que ces textes sont à la fois « légers mais consistants » : vous expliciterez ce point de vue à partir de votre connaissance des contes de Voltaire, et vous lui apporterez des objections si vous le jugez nécessaire.

● **Écriture d'invention**

Dans une préface destinée à accompagner une édition scolaire de certains contes de Voltaire, vous expliquerez en quoi ils sont, malgré leur enracinement dans une époque historique, intemporels et donc adaptables à différentes sociétés. Vous mettrez également en valeur la présence du conteur, à travers les registres choisis et les remarques subjectives qui figurent dans les différents récits.

# 7 Lire l'image : mise en scène de *Zadig*

*Zadig*, de Voltaire, adaptation théâtrale de Georges Coulonges, mise en scène de **Jean-Louis Barrault**, décors et costumes de Pace, avec Jean-Pierre Granval, Nita Klein et Michel Herboult, au Théâtre d'Orsay à Paris, en 1978.

RECHERCHE

### Histoire littéraire

**1.** Cherchez qui était Jean-Louis Barrault et pourquoi il est connu dans le milieu théâtral et dans le milieu cinématographique. Retrouvez un texte de lui dans ce manuel.
**2.** Recherchez dans quels pays se situe l'action de *Zadig*.
**3.** Sachant que parmi les personnages représentés figurent Missouf, Orcan et Moabdar, retrouvez l'épisode mis en scène sur cette image.

## Lecture de l'image

**4.** Décrivez ce que vous voyez sur l'image. À quelle région du monde appartiennent les personnages ? Caractérisez leurs costumes et les éléments du décor.
**5.** Que remarquez-vous de particulier concernant certains visages ? Quelle est l'impression produite ? Quelle peut être la signification d'un tel choix ?
**6.** La mise en scène du conte le fait passer d'un genre littéraire à un autre : quelles transformations cela entraîne-t-il ? Au vu de l'image, quels vous semblent être les avantages d'une représentation théâtrale d'un conte philosophique ?

REPÈRES Le théâtre : texte et représentation ► p. 180
Le conte philosophique ► p. 279
La lecture de l'image ► p. 489

# Le conte philosophique

**L'expression « conte philosophique » signale que ce genre narratif, dont Voltaire s'est fait une spécialité, présente deux caractéristiques essentielles : il s'inscrit dans la tradition codifiée du conte et se donne comme finalité de faire réfléchir, de manière critique, sur l'homme, la vie, le monde.**

## Des composantes traditionnelles

Le conte philosophique se présente comme un **récit bref**, relevant de la **fiction**, et construit selon un **schéma** correspondant à l'évolution d'une situation initiale, au gré de chapitres et de péripéties qui font varier les lieux et le temps. Ces **péripéties** ressemblent souvent à celles des histoires merveilleuses : rencontres, enlèvements, disparitions, réapparitions mystérieuses maintiennent l'intérêt par différents effets de suspens et par un découpage qui ressemble à celui des feuilletons.

■ **Ex :** Du château du baron (chapitre I) au jardin de la métairie (chapitre XXX), l'itinéraire de Candide (▸ p. 267) le fait voyager dans différents pays et affronter divers événements inattendus. Zadig (▸ p. 260) et l'Ingénu (▸ p. 272) font eux aussi la découverte de nombreux lieux.

Éléments importants du récit, le **temps** et les **lieux** ne sont pas toujours donnés avec précision : les formules *Il y avait, Il était une fois, Au temps du roi Moabdar...* repoussent l'action dans un passé imprécis, à la manière du conte merveilleux. Certains événements sont situés dans des contrées imaginaires, comme l'Eldorado. Le conteur brosse à grands traits des décors et des contextes qui valent plus par leur signification symbolique que par la précision de leur description.

■ **Ex :** Certains contes comme *Zadig* (▸ p. 260), *L'Histoire d'un bon bramin* (▸ p. 270) ou *La Princesse de Babylone* (1768) se situent dans un orient dont la fonction est d'abord de satisfaire le goût de l'exotisme des lecteurs du XVIIIe siècle.

Les **personnages** relèvent eux aussi de l'univers des contes : souvent stéréotypés et présentés de manière rapide, ce sont des héros parés de qualités par leur nature ou par leur naissance, et confrontés à des situations difficiles, dont ils sont les témoins, les acteurs ou les victimes.

■ **Ex :** Après les horreurs de la conscription et celles de la guerre, Candide découvre l'esclavage et l'existence d'injustices en tout genre ; dans *L'Ingénu*, le Huron, lui, connaît l'emprisonnement, comme Zadig.

Le conte philosophique comporte ainsi divers « ingrédients » des **contes merveilleux**, mais il les utilise d'une manière particulière, souvent **détournée**.

## Un genre contestataire

On peut remarquer que dans le conte philosophique, toutes les composantes traditionnelles du conte sont mises au service d'une **dénonciation** et d'une **critique** qui doivent conduire le lecteur à réfléchir et à prendre conscience de la réalité humaine et sociale.

Les **situations** évoquées se rattachent toutes, d'une manière ou d'une autre, à la société dans laquelle vit Voltaire, et les voyages des personnages sont l'occasion de confrontations avec tous les **maux contemporains** : guerres, exploitation des êtres humains, intolérance, dysfonctionnements des institutions et des régimes politiques, injustice de l'organisation sociale, sont envisagés de manière critique. Voltaire les dénonce sous une forme souvent très ironique, destinée à frapper le lecteur.

■ **Ex :** On retrouve dans *Candide* des échos de la Guerre de sept ans (1757-1763), et dans *L'Ingénu* des références au fonctionnement de la justice, aux inégalités sociales, aux comportements des gens d'Église (▸ p. 272). Le bon bramin (▸ p. 270) s'interroge – en philosophe – pour savoir si l'on est plus heureux lorsqu'on est inculte et stupide. Cette interrogation sur le bonheur est une constante du siècle des Lumières.

Les **personnages** eux-mêmes sont « utilisés » à des **fins contestataires** et sont tous porteurs des réflexions philosophiques de leur auteur, comme le montrent les sous-titres *: la Destinée, l'Optimisme, Histoire philosophique, la Sagesse humaine*

■ **Ex :** Il est important que le jeune et naïf Candide soit, au chapitre I (▸ p. 267), chassé du « paradis terrestre ». De cette façon, sa naïveté et sa confiance absolue dans l'optimisme faussement logique de Pangloss sont mises à l'épreuve de la vie et des multiples épisodes qui constituent le conte. Convaincu que « tout est bien », en raisonnant de manière fausse derrière une logique apparente, il découvre progressivement que tout va mal. De même, le Huron porte sur la société française un regard étranger lui aussi naïf et étonné, tout comme les Persans de Montesquieu (▸ p. 40, 396). Ils attirent ainsi l'attention sur des anomalies.

Par différents **moyens rhétoriques**, ironie, décalage, antithèses, euphémismes, hyperboles, les contes philosophiques, que Voltaire appelait dans sa *Correspondance* (1751), *de petits morceaux de philosophie allégorique*, détruisent les **illusions** du conte merveilleux par un ancrage dans le monde réel. L'apparence inoffensive de ce genre cache et favorise à la fois une **efficacité critique redoutable** qui en fait une arme et fait de son auteur un écrivain engagé.

REPÈRES L'ironie ▸ p. 415
L'esprit des Lumières ▸ p. 434

Séquence 15

# La délibération

## 1 Pierre Corneille, *Horace* (1640)

*Dans le conflit qui oppose Rome à Albe, il a été décidé que les intérêts de chaque cité seraient défendus par trois frères, les Horaces d'un côté, les Curiaces de l'autre. Sabine, femme d'un Horace et sœur d'un Curiace, est déchirée par la situation, ce qu'elle exprime dans le monologue suivant, qui ouvre l'acte III.*

1 SABINE. – Prenons parti, mon âme, en de telles disgrâces[1].
Soyons femme d'Horace, ou sœur des Curiaces ;
Cessons de partager nos inutiles soins[2] ;
Souhaitons quelque chose, et craignons un peu moins.
Mais, las ! quel parti prendre en un sort si contraire ?
Quel ennemi choisir, d'un époux ou d'un frère ?
La nature ou l'amour parle pour chacun d'eux,
Et la loi du devoir[3] m'attache à tous les deux.
Sur leurs hauts sentiments réglons plutôt les nôtres ;
Soyons femme de l'un ensemble et sœur des autres :
Regardons leur honneur comme un souverain bien ;
Imitons leur constance[4], et ne craignons plus rien.
La mort qui les menace est une mort si belle
Qu'il en faut sans frayeur attendre la nouvelle.
N'appelons point alors les destins inhumains[5],
Songeons pour quelle cause, et non par quelles mains ;
Revoyons les vainqueurs, sans penser qu'à[6] la gloire
Que toute leur maison[7] reçoit de leur victoire ;
Et, sans considérer aux dépens de quel sang
Leur vertu les élève en cet illustre rang,
Faisons nos intérêts de ceux de leur famille :
En l'une je suis femme, en l'autre je suis fille,
Et tiens à toutes deux par de si forts liens
Qu'on ne peut triompher que par les bras des miens.

1. Malheurs.
2. Soucis, préoccupations.
3. Estime accordée au courage et à la vertu.
4. Force morale par laquelle on garde la maîtrise de soi.
5. L'adjectif est attribut du mot *destins*.
6. Sans penser à rien d'autre que, en ne pensant qu'à.
7. Famille.

Fortune[8], quelques maux que ta rigueur m'envoie,
J'ai trouvé les moyens d'en tirer de la joie,
Et puis voir aujourd'hui le combat sans terreur,
Les morts sans désespoir, les vainqueurs sans horreur.
Flatteuse illusion, erreur douce et grossière,
Vain effort de mon âme, impuissante lumière,
De qui le faux brillant prend droit de m'éblouir,
Que tu sais peu durer et tôt t'évanouir !
Pareille à ces éclairs qui dans le fort[9] des ombres
Poussent[10] un jour qui fuit et rend les nuits plus sombres,
Tu n'as frappé mes yeux d'un moment de clarté
Que pour les abîmer[11] dans plus d'obscurité.
Tu charmais[12] trop ma peine, et le ciel, qui s'en fâche[13],
Me vend déjà bien cher ce moment de relâche.
Je sens mon triste cœur percé de tous les coups
Qui m'ôtent maintenant un frère ou mon époux.
Quand je songe à leur mort, quoi que je me propose,
Je songe par quel bras, et non pour quelle cause,
Et ne vois les vainqueurs en leur illustre rang
Que pour considérer aux dépens de quel sang.
La maison des vaincus touche seule mon âme :
En l'une je suis fille, en l'autre je suis femme,
Et tiens à toutes deux par de si forts liens
Qu'on ne peut triompher que par la mort des miens.
C'est là donc cette paix que j'ai tant souhaitée !
Trop favorables dieux, vous m'avez écoutée !
Quels foudres lancez-vous quand vous vous irritez,
Si même vos faveurs ont tant de cruautés ?
Et de quelle façon punissez-vous l'offense,
Si vous traitez ainsi les vœux de l'innocence ?[14]

Acte III, scène 1 (intégrale), v. 711 à 764.

8. Destin.
9. Le plus épais.
10. Font apparaître.
11. Précipiter.
12. Envoûtais.
13. S'en indigne.
14. Référence à des souhaits émis par Sabine à l'acte I de voir Rome triompher.

Contexte XVIIe s. ▶ p. 494
Notice biographique ▶ p. 512
Du même auteur ▶ p. 360

*Horace*, de Pierre Corneille, mise en scène de **Marcelle Tassencourt** et **Thierry Maulnier**, avec Hélène Arie dans le rôle de Sabine, au Théâtre Montansier, à Versailles, en 1986.

## Lecture analytique

**1.** En prenant appui sur le lexique, sur la structure de certains vers, et sur certaines figures récurrentes, dites en quoi on peut parler ici de dilemme, de choix difficile, de situation conflictuelle. À partir des premiers vers, reformulez brièvement la situation du personnage.
**2.** Quelle est l'importance de l'alinéa du vers 29 en ce qui concerne l'interlocutrice de Sabine et le thème de la tirade ? Étudiez la différence de lexique, les reprises de termes et d'expressions opposés, des parallélismes entre les deux parties ainsi délimitées et faites apparaître le caractère équilibré de la tirade.
**3.** Quelles qualités la première partie de la tirade révèle-t-elle chez Sabine à travers ses arguments ? Quel en est le registre ?
**4.** Quelles caractéristiques du personnage se trouvent exprimées dans la seconde partie ? Définissez le registre à partir du lexique utilisé.
**5.** La tirade se termine-t-elle par une décision ?

## Question d'oral

**6.** Étudiez le monologue de Sabine en montrant les différences entre les deux parties dont l'une relève de l'idéal et l'autre de la réalité tragique.

## Commentaire

**7.** Commentez le texte de Corneille en vous aidant des axes suivants :
– l'expression d'une situation déchirante ;
– l'opposition entre une réponse héroïque et la douleur de la réalité ;
– le dilemme cornélien, expression du tragique.

## Lecture de l'image

**8.** Observez l'attitude et le visage de la comédienne sur la photographie de la page 281 : que reflètent-ils ? À quel passage de la tirade pourrait-on les rattacher ? Qu'est-ce qui laisse penser que le personnage est entièrement pris par sa réflexion ?

**REPÈRES** La délibération ▸ p. 297
Le théâtre : texte et représentation ▸ p. 180
La notion de registre ▸ p. 222

# 2 Jean Racine, *Bérénice* (1670)

*Titus est empereur de Rome. Amoureux de la reine Bérénice, originaire de Palestine, il se heurte à l'opposition du Sénat et de Rome, qui lui interdisent tout mariage avec une étrangère. Dans la scène qui suit, resté seul, il s'interroge une dernière fois avant d'aller annoncer à Bérénice une inévitable séparation.*

TITUS, *seul.* – Hé bien, Titus, que viens-tu faire ?
Bérénice t'attend. Où viens-tu, téméraire ?
Tes adieux sont-ils prêts ? T'es-tu bien consulté ?
Ton cœur te promet-il assez de cruauté ?
Car enfin au combat[1], qui pour toi se prépare,
C'est peu d'être constant, il faut être barbare.
Soutiendrai-je ces yeux dont la douce langueur
Sait si bien découvrir les chemins de mon cœur ?
Quand je verrai ces yeux armés de tous leurs charmes,
Attachés sur les miens, m'accabler de leurs larmes,
Me souviendrai-je alors de mon triste devoir ?

1. Conflit entre l'amour et le devoir.

*Bérénice*, de Racine, mise en scène de **Jacques Kraemer**, avec Maxime Leroux, au Théâtre de Chartres, en 1995.

Pourrai-je dire enfin, Je ne veux plus vous voir ?
Je viens percer un cœur que j'adore, qui m'aime.
Et pourquoi le percer ? Qui l'ordonne ? Moi-même.
Car enfin Rome a-t-elle expliqué ses souhaits ?
L'entendons-nous crier autour de ce Palais ?
Vois-je l'État penchant au bord du précipice ?
Ne le puis-je sauver que par ce sacrifice ?
Tout se tait. Et moi seul trop prompt à me troubler,
J'avance des malheurs que je puis reculer.
Et qui sait, si sensible aux vertus de la Reine,
Rome ne voudra point l'avouer[2] pour Romaine ?
Rome peut par son choix justifier le mien.
Non, non, encore un coup ne précipitons rien.
Que Rome avec ses Lois mette dans la balance
Tant de pleurs, tant d'amour, tant de persévérance.
Rome sera pour nous. Titus, ouvre les yeux.
Quel air respires-tu ? N'es-tu pas dans ces lieux
Où la haine des Rois avec le lait sucée,
Par crainte, ou par amour, ne peut être effacée ?
Rome jugea ta Reine en condamnant ses Rois.
N'as-tu pas en naissant entendu cette voix ?
Et n'as-tu pas encore ouï la Renommée
T'annoncer ton devoir jusque dans ton Armée ?
Et lorsque Bérénice arriva sur tes pas,
Ce que Rome en jugeait, ne l'entendis-tu pas ?
Faut-il donc tant de fois te le faire redire ?
Ah lâche ! Fais l'amour[3], et renonce à l'Empire.
Au bout de l'Univers va, cours te confiner[4],
Et fais place à des cœurs plus dignes de régner.

2. La reconnaître.

3. Laisse-toi aller au sentiment amoureux.

4. Te cacher.

Sont-ce là ces projets de grandeur et de gloire
Qui devaient dans les cœurs consacrer ma mémoire ?
Depuis huit jours je règne. Et jusques[5] à ce jour
Qu'ai-je fait pour l'honneur ? J'ai tout fait pour l'amour.
D'un temps si précieux quel compte puis-je rendre ?
Où sont ces heureux jours que je faisais attendre ?
Quels pleurs ai-je séchés ? Dans quels yeux satisfaits
Ai-je déjà goûté le fruit de mes bienfaits ?
L'Univers a-t-il vu changer ses destinées ?
Sais-je combien le Ciel m'a compté de journées ?
Et de ce peu de jours, si longtemps attendus,
Ah malheureux ! combien j'en ai déjà perdus !
Ne tardons plus. Faisons ce que l'honneur exige.
Rompons le seul lien…

Acte IV, scène 4 (intégrale), vers 987 à 1040.

5. Orthographe du XVIIe siècle qui oblige à prononcer la voyelle e.

Contexte XVIIe s. ▸ p. 494
Notice biographique ▸ p. 517
Du même auteur ▸ p. 148, p. 366

## Lecture analytique

**1.** Identifiez ici la forme du monologue, puis dites à quels indices le lecteur peut se rendre compte qu'il s'agit d'un dialogue entre Titus et lui-même. Observez la ponctuation : de quoi est-elle significative ?

**2.** Sur quoi porte le dilemme auquel est confronté Titus ? En prenant appui sur le lexique et sur les liens logiques, mettez en évidence l'existence d'étapes contradictoires jusqu'à la décision finale.

**3.** Trouvez et reformulez les arguments qu'il se donne successivement pour justifier l'un et l'autre choix. Précisez à quels domaines se réfèrent ces arguments.

**4.** Quels sont les différents registres de ce monologue ? Prenez appui sur le lexique, sur la ponctuation, sur les exclamations pour les identifier et étudier leur imbrication. Qu'est-ce que ces registres révèlent du personnage ?

**5.** Expliquez en quoi la confrontation d'un personnage à un dilemme tragique correspond à l'une des fonctions de la tragédie.

## Question d'oral

**6.** Étudiez le texte en mettant en relief les hésitations et les changements de décision de Titus. Expliquez à chaque fois sur quoi reposent les choix différents.

## Commentaire

**7.** Commentez la tirade de Titus en vous aidant des axes suivants :
– les indices d'un dialogue du personnage avec lui-même et les termes du dilemne ;
– l'évolution de la délibération ;
– les différents registres d'un monologue de tragédie et leurs effets sur le spectateur.

## Lecture de l'image

**8.** Trouvez et analysez tout ce qui, dans l'image de la page 283, suggère le dédoublement du personnage et l'idée d'incertitude en ce qui concerne la décision à prendre. Prenez appui sur la représentation du personnage par l'acteur, ainsi que sur le décor et sur les couleurs.

REPÈRES La délibération ▸ p. 297
Le théâtre : texte et représentation ▸ p. 180

**Jean-Baptiste Greuze** (1725-1805), étude pour *Le Fils puni*, tête de jeune homme (XVIII^e siècle), huile brune sur papier, 21,6 x 18,7 cm (Musée du Louvre, Paris).

## 3 Denis Diderot, *Le Fils naturel* (1757)

*Comédie dite « larmoyante »,* Le Fils naturel *(**► p. 152**) est une pièce à l'intrigue complexe. À l'acte III, le héros, Dorval, est confronté à la situation suivante : aimé de Constance, il aime Rosalie, initialement fiancée à Clairville, qu'elle n'aime plus. Dorval ne veut pas faire le malheur de son ami Clairville, mais cela implique qu'il sacrifie son amour pour Rosalie. Celle-ci, cependant, ruinée par un revers de fortune, est devenue inaccessible pour Clairville. Or Dorval est riche.*

DORVAL, *seul.* – Quel jour d'amertume et de trouble ! Quelle variété de tourments ! Il semble que d'épaisses ténèbres se forment autour de moi, et couvrent ce[1] cœur accablé sous mille sentiments douloureux !... Ô ciel, ne m'accorderas-tu pas un moment de repos !... Le mensonge, la dissimulation, me font horreur ; et dans un instant[2] j'en impose à[3] un ami[4], à sa sœur, à Rosalie... Que doit-elle penser de moi ?... Que déciderai-je de son amant[5] ?... Quel parti prendre avec Constance ?... Dorval, cesseras-tu, continueras-tu d'être un homme de bien ?... Un événement imprévu a ruiné Rosalie. Elle est indigente. Je suis riche. Je l'aime. J'en suis aimé. Clairville ne peut l'obtenir... Sortez de mon esprit, éloignez-vous de mon cœur, illusions honteuses ! Je peux être le plus malheureux des hommes ; mais je ne me rendrai pas le plus vil... Vertu douce et cruelle idée ! Chers et barbares devoirs ! Amitié qui m'enchaîne et qui me déchire, vous serez obéie. Ô vertu, qu'es-tu, si tu n'exiges aucun sacrifice ?

1. Mon.
2. En un instant.
3. Je trompe.
4. L'ami est Clairville et sa sœur est Constance.
5. Celui qu'elle aime.

Amitié, tu n'es qu'un vain nom, si tu n'imposes aucune loi… Clairville épousera donc Rosalie !…

(*Il tombe presque sans sentiment*[6] *dans un fauteuil ; il se relève ensuite, et dit*)… Non, je n'enlèverai point à mon ami sa maîtresse. Je ne me dégraderai point jusque-là. Mon cœur m'en répond. Malheur à celui qui n'écoute point la voix de son cœur !… Mais Clairville n'a point de fortune. Rosalie n'en a plus… Il faut écarter ces obstacles. Je le puis. Je le veux. Y a-t-il quelque peine dont un acte généreux ne console ? Ah, je commence à respirer !…

Si je n'épouse point Rosalie, qu'ai-je donc besoin de fortune ? Quel plus digne usage que d'en disposer en faveur de deux êtres qui me sont chers ? Hélas, à bien juger, ce sacrifice si peu commun n'est rien… Clairville me devra son bonheur ! Rosalie me devra son bonheur ! Le père de Rosalie me devra son bonheur !… Et Constance ?… Elle entendra de moi la vérité. Elle me connaîtra. Elle tremblera pour la femme qui oserait s'attacher à ma destinée… En rendant le calme à tout ce qui[7] m'environne, je trouverai sans doute un repos qui me fuit ?… *(Il soupire)*… Dorval, pourquoi souffres-tu donc ? Pourquoi suis-je déchiré ? Ô vertu, n'ai-je point encore assez fait pour toi !

Mais Rosalie ne voudra point accepter de moi sa fortune[8]. Elle connaît trop le prix de cette grâce pour l'accorder à un homme qu'elle doit haïr, mépriser… Il faudra donc la tromper !… Et si je m'y résous, comment y réussir ?… Prévenir l'arrivée de son père[9] ?… Faire répandre par les papiers publics que le vaisseau qui portait sa fortune était assuré ?… Lui envoyer par un inconnu la valeur de ce qu'elle a perdu ?… Pourquoi non ?… Le moyen est naturel. Il me plaît. Il ne faut qu'un peu de célérité. *(Il appelle Charles.)* Charles. *(Il se met à une table, et il écrit.)*

Acte III, scène 9 (intégrale).

6. Sans connaissance, évanoui.

7. Désigne un ensemble de personnes.

8. Certains épisodes ont pu laisser penser à Rosalie – devenue amoureuse de Dorval – que celui-ci ne l'aime pas.

9. On a annoncé le retour du père de Rosalie, ruiné. *Prévenir* signifie ici « anticiper ».

Contexte XVIIIe s. ► p. 498
Notice biographique ► p. 512
Du même auteur ► p. 46, p. 152, p. 153, p. 232, p. 400, p. 416, p. 418

## Lecture analytique

**1.** Observez la ponctuation – signes employés, fréquence, relations avec la longueur des phrases, avec leur nature et avec leur rythme – : que révèle-t-elle concernant l'état émotionnel du personnage qui parle ? À quel mot de la première phrase cette ponctuation semble-t-elle correspondre ?

**2.** Expliquez en quoi le monologue se transforme en dialogue : précisez à qui Dorval s'adresse successivement.

**3.** En prenant appui sur le lexique de l'affectivité et sur celui de la morale, dites sur quoi portent les interrogations de Dorval. Quelles sont les étapes de sa réflexion ? Sur quels arguments reposent-elles ?

**4.** Qu'est-ce qui souligne, dans le texte, la difficulté des décisions à prendre ? Comment se marque, cependant, la détermination de Dorval à mener à bien ce qu'il a décidé ?

## Question d'oral

**5.** Étudiez le texte en faisant apparaître tous les indices de la difficulté que rencontre le personnage à se décider, la nature de ses arguments et la progression de sa réflexion.

## Travail sur un corpus de textes

**6.** Rapprochez les trois monologues extraits d'*Horace* (► p. 280), de *Bérénice* (► p. 282) et du *Fils naturel* (► p. 285), pour repérer et classer leurs éléments communs sur les plans suivants : l'expression d'un dilemme, des arguments qui s'opposent, des sentiments contradictoires, les indices de l'hésitation et de l'incertitude.

REPÈRES La délibération ► p. 297
Le théâtre : texte et représentation ► p. 180
La notion de registre ► p. 222

D'après **Gustave Doré** (1832-1883), *Exercice dans la cour* (1872) publié dans « Londres, un Pèlerinage », écrit par William Blanchard Jerrold (1826-1884), gravé par Héliodore Joseph Pisan (1822-1890), Central Saint Martin College of Art and Design, Londres.

## 4 Victor Hugo, *Le Dernier Jour d'un condamné* (1828)

*Prenant position contre la peine de mort, Victor Hugo écrit, en 1828,* Le Dernier Jour d'un condamné. *Au chapitre VI, l'homme condamné et emprisonné s'interroge.*

1 Je me suis dit :

– Puisque j'ai le moyen d'écrire, pourquoi ne le ferais-je pas ? Mais quoi écrire ? Pris entre quatre murailles de pierre nue et froide, sans liberté pour mes pas, sans horizon pour mes yeux, pour unique distraction machinalement occupé tout le jour à suivre la marche lente de ce carré blanchâtre que le judas[1] de ma porte découpe vis-à-vis sur le mur sombre, et, comme je le disais tout à l'heure, seul à seul avec une idée, une idée de crime et de châtiment, de meurtre et de mort ! Est-ce que je puis avoir quelque chose à dire, moi qui n'ai plus rien à faire dans ce monde ? Et que trouverai-je dans ce cerveau flétri et vide qui vaille la peine d'être écrit ?

Pourquoi non ? Si tout, autour de moi, est monotone et décoloré, n'y a-t-il pas en moi une tempête, une lutte, une tragédie ? Cette idée fixe qui me possède ne se présente-t-elle pas à moi à chaque heure, à chaque instant, sous une nouvelle forme, toujours plus hideuse et plus ensanglantée à mesure que le terme approche ? Pourquoi n'essaierais-je pas de me dire à moi-même tout ce que j'éprouve de violent et d'inconnu dans la situation abandonnée où me voilà ? Certes, la matière est riche ; et, si abrégée que soit ma vie, il y aura bien encore dans les angoisses, dans les terreurs, dans les tortures qui la rempliront, de cette heure à la dernière, de quoi user cette plume et tarir cet encrier. – D'ailleurs, ces angoisses, le seul moyen d'en moins souffrir, c'est de les observer, et les peindre m'en distraira.

1. Ouverture dans la porte, par où on peut surveiller le prisonnier.

Et puis, ce que j'écrirai ainsi ne sera peut-être pas inutile. Ce journal de mes souffrances, heure par heure, minute par minute, supplice par supplice, si j'ai la force de le mener jusqu'au moment où il me sera *physiquement* impossible de continuer, cette histoire, nécessairement inachevée, mais aussi complète que possible, de mes sensations, ne portera-t-elle point avec elle un grand et profond enseignement ? N'y aura-t-il pas dans ce procès-verbal de la pensée agonisante, dans cette progression toujours croissante de douleurs, dans cette espèce d'autopsie intellectuelle d'un condamné, plus d'une leçon pour ceux qui condamnent ? Peut-être cette lecture leur rendra-t-elle la main moins légère, quand il s'agira quelque autre fois de jeter une tête qui pense, une tête d'homme, dans ce qu'ils appellent la balance de la justice ? Peut-être n'ont-ils jamais réfléchi, les malheureux, à cette lente succession de tortures que renferme la formule expéditive d'un arrêt de mort ? Se sont-ils jamais seulement arrêtés à cette idée poignante que dans l'homme qu'ils retranchent il y a une intelligence ; une intelligence qui avait compté sur la vie, une âme qui ne s'est point disposée pour la mort ? Non. Ils ne voient dans tout cela que la chute verticale d'un couteau triangulaire, et pensent sans doute que pour le condamné il n'y a rien avant, rien après.

Ces feuilles les détromperont. Publiées peut-être un jour, elles arrêteront quelques moments leur esprit sur les souffrances de l'esprit ; car ce sont celles-là qu'ils ne soupçonnent pas. Ils sont triomphants de pouvoir tuer sans presque faire souffrir le corps. Hé ! c'est bien de cela qu'il s'agit ! Qu'est-ce que la douleur physique près de la douleur morale ! Horreur et pitié, des lois faites ainsi ! Un jour viendra, et peut-être ces mémoires, derniers confidents d'un misérable, y auront-ils contribué…

À moins qu'après ma mort le vent ne joue dans le préau avec ces morceaux de papier souillés de boue, ou qu'ils n'aillent pourrir à la pluie, collés en étoiles à la vitre cassée d'un guichetier[2].

Chapitre VI (intégral).

2. Employé installé à un comptoir derrière une vitre.

Contexte XIXe s. ▶ p. 502
Notice biographique ▶ p. 513
Du même auteur ▶ p. 56, p. 112, p. 124, p. 126, p. 157, p. 158, p. 254, p. 289

RECHERCHE

**Histoire**

**1.** Cherchez à quelle date la peine de mort a été abolie en France et qui est à l'origine de cette abolition.

## Lecture analytique

**2.** En prenant appui sur la récurrence d'un verbe et d'un champ lexical important, ainsi que sur la ponctuation, déterminez quel est l'enjeu des interrogations de celui qui parle.

**3.** La question que se pose le condamné est suivie de deux réponses : délimitez chacune de ces réponses. Quelle est la plus développée ?

**4.** Trouvez et reformulez les arguments qui soutiennent chacune des deux réponses. Précisez à quels domaines appartiennent ces arguments et ce qui fait leur force.

**5.** Expliquez en quoi ce chapitre constitue une justification de tout le roman. Quelle fonction Hugo assigne-t-il ainsi à une œuvre romanesque ? Quelle mission confie-t-il à l'écrivain ?

## Question d'oral

**6.** Étudiez le texte en faisant apparaître son caractère délibératif, les arguments sur lesquels repose la décision de celui qui parle et les fonctions de l'écriture.

## Dissertation

**7.** Est-ce le rôle de la littérature de prendre position sur des problèmes de société ? En a-t-elle les moyens ? Vous répondrez à ces deux questions sous la forme d'un exposé argumenté illustré d'exemples pris dans les textes que vous avez étudiés et dans vos lectures.

REPÈRES La délibération ▶ p. 297
Le personnage de roman ▶ p. 35
Roman et société ▶ p. 76

Lino Ventura dans le rôle de Jean Valjean, dans *Les Misérables*, film réalisé par Robert Hossein en 1982.

## 5 Victor Hugo

### *Les Misérables* (1862)

*Héros du roman* Les Misérables, *Jean Valjean est un bagnard évadé qui s'est réinséré socialement et est devenu maire de la petite ville de Montreuil sous le nom de Monsieur Madeleine. Poursuivi par la haine du policier Javert, qui l'a identifié, il vient d'apprendre qu'un vagabond, Champmathieu, a été arrêté à sa place. Il est alors confronté à un choix difficile.*

Si je ne me dénonce pas[1] ? Voyons, si je ne me dénonce pas ?

Après s'être fait cette question, il s'arrêta ; il eut comme un moment d'hésitation et de tremblement ; mais ce moment dura peu, et il se répondit avec calme :

– Eh bien, cet homme va aux galères, c'est vrai, mais, que diable ! il a volé ! J'ai beau me dire qu'il n'a pas volé, il a volé ! Moi, je reste ici, je continue. Dans dix ans j'aurai gagné dix millions, je les répands dans le pays, je n'ai rien à moi, qu'est-ce que cela me fait ? Ce n'est pas pour moi ce que je fais ! La prospérité de tous va croissant, les industries s'éveillent et s'excitent, les manufactures et les usines se multiplient, les familles, cent familles, mille familles ! sont heureuses ; la contrée se peuple ; il naît des villages où il n'y a que des fermes, il naît des fermes où il n'y a rien ; la misère disparaît, et avec la misère disparaissent la débauche, la prostitution, le vol, le meurtre, tous les vices, tous les crimes ! Et cette pauvre mère élève son enfant[2] ! et voilà tout un pays riche et honnête ! Ah çà, j'étais fou, j'étais absurde, qu'est-ce que je parlais donc de me dénoncer ? Il faut faire attention, vraiment, et ne rien précipiter. Quoi ! parce qu'il m'aura plu de faire le grand et le généreux, – c'est du mélodrame, après tout ! – parce

1. Le personnage vient d'évoquer ce qui se passerait s'il se dénonçait et retournait de ce fait aux galères.

2. Il s'agit de Fantine et de sa fille Cosette, que Jean Valjean veut sortir de la misère et de la prostitution.

que je n'aurai songé qu'à moi, qu'à moi seul, quoi ! pour sauver d'une punition peut-être un peu exagérée, mais juste au fond, on ne sait qui, un voleur, un drôle évidemment, il faudra que tout un pays périsse ! il faudra qu'une pauvre femme crève à l'hôpital ! qu'une pauvre petite fille crève sur le pavé ! comme des chiens ! Ah ! mais c'est abominable ! Sans même que la mère ait revu son enfant ! sans que l'enfant ait presque connu sa mère ! Et tout ça pour ce vieux gredin de voleur de pommes qui, à coup sûr, a mérité les galères pour autre chose, si ce n'est pour cela ! Beaux scrupules qui sauvent un coupable et qui sacrifient des innocents, qui sauvent un vieux vagabond, lequel n'a plus que quelques années à vivre au bout du compte et ne sera guère plus malheureux au bagne que dans sa masure, et qui sacrifient toute une population, mères, femmes, enfants ! Cette pauvre petite Cosette qui n'a que moi au monde et qui est sans doute en ce moment toute bleue de froid dans le bouge de ces Thénardier[3] ! Voilà encore des canailles ceux-là ! Et je manquerais à mes devoirs envers tous ces pauvres êtres ! Et je m'en irais me dénoncer ! Et je ferais cette inepte sottise ! Mettons tout au pis. Supposons qu'il y ait une mauvaise action pour moi dans ceci et que ma conscience me la reproche un jour, accepter, pour le bien d'autrui, ces reproches qui ne chargent que moi, cette mauvaise action qui ne compromet que mon âme, c'est là qu'est le dévouement, c'est là qu'est la vertu.

Il se leva, il se remit à marcher. Cette fois il lui semblait qu'il était content.

Première partie, Livre VII, chapitre 3, « Une tempête sous un crâne ».

3. Famille qui exploite la petite Cosette.

Contexte XIX^e s. ▸ p. 502
Notice biographique ▸ p. 513
Du même auteur ▸ p. 56, p. 112, p. 124, p. 126, p. 157, p. 158, p. 254, p. 287

## Lecture analytique

**1.** En prenant appui sur la récurrence d'un verbe important, précisez à quel dilemme le personnage est confronté. Identifiez la forme de discours et la situation d'énonciation.

**2.** Observez la ponctuation, la nature et la longueur des phrases : que révèlent ces trois éléments concernant l'état émotionnel de celui qui parle ? Rapprochez cette manière de parler de l'expression *avec calme* (l. 3-4) utilisée par le narrateur. Que peut-on remarquer ?

**3.** Établissez une liste précise des arguments utilisés par celui qui parle pour justifier l'hypothèse exprimée dans la première phrase. Reformulez-les et classez-les selon qu'ils concernent l'œuvre de Jean Valjean, lui-même en tant que personne, et Champmathieu. Dans quel registre ces arguments sont-ils exprimés ?

**4.** Après avoir repéré ce qui souligne les scrupules de conscience de Jean Valjean, dites sur quel paradoxe il termine son monologue.

**5.** Expliquez comment cet extrait peut justifier le titre du chapitre, « Une tempête sous un crâne ».

## Question d'oral

**6.** Expliquez le texte en montrant comment s'expriment les certitudes de celui qui parle et quels sont les arguments qui lui permettent de contrer des scrupules de conscience.

## Écriture d'invention

**7.** La voix de la conscience oppose aux différents arguments de Jean Valjean d'autres raisons qui devraient le conduire à aller se dénoncer. En reprenant partiellement le texte de Victor Hugo (sans omettre de signaler par des guillemets les emprunts), vous composerez un dialogue argumenté dans lequel la conscience s'efforce de le convaincre de renoncer à son projet de se taire.

## Lecture de l'image

**8.** Étudiez comment se traduit dans le visage du comédien (▸ p. 289) l'idée de la « tempête sous un crâne ».

REPÈRES
La délibération ▸ p. 297
Le personnage de roman ▸ p. 35
Roman et société ▸ p. 76

**Gustave Caillebotte** (1848-1894), *Homme à la fenêtre* (1875), huile sur toile, 117 x 83 cm (collection privée).

## 6 Guy de Maupassant, *Pierre et Jean* (1888)

*Pierre et Jean sont deux frères que sépare l'arrivée inopinée d'un héritage destiné à Jean. Pierre soupçonne le donateur d'être en réalité le vrai père de Jean, ce qui revient à accuser sa mère d'adultère. Devant la dégradation de l'atmosphère familiale, Jean hésite à accepter l'héritage.*

Et longtemps il médita[1], immobile sur les coussins, imaginant et rejetant des combinaisons sans trouver rien qui pût le satisfaire.

Mais une idée soudaine l'assaillit : – Cette fortune qu'il avait reçue, un honnête homme la garderait-il ?

Il se répondit : « Non », d'abord, et se décida à la donner aux pauvres. C'était dur, tant pis. Il vendrait son mobilier et travaillerait comme un autre, comme travaillent tous ceux qui débutent. Cette résolution virile et douloureuse fouettant son courage, il se leva et vint poser son front contre les vitres. Il avait été pauvre, il redeviendrait pauvre. Il n'en mourrait pas, après tout. Ses yeux regardaient le bec de gaz qui brûlait en face de lui de l'autre côté de la rue. Or, comme une femme attardée passait sur le trottoir, il songea brusquement à Mme Rosémilly[2], et il reçut au cœur la secousse des émotions profondes nées en nous d'une pensée

1. Les deux frères viennent d'avoir une violente altercation. Resté seul, Jean a mis du temps à se calmer.

2. Jeune veuve dont Jean est amoureux et qu'il doit épouser.

cruelle. Toutes les conséquences désespérantes de sa décision lui apparurent en même temps. Il devrait renoncer à épouser cette femme, renoncer au bonheur, renoncer à tout. Pouvait-il agir ainsi, maintenant qu'il s'était engagé vis-à-vis d'elle ? Elle l'avait accepté le sachant riche. Pauvre, elle l'accepterait encore ; mais avait-il le droit de lui demander, de lui imposer ce sacrifice ? Ne valait-il pas mieux garder cet argent comme un dépôt qu'il restituerait plus tard aux indigents ?

Et dans son âme où l'égoïsme prenait des masques honnêtes, tous les intérêts déguisés luttaient et se combattaient. Les scrupules premiers cédaient la place aux raisonnements ingénieux, puis reparaissaient, puis s'effaçaient de nouveau.

Il revint s'asseoir, cherchant un motif décisif, un prétexte tout puissant pour fixer ses hésitations et convaincre sa droiture native. Vingt fois déjà il s'était posé cette question : « Puisque je suis le fils de cet homme, que je le sais et que je l'accepte, n'est-il pas naturel que j'accepte aussi son héritage ? » Mais cet argument ne pouvait empêcher le « non » murmuré par la conscience intime.

Soudain il songea : « Puisque je ne suis pas le fils de celui que j'avais cru être mon père, je ne puis plus rien accepter de lui, ni de son vivant, ni après sa mort. Ce ne serait ni digne ni équitable. Ce serait voler mon frère. »

Cette nouvelle manière de voir l'ayant soulagé, ayant apaisé sa conscience, il retourna vers la fenêtre.

« Oui, se disait-il, il faut que je renonce à l'héritage de ma famille, que je le laisse à Pierre tout entier, puisque je ne suis pas l'enfant de son père. Cela est juste. Alors n'est-il pas juste aussi que je garde l'argent de mon père à moi ? »

Ayant reconnu qu'il ne pouvait profiter de la fortune de Roland[3], s'étant décidé à l'abandonner intégralement, il consentit donc et se résigna à garder celle de Maréchal[4], car en repoussant l'une et l'autre il se trouverait réduit à la pure mendicité.

Chapitre VIII.

3. Monsieur Roland est celui que Jean prenait jusque-là pour son père.

4. Monsieur Maréchal est celui qui a légué sa fortune à Jean.

Contexte XIXe s. ▸ p. 502
Notice biographique ▸ p. 515
Du même auteur ▸ p. 60, p. 481

## Lecture analytique

**1.** À quels indices le lecteur comprend-il que le personnage se trouve devant un cas de conscience difficile ? Prenez appui sur les modes verbaux, la ponctuation, la nature des phrases.

**2.** À partir de la première question que se pose Jean, étudiez comment évolue sa réflexion. Quelles sont ses réponses successives ? Comment sont-elles argumentées ? Précisez à quels domaines appartiennent les arguments.

**3.** Différenciez dans le texte ce qui relève du discours narratif (avec quel narrateur ?) et ce qui appartient aux paroles rapportées, dont vous préciserez la nature. Quels sont les effets produits par cette alternance ? Pour répondre, étudiez en particulier les interventions du narrateur et l'importance du discours indirect libre.

**4.** Sur quelles valeurs reposent les hésitations de Jean, puis sa décision finale ?

## Question d'oral

**5.** Étudiez le texte en faisant apparaître les incertitudes et les hésitations du personnage, les arguments qu'il invoque et l'évolution de sa réflexion.

## Travail sur un corpus de textes

**6.** Rapprochez les textes de Denis Diderot (▸ p. 285), Victor Hugo (*Les Misérables* ▸ p. 289) et Guy de Maupassant (▸ p. 291). Identifiez leurs genres littéraires, puis établissez une liste des procédés qui expriment l'hésitation, l'incertitude, les orientations contradictoires caractérisant la délibération.

REPÈRES
La délibération ▸ p. 297
Le personnage de roman ▸ p. 35
Roman et société ▸ p. 76

# 7 Albert Camus, *Les Justes* (1949)

*La pièce* Les Justes *met en scène un groupe de révolutionnaires russes au début du* XX*e siècle. Ils ont organisé un attentat visant un personnage important de l'État, le grand-duc, mais celui qui devait jeter la bombe ne l'a pas fait à cause de la présence de deux enfants dans la calèche. Le dialogue donné ici se situe un peu plus tard, alors que le groupe envisage une nouvelle action.*

ANNENKOV, *se levant.* – Stepan, nous oublierons ce que tu viens de dire[1], en considération de ce que tu as fait pour nous et avec nous. Souviens-toi seulement de ceci. Il s'agit de savoir si, tout à l'heure, nous lancerons des bombes contre ces deux enfants.

STEPAN. – Des enfants ! Vous n'avez que ce mot à la bouche. Ne comprenez-vous donc rien ? Parce que Yanek[2] n'a pas tué ces deux-là, des milliers d'enfants russes mourront de faim pendant des années encore. Avez-vous vu des enfants mourir de faim ? Moi, oui. Et la mort par la bombe est un enchantement à côté de cette mort-là. Mais Yanek ne les a pas vus. Il n'a vu que les deux chiens savants[3] du grand-duc. N'êtes-vous donc pas des hommes ? Vivez-vous dans le seul instant ? Alors choisissez la charité et guérissez seulement le mal de chaque jour, non la révolution qui veut guérir tous les maux, présents et à venir.

DORA. – Yanek accepte de tuer le grand-duc puisque sa mort peut avancer le temps où les enfants russes ne mourront plus de faim. Cela déjà n'est pas facile. Mais la mort des neveux du grand-duc n'empêchera aucun enfant de mourir de faim. Même dans la destruction, il y a un ordre, il y a des limites.

STEPAN, *violemment.* – Il n'y a pas de limites. La vérité est que vous ne croyez pas à la révolution. *(Tous se lèvent, sauf Yanek.)* Vous n'y croyez pas. Si vous y croyiez totalement, complètement, si vous étiez sûrs que, par nos sacrifices et nos victoires, nous arriverons à bâtir une Russie libérée du despotisme, une terre de liberté qui finira par recouvrir le monde entier, si vous ne doutiez pas qu'alors, l'homme, libéré de ses maîtres et de ses préjugés, lèvera vers le ciel la face des vrais dieux, que pèserait la mort de deux enfants ? Vous vous reconnaîtriez tous les droits, tous, vous m'entendez. Et si cette mort vous arrête, c'est que vous n'êtes pas sûrs d'être dans votre droit. Vous ne croyez pas à la révolution.

*Silence. Kaliayev se lève.*

KALIAYEV. – Stepan, j'ai honte de moi et pourtant je ne te laisserai pas continuer. J'ai accepté de tuer pour renverser le despotisme. Mais derrière ce que tu dis, je vois s'annoncer un despotisme qui, s'il s'installe jamais, fera de moi un assassin alors que j'essaie d'être un justicier.

STEPAN. – Qu'importe que tu ne sois pas un justicier, si justice est faite, même par des assassins. Toi et moi, ne sommes rien.

KALIAYEV. – Nous sommes quelque chose et tu le sais bien puisque c'est au nom de ton orgueil que tu parles encore aujourd'hui.

STEPAN. – Mon orgueil ne regarde que moi. Mais l'orgueil des hommes, leur révolte, l'injustice où ils vivent, cela, c'est notre affaire à tous.

1. Stepan vient de dire qu'il pourrait, *s'il le fallait*, entrer dans la police du tsar et *jouer sur deux tableaux*. Ces propos inacceptables pour ses camarades, par suite du double jeu qu'ils induisent, lui sont cependant pardonnés en raison des services rendus.

2. Diminutif d'Ivan, prénom de Kaliayev.

3. Les deux enfants présents dans la calèche.

KALIAYEV. – Les hommes ne vivent pas que de justice.

STEPAN. – Quand on leur vole le pain, de quoi vivraient-ils donc, sinon de justice ?

KALIAYEV. – De justice et d'innocence.

STEPAN. – L'innocence ? Je la connais peut-être. Mais j'ai choisi de l'ignorer et de la faire ignorer à des milliers d'hommes pour qu'elle prenne un jour un sens plus grand.

KALIAYEV. – Il faut être bien sûr que ce jour arrive pour nier tout ce qui fait qu'un homme consente à vivre.

STEPAN. – J'en suis sûr.

KALIAYEV. – Tu ne peux pas l'être. Pour savoir qui, de toi ou de moi, a raison, il faudra peut-être le sacrifice de trois générations, plusieurs guerres, de terribles révolutions. Quand cette pluie de sang aura séché sur la terre, toi et moi serons mêlés depuis longtemps à la poussière.

STEPAN. – D'autres viendront alors, et je les salue comme mes frères.

KALIAYEV, *criant*. – D'autres... Oui ! Mais moi, j'aime ceux qui vivent aujourd'hui sur la même terre que moi, et c'est eux que je salue. C'est pour eux que je lutte et que je consens à mourir. Et pour une cité lointaine, dont je ne suis pas sûr, je n'irai pas frapper le visage de mes frères. Je n'irai pas ajouter à l'injustice vivante pour une justice morte. *(Plus bas, mais fermement.)* Frères, je veux vous parler franchement et vous dire au moins ceci que pourrait dire le plus simple de nos paysans : tuer des enfants est contraire à l'honneur. Et si un jour, moi vivant, la révolution devait se séparer de l'honneur, je m'en détournerais. Si vous le décidez, j'irai tout à l'heure à la sortie du théâtre[4], mais je me jetterai sous les chevaux.

STEPAN. – L'honneur est un luxe réservé à ceux qui ont des calèches.

KALIAYEV. – Non. Il est la dernière richesse du pauvre. Tu le sais bien et tu sais aussi qu'il y a un honneur dans la révolution. C'est celui pour lequel nous acceptons de mourir. C'est celui qui t'a dressé un jour sous le fouet, Stepan, et qui te fait parler encore aujourd'hui.

STEPAN, *dans un cri*. – Tais-toi. Je te défends de parler de cela.

KALIAYEV, *emporté*. – Pourquoi me tairais-je ? Je t'ai laissé dire que je ne croyais pas à la révolution. C'était me dire que j'étais capable de tuer le grand-duc pour rien, que j'étais un assassin. Je te l'ai laissé dire et je ne t'ai pas frappé.

ANNENKOV. – Yanek !

STEPAN. – C'est tuer pour rien, parfois, que de ne pas tuer assez.

ANNENKOV. – Stepan, personne ici n'est de ton avis. La décision est prise.

STEPAN. – Je m'incline donc. Mais je répéterai que la terreur ne convient pas aux délicats. Nous sommes des meurtriers et nous avons choisi de l'être.

KALIAYEV, *hors de lui*. – Non. J'ai choisi de mourir pour que le meurtre ne triomphe pas. J'ai choisi d'être innocent.

4. Lieu où est prévu l'attentat.

**Wassili Grigorjewitsch Perow** (1833-1882), *La Troïka* (1866), peinture (Galerie Tretïakoff, Moscou).

ANNENKOV. – Yanek et Stepan, assez ! l'Organisation décide que le meurtre de ces enfants est inutile. Il faut reprendre la filature. Nous devons être prêts à recommencer dans deux jours.

STEPAN. – Et si les enfants sont encore là ?

ANNENKOV. – Nous attendrons une nouvelle occasion.

STEPAN. – Et si la grande-duchesse accompagne le grand-duc ?

KALIAYEV. – Je ne l'épargnerai pas.

ANNENKOV. – Écoutez.

*Un bruit de calèche. Kaliayev se dirige irrésistiblement vers la fenêtre. Les autres attendent. La calèche se rapproche, passe sous les fenêtres et disparaît.*

VOINOV, *regardant Dora, qui vient vers lui.* – Recommencer, Dora...

STEPAN, *avec mépris.* – Oui, Alexis, recommencer... Mais il faut bien faire quelque chose pour l'honneur !

RIDEAU

Acte II (extrait) 

Contexte XX^e s. ▶ p. 506
Notice biographique ▶ p. 511
Du même auteur ▶ p. 66

## Lecture analytique

**1.** Reformulez l'objet du débat et observez la décision finale : a-t-elle apporté une réponse à l'interrogation initiale ?

**2.** Précisez quelle est la position de Stepan par rapport au débat et donnez les différents arguments sur lesquels il s'appuie pour défendre cette position.

**3.** Quelle est la position des autres membres du groupe et quels sont leurs arguments par rapport à la thèse soutenue ? À quels domaines se rattachent les arguments des deux thèses en présence ?

**4.** Étudiez la manière dont évolue le débat, ses différentes orientations, la façon dont il se transforme en affrontement personnel.

**5.** Qu'est-ce qui sépare les deux prises de position qui s'affrontent ? Pourquoi ne peuvent-elles se rejoindre ? Répondez en mettant en parallèle les valeurs qui sous-tendent les deux thèses.

## Question d'oral

**6.** Étudiez le texte en faisant apparaître les thèses et les arguments en présence, ainsi que l'évolution de la réflexion jusqu'à la décision finale.

## Travail sur un corpus de textes

**7.** Rapprochez les textes de Pierre Corneille (▶ p. 280), Jean Racine (▶ p. 282), Victor Hugo (*Les Misérables* ▶ p. 289) et Albert Camus (▶ p. 293) pour étudier, d'une part, la présence, dans ces différentes délibérations, de valeurs sur lesquelles reposent les argumentations, et, d'autre part, la confrontation de ces valeurs avec des sentiments personnels. Dans lequel de ces textes les sentiments personnels sont-ils le moins présents ?

**8.** Le dictionnaire donne pour le mot « délibération » la définition suivante : « Réflexion destinée à peser le pour et le contre avant une décision. » À partir des textes de cette séquence, vous composerez un corpus de quatre extraits correspondant à cette définition et vous justifierez votre choix.

## Lecture de l'image

**9.** Décrivez ce que vous voyez sur le tableau et dites quelles sont ses caractéristiques : composition, couleurs, lumière, manière de rendre les mouvements.

**10.** À quel thème du dialogue l'image renvoie-t-elle précisément ? Sur quoi ce choix met-il l'accent ? Quels autres thèmes auraient pu être illustrés ?

REPÈRES La délibération ▶ p. 297
Le théâtre : texte et représentation ▶ p. 180

# 8 Lire l'image : A. Rodin

**Auguste Rodin** (1840-1917), *Le Penseur* (XIX$^{e}$ siècle), bronze (Musée Rodin, Paris).

**RECHERCHE**

### Histoire des arts

**1.** Cherchez des informations sur Auguste Rodin et citez le titre d'au moins trois de ses œuvres les plus célèbres.

### Lecture de l'image

**2.** Comment la statue est-elle ici photographiée ? Quel est l'effet produit par cet angle de vue ?

**3.** Décrivez la statue de Rodin et expliquez en quoi son titre et le personnage représentés peuvent illustrer la notion de « délibération ».

**4.** En quoi pourrait-on dire que cette statue est une illustration de la condition humaine ?

**REPÈRES** La lecture de l'image ▸ p. 489
La délibération ▸ p. 297

# La délibération

**Le mot délibérer désigne l'action de peser le pour et le contre, de s'interroger, de mettre en balance des arguments, d'échanger des points de vue avant de prendre une décision, de manière individuelle ou collective. La délibération est la recherche argumentée d'une réponse à une question dont l'application se fera dans un avenir proche ou éloigné. Les deux expressions, *mettre en balance* et *prendre une décision* mettent en évidence l'idée de confrontation mais aussi celle de résolution d'un dilemme et de consensus.**

## Historique et formes de la délibération

La **délibération** était définie par Aristote comme l'un des grands genres de l'argumentation parce qu'elle correspond à des situations où sont pris en compte des points de vue différents en vue de l'élaboration d'un jugement. Parmi les différentes formes historiques de la délibération, on trouve les **débats** des assemblées politiques dans l'Antiquité, les **discussions** morales et philosophiques à l'honneur au Moyen Âge et à la Renaissance, les **échanges littéraires** des salons de l'époque classique, les **confrontations verbales** de la Constituante et de la Convention à la fin du XVIIIe siècle. Notre époque connaît les **débats parlementaires**, les **débats de justice** ou ceux qui précèdent une évaluation (délibérations de jurys d'examens et de concours). On peut enfin citer les **cas de conscience** lorsqu'un individu se trouve face à un dilemme qui oppose des valeurs antinomiques ou des sentiments contraires. La littérature en propose de nombreux exemples. On trouve des délibérations au théâtre, dans les romans, en poésie.

■ **Ex :** Les tragédies de Corneille comportent toutes un moment où s'impose un choix crucial : que peuvent faire Rodrigue (*Le Cid*) ou Sabine (► p. 280) pris entre l'honneur et l'amour ? Jean Valjean (► p. 289) est confronté à une décision aussi difficile à prendre dans un sens que dans l'autre : s'il ne se dénonce pas, il laisse condamner un innocent à sa place. Le condamné à mort (► p. 287) s'interroge sur la pertinence d'écrire et de laisser ainsi un témoignage.

## La démarche délibérative

En tant que recherche de solution, que cette dernière soit un jugement, une décision à appliquer plus tard ou une action immédiate, la délibération met en jeu, sous forme d'arguments, des **raisons souvent contradictoires**, qui peuvent émaner de plusieurs interlocuteurs ou d'un seul, dialoguant avec lui-même ou avec sa conscience, sous la forme d'un **monologue intérieur**. Lorsque plusieurs intervenants délibèrent, leurs échanges progressent par modifications successives des idées à la suite des propositions des uns et des autres. Dans une assemblée délibérante, différents points de vue naissent des contradictions et des oppositions, mais elles se trouvent atténuées, contournées, dépassées, parfois au terme de **longs débats**, qui vont vers un consensus, au prix d'évolution et d'assouplissement des positions. Il en est de même dans le débat individuel. La difficulté à parvenir à une décision se marque par un ensemble de détours, d'approximations, d'**hésitations**, d'étapes comportant des avancées et des reculs. Toute délibération s'inscrit dans le temps.

■ **Ex :** Le monologue de Jean Valjean (► p. 289) accumule les mêmes arguments sous des formes différentes, de manière presque obsessionnelle. Dans le monologue de Dorval (► p. 285), on observe la même façon de procéder en posant des hypothèses, des raisonnements par l'absurde, des anticipations. Le personnage de Jean dans le texte de Maupassant (► p. 291) passe lui aussi par de nombreuses incertitudes sur lesquelles il revient pour aboutir à une décision qu'il dément aussitôt après.

## L'écriture de la délibération

L'écriture délibérative révèle l'existence de **contradictions**, d'antagonismes, à travers les figures d'opposition, ainsi que l'**agitation intérieure** qu'elles suscitent, surtout dans le cas du débat personnel. La ponctuation joue alors un rôle important. Une délibération fait souvent alterner les **véritables interrogations** qui en sont le point de départ, les **questions oratoires** qui ne font guère avancer les choses et les affirmations catégoriques, qui se trouvent souvent modifiées ensuite. Les débats de conscience sont caractérisés par l'agitation, la précipitation, une certaine confusion des mots ou des idées, l'**inachèvement des phrases**, en fonction de la violence du conflit.

■ **Ex :** On observe ainsi des discours très hachés chez Jean Valjean (► p. 289) et chez Dorval (► p. 285), une ponctuation abondante, l'emploi du discours indirect libre dans le texte de Maupassant (► p. 291). L'écriture rend compte de la parole et de sa force : c'est en effet à travers l'échange et l'extériorisation des antagonismes que peuvent se résoudre les dilemmes qui sont à la base de la délibération.

**Hans Vredeman de Vries** (1527-1606), *Palais avec musiciens* (1596), huile sur toile, 135 x 174 cm (Kunsthistorisches Museum, Vienne).

# 3

# Histoire littéraire

Séquence 16

# L'humanisme et ses ambitions

## 1 Thomas More, *L'Utopie* (1516)

### Texte 1

*Dans l'ouvrage intitulé* L'Utopie ou Le traité de la meilleure forme de gouvernement, *Thomas More présente une contrée idéale dont la première qualité est la situation géographique, contexte favorable à une organisation sociale et politique originale.*

La ville est reliée à la rive opposée par un pont qui n'est pas soutenu par des piliers ou des pilotis, mais par un ouvrage en pierre d'une fort belle courbe. Il se trouve dans la partie de la ville qui est le plus éloignée de la mer, afin de ne pas gêner les vaisseaux qui longent les rives. Une autre rivière, peu importante mais paisible et agréable à voir, a ses sources sur la hauteur même où est située Amaurote[1], la traverse en épousant la pente et mêle ses eaux, au milieu de la ville, à celles de l'Anydre[2]. Cette source, qui est quelque peu en dehors de la cité, les gens d'Amaurote l'ont entourée de remparts et incorporée à la forteresse, afin qu'en cas d'invasion elle ne puisse être ni coupée ni empoisonnée. De là, des canaux en terre cuite amènent ses eaux dans les différentes parties de la ville basse. Partout où le terrain les empêche d'arriver, de vastes citernes recueillent l'eau de pluie et rendent le même service.

Un rempart haut et large ferme l'enceinte, coupé de tourelles et de boulevards ; un fossé sec mais profond et large, rendu impraticable par une ceinture de buissons épineux, entoure l'ouvrage de trois côtés ; le fleuve occupe le quatrième.

Les rues ont été bien dessinées, à la fois pour servir le trafic et pour faire obstacle aux vents. Les constructions ont bonne apparence. Elles forment deux rangs continus, constitués par les façades qui se font vis-à vis, bordant une chaussée de vingt pieds de large. Derrière les maisons, sur toute la longueur de la rue, se trouve un vaste jardin, borné de tous côtés par les façades postérieures.

Chaque maison a deux portes, celle de devant donnant sur la rue, celle de

1. Nom de la ville.

2. Nom du fleuve sur lequel est construite la ville.

derrière sur le jardin. Elles s'ouvrent d'une poussée de main, et se referment de même, laissant entrer le premier venu. Il n'est rien là qui constitue un domaine privé. Ces maisons en effet changent d'habitants, par tirage au sort, tous les dix ans. Les Utopiens entretiennent admirablement leurs jardins, où ils cultivent des plants de vigne, des fruits, des légumes et des fleurs d'un tel éclat, d'une telle beauté que nulle part ailleurs je n'ai vu pareille abondance, pareille harmonie. Leur zèle est stimulé par le plaisir qu'ils en retirent et aussi par l'émulation, les différents quartiers luttant à l'envi[3] à qui aura le jardin le mieux soigné. Vraiment, on concevrait difficilement, dans toute une cité, une occupation mieux faite pour donner à la fois du profit et de la joie aux citoyens et, visiblement, le fondateur n'a apporté à aucune autre chose une sollicitude plus grande qu'à ces jardins.

La tradition veut en effet que tout le plan de la ville ait été tracé dès l'origine par Utopus[4] lui-même. Mais il en a laissé l'ornement et l'achèvement, tâches auxquelles une vie d'homme ne saurait suffire. Leurs annales contiennent, soigneusement, scrupuleusement rédigée, l'histoire des 1760 années qui se sont écoulées depuis la conquête de l'île.

Livre II, traduit du latin par M. Delcourt © éd. Flammarion, 1987.

**Luca Signorelli** (vers 1441-1523), *Martyre de Saint Sébastien*, détail de la ville médiévale, peinture (Musée civique de Citta Di Castello, Italie).

3. Avec émulation, à qui mieux mieux.

4. Nom du supposé fondateur du pays.

Contexte XVIe s. ▶ p. 490
Notice biographique ▶ p. 516
Du même auteur ▶ p. 302

RECHERCHE

### Les mots et leur usage

**1.** Quelle est l'étymologie du mot *utopie* ? Qu'est-ce qu'induit un tel sens lorsque le mot est utilisé comme titre d'une œuvre ?

### Histoire des arts

**2.** Cherchez le nom d'architectes célèbres dont les projets ont pu passer pour des utopies, et le titre d'ouvrages littéraires faisant référence à des organisations sociales et politiques idéales.

## Lecture analytique

**3.** À partir des termes qui commencent les quatre premiers paragraphes, dites de quelle manière est construite la présentation de la ville d'Amaurote. Quelles informations donne le cinquième paragraphe ? Qu'apportent au lecteur ces précisions ?

**4.** Quelles sont les particularités de la ville sur les plans suivants : défense, esthétique, mode de vie ? Quelles formulations soulignent l'idée d'une organisation concertée ?

**5.** Amaurote et ses habitants appartiennent à un monde idéal : quelles préoccupations, quelles réflexions l'extrait révèle-t-il sur la vie sociale et sur la nature humaine au début du XVIe siècle ?

## Question d'oral

**6.** Étudiez le texte en faisant apparaître de quelle manière il se rattache à la notion d'utopie et contribue à définir un idéal.

REPÈRES L'humanisme ▶ p. 335
La notion de courant culturel ▶ p. 435
L'essai ▶ p. 243

## Texte 2

*La ville idéale d'Amaurote offre un cadre dans lequel les habitants ont une vie qui fait harmonieusement alterner travail et loisirs, comme en témoignent ces lignes.*

Le jour solaire y est divisé en vingt-quatre heures d'égale durée dont six sont consacrées au travail : trois avant le repas de midi, suivies de deux heures de repos, puis de trois autres heures de travail terminées par le repas du soir. À la huitième heure, qu'ils comptent à partir de midi, ils vont se coucher et accordent huit heures au sommeil.

Chacun est libre d'occuper à sa guise les heures comprises entre le travail, le sommeil et les repas – non pour les gâcher dans les excès et la paresse, mais afin que tous, libérés de leur métier, puissent s'adonner à quelque bonne occupation de leur choix. La plupart consacrent ces heures de loisir à l'étude. Chaque jour en effet des leçons accessibles à tous ont lieu avant le début du jour, obligatoires pour ceux-là seulement qui ont été personnellement destinés aux lettres[1]. Mais, venus de toutes les professions, hommes et femmes y affluent librement, chacun choisissant la branche d'enseignement qui convient le mieux à sa forme d'esprit. Si quelqu'un préfère consacrer ces heures libres, de surcroît, à son métier, comme c'est le cas pour beaucoup d'hommes qui ne sont tentés par aucune science, par aucune spéculation[2], on ne l'en détourne pas. Bien au contraire, on le félicite de son zèle à servir l'État.

Après le repas du soir, on passe une heure à jouer, l'été dans les jardins, l'hiver dans les salles communes qui servent aussi de réfectoire. On y fait de la musique, on se distrait en causant. Les Utopiens ignorent complètement les dés et tous les jeux de ce genre, absurdes et dangereux. Mais ils pratiquent deux divertissements qui ne sont pas sans ressemblance avec les échecs. L'une est une bataille de nombres où la somme la plus élevée est victorieuse ; dans l'autre, les vices et les vertus s'affrontent en ordre de bataille. Ce jeu montre fort habilement comment les vices se font la guerre les uns aux autres, tandis que la concorde règne entre les vertus ; quels vices s'opposent à quelles vertus ; quelles forces peuvent les attaquer de front, par quelles ruses on peut les prendre de biais, sous quelle protection les vertus brisent l'assaut des vices, par quels arts elles déjouent leurs efforts, comment enfin un des deux partis établit sa victoire.

Livre II, traduit du latin par M. Delcourt © éd. Flammarion, 1987.

1. La littérature.
2. Réflexions, méditations d'ordre intellectuel.

Contexte XVIe s. ▸ p. 490
Notice biographique ▸ p. 516
Du même auteur ▸ p. 300

### Lecture analytique

**1.** En prenant appui sur le lexique dominant, déterminez le thème de chacun des paragraphes. En quoi sont-ils liés ?

**2.** Qu'est-ce qui caractérise la manière dont les Utopiens utilisent leur temps de loisir ? Prenez appui sur la récurrence d'un mot dans le 2e paragraphe.

**3.** Qu'ont de particulier les jeux dont il est question dans le 3e paragraphe ? Étudiez comment s'expriment la présence et les jugements de celui qui parle.

**4.** Dégagez du texte les qualités dont font preuve les Utopiens.

**5.** Qu'est-ce qui rappelle qu'il s'agit d'un idéal ? Quelles critiques pourrait-on cependant adresser à ce mode de vie ?

### Question d'oral

**6.** Étudiez ce texte en faisant apparaître le caractère idéal du mode de vie présenté et l'existence de certaines limites, que vous préciserez.

REPÈRES L'humanisme ▸ p. 335
La notion de courant culturel ▸ p. 435
L'essai ▸ p. 243

# 2 François Rabelais, *Pantagruel* (1532)

Pantagruel *est le nom d'un géant et le titre d'une œuvre qui rapporte ses exploits. Au chapitre VIII, dans une lettre qu'il lui adresse, son père Gargantua lui fait part de ses recommandations en matière d'étude : ce texte définit ainsi les ambitions d'une éducation nouvelle qui s'oppose à celle du Moyen Âge.*

**Vincenzo Foppa** (vers 1430-1515), *Le Jeune Cicéron lisant*, détail, fresque (Wallace Collection, Londres).

Maintenant toutes les disciplines sont restituées, les langues établies. Le grec, sans lequel c'est une honte de se dire savant, l'hébreu, le chaldéen, le latin. Des impressions si élégantes et si correctes sont en usage, elles qui ont été inventées de mon temps par inspiration divine, comme, à l'inverse, l'artillerie l'a été par suggestion diabolique. Le monde entier est plein de gens savants, de précepteurs très doctes, de bibliothèques très amples, si bien que je crois que ni au temps de Platon[1], ni de Cicéron[2], ni de Papinien[2], il n'était aussi facile d'étudier que maintenant. Et dorénavant, celui qui ne sera pas bien poli en l'officine de Minerve[3] ne pourra plus se trouver nulle part en société. Je vois les brigands, bourreaux, aventuriers, palefreniers de maintenant plus doctes que les docteurs et prédicateurs de mon temps.

Même les femmes et filles ont aspiré à cette louange et à cette manne céleste de la bonne science. Si bien qu'à mon âge j'ai été obligé d'apprendre le grec, non que je l'aie méprisé comme Caton[2], mais je n'avais pas eu la possibilité de l'apprendre en mon jeune âge ; et volontiers je me délecte à lire les *Traités moraux* de Plutarque[4], les beaux dialogues de Platon, les *Monuments* de Pausanias[4] et les *Antiquités* d'Athénée[4], en attendant l'heure qu'il plaise à Dieu mon créateur de m'appeler et ordonner de sortir de cette terre.

1. Philosophe grec de l'Antiquité.
2. Écrivains latins antiques.
3. Déesse de la sagesse.
4. Écrivains grecs.

C'est pourquoi, mon fils, je t'admoneste d'employer ta jeunesse à bien profiter dans tes études. Tu es à Paris, tu as ton précepteur Épistémon[5] : l'un peut te donner de la doctrine par ses instructions vivantes et vocales, l'autre par des exemples louables. J'entends et veux que tu apprennes les langues parfaitement : d'abord la grecque, comme le veut Quintilien[2]. Puis la latine. Puis l'hébraïque pour l'Écriture sainte, ainsi que la chaldaïque et l'arabe. Et que tu formes ton style, pour la grecque à l'imitation de Platon, et pour la latine, de Cicéron. Qu'il n'y ait d'histoire que tu n'aies présente à la mémoire, à quoi t'aidera la cosmographie. Les arts libéraux, géométrie, arithmétique, musique, je t'en ai donné quelque goût quand tu étais encore petit, vers tes cinq six ans. Continue le reste ; et sache tous les canons[6] d'astronomie ; laisse l'astrologie divinatrice et l'art de Lulle[7], abus et vanités. Du droit civil, je veux que tu saches par cœur les beaux textes, et que tu les rapproches de la philosophie.

Quant à la connaissance des sciences naturelles, je veux que tu t'y adonnes avec zèle ; qu'il n'y ait mer, rivière, ni fontaine dont tu ne connaisses les poissons ; tous les oiseaux de l'air ; tous les arbres, arbustes, et fruitiers des forêts, toutes les herbes de la terre ; tous les métaux cachés au ventre des abîmes, les pierreries de l'Orient et de l'Afrique : que rien ne te soit inconnu.

Puis avec soin, relis les livres des médecins : grecs, arabes, latins, sans mépriser les talmudistes et cabalistes[8] ; et, par de fréquentes dissections, acquiers la parfaite connaissance de ce second monde qu'est l'homme. Et, pendant quelques heures chaque jour, commence à apprendre les Saintes Écritures : d'abord le Nouveau Testament en grec, et les Épîtres des apôtres, puis en hébreu l'Ancien Testament. En somme, que je voie un abîme de science. Car maintenant que tu te fais grand, et que tu deviens un homme, il te faudra sortir de cette tranquillité et de ce repos consacré aux études, et apprendre la chevalerie et les armes, pour défendre ma maison, et secourir nos amis dans leurs débats contre les assauts des malfaisants. Et je veux que rapidement tu essaies de tester combien tu as profité : ce que tu ne saurais mieux faire qu'en soutenant des thèses publiquement sur toutes choses, envers et contre tous, et en fréquentant les gens lettrés qui sont à Paris et ailleurs.

Mais parce que, selon le sage Salomon[9], sagesse n'entre pas dans une âme mauvaise, et que science sans conscience n'est que ruine de l'âme, il te faut servir, aimer et craindre Dieu, et mettre en lui toutes tes pensées et tout ton espoir, et, par une foi orientée par la charité, lui être uni au point que tu n'en sois jamais séparé par le péché. Tiens pour suspects les abus du monde, et ne mets pas ton cœur aux choses vaines : car cette vie est transitoire, mais la Parole de Dieu demeure éternellement. Sois serviable à ton prochain, quel qu'il soit, et aime-le comme toi-même. Révère tes précepteurs ; fuis les rencontres des gens auxquels tu ne veux pas ressembler. Et les grâces que Dieu t'a données, ne les reçois pas en vain. Et, quand tu verras que tu as acquis tout le savoir de par-delà, reviens-t'en vers moi, afin que je te voie et te donne ma bénédiction avant de mourir.

Mon fils, la paix et grâce du Seigneur soient avec toi. *Amen.*

D'Utopie, 17 mars,

ton père,

GARGANTUA.

Chapitre VIII, traduit du français du XVIe siècle par M.-M. Fragonard © éd. Pocket, 1997.

5. « Savant », en grec.

6. Ensemble de règles.

7. Raymond Lulle était un alchimiste espagnol.

8. Médecins juifs renommés dont le savoir repose sur deux ouvrages fondamentaux, le Talmud et la Kabbale.

9. Référence biblique. Le roi Salomon, fils du roi David, était célèbre pour sa sagesse et pour le caractère équitable de ses jugements.

Contexte XVIe s. ▶ p. 490
Notice biographique ▶ p. 517
Du même auteur ▶ p. 305 p. 307 p. 323
SUJET DE BAC 15 ▶ p. 312

**RECHERCHE**

### Histoire littéraire

**1.** La lettre de Gargantua vient d'un lieu désigné par le mot *Utopie* (l. 62). Donnez son sens et rapprochez-le d'une œuvre littéraire antérieure. Que révèle la récurrence de ce terme à la même époque ?

### Lecture analytique

**2.** Repérez et identifiez tous les indices qui caractérisent une lettre, puis, à partir des verbes à la première et à la deuxième personnes – dont vous indiquerez les temps et les modes –, définissez la relation établie entre le père et son fils et les objectifs du message.

**3.** Gargantua veut faire de son fils un *abîme de science* (l. 42) : expliquez en quoi le programme d'étude – dont vous préciserez le contenu –, et la manière dont il est exprimé, correspondent à cette métaphore.

**4.** Le programme d'éducation du jeune Pantagruel inclut des éléments autres que les connaissances : retrouvez ces éléments dans le texte et explicitez leur importance.

**5.** Quelles circonstances culturelles favorables l'auteur de la lettre met-il en relief ?

**6.** Que révèlent les ambitions humanistes concernant la nature humaine ?

### Question d'oral

**7.** Étudiez ce texte en faisant apparaître les caractéristiques de l'éducation humaniste et ce qu'elles révèlent de l'esprit nouveau et d'une nouvelle conception de l'homme.

**REPÈRES** L'humanisme ▸ p. 335
La notion de courant culturel ▸ p. 435

## 3 François Rabelais, *Gargantua* (1534)

*Les actions du géant Gargantua sont l'occasion, pour Rabelais, d'envisager de nombreuses questions d'actualité et de réfléchir sur ce que serait une société idéale. L'abbaye de Thélème[1] en constitue une illustration : les chapitres L à LIV précisent les circonstances de sa création, son architecture, ceux qui sont destinés à y habiter. Le chapitre LV expose la manière dont on y vit.*

Toute leur vie était ordonnée non selon des lois, des statuts ou des règles, mais selon leur bon vouloir et leur libre arbitre. Ils se levaient quand bon leur semblait, buvaient, mangeaient, travaillaient, et dormaient quand le désir leur en venait. Nul ne les réveillait, nul ne les contraignait à boire, à manger, ni à faire quoi que ce soit. Ainsi en avait décidé Gargantua. Pour toute règle, il n'y avait que cette clause, *Fais ce que tu voudras* ; parce que les gens libres, bien nés et bien éduqués, vivant en bonne compagnie, ont par nature un instinct, un aiguillon qui les pousse toujours à la vertu et les éloigne du vice, qu'ils appelaient honneur. Ces gens-là, quand ils sont opprimés et asservis par une honteuse sujétion[2] et par la contrainte, détournent cette noble inclination par laquelle ils tendaient librement à la vertu, vers le rejet et la violation du joug de servitude ; car nous entreprenons toujours ce qui nous est interdit et nous convoitons ce qui nous est refusé.

C'est cette liberté même qui les poussa à une louable émulation : faire tous ce qu'ils voyaient faire plaisir à un seul. Si l'un ou l'une d'entre eux disait : « Buvons », ils buvaient tous, s'il disait : « Jouons », tous jouaient ; s'il disait : « Allons nous ébattre aux champs », tous y allaient. S'il s'agissait de chasser à courre[3] ou au vol[4], les dames, montées sur de belles haquenées[5] suivies du

1. Ce mot signifie « libre arbitre » en grec.
2. Soumission, asservissement.
3. Chasse où l'on poursuit le gibier avec des chiens.
4. Chasse menée avec des faucons.
5. Jument montée par les dames.
6. Cheval.
7. Faucon mâle dressé pour la chasse.
8. Petit faucon.

**École de Fontainebleau**
*Repas galant*, (XVIe siècle), peinture (Musée Granet, Aix-en-Provence).

palefroi[6] de guerre, portaient sur leur poing joliment ganté un épervier, un laneret[7] ou un émerillon[8]. Les hommes portaient les autres oiseaux.

Ils étaient si bien éduqués qu'il n'y avait parmi eux homme ni femme qui ne sût lire, écrire, chanter, jouer d'instruments de musique, parler cinq ou six langues et y composer, tant en vers qu'en prose. Jamais on ne vit de chevaliers si vaillants, si hardis, si adroits au combat à pied ou à cheval, plus vigoureux, plus agiles, maniant mieux les armes que ceux-là ; jamais on ne vit de dames si fraîches, si jolies, moins acariâtres, plus doctes aux travaux d'aiguille et à toute activité de femme honnête et bien née que celles-là.

C'est pourquoi, quand arrivait le temps où l'un d'entre eux, soit à la requête de ses parents, soit pour d'autres raisons, voulait quitter l'abbaye, il emmenait avec lui une des dames, celle qui l'aurait choisi pour chevalier servant, et ils se mariaient ; et s'ils avaient bien vécu à Thélème en amitié de cœur, ils continuaient encore mieux dans le mariage, et ils s'aimaient autant à la fin de leurs jours qu'au premier jour de leurs noces.

Chapitre LV, traduit du français du XVIe siècle par M.-M. Fragonard © éd. Pocket, 1992.

Contexte XVIe s. ► p. 490
Notice biographique ► p. 517
Du même auteur ► p. 303 p. 307 p. 323

**RECHERCHE**

### Histoire des arts

**1.** Recherchez dans les chapitres LI et LIII quelles sont les caractéristiques architecturales de l'abbaye et trouvez des représentations picturales qui pourraient correspondre à la description donnée par le texte.

## Lecture analytique

**2.** Étudiez en quoi l'évocation de la vie des Thélémites dans les paragraphes 1 et 2 illustre ce qui est dit dans la première phrase du texte. Appuyez votre réponse sur la récurrence de certaines expressions et de certaines figures d'insistance.

**3.** Les Thélémites sont présentés comme *bien éduqués* (l. 6-7 et 25-26). À partir du texte, expliquez en quoi consiste cette éducation et à quels domaines elle s'applique.

**4.** Sur quels principes moraux la vie à Thélème repose-t-elle ? Retrouvez le passage du texte qui expose ces principes. Comment s'explique le changement de temps verbal et d'énonciation ?

**5.** En prenant appui sur certaines formulations, étudiez le registre du texte et expliquez en quoi on peut parler d'utopie.

## Question d'oral

**6.** Étudiez le texte en faisant apparaître l'adhésion de celui qui parle à un idéal de vie collective dont vous préciserez les caractéristiques et les conditions.

## Travail sur un corpus de textes

**7.** À partir des textes de T. More (textes 1 et 2, ► p. 300 et 302), et de Rabelais (extraits de *Pantagruel* et de *Gargantua*, ► p. 303 et 305), expliquez la notion d'utopie appliquée au cadre et au mode de vie d'un homme nouveau, lui-même incarnation d'un idéal.

**REPÈRES** L'humanisme ► p. 335
La notion de courant culturel ► p. 435

# 4 François Rabelais, *Le Tiers Livre* (1546)

*Le* Tiers Livre *retrace la suite des aventures de Pantagruel, accompagné de son ami Panurge, un bon vivant à l'esprit inventif. Le premier a conquis un territoire nouveau, la Dipsodie, et y a installé une colonie d'« Utopiens ». Dans le chapitre IV, Panurge expose les vertus des échanges entre prêteurs et emprunteurs et poursuit en faisant un exposé sur la manière dont fonctionne le corps humain.*

Anonyme, *Portrait de Gerolamo Fabrizio d'Acquapendente (1533-1619), médecin anatomiste et de Giulio Casserio, son élève*, peinture (Musée de l'Art sanitaire, Rome).

« Sur ce modèle représentez-vous notre microcosme, c'est-à-dire notre petit monde, c'est l'homme, avec tous ses organes qui prêtent, empruntent, doivent, c'est-à-dire dans son naturel. Car Nature n'a créé l'homme que pour prêter et emprunter. L'harmonie des cieux n'est pas plus grande que ne sera celle qui gouverne son organisme. L'intention du Fondateur de ce microcosme est d'y entretenir l'âme, qu'il y a placée comme hôte, ainsi que la vie. La vie est faite du sang. Le sang est le siège de l'âme. C'est pourquoi un seul travail mobilise ce monde, c'est de forger continuellement du sang. Dans cette forge tous les organes ont une fonction particulière, et leur hiérarchie est telle que sans cesse l'un emprunte à l'autre, l'un prête à l'autre, l'un est débiteur de l'autre. La matière et le métal propres à être transformés en sang sont fournis par Nature : ce sont le pain et le vin. Dans ces deux espèces d'aliments sont comprises toutes les autres. C'est pour cela qu'en langue goth on parle de *companage*[1]. Pour les trouver, les préparer et les faire cuire, les mains travaillent ;

les pieds font du chemin, et supportent toute cette machine ;

les yeux dirigent tout ;

l'appétit, par l'entremise d'un peu de bile acidulée, qui lui est transmise par la rate, appelle à enfourner les aliments dans l'orifice de l'estomac ; la langue les goûte ;

les dents les mâchent ;

l'estomac les reçoit, les digère et les transforme en chyle[2] ;

les veines du mésentère[3] en sucent ce qui est bon et profitable, laissant de côté les excréments, qui, par un dynamisme d'expulsion, sont évacués par un conduit approprié, puis elles portent le restant au foie ; il le transforme aussitôt en sang.

1. Les différents aliments que l'on mange avec du pain, en langue d'oc.

2. Liquide provenant de la digestion.

3. Repli du péritoine reliant l'intestin grêle à l'abdomen.

Quelle joie croyez-vous qu'éprouvent alors ces travailleurs à la vue de ce ruisseau d'or, qui est leur seul reconstituant ? La joie des alchimistes n'est pas plus grande quand, après de longs travaux et une grande dépense d'énergie, ils voient dans leurs fourneaux leurs métaux transmués.

Alors chaque organe se prépare et s'évertue à nouveau à purifier et affiner ce trésor. Les reins par les veines émulgentes[4] en tirent une sécrétion aqueuse, que vous nommez urine, et par les uretères[5] la déversent en bas. En bas elle trouve un réceptacle approprié, c'est la vessie, qui, au moment voulu, l'évacue. La rate en extrait le terrestre et la lie, que vous nommez bile noire. La vésicule biliaire en soustrait la bile jaune superflue. Le sang est ensuite transporté, pour mieux être affiné, dans une autre usine c'est le cœur. Celui-ci par ses mouvements diastoliques[6] et systoliques le rend gazeux et l'enflamme, ce qui lui permet de le parfaire dans le ventricule droit et de l'envoyer par les veines à tous les organes ; chaque organe l'attire à lui et s'en nourrit à sa guise : les pieds, les mains, les yeux, tous, et ainsi deviennent débiteurs ceux qui auparavant étaient prêteurs. Par le ventricule gauche, il le rend si subtil qu'on le dit vaporeux, et il l'envoie à tous les membres par ses artères pour réchauffer et aérer l'autre sang, celui des veines. Le poumon, à l'aide de ses lobes et soufflets, ne cesse de le rafraîchir. En reconnaissance de ce bienfait, le cœur lui en départit le meilleur par la veine artérielle. Pour finir, il est si bien affiné dans le réseau merveilleux que par la suite en sont faits les esprits animaux, au moyen desquels l'âme imagine, discourt, juge, analyse, délibère, raisonne et se souvient. »

Chapitre IV, traduit du français du XVIe siècle par G. Demerson © éd. du Seuil, 1997.

4. Veines relatives aux reins.

5. Canal qui joint le rein à la vessie.

6. La diastole est la période qui suit la contraction du cœur au cours de laquelle les oreillettes et les ventricules se remplissent de sang (le contraire est la systole).

Contexte XVIe s. ▸ p. 490
Notice biographique ▸ p. 517
Du même auteur ▸ p. 303 p. 305 p. 323
SUJET DE BAC 15 ▸ p. 312

## RECHERCHE

### Les mots et leur usage

**1.** Quel est le sens du mot *microcosme* (l. 2)? Que suggère son emploi pour désigner le corps humain ?

**2.** Que désigne l'expression *esprits animaux* (l. 60) ?

### Histoire littéraire

**3.** Quelle était la profession de Rabelais et quelles études a-t-il faites ? Quelles relations peut-on établir entre cette profession et le contenu du texte ?

## Lecture analytique

**4.** Étudiez comment évolue la présentation du fonctionnement du corps en mettant en relief : la comparaison initiale, la relation entre le sang, la vie et l'âme, la métaphore de la forge, la mise en place et le développement de la relation emprunt / prêt. Quelle est l'utilité des deux interpellations à la deuxième personne (l. 1-2 et 40) ?

**5.** Par quels procédés grammaticaux celui qui parle met-il en relief la relation emprunt / prêt ? Comment fait-il comprendre qu'il s'agit d'un mécanisme ?

**6.** En prenant appui sur des procédés lexicaux et stylistiques précis (certaines figures récurrentes), définissez le registre de ce discours : que traduit ce registre chez celui qui parle ?

**7.** Quelle(s) relation(s) peut-on établir entre cette présentation du fonctionnement du corps humain et le terme *humanisme* ?

## Question d'oral

**8.** Étudiez ce texte en faisant apparaître son caractère imagé et concret, ainsi que ses relations avec le mot *humanisme*.

REPÈRES L'humanisme ▸ p. 335
La notion de courant culturel ▸ p. 435

# 5 Joachim Du Bellay, *Les Regrets* (1558)

*Poète appartenant au groupe de la Pléiade et auteur du manifeste* Défense et illustration de la langue française *(1549), Joachim Du Bellay évoque, dans les sonnets des* Regrets, *ses espoirs et ses déceptions d'homme et d'humaniste ayant quitté la France pour découvrir une Italie rêvée à travers la littérature et l'histoire antiques.*

Je me ferai savant en la philosophie,
En la mathématique et médecine aussi :
Je me ferai légiste, et d'un plus haut souci
Apprendrai les secrets de la théologie[1] :

Du luth et du pinceau j'ébatterai ma vie[2],
De l'escrime et du bal. Je discourais ainsi,
Et me vantais en moi d'apprendre tout ceci,
Quand je changeai la France au[3] séjour d'Italie.

Ô beaux discours humains ! Je suis venu si loin,
Pour m'enrichir d'ennui, de vieillesse et de soin,
Et perdre en voyageant le meilleur de mon âge.

Ainsi le marinier souvent pour tout trésor
Rapporte des harengs en lieu de lingots d'or,
Ayant fait, comme moi, un malheureux voyage.

Sonnet XXXII (orthographe modernisée), édition établie par S. de Sacy


1. Science de la religion.
2. Je me divertirai.
3. Contre.

Contexte XVIe s. ▶ p. 490
Notice biographique ▶ p. 512
Du même auteur ▶ p. 325
SUJET DE BAC 15 ▶ p. 312

## Lecture analytique

**1.** Qu'ont en commun les cinq premiers vers et le premier hémistiche du vers 6 ? Étudiez le temps des verbes, les rythmes de l'alexandrin et certains procédés qui permettent la mise en relief du thème abordé, que vous préciserez.

**2.** Sur quoi le changement de temps des vers 6, 7 et 8 attire-t-il l'attention du lecteur ? Quel effet l'emploi du passé a-t-il sur la relecture des six premiers vers ?

**3.** Quelle est la fonction (différente) de chacun des deux tercets ? En quoi s'opposent-ils au début du texte ?

**4.** Étudiez le caractère personnel du texte et la manière dont cet aspect subjectif peut être généralisé. Quelle « leçon » se trouve proposée au lecteur ?

## Question d'oral

**5.** Étudiez ce texte en montrant comment la variation des temps verbaux et la structure du sonnet mettent en relief l'opposition entre les ambitions et le sentiment de l'échec.

## Commentaire

**6.** Commentez le sonnet de Du Bellay en vous aidant des axes suivants :
– l'expression des ambitions humanistes ;
– la réalité décevante ;
– le sonnet au service d'une double thématique.

REPÈRES L'humanisme ▶ p. 335
La notion de courant culturel ▶ p. 435
Les formes fixes ▶ p. 91
Fonctions du poète et de la poésie ▶ p. 141

# 6 Pierre de Ronsard, *Sonnets pour Hélène* (1578)

*Chef de file des poètes de la Pléiade, Ronsard célèbre une jeune femme, Hélène de Surgères, qu'il rapproche souvent de l'héroïne troyenne qui porte le même nom. C'est l'occasion de mêler l'inspiration antique à l'amour, à la réflexion sur le temps et au souci de la gloire.*

Quand vous serez bien vieille, au soir à la chandelle,
Assise auprès du feu, dévidant et filant,
Direz chantant mes vers, en vous émerveillant :
« Ronsard me célébrait du temps que j'étais belle. »

Lors vous n'aurez servante oyant[1] telle nouvelle,
Déjà sous le labeur à demi sommeillant,
Qui au bruit de mon nom ne s'aille réveillant,
Bénissant votre nom de louange immortelle.

Je serai sous la terre, et fantôme sans os
Par les ombres myrteux[2] je prendrai mon repos ;
Vous serez au foyer une vieille accroupie,

Regrettant mon amour et votre fier dédain.
Vivez, si m'en croyez, n'attendez à demain :
Cueillez dès aujourd'hui les roses de la vie.

Sonnet XLIII (orthographe modernisée), recueilli dans *Les Amours*, texte établi par A.-M. Schmidt © éd. Gallimard, coll. « Poésie », 1964.

1. Entendant.
2. Le bois de myrtes, aux enfers, passait pour être le séjour des amants.

Contexte XVIe s. ▸ p. 490
Notice biographique ▸ p. 517
Du même auteur ▸ p. 82 p. 326

RECHERCHE

**Histoire littéraire**

**1.** Quel est le sens et qui est l'auteur de l'injonction *Carpe diem* ? À quel courant philosophique antique cette formule sert-elle de devise ?

## Lecture analytique

**2.** En prenant appui sur les verbes, sur les pronoms personnels et sur les variations de personne, étudiez l'alternance sur laquelle sont construits les douze premiers vers du sonnet. Quels personnages se trouvent associés ?
**3.** À partir des termes qui expriment le temps et ses effets, faites apparaître le caractère argumentatif du texte et les procédés de la persuasion. En quoi peut-on parler de rupture et de continuité au vers 13 ?
**4.** Comment s'exprime, dans le texte, le thème de la gloire poétique ?

## Question d'oral

**5.** Étudiez ce sonnet en montrant comment le thème du temps est utilisé dans une perspective argumentative et comment les sentiments personnels se mêlent à l'inspiration antique.

## Commentaire

**6.** Commentez le sonnet de Ronsard en vous aidant des deux axes suivants :
– l'expression du temps et son importance dans le sonnet ;
– les caractéristiques d'une demande argumentée.

REPÈRES L'humanisme ▸ p. 335
La notion de courant culturel ▸ p. 435
Les formes fixes ▸ p. 91

# 7 Michel de Montaigne, *Essais* (1580-1588-1595)

## Texte 1

*Penseur et homme de Lettres, auteur d'une œuvre originale, les* Essais*, Montaigne incarne la culture humaniste nourrie à la fois de lectures et d'expériences. Dans le chapitre « De l'institution des enfants », adressé à Diane de Foix, il pose quelques principes indissociables de la raison, de l'ouverture d'esprit et de la formation du jugement.*

**École italienne** Leçon de mathématiques tirée d'un *Traité de mathématiques* (XVIe siècle), aquarelle sur papier (Bibliothèque de l'Université, Padoue).

Pour un enfant de maison noble qui recherche l'étude des lettres, non pour le gain (car un but aussi vil est indigne de la grâce et de la faveur des Muses ; d'autre part il concerne les autres et dépend d'eux), ni autant pour les avantages extérieurs que pour les siens propres et pour qu'il s'enrichisse et s'en pare au-dedans, moi, ayant plutôt envie de faire de lui un homme habile[1] qu'un homme savant, je voudrais aussi qu'on fût soucieux de lui choisir un guide qui eût plutôt la tête bien faite que bien pleine et qu'on exigeât chez celui-ci les deux qualités, mais plus la valeur morale et l'intelligence que la science, et je souhaiterais qu'il se comportât dans l'exercice de sa charge d'une manière nouvelle.

On ne cesse de criailler à nos oreilles d'enfants, comme si l'on versait dans un entonnoir, et notre rôle, ce n'est que de redire ce qu'on nous a dit. Je voudrais que le précepteur corrigeât ce point de la méthode usuelle et que, d'entrée, selon la portée de l'âme qu'il a en main, il commençât à la mettre sur la piste[2], en lui faisant goûter les choses, les choisir et les discerner d'elle-même, en lui ouvrant quelquefois le chemin, quelquefois en le lui faisant ouvrir. Je ne veux pas qu'il invente et parle seul, je veux qu'il écoute son disciple parler à son tour. Socrate et, depuis, Arcésilas[3] faisaient d'abord parler leurs disciples, et puis ils leur parlaient. « *Obest plerumque iis qui discere volunt auctoritas eorum qui docent.* »[4]

Il est bon qu'il le fasse trotter devant lui pour juger de son allure, juger aussi jusqu'à quel point il doit se rabaisser pour s'adapter à sa force. Faute d'apprécier ce rapport, nous gâtons tout : savoir le discerner, puis y conformer sa conduite avec une juste mesure, c'est l'une des tâches les plus ardues que je connaisse ; savoir descendre au niveau des allures puériles du disciple et les guider est l'effet d'une âme élevée et bien forte. Je marche de manière plus sûre et plus ferme en montant qu'en descendant.

Quant aux maîtres qui, comme le comporte notre usage, entreprennent, avec une même façon d'enseigner et une pareille sorte de conduite, de diriger beau-

1. Un homme capable de bien juger.

2. Le mot *piste* évoque l'apprentissage.

3. Penseur et philosophe grec qui enseignait.

4. « L'autorité de ceux qui enseignent nuit la plupart du temps à ceux qui veulent apprendre », Cicéron, *De natura deorum*, I, 5.

5. *Il* désigne le maître.

6. Régurgiter.

Contexte XVIe s. ▶ p. 490
Notice biographique ▶ p. 516
Du même auteur ▶ p. 184, p. 202, p. 226, p. 313, p. 330, p. 331
SUJET DE BAC 15 ▶ p. 312

coup d'esprits de tailles et formes si différentes, il n'est pas extraordinaire si, dans tout un peuple d'enfants, ils en rencontrent à peine deux ou trois qui récoltent quelque véritable profit de leur enseignement.

Qu'il[5] ne demande pas seulement à son élève de lui répéter les mots de la leçon qu'il lui a faite, mais de lui dire leur sens et leur substance, et qu'il juge du profit qu'il en aura fait, non par le témoignage de sa mémoire, mais par celui de sa vie. Ce que l'élève viendra apprendre, qu'il le lui fasse mettre en cent formes et adaptées à autant de sujets différents pour voir s'il l'a dès lors bien compris et bien fait sien, en réglant l'allure de sa progression d'après les conseils pédagogiques de Platon[3]. Regorger[6] la nourriture comme on l'a avalée est une preuve qu'elle est restée crue et non assimilée. L'estomac n'a pas fait son œuvre s'il n'a pas fait changer la façon d'être et la forme de ce qu'on lui avait donné à digérer.

Livre I, chapitre XXVI, « Sur l'éducation des enfants »,
adapté et traduit du français du XVIe siècle par A. Lanly © éd. Champion, 1989.

## Bilan de lecture

**1.** Quelles sont les qualités nécessaires à un bon précepteur, selon Montaigne ?

**2.** Quelles démarches pédagogiques doit-il mettre en œuvre ? Récapitulez ces démarches dans l'ordre où elles sont données et explicitez leur importance et leur utilité.

**3.** Quelles critiques, explicites et implicites, sont adressées à l'enseignement traditionnel ? Que refuse Montaigne ?

**4.** Comment se manifestent dans le texte la présence et la subjectivité de celui qui parle ? En quoi peut-on parler cependant de principes d'éducation acceptables par tous ? Que révèlent-ils des objectifs d'une « bonne éducation » ?

REPÈRES
L'humanisme ▶ p. 335
La notion de courant culturel ▶ p. 435
L'essai ▶ p. 243

# SUJET DE BAC 15

### OBJET D'ÉTUDE

**Un mouvement littéraire et culturel du XVIe siècle : l'humanisme.**

### CORPUS

A – F. Rabelais, *Pantagruel* (1532) ▶ p. 303.
B – F. Rabelais, *Le Tiers Livre* (1546) ▶ p. 307.
C – J. Du Bellay, *Les Regrets* (1558) ▶ p. 309.
D – M. de Montaigne, *Essais* (1580-1588-1595) ▶ p. 311.

## Questions sur le corpus

**1.** À partir des textes A, C et D, définissez le contenu, les principes et les objectifs du programme d'éducation humaniste. Quel rôle joue le texte B par rapport aux trois autres ?

**2.** Comment s'expriment l'enthousiasme, la soif de savoir et le plaisir de la découverte dans les textes du corpus ?

## Écriture

**● Commentaire**

Vous ferez le commentaire du texte de Joachim Du Bellay (▶ p. 309).

**● Dissertation**

En prenant appui sur les textes du corpus et sur les autres textes de la séquence 1, expliquez en quoi l'homme se trouve au centre du projet humaniste, à la fois en tant qu'acteur et en tant qu'objet d'étude.

**● Écriture d'invention**

Vous êtes chargé(e) de rédiger la préface d'une anthologie de textes dont l'objectif est de faire comprendre ce qu'est le courant humaniste. Sans utiliser la première personne, vous situez ce courant historiquement et vous expliquez ce que révèlent les auteurs et les textes choisis dans cette anthologie (80 à 100 lignes).

Scène de torture, gravure sur bois (vers 1550).

## Texte 2

*Sa réflexion sur l'homme, son esprit d'ouverture et de tolérance conduisent Montaigne à condamner tout ce qui constitue une atteinte à l'intégrité humaine.*

C'est une dangereuse invention que celle des tortures[1], et il semble que ce soit plutôt une épreuve d'endurance que de vérité. Cachent la vérité et celui qui peut les supporter et aussi celui qui ne peut pas les supporter. Pourquoi, en effet, la douleur me fera-t-elle plutôt avouer ce qui en est qu'elle ne me forcera de dire ce qui n'est pas ? Et, à l'inverse, si celui qui n'a pas fait ce dont on l'accuse est assez endurant pour supporter ces tortures, pourquoi ne le sera pas celui qui l'a fait, quand une aussi belle récompense que celle de la vie sauve lui est proposée ? Je pense que le fondement de cette invention est appuyé sur la considération de la force de la conscience, car, en ce qui concerne le coupable, il semble qu'elle aide la torture pour lui faire avouer sa faute, et qu'elle l'affaiblisse lui, et, de l'autre côté, qu'elle fortifie l'innocent contre la torture. À dire vrai, c'est un moyen plein d'incertitude et de danger. Que ne dirait-on pas, que ne ferait-on pas pour échapper à d'aussi pénibles douleurs ?

*Etiam innocentes cogit mentiri dolor.*[2]

Pour cette raison il arrive que celui que le juge a torturé pour ne pas le faire mourir innocent[3], il le fasse mourir et innocent et torturé. Mille et mille, sous l'action de la torture ont chargé leurs têtes de faux aveux. Parmi eux je place Philotas[4], en considérant les circonstances du procès que lui fit Alexandre et le cours de sa torture. Toujours est-il que c'est, dit-on, la chose la moins mauvaise que l'humaine faiblesse ait pu inventer. Bien inhumainement pourtant et bien

1. Sur le même thème, ► p. 411.

2. « La douleur force à mentir même les innocents. »

3. Pour le faire avouer et qu'ainsi il ne meure pas innocent.

4. Général macédonien accusé de complot et lapidé sur ordre d'Alexandre le Grand.

inutilement, à mon avis ! Beaucoup de nations, moins barbares en cela que les nations grecque et romaine qui les appellent ainsi, estiment qu'il est horrible et cruel de torturer et de briser les membres d'un homme sur la faute duquel vous êtes encore dans le doute. En quoi est-il responsable de votre ignorance ? N'êtes vous pas injustes, vous qui, pour ne pas le tuer sans cause, lui faites pire que de le tuer ? Et voici la preuve qu'il en est bien ainsi : voyez combien de fois il aime mieux mourir sans raison que de passer par cet interrogatoire plus pénible que le supplice et qui, souvent, par sa dureté, devance le supplice, et même l'exécute[5]. Je ne sais d'où je tiens le récit suivant, mais il représente exactement la probité scrupuleuse de notre justice. Une femme de village accusait devant un général d'armée, grand justicier, un soldat d'avoir arraché à ses enfants encore petits le peu de bouillie qui lui restait pour les nourrir, cette armée ayant ravagé tous les villages aux environs. De preuve, il n'y en avait point. Le général, après avoir sommé la femme de bien peser ses paroles parce qu'elle serait condamnée pour cette accusation si elle mentait, et elle persistant, fit ouvrir le ventre du soldat pour s'informer de la vérité du fait. Et la femme se trouva avoir raison. Condamnation qui sert d'instruction au procès !

5. Le réalise.

Contexte XVIe s. ▸ p. 490
Notice biographique ▸ p. 516
Du même auteur ▸ p. 184, p. 202, p. 226, p. 311, p. 330, p. 331

Livre II, chapitre V, « Sur la conscience », adapté et traduit du français du XVIe siècle par A. Lanly © éd. Champion, 1989.

## Lecture analytique

**1.** À partir de la récurrence de certains termes, précisez le thème du passage et le contexte dans lequel ce thème est abordé.

**2.** En prenant appui sur les articulations logiques et sur la structure du passage, définissez la forme de discours utilisée.

**3.** Quelle est la position de celui qui parle ? Par quels arguments est-elle étayée ? Repérez différents procédés qui contribuent à l'efficacité du discours.

## Étude comparée

**4.** Rapprochez ce texte de celui de Voltaire (▸ p. 411) pour mettre en parallèle deux manières de dénoncer la torture.

## Question d'oral

**5.** Étudiez ce texte en faisant apparaître la thèse de Montaigne, ses arguments et la manière dont il procède pour dénoncer une pratique barbare.

## Écriture d'invention

**6.** En reprenant certains des arguments de Montaigne et en ajoutant les vôtres, vous rédigerez, sous la forme d'une lettre ouverte, un manifeste d'une cinquantaine de lignes contre la torture et son utilisation. Vous pouvez utiliser la première personne.

REPÈRES
L'humanisme ▸ p. 335
La notion de courant culturel ▸ p. 435
L'essai ▸ p. 243

# 8 Lire l'image : Raphaël

Raffaello Sanzio, dit **Raphaël** (1483-1520), *L'École d'Athènes* (1508-1511), fresque, 770 cm de large (Palais du Vatican, Chambre de la signature, Rome).

## RECHERCHE

### Histoire des arts

**1.** Rédigez une notice biographique concernant le peintre Raphaël : pays et ville d'origine, époque, œuvres importantes. Citez le nom d'autres artistes contemporains (peintres, architectes, sculpteurs, compositeurs) dont les noms sont attachés à la Renaissance italienne.

**2.** À quelle technique de représentation picturale correspond le mot *fresque* ?

### Histoire littéraire

**3.** Le tableau de Raphaël regroupe de nombreux personnages parmi lesquels : Platon, Aristote, Épicure, Pythagore, Euclide, Diogène, Héraclite. Dites qui ils étaient et quelle est leur importance dans la culture antique.

## Lecture de l'image

**4.** Décrivez ce que vous voyez sur le tableau : précisez ce qu'il a de particulier en ce qui concerne les lignes, l'ampleur, l'effet de profondeur, la nature du décor, les symétries, les regroupements de personnages et leur multiplicité. Quels sont les effets produits par tous ces éléments ?

**5.** Les personnages représentés appartiennent à l'Antiquité, mais le peintre leur a donné des visages d'hommes de la Renaissance (Platon a les traits de Léonard de Vinci, Héraclite ceux de Michel-Ange, Euclide ceux de Bramante). Comment le spectateur du tableau peut-il interpréter ce choix ?

**6.** Quelles relations pouvez-vous établir entre ce tableau et certains textes de la séquence ?

REPÈRES La lecture de l'image ▸ p. 489
L'humanisme ▸ p. 335
La notion de courant culturel ▸ p. 435

Séquence 17

# L'humanisme et ses incertitudes

## 1 Érasme, *Éloge de la Folie* (1511)

*Dans l'*Éloge de la Folie*, Érasme donne la parole à la folie : elle explique en quoi elle domine la vie des hommes et des États, présidant à toutes les activités, à toutes les croyances.*

Par contre, voici un genre d'hommes qui, sans aucun doute, est tout à fait de notre farine[1], ce sont ceux qui aiment bien entendre ou raconter eux-mêmes des miracles ou des prodiges inventés. Ils n'ont jamais assez de telles fables, quand on rapporte des histoires monstrueuses de spectres, de lémures[2], de larves[2], d'enfers, et mille autres merveilles de ce genre : plus elles s'éloignent de la vérité, plus sont agréables les démangeaisons dont elles chatouillent les oreilles. D'ailleurs cela sert à merveille non seulement à soulager l'ennui des heures, mais aussi à procurer quelque profit, surtout pour les prêtres et les prédicateurs.

Or, ceux-ci ont pour proches les gens qui nourrissent la folle conviction, cependant bien agréable, que s'ils aperçoivent un Polyphème[3], saint Christophe en bois ou peint, ils ne mourront pas de la journée ; si on salue avec les paroles prescrites une statue de sainte Barbe, on reviendra sain et sauf du combat ; ou si on rend visite à saint Érasme, certains jours, avec certains petits cierges, certaines petites prières, on deviendra bientôt riche. De même qu'il y a un saint Hippolyte ils ont trouvé en saint Georges un nouvel Hercule. C'est tout juste s'ils n'adorent pas son cheval très pieusement paré de phalères[4] et de bulles ; souvent, ils lui offrent un nouveau petit présent pour gagner ses faveurs et jurer par son casque d'airain est pour eux un serment de roi. Que dire de ceux qui se bercent agréablement de pardons imaginaires[5] accordés à leurs crimes, qui mesurent comme avec des clepsydres[6] les durées du Purgatoire, calculant sans la moindre erreur siècles, années, mois, heures, comme d'après une table mathématique. Et de ceux qui s'appuient sur certaines petites formules ou prières magiques qu'un pieux imposteur a inventées pour son plaisir ou son profit, et s'en promettent tout : richesses, honneurs, plaisirs, abondance, santé toujours florissante, très longue vie, verte vieillesse, et pour finir une place au Paradis, auprès du Christ,

1. Concerne ce dont nous sommes en train de parler.
2. Fantômes, spectres malfaisants.
3. Représentation gigantesque de saint Christophe sous la forme d'un personnage de la mythologie grecque.
4. Collier composé de bulles d'or et d'argent, ornement des patriciens à Rome.
5. Indulgences, ou possibilité de racheter ses péchés en payant une somme d'argent.
6. Horloges à eau de l'Antiquité.

**Jérôme Bosch** (1453-1516), *La Nef des fous* (1490-1500), huile sur bois, 57,8 x 32,5 cm (Musée du Louvre, Paris).

mais le plus tard possible, quand les voluptés de cette vie les abandonneront, malgré leurs efforts opiniâtres pour les retenir, et céderont la place aux délices célestes. Ici, disons un commerçant ou un soldat, ou un juge, s'imagine, avec une petite pièce de monnaie prélevée sur tant de rapines[7], avoir purifié d'un seul coup ce marais de Lerne qu'est sa vie, et estime que tant de parjures, tant de débauches, tant d'ivrogneries, tant de rixes, tant de meurtres, tant d'impostures, tant de perfidies, tant de trahisons sont rachetés comme par un contrat, et si bien rachetés qu'il peut maintenant repartir à neuf pour un nouveau cycle de crimes. Et quoi de plus fou, que dis-je ? quoi de plus heureux que ceux qui,

7. Vols.

pour avoir récité chaque jour sept petits versets des Psaumes sacrés se promettent la félicité suprême, et au-delà ? Et ces petits versets magiques, c'est un démon, facétieux certes, mais plus étourdi que malin qui, croit-on, les a indiqués à saint Bernard, mais fut pris à son propre piège, le pauvre ! Et de pareilles folies, si folles qu'elles me font presque honte, sont approuvées non seulement du vulgaire mais de ceux qui enseignent la religion.

Et maintenant, est-ce que ce n'est pas à peu près la même chose quand chaque pays revendique pour lui-même un saint particulier, lui confère des attributions particulières, lui rend un culte avec des rites particuliers : celui-ci guérit la rage de dents, celui-là assiste les femmes en couches, un autre restitue les objets volés, celui-ci apparaît en sauveur au milieu du naufrage, celui-là protège le troupeau, et ainsi de suite, car il serait trop long de faire un recensement complet. Il y en a qui à eux seuls valent pour plusieurs choses, surtout la Vierge mère de Dieu, à qui le commun des hommes attribue presque plus de pouvoirs qu'à son Fils.

Contexte XVIe s. ▶ p. 490
Notice biographique ▶ p. 512

Chapitre XL (intégral), traduit du latin par C. Blum


**RECHERCHE**

### Les mots et leur usage

**1.** À l'époque d'Érasme, qu'appelait-on « trafic d'indulgences » ? À quel contexte renvoie cette expression ?

**2.** À quel héros et à quelle légende de la mythologie grecque renvoie l'expression *marais de Lerne* (l. 30) ?

### Histoire littéraire

**3.** Quelle était la nationalité d'Érasme et dans quelle langue écrivait-il ? Citez le titre d'une autre de ses œuvres, qui traduit des préoccupations partagées par Rabelais et Montaigne.

## Bilan de lecture

**4.** Déterminez le thème général du chapitre et la manière dont le texte est construit (paragraphes, progression, élargissement du propos). En quoi ce thème est-il matière à critique ? Quelles sont ses relations avec la notion de « folie » ?

**5.** Récapitulez les différentes fonctions des croyances et des superstitions dans la vie des hommes, telles qu'elles apparaissent dans le texte.

**6.** Comment s'expriment les jugements de celle qui parle ? À quoi le lecteur peut-il identifier le caractère moqueur et dénonciateur du texte ?

## Lecture de l'image

**7.** Dites ce que représente le tableau de la page 317 et quelles relations le spectateur peut établir entre l'image et son titre.

**8.** Parmi les personnages, certains sont reconnaissables à leurs vêtements : qu'est-ce qui est alors mis en relief ?

**9.** Quel sens peut-on donner à la métaphore de la « nef » : que représente-t-elle ? Qui sont les fous ? Rapprochez cette représentation du texte d'Érasme.

**REPÈRES** L'humanisme ▶ p. 335
L'ironie ▶ p. 415
La notion de courant culturel ▶ p. 435

# 2 Nicolas Machiavel, *Le Prince* (1513)

*Dans un court traité de science politique dédié à Laurent de Médicis, Nicolas Machiavel analyse l'art de gouverner. Il fait apparaître les difficultés et les contradictions du rôle d'un prince et propose des réponses qui sont à l'origine de nombreuses polémiques.*

**Benozzo Gozzoli** (1420-1498), *Laurent le Magnifique*, détail, fresque (Chapelle du palais Medici Riccardi, Florence).

Rien n'est plus vrai qu'il est glorieux à un Prince de garder sa parole, de vivre dans l'intégrité et non dans l'astuce. Cependant, l'on a vu de nos jours que les Princes qui se sont distingués le plus, n'ont pas été scrupuleux sur cet article[1], et qu'à force de fourberie, ils ont tourné le cerveau des hommes à tel point qu'ils ont enfin pris le dessus sur ceux qui se fiaient à leur loyauté.

Mais il faut savoir qu'il y a deux manières de combattre les hommes : l'une est par la force, et l'autre par les lois. Nous tenons la première des bêtes, et la seconde des hommes. Mais comme cette dernière ne suffit pas toujours, il faut souvent avoir recours à l'autre. Il faut donc qu'un Prince sache être homme et bête à propos. Cette leçon est donnée aux Princes, d'une manière allégorique, par les écrivains de l'Antiquité, lorsqu'ils nous content qu'Achille et quelques autres Princes anciens furent nourris par le Centaure Chiron, qui les garda sous sa discipline[2] ; et cela pour signifier qu'ayant un précepteur demi-homme et demi-bête, il fallait que les Souverains apprissent à se servir à propos de l'un et de l'autre ; et qu'en séparant ces deux natures, il leur était impossible de subsister longtemps.

Donc, puisqu'un Prince est obligé de savoir imiter les bêtes en temps et lieu, il doit surtout prendre pour modèles le Lion et le Renard : le Lion ne sait pas éviter les filets ; le Renard ne peut se défendre contre les Loups. Il faut donc être Renard pour découvrir les pièges, et Lion pour se défaire des Loups. Ceux qui se contentent d'être Lions, manquent d'intelligence.

1. Ce point.

2. Qui les soumit à son enseignement. Chiron, déjà doué de sagesse, au contraire des autres Centaures, avait reçu d'Apollon et d'Artémis l'art de la médecine et de la chasse ; il fut l'éducateur de nombreux héros.

Un Prince, donc, ne peut ni ne doit tenir sa parole que lorsqu'il le peut sans se faire de tort, et que les circonstances dans lesquelles il a contracté un engagement subsistent encore. Cependant, si le genre humain n'était point corrompu, ce précepte ne vaudrait rien ; mais comme les hommes sont des scélérats, et qu'ils vous manquent à tout moment de parole, vous n'êtes point obligé non plus de leur garder la vôtre ; et vous ne manquerez jamais d'occasions légitimes pour la rompre.

Je pourrais rapporter ici mille exemples modernes de la perfidie des Princes, et montrer combien d'engagements et de traités ont été rompus par leur félonie[3]. Le plus heureux est celui qui sait faire le Renard mieux que les autres. Mais il faut savoir se bien cacher et entendre l'art de dissimuler : car les hommes seront toujours assez simples et assez pressés par les besoins présents pour que celui qui veut tromper trouve toujours des dupes.

Je n'en veux point taire un exemple récent. Alexandre VI[4] ne fit jamais rien d'autre que tromper les hommes ; il n'avait jamais que cela dans l'esprit ; et jamais il ne manqua d'occasions d'exercer ses perfidies.

Plus il employait de serments pour appuyer une chose, moins il l'observait. Cependant, il réussit toujours dans ces fourberies, parce qu'il connaissait parfaitement la faiblesse des hommes sur la crédulité.

Il n'est donc pas absolument nécessaire qu'un Prince ait toutes les bonnes qualités dont nous avons parlé jusqu'ici ; mais il est nécessaire qu'il paraisse les avoir. Je dirai même que s'il les mettait en usage, elles lui nuiraient ; mais elles lui serviront, si on est seulement persuadé qu'il les a. Il est par conséquent nécessaire de paraître pitoyable, fidèle, doux, religieux et droit ; et il faut l'être en effet ; mais il faut rester assez maître de soi pour se montrer tout différent si c'est nécessaire. Je suis persuadé qu'un Prince, et surtout un Prince nouveau[5], ne peut impunément exercer toutes les vertus, parce que l'intérêt de sa conservation l'oblige à agir contre l'humanité, la charité et la religion. Ainsi, il doit prendre le parti de s'accommoder aux vents et aux caprices de la Fortune, de se maintenir dans le bien, s'il le peut, mais d'entrer dans le mal, s'il le doit.

Chapitre 18, traduit de l'italien par A. t'Serstevens © succession A. t'Serstevens, 1921.

3. Manque de loyauté.

4. Pape de 1492 à 1503, il mena une vie de grand seigneur plus que d'homme d'Église.

5. C'est-à-dire un Prince de la Renaissance.

Contexte XVIe s. ▸ p. 490
Notice biographique ▸ p. 515

**RECHERCHE**

### Les mots et leur usage

**1.** Cherchez dans un dictionnaire les différents sens du mot *machiavélisme* : les connotations attachées à ce mot sont-elles positives ?

## Bilan de lecture

**2.** Déterminez le thème abordé dans ce chapitre, la forme de discours et la présence dans le texte de celui qui parle. Quelle est la problématique envisagée ?

**3.** Expliquez en quoi la manière de gouverner des Princes se trouve étroitement liée à la nature humaine et justifiée par les comportements des hommes. Quelle image le texte donne-t-il de ces derniers ?

**4.** Quelle est la conclusion du texte (et la thèse de Machiavel) concernant les vertus des Princes ?

**5.** Explicitez la relation que l'on peut établir entre le contenu du premier paragraphe et la dernière phrase : par quelle succession d'idées est-on passé de l'un à l'autre ? En quoi le contenu du texte illustre-t-il les différents sens donnés par le dictionnaire du mot *machiavélisme* ?

**6.** Explicitez la dernière phrase. Que vous inspire l'affirmation selon laquelle un prince peut *entrer dans le mal* (l. 63) s'il ressent cela comme un impératif ?

**REPÈRES** L'humanisme ▸ p. 335
La notion de courant culturel ▸ p. 435
L'essai ▸ p. 243

# 3 Clément Marot, *L'Enfer* (1526)

*Publié en 1542, mais écrit en 1526,* L'Enfer *est un poème de 492 vers dans lequel Marot fait un tableau effrayant de la prison du Châtelet où il fut enfermé. Il y avait été emprisonné pour hérésie parce qu'il n'avait pas respecté le jeûne du carême. Dans le passage qui suit, il s'en prend à la justice en comparant les procès à des serpents.*

**Pieter Huys** (1519-1581), *Le Jugement dernier*, détail de l'enfer (XVIe siècle) (Musée municipal, Trèves).

[…] Ce sont Serpents enflés, envenimés,
Mordants, maudits, ardents et animés,
Jetant un feu qu'à peine on peut éteindre,
Et en piquant dangereux à l'atteindre[1].
Car qui en est piqué ou offensé
Enfin devient chétif ou insensé ;
C'est la nature au[2] Serpent, plein d'excès,
Qui par son nom est appelé Procès.
Tel est son nom, qui est de mort une ombre ;
Regarde un peu, en voilà un grand nombre
De gros, de grands, de moyens et de grêles,
Plus malfaisants que tempêtes et grêles.
Celui qui jette ainsi feu à planté[3]
Veut enflammer quelque grand[4] parenté[5] ;
Celui qui tire ainsi hors sa languette[6]
Détruira bref[7] quelqu'un, s'il ne s'en guette[8] ;

1. Pour celui qui le touche.
2. Du.
3. En grande quantité.
4. Grande.
5. Famille.
6. S'exprime, parle de cette façon.
7. Rapidement.
8. S'il ne fait pas attention.

Celui qui siffle et a les dents si drues
Mordra quelqu'un, qui en courra les rues ;
Et ce froid-là, qui lentement se traîne,
Par son venin a bien su mettre haine
Entre la mère et les mauvais enfants,
Car Serpents froids sont les plus échauffants[9].
Et de tous ceux qui en ce parc habitent,
Les nouveau-nés qui s'enflent et dépitent[10]
Sont plus sujets à engendrer ici[11]
Que les plus vieux. Voire[12], et qu'il soit ainsi,
Ce vieil Serpent sera tantôt crevé,
Combien qu'il ait maint lignage grevé[13].
Et celui-là plus antique qu'un roc,
Pour reposer, s'est pendu à un croc.
Mais ce petit, plus mordant qu'une Louve,
Dix grands Serpents dessous sa panse couve ;
Dessous sa panse il en couve dix grands,
Qui quelque jour seront plus dénigrants[14]
Honneurs et biens que cil[15] qui les couva ;
Et pour un seul qui meurt ou qui s'en va
En viennent sept. Dont ne faut t'étonner,
Car, pour du cas la preuve te donner,
Tu dois savoir qu'issues sont ces bêtes
Du grand Serpent Hydra qui eut sept têtes,
Contre lequel Hercule combattait ;
Et quand de lui une tête abattait,
Pour une morte en revenait sept vives[16]. [...]

Vers 139 à 181 (orthographe modernisée),
recueillis dans *L'Adolescence clémentine* © éd. Gallimard, 1987.

**9.** Irrités.
**10.** Causent du chagrin.
**11.** Ceci.
**12.** Vrai.
**13.** Blessé.
**14.** Attaqueront plus.
**15.** Celui.
**16.** Vivantes.

Contexte **XVIe s.** ► p. 490
Notice biographique ► p. 515
Du même auteur ► p. 79

RECHERCHE

### Histoire littéraire

**1.** À quelle légende de la mythologie antique renvoie le mot *Hydra* (hydre) (v. 40) ? Retrouvez parmi les textes de cette séquence celui qui y fait aussi allusion. Quelles remarques pouvez-vous faire sur la présence de telles références ?
**2.** Retrouvez dans les mythologies antiques (gréco-latine, biblique...) des exemples de serpents. Précisez leur rôle et leur signification symbolique.

## Lecture analytique

**3.** Repérez et récapitulez les termes qui désignent ou évoquent les serpents et leurs actions en tant qu'animaux. Quelle est la caractéristique commune à ces actions ? Quelle est leur signification dans le contexte de la justice ?
**4.** Quels autres termes font connaître les actions des serpents ? Comment se trouvent exprimés les effets destructeurs de ces actions ?
**5.** Par quels procédés (lexique, figures de rhétorique, versification) la dénonciation est-elle rendue efficace ? À partir de cette analyse, précisez le registre du texte.
**6.** Quelles relations peut-on établir entre le contenu du texte et son titre ?

## Question d'oral

**7.** Étudiez le texte en montrant comment il illustre ce qui est annoncé dans les neuf premiers vers et d'où vient la force de la dénonciation.

REPÈRES L'humanisme ► p. 335
La notion de courant culturel ► p. 435
Fonctions du poète et de la poésie ► p. 141
La versification ► p. 123

# 4 François Rabelais, *Gargantua* (1534)

*Une guerre dont le motif est infime a éclaté entre Grandgousier, le père de Gargantua (► p. 305), et le roi Picrochole, son voisin. S'étant défendu, Grandgousier souhaite cependant faire rapidement la paix. Il envoie donc à Picrochole un émissaire, Ulrich Gallet, dont voici le discours.*

*Chasse aux oiseaux avec un filet* (XVIe siècle), tapisserie de la Manufacture de Paris d'après les cartons de Laurent Guyot, série des chasses de François Ier (Château de Chambord).

« Il ne peut naître de plus juste cause d'affliction parmi les hommes que de recevoir chagrin et dommage de celui dont ils attendaient à juste titre bonne grâce et bienveillance. Et ce n'est pas sans cause (bien que hors de proportion) que beaucoup de ceux à qui cela est arrivé ont estimé qu'une telle indignité avait plus d'importance que leur propre vie et que, ne pouvant par force ou un autre moyen y remédier, ils se sont eux-mêmes privés de la lumière du jour.

Il ne faut donc pas s'étonner si le roi Grandgousier, mon maître, a été, à ta furieuse agression, saisi d'un grand déplaisir et d'un grand trouble. Il serait stupéfiant qu'il n'ait pas été bouleversé par les excès inouïs que toi et tes gens avez commis sur ses terres et ses sujets, en déployant tous les exemples de cruauté ; ce dont il a une si grande douleur, en raison de la profonde affection dont il chérit ses sujets, qu'aucun mortel ne pourrait en ressentir davantage. Pourtant, au-dessus de ces considérations humaines, ce qui lui est le plus douloureux c'est que ces peines et dommages lui ont été causés par toi et les tiens ; vous qui, depuis la plus haute Antiquité, aviez, toi et tes pères, noué avec lui et ses ancêtres les liens d'une amitié que jusqu'à présent vous aviez, comme un trésor sacré, tous deux inviolablement maintenue, gardée et conservée. C'est si vrai que non seulement lui et les siens, mais les nations barbares, Poitevins, Bretons, Manceaux[1] et ceux qui vivent au-delà des mers, dans les îles de Canaries et de Haïti, considéraient qu'il n'était pas plus difficile d'abattre le firmament ou d'élever les abîmes au-dessus des nues que de rompre votre alliance ; et ils la redoutaient tant que dans leurs entreprises ils n'ont jamais osé provoquer, irriter ou agresser l'un par crainte de l'autre.

Il y a plus. Cette amitié sacrée a tant empli la voûte des cieux que rares sont les peuples vivant aujourd'hui sur le continent ou dans les îles de l'Océan qui n'aient aspiré à y être associés par des pactes fixés par vous-mêmes, parce qu'ils tenaient autant à votre alliance qu'à leurs propres terres et domaines. Si bien que de toute éternité il n'y a eu prince ni ligue, si farouches ou orgueilleux soient-ils, qui aient osé attaquer, je ne dis même pas vos terres, mais celles de vos alliés. Et si, par décision hâtive, ils ont inventé contre eux quelque entreprise, aux seuls nom et mention de votre alliance, ils y ont aussitôt renoncé.

Quelle folie vous prend donc maintenant, toute alliance brisée, toute amitié méprisée, tout droit outrepassé, d'envahir agressivement ses terres, sans avoir été en rien, par lui ou par les siens, lésé, irrité ou provoqué ? Où est la fidélité ? Où est la loi ? Où est la raison ? Où est l'humanité ? Où est la crainte de Dieu ? Crois-tu que ces outrages puissent rester cachés aux esprits éternels et au Dieu souverain, qui rétribue au juste prix nos entreprises ? Si tu le crois, tu te trompes, car toute chose viendra à son jugement. Est-ce la fatale destinée et l'influence des astres qui veulent que tu renonces à ta tranquillité et au repos ? Toute chose connaît son apogée et sa fin. Et quand on est arrivé à son point le plus haut, on est précipité à bas, car on ne peut demeurer longtemps en cet état. C'est la destinée de ceux qui ne savent pas tempérer leur fortune et leur prospérité par la raison et la sagesse. »

Chapitre XXIX, traduit du français du XVIe siècle par M.-M. Fragonard © éd. Pocket, 1992.

1. Habitants de la région du Mans.

Contexte XVIe s. ▸ p. 490
Notice biographique ▸ p. 517
Du même auteur ▸ p. 303, p. 305, p. 307

## Bilan de lecture

**1.** Quelle est la forme de discours utilisée dans le texte et quel en est le thème général ?

**2.** Comment s'articule la progression des paroles d'Ulrich Gallet ? Quelles sont les étapes de l'argumentation ? Quel est le contenu des arguments ?

**3.** Sur quels procédés rhétoriques repose le dernier paragraphe ?

**4.** À quelles valeurs se réfère l'argumentation d'Ulrich Gallet ? À quoi fait-il appel chez son interlocuteur ?

**5.** Rapprochez cet extrait du texte de Machiavel (▸ p. 319) : que remarquez-vous ?

## Lecture de l'image

**6.** À quoi peut-on voir qu'il s'agit d'une tapisserie et non d'un tableau (▸ p. 323) ?

**7.** Décrivez ce qui est représenté sur la tapisserie en mettant en valeur la composition de l'image. Que peut-on dire des couleurs ? Quelle est l'impression d'ensemble ?

**8.** Expliquez quelles relations de sens rattachent cette représentation au texte de Rabelais.

REPÈRES L'humanisme ▸ p. 335
La notion de courant culturel ▸ p. 435

# 5 Joachim Du Bellay, *Les Regrets* (1558)

*La fréquentation de la cour pontificale et des milieux diplomatiques romains, hypocrites et corrompus, a contribué aux désillusions du poète Joachim du Bellay. Parti dans l'enthousiasme (▸ p. 309) vers la ville éternelle, il est rentré en France pauvre et amer, doutant même de son inspiration.*

Las où est maintenant ce mépris de Fortune ?
Où est ce cœur vainqueur de toute adversité,
Cet honnête désir de l'immortalité,
Et cette honnête flamme au peuple non commune ?

Où sont ces doux plaisirs, qu'au soir sous la nuit brune
Les Muses me donnaient, alors qu'en liberté
Dessus le vert tapis d'un rivage écarté
Je les menais danser aux rayons de la lune ?

Maintenant la Fortune est maîtresse de moi,
Et mon cœur qui soulait[1] être maître de soi,
Est serf[2] de mille maux et regrets qui m'ennuient.

De la postérité je n'ai plus de souci,
Cette divine ardeur[3], je ne l'ai plus aussi[4],
Et les Muses de moi, comme étranges[5], s'enfuient.

Sonnet VI (orthographe modernisée) © éd. Droz, 1979.

1. Qui avait l'habitude de.
2. Esclave.
3. L'inspiration venue des dieux.
4. Non plus.
5. Étrangères, qui ne connaît pas.

Contexte XVIe s. ▸ p. 490
Notice biographique ▸ p. 512
Du même auteur ▸ p. 309

RECHERCHE

### Les mots et leur usage

**1.** Cherchez le champ sémantique du mot *fortune* pour déterminer son sens dans le texte (v. 1 et 9). Quelle précision apporte l'emploi de la majuscule ?
**2.** Qui sont les Muses ? Donnez leur nombre, leur nom et leur spécialité (▸ p. 430). Qu'incarnent-elles ?

### Lecture analytique

**3.** À partir de la récurrence de l'adverbe *maintenant* (v. 1 et 9), de certains termes, et en prenant appui sur les temps verbaux, faites apparaître la structure du sonnet. Qu'a-t-elle d'original ?
**4.** Quelles sont les caractéristiques de la situation du poète au moment où il écrit?
**5.** Étudiez les caractéristiques du passé et la manière, tantôt directe, tantôt indirecte, dont celui-ci est évoqué.
**6.** Quel est le registre du texte ? D'où vient l'émotion qu'il peut inspirer au lecteur ?

### Question d'oral

**7.** Étudiez ce texte en montrant comment la forme du sonnet favorise le jeu d'oppositions entre le passé et le présent, et permet ainsi l'expression d'une émotion.

### Commentaire

**8.** Commentez le sonnet de Du Bellay en vous aidant des axes suivants :
– le passé heureux ;
– l'expression du présent malheureux ;
– le sonnet mis au service du lyrisme.

REPÈRES L'humanisme ▸ p. 335
La notion de courant culturel ▸ p. 435
Les formes fixes ▸ p. 91

# 6 Pierre de Ronsard,
## *Discours des misères de ce temps* (1562)

*Prenant position du côté des catholiques dans les guerres qui les opposent aux protestants (les « réformés »), Ronsard adresse à la mère du jeune roi et régente Catherine de Médicis le* Discours des misères de ce temps. *Il y présente l'état désastreux de la France, en proie à l'opinion, qui développe les antagonismes et attise les haines.*

**École française,** *Tableau des deux religions : description de la division entre protestantisme et catholicisme* (XVIe siècle), gravure colorée (Bibliothèque de l'histoire du protestantisme, Paris).

Ce monstre[1] arme le fils contre son propre père,
Et le frère, ô malheur, arme contre son frère,
La sœur contre la sœur, et les cousins germains
Au sang de leurs cousins veulent tremper leurs mains,
L'oncle fuit son neveu, le serviteur son maître,
La femme ne veut plus son mari reconnaître.
Les enfants sans raison disputent de la foi,
Et tout à l'abandon va sans ordre et sans loi.
L'artisan par ce monstre a laissé sa boutique,
Le pasteur ses brebis, l'avocat sa pratique[2],
Sa nef le marinier, sa foire le marchand,
Et par lui le prud'homme est devenu méchant.
L'écolier[3] se débauche, et de sa faux tortue[4]
Le laboureur façonne une dague pointue,
Une pique guerrière il fait de son râteau
Et l'acier de son coutre[5] il change en un couteau.
Morte est l'autorité : chacun vit à sa guise,
Au vice déréglé la licence est permise,
Le désir, l'avarice, et l'erreur insensé[6]
Ont sens dessus dessous le monde renversé.

1. L'*opinion*, c'est-à-dire la pensée réformée.
2. Sa clientèle.
3. L'étudiant.
4. Recourbée.
5. Fer tranchant fixé en avant du soc d'une charrue.
6. Au XVIe siècle, *erreur* était masculin.

On a fait des lieux saints une horrible voirie[7],
Un assassinement et une pillerie :
Si bien que Dieu n'est sûr en sa propre maison.
Au ciel est revolée[8] et Justice et Raison,
Et en leur place hélas ! règnent le brigandage,
La force, les couteaux, le sang et le carnage.
Tout va de pis en pis : les cités qui vivaient
Tranquilles ont brisé la foi qu'elles devaient ;
Mars[9] enflé de faux zèle et de vaine apparence
Ainsi qu'une furie agite notre France,
Qui farouche à son prince[10], opiniâtre suit
L'erreur d'un étranger[11], qui folle la conduit.
Tel voit-on le poulain dont la bouche trop forte
Par bois et par rochers son écuyer emporte,
Et malgré l'éperon, la houssine[12], et la main,
Se gourme de[13] sa bride, et n'obéit au frein ;
Ainsi la France court en armes divisée,
Depuis que la raison n'est plus autorisée[14].

Vers 115 à 193 (orthographe modernisée) © éd. Nizet, 1973.

7. Dépôt d'ordures.
8. Est retournée en volant. Le verbe a en fait pour sujet les deux noms *Justice et Raison*.
9. Dieu de la guerre.
10. Rebelle contre son roi.
11. Il s'agit de Luther.
12. Cravache faite d'une baguette de houx.
13. Se révolte contre.
14. N'a plus d'autorité.

Contexte XVIe s. ▶ p. 490
Notice biographique ▶ p. 517
Du même auteur ▶ p. 82 p. 310
SUJET DE BAC 7 ▶ p. 139

## RECHERCHE

### Histoire

**1.** Le discours de Ronsard a été composé après le massacre de Wassy (1er mars 1562). Cherchez des informations sur cet événement historique et récapitulez les grandes étapes et les dates essentielles des guerres de Religion.

## Lecture analytique

**2.** Observez la succession des vers, la ponctuation ainsi que la relation entre les vers et les phrases : que remarquez-vous en ce qui concerne la composition du texte ?
**3.** Sur quoi portent les différents constats faits par celui qui parle ? Expliquez en quoi ces constats sont en relation avec le vers 20 et avec la notion de *misères*. Qu'est-ce qui est ainsi dénoncé ?
**4.** Quels procédés d'écriture et de versification concourent à rendre plus frappants les différents faits énoncés ? À quel registre appartient le texte ?
**5.** En quoi peut-on parler ici de poésie engagée ?

## Question d'oral

**6.** Étudiez le texte en faisant apparaître la nature et la violence de la dénonciation.

## Travail sur un corpus de textes

**7.** Étudiez dans les textes de Marot (▶ p. 321), Ronsard (▶ p. 326), et d'Aubigné (▶ p. 328) certaines caractéristiques communes à la poésie engagée, et dites en quoi l'écriture poétique contribue à la force de la critique.

## Lecture de l'image

**8.** Décrivez ce que vous voyez sur l'image.
**9.** Le titre du tableau parle de *division* entre deux religions : comment se trouve matérialisée, dans l'image, cette notion de division ?
**10.** Que met en relief le tableau concernant l'idée de nombre, de quantité, de force ?

REPÈRES L'humanisme ▶ p. 335
La notion de courant culturel ▶ p. 435
Fonctions du poète et de la poésie ▶ p. 141

# 7 Agrippa d'Aubigné, *Les Tragiques* (1577-1616)

Les Tragiques *sont une œuvre violente et engagée, qui dénonce les horreurs des guerres de Religion, mais du côté protestant. Dans le septième et dernier chant, « Jugement », le poète affirme l'impossibilité, pour tous les criminels, d'échapper au châtiment divin.*

**Pieter Bruegel l'Ancien** (vers 1525-1569), *Le Triomphe de la Mort* (vers 1562), détail, huile sur panneau (Musée du Prado, Madrid).

Qui se cache, qui fuit devant les yeux de Dieu ?
Vous, Caïns[1] fugitifs, où trouverez-vous lieu[2] ?
Quand vous auriez les vents collés sous vos aisselles,
Ou quand l'aube du jour vous prêterait ses ailes,
Les monts vous ouvriraient le plus profond rocher,
Quand la nuit tâcherait en sa nuit vous cacher,
Vous enceindre[3] la mer, vous enlever la nue,
Vous ne fuirez de Dieu ni le doigt ni la vue.
Or voici les lions de[4] torches acculés,
Les ours à nez percé, les loups emmuselés[5].
Tout s'élève contre eux ; les beautés de Nature,
Que leur rage troubla de venin et d'ordure,
Se confrontent en mire[6] et se lèvent contre eux :
« Pourquoi, dira le feu, avez-vous de mes feux
Qui n'étaient ordonnés qu'à l'usage de vie
Fait des bourreaux, valets de votre tyrannie ? »
L'air encore une fois contre eux se troublera,
Justice au Juge saint, trouble[7], demandera,
Disant : « Pourquoi, tyrans et furieuses bêtes,
M'empoisonnâtes-vous de charognes, de pestes,

**1.** Les criminels sont comparés à Caïn, qui tua son propre frère.

**2.** Refuge.

**3.** Entourer. *La mer* et *la nue* sont sujets des verbes dans ce vers.

**4.** Par.

**5.** À qui on a mis une muselière. Les animaux représentent ici les tyrans vaincus, associés aux *Caïns fugitifs*.

**6.** Se voient dans un miroir.

**7.** Adjectif apposé au mot *air* (v. 17).

Des corps de vos meurtris[8] ? » – « Pourquoi, diront les eaux,
Changeâtes-vous en sang l'argent[9] de nos ruisseaux ? »
Les monts qui ont ridé le front à vos supplices[10] :
« Pourquoi nous avez-vous rendus vos précipices[11] ? »
« Pourquoi nous avez-vous, diront les arbres, faits
D'arbres délicieux exécrables gibets ? »
Nature blanche, vive et belle de soi-même,
Présentera son front ridé, fâcheux et blême
Aux peuples d'Italie[12], et puis aux nations
Qui les ont enviés en leurs inventions
Pour, de poison mêlé au milieu des viandes,
Tromper[13] l'amère mort en ses liqueurs friandes,
Donner au meurtre faux le métier de nourrir[14],
Et sous les fleurs de vie embusquer le mourir.
La terre, avant changer de lustre[15], se vient plaindre
Qu'en son ventre l'on fit ses chers enfants éteindre[16]
En les enterrant vifs, l'ingénieux bourreau
Leur dressant leur supplice en leur premier berceau.
La mort témoignera comment ils l'ont servie,
La vie prêchera comment ils l'ont ravie.

Chant VII, vers 758 à 796 (orthographe modernisée),
texte établi par H. Weber © éd. Gallimard, coll « Bibliothèque de la Pléiade », 1969.

8. Ceux que vous avez tués.

9. Référence au miroitement de l'eau et à sa couleur argentée.

10. Devant vos supplices.

11. Pourquoi nous avez-vous transformés en précipices ? L'accord du participe *rendus* se fait avec *nous*, complément d'objet direct.

12. Célèbres pour leur connaissance des poisons.

13. Glisser.

14. Faire du meurtre un métier qui nourrit.

15. Avant une nouvelle période.

16. Mourir.

Contexte XVIe s. ▸ p. 490
Notice biographique ▸ p. 510
SUJET DE BAC 7 ▸ p. 139

RECHERCHE

### Les mots et leur usage

**1.** Cherchez le champ sémantique du mot « jugement ». À quoi fait référence ce mot dans le titre du chant VII, en relation avec la croyance chrétienne ?

## Lecture analytique

**2.** À partir de l'observation de la ponctuation, des pronoms personnels et des verbes de parole, déterminez comment est construit le texte et qui sont les différents locuteurs.
**3.** Qu'ont en commun les différentes interventions sur le plan de la forme et sur celui du contenu ? Sur quoi insistent particulièrement certains locuteurs ? Répondez en prenant appui sur les figures d'opposition.
**4.** Quel « message » se trouve adressé aux *Caïns fugitifs* (v. 2) par celui qui parle ? Sur quoi reposent l'originalité et la force du texte ? Quel est son registre ?
**5.** Quelles relations le lecteur peut-il établir entre cet extrait, le titre de l'œuvre – *Les Tragiques* – et le titre du chant VII – « Jugement » ?

## Question d'oral

**6.** Étudiez le texte en montrant comment les modalités de parole choisies permettent au poète de dénoncer les horreurs commises et d'affirmer l'impossibilité pour les criminels d'échapper au jugement divin.

## Commentaire

**7.** Construisez et rédigez le commentaire du texte de d'Aubigné en utilisant les axes suivants :
– une structure récurrente ;
– des accusations similaires soulignant les crimes et les horreurs ;
– la nécessité de rendre des comptes et la notion de châtiment.

REPÈRES L'humanisme ▸ p. 335
La notion de courant culturel ▸ p. 435
Fonctions du poète et de la poésie ▸ p. 141

# 8 Michel de Montaigne, *Essais* (1580-1588-1595)

## Texte 1

*Dans le chapitre XII du livre II des* Essais*, Montaigne analyse les faiblesses de la nature humaine et les imperfections de ce qui régit la vie des hommes.*

Considérons donc pour le moment l'homme seul, sans secours étranger, armé seulement de ses armes et dépourvu de la grâce et de la connaissance divines qui sont tout son honneur, sa force et le fondement de son être. Voyons combien il a de solidité dans ce bel équipage. Qu'il me fasse comprendre en employant la force de sa raison sur quels fondements il a bâti ces grandes supériorités qu'il pense avoir sur les autres créatures. Qu'est-ce qui lui a persuadé que ce cours admirable de la voûte céleste, la lumière éternelle de ces flambeaux roulant si fièrement sur sa tête, les mouvements effrayants de cette mer infinie, aient été établis et se continuent pendant tant de siècles pour son avantage et pour son service ? Est-il possible d'imaginer chose aussi ridicule que le fait que cette misérable et chétive créature, qui n'est pas seulement maîtresse d'elle-même, qui est exposée aux atteintes de toutes choses, se dise maîtresse et impératrice de l'univers dont elle n'a pas le pouvoir de connaître la moindre partie, tant s'en faut de la commander ? Et ce privilège qu'il s'attribue d'être le seul dans ce grand édifice qui ait la capacité d'en reconnaître la beauté et les parties, le seul qui puisse rendre grâces de cela à l'architecte et tenir le compte de ce qui se crée et de ce qui se perd dans le monde, ce privilège, qui le lui a scellé ? Qu'il nous montre des lettres patentes[1] qui lui confient cette belle et grande charge. Ont-elles été octroyées en faveur des sages seulement ? Elles concernent en ce cas peu de gens. Les sots et les méchants sont-ils dignes d'une faveur aussi extraordinaire et, étant la pire partie du monde, méritent-ils d'être préférés à tout le reste ?

Livre II, chapitre XII, « Apologie de Raymond Sebon »,
adapté et traduit du français du XVI$^{e}$ siècle par A. Lanly © éd. Champion, 1989.

1. Lettres ayant une valeur de garantie et qui prouvent cette fonction.

Contexte XVI$^{e}$ s. ▶ p. 490
Notice biographique ▶ p. 516
Du même auteur ▶ p. 184, p. 202, p. 226, p. 311, p. 313, p. 331

### Lecture analytique

**1.** À partir d'éléments lexicaux, donnez le thème du passage et expliquez en quoi le texte correspond à ce qui est annoncé dans les deux premières phrases.
**2.** Observez la ponctuation : quelle est la manière de procéder de Montaigne pour sensibiliser son lecteur à la condition humaine ?
**3.** Récapitulez les différentes marques de faiblesse de l'espèce humaine : dans quels domaines se manifestent-elles ? De quel défaut s'accompagnent-elles ?
**4.** Identifiez les indices qui soulignent la présence et les prises de position de celui qui parle. Que traduisent-elles chez Montaigne ? Quelle est la portée de la personne verbale utilisée ?
**5.** Le texte invite à *considérer* (l. 1) et *voir* (l. 3) : mettez en relief ce que le discours comporte de visuel. Quelle est la force de cette manière de procéder ?

### Question d'oral

**6.** Étudiez le texte en analysant la manière dont Montaigne attire l'attention de son lecteur sur les faiblesses de la nature humaine.

REPÈRES L'humanisme ▶ p. 335
La notion de courant culturel ▶ p. 435
L'essai ▶ p. 243

## Texte 2

*Extrait du même chapitre XII des* Essais, *le passage suivant analyse une source d'inquiétude et d'instabilité pour les hommes dans le domaine des lois.*

Lettrine I figurant le législateur donnant au chef de la garde militaire le codex des lois, manuscrit du XVIe siècle de Liberale da Verona (Bibliothèque capitulaire, Vérone).

Il n'y a rien qui soit sujet à un plus continuel bouleversement que les lois. Depuis que je suis né, j'ai vu trois ou quatre fois changer et rechanger celle des Anglais, nos voisins[1], non seulement en matière politique (c'est celle dont on veut bien admettre qu'elle puisse être instable), mais sur le plus important sujet qui puisse être, à savoir celui de la religion. C'est une chose dont j'ai honte et qui me chagrine, d'autant plus que c'est une nation avec laquelle les gens de ma région ont eu autrefois des relations si familières qu'il reste encore dans ma maison[2] certaines traces de notre ancien cousinage.

J'ajoute que, chez nous ici, j'ai vu telle chose qui entraînait la peine de mort devenir légitime ; et nous, qui en tenons d'autres pour légitimes, sommes exposés, étant donné l'incertitude du sort des combats, à être un jour coupables du crime de lèse-majesté humaine et divine, si notre justice tombe à la merci de l'injustice et, en l'espace de peu d'années de possession, prend un caractère contraire.

Comment ce dieu antique[3] pouvait-il plus clairement dénoncer, dans la connaissance humaine, l'ignorance de l'être divin et apprendre aux hommes que la religion n'était qu'un élément inventé par eux, et propre à serrer les liens de leur société, qu'en déclarant, comme il le fit, à ceux qui venaient chercher des leçons auprès de son trépied[4], que le vrai culte pour chacun était celui qu'il trouvait observé par la coutume et l'usage de son pays ? Ô Dieu ! Quelle obligation n'avons-nous pas à la bienveillance de notre souverain créateur pour avoir déniaisé notre croyance et l'avoir délivrée de ces dévotions désordonnées et arbitraires et l'avoir établie sur la base éternelle de sa sainte parole !

Que nous dira la philosophie, dans cette situation difficile où nous sommes ? Que nous obéissions aux lois de notre pays ? c'est-à-dire à cette mer fluctuante des opinions d'un peuple ou d'un prince, qui me peindront la justice avec autant de couleurs et lui donneront successivement autant de visages qu'il y aura en eux de changements de passion ? Je ne peux pas avoir le jugement aussi flexible. Qu'est-ce que cette chose vertueuse que je voyais hier en faveur, qui ne le sera plus demain et qui devient crime au-delà d'une rivière ?

Qu'est-ce qu'une vérité que ces montagnes bornent et qui est mensonge dans le monde qui est situé au-delà ?

Mais les philosophes sont bien amusants quand, pour donner quelque certitude aux lois, ils disent qu'il y en a quelques-unes de solides, éternelles et immuables – qu'ils nomment naturelles – qui sont empreintes dans le genre

1. En Angleterre, l'instauration de l'anglicanisme (1534) fut suivie d'une réaction catholique, en 1553, puis d'un retour à l'anglicanisme en 1559.

2. Ma famille

3. Apollon.

4. Trépied sur lequel se tenait la Pythie, prêtresse chargée de transmettre les oracles du dieu dans le temple d'Apollon à Delphes.

humain par la qualité de leur nature propre. Et de ces lois-là, tel fixe le nombre à trois, tel à quatre, tel à plus, tel à moins : signe que c'est une caractéristique aussi incertaine que le reste. Or ils sont si « malchanceux » (car comment puis-je nommer autrement que « malchance » le fait que dans un nombre de lois aussi infini il ne s'en trouve pas au moins une à qui la Fortune et la légèreté du sort ait permis d'être universellement admise par le consentement de tous les peuples ?), ils sont, dis-je, si infortunés que, de ces trois ou quatre lois choisies, il n'y en a pas une seule qui ne soit contredite et désavouée, non par un peuple, mais par beaucoup. Or le seul critère vraisemblable par lequel ils puissent conclure à l'existence de certaines lois naturelles, c'est l'universalité de l'assentiment. Ce que la nature nous aurait véritablement ordonné, nous le suivrions sans aucun doute d'un commun accord. Et non seulement tout peuple, mais tout homme particulier ressentirait la contrainte et la violence que lui ferait celui qui voudrait le pousser en sens contraire de cette loi.

Contexte XVIe s. ▸ p. 490
Notice biographique ▸ p. 516
Du même auteur ▸ p. 184, p. 202, p. 226, p. 311, p. 313, p. 330

Livre II, chapitre XII, « Apologie de Raymond Sebon »,
adapté et traduit du français du XVIe siècle par A. Lanly © éd. Champion, 1989.

## Bilan de lecture

**1.** Donnez le thème du texte et sa structure. Déterminez son articulation centrale et expliquez les différences et les points communs qui existent entre les deux grandes parties.
**2.** Celui qui parle s'exprime à la première personne : que permet ce choix énonciatif ?
**3.** Quelle caractéristique des lois se trouve constatée et analysée dans le texte ? Quelle serait leur nature idéale, selon Montaigne ? Concernant ces lois (et donc la justice), quelles graves conséquences découlent de leur diversité ?

## Travail sur un corpus de textes

**4.** À partir des textes de Machiavel (▸ p. 319), de Rabelais (▸ p. 323) et de Montaigne (▸ p. 330 et 331), classez et analysez tous les éléments qui peuvent apporter des limites à la confiance accordée à l'être humain par les humanistes.

REPÈRES
L'humanisme ▸ p. 335
La notion de courant culturel ▸ p. 435
L'essai ▸ p. 243

# 9 Stefan Zweig,
## *Érasme* (1935)

*Romancier autrichien exilé en Angleterre, puis au Brésil, Stefan Zweig est l'auteur de biographies parmi lesquelles celle d'Érasme et celle de Balzac. Il y analyse le courant humaniste pour en faire ressortir des caractéristiques contrastées.*

La Renaissance et l'humanisme ont créé un vrai moment de confiance en l'avenir de l'humanité ; aimons donc ce temps et respectons son illusion, qui donna alors à notre race européenne l'assurance d'avoir dépassé toutes les époques antérieures et de représenter une humanité plus instruite, plus sage, plus haute que celle des Grecs et des Romains eux-mêmes. La réalité semblait d'ailleurs donner raison à ces premiers prophètes de l'optimisme européen ; ne se produisait-il pas en ces jours des merveilles qui dépassaient tout ce qu'on avait vu ? Un nouveau Zeuxis, un autre Apelle n'étaient-ils pas nés en Dürer et en Léonard de Vinci, Michel-Ange n'était-il pas un second Phidias ? La science n'avait-elle point découvert des lois nouvelles et claires qui réglaient la marche des astres et de la terre ? L'argent qui affluait des pays nouveaux ne créait-il pas d'incommensurables richesses, et ces richesses un art nouveau ? N'était-elle pas magique cette invention de Gutenberg qui propageait dans le monde en le multipliant à l'infini le mot créateur et civilisateur ? Bientôt, se disaient avec joie Érasme et les siens, l'humanité, largement instruite et consciente de sa propre force, reconnaîtra sa mission morale, et, après s'être dépouillée à tout jamais de ce qu'il y a encore de bestial en elle, vivra dans la paix et la fraternité. Le mot d'Ulrich von Hutten[1] : « C'est une joie de vivre ! » retentit à travers le monde comme une sonnerie de clairon ; crédules et impatients, les citoyens de la nouvelle Europe voient, du faîte de l'empire d'Érasme, briller à l'horizon une lueur qui semble enfin annoncer, après une interminable nuit spirituelle, le jour de la délivrance.

Mais ce n'est pas cette sainte aurore qui pointe à travers les ténèbres de la terre : c'est l'incendie qui va détruire le monde idéal de l'humanisme. Semblable aux Germains envahisseurs de la Rome classique, Luther, homme d'action et fanatique, va déchaîner un mouvement populaire national d'une force irrésistible, faire irruption dans le royaume des humanistes et briser leurs rêves internationalistes. Avant que l'humanisme ait véritablement commencé son œuvre de concorde universelle, la Réforme vient briser de son marteau de fer la dernière forme d'unité spirituelle de l'Europe : l'*Ecclesia universalis*[2].

« Grandeur et limites de l'humanisme », traduit de l'allemand par A. Hella © éd. Grasset, 1935.

1. Chevalier et humaniste allemand (1488-1523), partisan de la Réforme.

2. L'Église universelle.

Contexte XVIe s. ▶ p. 490
Notice biographique ▶ p. 519

RECHERCHE

**Histoire**

**1.** Composez une rapide notice biographique concernant Luther en précisant le titre de l'œuvre qui est à l'origine du conflit entre catholiques et protestants.

**Histoire des arts**

**2.** Cherchez qui étaient Zeuxis, Apelle, Phidias, Dürer, Léonard de Vinci et Michel-Ange, et dites pour quelles raisons on peut, comme le fait S. Zweig, les rapprocher.

**3.** Dans quel tableau célèbre de la Renaissance trouve-t-on le même type de rapprochement, jusque dans la représentation des visages ?

## Bilan de lecture

**4.** Retrouvez dans le texte de S. Zweig les caractéristiques du courant humaniste et les raisons qui justifient admiration, enthousiasme et espoir. Comment ces réactions se traduisent-elles dans l'écriture du texte ?

**5.** À quels indices le lecteur perçoit-il cependant dans l'exposé que l'humanisme ne correspond pas à une image aussi belle ? À travers quelles formulations ses incertitudes et sa ruine sont-elles annoncées ?

**6.** Comment la présence de cette analyse historique et culturelle peut-elle se justifier dans une biographie ?

## Travail sur un corpus de textes

**7.** À partir des textes des séquences 16 (▶ p. 300 à 314) et 17 (▶ p. 316 à 333), composez un corpus de cinq textes ; le cinquième, de S. Zweig, devra éclairer les autres et se trouver dans un étroit rapport de sens avec eux. Exposez ensuite quelles sont les relations de sens entre les textes choisis et le texte imposé.

REPÈRES L'humanisme ▶ p. 335
La notion de courant culturel ▶ p. 435

# 10 Lire l'image : P. Bruegel l'Ancien

**Pieter Bruegel l'Ancien** (vers 1525-1569),
*Le Triomphe de la Mort* (vers 1562), détail, huile sur panneau (Musée du Prado, Madrid).

RECHERCHE

**Histoire des arts**

**1.** Il existe plusieurs peintres portant le nom de Bruegel. Retrouvez-les, donnez leurs dates, leurs liens de parenté, leur pays d'origine et précisez leurs thèmes d'inspiration.

## Lecture de l'image

**2.** Faites une description précise de ce que vous voyez sur le tableau en insistant sur la récurrence d'un type de personnage et sur la diversité des autres.

**3.** Quelles significations peut-on attribuer à la présence des personnages repérés dans la question 2 ?

**4.** Étudiez les couleurs dominantes : à quoi peut faire penser l'orange omniprésent ?

**5.** D'où vient la précision de l'ensemble ? Qu'a-t-elle d'effrayant ? de fantastique ?

**6.** À partir des réponses aux questions 2 à 5, expliquez en quoi ce qui est représenté correspond au titre du tableau.

REPÈRES La lecture de l'image ▶ p. 489
L'humanisme ▶ p. 335

# L'humanisme

**Au XVIe siècle, sous l'influence de facteurs politiques, culturels, religieux et artistiques, s'élabore un courant de pensée européen qui met l'homme au centre de ses préoccupations. L'humanisme est lié au mot latin *humanitas*, qui désigne la culture, et dont la racine est le mot homme.**

## Les sources de l'humanisme

Nouvelle manière d'appréhender le monde, l'humanisme peut s'expliquer par la convergence de faits historiques. En 1453, la chute de Constantinople chasse les savants grecs vers l'Italie. Venu faire la guerre dans ce pays, François Ier découvre les merveilles du **Quattrocento** (peinture, statuaire, architecture du XIVe siècle italien) et l'importance des œuvres et de la pensée antiques. L'invention de l'**imprimerie** par Gutenberg, vers 1448, permet la diffusion d'œuvres nouvelles et antiques. C'est aussi à cette époque que les **grands voyages** de Magellan, Vasco de Gama, Christophe Colomb (1492) et Jacques Cartier (1530) bouleversent les connaissances par la découverte de nouvelles routes maritimes, de contrées, de peuples et de modes de vie nouveaux. Des travaux scientifiques modifient l'image que l'on a du monde et certaines croyances religieuses. S'ajoutent à cela un mouvement de refus de pratiques en usage dans l'Église et une volonté de revenir aux textes sacrés.

■ **Ex :** L'expédition de C. Colomb permet de vérifier la théorie de la rotondité de la terre, que l'on n'imagine plus comme un disque plat. Érasme et Luther dénoncent le trafic des indulgences (▸ p. 316) et la richesse de certains membres du clergé européen. La traduction de la Bible en français a pour but un retour à l'enseignement des Évangiles.

## Les traits essentiels de ce courant

L'humanisme se caractérise par sa foi dans l'être humain et par un retour aux valeurs de l'Antiquité.

– **Une certaine image de l'homme** : en considérant l'homme comme la « mesure de toute chose », l'humanisme se montre confiant dans ses qualités, qualités qu'il convient de développer par une **éducation** nouvelle. Plus ouverte que celle du Moyen Âge, elle a pour objectif la formation du **jugement** plus que l'accumulation des savoirs. Elle prend en compte la sagesse antique, mais inclut aussi les arts et les sports, selon la devise *mens sana in corpore sano* (« un esprit sain dans un corps sain »).

■ **Ex :** Rabelais (▸ p. 303), Montaigne (▸ p. 311) et Érasme, dans *De L'institution des enfants*, proposent de nouvelles manières d'éduquer les enfants, pour en faire des êtres responsables, dignes de l'île d'Utopie de Thomas More (▸ p. 300) ou de l'abbaye de Thélème de Rabelais (▸ p. 305).

La réflexion sur l'homme conduit aussi les poètes et penseurs de cette époque à refuser ce qui porte atteinte à l'intégrité humaine.

■ **Ex :** Rabelais dénonce la guerre et les trahisons qui y conduisent (▸ p. 323). Montaigne critique l'utilisation de la torture (▸ p. 313).

– **Le retour à l'Antiquité** : le mot *humanitas* renvoie à la culture antique et aux textes sacrés dont on souhaite retrouver l'esprit authentique après des siècles de commentaires. À cette fin, François Ier crée, en 1530, le **Collège des Lecteurs royaux** (futur Collège de France) où l'on peut étudier les langues anciennes : latin, grec, hébreu. Il favorise ainsi la formation de linguistes et de traducteurs : Guillaume Budé, Lefèvre d'Étaples, Amyot. L'importance de l'Antiquité se manifeste dans tous les arts, souvent à travers les modèles italiens comme Raphaël, Titien, Tintoret, Véronèse, Léonard de Vinci, qui s'installe en France, Michel Ange.

■ **Ex :** Les poètes Ronsard (▸ p. 310) et Du Bellay (▸ p. 309, 325) mêlent le lyrisme personnel à la mythologie ; Raphaël représente dans *L'École d'Athènes* (▸ p. 315) des contemporains et des savants et artistes de l'Antiquité. Imitant les sculpteurs grecs, la statuaire célèbre le corps humain, mieux connu grâce aux travaux du chirurgien Ambroise Paré.

## Déceptions et incertitudes

Mais l'enthousiasme humaniste se heurte à la violence extrême des **guerres de Religion**. Les idées nouvelles et la dénonciation des abus ont engendré le mouvement de la **Réforme**. Deux croyances s'opposent et les intérêts politiques transforment la confrontation en conflit armé. Parallèlement, la conquête du Nouveau Monde s'accompagne de génocides et de destructions. De tels comportements minent la foi humaniste en l'homme et la confiance dans les institutions.

■ **Ex :** Machiavel (▸ p. 319) fonde l'art de gouverner sur la satisfaction de l'intérêt des princes, les poètes Ronsard (▸ p. 326) et d'Aubigné (▸ p. 328) révèlent les horreurs des guerres civiles, et Montaigne s'interroge sur le caractère fluctuant des lois (▸ p. 331), avec un scepticisme qui témoigne d'une vision très incertaine du monde.

REPÈRES La notion de courant culturel ▸ p. 435

Séquence 18

# Baroque et préciosité

## LE BAROQUE

### 1 Jean-Baptiste Chassignet,
### *Mépris de la vie et Consolation de la mort* (1594)

*Jean-Baptiste Chassignet est l'auteur de quatre cent trente-quatre sonnets dans lesquels s'expriment le sentiment de la fragilité des choses, des êtres et du monde et l'angoisse qui en découle.*

Est-il rien de plus vain qu'un songe mensonger
Un songe passager, vagabond et muable[1] ?
La vie est toutefois au songe comparable,
Au songe vagabond, muable et passager ;

Est-il rien de plus vain que l'ombrage léger,
L'ombrage remuant, inconstant et peu stable ?
La vie est toutefois à l'ombrage semblable,
À l'ombrage tremblant sous l'arbre d'un verger ;

Aussi pour nous laisser une preuve assurée
Que cette vie était seulement une entrée
Et départ de ce lieu, entra soudainement

Le sage Pythagore[2] en sa chambre secrète
Et n'y fut point si tôt, ô preuve bientôt faite !
Comme[3] il en ressortit encor plus vitement[4].

Sonnet 263.

1. Soumis au changement.
2. Philosophe et mathématicien grec de l'Antiquité.
3. Qu'il.
4. Rapidement. Allusion probable à une anecdote symbolique liée à la croyance pythagoricienne selon laquelle l'âme est de passage dans la vie avant de se réincarner en une autre créature.

Contexte XVIe s. ► p. 490
Notice biographique ► p. 511

Dhominikos Theotokópoulos, dit **Le Greco** (1541-1614), *Vue et carte de la ville de Tolède* (XVIe siècle), détail, huile sur toile, 132 x 228 cm (Casa y Museo del Greco, Tolède).

RECHERCHE

### Histoire

**1.** Cherchez qui était Pythagore, à quelle époque et où il a vécu, quelles étaient les grandes lignes de sa philosophie.

## Lecture analytique

**2.** Observez la structure du sonnet : qu'ont de particulier les deux quatrains ? Que suggère le mot de liaison qui ouvre le groupe formé par les deux tercets ?
**3.** Sur quelle idée les deux quatrains insistent-ils ? Comment cette idée est-elle mise en valeur ?
**4.** Expliquez en quoi l'ensemble du sonnet, par sa structure et par son contenu, expose une conception de la vie dont vous préciserez les caractéristiques.

## Question d'oral

**5.** Étudiez ce sonnet en faisant apparaître l'originalité de sa structure et l'image qu'il donne de la vie humaine.

## Commentaire

**6.** Commentez le sonnet de J.-B. Chassignet selon les deux axes suivants :
– une structure et des phénomènes de récurrence significatifs ;
– l'expression de la vie associée à un songe.

REPÈRES Baroque et préciosité ► p. 357
La notion de courant culturel ► p. 435
Les formes fixes ► p. 91

# 2 François de Malherbe, *Paraphrase du Psaume CXLV* (1627)

*La paraphrase des textes sacrés est une traduction sous la forme d'une réécriture qui les interprète et les commente de manière assez libre. Le texte qui suit est une reprise par le poète Malherbe de versets du Psaume CXLV, « Lauda anima mea Dominum*[1] ».

N'espérons plus, mon âme, aux[2] promesses du monde[3].
Sa lumière[4] est un verre, et sa faveur une onde,
Que toujours quelque vent empêche de calmer[5] ;
Quittons ces vanités, lassons-nous de les suivre :
C'est Dieu qui nous fait vivre,
C'est Dieu qu'il faut aimer.

En vain, pour satisfaire à nos lâches envies,
Nous passons près des rois tout le temps de nos vies,
À souffrir des mépris et ployer les genoux ;
Ce qu'ils peuvent n'est rien : ils sont comme nous sommes.
Véritablement hommes,
Et meurent comme nous.

Ont-ils rendu l'esprit, ce n'est plus que poussière
Que cette Majesté si pompeuse et si fière
Dont l'éclat orgueilleux étonne[6] l'univers ;
Et dans ces grands tombeaux où leurs âmes hautaines[7]
Font encore les vaines,
Ils sont mangés des vers.

Là se perdent ces noms de maîtres de la terre,
D'arbitres de la paix, de foudres de la guerre :
Comme ils n'ont plus de sceptre, ils n'ont plus de flatteurs,
Et tombent avec eux d'une chute commune
Tous ceux que leur fortune
Faisait leurs serviteurs.

1. « Loue Dieu, mon âme. »
2. Dans les promesses.
3. Le monde matériel.
4. Son éclat.
5. Se calmer.
6. Frappe de stupeur.
7. Orgueilleuses.

Contexte XVIIe s. ► p. 494
Notice biographique ► p. 515

**Philippe de Champaigne** (1602-1672), *Vanité, allégorie du temps qui passe avec crâne et sablier* (XVII^e siècle), huile sur toile, 28,4 x 37,4 cm (Musée Tessé, Le Mans).

RECHERCHE

### Les mots et leur usage

**1.** Cherchez les différents sens du mot *vanité* (v. 4) et expliquez en quoi ce terme, selon ses sens et ses emplois, touche au domaine de la morale, de la religion et de l'art pictural.

## Lecture analytique

**2.** En prenant appui sur le lexique, ainsi que sur les modes et les temps des verbes, expliquez en quoi le poème entier est le développement du premier vers.
**3.** Quelle idée revient tout au long de ces quatre strophes ? À qui et à quels domaines s'applique-t-elle ?
**4.** Quelle est la « leçon » du texte ? D'où vient sa force ? Répondez à partir de ses images, de sa forme poétique et de son registre.

## Question d'oral

**5.** Étudiez ce texte en récapitulant les refus prônés par le poète et leurs justifications.

## Commentaire

**6.** Commentez le texte de de Malherbe en vous aidant des axes suivants :
– l'expression des *promesses du monde* (v. 1) ;
– la réalité de la condition humaine.

## Lecture de l'image

**7.** Identifiez les trois éléments présents sur le tableau et dites comment ils sont mis en relief.
**8.** Quelle est leur signification symbolique ? En quoi les trois significations se rejoignent-elles ?
**9.** Déduisez de ces significations la « leçon » contenue dans le rapprochement des trois éléments. Un tel tableau porte le nom de *vanité* : comment comprenez-vous ce terme ici ?

REPÈRES Baroque et préciosité ▶ p. 357
La notion de courant culturel ▶ p. 435
Fonctions du poète et de la poésie ▶ p. 141

# 3 Pierre de Marbeuf, *Recueil de vers* (1628)

*La réflexion sur l'instabilité du monde s'étend aux sentiments, et à leur inconstance, notamment dans le domaine amoureux, comme le montre ce sonnet de Pierre de Marbeuf, qui met en scène deux personnages typiques des romans de l'époque, un berger et sa belle.*

Je disais l'autre jour ma peine et ma tristesse
Sur le bord sablonneux d'un ruisseau, dont le cours
Murmurant s'accordait au langoureux discours
Que je faisais, assis proche de ma maîtresse.

L'occasion lui fit trouver une finesse :
« Silvandre[1] (me dit-elle), objet de mes amours,
Afin de t'assurer que j'aimerai toujours,
Ma main dessus cette eau t'en signe la promesse. »

Je crus tout aussitôt que ces divins serments,
Commençant mon bonheur, finiraient mes tourments,
Et qu'enfin je serais le plus heureux du monde.

Mais, ô pauvre innocent, de quoi faisais-je cas !
Étant dessus le sable, elle écrivait sur l'onde,
Afin que ses serments ne l'obligeassent[2] pas.

1. Nom fréquent de berger. Un berger de *L'Astrée* (1607-1627) d'Honoré d'Urfé se nomme également Silvandre.

2. Engageassent.

Contexte XVIIe s. ▶ p. 494
Notice biographique ▶ p. 515

## Lecture analytique

**1.** Identifiez tous les éléments qui font des trois premières strophes de ce sonnet le récit d'une petite scène amoureuse en trois « actes ».

**2.** Sentiments et éléments de la nature : comment sont-ils associés dans les quatrains ? Que favorise ce constant rapprochement ?

**3.** Quel rôle joue le second tercet par rapport aux trois premières strophes ? Prenez appui sur la conjonction qui ouvre le vers 12 pour répondre.

**4.** Cherchez en quoi la forme du sonnet et notamment la disposition des rimes permettent certains effets. En quoi peut-on parler ici de « leçon » ?

## Question d'oral

**5.** Étudiez ce sonnet en montrant comment un récit sous forme poétique conduit à une réflexion sur les sentiments et sur leur fragilité.

## Commentaire

**6.** Commentez ce sonnet en vous aidant des axes suivants :
– les composantes d'un récit ;
– l'expression des sentiments en relation avec la nature ;
– une « leçon » portant sur l'inconstance des sentiments.

REPÈRES
Baroque et préciosité ▶ p. 357
La notion de courant culturel ▶ p. 435
Les formes fixes ▶ p. 91

**Antonio de Pereda** (1611-1678), *Le Rêve du chevalier* (1655), huile sur toile, 172 x 217 cm, (Académie royale des Beaux-Arts de San Fernando, Madrid). On peut lire sur la banderole : *Aeterne pungit cito volat et occidit* ; ce que l'on peut traduire par : « Le temps aiguillonne éternellement, vole rapidement et tue. »

## 4 Pedro Calderón de la Barca, *La Vie est un songe* (1633)

*La Vie est un songe* est une comédie qui met en scène un prince, Sigismond, emprisonné à cause de son caractère sauvage. Introduit à la cour, il laisse le champ libre à sa brutalité. Reconduit dans sa prison, endormi, il fait des rêves de tyran. À son réveil, il s'interroge sur la réalité de la vie.*

SIGISMOND. – Cela est vrai. Eh bien, réprimons alors
ce naturel sauvage[1],
cette furie, cette ambition,
au cas où nous aurions un songe de nouveau.
C'est décidé, nous agirons ainsi,
puisque nous habitons un monde si étrange
que la vie n'est rien d'autre que songe ;
et l'expérience m'apprend
que l'homme qui vit, songe
ce qu'il est, jusqu'à son réveil.
Le Roi songe qu'il est un roi, et vivant
dans cette illusion il commande,
il décrète, il gouverne ;

1. Le chef des gardes vient de demander à Sigismond de maîtriser sa violence.

et cette majesté, seulement empruntée,
s'inscrit dans le vent,
et la mort en cendres
la charge[2], oh ! cruelle infortune !
Qui peut encore vouloir régner,
quand il voit qu'il doit s'éveiller
dans le songe de la mort ?
Le riche songe à sa richesse,
qui ne lui offre que soucis ;
le pauvre songe qu'il pâtit
de sa misère et de sa pauvreté ;
il songe, celui qui triomphe ;
il songe, celui qui s'affaire et prétend,
il songe, celui qui outrage et offense ;
et dans ce monde, en conclusion,
tous songent ce qu'ils sont,
mais nul ne s'en rend compte.
Moi je songe que je suis ici,
chargé de ces fers,
et j'ai songé m'être trouvé
en un autre état plus flatteur.
Qu'est-ce que la vie ? Un délire.
Qu'est donc la vie ? Une illusion,
une ombre, une fiction ;
le plus grand bien est peu de chose,
car toute la vie n'est qu'un songe,
et les songes rien que des songes.

Deuxième journée (extrait), vers 2254 à 2293,
traduit de l'espagnol par B. Sesé © éd. Flammarion, 1996.

2. La transforme en cendres.

Contexte XVIIe s. ▶ p. 494
Notice biographique ▶ p. 511

## Bilan de lecture

**1.** Déterminez le thème de la tirade de Sigismond et rattachez-le au titre de la pièce en récapitulant tous les termes très proches qui servent à caractériser la vie.

**2.** Quels exemples successifs, qui structurent le texte, soulignent le caractère illusoire des conditions sociales ?

**3.** Différenciez dans le texte ce qui relève de l'expérience personnelle de Sigismond de ce qui appartient au constat général. Quelles peuvent être les visées d'un tel constat ? À quelle fonction traditionnelle du théâtre cette tirade correspond-elle ?

**4.** Rapprochez ce texte théâtral du sonnet de J.-B. Chassignet (▶ p. 336) : que remarquez-vous ?

## Lecture de l'image

**5.** Décrivez ce que vous voyez sur le tableau de la page 341 en précisant les relations entre la représentation et son titre.

**6.** En quoi ce tableau appartient-il à la catégories des « vanités » ? Utilisez aussi la formule latine, traduite dans la légende, pour répondre à la question.

**REPÈRES** Baroque et préciosité ▶ p. 357
La notion de courant culturel ▶ p. 435
Le théâtre : texte et représentation ▶ p. 180

# 5 François, dit Tristan L'Hermite, *La Lyre* (1641)

*Poète et dramaturge, également auteur d'un roman qui raconte sa jeunesse difficile, Tristan L'Hermite a composé* La Lyre, *recueil poétique qui traite du thème de la métamorphose.*

## Le Navire

Je fus, Plante superbe, en Vaisseau transformée.
Si je crus[1] sur un Mont, je cours dessus les eaux :
Et porte de Soldats une nombreuse armée,
Après avoir logé des Escadrons d'Oiseaux.

En rames, mes rameaux se trouvent convertis ;
Et mes feuillages verts, en orgueilleuses voiles :
J'ornai jadis Cybèle[2], et j'honore Thétis[3]
Portant toujours le front jusqu'auprès des Étoiles.

Mais l'aveugle Fortune a de bizarres lois :
Je suis comme un jouet en ses volages doigts,
Et les quatre Éléments me font toujours la guerre.

Souvent l'Air orageux traverse mon dessein,
L'Onde s'enfle à tous coups pour me crever le sein ;
Je dois craindre le Feu, mais beaucoup plus la Terre.

1. Du verbe « croître ».
2. Divinité de la terre.
3. Divinité marine.

Contexte XVIIe s. ▶ p. 494
Notice biographique ▶ p. 519

RECHERCHE

### Les mots et leur usage

**1.** Cherchez l'étymologie et le champ sémantique du mot *fortune* (v. 9). Quel est son sens dans le texte ?
**2.** Comment peut-on expliquer l'utilisation de la majuscule à plusieurs reprises dans le texte ?

### Lecture analytique

**3.** En prenant appui sur les temps verbaux et sur le lexique, déterminez la structure et la double thématique du sonnet. Quelle est l'importance de l'articulation du vers 9 ?
**4.** Étudiez comment s'expriment dans les deux quatrains les états successifs de la métamorphose. Mettez en relief les différences mais aussi les éléments communs.
**5.** Sur quelle situation les deux tercets mettent-ils l'accent ? Répondez à partir du lexique et de la structure grammaticale des propositions.
**6.** Quelles réflexions le texte peut-il inspirer sur la vie, les similitudes qu'elle comporte, les dangers qu'elle fait courir ?

### Question d'oral

**7.** Étudiez ce sonnet en analysant comment le récit d'une métamorphose conduit à une réflexion sur la vie et sur le pouvoir de la nature.

REPÈRES Baroque et préciosité ▶ p. 357
La notion de courant culturel ▶ p. 435
Les formes fixes ▶ p. 91

# 6 Savinien de Cyrano de Bergerac, *Lettres diverses* (1654)

*Auteur d'œuvres de fiction, Cyrano de Bergerac a laissé des lettres d'inspiration diverse, lettres satiriques, amoureuses, poétiques. Dans la lettre VII, « Sur l'ombre que faisaient des arbres dans l'eau », il évoque une nature « renversée » par les illusions des sens et les phénomènes de miroir ou d'écho.*

**Adam Elsheimer** (1578-1610), *La Fuite en Égypte* (1609), détail, cuivre, 31 x 41 cm (Alte Pinakothek, Munich).

Monsieur,

Le ventre couché sur le gazon d'une rivière, et le dos étendu sous les branches d'un saule qui se mire dedans, je vois renouveler aux arbres l'histoire de Narcisse ; cent peupliers précipitent dans l'onde cent autres peupliers, et ces aquatiques ont été tellement épouvantés de leur chute, qu'ils tremblent encore tous les jours du vent qui ne les touche pas ; je m'imagine que la nuit ayant noirci toutes choses, le soleil les plonge dans l'eau pour les laver : mais que dirai-je de ce miroir fluide, de ce petit monde renversé, qui place les chênes au-dessous de la mousse, et le ciel plus bas que les chênes ? Ne sont-ce point de ces vierges de jadis métamorphosées en arbres, qui désespérées de sentir encore violer leur pudeur par les baisers d'Apollon[1], se précipitent dans ce fleuve la tête en bas ? Ou n'est-ce point qu'Apollon, lui-même offensé qu'elles aient osé protéger contre lui la fraîcheur, les ait ainsi pendues par les pieds ? Aujourd'hui le poisson se promène dans les bois, et des forêts entières sont au milieu des eaux sans se mouiller ; un vieil orme entre autres vous ferait rire, qui s'est quasi couché jusque dessus l'autre bord, afin que son image prenant la même posture, il fît de son corps et de son portrait un hameçon pour la pêche ; l'onde n'est pas ingrate de la visite que ces saules lui rendent ; elle a percé l'univers à jour, de peur que la vase de son lit ne souillât leurs rameaux, et non contente d'avoir formé du cristal avec de la bourbe, elle a voûté des cieux et des astres par-dessous, afin qu'on ne pût dire que ceux qui l'étaient venus voir eussent perdu le jour qu'ils avaient quitté pour elle. Maintenant nous pouvons baisser les yeux au ciel, et par elle le jour se peut vanter que tout faible qu'il est à quatre heures du matin, il a pourtant la force de précipiter le ciel dans des abîmes. Mais admirez[2] l'empire que la basse région de l'âme exerce sur la haute : après avoir découvert que tout ce miracle n'est qu'une imposture des sens, je ne puis encore empêcher ma vue de prendre au moins ce firmament imaginaire pour un grand lac sur qui la terre flotte ; le rossignol qui du haut d'une branche se regarde dedans, croit être tombé dans la rivière : il est au sommet d'un chêne et toutefois il a peur de se noyer ; mais lors qu'après s'être affermi de l'œil et des pieds, il a dissipé sa frayeur, son portrait ne lui paraissant plus qu'un rival à combattre, il gazouille, il éclate, il s'égosille, et cet autre rossignol, sans rompre le silence, s'égosille en apparence comme lui

1. Allusion à l'histoire de la nymphe Daphné, qui, poursuivie par Apollon, fut transformée en laurier.

2. Cette seconde personne désigne le destinataire de la lettre.

3. De ne pas condamner ce tableau. Dans cette phrase, l'épistolier joue sur les mots *lumière* et *ombre* en relation avec le mot *tableau*, signalant que sa description enthousiaste manque peut-être de « lumière » par suite de « l'ombre » du sous-bois.

4. Une condamnation.

Contexte XVII^e s. ▶ p. 494
Notice biographique ▶ p. 512
Du même auteur ▶ p. 38

et trompe l'âme avec tant de charmes, qu'on se figure qu'il ne chante que pour se faire ouïr de nos yeux. Je pense même qu'il gazouille du geste, et ne pousse aucun son dans l'oreille afin de répondre en même temps à son ennemi, et pour n'enfreindre pas les lois du pays qu'il habite, dont le peuple est muet ; la perche, la dorade, et la truite qui le voient, ne savent si c'est un poisson vêtu de plumes, ou si c'est un oiseau dépouillé de son corps ; elles s'amassent autour de lui, le considèrent comme un monstre, et le brochet, ce tyran des rivières, jaloux de rencontrer un étranger sur son trône, le cherche en le trouvant, le touche et ne le peut sentir, court après lui au milieu de lui-même, et s'étonne de l'avoir tant de fois traversé sans le blesser. Moi-même j'en demeure tellement consterné que je suis contraint de quitter ce tableau. Je vous[2] prie de suspendre sa condamnation[3], puisqu'il est malaisé de juger d'une ombre : car quand mes enthousiasmes auraient la réputation d'être fort éclairés, il n'est pas impossible que la lumière de celui-ci soit petite, ayant été prise à l'ombre ; et puis, quelle autre chose pourrais-je ajouter à la description de cette image enluminée, sinon que c'est un rien visible, un caméléon spirituel ; une nuit, que la nuit fait mourir ; un procès[4] des yeux et de la raison ; une privation de clarté que la clarté met au jour […].

Votre serviteur, etc.

Lettre VII (extrait).

RECHERCHE

### Histoire littéraire

**1.** Cherchez qui était Narcisse, quel poète de l'Antiquité latine a raconté son histoire et quel est le sens de son mythe. Citez d'autres œuvres littéraires qui évoquent ce personnage.

## Lecture analytique

**2.** Identifiez dans le texte les indices qui permettent de parler d'une lettre. Quelle est la situation d'énonciation ?
**3.** Quels sont tous les domaines abordés par celui qui parle dans sa présentation du *tableau* (l. 47) qui s'offre à lui ?
**4.** Repérez et classez les expressions qui présentent un monde renversé et dites à quelle catégorie de figures de rhétorique elles se rattachent. Précisez en quoi les éléments observés sont étroitement liés à la situation de l'épistolier telle qu'elle est donnée dans la première phrase.
**5.** Celui qui parle ne se contente pas de décrire un monde à l'envers : qu'explique-t-il à propos de chaque inversion perçue ? Vers quel registre oriente-t-il ainsi l'évocation de son expérience, malgré l'explication qu'il apporte à la fin de la lettre et que vous préciserez ?
**6.** Faites apparaître les relations entre le contenu de la lettre et le thème donné par le titre. En quoi ce texte est-il particulièrement ambigu ? Rapprochez son thème de celui d'autres textes de la séquence.

## Question d'oral

**7.** Étudiez le texte en faisant apparaître les différents renversements du monde qu'il évoque et les explications particulières que l'épistolier apporte à cette apparente incohérence.

## Travail sur un corpus de textes

**8.** À partir des textes de J.-B. Chassignet (▶ p. 336), P. Calderón de la Barca (▶ p. 341), P. de Marbeuf (▶ p. 340) et S. de Cyrano de Bergerac (▶ p. 344), étudiez le thème du songe et de l'illusion. Précisez d'abord à quels genres littéraires appartiennent les textes.

## Lecture de l'image

**9.** Décrivez ce que vous voyez sur l'image en insistant sur l'effet créé par l'eau.
**10.** Expliquez en quoi la représentation correspond à ce qui est dit dans le texte et suggère un brouillage des perceptions et de la réalité perçue.

REPÈRES Baroque et préciosité ▶ p. 357
La notion de courant culturel ▶ p. 435

# La préciosité

## 7 Luis de Góngora y Argote, *Sonnets* (1582-1594)

*Chapelain à la cour de Philippe III d'Espagne, le poète Luis de Góngora est l'auteur de textes poétiques raffinés et complexes, caractérisés par une écriture savante, parfois jusqu'à l'obscurité.*

Tant que pour lutter avec tes cheveux
l'or bruni brille en vain sous le soleil ;
tant qu'au milieu de la plaine ton front
candide nargue le superbe lis ;

tant que plus de regards pour les cueillir
cherchent tes lèvres que l'œillet précoce,
tant que triomphe en un joyeux dédain
de l'ivoire brillant ton noble col[1] :

jouissez, col, cheveux, lèvres et front,
avant que ce qui fut en ton bel âge
or, œillet, lis et cristal lumineux,

pis qu'en argent ou violette coupée
se change, mais toi-même avec cela,
en terre, ombre, fumée, poudre, néant.

Sonnet 149 (1582), traduit de l'espagnol par Ph. Jaccottet © éd. La Dogana, 1985.

1. Cou.

Contexte XVIe s. ▸ p. 490
Notice biographique ▸ p. 513

**RECHERCHE**

**Histoire**

**1.** Faites une recherche pour situer dans l'histoire de l'Espagne et de l'Europe le règne de Philippe III. Trouvez des noms de peintres, d'hommes de lettres et de compositeurs associés à ce règne.

### Lecture analytique

**2.** À partir des anaphores, étudiez la structure particulière des quatrains, puis, à partir des reprises de termes et des articulations logiques, la relation grammaticale entre les quatrains et les tercets.

**3.** En prenant appui sur le lexique, déterminez les deux thèmes abordés successivement dans le sonnet. En quoi sont-ils étroitement liés ?

**4.** Quelles sont les composantes du portrait de la femme aimée tracé par le poète ? Sur quelles figures repose-t-il ?

**5.** En quoi cet ensemble de compliments a-t-il une visée persuasive ? Retrouvez dans la poésie du XVIe siècle (▸ séquence 16, p. 300 et suivantes) un sonnet qui exprime une démarche analogue. À quel courant philosophique de l'Antiquité ces deux sonnets renvoient-ils ?

**REPÈRES** Baroque et préciosité ▸ p. 357
La notion de courant culturel ▸ p. 435
Les formes fixes ▸ p. 91

# 8 Charles de Montausier, *La Guirlande de Julie* (1634)

*Fille de la marquise de Rambouillet, qui tenait un salon précieux, Julie d'Angennes refusa pendant plus de dix ans d'épouser Charles de Montausier. Celui-ci célébra sa beauté et ses qualités dans un ensemble de soixante-deux courts poèmes qui associent, symboliquement, la jeune fille à des fleurs, d'où le nom de « guirlande ». Il fut aidé dans ce projet par d'autres poètes.*

**Nicolas Robert** (1614-1685), *La Guirlande de Julie* (1641), dessin (BnF, Paris).

Texte 1

## Charles de Montausier, « Zéphyr à Julie »[1]

Recevez, ô nymphe[2] adorable
Dont les cœurs reçoivent les lois,
Cette couronne plus durable
Que celles que l'on met sur la tête des rois.
Les fleurs dont ma main la compose
Font honte à ces fleurs d'or qui sont au firmament ;
L'eau dont Permesse[3] les arrose
Leur donne une fraîcheur qui dure incessamment,
Et tous les jours, ma belle Flore[4]
Qui me chérit et que j'adore
Me reproche avecque[5] courroux
Que mes soupirs jamais pour elle
N'ont fait naître de fleur si belle
Que j'en ai fait naître pour vous.

1. Poème liminaire.
2. Divinité de la nature.
3. Fleuve de Grèce.
4. Déesse des fleurs, épouse de Zéphyr, dieu des vents.
5. Orthographe possible pour des raisons de versification.

Contexte XVIIe s. ▶ p. 494
Notice biographique ▶ p. 516
Du même auteur ▶ p. 348

## Texte 2

### Gédéon Tallemant des Réaux, « Le Lys »

Contexte XVIIe s. ▸ p. 494
Notice biographique ▸ p. 516

Devant vous je perds la victoire
Que ma blancheur me fit donner
Et ne prétends plus d'autre gloire
Que celle de vous couronner.
Le Ciel, par un honneur insigne,
Fit choix de moi seule autrefois
Comme de la Fleur la plus digne
Pour faire un présent à nos Rois.
Mais si j'obtenais ma requête,
Mon sort serait plus glorieux
D'être monté sur votre tête
Que d'être descendu des Cieux.

## Texte 3

**Nicolas Robert** (1614-1685), *Lys et Narcisse* (1641), dessins (BnF, Paris).

### Charles de Montausier, « Le Narcisse »

Je consacre, Julie, un Narcisse à ta gloire,
Lui-même des beautés te cède la victoire ;
Étant jadis touché d'un amour sans pareil,
    Pour voir dedans l'eau son image,
    Il baissait toujours son visage,
Qu'il estimait plus beau que celui du soleil ;
Ce n'est plus ce dessein qui tient sa tête basse ;
C'est qu'en te regardant il a honte de voir
    Que les Dieux ont eu le pouvoir
De faire une beauté qui la sienne surpasse.

Contexte XVIIe s. ▸ p. 494
Notice biographique ▸ p. 516
Du même auteur ▸ p. 347

**RECHERCHE**

#### Histoire littéraire

**1.** Les poèmes de la « guirlande » sont des madrigaux. Définissez ce mot et donnez les caractéristiques de cette forme poétique.

**2.** De quoi le lys et le narcisse sont-ils le symbole ? Cherchez de quelles valeurs sont porteurs les noms de fleurs suivants : rose, violette, myosotis. Qu'appelle-t-on « langage des fleurs » ?

#### Travail sur un corpus de textes

**3.** Rapprochez les trois textes extraits de *La Guirlande de Julie* pour étudier leur inspiration antique, la nature des compliments qu'ils contiennent et le caractère recherché et brillant de leur expression.

#### Écriture d'invention

**4.** En vous inspirant de *La Guirlande de Julie*, choisissez une fleur ou un arbre et composez un texte court – en vers ou en prose – pour célébrer un être que vous aimez. Vous pouvez aussi utiliser la forme du calligramme.

**REPÈRES** Baroque et préciosité ▸ p. 357
La notion de courant culturel ▸ p. 435
Fonctions du poète et de la poésie ▸ p. 141

# 9 Vincent Voiture, Claude de Malleville

*Le thème de l'éblouissement provoqué par l'apparition de la femme aimée est traditionnel dans la littérature amoureuse. Déjà traité par Rinieri, Du Bellay et Ronsard, ce « topos » inspira au poète Voiture le sonnet ci-dessous. Le poète Malleville répondit sur le même thème (▸ p. 350), et leur rivalité alimenta un temps la chronique mondaine des salons.*

## Texte 1

### Vincent Voiture, « La Belle Matineuse[1] » (1635)

Des portes du matin l'Amante de Céphale[2]
Ses roses épandait dans le milieu des airs,
Et jetait sur les Cieux nouvellement ouverts
Ses traits d'or et d'azur qu'en naissant elle étale,

Quand la Nymphe[1] divine, à mon repos fatale[3],
Apparut, et brilla de tant d'attraits divers
Qu'il semblait qu'elle seule éclairait l'univers
Et remplissait de feux la rive orientale[4].

Le Soleil, se hâtant pour la gloire des Cieux,
Vint opposer sa flamme à l'éclat de ses yeux
Et prit tous les rayons dont l'Olympe[5] se dore.

L'onde, la terre, et l'air s'allumaient à l'entour,
Mais auprès de Philis[6] on le prit pour l'Aurore,
Et l'on crut que Philis était l'astre du jour.

1. Divinité de la nature qui désigne ici la femme aimée, « belle matineuse » parce qu'elle est comparée à l'aurore et donc associée au matin.
2. La déesse de l'aurore, amoureuse du Grec Céphale.
3. Fatale à mon repos.
4. L'est, où se lève le soleil.
5. Séjour des dieux.
6. Nom donné à la femme aimée dans la poésie précieuse.

Contexte XVIIe s. ▸ p. 494
Notice biographique ▸ p. 519
SUJET DE BAC 16 ▸ p. 355

Attribué à **Louis Le Nain** (1593-1648), *Bacchus découvrant Ariane sur l'île de Naxos* (XVIIe siècle), détails, huile sur toile, 102 x 152 cm (Musée des Beaux-Arts, Orléans).

**Jean-Baptiste de Champaigne** (1631-1681), *L'Aurore* (1668), détail, huile sur toile, 144 x 189 cm (Musée du Louvre, Paris).

Texte 2

## Claude de Malleville, sonnet (1635)

Le silence régnait sur la terre et sur l'onde ;
L'air devenait serein et l'Olympe vermeil,
Et l'amoureux Zéphyr[1] affranchi du sommeil
Ressuscitait les fleurs d'une haleine féconde.

L'Aurore déployait l'or de sa tresse blonde
Et semait de rubis le chemin du Soleil ;
Enfin ce Dieu venait au plus grand appareil[2]
Qu'il soit jamais venu pour éclairer le monde,

Quand la jeune Philis au visage riant,
Sortant de son palais plus clair que l'Orient,
Fit voir une lumière et plus vive et plus belle.

Sacré flambeau du jour, n'en soyez point jaloux !
Vous parûtes alors aussi peu devant elle
Que les feux de la nuit avaient fait devant vous.

1. Nom d'un vent léger.

2. Dans le plus grand éclat.

Contexte XVIIe s. ▸ p. 494
Notice biographique ▸ p. 515
SUJET DE BAC 16 ▸ p. 355

### Étude comparée

**1.** Rapprochez les deux sonnets (▸ p. 349 et 350) pour étudier comment s'exprime le même thème : mettez en évidence les similitudes de contexte, de personnages, d'actions, d'inspiration, d'écriture. Quelle perception est mise en jeu dans les deux poèmes ? Quelle est leur visée commune ?

**2.** Quelles différences le lecteur peut-il observer cependant ?

**3.** À partir de la comparaison des deux sonnets, dites pourquoi on peut parler de « lieu commun ». En quoi cette caractéristique met-elle en question la sincérité des sentiments exprimés ?

### Question d'oral

**4.** Étudiez ces deux sonnets en faisant apparaître leur caractère recherché et savant ainsi que leur aspect stéréotypé.

### Lecture de l'image

**5.** Quels éléments font du personnage représenté ci-dessus un symbole de l'aurore ?

**6.** Quelles sont les relations entre l'image et le texte ?

REPÈRES
Baroque et préciosité ▸ p. 357
La notion de courant culturel ▸ p. 435
Les formes fixes ▸ p. 91

# 10 Saint-Amant,
## *Œuvres poétiques* (1643)

*Aventurier et grand voyageur, libertin et poète, Saint-Amant a composé une œuvre variée, qui compte de nombreux poèmes baroques ou précieux. Le madrigal qui suit est dédié à une jeune femme nommée Roche.*

Cette fière beauté que mon âme idolâtre
A les bras et les mains et la gorge d'albâtre[1] ;
D'un cinabre[2] vivant son teint est embelli ;
Sa bouche est d'un corail où des perles éclatent ;
Son visage et son corps, faits d'un marbre poli,
Le prix de la blancheur à la neige débattent[3] ;
Et ses yeux si charmants,
Aussi bien que son cœur, sont de vrais diamants ;
Dois-je donc m'étonner de la trouver si dure
Aux peines que j'endure,
Puisque, pour mon malheur, le Ciel qui la forma
La fit toute de pierre, et Roche la nomma.

1. Variété de gypse de couleur blanche et translucide utilisé en sculpture.
2. Produit chimique de couleur rouge vermillon utilisé pour le maquillage.
3. Rivalisent de blancheur avec la neige.

Contexte XVIIe s. ▶ p. 494
Notice biographique ▶ p. 517

Statuette d'après **Jean de Bologne** (1524-1608), *Vénus après le bain* (milieu du XVIIe siècle), bronze patiné, 33,9 x 8,9 cm (Musée du Louvre, Paris).

RECHERCHE

### Histoire littéraire

**1.** Cherchez le sens du mot « blason » en poésie et dites en quoi le madrigal de Saint-Amant évoque ce genre poétique, dont vous préciserez l'époque.

### Lecture analytique

**2.** À partir de l'observation de la ponctuation, dites comment le texte est composé. Qu'ont en commun les différents éléments physiques évoqués ?

**3.** Étudiez la présence du poète dans le madrigal et l'expression des différents sentiments qui l'animent.

**4.** En prenant appui sur certaines articulations ainsi que sur les comparaisons et métaphores, expliquez la « logique » de la chute. D'où vient son originalité ?

**5.** Quels sont les différents registres du texte ?

### Question d'oral

**6.** Étudiez le texte en montrant comment sa composition et les images qu'il contient conduisent à une chute à la fois logique et inattendue.

### Commentaire

**7.** Commentez le texte de Saint-Amant en vous aidant des axes suivants :
– l'expression d'une célébration ;
– la préparation de la « chute ».

REPÈRES
Baroque et préciosité ▶ p. 357
La notion de courant culturel ▶ p. 435
Fonctions du poète et de la poésie ▶ p. 141

# 11 Madeleine de Scudéry, *Clélie, histoire romaine* (1654-1660)

**François Chauveau** (1613-1676), *La Carte de Tendre* (1654), dessin (BnF, Paris).

*Clélie est un roman dont l'action se passe dans la Rome antique. Il accumule les aventures romanesques et les histoires d'amour. L'extrait suivant décrit la carte des itinéraires qui régissent les rencontres et les relations amoureuses.*

## La Carte de Tendre

Afin que vous compreniez mieux le dessein de Clélie, vous verrez qu'elle a imaginé qu'on peut avoir de la tendresse par trois causes différentes : ou par une grande estime, ou par reconnaissance, ou par inclination ; et c'est ce qui l'a obligée d'établir ces trois villes de Tendre sur trois rivières qui portent ces trois noms, et de faire aussi trois routes différentes pour y aller. Si bien que comme on dit Cumes sur la mer d'Ionie, et Cumes[1] sur la mer Tyrrhène[2], elle fait qu'on dit Tendre sur Inclination, Tendre sur Estime, Tendre sur Reconnaissance. Cependant comme elle a présupposé que la tendresse qui naît par Inclination n'a besoin de rien d'autre chose pour être ce qu'elle est, Clélie, comme vous le voyez, Madame, n'a mis nul village le long des bords de cette rivière qui va si vite, qu'on n'a que faire de logement le long de ses rives pour aller de Nouvelle Amitié à Tendre. Mais pour aller à Tendre sur Estime, il n'en est pas de même ; car Clélie a ingénieusement mis autant de villages qu'il y a de petites et de

1. Les villes portent le même nom en Asie Mineure et en Italie.
2. Mer tyrrhénienne, à l'ouest de la péninsule italienne.
3. Qui rend service.

grandes choses qui peuvent contribuer à faire naître par estime cette tendresse dont elle entend parler. En effet vous voyez que de Nouvelle Amitié on passe à un lieu qu'elle appelle Grand Esprit, parce que c'est ce qui commence ordinairement l'estime ; ensuite vous voyez ces agréables villages de Jolis vers, de Billet galant, de Billet doux, qui sont les opérations les plus ordinaires du grand esprit dans les commencements d'une amitié. Ensuite pour faire un plus grand progrès dans cette route, vous voyez Sincérité, Grand Cœur, Probité, Générosité, Respect, Exactitude et Bonté, qui est tout contre Tendre, pour faire connaître qu'il ne peut y avoir de véritable estime sans bonté, et qu'on ne peut arriver à Tendre de ce côté-là sans avoir cette précieuse qualité. Après cela, Madame, il faut s'il vous plaît retourner à Nouvelle Amitié pour voir par quelle route on va de là à Tendre sur Reconnaissance. Voyez donc, je vous en prie, comment il faut aller d'abord de Nouvelle Amitié à Complaisance ; ensuite à ce petit village qui se nomme Soumission, et qui en touche un autre fort agréable, qui s'appelle Petits Soins. Voyez, dis-je, que de là, il faut passer par Assiduité, pour faire entendre que ce n'est pas assez d'avoir durant quelques jours tous ces petits soins obligeants, qui donnent tant de reconnaissance, si on ne les a assidûment. Ensuite vous voyez qu'il faut passer à un autre village qui s'appelle Empressement, et ne faire pas comme certaines gens tranquilles, qui ne se hâtent pas d'un moment, quelque prière qu'on leur fasse, et qui sont incapables d'avoir cet empressement qui oblige[3] quelquefois si fort.

Partie I, livre 1.

Contexte XVIIe s. ▶ p. 494
Notice biographique ▶ p. 518
SUJET DE BAC 16 ▶ p. 355

## Lecture analytique

**1.** À partir de la première phrase du texte, de la présence perceptible d'une destinataire et de l'emploi de certains verbes à la deuxième personne, définissez la fonction de cet extrait et sa forme de discours.

**2.** En prenant appui sur les différents lexiques, étudiez comment s'entremêlent la géographie, la toponymie et les sentiments. Comment se trouvent justifiés les choix des lieux et leurs positions ?

**3.** La carte, telle qu'elle est décrite, est-elle le résultat d'une expérience personnelle, met-elle en relief des comportements récurrents, définit-elle des règles de comportement en matière de vie amoureuse ?

## Question d'oral

**4.** Étudiez le texte en faisant apparaître son statut et son rôle par rapport aux codifications de la vie amoureuse de son époque. Dites en particulier quelle est son importance par rapport à la carte géographique.

## Lecture de l'image

**5.** Observez la carte de la page 352 : décrivez-la et dites quels éléments l'apparentent à un document géographique.

**6.** Quels éléments la carte comporte-t-elle dont ne parle pas le texte ? À quels aspects de la vie amoureuse font-ils référence ? Pourquoi est-il important que ces lieux figurent aussi sur une telle carte ?

**7.** Qu'apporte ce document à un lecteur du XXIe siècle ? Est-il complètement démodé ?

REPÈRES
Baroque et préciosité ▶ p. 357
La notion de courant culturel ▶ p. 435

# 12 Molière,
## *Les Précieuses ridicules* (1659)

*En 1659, Molière met en scène les excès de la préciosité. Cathos et Magdelon, nièce et fille du bourgeois Gorgibus, refusent des prétendants sous prétexte que le mariage doit être précédé de nombreuses étapes correspondant à des codes précis.*

**École française**, Madeleine Béjart (1618-1672) dans le rôle de Magdelon, des *Précieuses ridicules* de Molière (après 1659), huile sur pierre (BnF, Paris).

MAGDELON. – Mon père, voilà ma cousine qui vous dira, aussi bien que moi, que le mariage ne doit jamais arriver qu'après les autres aventures. Il faut qu'un amant, pour être agréable, sache débiter les beaux sentiments, pousser[1] le doux, le tendre et le passionné, et que sa recherche[2] soit dans les formes. Premièrement il doit voir au temple[3], ou à la promenade, ou dans quelque cérémonie publique, la personne dont il devient amoureux ; ou bien être conduit fatalement chez elle par un parent ou un ami, et sortir de là tout rêveur et mélancolique. Il cache un temps sa passion à l'objet aimé, et cependant lui rend plusieurs visites, où l'on ne manque jamais de mettre sur le tapis une question galante qui exerce les esprits de l'assemblée[4]. Le jour de la déclaration arrive, qui se doit faire ordinairement dans une allée de quelque jardin, tandis que la compagnie s'est un peu éloignée ; et cette déclaration est suivie d'un prompt courroux, qui paraît à notre rougeur, et qui, pour un temps, bannit l'amant de notre présence. Ensuite il trouve moyen de nous apaiser, de nous accoutumer insensiblement au discours[5] de sa passion et de tirer de nous cet aveu qui fait tant de peine. Après cela viennent les aventures : les rivaux qui se jettent à la traverse[6] d'une inclination établie, les persécutions des pères, les jalousies conçues sur de fausses apparences, les plaintes, les désespoirs, les enlèvements et ce qui s'ensuit[7]. Voilà comme les choses se traitent dans les belles manières, et ce sont des règles dont, en bonne galanterie, on ne saurait se dispenser. Mais en venir de but en blanc à l'union conjugale, ne faire l'amour qu'en faisant le contrat du mariage, et prendre justement le roman par la queue : encore un coup, mon père, il ne se peut rien de plus marchand[8] que ce procédé ; et j'ai mal au cœur de la seule vision que cela me fait.

Scène 4 (extrait).

1. Exprimer des paroles douces, tendres, passionnées.
2. Recherche en mariage.
3. Église, lieu de rencontre des mondains.
4. Les précieux réunis dans les salons.
5. Exposé, aveu.
6. En travers de.
7. Toutes ces péripéties figurent dans les romans précieux, *L'Astrée*, de H. d'Urfé, *Clélie* ou *Le Grand Cyrus*, de Madeleine de Scudéry (► p. 352).
8. De plus vulgaire.

Contexte XVIIe s. ► p. 494
Notice biographique ► p. 515
Du même auteur ► p. 142, p. 143, p. 146, p. 361, p. 363, p. 378
SUJET DE BAC 16 ► p. 355

## Lecture analytique

**1.** À partir du lexique dominant, précisez quel est le thème de la tirade. Quels procédés d'écriture récurrents signalent qu'il s'agit de codes à respecter ?
**2.** Expliquez en quoi les codes imposés déterminent les comportements, les réactions, les sentiments, les émotions.
**3.** Quels sont les modèles et les sources du « parcours » amoureux conventionnel ? Vu de cette manière, de quoi manque-t-il essentiellement ?
**4.** Étudiez la progression de la tirade. Comment se marque l'identification progressive de celle qui parle aux héros qu'elle évoque ?
**5.** Que dénonce Molière à travers cette tirade ? Quel en est le registre ?

## Question d'oral

**6.** Étudiez le texte en faisant apparaître le caractère conventionnel du parcours exposé et la critique qui en émane.

## Commentaire

**7.** Commentez l'extrait de Molière en vous aidant des axes suivants :
– le thème du mariage ;
– des codes à respecter, qui soulignent le caractère conventionnel des démarches ;
– un exemple de fonction critique de la comédie.

## Lecture de l'image

**8.** Observez le fond sur lequel se détache le personnage : quelle est son originalité ? À quoi fait-il penser ? Comment s'expliquent les lignes et les motifs qui y figurent ? Tenez compte de la légende pour répondre.
**9.** Quel est l'intérêt théâtral, historique et humain de cette image ?

REPÈRES Baroque et préciosité ▸ p. 357
La notion de courant culturel ▸ p. 435
Le théâtre : texte et représentation ▸ p. 180

## SUJET DE BAC 16

**OBJETS D'ÉTUDE**

- **Un mouvement littéraire et culturel du XVII^e siècle : la préciosité.**
- **La poésie.**
- **Le théâtre : texte et représentation.**

**CORPUS**

A – V. Voiture, « *La Belle Matineuse* » (1635) ▸ p. 349.
B – C. de Malleville, sonnet (1635) ▸ p. 350.
C – M. de Scudéry, *Clélie* (1654-1660) ▸ p. 352.
D – Molière, *Les Précieuses ridicules* (1659) ▸ p. 354.
E – *La Carte de Tendre* (illustration) ▸ p. 352.

## Questions sur le corpus

**1.** À partir des textes et du document iconographique, récapitulez certaines caractéristiques du courant précieux sur le plan des sentiments et de leur expression.
**2.** Quel rôle joue le texte de Molière par rapport aux autres ?

## Écriture

### Commentaire

Commentez le texte de Vincent Voiture (▸ p. 349).

### Dissertation

La préciosité est définie comme une « tendance au raffinement des sentiments, des manières et de l'expression littéraire, en France au début du XVII^e siècle » (Dictionnaire Larousse). En prenant appui sur les textes du corpus et sur vos lectures, vous expliciterez cette définition, puis vous chercherez quelles peuvent être les limites d'une telle tendance.

### Écriture d'invention

À la manière de la *Carte de Tendre* (texte de M. de Scudéry et illustration, ▸ p. 352), exposez sous forme de présentation explicative les différents parcours que peut suivre une amitié, dans son développement, puis, éventuellement, dans sa détérioration. Appuyez-vous sur une carte regroupant différents « lieux » importants. Votre texte aura une cinquantaine de lignes et n'utilisera pas la première personne.

# 13 Lire l'image : J. van Kessel et D. Teniers

**Jan van Kessel** (1626-1679) et **David Teniers le Jeune** (1610-1690) pour le médaillon, *Les Bulles de savon* (XVII^e siècle), huile sur toile, 68 x 51 cm (Musée du Louvre, Paris).

RECHERCHE

### Histoire des arts

**1.** Cherchez d'où vient le sens du mot *vanité* en peinture.
**2.** La légende du tableau indique deux noms : expliquez cette double présence. Qu'est-ce qui revient à chacun des deux artistes ?

## Lecture de l'image

**3.** Si vous deviez caractériser la décoration qui entoure le médaillon central, quels adjectifs proposeriez-vous pour prendre en compte l'ensemble des éléments ?
**4.** Détaillez les composantes de la décoration : qu'ont en commun les éléments qui se trouvent de part et d'autre et en bas de la représentation ?
**5.** De quoi se compose la partie haute ? Quelle signification symbolique rapproche tous les éléments décoratifs et les rattache à la notion de « bulles de savons » ?
**6.** Cette représentation termine une séquence partiellement consacrée au mouvement baroque : expliquez sa fonction illustrative. À quels textes pourrait-on la rattacher ?

REPÈRES La lecture de l'image ▸ p. 489
Baroque et préciosité ▸ p. 357

# Baroque et préciosité

**À la fin du XVIe siècle et au début du XVIIe siècle, on observe en Europe une convergence de caractéristiques esthétiques auxquelles on a donné le nom de baroque. La préciosité en constitue un aspect social et linguistique particulier.**

## Le courant baroque et son contexte

Mouvement qui doit son nom au mot portugais ***barroco***, terme désignant une pierre précieuse irrégulièrement taillée, le baroque se développe dans un contexte caractérisé par l'**instabilité**. Sur le plan religieux, l'édit de Nantes (1598) n'a pas mis fin aux antagonismes entre protestants et catholiques, le libertinage se répand, les croyances sont remises en question. Sur le plan politique, l'alternance des règnes et des régences favorise les oppositions et les complots.

**Ex :** Henri IV est assassiné en 1610, vient ensuite la régence de Marie de Médicis (1610-1617), puis le règne de Louis XIII (1617-1643) et la régence d'Anne d'Autriche. De 1648 à 1652, la Fronde est un mouvement d'opposition à la monarchie.

## Les caractéristiques du baroque

Le sentiment d'instabilité et de désordre se révèle dans des images foisonnantes de chaos et d'accumulation dont on trouve des exemples dans l'architecture, la statuaire, la peinture.

**Ex :** On peut citer les œuvres monumentales du Bernin, de Pierre de Cortone, de Borromini. L'encadrement du tableau qui figure page 356 témoigne de cette surcharge. Le rappel constant de la mort est exprimé dans les **vanités** (▸ p. 339).

En même temps, l'incertitude et les menaces qui pèsent sur la vie sont traduites par la prédominance du thème de la fragilité et de l'éphémère, par l'expression d'un doute constant sur la réalité des choses et des êtres, par l'importance accordée au mouvement, à l'idée de songe, de rêve, d'apparence et d'illusion. Le thème de la métamorphose et celui de l'inconstance reviennent très souvent (▸ p. 340), comme celui du passage et celui de la fuite (▸ p. 336).

**Ex :** Chassignet (▸ p. 336), Marbeuf (▸ p. 340), évoquent l'inconstance des sentiments, qu'ils comparent à des reflets fuyants et insaisissables, à de l'eau, à du sable, à des nuages. Cyrano de Bergerac (▸ p. 344) présente un monde inversé et trompeur. Pour Calderón (▸ p. 341), la vie s'apparente au songe.

## Du baroque à la préciosité

Certains traits du baroque, notamment la **complexité** et la recherche du **raffinement**, se maintiennent dans le courant précieux, qui apparaît d'abord comme une réaction, vers 1620, à la vulgarité et à la grossièreté de la cour. Phénomène social qui touche au langage, la préciosité se manifeste par la création des **salons**.

## Les caractéristiques de la préciosité

La vie des salons précieux – qu'ils soient bourgeois ou aristocratiques – est faite de toutes sortes de débats et d'**échanges intellectuels** : on y compose de la poésie – impromptus, sonnets, madrigaux – on y réfléchit sur la langue et l'orthographe, alors en pleine codification, on s'interroge sur les mots « bas » qu'il faut éliminer, on crée des expressions nouvelles, on compare des textes poétiques de même inspiration (▸ p. 349-350). La célèbre querelle des sonnets, entre Voiture et Malleville illustre les activités littéraires des salons. Mais surtout, on discute de sentiments, de galanterie et de psychologie. La grande question est l'**amour**, ses codes, son idéalisation, ses différents parcours, repris dans la *Carte de Tendre* (▸ p. 352).

**Ex :** On peut citer le salon de la marquise de Rambouillet, où se retrouvent Corneille et Voiture, et où l'on compose *La Guirlande de Julie* (▸ p. 347-348), celui de Mademoiselle de Scudéry, celui de Ninon de Lenclos, qui reçoit les libertins...

La littérature précieuse reflète ces différentes tendances : la poésie est facilement obscure à force de complexité (▸ p. 346), la recherche des « chutes » dans les sonnets ou dans les madrigaux privilégie la forme au détriment de la sincérité des sentiments (▸ p. 351). Les romans précieux mettent en scène, dans de longues et complexes histoires remplies d'innombrables péripéties, des personnages conventionnels de bergers occupés de leurs amours.

**Ex :** Les romans d'Honoré d'Urfé et ceux de Mademoiselle de Scudéry (▸ p. 352), qui va chercher son inspiration dans l'histoire romaine, constituent des modèles d'écriture littéraire et de comportements amoureux.

Les excès de la préciosité sont tournés en ridicule par Molière (▸ p. 354), qui en souligne le manque de sincérité et le caractère formel. Les salons précieux constituent cependant des lieux de débat et de réflexion d'une grande richesse intellectuelle, préfigurant les salons philosophiques de l'époque des Lumières.

REPÈRES La notion de courant culturel ▸ p. 435

Séquence 19

# Le classicisme : raison, codes et bienséance

## 1 René Descartes, *Discours de la méthode* (1637)

*Dans le* Discours de la méthode, *Descartes définit une méthode d'accès à la connaissance fondée sur la raison. L'extrait qui suit en donne les principes.*

Et, comme la multitude des lois fournit souvent des excuses aux vices, en sorte qu'un État est bien mieux réglé lorsque, n'en ayant que fort peu, elles y sont fort étroitement observées, ainsi, au lieu de ce grand nombre de préceptes dont la logique est composée, je crus que j'aurais assez des quatre suivants, pourvu que je prisse une ferme et constante résolution de ne manquer pas une seule fois à les observer.

Le premier était de ne recevoir jamais aucune chose pour vraie que je ne la connusse évidemment[1] être telle ; c'est-à-dire d'éviter soigneusement la précipitation et la prévention[2], et de ne comprendre[3] rien de plus en mes jugements que ce qui se présenterait si clairement et si distinctement à mon esprit que je n'eusse aucune occasion de le mettre en doute.

Le second, de diviser chacune des difficultés que j'examinerais en autant de parcelles qu'il se pourrait et qu'il serait requis pour les mieux résoudre.

Le troisième, de conduire par ordre mes pensées, en commençant par les objets les plus simples et les plus aisés à connaître, pour monter peu à peu comme par degrés jusques à[4] la connaissance des plus composés, et supposant même de l'ordre entre ceux qui ne se précèdent point naturellement les uns les autres.

Et le dernier, de faire partout des dénombrements[5] si entiers et des revues si générales, que je fusse assuré de ne rien omettre.

Ces longues chaînes de raisons, toutes simples et faciles, dont les géomètres ont coutume de se servir pour parvenir à leurs plus difficiles démonstrations, m'avaient donné occasion de m'imaginer que toutes les choses qui peuvent tomber sous la connaissance des hommes s'entresuivent[6] en même façon, et que, pourvu seulement qu'on s'abstienne d'en recevoir aucune pour vraie qui ne le soit, et qu'on garde toujours l'ordre qu'il faut pour les déduire les unes des autres, il n'y en peut avoir de si éloignées auxquelles enfin on ne parvienne, ni

1. Avec évidence.
2. Partialité.
3. De n'englober.
4. Jusqu'à.
5. Énumérations.
6. Se suivent.
7. Auparavant.

de si cachées qu'on ne découvre. Et je ne fus pas beaucoup en peine de chercher par lesquelles il était besoin de commencer, car je savais déjà que c'était par les plus simples et les plus aisées à connaître ; et, considérant qu'entre tous ceux qui ont ci-devant[7] recherché la vérité dans les sciences, il n'y a eu que les seuls mathématiciens qui ont pu trouver quelques démonstrations, c'est-à-dire quelques raisons certaines et évidentes, je ne doutais point que ce ne fût par les mêmes qu'ils ont examinées ; bien que je n'en espérasse aucune autre utilité, sinon qu'elles accoutumeraient mon esprit à se repaître de vérités et ne se contenter point de fausses raisons.

Deuxième partie.

Contexte XVIIe s. ▶ p. 494
Notice biographique ▶ p. 512

D'après **Georges de La Tour** (1593-1652), *Saint Jérôme lisant* (XVIIe siècle), huile sur toile, 122 x 93 cm (Musée du Louvre, Paris).

RECHERCHE

**Histoire littéraire**

**1.** Cherchez quelle a été l'influence de Descartes sur certains écrivains du XVIIe siècle, notamment Molière et La Fontaine.

## Bilan de lecture

**2.** Faites apparaître la structure du texte à partir de sa composition en paragraphes. Quel est le rôle particulier des paragraphes 1 et 6 ? Qu'est-ce qui fait l'unité de l'ensemble ?

**3.** À quel domaine la méthode de Descartes est-elle empruntée ?

**4.** Reformulez les quatre préceptes énoncés par Descartes et définissez sa méthode. Sur quelle notion essentielle repose-t-elle ? Quelles qualités intellectuelles ces préceptes exigent-ils ou contribuent-ils à développer ?

**5.** Comment se manifeste le caractère personnel des propos de Descartes ? D'où vient leur caractère généralisable ?

REPÈRES Le classicisme ▶ p. 394
La notion de courant culturel ▶ p. 435

# 2 Pierre Corneille, *Discours de la tragédie* (1660)

*Dans le* Discours de la tragédie, *Corneille expose un ensemble de réflexions sur la nature du théâtre tragique, à partir des recommandations d'Aristote*[1] *et d'Horace*[1].

De l'action[2] je passe aux actes, qui en doivent contenir chacun une portion, mais non pas si égale qu'on n'en réserve plus pour le dernier que pour les autres, et qu'on n'en puisse moins donner au premier qu'aux autres. On peut même ne faire autre chose dans ce premier que peindre les mœurs des personnages, et marquer à quel point ils en sont de l'histoire qu'on va représenter. Aristote[1] n'en prescrit point le nombre ; Horace[1] le borne à cinq, et bien qu'il défende d'y en mettre moins, les Espagnols s'opiniâtrent à l'arrêter à trois, et les Italiens font souvent la même chose[3]. Les Grecs[4] les distinguaient par le chant du chœur, et comme je trouve lieu de croire qu'en quelques-uns de leurs poèmes ils le faisaient chanter plus de quatre fois, je ne voudrais pas répondre qu'ils ne les poussassent jamais au-delà de cinq. Cette manière de les distinguer était plus incommode que la nôtre, car ou l'on prêtait attention à ce que chantait le chœur, ou l'on n'y en prêtait point : si l'on y en prêtait, l'esprit de l'auditeur était trop tendu et n'avait aucun moment pour se délasser ; si l'on n'y en prêtait point, son attention était trop dissipée par la longueur du chant, et lorsqu'un autre acte commençait, il avait besoin d'un effort de mémoire pour rappeler en son imagination ce qu'il avait déjà vu et en quel point l'action était demeurée. Nos violons[5] n'ont aucune de ces deux incommodités : l'esprit de l'auditeur se relâche durant qu'ils jouent, et réfléchit même sur ce qu'il a vu, pour le louer ou le blâmer, suivant qu'il lui a plu ou déplu ; et le peu qu'on les laisse jouer lui en laisse les idées si récentes que quand les acteurs reviennent, il n'a point besoin de se faire d'effort pour rappeler et renouer son attention.

Le nombre des scènes dans chaque acte ne reçoit aucune règle, mais comme tout l'acte doit avoir une certaine quantité de vers qui proportionne sa durée à celle des autres, on y peut mettre plus ou moins de scènes, selon qu'elles sont plus ou moins longues, pour employer le temps que tout l'acte ensemble doit consumer. Il faut, s'il se peut, y rendre raison de l'entrée et de la sortie de chaque acteur ; surtout pour la sortie je tiens cette règle indispensable, et il n'y a rien de si mauvaise grâce qu'un acteur qui se retire du théâtre seulement parce qu'il n'a plus de vers à dire.

1. Deux auteurs d'arts poétiques. Aristote (384-322 av. J.-C.) était grec et Horace (65-8 av. J.-C.), latin.
2. Corneille vient d'évoquer la question de l'unité d'action.
3. Allusion à l'écrivain contemporain Zanotti qui allait traduire *Le Cid* en le réduisant à trois actes.
4. Les auteurs grecs anciens.
5. Allusion à la musique jouée entre les actes.

Contexte XVIIe s. ▸ p. 494
Notice biographique ▸ p. 512
Du même auteur ▸ p. 280

**RECHERCHE**

**Histoire littéraire**

**1.** Quel poète du XVIIe siècle est aussi l'auteur d'un art poétique ?

## Bilan de lecture

**2.** À propos du théâtre, quel est le thème abordé dans le texte ? Quels sont les différents points envisagés ?
**3.** Différenciez ce qui relève de la recommandation, du rappel historique, des réflexions personnelles comparant certains systèmes. Explicitez le contenu de ces différentes démarches.
**4.** Qu'est-ce qui laisse penser qu'un dramaturge dispose d'une certaine liberté à l'intérieur d'une réglementation littéraire ? Quelles sont les références antiques ? Quelle est leur importance ?
**5.** Quelles précisions un tel texte donne-t-il sur la création littéraire d'une époque et sur ses orientations ? Qu'apprend-il sur Corneille ?

**REPÈRES** Le classicisme ▸ p. 394
Le théâtre : texte et représentation ▸ p. 180
La notion de courant culturel ▸ p. 435

# 3 Molière,
## *Le Misanthrope* (1666)

*Dans la comédie du* Misanthrope *(autre extrait ▸ p. 146), Molière met en scène Alceste, un homme excessif, qui déteste ses semblables et ne leur pardonne rien. Il lui oppose Philinte, son ami, qui est, lui, mesuré et sage.*

**Georges de La Tour** (1593-1652), *Le Tricheur à l'as de carreau* (XVIIe siècle), détail, huile sur toile (Musée du Louvre, Paris).

ALCESTE. – Non : elle[1] est générale, et je hais tous les hommes :
Les uns, parce qu'ils sont méchants et malfaisants,
Et les autres, pour être aux méchants complaisants,
Et n'avoir pas pour eux ces haines vigoureuses
Que doit donner le vice aux âmes vertueuses.
De cette complaisance on voit l'injuste excès
Pour le franc scélérat avec qui j'ai procès :
Au travers de son masque on voit à plein le traître ;
Partout il est connu pour tout ce qu'il peut être ;
Et ses roulements d'yeux et son ton radouci
N'imposent qu'à des gens qui ne sont point d'ici.
On sait que ce pied-plat[2], digne qu'on le confonde,
Par de sales emplois s'est poussé dans le monde,
Et que par eux son sort de splendeur revêtu
Fait gronder le mérite et rougir la vertu.
Quelques titres honteux qu'en tous lieux on lui donne,
Son misérable honneur ne voit pour lui personne[3],
Nommez-le fourbe, infâme et scélérat maudit,
Tout le monde en convient, et nul n'y contredit.
Cependant sa grimace est partout bienvenue :
On l'accueille, on lui rit, partout il s'insinue ;
Et s'il est, par la brigue[4], un rang à disputer,
Sur le plus honnête homme on le voit l'emporter.
Têtebleu ! ce me sont de mortelles blessures,
De voir qu'avec le vice on garde des mesures ;

1. Il s'agit de l'aversion d'Alceste pour ses semblables.

2. Terme méprisant qui désigne un rustre.

3. Ne trouve personne qui lui apporte soutien et garantie.

4. Action de postuler pour un rang ou une fonction.

Et parfois il me prend des mouvements soudains
De fuir dans un désert l'approche des humains.

PHILINTE. – Mon Dieu, des mœurs du temps mettons-nous moins en peine,
Et faisons un peu grâce à la nature humaine ;
Ne l'examinons point dans la grande rigueur,
Et voyons ses défauts avec quelque douceur.
Il faut, parmi le monde, une vertu traitable ;
À force de sagesse, on peut être blâmable ;
La parfaite raison fuit toute extrémité,
Et veut que l'on soit sage avec sobriété[5]
Cette grande roideur des vertus des vieux âges
Heurte trop notre siècle et les communs usages ;
Elle veut aux mortels trop de perfection :
Il faut fléchir au temps[6] sans obstination ;
Et c'est une folie à nulle autre seconde
De vouloir se mêler de corriger le monde.
J'observe, comme vous, cent choses tous les jours,
Qui pourraient mieux aller, prenant un autre cours ;
Mais quoi qu'à chaque pas je puisse voir paraître,
En courroux, comme vous, on ne me voit point être ;
Je prends tout doucement les hommes comme ils sont,
J'accoutume mon âme à souffrir ce qu'ils font ;
Et je crois qu'à la cour, de même qu'à la ville,
Mon flegme[7] est philosophe autant que votre bile.

Acte I, scène 1, vers 118 à 166.

5. Modération.

6. Se soumettre aux usages du temps.

7. Patience, capacité de supporter.

Contexte XVIIe s. ► p. 494
Notice biographique ► p. 515
Du même auteur ► p. 142, p. 143, p. 146, p. 354, p. 363, p. 378

RECHERCHE

**Histoire littéraire**

**1.** Trouvez et citez quatre personnages excessifs du théâtre de Molière. Précisez quel personnage modéré et réfléchi le dramaturge oppose à chacun d'entre eux. Indiquez le titre et la date de chaque pièce concernée.

## Lecture analytique

**2.** Comment la tirade d'Alceste est-elle construite ? Retrouvez et caractérisez les trois étapes qui la composent.
**3.** À partir du lexique, dites quels sont les reproches adressés aux hommes par ce personnage dans l'ensemble de sa tirade. Sur quoi met-il particulièrement l'accent ? Qu'est-ce qui souligne, dans le choix des termes, dans les figures utilisées et dans le registre, la violence de la critique ?
**4.** Quel est le thème de la tirade de Philinte ? Retrouvez ce qui, dans les formulations, relève de la recommandation.
**5.** Quelles différences pouvez-vous observer entre la tirade d'Alceste et celle de Philinte : étudiez le lexique, les rythmes, les connotations.
**6.** Qu'incarnent chacun des deux personnages ? Quels vers de Philinte pourraient être utilisés comme une devise ?

## Question d'oral

**7.** Étudiez les deux tirades en faisant apparaître les différences qu'elles mettent en évidence entre les deux personnages, et les deux conceptions de la vie qu'elles révèlent.

REPÈRES
Le classicisme ► p. 394
La versification ► p. 123
Le théâtre : texte et représentation ► p. 180
La notion de courant culturel ► p. 435

# 4 Molière,

## *Second placet présenté au roi, dans son camp, devant la ville de Lille, en Flandre* (1667)

*Après l'interdiction de la seconde version de* Tartuffe, *Molière adresse au roi Louis XIV, qui mène alors une campagne militaire en Flandre, une demande d'aide et de protection contre ses ennemis. Le placet qui suit a été présenté au roi par deux acteurs de la troupe, La Grange et La Thorillière, envoyés à Lille en août 1667.*

Sire,

C'est une chose bien téméraire à moi que de venir importuner un grand monarque au milieu de ses glorieuses conquêtes ; mais, dans l'état où je me vois, où trouver, Sire, une protection qu'[1] au lieu où je la viens chercher ? et qui puis-je solliciter, contre l'autorité de la puissance qui m'accable, que[1] la source de la puissance et de l'autorité, que[1] le juste dispensateur des ordres absolus, que[1] le souverain juge et le maître de toutes choses ?

Ma comédie[2], Sire, n'a pu jouir ici des bontés de Votre Majesté. En vain je l'ai produite sous le titre de *L'Imposteur*, et déguisé le personnage sous l'ajustement[3] d'un homme du monde ; j'ai eu beau lui donner un petit chapeau, de grands cheveux, un grand collet[4], une épée, et des dentelles sur tout l'habit, mettre en plusieurs endroits des adoucissements, et retrancher avec soin tout ce que j'ai jugé capable de fournir l'ombre d'un prétexte aux célèbres originaux du portrait que je voulais faire : tout cela n'a de rien servi. La cabale[5] s'est réveillée aux simples conjectures qu'ils ont pu avoir de la chose. Ils ont trouvé moyen de surprendre des esprits qui, dans toute autre matière, font une haute profession de ne se point laisser surprendre. Ma comédie n'a pas plus tôt paru, qu'elle s'est vue foudroyée par le coup d'un pouvoir[6] qui doit imposer du respect ; et tout ce que j'ai pu faire en cette rencontre, pour me sauver moi-même de l'éclat de cette tempête, c'est de dire que Votre Majesté avait eu la bonté[7] de m'en permettre la représentation, et que je n'avais pas cru qu'il fût besoin de demander cette permission à d'autres, puisqu'il n'y avait qu'elle seule qui me l'eût défendue.

Je ne doute point, Sire, que les gens que je peins dans ma comédie ne remuent bien des ressorts[8] auprès de Votre Majesté, et ne jettent dans leur parti, comme ils ont déjà fait, de véritables gens de bien, qui sont d'autant plus prompts à se laisser tromper, qu'ils jugent d'autrui par eux-mêmes. Ils ont l'art de donner de belles couleurs à toutes leurs intentions ; quelque mine qu'ils fassent, ce n'est point du tout l'intérêt de Dieu qui les peut émouvoir ; ils l'ont assez montré dans les comédies qu'ils ont souffert qu'on ait jouées tant de fois en public sans en dire le moindre mot. Celles-là n'attaquaient que la piété et la religion, dont ils se soucient fort peu ; mais celle-ci les attaque et les joue eux-mêmes, et c'est ce qu'ils ne peuvent souffrir. Ils ne sauraient me pardonner de dévoiler leurs impostures aux yeux de tout le monde. Et sans doute on ne manquera pas de dire à Votre Majesté que chacun s'est scandalisé de ma comédie. Mais la vérité pure, Sire, c'est que tout Paris ne s'est scandalisé que de la défense qu'on en a faite, que les plus scrupuleux en ont trouvé la représentation profitable, et qu'on s'est étonné que des personnes d'une probité si connue aient eu une si grande déférence pour des gens qui devraient être l'horreur de tout le monde et sont si

1. Sinon.
2. La seconde version de *Tartuffe*.
3. Ornement, parure.
4. Un col ; ce détail signale qu'il ne s'agit pas d'un habit religieux.
5. La conspiration, le complot contre la pièce.
6. Pouvoir du président de Lamoignon, préfet de police.
7. Allusion à une autorisation qui aurait été donnée par le roi, mais dont on ne possède aucune trace.
8. Moyens pour faire triompher une intrigue.

**Yvart Beaudrin** (1611-1680), *Louis XIV, accompagné de Turenne et du maréchal de Duras, visite sous le feu de l'ennemi les différents postes d'observation dans la tranchée, pendant le siège de Douai* (XVIIe siècle), huile sur toile, 354 x 589 cm (Château de Versailles).

opposés à la véritable piété dont elles font profession.

J'attends avec respect l'arrêt que Votre Majesté daignera prononcer sur cette matière ; mais il est très assuré, Sire, qu'il ne faut plus que je songe à faire des comédies si les Tartuffes ont l'avantage, qu'ils prendront droit par là de me persécuter plus que jamais, et voudront trouver à redire aux choses les plus innocentes qui pourront sortir de ma plume. Daignent vos bontés, Sire, me donner une protection contre leur rage envenimée ; et puissé-je, au retour d'une campagne si glorieuse, délasser Votre Majesté des fatigues de ses conquêtes, lui donner d'innocents plaisirs[9] après de si nobles travaux, et faire rire le monarque qui fait trembler toute l'Europe !

Texte intégral.

9. Par le spectacle de nouvelles comédies.

Contexte XVIIe s. ▶ p. 494
Notice biographique ▶ p. 515
Du même auteur ▶ p. 142, p. 143, p. 146, p. 354, p. 361, p. 378

**RECHERCHE**

### Histoire littéraire

**1.** Expliquez pour quelles raisons la comédie de *Tartuffe* a eu deux versions interdites avant de pouvoir être jouée : qui étaient les « ennemis » de Molière ? Quelle était leur force ? Quelles justifications donnaient-ils à leur action ?

**2.** Donnez quelques exemples précis du rôle joué par Louis XIV dans la vie artistique de son temps.

## Bilan de lecture

**3.** Identifiez les indices caractéristiques de l'écriture épistolaire, puis donnez le thème général du texte et sa finalité. Résumez chaque paragraphe en quelques lignes.

**4.** À partir des temps verbaux et de la situation d'énonciation, identifiez et délimitez les différentes formes de discours : expliquez en particulier comment la narration et les explications se mettent au service de l'argumentation.

**5.** Quelles sont les difficultés rencontrées par Molière à propos de *Tartuffe* ? De qui viennent-elles ?

**6.** Quelle image Molière donne-t-il du roi ? Que peut conclure le lecteur concernant le rôle du souverain dans la vie culturelle et artistique ?

REPÈRES Le classicisme ▶ p. 394
La notion de courant culturel ▶ p. 435

# 5 Blaise Pascal,

## *Pensées* (1670)

*Faisant l'apologie de la religion chrétienne, le philosophe, théologien et physicien Blaise Pascal invite son lecteur, dans ce fragment des* Pensées, *à réfléchir sur ce qui affaiblit la raison. Il critique ainsi l'imagination.*

C'est cette partie dominante dans l'homme, cette maîtresse d'erreur et de fausseté, et d'autant plus fourbe qu'elle ne l'est pas toujours, car elle serait règle infaillible de vérité si elle l'était infaillible du mensonge. Mais étant le plus souvent fausse, elle ne donne aucune marque de sa qualité, marquant du même caractère le vrai et le faux. Je ne parle pas des fous, je parle des plus sages et c'est parmi eux que l'imagination a le grand droit de persuader les hommes. La raison a beau crier, elle ne peut mettre le prix aux choses.

Cette superbe puissance ennemie de la raison, qui se plaît à la contrôler et à la dominer, pour montrer combien elle peut en toutes choses, a établi dans l'homme une seconde nature. Elle a ses heureux, ses malheureux, ses sains[1], ses malades, ses riches, ses pauvres. Elle fait croire, douter, nier la raison. Elle suspend les sens, elle les fait sentir[2]. Elle a ses fous et ses sages, et rien ne nous dépite davantage que de voir qu'elle remplit ses hôtes d'une satisfaction bien autrement pleine et entière que la raison. Les habiles par imagination se plaisent tout autrement à eux-mêmes que les prudents ne se peuvent raisonnablement plaire. Ils regardent les gens avec empire, ils disputent avec hardiesse et confiance, les autres avec crainte et défiance. Et cette gaieté de visage leur donne souvent l'avantage dans l'opinion des écoutants, tant les sages imaginaires ont de faveur auprès de leurs juges de même nature.

Elle ne peut rendre sages les fous, mais elle les rend heureux, à l'envi[3] de la raison, qui ne peut rendre ses amis que misérables, l'une les couvrant de gloire, l'autre de honte.

Qui dispense la réputation, qui donne le respect et la vénération aux personnes, aux ouvrages, aux lois, aux grands, sinon cette faculté imaginante ? Combien toutes les richesses de la terre insuffisantes[4] sans son consentement.

Ne diriez-vous pas que ce magistrat[5] dont la vieillesse vénérable impose le respect à tout un peuple se gouverne par une raison pure et sublime et qu'il juge des choses par leur nature sans s'arrêter à ces vaines circonstances qui ne blessent que l'imagination des faibles ? Voyez-le entrer dans un sermon où il apporte un zèle tout dévot, renforçant la solidité de sa raison par l'ardeur de sa charité. Le voilà prêt à l'ouïr avec un respect exemplaire. Que le prédicateur vienne à paraître, si la nature lui a donné une voix enrouée et un tour de visage bizarre, que son barbier l'ait mal rasé, si le hasard l'a encore barbouillé de surcroît, quelques grandes vérités qu'il annonce, je parie la perte de la gravité de notre sénateur.

Fragment 78, texte établi par Ph. Sellier, in *Les Moralistes du XVIIe siècle*


1. Ceux qui sont en bonne santé.
2. Elle les met en action.
3. En rivalisant avec.
4. « Sont » insuffisantes.
5. Personne exerçant une profession de justice.

Contexte XVIIe s. ▶ p. 494
Notice biographique ▶ p. 516
Du même auteur ▶ p. 228

## Lecture analytique

**1.** Par rapport à quelle notion l'imagination est-elle analysée ? Répondez en mettant en évidence la présence d'un terme récurrent dans l'ensemble du texte.
**2.** Récapitulez toutes les caractéristiques qui, selon Pascal, font de l'imagination une puissance dangereuse. À quels domaines différents ces caractéristiques s'appliquent-elles ?
**3.** Quelle est la fonction du dernier paragraphe ? À quoi fait-il appel chez le lecteur ?
**4.** Trouvez et identifiez plusieurs procédés rhétoriques grâce auxquels Pascal cherche à obtenir l'adhésion de son lecteur.
**5.** Rapprochez le texte de Pascal de celui de Descartes (▸ p. 358) : quelles mêmes notions se trouvent mises en valeur dans les deux textes ?

## Question d'oral

**6.** Étudiez le texte en montrant les dangers que Pascal prête à l'imagination et les moyens qu'il utilise pour persuader son lecteur.

REPÈRES
Le classicisme ▸ p. 394
L'essai ▸ p. 243
La notion de courant culturel ▸ p. 435

# 6 Jean Racine, Première préface de *Britannicus* (1670)

*Répondant aux critiques faites à sa pièce* Britannicus, *Racine justifie ses choix et expose ainsi les règles et les codes qui régissent le genre de la tragédie.*

Que faudrait-il faire pour contenter des juges si difficiles[1] ? La chose serait aisée, pour peu qu'on voulût trahir le bon sens. Il ne faudrait que s'écarter du naturel pour se jeter dans l'extraordinaire. Au lieu d'une action simple, chargée de peu de matière, telle que doit être une action qui se passe en un seul jour, et qui, s'avançant par degrés vers sa fin, n'est soutenue que par les intérêts, les sentiments et les passions des personnages, il faudrait remplir cette même action de quantité d'incidents qui ne se pourraient passer qu'en un mois, d'un grand nombre de jeux de théâtre d'autant plus surprenants qu'ils seraient moins vraisemblables, d'une infinité de déclamations où l'on ferait dire aux acteurs tout le contraire de ce qu'ils devraient dire. Il faudrait, par exemple, représenter quelque héros ivre[2], qui se voudrait faire haïr de sa maîtresse de gaieté de cœur, un Lacédémonien grand parleur[2], un conquérant[2] qui ne débiterait que des maximes d'amour, une femme[2] qui donnerait des leçons de fierté à des conquérants. Voilà sans doute de quoi faire récrier tous ces messieurs. Mais que dirait cependant le petit nombre de gens sages auxquels je m'efforce de plaire ? De quel front oserais-je me montrer, pour ainsi dire, aux yeux de ces grands hommes de l'Antiquité que j'ai choisis pour modèles ? Car, pour me servir de la pensée d'un Ancien[3], voilà les véritables spectateurs que nous devons nous proposer ; et nous devons sans cesse nous demander : « Que diraient Homère et Virgile,

1. Ceux qui ont critiqué *Britannicus*, et à qui Racine répond point par point dans le passage qui précède.
2. Ces exemples sont tous empruntés à des tragédies de Corneille : *Attila*, *Agésilas*, *Sertorius*, *Sophonisbe*.
3. Longin, philosophe et orateur grec (213-273), auteur du *Traité du sublime*. Allusion à un passage du livre XII de ce traité.
4. « Ce que les autres diront de toi, c'est à eux de le voir ; mais il est sûr qu'ils en parleront », Cicéron, *La République*, VI, 16.
5. Ces mots latins reprennent exactement l'expression précédente : *vieux poète malintentionné*. Celle-ci désigne un rival de Térence et pourrait s'appliquer à Corneille.

Contexte XVIIe s. ▶ p. 494
Notice biographique ▶ p. 517
Du même auteur ▶ p. 148 p. 282
SUJET DE BAC 17 ▶ p. 390

s'ils lisaient ces vers ? que dirait Sophocle, s'il voyait représenter cette scène ? » Quoi qu'il en soit, je n'ai point prétendu empêcher qu'on ne parlât contre mes ouvrages ; je l'aurais prétendu inutilement : *Quid de te alii loquantur ipsi videant*, dit Cicéron ; *sed loquentur tamen*[4].

Je prie seulement le lecteur de me pardonner cette petite préface, que j'ai faite pour lui rendre raison de ma tragédie. Il n'y a rien de plus naturel que de se défendre quand on se croit injustement attaqué. Je vois que Térence même semble n'avoir fait des prologues que pour se justifier contre les critiques d'un vieux poète malintentionné, *malevoli veteris poetae*[5], et qui venait briguer des voix contre lui jusqu'aux heures où l'on représentait ses comédies.

Extrait.

**École française**, décor de scène d'une pièce non identifiée (XVIIe siècle), crayon, encre et aquarelle sur papier (Centre Historique des Archives Nationales, Paris).

RECHERCHE

### Histoire littéraire

**1.** Rappelez qui sont Homère, Virgile, Sophocle, Térence et Cicéron : époque, nationalité, genres littéraires dans lesquels ils se sont illustrés, titres d'œuvres. En quelles occasions avez-vous déjà « rencontré » ces auteurs ?

### Bilan de lecture

**2.** Concernant la tragédie, quels impératifs Racine refuse-t-il ? Expliquez en quoi l'exposé de ses refus lui permet d'élaborer une définition de la tragédie idéale et de ses règles.

**3.** Quelles sont ses références ? Qui sont les *gens sages* (l. 15) auxquels il s'efforce de plaire ? Quelle démarche de création et d'écriture se trouve définie par ces références ?

### Lecture de l'image

**4.** Décrivez le décor représenté en insistant sur ses caractéristiques.

**5.** D'après quoi pouvez-vous dire qu'il s'agit du décor d'une tragédie ?

REPÈRES Le classicisme ▶ p. 394
Le théâtre : texte et représentation ▶ p. 180
La notion de courant culturel ▶ p. 435

# 7 Nicolas Boileau, *Art poétique* (1674)

*Dans l'*Art poétique*, inspiré de modèles antiques, Boileau définit les règles de composition et d'écriture des différents genres littéraires. Le premier chant développe les préceptes généraux.*

Quelque sujet qu'on traite, ou plaisant, ou sublime,
Que toujours le bon sens s'accorde avec la rime :
L'un l'autre vainement ils semblent se haïr ;
La rime est une esclave, et ne doit qu'obéir.
Lorsqu'à la bien chercher d'abord on s'évertue,
L'esprit à la trouver aisément s'habitue ;
Au joug de la raison sans peine elle fléchit,
Et, loin de la gêner, la sert et l'enrichit.
Mais lorsqu'on la néglige, elle devient rebelle,
Et pour la rattraper le sens court après elle.
Aimez donc la raison : que toujours vos écrits
Empruntent d'elle seule et leur lustre[1] et leur prix.
La plupart, emportés d'une fougue insensée,
Toujours loin du droit sens vont chercher leur pensée :
Ils croiraient s'abaisser, dans leurs vers monstrueux,
S'ils pensaient ce qu'un autre a pu penser comme eux.
Évitons ces excès : laissons à l'Italie
De tous ces faux brillants l'éclatante folie.
Tout doit tendre au bon sens : mais, pour y parvenir,
Le chemin est glissant et pénible à tenir ;
Pour peu qu'on s'en écarte, aussitôt l'on se noie.
La raison pour marcher n'a souvent qu'une voie.
Un auteur quelquefois trop plein de son objet
Jamais sans l'épuiser n'abandonne un sujet.
S'il rencontre un palais, il m'en dépeint la face[2] ;
Il me promène après de terrasse en terrasse ;
Ici s'offre un perron ; là règne un corridor,
Là ce balcon s'enferme en un balustre[3] d'or.
Il compte des plafonds les ronds et les ovales ;
« Ce ne sont que festons, ce ne sont qu'astragales[4]. »[5]
Je saute vingt feuillets pour en trouver la fin,
Et je me sauve à peine au travers du jardin.
Fuyez de ces auteurs l'abondance stérile,
Et ne vous chargez point d'un détail inutile.
Tout ce qu'on dit de trop est fade et rebutant ;
L'esprit rassasié le rejette à l'instant.
Qui ne sait se borner ne sut jamais écrire.

Chant I, vers 27 à 63.

1. Leur caractère brillant.
2. La façade.
3. Pilier d'une balustrade.
4. Moulure en forme de bracelet au sommet et à la base des colonnes.
5. Ce vers est emprunté au poète Scudéry. Boileau fait allusion à la très longue description d'un palais.

Contexte XVIIe s. ▶ p. 494
Notice biographique ▶ p. 511

Atelier d'**Eustache Le Sueur** (1617-1655), *Clio, Euterpe et Thalie* (XVII^e siècle), huile sur bois, 130 x 130 cm (Musée du Louvre, Paris).

RECHERCHE

**Histoire littéraire**

**1.** Citez les auteurs de deux arts poétiques de l'Antiquité auxquels les écrivains du XVII^e siècle font souvent référence.

## Lecture analytique

**2.** Les alinéas du texte font apparaître trois étapes : à partir du lexique, déterminez le thème de chacune d'elles.

**3.** Un art poétique est un ensemble de recommandations : identifiez les différents procédés utilisés par Boileau pour exprimer ses conseils.

**4.** Explicitez le contenu des différents conseils et dites comment ils sont mis en relief. Précisez ce qu'ils ont en commun et à quelles valeurs font référence les principes énoncés.

**5.** Observez l'emploi des pronoms personnels et du pronom indéfini *on* dans le texte : que révèle leur variation ?

## Question d'oral

**6.** Étudiez le texte pour faire apparaître les principes prônés par Boileau et l'idéal que ces principes permettent de définir.

## Travail sur un corpus de textes

**7.** À partir des textes de Corneille (▸ p. 360), de Racine (▸ p. 366) et de Boileau (▸ p. 368), faites apparaître l'importance des règles et des codifications littéraires. Quelles justifications historiques peut-on leur trouver ?

## Lecture de l'image

**8.** Étudiez la composition du tableau : comment les trois Muses sont-elles mises en valeur ?

REPÈRES
Le classicisme ▸ p. 394
La versification ▸ p. 123
Fonctions du poète et de la poésie ▸ p. 141
La notion de courant culturel ▸ p. 435

Robert le Vrac, dit **Tournières** (1667-1752), *Bodin, médecin du Roi, en compagnie de Dufresny et Crébillon à la maison d'Auteuil*, peinture, 65 x 82 cm (Château de Versailles).

## 8 Jean de La Bruyère, *Les Caractères* (1688)

*Inspirés de ceux du Grec Théophraste,* Les Caractères *regroupent une suite de portraits satiriques des contemporains de La Bruyère et des hommes en général. Par leurs critiques, ces portraits permettent de tracer – a contrario – un idéal social et humain.*

Que dites-vous ? Comment ? Je n'y suis pas ; vous plairait-il de recommencer ? J'y suis encore moins ; je devine enfin : vous voulez, *Acis*, me dire qu'il fait froid ; que ne disiez-vous : « Il fait froid » ? Vous voulez m'apprendre qu'il pleut ou qu'il neige ; dites : « Il pleut, il neige. » ; vous me trouvez bon visage,

1. Être compris.

2. Ceux qui parlent de manière précieuse.

3. Vous ne vous en doutez pas.

4. Langage embrouillé.

5. Pièce où l'on reçoit.

Contexte XVIIe s. ▸ p. 494
Notice biographique ▸ p. 514
Du même auteur ▸ p. 386

et vous désirez de m'en féliciter ; dites : « Je vous trouve bon visage. » – Mais, répondez-vous, cela est bien uni et bien clair ; et d'ailleurs qui ne pourrait pas en dire autant ? – Qu'importe, Acis ? Est-ce un si grand mal d'être entendu[1] quand on parle, et de parler comme tout le monde ? Une chose vous manque, Acis, à vous et à vos semblables les diseurs de *phœbus*[2] ; vous ne vous en défiez[3] point, et je vais vous jeter dans l'étonnement : une chose vous manque, c'est l'esprit ; ce n'est pas tout : il y a en vous une chose de trop, qui est l'opinion d'en avoir plus que les autres ; voilà la source de votre pompeux galimatias[4], de vos phrases embrouillées, et de vos grands mots qui ne signifient rien. Vous abordez cet homme, ou vous entrez dans cette chambre[5] ; je vous tire par votre habit, et vous dis à l'oreille : « Ne songez point à avoir de l'esprit, n'en ayez point, c'est votre rôle : ayez, si vous pouvez, un langage simple, et tel que l'ont ceux en qui vous ne trouvez aucun esprit : peut-être alors croira-t-on que vous en avez. ».

Chapitre V, « De la société et de la conversation », 7 (portrait intégral).

## RECHERCHE

### Histoire littéraire

**1.** Recherchez qui était Théophraste, dont La Bruyère s'est inspiré pour composer ses portraits.

### Lecture analytique

**2.** Observez les marques du discours direct, la ponctuation, les verbes et les pronoms personnels : combien y a-t-il réellement de locuteurs dans le texte ? Combien y en a-t-il en apparence ? Quel est l'effet produit ?

**3.** À partir du lexique, des répétitions, du jeu d'affirmations et d'interrogations, de la situation mise en scène, déterminez quel est le thème du passage. Quel défaut humain se trouve ici stigmatisé à travers le langage ?

**4.** Quel changement observez-vous à la ligne 8 (*Une chose...* ) ? Quel rôle joue alors celui qui parle ?

**5.** Déterminez le registre du portrait et la fonction d'un tel texte : qu'apprend-il sur les comportements d'une société et sur ses idéaux ?

### Question d'oral

**6.** Étudiez le texte en mettant en évidence ce qu'il dénonce et les procédés qui concourent à cette dénonciation. Expliquez ensuite en quoi il apporte des éléments qui contribuent à créer un idéal confirmé par d'autres œuvres.

### Commentaire

**7.** Commentez le texte de La Bruyère en répondant aux questions suivantes :
– en quoi le portrait est-il conçu comme une petite scène de comédie ?
– qu'est-ce qui est critiqué chez Acis ?

### Écriture d'invention

**8.** À la manière de La Bruyère, composez un texte bref dans lequel vous présenterez une personne dont le discours est incompréhensible parce qu'entièrement composé de « langue de bois » ou de stéréotypes vides de sens.

### Lecture de l'image

**9.** Décrivez précisément la scène d'intérieur représentée (▸ p. 370) en étudiant sa composition. Cherchez d'où vient l'impression de vie qui s'en dégage.

**10.** Qu'apprend au spectateur moderne un tableau comme celui de Robert le Vrac ? Répondez en vous plaçant du point de vue historique, social, pictural.

REPÈRES Le classicisme ▸ p. 394
La notion de courant culturel ▸ p. 435
La notion de registre ▸ p. 222

**Étienne Allegrain** (1644-1736), *Personnage accoudé à la balustrade des Cent Marches, château de Versailles* (vers 1699), détail, huile sur toile, (Château de Versailles).

## 9 Jean de La Fontaine, *Fables* (1693)

*Admirateur de l'Antiquité, La Fontaine s'est inspiré de l'écrivain latin Aulu-Gelle pour composer cette fable, qui oppose deux conceptions de la vie.*

### Le Philosophe scythe

Un Philosophe austère, et né dans la Scythie[1],
Se proposant de suivre une plus douce vie,
Voyagea chez les Grecs, et vit en certains lieux
Un sage assez semblable au vieillard de Virgile[2],
Homme égalant les Rois, homme approchant des Dieux,
Et comme ces derniers satisfait et tranquille.
Son bonheur consistait aux beautés d'un Jardin.
Le Scythe l'y trouva, qui la serpe à la main,
De ses arbres à fruit retranchait l'inutile,
Ébranchait[3], émondait[4], ôtait ceci, cela,
Corrigeant partout la Nature,
Excessive à payer ses soins avec usure.
Le Scythe alors lui demanda
Pourquoi cette ruine[5] : Était-il d'homme sage[6]
De mutiler ainsi ces pauvres habitants ?

1. Pays du nord de la mer Noire, à la réputation de rudesse.
2. Personnage des *Géorgiques* de Virgile.
3. Coupait les branches inutiles.
4. Coupait les branches de la base de l'arbre.
5. Destruction.
6. Était-ce le fait d'un homme sage… ?

« Quittez-moi votre serpe, instrument de dommage ;
Laissez agir la faux du temps :
Ils iront assez tôt border le noir rivage.
– J'ôte le superflu, dit l'autre, et l'abattant,
Le reste en profite d'autant. »
Le Scythe, retourné dans sa triste demeure,
Prend la serpe à son tour, coupe et taille à toute heure ;
Conseille à ses voisins, prescrit à ses amis
Un universel abatis.
Il ôte de chez lui les branches les plus belles,
Il tronque son Verger contre toute raison,
Sans observer temps ni saison,
Lunes ni vieilles ni nouvelles[7].
Tout languit et tout meurt. Ce Scythe exprime[8] bien
Un indiscret[9] Stoïcien :
Celui-ci retranche de l'âme
Désirs et passions, le bon et le mauvais,
Jusqu'aux plus innocents souhaits.
Contre de telles gens, quant à moi, je réclame.
Ils ôtent à nos cœurs le principal ressort ;
Ils font cesser de vivre avant que l'on soit mort.

Livre XII, fable 20.

7. Les phases de la lune étaient importantes pour les travaux agricoles.

8. Représente.

9. Incapable de discernement.

Contexte XVIIe s. ▸ p. 494
Notice biographique ▸ p. 514
Du même auteur ▸ p. 247, p. 249, p. 250, p. 441, p. 462

RECHERCHE

### Les mots et leur usage

**1.** Cherchez le sens du mot « stoïcisme » : quels étaient les traits caractéristiques de cette école philosophique de l'Antiquité ? Citez des noms d'écrivains ou de philosophes antiques ayant appartenu à ce courant. Quel autre courant philosophique oppose-t-on souvent au stoïcisme ?

## Lecture analytique

**2.** Par l'observation des personnages, des indicateurs temporels et du sens des verbes, dites à quelle forme de discours appartient la fable et quelles en sont les différentes étapes.

**3.** Étudiez les deux personnages ; relevez et classez tout ce qui les oppose en ce qui concerne les lieux d'où ils viennent et où ils vivent, leurs comportements, leur conception personnelle de la vie.

**4.** À partir des réponses précédentes et en considérant certains termes, certaines connotations ainsi que la moralité, précisez quelle double philosophie de la vie est développée ici. À quelle école de pensée chaque conception se réfère-t-elle ?

**5.** Quel est visiblement le choix personnel de celui qui parle ? Quel idéal défend-il ainsi ?

**6.** Quelles vous semblent être les relations entre l'image et le texte ?

## Question d'oral

**7.** Étudiez cette fable en montrant comment un court récit permet de faire réfléchir le lecteur sur deux conceptions de la vie.

## Commentaire

**8.** Commentez le texte de La Fontaine en utilisant les axes suivants :
– un bref récit comportant des paroles rapportées ;
– l'exposé imagé de deux philosophies de la vie ;
– le choix de celui qui parle.

REPÈRES
Le classicisme ▸ p. 394
La fable ▸ p. 259
La versification ▸ p. 123
La notion de courant culturel ▸ p. 435

# 10 François de La Rochefoucauld, *Réflexions diverses* (publication posthume en 1731)

*Plus longues et moins pessimistes que les* Maximes, *les* Réflexions diverses, *rédigées de 1650 à 1670, sont des remarques sur différents aspects de la vie sociale et des comportements humains. Elles permettent de définir, comme le font les portraits de La Bruyère (**▸ p. 370 et 386**), un double idéal social et humain.*

Ce qui fait que si peu de personnes sont agréables dans la conversation, c'est que chacun songe plus à ce qu'il veut dire qu'à ce que les autres disent. Il faut écouter ceux qui parlent, si on en veut être écouté ; il faut leur laisser la liberté de se faire entendre, et même de dire des choses inutiles. Au lieu de les contredire ou de les interrompre, comme on fait souvent, on doit, au contraire, entrer dans leur esprit et dans leur goût, montrer qu'on les entend, leur parler de ce qui les touche, louer ce qu'ils disent autant qu'il mérite d'être loué, et faire voir que c'est plus par choix qu'on le loue que par complaisance. Il faut éviter de contester sur des choses indifférentes, faire rarement des questions inutiles, ne laisser jamais croire qu'on prétend avoir plus de raison que les autres, et céder aisément l'avantage de décider.

On doit dire des choses naturelles, faciles et plus ou moins sérieuses, selon l'humeur et l'inclinaison des personnes que l'on entretient, ne les presser pas d'approuver ce qu'on dit, ni même d'y répondre. Quand on a satisfait de cette sorte aux devoirs de la politesse, on peut dire ses sentiments, sans prévention et sans opiniâtreté, en faisant paraître qu'on cherche à les appuyer de l'avis de ceux qui écoutent.

Il faut éviter de parler longtemps de soi-même, et de se donner souvent pour exemple. On ne saurait avoir trop d'application à connaître la pente et la portée[1] de ceux à qui on parle, pour se joindre à l'esprit de celui qui en a le plus, et pour ajouter ses pensées aux siennes, en lui faisant croire, autant qu'il est possible, que c'est de lui qu'on les prend. Il y a de l'habileté à n'épuiser pas les sujets qu'on traite, et à laisser toujours aux autres quelque chose à penser et à dire.

On ne doit jamais parler avec des airs d'autorité, ni se servir de paroles et de termes plus grands que les choses. On peut conserver ses opinions si elles sont raisonnables ; mais en les conservant, il ne faut jamais blesser les sentiments des autres, ni paraître choqué de ce qu'ils ont dit. Il est dangereux de vouloir être toujours le maître de la conversation, et de parler trop souvent d'une même chose ; on doit entrer indifféremment sur tous les sujets agréables qui se présentent, et ne faire jamais voir qu'on veut entraîner la conversation sur ce qu'on a envie de dire.

Il est nécessaire d'observer que toute sorte de conversation, quelque honnête et quelque spirituelle qu'elle soit, n'est pas également propre à toute sorte d'honnêtes gens : il faut choisir ce qui convient à chacun et choisir même le temps de le dire ; mais s'il y a beaucoup d'art à parler, il n'y en a pas moins à se taire. Il y a un silence éloquent : il sert quelquefois à approuver et à condamner ; il y a un silence moqueur ; il y a un silence respectueux ; il y a des airs, des tours et des manières qui font souvent ce qu'il y a d'agréable ou de désagréable, de délicat ou de choquant dans la conversation. Le secret de s'en bien servir est donné à peu de personnes ; ceux mêmes qui en font des règles s'y méprennent quelquefois ; la

1. L'inclination et la sphère d'activités.

Contexte XVIIe s. ► p. 494
Notice biographique ► p. 514

plus sûre, à mon avis, c'est de n'en point avoir qu'on ne puisse changer, de laisser plutôt voir des négligences dans ce qu'on dit que de l'affectation, d'écouter, de ne parler guère, et de ne se forcer jamais à parler.

IV, « De la conversation » (réflexion intégrale), texte établi par A.-A. Morello, in *Les Moralistes du XVIIe siècle* © éd. R. Laffont, coll. « Bouquins », 1992.

## Bilan de lecture

**1.** Récapitulez et classez les éléments lexicaux qui correspondent au titre de la réflexion.

**2.** Quel est le point de départ de cette réflexion ? En quoi ce point de départ justifie-t-il le choix d'une forme de discours ? Identifiez cette forme de discours en prenant appui sur la récurrence de certaines formulations.

**3.** Déterminez et énumérez les différentes qualités qui rendent une conversation agréable. Quels sont les défauts dénoncés à travers les recommandations ?

**4.** Donnez votre point de vue personnel sur la manière dont La Rochefoucauld envisage l'art de la conversation.

## Travail sur un corpus de textes

**5.** Précisez le genre littéraire des textes de Molière (► p. 361) La Bruyère (► p. 370), La Fontaine (► p. 372) et La Rochefoucauld (► p. 374), puis dégagez et classez certains traits importants de l'idéal humain et social du XVIIe siècle.

REPÈRES
Le classicisme ► p. 394
L'essai ► p. 243
La notion de courant culturel ► p. 435

# 11 Antoine Adam, *L'Âge classique* (1968)

*Spécialiste du classicisme, Antoine Adam, qui fut professeur de littérature à la Sorbonne, analyse ici les relations entre les théoriciens de la doctrine classique et les auteurs de l'Antiquité.*

À lire les critiques et les historiens du XIXe siècle, il semblerait que le classicisme n'était rien d'autre que l'expression de la Raison éternelle, et que ses règles naissaient d'évidences abstraites et absolues. Mais ce qu'ils exaltaient sous le nom de doctrine classique n'était peut-être rien d'autre que l'académisme. Notre classicisme n'apparaît avec toute sa force et son relief que si nous y voyons une prise de position, à la fois concrète et précise, en face des problèmes de l'époque, en face de l'Antiquité, en face de la poésie de Ronsard et des humanistes, en face du baroque, en face de Malherbe[1].

De l'Antiquité, les théoriciens du classicisme veulent conserver les valeurs les plus précieuses. Ils gardent le culte des anciens et s'opposent très vivement à ceux qui prétendent rompre avec le passé. Mais il s'agit d'un culte éclairé et qui se tient à l'essentiel. La fidélité des humanistes leur semble superstition. Entre l'Université et le monde des lettres françaises, la mésentente, maintenant, est profonde. Nos écrivains parlent avec mépris de ceux qu'ils appellent les philologues, ou, plus brutalement, les pédants, et qui sont, en fait, les fidèles tenants

1. ► p. 338.

de l'humanisme. Balzac[2] leur en donnait l'exemple. Il eut une polémique avec l'humaniste Crassot[3]. Il en soutint une autre contre l'illustre Heinsius[4]. Il n'eut pas de pire ennemi que le philologue Guyet[5], il le traita de bête féroce et d'ennemi commun de tous les hommes. Les humanistes n'étaient à ses yeux que de « dangereuses bêtes », et il rêvait « d'en montrer la dépouille à toute la France ».

Une interprétation des littératures antiques s'élaborait donc, et gagnait l'ensemble des esprits cultivés. L'Antiquité, ce n'était pas sans doute Pindare, dont les hardiesses rebutaient. Ce n'était pas non plus Eschyle, ni aucun des génies dont l'œuvre restait décidément trop étrangère aux mœurs, aux croyances, aux goûts de la France moderne. Mais ce n'étaient pas non plus les auteurs de la décadence latine, où les baroques trouvaient leurs modèles. C'était Homère, c'étaient Virgile et Térence, c'était Horace. C'était, pour les esprits les plus libres et les plus délicats, l'auteur du *Satiricon*. Les formules employées alors par nos écrivains nous aident à comprendre l'idée qu'ils se font des littératures anciennes. Ils parlent de la « belle Antiquité » et de son parfum. Ils admirent son « élégante simplicité », son sens de la fine plaisanterie, la « naïveté » de son art. L'image qu'ils se font d'elle n'a rien à voir avec celle des « pédants ».

Ils sont donc nettement des « modernes[6] ». Mais ils le sont à leur manière, qui n'est pas du tout celle des baroques[7]. S'ils veulent que le poète écrive pour son temps, s'ils lui interdisent de s'enfermer dans l'aveugle adoration des anciens, ils n'en restent pas moins fermés aux extravagances. Ils n'ont que mépris pour les ingéniosités excessives, pour l'enflure, ils veulent que le poète se tienne étroitement attaché à la raison, à la vérité, à la nature. Ils croient que l'œuvre d'art ne vaut que par son unité. Ils aiment, parmi les écrivains latins, ceux-là seuls qui ont pratiqué ces maximes.



2. L'écrivain Guez de Balzac (1595-1654).

3. Jean Crassot (1658-1616), humaniste, a écrit en latin.

4. Humaniste et historien néerlandais (1580-1655), auteur de poésies latines et éditeur d'œuvres anciennes.

5. François Guyet (1575-1655) a établi et commenté en latin des textes de Juvénal, Perse et Plaute.

6. ▶ p. 395.

7. ▶ p. 357.

Contexte XVIIe s. ▶ p. 494

RECHERCHE

**Les mots et leur usage**

**1.** Donnez le sens contextuel des mots *académisme* (l. 4), *philologues* (l. 14-15), *pédants* (l. 15).

**Histoire littéraire**

**2.** Situez dans l'histoire littéraire Pindare, Eschyle, Homère, Virgile, Térence, Horace : indiquez leur époque, leur nationalité, les genres littéraires dans lesquels ils se sont illustrés. Citez pour chacun d'eux le titre d'une ou deux œuvres.

**3.** Qui est l'auteur du *Satiricon* ? Citez des auteurs qui entrent dans la catégorie des *critiques et historiens du XIXe siècle* (l. 1).

## Bilan de lecture

**4.** À partir du premier paragraphe, définissez la démarche d'Antoine Adam, qui détermine l'orientation de l'extrait.

**5.** Quelle est sa thèse concernant les relations entre les théoriciens du classicisme et les humanistes d'une part, l'Antiquité d'autre part ? Étudiez ces relations dans les paragraphes 2 et 3.

**6.** Quelle est la conclusion d'Antoine Adam ? À partir de cette conclusion, donnez les grandes lignes de l'idéal classique.

REPÈRES Le classicisme ▶ p. 394
La notion de courant culturel ▶ p. 435

# 12 Lire l'image : Le Lorrain

Claude Gellée, dit **Le Lorrain** (1600-1682), *Port de mer, soleil couchant* (1639), huile sur toile, 103 x 136 cm (Musée du Louvre, Paris).

## Lecture de l'image

**1.** Repérez dans le tableau tous les éléments qui renvoient au titre et faites apparaître leur diversité. De quelles significations ces divers éléments sont-ils porteurs ?

**2.** Étudiez les grandes lignes du tableau et l'effet de perspective : à quoi correspond le point de fuite de ces lignes ? Que délimitent-elles ?

**3.** Observez les contrastes et les jeux de couleurs : que remarquez-vous ? Quels sont les effets produits ?

**4.** Quelles impressions différentes cette représentation peut-elle susciter chez le spectateur ?

**5.** Quels éléments du XVIIe siècle le spectateur moderne peut-il retrouver dans ce tableau ?

## Écriture d'invention

**6.** Vous rédigez, pour le catalogue d'une exposition consacrée à des paysages maritimes, un article consacré à ce tableau. Vous le replacez dans l'ensemble des thèmes qui caractérisent l'œuvre de ce peintre, et vous en faites une présentation en insistant sur ses particularités : lumière, contrastes, perspective, impressions d'ensemble.

**REPÈRES** Le classicisme ▸ p. 394
La lecture de l'image ▸ p. 489
La notion de courant culturel ▸ p. 435

Séquence 20

# Le classicisme : vers l'esprit moderne

## 1 Molière, *La Critique de L'École des femmes* (1663)

*Dans une comédie intitulée* La Critique de L'École des femmes, *Molière répond à ceux qui trouvent que sa pièce* L'École des femmes *(1662) ne suit pas assez les enseignements d'Aristote et d'Horace. Dans la conversation, Dorante et Uranie s'opposent au pédant Lysidas.*

URANIE[1]. – Mais, de grâce, Monsieur Lysidas, faites-nous voir ces défauts, dont je ne me suis point aperçue.

LYSIDAS. – Ceux qui possèdent Aristote et Horace[2] voient d'abord[3], Madame, que cette comédie pèche contre toutes les règles de l'art.

URANIE. – Je vous avoue que je n'ai aucune habitude avec[4] ces Messieurs-là, et que je ne sais point les règles de l'art.

DORANTE. – Vous êtes de plaisantes gens avec vos règles, dont vous embarrassez les ignorants et nous étourdissez tous les jours. Il semble, à vous ouïr[5] parler, que ces règles de l'art soient les plus grands mystères du monde ; et cependant ce ne sont que quelques observations aisées, que le bon sens a faites sur ce qui peut ôter le plaisir que l'on prend à ces sortes de poèmes ; et le même bon sens qui a fait autrefois ces observations les fait aisément tous les jours, sans le secours d'Horace et d'Aristote. Je voudrais bien savoir si la grande règle de toutes les règles n'est pas de plaire, et si une pièce de théâtre qui a attrapé son but n'a pas suivi un bon chemin. Veut-on que tout un public s'abuse sur ces sortes de choses, et que chacun n'y soit pas juge du plaisir qu'il y prend ?

URANIE. – J'ai remarqué une chose de ces Messieurs-là : c'est que ceux qui parlent le plus des règles, et qui les savent mieux que les autres, font des comédies que personne ne trouve belles.

DORANTE. – Et c'est ce qui marque, Madame, comme on doit s'arrêter peu à leurs disputes embarrassées. Car enfin, si les pièces qui sont selon les règles ne plaisent pas et que celles qui plaisent ne soient pas selon les règles, il faudrait

1. Uranie est une femme de goût, comme Dorante.
2. Ceux qui connaissent bien Aristote (384-322 av. J.-C.) et Horace (65-8 av. J.-C.), auteurs d'arts poétiques.
3. Dès l'abord.
4. Je ne fréquente pas.
5. Entendre.
6. Sur cette querelle à laquelle….
7. Soumettre.
8. Livre de cuisine renommé.
9. Orthographe de l'époque.
10. La permission.

Contexte XVIIe s. ▶ p. 494
Notice biographique ▶ p. 515
Du même auteur ▶ p. 142, p. 143, p. 146, p. 354, p. 361, p. 363

de nécessité que les règles eussent été mal faites. Moquons-nous donc de cette chicane où[6] ils veulent assujettir[7] le goût du public, et ne consultons dans une comédie que l'effet qu'elle fait sur nous. Laissons-nous aller de bonne foi aux choses qui nous prennent par les entrailles, et ne cherchons point de raisonnements pour nous empêcher d'avoir du plaisir.

URANIE. – Pour moi, quand je vois une comédie, je regarde seulement si les choses me touchent ; et, lorsque je m'y suis bien divertie, je ne vais point demander si j'ai eu tort, et si les règles d'Aristote me défendaient de rire.

DORANTE. – C'est justement comme un homme qui aurait trouvé une sauce excellente, et qui voudrait examiner si elle est bonne sur les préceptes du *Cuisinier français*[8].

URANIE. – Il est vrai ; et j'admire les raffinements de certaines gens sur des choses que nous devons sentir par nous-mêmes.

DORANTE. – Vous avez raison, Madame, de les trouver étranges, tous ces raffinements mystérieux. Car enfin, s'ils ont lieu, nous voilà réduits à ne nous plus croire ; nos propres sens seront esclaves en toutes choses ; et, jusques[9] au manger et au boire, nous n'oserons plus trouver rien de bon, sans le congé[10] de Messieurs les experts.

**Nicolas Bonnart** (vers 1646-1718), *Femme prenant un café* (vers 1695), gravure colorée (collection privée).

LYSIDAS. – Enfin, Monsieur, toute votre raison, c'est que *L'École des femmes* a plu ; et vous ne vous souciez point qu'elle soit dans les règles, pourvu…

DORANTE. – Tout beau, Monsieur Lysidas, je ne vous accorde pas cela. Je dis bien que le grand art est de plaire, et que cette comédie ayant plu à ceux pour qui elle est faite, je trouve que c'est assez pour elle et qu'elle doit peu se soucier du reste. Mais, avec cela, je soutiens qu'elle ne pèche contre aucune des règles dont vous parlez. Je les ai lues, Dieu merci, autant qu'un autre ; et je ferais voir aisément que peut-être n'avons-nous point de pièce au théâtre plus régulière que celle-là.

Scène 6 (extrait).

## Lecture analytique

**1.** À partir du lexique et des termes récurrents, déterminez le thème du débat après avoir défini son point de départ. À quel moment la discussion revient-elle à ce point de départ ?

**2.** Repérez et classez les arguments mis en avant par Dorante et par Uranie pour récuser l'utilité des règles et de ceux qui les édictent. À quels domaines ces arguments appartiennent-ils ?

**3.** La critique des règles de l'art s'accompagne de la présentation d'autres critères de jugement. Retrouvez-les et dites d'où ils viennent et ce qu'ils mettent en jeu. En quoi permettent-ils de définir l'œuvre idéale ?

**4.** De quelles qualités Dorante fait-il preuve dans son discours ? Observez sa manière de parler, de raisonner et l'utilisation des comparaisons. De qui le spectateur peut-il penser qu'il est le porte-parole ?

## Question d'oral

**5.** Étudiez le texte en montrant comment le dialogue argumenté conduit à définir ce qui caractérise une comédie réussie.

REPÈRES Le classicisme ► p. 394
Le théâtre : texte et représentation ► p. 180
La notion de courant culturel ► p. 435

# 2 Pierre Bayle, *Pensées diverses sur la comète* (1682)

*Dans les* Pensées diverses sur la comète, *œuvre inspirée par les réactions populaires au passage d'une comète en 1680, Pierre Bayle s'interroge sur l'origine et la transmission des superstitions et des opinions.*

**Donato Creti** (1671-1749), *Les Observations astronomiques* (XVIIIe siècle), huile sur toile (Galeries et Musées du Vatican, Rome).

Il paraît de là[1] que les savants font quelquefois une aussi méchante caution[2] que le peuple, et qu'une tradition fortifiée de leur témoignage n'est pas pour cela exempte de fausseté. Il ne faut donc pas que le nom et le titre de savant nous en imposent. Que savons-nous si ce grand docteur qui avance quelque doctrine a apporté plus de façon à s'en convaincre, qu'un ignorant qui l'a crue sans l'examiner ? Si le docteur en a fait autant, sa voix n'a pas plus d'autorité que celle de l'autre, puisqu'il est certain que le témoignage d'un homme ne doit avoir de force, qu'à proportion du degré de certitude qu'il s'est acquis en s'instruisant pleinement du fait.

Je vous l'ai déjà dit, et je le répète encore : un sentiment ne peut devenir probable par la multitude de ceux qui le suivent, qu'autant qu'il a paru vrai à plusieurs indépendamment de toute prévention[3], et par la seule force d'un examen judicieux, accompagné d'exactitude, et d'une grande intelligence des choses : et comme on a fort bien dit qu'un témoin qui a vu est plus croyable que dix qui parlent par ouï-dire, on peut aussi assurer qu'un habile homme qui ne débite que ce qu'il a extrêmement médité, et qu'il a trouvé à l'épreuve de tous ses doutes, donne plus de poids à son sentiment, que cent mille esprits vulgaires qui se suivent comme des moutons, et se reposent de tout sur la bonne foi d'autrui. Et c'est à cause de cela sans doute que Themistius[4] et Cicéron[5] ont déclaré si nettement, le premier qu'il croirait plutôt à ce que Platon[6] lui ferait entendre d'un signe de tête, qu'à ce que tous les autres philosophes lui affirmeraient avec serment ; et le dernier, que la seule autorité de Platon sans aucune preuve briserait toute l'incrédulité de son esprit.

1. P. Bayle vient d'évoquer des théories incohérentes soutenues par des auteurs connus.
2. Garantie, répondant.
3. Préjugé.
4. Philosophe grec (317-388).
5. Écrivain et orateur latin (106-43 av. J.-C.)
6. Philosophe grec (427-348 av. J.-C.)

Contexte XVIIe s. ▶ p. 494
Notice biographique ▶ p. 510

## Lecture analytique

**1.** À partir du lexique, dites quel est le thème abordé par celui qui parle.

**2.** Trouvez et identifiez tous les éléments qui permettent de parler ici de texte argumentatif. Observez en particulier l'emploi des pronoms personnels et la présence d'exemples.

**3.** Le texte est construit sur une figure récurrente. Étudiez cette figure, ainsi que les deux champs lexicaux antithétiques auxquels elle est associée. Quelle thèse se trouve ainsi étayée ?

**4.** Dans la vie intellectuelle ainsi que dans la vie courante quelles démarches se trouvent mises en relief par Bayle ? Sur quoi le texte fait-il réfléchir le lecteur ?

## Question d'oral

**5.** Étudiez le texte en faisant apparaître la thèse de celui qui parle et la manière dont il procède pour convaincre son lecteur.

REPÈRES
Le classicisme ▶ p. 394
L'essai ▶ p. 243
La notion de courant culturel ▶ p. 435

# 3 Charles de Saint-Évremond, *Sur les poèmes des Anciens* (1685)

*À partir de 1680, la question de l'imitation de l'Antiquité provoque un violent débat qui se poursuit au début du XVIIIe siècle, la « querelle des Anciens et des Modernes ». Charles de Saint-Évremond y participe en rédigeant un essai dans lequel il prend nettement position.*

Le génie de notre siècle est tout opposé à cet esprit de fables, et de faux mystères[1]. Nous aimons les vérités déclarées : le bon sens prévaut aux illusions de la fantaisie[2], rien ne nous contente aujourd'hui, que la solidité et la raison. Ajoutez à ce changement de goût, celui de la connaissance. Nous envisageons la nature, autrement que les Anciens ne l'ont regardée. Les cieux, cette demeure éternelle de tant de divinités, ne sont qu'un espace immense et fluide. Le même soleil nous luit encore ; mais nous lui donnons un autre cours : au lieu de s'aller coucher dans la mer, il va éclairer un autre monde. La terre immobile autrefois, dans l'opinion des hommes, tourne aujourd'hui, dans la nôtre, et rien n'est égal à la rapidité de son mouvement. Tout est changé : les dieux, la nature, la politique, les mœurs, le goût, les manières. Tant de changements n'en produiront-ils point, dans nos ouvrages ?

Si Homère vivait présentement, il ferait des poèmes admirables, accommodés au siècle où il écrirait. Nos poètes en font de mauvais, ajustés à ceux des Anciens, et conduits par des règles, qui sont tombées, avec des choses que le temps a fait tomber.

Je sais qu'il y a de certaines règles éternelles, pour être fondées sur un bon sens, sur une raison ferme et solide, qui subsistera toujours ; mais il en est peu qui portent le caractère de cette raison incorruptible. Celles qui regardaient les mœurs, les affaires, les coutumes des vieux Grecs, ne nous touchent guère aujourd'hui. On en peut dire ce qu'a dit Horace des mots. Elles ont leur âge et leur durée. Les unes meurent de vieillesse : *ita verborum interit aetas*[3] ; les autres périssent avec leur nation, aussi bien que les maximes du gouvernement, lesquelles ne subsistent pas, après l'empire. Il n'y en a donc que bien peu, qui aient droit de diriger nos esprits, dans tous les temps ; et il serait ridicule de vouloir toujours régler des ouvrages nouveaux, par des lois éteintes. La poésie aurait tort d'exiger de nous ce que la religion et la justice n'en obtiennent pas.

C'est à une imitation servile et trop affectée, qu'est due la disgrâce de tous nos poèmes. Nos poètes n'ont pas eu la force de quitter les dieux, ni l'adresse de bien employer ce que notre religion leur pouvait fournir. Attachés au goût de l'Antiquité, et nécessités à nos sentiments[4], ils donnent l'air de Mercure[5], à nos anges, et celui des merveilles fabuleuses des Anciens, à nos miracles. Ce mélange de l'antique et du moderne leur a fort mal réussi : et on peut dire qu'ils n'ont su tirer aucun avantage de leurs fictions, ni faire un bon usage de nos vérités.

Concluons que les poèmes d'Homère seront toujours des chefs-d'œuvre : non pas en tout des modèles. Ils formeront notre jugement ; et le jugement réglera la disposition des choses présentes.

1. Il vient d'être question, dans le passage qui précède, de l'absence de vérité dans les œuvres antiques, au profit des « fictions, allégories et paraboles ».
2. Imagination.
3. « Ainsi disparaît l'âge ancien des mots », expression figurant dans l'*Art poétique* d'Horace (Ier siècle av. J.-C.).
4. Contraints à faire cas de nos sentiments.
5. Hermès, messager des dieux dans la mythologie antique.

Contexte XVIIe s. ▶ p. 494
Notice biographique ▶ p. 518
SUJET DE BAC 17 ▶ p. 390

## Lecture analytique

**1.** En prenant appui sur le lexique et sur certaines figures d'opposition, étudiez comment le premier paragraphe développe le constat énoncé dans la première phrase.

**2.** Quelle théorie le lecteur peut-il déduire des deux phrases qui constituent le deuxième paragraphe ? Quel est le sens des deux modes verbaux utilisés ?

**3.** Quelles relations de sens le lecteur peut-il établir entre le paragraphe 1 et le paragraphe 3 ? Prenez appui sur les termes exprimant le changement. Quel est le rôle du paragraphe 4 ?

**4.** À partir des réponses aux questions 1 à 3, déterminez la thèse défendue par Saint-Évremond et retrouvez les différents arguments qui soutiennent cette thèse. Précisez à quels domaines ils appartiennent.

## Question d'oral

**5.** Étudiez le texte en mettant en relief la thèse de Saint-Évremond et les arguments qui la soutiennent.

**REPÈRES** Le classicisme ▸ p. 394
L'essai ▸ p. 243
La querelle des Anciens et des Modernes ▸ p. 395
La notion de courant culturel ▸ p. 435

# 4 Bernard Le Bovier de Fontenelle, *Histoire des oracles* (1686)

*Comme Pierre Bayle (▸ p. 380), Bernard de Fontenelle s'interroge sur tout ce qui est à l'origine des erreurs de jugement : croyances, superstitions, opinions hâtives et non fondées. Il en dénonce, comme dans cet extrait, les conséquences souvent ridicules.*

Il serait difficile de rendre raison des histoires et des oracles[1] que nous avons rapportés[2], sans avoir recours aux démons[3], mais aussi tout cela est-il bien vrai ? Assurons-nous bien du fait, avant que de nous inquiéter de la cause. Il est vrai que cette méthode est bien lente pour la plupart des gens, qui courent naturellement à la cause, et passent par-dessus la vérité du fait ; mais enfin nous éviterons le ridicule d'avoir trouvé la cause de ce qui n'est point.

Ce malheur arriva si plaisamment sur la fin du siècle passé à quelques savants d'Allemagne, que je ne puis m'empêcher d'en parler ici.

En 1593, le bruit courut que les dents étant tombées à un enfant de Silésie[4], âgé de sept ans, il lui en était venu une d'or, à la place d'une de ses grosses dents. Horstius, professeur en médecine dans l'université de Helmstad[5], écrivit en 1595 l'histoire de cette dent, et prétendit qu'elle était en partie naturelle, en partie miraculeuse, et qu'elle avait été envoyée de Dieu à cet enfant pour consoler les chrétiens affligés par les Turcs[6]. Figurez-vous quelle consolation, et quel rapport de cette dent aux chrétiens, ni aux Turcs. En la même année, afin que cette dent d'or ne manquât pas d'historiens, Rullandus en écrit encore l'histoire. Deux ans après, Ingolsteterus, autre savant, écrit contre le sentiment que Rullandus avait de la dent d'or, et Rullandus fait aussitôt une belle et docte réplique[7]. Un autre grand homme nommé Libavius ramasse tout ce qui avait été dit de la dent, et y ajoute son sentiment particulier. Il ne manquait autre chose à tant de beaux ouvrages, sinon qu'il fût vrai que la dent était d'or. Quand un orfèvre l'eut examinée, il se trouva que c'était une feuille d'or appliquée à la dent avec beaucoup d'adresse ; mais on commença par faire des livres, et puis on consulta l'orfèvre.

1. Prophéties, interprétations de la réalité.
2. Dans les chapitres précédents.
3. Êtres surnaturels.
4. Région d'Europe centrale rattachée au Saint Empire germanique.
5. Université allemande.
6. Les Turcs, qui avaient pris Constantinople et Chypre, menaçaient l'Europe.
7. Une réponse.

**Pietro Longhi** (1702-1788), *L'Arracheur de dents* (XVIIIe siècle), huile sur toile, 50 x 62 cm (Pinacothèque de Brera, Milan).

Rien n'est plus naturel que d'en faire autant sur toutes sortes de matières. Je ne suis pas si convaincu de notre ignorance par les choses qui sont, et dont la raison nous est inconnue, que par celles qui ne sont point, et dont nous trouvons la raison. Cela veut dire que non seulement nous n'avons pas les principes qui mènent au vrai, mais que nous en avons d'autres qui s'accommodent très bien avec le faux.

Chapitre IV.

Contexte **XVIIe** s. ▶ p. 494
Notice biographique ▶ p. 513

## Lecture analytique

**1.** Le découpage en paragraphes détermine la structure du texte : comment est-il construit ? Dites où figure et quelle est la thèse de Fontenelle.

**2.** Étudiez le paragraphe 3 : forme de discours, relations de sens avec la thèse soutenue, registre, efficacité. Quelle est la fonction de cette anecdote ?

**3.** Quels sont le contenu et le rôle des lignes 25 à 30 ? En prenant appui sur le lexique, faites apparaître les relations qui rattachent entre eux les différents paragraphes du texte.

**4.** Récapitulez les procédés d'écriture qui confèrent à l'ensemble du texte sa force argumentative.

**5.** Rapprochez ce texte de celui de Pierre Bayle (▶ p. 380) : que remarquez-vous ?

## Question d'oral

**6.** Étudiez le rôle et l'efficacité de l'anecdote par rapport à la thèse que soutient Fontenelle et à la structure d'ensemble du texte.

**REPÈRES** Le classicisme ▶ p. 394
La notion de courant culturel ▶ p. 435

D'après Raffaello Sanzio, dit **Raphaël** (1483-1520), *Vierge à l'Enfant*, huile sur toile, 110 x 88 cm (Musée Fesch, Ajaccio).

**Charles Le Brun** (1619-1690), *La Vierge à l'Enfant* (XVII^e siècle), huile sur toile, 102 x 81 cm (Musée des Beaux-Arts, Nancy).

## 5 Charles Perrault, *Parallèles des Anciens et des Modernes* (1688)

*Dans une conversation entre un président, un abbé et un mondain, Perrault traite de la question de l'imitation des Anciens à travers des points de vue opposés. C'est ici l'abbé qui parle.*

L'ABBÉ : Quand nous avons parlé de la peinture, je suis demeuré d'accord que le *Saint Michel* et la *Sainte Famille* de Raphaël que nous vîmes hier dans le grand appartement du Roi sont deux tableaux préférables à ceux de M. Le Brun ; mais j'ai soutenu et je soutiendrai toujours que M. Le Brun a su plus parfaitement que Raphaël l'art de la peinture dans toute son étendue, parce qu'on a découvert avec le temps une infinité de secrets dans cet art, que Raphaël n'a point connus. J'ai dit la même chose touchant la sculpture, et j'ai fait voir que nos bons sculpteurs étaient mieux instruits que les Phidias et les Polyclètes, quoique quelques-unes des figures qui nous restent de ces grands maîtres soient plus estimables que celles de nos meilleurs sculpteurs. Il y a deux choses dans tout artisan qui contribuent à la beauté de son ouvrage : la connaissance des règles de son art et la force de son génie ; de là il peut arriver, et souvent il arrive, que l'ouvrage de celui qui est le moins savant, mais qui a le plus de génie, est meilleur que l'ouvrage de celui qui sait mieux les règles de son art et dont le génie a moins de force. Suivant ce principe, Virgile a pu faire un poème épique plus excellent que tous les autres, parce qu'il a eu plus de génie que tous les poètes qui l'ont suivi, et il peut en même temps avoir moins su toutes les règles du poème épique, ce qui me suffit, mon problème consistant uniquement en cette proposition que tous les arts ont été portés dans notre siècle à un plus haut degré de perfection que celui où ils étaient parmi les Anciens, parce que le temps a découvert plusieurs secrets dans tous les arts, qui, joints à ceux que les Anciens nous ont laissés, les ont rendus plus accomplis, l'art n'étant autre chose, selon Aristote même, qu'un amas de préceptes pour bien faire l'ouvrage qu'il a pour objet. Or quand j'ai fait voir qu'Homère et Virgile ont fait une infinité de fautes où les Modernes ne tombent plus, je crois avoir prouvé qu'ils n'avaient pas toutes les règles que nous avons, puisque l'effet naturel des règles est d'empêcher qu'on ne fasse des fautes. De sorte que s'il plaisait au ciel de faire naître un homme qui eût un génie de la force de celui de Virgile, il est sûr qu'il ferait un plus beau poème que l'*Énéide*, parce qu'il aurait, suivant ma supposition, autant de génie que Virgile, et qu'il aurait en même temps un plus grand amas de préceptes pour se conduire. Cet homme pouvait naître en ce siècle, de même qu'en celui d'Auguste, puisque la nature est toujours la même et qu'elle n'est point affaiblie par la suite des temps, comme nous en sommes demeurés d'accord.

Contexte XVIIe s. ▸ p. 494
Notice biographique ▸ p. 516
SUJET DE BAC 17 ▸ p. 390

Quatrième dialogue (extrait).

RECHERCHE

**Histoire des arts**

**1.** Cherchez qui étaient Raphaël (▸ p. 315), Le Brun, Phidias, Polyclète. Donnez les noms de plusieurs sculpteurs contemporains de Perrault.

**Histoire littéraire**

**2.** Qui étaient Aristote, Virgile et Homère, références récurrentes des auteurs du XVIIe siècle ?

## Bilan de lecture

**3.** Comment se trouve illustrée dans le texte la notion de « parallèle » entre les Anciens et les Modernes (contemporains de celui qui parle) ?

**4.** Dans les mises en parallèle exposées par le texte, quels sont les deux critères essentiels que prend en compte celui qui parle ? À quels jugements concernant les artistes et les œuvres cette manière de procéder conduit-elle ?

**5.** Comment l'abbé rappelle-t-il qu'il expose une théorie personnelle ? Comment donne-t-il à cette théorie l'apparence d'une démonstration rigoureuse ?

## Lecture de l'image

**6.** Mettez en parallèle les deux tableaux (▸ p. 384) et précisez quels sont leurs éléments communs, puis leurs différences.

**7.** Le tableau de Le Brun vous semble-t-il révéler que le peintre connaissait plus de *secrets* de la peinture que Raphaël, comme le dit Perrault (l. 5-6) ? Lequel des deux tableaux vous paraît le plus beau ? Pourquoi ?

REPÈRES Le classicisme ▸ p. 394
La querelle des Anciens et des Modernes ▸ p. 395
La notion de courant culturel ▸ p. 435

# 6 Jean de La Bruyère, *Les Caractères* (1688)

*Dans le chapitre des* Caractères *consacré à la cour, La Bruyère évoque en moraliste, sous une forme critique qui annonce l'esprit des Lumières, un pays qu'il ne nomme pas, mais qui est facilement reconnaissable pour ses lecteurs.*

L'on parle d'une région où les vieillards sont galants[1], polis et civils ; les jeunes gens au contraire, durs, féroces[2], sans mœurs[3] ni politesse : ils se trouvent affranchis de la passion des femmes dans un âge où l'on commence ailleurs à la sentir ; ils leur préfèrent des repas, des viandes, et des amours ridicules ; celui-là chez eux est sobre et modéré, qui ne s'enivre que de vin : l'usage trop fréquent qu'ils en ont fait le leur a rendu insipide ; ils cherchent à réveiller leur goût déjà éteint par des eaux-de-vie, et par toutes les liqueurs les plus violentes ; il ne manque à leur débauche que de boire de l'eau-forte[4]. Les femmes du pays précipitent le déclin de leur beauté par des artifices qu'elles croient servir à les rendre belles : leur coutume est de peindre leurs lèvres, leurs joues, leurs sourcils et leurs épaules, qu'elles étalent[5] avec leur gorge, leurs bras et leurs oreilles, comme si elles craignaient de cacher l'endroit par où elles pourraient plaire, ou de ne pas se montrer assez. Ceux qui habitent cette contrée ont une physionomie qui n'est pas nette, mais confuse, embarrassée dans une épaisseur de cheveux étrangers, qu'ils préfèrent aux naturels et dont ils font un long tissu pour couvrir leur tête : il descend à la moitié du corps, change les traits, et empêche qu'on ne connaisse[6] les hommes à leur visage. Ces peuples d'ailleurs ont leur Dieu et leur Roi : les Grands de la nation s'assemblent tous les jours, à une certaine heure, dans un temple qu'ils nomment église ; il y a au fond de ce temple un autel consacré à Dieu, où un prêtre célèbre des mystères qu'ils appellent saints, sacrés et redoutables ; les grands forment un vaste cercle au pied de cet autel, et paraissent debout, le dos tourné directement[7] au prêtre et aux saints mystères, et les faces élevées vers leur roi, que l'on voit à genoux sur une tribune, et à qui ils semblent avoir tout l'esprit et tout le cœur appliqués. On ne laisse pas de voir dans cet usage une espèce de subordination ; car ce peuple paraît adorer le Prince, et le Prince adorer Dieu. Les gens du pays le nomment*** ; il est à quelque quarante-huit degrés[8] d'élévation du pôle, et à plus d'onze cents lieues[9] de mer des Iroquois et des Hurons[10].

Chapitre VIII, « De la cour », 74 (intégral).

1. Courtois.
2. Violents.
3. Mal éduqués.
4. Vitriol.
5. Qu'elles montrent.
6. Reconnaisse.
7. Complètement.
8. Cette latitude est celle de Versailles.
9. En mer, une lieue mesure 5,5 kilomètres.
10. Indiens du Canada français.

Contexte XVII^e^ s. ▶ p. 494
Notice biographique ▶ p. 514
Du même auteur ▶ p. 370

## Lecture analytique

**1.** Par quels procédés d'écriture celui qui parle laisse-t-il penser qu'il n'est pas originaire de la région dont il parle ? Quelle est l'utilité de cette manière de procéder ?
**2.** À partir du lexique, déterminez les catégories humaines successivement abordées. En quoi peut-on parler de progression ?
**3.** Sur quoi portent les critiques énoncées par le moraliste ? Quels sont les défauts mis en évidence ?

## Question d'oral

**4.** Étudiez le texte en faisant apparaître sur quoi porte la critique et ce qui lui confère sa force.

REPÈRES
Le classicisme ▶ p. 394
L'ironie ▶ p. 415
La notion de courant culturel ▶ p. 435

**Sébastien Bourdon** (1616-1671), *Les Mendiants* (XVIIe siècle), huile sur bois, 49 x 65 cm (Musée du Louvre, Paris).

## 7 François de Fénelon, *Lettre à Louis XIV* (1694)

*Par une lettre que l'on suppose adressée à Madame de Maintenon, et non directement à Louis XIV, François de Fénelon souhaitait que le roi prenne conscience de l'état de son royaume. Voici un extrait de cette lettre.*

Cependant vos peuples que vous devriez aimer comme vos enfants, et qui ont été jusqu'ici si passionnés pour vous, meurent de faim[1]. La culture des terres est presque abandonnée. Les villes et la campagne se dépeuplent. Tous les métiers languissent et ne nourrissent plus les ouvriers. Tout commerce est anéanti. Par conséquent vous avez détruit la moitié des forces réelles du dedans de votre État, pour faire et pour défendre de vaines conquêtes au-dehors. Au lieu de tirer de l'argent de ce pauvre peuple, il faudrait lui faire l'aumône, et le nourrir. La France entière n'est plus qu'un grand hôpital désolé et sans provision. Les magistrats sont avilis[2] et épuisés. La noblesse dont tout le bien est en décret[3] ne vit que de lettres d'État[4]. Vous êtes importuné de la foule des gens qui demandent et qui murmurent. C'est vous-même, Sire, qui vous êtes attiré tous ces embarras, car tout le royaume ayant été ruiné, vous avez tout entre vos mains, et personne ne peut plus vivre que de vos dons. Voilà ce grand royaume si florissant sous un roi qu'on nous dépeint tous les jours comme les délices du peuple, et qui le serait en effet si les conseils flatteurs ne l'avaient point empoisonné.

1. Une très grave famine sévit en France en 1692-1693.

2. Discrédités.

3. Les biens des nobles sont prêts à être saisis.

4. Ordonnances royales qui suspendaient pendant six mois les procédures judiciaires engagées contre les personnes au service de l'État.

5. Révolte.
6. Le peuple.
7. Agitations populaires, émeutes.
8. N'en est pas préservé.
9. Personnes révoltées.
10. Faire passer.
11. Absence de punition.
12. Orthographe ancienne de « gagner ».

Contexte XVIIe s. ▸ p. 494
Notice biographique ▸ p. 513
Du même auteur ▸ p. 389

Le peuple même (il faut tout dire) qui vous a tant aimé, qui a eu tant de confiance en vous commence à perdre l'amitié, la confiance, et même le respect. Vos victoires et vos conquêtes ne le réjouissent plus. Il est plein d'aigreur et de désespoir. La sédition[5] s'allume peu à peu de toutes parts. Ils[6] croient que vous n'avez aucune pitié de leurs maux, que vous n'aimez que votre autorité et votre gloire. Si le roi, dit-on, avait un cœur de père pour son peuple ne mettrait-il pas plutôt sa gloire à leur donner du pain, et à les faire respirer après tant de maux, qu'à garder quelques places de la frontière qui causent la guerre ? Quelle réponse à cela, Sire ? Les émotions populaires[7] qui étaient inconnues depuis si longtemps deviennent fréquentes. Paris, même, si près de vous, n'en est pas exempt[8]. Les magistrats sont contraints de tolérer l'insolence des mutins[9] et de faire couler[10] sous main quelque monnaie pour les apaiser ; ainsi on paie ceux qu'il faudrait punir. Vous êtes réduit à la honteuse et déplorable extrémité, ou de laisser la sédition impunie, et de l'accroître par cette impunité[11], ou de faire massacrer avec inhumanité des peuples que vous mettez au désespoir, en leur arrachant par vos impôts pour cette guerre, le pain qu'ils tâchent de gaigner[12] à la sueur de leurs visages.

Extrait.

RECHERCHE

**Histoire**

**1.** Cherchez des informations sur Madame de Maintenon et sur le rôle qu'elle a joué auprès de Louis XIV.

**2.** Fénelon fait allusion à des guerres : quelles guerres, contre quels pays, ont marqué le règne de Louis XIV de 1661 à 1693 ?

## Lecture analytique

**3.** À partir des pronoms personnels et des temps verbaux, définissez la situation d'énonciation : qui parle ? à qui ? Comment se marque la mise en cause du destinataire du message ?

**4.** En vous appuyant sur le lexique, les connotations, les figures de rhétorique, la ponctuation, récapitulez ce qui est dénoncé à travers les différents constats. D'où vient l'effet d'accumulation ? Qu'est-ce qui domine dans cette présentation de la France ?

**5.** Que met en relief Fénelon concernant les relations de Louis XIV et de son peuple ? Que vise-t-il par ce procédé ?

**6.** Quelle image d'un bon roi se dessine – a contrario – à travers l'interpellation de Louis XIV ?

## Question d'oral

**7.** Étudiez le texte en faisant apparaître l'état de la France et la manière dont procède Fénelon pour sensibiliser son destinataire.

## Travail sur un corpus de textes

**8.** Déterminez les relations que l'on peut établir entre le texte de La Bruyère (▸ p. 386), la *Lettre à Louis XIV*, de Fénelon (▸ p. 387), et l'analyse de P. Hazard (▸ p. 391).

## Lecture de l'image

**9.** Étudiez la composition du tableau (▸ p. 387) et la manière dont s'équilibrent les formes, les volumes et les groupes de personnages. Que représente cette scène ?

**10.** Observez les couleurs : quelle est la tonalité dominante ? Quels rapprochements peut-on remarquer ?

**11.** Quels éléments du tableau peuvent illustrer ce qui est écrit dans la lettre concernant l'état du royaume et de ses habitants ?

REPÈRES Le classicisme ▸ p. 394
La notion de courant culturel ▸ p. 435

# 8 François de Fénelon, *Lettre à l'Académie* (1714)

*Dans la querelle des Anciens et des Modernes, Fénelon intervint avec une volonté d'apaisement, mais en manifestant sa sympathie et son admiration pour les auteurs de l'Antiquité, comme le montre l'extrait suivant de sa* Lettre à l'Académie.

Jean Le Maire, dit **Le Maire-Poussin** (1598-1659), *Vue d'un palais imaginaire* (XVIIe siècle), huile sur toile, 134 x 194 cm (Musée du Louvre, Paris).

Il est naturel que les Modernes, qui ont beaucoup d'élégance et de tours ingénieux, se flattent de surpasser les Anciens, qui n'ont que la simple nature. Mais je demande la permission de faire ici une espèce d'apologue[1]. Les inventeurs de l'architecture qu'on nomme *gothique*, et qui est, dit-on, celle des Arabes[2], crurent sans doute avoir surpassé les architectes grecs. Un édifice grec n'a aucun ornement qui ne serve qu'à orner l'ouvrage ; les pièces nécessaires pour le soutenir, ou pour le mettre à couvert, comme les colonnes et la corniche, se tournent seulement en grâce par leurs proportions. Tout est simple, tout est mesuré, tout est borné à l'usage. On n'y voit ni hardiesse, ni caprice qui impose aux yeux[3]. Les proportions sont si justes, que rien ne paraît fort grand, quoique tout le soit ; tout est borné à contenter la vraie raison. Au contraire, l'architecte gothique élève sur des piliers très minces une voûte immense qui monte jusqu'aux nues. On croit que tout va tomber, mais tout dure pendant bien des siècles. Tout est plein de fenêtres, de roses et de pointes[4] ; la pierre semble découpée, comme du carton : tout est à jour, tout est en l'air. N'est-il pas naturel que les premiers architectes gothiques se soient flattés d'avoir surpassé par leur vain raffinement la simplicité grecque ? Changez seulement les noms ; mettez les poètes et les orateurs en la place des architectes. Lucain devait naturellement croire qu'il était plus grand que Virgile. Sénèque le tragique pouvait s'imaginer qu'il brillait bien plus que Sophocle ; le Tasse a pu espérer de laisser derrière lui Virgile et Homère. Ces auteurs se seraient trompés en pensant ainsi : les plus excellents auteurs de nos jours doivent craindre de se tromper de même.

Je n'ai garde de vouloir juger en parlant ainsi ; je propose seulement aux hommes qui ornent notre siècle[5] de ne mépriser point ceux que tant de siècles ont admirés. Je ne vante point les Anciens comme des modèles sans imperfection ; je ne veux point ôter à personne l'espérance de les vaincre ; je souhaite au contraire de voir les Modernes victorieux par l'étude des Anciens mêmes qu'ils auront vaincus.

Extrait.

1. Court récit en vers ou en prose, à vocation didactique et morale.
2. C'est ce que l'on pensait à l'époque.
3. Qui trompe le regard.
4. Rosaces et flèches caractéristiques de l'art gothique.
5. Qui font la renommée de notre siècle.

Contexte XVIIe s. ▶ p. 494
Notice biographique ▶ p. 513
Du même auteur ▶ p. 387
SUJET DE BAC 17 ▶ p. 390

**RECHERCHE**

**Histoire des arts**

**1.** Cherchez des illustrations permettant de mettre en parallèle l'architecture grecque et l'architecture gothique : peut-on accorder à la seconde une plus grande valeur qu'à la première ?

**Histoire littéraire**

**2.** Qui sont les auteurs cités dans le texte ? Expliquez pourquoi les uns pourraient penser avoir surpassé les autres. Précisez le domaine de « compétition ».

## Lecture analytique

**3.** À partir de l'affirmation de la première phrase, et de trois mots clés qui figurent dans cette phrase, déterminez de quoi il est question dans le texte.

**4.** Quelles sont les limites (donnez les lignes) de l'apologue ? Quel domaine de création y est abordé ? Quelles sont ses relations de sens avec la première phrase du passage ?

**5.** Identifiez le raisonnement mis en place à partir de la ligne 19 ? Que vise-t-il à montrer ?

**6.** Comment se marque dans le texte la présence de celui qui parle ? Cherche-t-il à polémiquer, à faire réfléchir, à convaincre, à persuader ?

## Question d'oral

**7.** Étudiez le texte en montrant comment procède Fénelon pour analyser les relations entre les Anciens et les Modernes.

**REPÈRES** Le classicisme ▸ p. 394
La querelle des Anciens et des Modernes ▸ p. 395
La notion de courant culturel ▸ p. 435

# SUJET DE BAC 17

**OBJETS D'ÉTUDE**

**Un mouvement littéraire et culturel du XVII$^{e}$ siècle : le classicisme.**
**Les réécritures.**

**CORPUS**

**A –** J. Racine, première préface de *Britannicus* (1670) ▸ p. 366.
**B –** C. de Saint-Évremond, *Sur les poèmes des Anciens* (1685) ▸ p. 381.
**C –** C. Perrault, *Parallèles des Anciens et des Modernes* (1688) ▸ p. 384.
**D –** F. de Fénelon, *Lettre à l'Académie* (1714) ▸ p. 389.

## Questions sur le corpus

**1.** Après avoir identifié le genre littéraire de chacun des extraits, dites à partir de quelle problématique commune on peut les rapprocher.

**2.** Expliquez quelles sont les positions des quatre auteurs en regroupant ceux dont les positions sont proches.

## Écriture

**• Commentaire**

Vous commenterez le texte de Racine (▸ p. 366).

**• Dissertation**

« Les œuvres du passé sont bonnes pour le passé, elles ne sont pas bonnes pour nous. » Vous expliciterez ce jugement d'A. Artaud (▸ p. 162) et vous le discuterez à partir de vos lectures, sans vous limiter au XVII$^{e}$ siècle.

**• Écriture d'invention**

Construisez un dialogue argumenté (100 lignes environ) sur le thème de l'importance et du poids des œuvres du passé. Vos deux interlocuteurs appartiennent à des générations différentes. Précisez par une brève introduction les circonstances du dialogue, mais n'intervenez pas personnellement dans l'échange.

**Louis-Michel Dumesnil** (1680-1746), *La Reine Christine de Suède, entourée de sa cour, écoutant Descartes faisant une démonstration de géométrie en présence du Prince de Condé, d'Elisabeth de Bavière...* (époque de Louis XIV), détail, huile sur toile (Château de Versailles).

## 9 Paul Hazard,
## *La Crise de la conscience européenne* (1961)

*Dans* La Crise de la conscience européenne, *l'historien Paul Hazard analyse le passage du siècle classique au siècle des Lumières en montrant qu'il n'y a pas de rupture, mais une continuité. Le mouvement contestataire du* XVIIIe *siècle a été largement préparé par les recherches et les œuvres de philosophes antérieurs.*

Aussi, dès que le classicisme cesse d'être un effort, une volonté, une adhésion réfléchie, pour se transformer en habitude et en contrainte, les tendances novatrices, toutes prêtes, reprennent-elles leur force et leur élan ; et la conscience européenne se remet à sa recherche éternelle. Commence une crise si rapide et si brusque, qu'elle surprend : alors que, longuement préparée par une tradition séculaire, elle n'est en réalité qu'une reprise, une continuation.

Totale, impérieuse et profonde, elle prépare à son tour, dès avant que le XVIIe siècle soit achevé, à peu près tout le XVIIIe siècle. La grande bataille d'idées a lieu avant 1715, et même avant 1700. Les audaces de l'*Aufklärung*[1], de l'époque des Lumières, apparaissent pâles et menues, à côté des audaces agressives du *Tractatus theologico-politicus*[2], à côté des audaces vertigineuses de l'*Éthique*[2]. Ni Voltaire, ni Frédéric II[3], n'ont atteint la frénésie anticléricale, antireligieuse d'un

1. Les *Lumières*, en allemand.
2. Deux œuvres du philosophe hollandais B. Spinoza (1632-1677).
3. Roi de Prusse qui fit venir Voltaire à sa cour.

Toland[4] ; sans Locke[5], d'Alembert[6] n'aurait pas écrit le *Discours préliminaire* de l'*Encyclopédie* ; la mêlée philosophique n'a pas été plus âpre que les querelles dont la Hollande et l'Angleterre ont retenti ; même le primitivisme de Rousseau n'a pas été plus radical que celui d'Adario[7] le sauvage, mis en scène par La Hontan le révolté. De cette période si dense et si chargée qu'elle paraît confuse partent clairement les deux grands fleuves qui traverseront tout le siècle ; l'un, le courant rationaliste ; l'autre, menu dans ses commencements, mais qui plus tard débordera ses rives, le courant sentimental. Et puisqu'il s'est agi, pendant cette même crise, de sortir des domaines réservés aux penseurs pour aller vers la foule, pour l'atteindre et la convaincre ; puisqu'on a touché aux principes des gouvernements et à la notion même du droit ; puisqu'on a proclamé l'égalité et la liberté rationnelles de l'individu ; puisqu'on a parlé hautement des droits de l'homme et du citoyen : reconnaissons encore qu'à peu près toutes les attitudes mentales dont l'ensemble aboutira à la Révolution française ont été prises avant la fin du règne de Louis XIV. Le pacte social, la délégation du pouvoir, le droit de révolte des sujets contre le prince : vieilles histoires, vers 1760 ! il y a trois quarts de siècle, et plus, qu'on les discutait au grand jour.



4. Philosophe irlandais (1670-1722), auteur d'un ouvrage intitulé *Christianisme sans mystère*.

5. Philosophe anglais (1632-1704), auteur de l'*Essai sur l'entendement humain* (1690).

6. Mathématicien (1717-1783) qui fut le maître d'œuvre de l'*Encyclopédie*, avec Diderot (► p. 400).

7. Personnage mis en scène dans *le Dialogue de M. le baron de La Hontan et d'un sauvage de l'Amérique*, œuvre de M. de La Hontan (1666-1715).

Contexte XVIIe s. ► p. 494

## Bilan de lecture

**1.** Concernant le passage du classicisme aux Lumières, quelle est la thèse de Paul Hazard ? À quels endroits du texte apparaît-elle ?

**2.** Comment cette thèse est-elle étayée ?

**3.** Quelles sont les connaissances nécessaires à une telle analyse ? Quelles qualités et quelle méthode exige-t-elle chez un chercheur ?

**4.** Qu'apporte au lecteur moderne un texte comme celui de Paul Hazard ? En quoi éclaire-t-il la notion de « courant littéraire et culturel » ?

## Travail sur un corpus de textes

**5.** « Grand Siècle », « Siècle classique » : le XVIIe siècle est associé traditionnellement à la grandeur, à l'autorité, à la centralisation et à la rigueur. Sur ce thème, vous construirez vous-même un corpus de quatre documents écrits et d'un document iconographique choisis dans les séquences 19 et 20. Vous étudierez en quoi ces caractéristiques se manifestent dans des œuvres littéraires, picturales, architecturales ou encore dans l'art des jardins.

**6.** Composez un corpus de quatre textes dont le dernier sera le texte de Paul Hazard. Faites en sorte que les textes choisis montrent en quoi l'esprit contestataire des Lumières était déjà présent dans certains textes du XVIIe siècle, et faites apparaître cette présence dans les thèmes abordés, les registres choisis et le choix des genres littéraires.

## Lecture de l'image

**7.** Décrivez ce que vous voyez sur le tableau de la page 391 en allant du premier plan à l'arrière-plan. Qu'est-ce qui est mis en relief ? Quelle est l'atmosphère générale de la scène ?

**8.** Quelles informations le tableau donne-t-il sur les relations entre gouvernants et savants au XVIIe siècle ? Que remarquez-vous ici concernant les femmes ?

**9.** Quelles sont les différentes fonctions d'une représentation comme celle-ci ?

**REPÈRES** Le classicisme ► p. 394
La notion de courant culturel ► p. 435
L'essai ► p. 243

# 10 Lire l'image : H. Testelin

**Henri Testelin** (1616-1695), *Colbert présente à Louis XIV les membres de l'Académie Royale des Sciences, créée en 1667* (XVIIe siècle), huile sur toile (carton de tapisserie), 348 x 590 cm (Château de Versailles).

RECHERCHE

### Histoire

**1.** Cherchez qui était Colbert et quel rôle il a joué auprès de Louis XIV.
**2.** Qu'est-ce qu'une *Académie des Sciences* ? Quelles sont ses fonctions ?

### Histoire des arts

**3.** Qu'est-ce qu'un « carton de tapisserie » ? Quelle est son utilité ? Tenez compte des dimensions.

## Lecture de l'image

**4.** Étudiez la composition de ce carton de tapisserie autour des personnages centraux et dites quels en sont les effets. Quels éléments de « mise en scène » contribuent à ces effets ?
**5.** Identifiez les objets et éléments divers renvoyant à l'univers scientifique. Regroupez ainsi autour de l'expression *Académie des Sciences* tout un réseau lexical faisant apparaître les domaines concernés.
**6.** La mise en valeur de cette académie (par le tableau) a une portée symbolique que vous préciserez. Qui est également mis en valeur ? Déduisez de cette double réponse la signification politique de la représentation et son registre, en précisant qui est le personnage essentiel.

## Écriture d'invention

**7.** Dans une lettre adressée à un ami, un contemporain, qui a assisté à la scène, raconte la présentation faite par Colbert. Après avoir décrit le décor et la mise en scène, il insiste sur le développement des sciences et sur l'importance de leurs applications, mettant en valeur les initiatives royales et le travail de Colbert.

REPÈRES La lecture de l'image ▸ p. 489
Le classicisme ▸ p. 394

# Le classicisme

**Le mot classicisme désigne un ensemble de valeurs, une parenté d'inspiration et un idéal esthétique qui caractérisent les œuvres de la seconde moitié du XVIIe siècle, en relation avec le rayonnement de la monarchie absolue. Fondé sur la raison, attaché à la mesure, admirateur de l'Antiquité et soucieux de codes précis, le classicisme s'incarne dans l'honnête homme.**

## Du contexte politique à l'importance des codes

Œuvre de Richelieu, puis de Mazarin et de Louis XIV, la centralisation politique se retrouve dans le domaine culturel et se traduit par l'importance accordée aux académies, aux doctes et aux règles qu'ils édictent. Le roi lui-même joue un rôle essentiel dans l'établissement du goût : par ses choix, comme la construction de Versailles et de ses jardins, par ses commandes et par la protection qu'il accorde à certains artistes, il impose à la cour ses manières de penser et de juger. Tandis que des grammairiens comme Vaugelas fixent la langue, les dramaturges veillent au respect de règles précises héritées des Anciens (les **trois unités** ou la bienséance), règles et codes que Boileau consigne ensuite dans son *Art poétique* (▸ p. 368), en insistant sur leur naturel et leur bon sens.

■ **Ex :** Corneille s'intéresse à la structure de la tragédie (▸ p. 360), Molière défend le caractère régulier (conforme aux règles) de sa comédie *L'École des femmes* (▸ p. 378) , Racine s'inquiète de ce qui peut « contenter des juges si difficiles » (▸ p. 366), désignent ainsi les critiques qui se sont élevés contre *Britannicus*.

## Le respect de l'Antiquité

Parmi les règles à suivre, figure l'imitation des Anciens, parce que les œuvres antiques sont considérées comme la perfection. Les références à l'Antiquité et à la mythologie gréco-latines sont très nombreuses, dans tous les arts : littérature, peinture, architecture, statuaire. Ce n'est pas là le signe d'un manque d'inspiration, ni d'une incapacité de créer, mais celui d'un respect et d'une profonde admiration. Cette fidélité aux Anciens, dans laquelle certains voient cependant un frein au progrès, est à l'origine de la **querelle des Anciens et des Modernes** (▸ p. 395).

■ **Ex :** La Fontaine imite Ésope (▸ p. 372), Molière s'inspire de Plaute, Racine d'Euripide, La Bruyère (▸ p. 370) s'inspire des *Caractères* de Théophraste et personne n'y trouve à redire.

## La raison et la mesure

L'idéal classique repose sur la **raison**, qui permet de poser une méthode de pensée (▸ p. 358). Dans les *Pensées* (▸ p. 365), Pascal condamne l'imagination, considérée comme une puissance trompeuse, et Molière dénonce dans tout son théâtre les excès de la passion et de la démesure : ses véritables porte-paroles sont des héros mesurés dans leurs propos et dans leurs ambitions. La littérature classique, très attachée à l'image de l'homme, est indissociable d'une **morale**. C'est aussi la raison et le bon sens qui poussent au respect de la vraisemblance par opposition à l'extraordinaire et au surnaturel. Le souci de la morale appliquée à la vie sociale apparaît chez de nombreux écrivains, en particulier chez La Rochefoucauld, La Bruyère et La Fontaine.

■ **Ex :** Face au misanthrope Alceste, qui déteste le genre humain, Molière place Philinte, l'homme de bien (▸ p. 361), tout comme il oppose la sagesse de Cléante à l'hypocrisie de Tartuffe (▸ p. 363).

## Un honnête homme universel

Les œuvres littéraires de l'époque classique ont en commun de faire se dégager un idéal humain qui prolonge celui de l'humaniste. **L'honnête homme**, qui préfigure le philosophe des Lumières, assurant ainsi une continuité exemplaire, est un homme sociable, cultivé, rigoureux dans sa manière de penser, mesuré dans ses actes comme dans ses propos, non dominé par l'amour propre, et ouvert à la nouveauté. Au-delà des individus, souvent associés à des types, le classicisme, qui repose sur la tradition et sur le maintien d'un ordre, fait émerger l'image d'un homme éternel, attaché à des valeurs permanentes.

Il apparaît cependant – notamment par la remise en question des Anciens dans la querelle qui bouleverse la fin du siècle (▸ p. 395) – qu'un esprit nouveau se fait jour et que la notion de **progrès** commence à s'opposer à la tradition et à l'ordre établi.

■ **Ex :** Fénelon ne craint ni de critiquer le régime (▸ p. 387), ni de brocarder la société française (▸ p. 389) ; Bayle et Fontenelle s'en prennent aux superstitions (▸ p. 380 et 382) et prônent l'esprit d'examen, Saint-Évremond et Perrault (▸ p. 381 et 384) pensent que les arts peuvent progresser et que l'Antiquité ne détient pas tous les secrets du beau. L'esprit des Lumières est déjà présent, comme le remarque l'historien Paul Hazard (▸ p. 391).

REPÈRES La notion de courant culturel ▸ p. 435

# La querelle des Anciens et des Modernes

**Les vingt dernières années du XVII^e siècle sont marquées par un débat concernant l'imitation de l'Antiquité. Aux artistes qui reconnaissent aux œuvres antiques une perfection vers laquelle il faut tendre, s'opposent ceux qui pensent possible un progrès dans le domaine des arts. Le conflit, qui oppose deux conceptions esthétiques, se poursuit au début du XVIII^e siècle. C'est la querelle des Anciens et des Modernes.**

## Les étapes et les protagonistes

La querelle comporte plusieurs phases, ponctuées par la publication de textes théoriques, d'œuvres qui se répondent, de libelles, et par l'intervention de conciliateurs. Elle est déjà implicitement présente au théâtre, à travers ce qui oppose certains dramaturges sur la question de la régularité ou de l'irrégularité des pièces tragiques, notamment la tragi-comédie de Corneille, *Le Cid*. Mais elle se manifeste surtout à travers un débat qui porte sur le merveilleux chrétien opposé à celui de la mythologie gréco-latine. Sur cette question, Boileau soutient la primauté de l'Antiquité gréco-latine et se place résolument du côté des Anciens. Il s'oppose ainsi à Perrault, partisan du progrès et de l'esprit moderne. Parallèlement s'élève une question sur la nécessité des inscriptions latines sur les monuments : la valeur du français, langue nationale est en cause ici, face au latin, considéré comme la langue de la culture.

■ **Ex :** Perrault prend position dans *Le Siècle de Louis le Grand* (1687), opposant les créations du « Grand siècle » à celles du siècle d'Auguste (1^er siècle ap. J.-C.). Dans le *Parallèle des Anciens et des Modernes*, en 1688 (▸ p. 384), il montre par exemple que le peintre Le Brun a sur Raphaël la supériorité d'une connaissance plus grande des *secrets* de la peinture. Il pose ainsi le principe d'une possible évolution de l'art.

Outre Boileau, le camp des Anciens comporte La Fontaine, qui prend position dans *L'Épître à Huet* (1687), ainsi que Bossuet et La Bruyère. Le clan des Modernes, qui s'exprime dans la revue *Le Mercure galant*, regroupe Perrault, Fontenelle, Saint-Évremond, Bayle. La querelle va jusqu'à diviser l'Académie, qui est une référence en matière de goût et de définition du beau : en 1691, l'élection de Fontenelle consolide la position des Modernes, ce qui est contrebalancé par l'élection de La Bruyère en 1693. Le conflit déborde sur le XVIII^e siècle, avec l'adaptation / traduction en vers de l'*Iliade* par Houdar de la Motte, lui-même partisan des Modernes. Enfin, Fénelon joue les médiateurs dans la *Lettre à l'Académie*, en 1714 (▸ p. 389) en développant des idées qui ressemblent beaucoup à celles de Perrault.

■ **Ex :** À travers un apologue illustratif, Fénelon expose la valeur des Anciens sans refuser de reconnaître celle des Modernes, qui possèdent de l'*élégance* et des *tours ingénieux*. il ménage ainsi les deux camps.

## Les thèses en présence

Tournant autour de la valeur de l'Antiquité, de ses œuvres et de ses artistes, la querelle oppose deux thèses en apparence peu conciliables. Les Anciens considèrent que les artistes de l'Antiquité constituent des **modèles** parce qu'ils ont tout inventé, et que leurs productions ont pour beaucoup d'entre elles échappé au temps, faisant la preuve de leur valeur et de leur intemporalité. La notion de **permanence** est essentielle ; elle rejoint celle d'universalité qui caractérise le classicisme (▸ p. 394). Les œuvres antiques sont à imiter parce que leur reconnaissance – et donc leur valeur – n'est pas liée à une période historique, et qu'elles ne sont pas définies par une mode. La théorie des Anciens revient ainsi à nier le progrès puisque la perfection a été atteinte, reconnue et que « tout est dit » (La Bruyère).

■ **Ex :** La Fontaine écrit, dans l'*Épître à Huet* (v. 19-20) :
« Et, faute d'admirer les Romains et les Grecs,
On s'égare en voulant tenir d'autres chemins. »

Les Modernes, eux, se disent guidés par la **raison**, et par un esprit critique qui se veut scientifique et progressiste : ils récusent, en art comme dans d'autres domaines, les erreurs et les approximations des prédécesseurs. Pour eux, le temps qui passe apporte des découvertes, des connaissances nouvelles et des savoir-faire que l'on retrouve dans le domaine esthétique. Il n'y a donc pas de raison de croire que la perfection a été atteinte par les hommes de l'Antiquité et que rien ne peut plus être amélioré.

■ **Ex :** C'est ce que traduit Perrault dans *Le Siècle de Louis le Grand* lorsqu'il écrit :
« La belle Antiquité fut toujours vénérable,
Mais je ne crus jamais qu'elle fût adorable. »

Les enjeux de la querelle dépassent les questions esthétiques pour toucher à la vie sociale et à la politique car c'est la tradition qui se trouve remise en cause : l'**esprit moderne** est déjà celui des Lumières, qui s'oppose au respect inconditionnel des créations du passé.

REPÈRES Le classicisme ▸ p. 394

Séquence 21

# Lumières et contestation

## 1 Montesquieu, *Lettres persanes* (1721)

*Roman épistolaire, les* Lettres persanes *rassemblent la correspondance fictive échangée entre des voyageurs persans qui découvrent la France et des amis restés en Perse. Dans la lettre XXIV, écrite par Rica à Ibben, il est question du roi et du pape.*

RICA À IBBEN
*À Smyrne*

[…] Le roi de France[1] est le plus puissant prince de l'Europe. Il n'a point de mines d'or comme le roi d'Espagne, son voisin ; mais il a plus de richesses que lui, parce qu'il les tire de la vanité de ses sujets, plus inépuisable que les mines. On lui a vu entreprendre ou soutenir de grandes guerres, n'ayant d'autres fonds que des titres d'honneur à vendre[2], et, par un prodige de l'orgueil humain, ses troupes se trouvaient payées, ses places munies, et ses flottes, équipées.

D'ailleurs ce roi est un grand magicien : il exerce son empire sur l'esprit même de ses sujets ; il les fait penser comme il veut. S'il n'a qu'un million d'écus dans son trésor, et qu'il en ait besoin de deux, il n'a qu'à leur persuader qu'un écu en vaut deux[3], et ils le croient. S'il a une guerre difficile à soutenir, et qu'il n'ait point d'argent, il n'a qu'à leur mettre dans la tête qu'un morceau de papier[4] est de l'argent, et ils en sont aussitôt convaincus. Il va même jusqu'à leur faire croire qu'il les guérit de toutes sortes de maux en les touchant, tant est grande la force et la puissance qu'il a sur les esprits[5].

Ce que je te dis de ce prince ne doit pas t'étonner : il y a un autre magicien, plus fort que lui, qui n'est pas moins maître de son esprit qu'il l'est lui-même de celui des autres. Ce magicien s'appelle *le Pape*. Tantôt il lui fait croire que trois ne sont qu'un[6], que le pain qu'on mange n'est pas du pain, ou que le vin qu'on boit n'est pas du vin[7], et mille autres choses de cette espèce.

Et pour le tenir toujours en haleine et ne point lui laisser perdre l'habitude de croire, il lui donne de temps en temps, pour l'exercer, de certains articles de croyance. Il y a deux ans qu'il lui envoya un grand écrit, qu'il appela *Constitution*[8],

1. Il s'agit de Louis XIV.
2. Allusion à la pratique de la vénalité des charges, qui permet d'acheter un titre.
3. Le roi avait le pouvoir de dévaluer la monnaie.
4. Le premier papier monnaie fut créé en 1701.
5. Selon la croyance populaire, le roi pouvait guérir par simple imposition des mains.
6. Allusion au dogme de la Sainte Trinité.
7. Allusion au dogme de l'Eucharistie selon lequel le vin et le pain représentent le sang du Christ et son corps.
8. La bulle *Unigenitus*, qui, en 1713, condamnait le jansénisme (▶ p. 498).
9. Indication de la date dans le calendrier persan et dans le calendrier chrétien.

Atelier de **Jean Mozin**, suite de l'Histoire du Roi, 7e pièce, *Audience accordée par le Roi au Cardinal Chigi, légat du pape, à Fontainebleau le 29 juillet 1664* (vers 1665-1680), d'après le carton de Saint André, tapisserie, 386 x 587 cm (Château de Versailles).

Contexte XVIIIe s. ▶ p. 498
Notice biographique ▶ p. 516
SUJET DE BAC 18 ▶ p. 408

et voulut obliger, sous de grandes peines, ce prince et ses sujets de croire tout ce qui y était contenu. Il réussit à l'égard du prince, qui se soumit aussitôt et donna l'exemple à ses sujets. Mais quelques-uns d'entre eux se révoltèrent et dirent qu'ils ne voulaient rien croire de tout ce qui était dans cet écrit [...].

*De Paris, le 4 de la lune de Rebiab 2, 1712*[9].

Lettre XXIV (extrait).

RECHERCHE

### Histoire des arts

**1.** Citez des domaines artistiques dans lesquels s'illustre le goût de l'Europe du début du XVIIIe siècle pour tout ce qui est oriental.

### Histoire littéraire

**2.** Cherchez le nom d'ouvrages relatifs à l'Orient dont Montesquieu a pu s'inspirer pour composer les *Lettres persanes*.

## Lecture analytique

**3.** Retrouvez dans le texte les indices de l'écriture épistolaire. Quelles formulations laissent penser que celui qui écrit est étranger ? Que favorise ce choix ?

**4.** À travers l'évocation du roi, quelles sont les critiques énoncées ?

**5.** Sur quoi portent les critiques qui visent le pape ? Qu'y a-t-il de commun aux deux séries de critiques ?

**6.** Récapitulez les différents procédés d'écriture qui confèrent une grande efficacité à la dénonciation. De certains de ces procédés, déduisez le registre de la lettre : que provoque-t-il chez le lecteur ?

## Question d'oral

**7.** Étudiez le texte en expliquant comment le point de vue étranger facilite la critique et contribue à son efficacité.

REPÈRES
L'esprit des Lumières ▶ p. 434
La notion de courant culturel ▶ p. 435
L'ironie ▶ p. 415

**Jean-Antoine Watteau** (1684-1721), *L'Enseigne de Gersaint* (1720), huile sur toile découpée au milieu, 166 x 306 cm (Château de Charlottenburg, Berlin).

## 2 Voltaire, *Lettres philosophiques* (1734)

*Exilé en Angleterre pendant deux ans à la suite d'une dispute avec le chevalier de Rohan, Voltaire analyse le gouvernement et les institutions de ce pays, ce qui lui permet d'établir un parallèle critique avec ce qui existe en France.*

Le commerce, qui a enrichi les citoyens en Angleterre, a contribué à les rendre libres, et cette liberté a étendu le commerce à son tour ; de là s'est formée la grandeur de l'État ; c'est le commerce qui a établi peu à peu les forces navales, par qui les Anglais sont les maîtres des mers. Ils ont à présent près de deux cents vaisseaux de guerre ; la postérité apprendra peut-être avec surprise qu'une petite île, qui n'a de soi-même qu'un peu de plomb, de l'étain, de la terre à foulon[1], et de la laine grossière, est devenue par son commerce assez puissante pour envoyer en 1723 trois flottes à la fois en trois extrémités du monde, l'une devant Gibraltar conquise et conservée par ses armes, l'autre à Porto-Bello[2] pour ôter au roi d'Espagne la jouissance des trésors des Indes[3], et la troisième dans la mer Baltique pour empêcher les puissances du Nord de se battre.

Quand Louis XIV faisait trembler l'Italie, et que ses armées déjà maîtresses de la Savoie et du Piémont étaient prêtes de prendre Turin, il fallut que le prince Eugène[4] marchât du fond de l'Allemagne au secours du duc de Savoie ; il n'avait point d'argent, sans quoi on ne prend ni ne défend les villes ; il eut recours à des marchands anglais ; en une demi-heure de temps, on lui prêta cinquante millions, avec cela il délivra Turin, battit les Français, et écrivit à ceux qui avaient

1. Argile servant dans la fabrication de certains tissus.

2. Port d'Amérique centrale.

3. Les Indes désignent le Nouveau Monde découvert par les conquistadores.

4. Prince français passé au service de l'Autriche.

prêté cette somme ce petit billet : « Messieurs, j'ai reçu votre argent et je me flatte de l'avoir employé à votre satisfaction. »

Tout cela donne un juste orgueil à un marchand anglais, et fait qu'il ose se comparer, non sans quelque raison, à un citoyen romain. Aussi le cadet d'un pair du royaume ne dédaigne point le négoce : milord Townshend, ministre d'État, a un frère qui se contente d'être marchand dans la Cité. Dans le temps que milord Oxford gouvernait l'Angleterre, son cadet était facteur[5] à Alep[6], d'où il ne voulut pas revenir, et où il est mort.

Cette coutume, qui pourtant commence trop à se passer, paraît monstrueuse à des Allemands entêtés de leurs quartiers[7] ; ils ne sauraient concevoir que le fils d'un pair d'Angleterre ne soit qu'un riche et puissant bourgeois, au lieu qu'en Allemagne tout est prince ; on a vu jusqu'à trente altesses du même nom, n'ayant pour tout bien que des armoiries et de l'orgueil.

En France est marquis qui veut, et quiconque arrive à Paris du fond d'une province avec de l'argent à dépenser et un nom en *ac* ou en *ille*, peut dire « un homme comme moi, un homme de ma qualité », et mépriser souverainement un négociant ; le négociant entend lui-même parler si souvent avec dédain de sa profession qu'il est assez sot pour en rougir ; je ne sais pourtant lequel est le plus utile à l'État, ou un seigneur bien poudré qui sait précisément à quelle heure le roi se lève, à quelle heure il se couche, et qui se donne des airs de grandeur en jouant le rôle d'esclave dans l'antichambre d'un ministre, ou un négociant qui enrichit son pays, donne de son cabinet des ordres à Surate[8] et au Caire, et contribue au bonheur du monde.

Lettre X, « Sur le commerce » (intégrale).

5. Directeur d'une factorerie, ou magasin.

6. Ville de Syrie.

7. Quartiers de noblesse prouvant l'ancienneté de leur titre.

8. Port des Indes.

Contexte XVIIIe s. ▸ p. 498
Notice biographique ▸ p. 519
Du même auteur ▸ p. 260, p. 263, p. 267, p. 270, p. 272, p. 409, p. 411

RECHERCHE

### Histoire littéraire

**1.** Cherchez dans quelles circonstances précises Voltaire a été exilé en Angleterre. Trouvez d'autres exemples de sanctions prises, au XVIIIe siècle, à l'encontre d'auteurs ou d'œuvres par le pouvoir politique. Donnez les raisons de ces sanctions.

## Lecture analytique

**2.** La thèse soutenue par Voltaire repose sur la relation logique qu'il établit entre trois notions. Retrouvez ces notions au début du texte et explicitez la relation établie par celui qui parle.

**3.** Par rapport à cette thèse, quel rôle jouent la fin du premier paragraphe ainsi que les paragraphes 2 et 3 ? Étudiez, pour répondre à cette question, les références historiques, la forme de discours utilisée, la récurrence de la notion d'argent. Qu'y a-t-il de commun aux trois situations évoquées ?

**4.** Quel est le thème de chacun des deux derniers paragraphes du texte ? Trouvez les relations qui les rattachent aux paragraphes consacrés à l'Angleterre à partir d'un lexique commun et dites quel rôle jouent ces deux paragraphes dans l'ensemble de l'argumentation.

## Question d'oral

**5.** Étudiez le texte en analysant la force critique de ce qui est d'abord un exposé historique.

## Lecture de l'image

**6.** Donnez le sens du titre du tableau (▸ p. 398), dites ce qu'il représente et précisez les relations qu'il entretient avec la notion de commerce.

**7.** Étudiez la composition de l'ensemble : regroupement des personnages, effets de symétrie, division en deux parties...

**8.** Quelles informations d'ordre historique, économique, social et pictural apporte un tel tableau ?

REPÈRES L'esprit des Lumières ▸ p. 434
La notion de courant culturel ▸ p. 435

# 3 Encyclopédie
(1751-1772)

*L'ambition de l'*Encyclopédie, *ou* Dictionnaire raisonné des arts, des sciences et des métiers, *entreprise éditoriale gigantesque menée par d'Alembert et Diderot, est de faire le tour des connaissances du* XVIII*e siècle. Mais cette œuvre didactique se donne aussi pour mission de contester les institutions et de faire réfléchir ses lecteurs sur les inégalités et les injustices.*

Atelier de **Louis-Michel Van Loo** (1707-1771), *Portrait de Louis XV, roi de France (1710-1774)*, huile sur toile, 227 x 184 cm (Château de Versailles).

### Texte 1

## Denis Diderot, article « Autorité » (extrait)

*Auteur de l'article « Autorité », Diderot aborde dans la partie consacrée à « l'autorité politique », une réflexion sur les fondements de la monarchie absolue. En voici un extrait.*

[...] Aucun homme n'a reçu de la nature le droit de commander aux autres. La liberté est un présent du Ciel, et chaque individu de la même espèce a le droit d'en jouir aussitôt qu'il jouit de la raison. Si la nature a établi quelque *autorité*, c'est la puissance paternelle : mais la puissance paternelle a ses bornes ; et dans l'état de nature, elle finirait aussitôt que les enfants seraient en état de se conduire. Toute autre *autorité* vient d'une autre origine que la nature. Qu'on examine bien et on la fera toujours remonter à l'une de ces deux sources : ou la force et la violence de celui qui s'en est emparé ; ou le consentement de ceux qui s'y sont soumis par un contrat fait ou supposé entre eux et celui à qui ils ont déféré l'*autorité*.

La puissance qui s'acquiert par la violence n'est qu'une usurpation et ne dure qu'autant que la force de celui qui commande l'emporte sur celle de ceux qui obéissent ; en sorte que, si ces derniers deviennent à leur tour les plus forts, et qu'ils secouent le joug, ils le font avec autant de droit et de justice que l'autre qui le leur avait imposé. La même loi qui a fait l'*autorité* la défait alors : c'est la loi du plus fort.

Quelquefois l'*autorité* qui s'établit par la violence change de nature ; c'est lorsqu'elle continue et se maintient du consentement exprès de ceux qu'on a soumis : mais elle rentre par là dans la seconde espèce dont je vais parler et celui qui se l'était arrogée devenant alors prince cesse d'être tyran.

La puissance, qui vient du consentement des peuples, suppose nécessairement des conditions qui en rendent l'usage légitime, utile à la société, avantageux à la république[1], et qui la fixent et la restreignent entre des limites ; car l'homme ne doit ni ne peut se donner entièrement et sans réserve à un autre homme, parce qu'il a un maître supérieur au-dessus de tout, à qui seul il appartient tout entier. C'est Dieu, dont le pouvoir est toujours immédiat sur la créature, maître aussi jaloux qu'absolu, qui ne perd jamais de ses droits et ne les communique point. Il permet pour le bien commun et pour le maintien de la société que les hommes établissent entre eux un ordre de subordination, qu'ils obéissent à l'un d'eux ; mais il veut que ce soit par raison et avec mesure, et non pas aveuglément et sans réserve, afin que la créature ne s'arroge pas les droits du Créateur. Toute autre soumission est le véritable crime de l'idolâtrie. Fléchir le genou devant un homme ou devant une image n'est qu'une cérémonie extérieure, dont le vrai Dieu qui demande le cœur et l'esprit ne se soucie guère et qu'il abandonne à l'institution des hommes pour en faire, comme il leur conviendra, des marques d'un culte civil et politique, ou d'un culte de religion. Ainsi ce ne sont point ces cérémonies en elles-mêmes, mais l'esprit de leur établissement, qui en rend la pratique innocente ou criminelle. Un Anglais n'a point de scrupule à servir le roi le genou en terre ; le cérémonial ne signifie que ce qu'on a voulu qu'il signifiât ; mais livrer son cœur, son esprit et sa conduite sans aucune réserve à la volonté et au caprice d'une pure créature, en faire l'unique et le dernier motif de ses actions, c'est assurément un crime de lèse-majesté divine au premier chef.

1. L'État.

Contexte XVIII^e s. ▸ p. 498
Notice biographique ▸ p. 512
Du même auteur ▸ p. 46, p. 152, p. 153, p. 232, p. 285, p. 416, p. 418
SUJET DE BAC 18 ▸ p. 408

RECHERCHE

### Les mots et leur usage

**1.** Quelle est l'étymologie du mot *encyclopédie* ? Cherchez des exemples d'encyclopédies modernes et faites apparaître la diversité des supports actuels.

### Histoire

**2.** Définissez précisément le régime de la monarchie absolue. Quels sont les pouvoirs détenus par le monarque ? Quel est son rôle en matière de religion ?

**3.** Qu'est-ce qu'une monarchie parlementaire ? Quel pays voisin de la France – dont les institutions étaient admirées par les philosophes – connaissait déjà ce régime en 1750 ?

## Lecture analytique

**4.** Étudiez la structure et le contenu du premier paragraphe autour de la relation entre les notions d'autorité (ou de puissance) et de nature. Comment le texte est-il construit ensuite, à partir de cette double annonce ? Quelle est la fonction du troisième paragraphe ?

**5.** Étudiez le lexique utilisé dans le deuxième paragraphe. En quoi le contenu de ce paragraphe peut-il être considéré comme dangereux ? Que semble-t-il légitimer, selon l'auteur de l'article ?

**6.** Retrouvez dans le quatrième paragraphe, après avoir précisé quelle est la puissance étudiée, toutes les conditions et les limites qui, selon Diderot, en permettent l'existence. Quelle est l'importance ici des références à Dieu ?

**7.** À l'époque où il a été publié, cet article pouvait être considéré comme très audacieux et très dangereux : pourquoi ?

## Question d'oral

**8.** Étudiez le texte en montrant la rigueur de sa structure et le caractère audacieux de son analyse de l'autorité politique.

REPÈRES L'*Encyclopédie* ▸ p. 414
La notion de courant culturel ▸ p. 435

Texte 2

## Étienne-Noël Damilaville, article « Paix » (extrait)

*Sous le prétexte de parler de la « paix », l'auteur de l'article dénonce la guerre, avec ses effets destructeurs et ses causes politiques liées aux ambitions de ceux qui gouvernent.*

**Jean-Antoine Watteau** (1684-1721), *Étude de soldat portant un fusil* (XVIIIe siècle), détail, sanguine (Musée du Louvre, Paris).

[…] La guerre est un fruit de la dépravation des hommes ; c'est une maladie convulsive et violente du corps politique ; il n'est en santé, c'est-à-dire dans son état naturel, que lorsqu'il jouit de la *paix* ; c'est elle qui donne de la vigueur aux empires ; elle maintient l'ordre parmi les citoyens ; elle laisse aux lois la force qui leur est nécessaire ; elle favorise la population[1], l'agriculture et le commerce ; en un mot, elle procure au peuple le bonheur qui est le but de toute société. La guerre, au contraire, dépeuple les États ; elle y fait régner le désordre ; les lois sont forcées de se taire à la vue de la licence[2] qu'elle introduit ; elle rend incertaines la liberté et la propriété des citoyens ; elle trouble et fait négliger le commerce ; les terres deviennent incultes et abandonnées. Jamais les triomphes les plus éclatants ne peuvent dédommager une nation de la perte d'une multitude de ses membres que la guerre sacrifie ; ses victoires même lui font des plaies profondes que la *paix* seule peut guérir.

Si la raison gouvernait les hommes, si elle avait sur les chefs des nations l'empire[3] qui lui est dû, on ne les verrait point se livrer inconsidérément aux fureurs de la guerre ; ils ne marqueraient point cet acharnement qui caractérise les bêtes féroces. Attentifs à conserver une tranquillité de qui dépend leur bonheur, ils ne saisiraient point toutes les occasions de troubler celle des autres ; satisfaits des biens que la nature a distribués à tous ses enfants, ils ne regarderaient point avec envie ceux qu'elle a accordés à d'autres peuples ; les souverains sentiraient que des conquêtes payées du sang de leurs sujets ne valent jamais le prix qu'elles ont coûté. Mais, par une fatalité déplorable, les nations vivent entre elles dans une défiance réciproque perpétuellement occupées à repousser les entreprises injustes des autres ou à en former elles-mêmes, les prétextes les plus frivoles leur mettent les armes à la main. Et l'on croirait qu'elles ont une volonté permanente de se priver des avantages que la Providence ou l'industrie[4] leur ont procurés. Les passions aveugles des princes les portent à étendre les bornes de leurs États ; peu occupés du bien de leurs sujets, ils ne cherchent qu'à grossir le nombre des hommes qu'ils rendent malheureux. Ces passions, allumées ou entretenues par des ministres ambitieux ou par des guerriers dont la profession est incompatible avec le repos, ont eu, dans tous les âges, les effets les plus funestes pour l'humanité. L'histoire ne nous fournit que des exemples de *paix* violées, de guerres injustes et cruelles, de champs dévastés, de villes réduites en cendres. L'épuisement seul semble forcer les princes à la *paix* ; ils s'aperçoivent toujours trop tard que le sang du citoyen s'est mêlé à celui de l'ennemi ; ce carnage inutile n'a servi qu'à cimenter l'édifice chimérique de la gloire du conquérant et de ses guerriers turbulents ; le bonheur de ses peuples est la première victime qui est immolée à son caprice ou aux vues intéressées de ses courtisans.

1. La croissance démographique.
2. Non respect des règlements sociaux et moraux.
3. L'autorité.
4. Le travail.

Contexte XVIIIe s. ► p. 498
Notice biographique ► p. 512

**Jean-Antoine Watteau** (1684-1721), *Les Amusements champêtres* (XVIIIe siècle), peinture (collection privée).

## Lecture analytique

**1.** Quelle distorsion peut-on observer entre le titre de l'article et le contenu de l'extrait ? Comment cette distorsion peut-elle s'expliquer ?
**2.** Comment est structuré le premier paragraphe à partir de la métaphore initiale ? Faites apparaître les différentes oppositions.
**3.** Étudiez l'hypothèse qui ouvre le second paragraphe. Sur quoi et sur qui porte-t-elle ? À partir de quel mot est-elle démentie ?
**4.** En prenant appui sur le lexique, sur les connotations et sur les figures de rhétorique, établissez la liste des causes et celle des effets des guerres.
**5.** D'où vient la force critique de l'extrait ?

## Question d'oral

**6.** Étudiez le texte en montrant comment se fait la dénonciation de la guerre.

## Commentaire

**7.** Commentez les lignes 15 à 39 du texte de Damilaville en vous aidant des axes suivants :
– une structure qui passe de l'hypothèse à la réalité ;
– les raisons des guerres ;
– un texte violemment dénonciateur.

## Lecture de l'image

**8.** Décrivez ce que vous voyez sur le tableau ci-dessus et donnez les grandes lignes de sa composition en repérant les effets de contraste.
**9.** Que suggèrent les personnages, leurs attitudes, leur présence dans la nature, les caractéristiques de cette nature ?
**10.** Comment le tableau se rattache-t-il au texte de Damilaville ?

**REPÈRES** L'*Encyclopédie* ► p. 414
L'esprit des Lumières ► p. 434
La notion de courant culturel ► p. 435

Texte 3

## César Dumarsais, article « Philosophe » (extrait)

*Texte important de l'*Encyclopédie *et de l'époque des Lumières, l'article* « Philosophe » *est l'occasion de définir un idéal humain qui prolonge celui de « l'honnête homme »* (▸ *p. 394)* *et de préciser les ambitions d'une démarche mêlant la réflexion raisonnée à la connaissance des réalités sociales et historiques.*

[...] Les autres hommes sont déterminés à agir sans sentir, ni connaître les causes qui les font mouvoir, sans même songer qu'il y en ait. Le *philosophe* au contraire démêle les causes autant qu'il est en lui, et souvent même les prévient, et se livre à elles avec connaissance : c'est une horloge qui se monte, pour ainsi dire, quelquefois elle-même. Ainsi il évite les objets qui peuvent lui causer des sentiments qui ne conviennent ni au bien-être, ni à l'être raisonnable, et cherche ceux qui peuvent exciter en lui des affections convenables à l'état où il se trouve. La raison est à l'égard du *philosophe* ce que la grâce est à l'égard du chrétien. La grâce[1] détermine le chrétien à agir ; la raison détermine le *philosophe.*

Les autres hommes sont emportés par leurs passions, sans que les actions qu'ils font soient précédées de la réflexion : ce sont des hommes qui marchent dans les ténèbres ; au lieu que le *philosophe*, dans ses passions mêmes, n'agit qu'après la réflexion ; il marche la nuit, mais il est précédé d'un flambeau.

La vérité n'est pas pour le *philosophe* une maîtresse qui corrompe son imagination, et qu'il croie trouver partout ; il se contente de la pouvoir démêler où il peut l'apercevoir. Il ne la confond point avec la vraisemblance ; il prend pour vrai ce qui est vrai, pour faux ce qui est faux, pour douteux ce qui est douteux, et pour vraisemblance ce qui n'est que vraisemblance. Il fait plus, et c'est ici une grande perfection du *philosophe*, c'est que lorsqu'il n'a point de motif pour juger, il sait demeurer indéterminé.

Le monde est plein de personnes d'esprit et de beaucoup d'esprit, qui jugent toujours ; toujours ils devinent, car c'est deviner que de juger sans sentir quand on a le motif propre du jugement. Ils ignorent la portée de l'esprit humain ; ils croient qu'il peut tout connaître : ainsi ils trouvent de la honte à ne point prononcer de jugement et s'imaginent que l'esprit consiste à juger. Le *philosophe* croit qu'il consiste à bien juger. Le *philosophe* n'est pas tellement attaché à un système qu'il ne sente toute la force des objections. La plupart des hommes sont si fort livrés à leurs opinions qu'ils ne prennent pas seulement la peine de pénétrer celles des autres. Le *philosophe* comprend le sentiment qu'il rejette, avec la même étendue et la même netteté qu'il entend celui qu'il adopte.

L'esprit philosophique est donc un esprit d'observation et de justesse, qui rapporte tout à ses véritables principes, mais ce n'est pas l'esprit seul que le *philosophe* cultive, il porte plus loin son attention et ses soins.

L'homme n'est point un monstre qui ne doive vivre que dans les abîmes de la mer ou au fond d'une forêt ; les seules nécessités de la vie lui rendent le commerce[2] des autres nécessaire ; et dans quelque état où il se puisse trouver, ses besoins et le bien-être l'engagent à vivre en société. Ainsi, la raison exige de lui qu'il étudie, et qu'il travaille à acquérir les qualités sociables. Notre *philosophe*

1. Don surnaturel accordé par Dieu à l'homme en vue de son salut.

2. La fréquentation des autres hommes.

**Jean Huber** (1721-1786), *Les Philosophes au souper* (vers 1750), gravure (collection privée). Sont représentés, entre autres : Voltaire (le bras levé), Diderot, D'Alembert, Condorcet.

ne se croit pas en exil dans ce monde ; il ne croit point être en pays ennemi ; il veut jouir en sage économe[3] des biens que la nature lui offre ; il veut trouver du plaisir avec les autres ; et pour en trouver, il en faut faire. Ainsi il cherche à convenir à ceux avec qui le hasard ou son choix le font vivre ; et il trouve en même temps ce qui lui convient ; c'est un honnête homme qui veut plaire et se rendre utile.

3. Gestionnaire.

Contexte XVIII^e s. ▸ p. 498
Notice biographique ▸ p. 512

## RECHERCHE

### Les mots et leur usage

**1.** Recherchez l'étymologie du mot *philosophe* ainsi que le sens le plus fréquent du terme. Citez le nom de quelques philosophes de l'Antiquité dont les noms sont apparus dans des textes littéraires que vous avez étudiés.

### Histoire littéraire

**2.** Qu'est-ce qu'un *honnête homme* (l. 44) au XVII^e siècle ? Vous pouvez vous référer à la page 394 pour répondre, ainsi qu'aux textes des séquences 19 et 20 (▸ p. 358 à 392).

## Bilan de lecture

**3.** Comment celui qui parle met-il en relief les différences entre le philosophe et les autres hommes ? Quels termes suggèrent cependant que le philosophe n'est pas isolé ?

**4.** Récapitulez les différents domaines dans lesquels s'exercent l'activité du philosophe et la démarche philosophique.

**5.** Reformulez les différentes démarches qui définissent l'esprit philosophique. À partir de l'observation de certains termes, dites ce qui caractérise ces démarches et leur aboutissement : quelles sont les principales qualités du philosophe ?

**6.** Quelle est, à partir de cet extrait, la « mission » du philosophe ?

## Dissertation

**7.** Pour Dumarsais, le philosophe est *un honnête homme qui veut plaire et se rendre utile* (l. 44-45). Vous montrerez en quoi les philosophes des Lumières correspondent à la définition de l'*Encyclopédie*.

REPÈRES
L'*Encyclopédie* ▸ p. 414
L'esprit des Lumières ▸ p. 434
La notion de courant culturel ▸ p. 435

Texte 4

## Anonyme, article « Réfugiés » (intégral)

« Réfugiés » (*Hist. mod. polit.*[1]). C'est ainsi que l'on nomme les protestants français que la révocation de l'édit de Nantes a forcés de sortir de France, et de chercher un asile dans les pays étrangers, afin de se soustraire aux persécutions qu'un zèle[2] aveugle et inconsidéré leur faisait éprouver dans leur patrie. Depuis ce temps, la France s'est vue privée d'un grand nombre de citoyens qui ont porté à ses ennemis des arts, des talents et des ressources dont ils ont souvent usé contre elle. Il n'est point de bon Français qui ne gémisse depuis longtemps de la plaie profonde causée au royaume par la perte de tant de sujets utiles. Cependant, à la honte de notre siècle, il s'est trouvé de nos jours des hommes assez aveugles ou assez impudents pour justifier aux yeux de la politique et de la raison la plus funeste démarche qu'ait jamais pu entreprendre le conseil d'un souverain. Louis XIV, en persécutant les protestants, a privé son royaume de près d'un million d'hommes industrieux[3] qu'il a sacrifiés aux vues intéressées et ambitieuses de quelques mauvais citoyens[4] qui sont les ennemis de toute liberté de penser, parce qu'ils ne peuvent régner qu'à l'ombre de l'ignorance. L'esprit persécuteur devrait être réprimé par tout gouvernement éclairé : si l'on punissait les perturbateurs qui veulent sans cesse troubler les consciences de leurs concitoyens lorsqu'ils diffèrent dans leurs opinions, on verrait toutes les sectes[5] vivre dans une parfaite harmonie et fournir à l'envi[6] des citoyens utiles à la patrie et fidèles à leur prince.

Quelle idée prendre de l'humanité et de la religion des partisans de l'intolérance ? Ceux qui croient que la violence peut ébranler la foi des autres donnent une opinion bien méprisable de leurs sentiments et de leur propre constance.

1. Abréviation d'« Histoire moderne politique ».
2. Ferveur religieuse.
3. Actifs et dynamiques.
4. Sont ainsi visés Madame de Maintenon, le confesseur du roi et Louvois.
5. Les différentes religions.
6. En rivalisant.

Contexte XVIIIe s. ▶ p. 498
SUJET DE BAC 18 ▶ p. 408

**RECHERCHE**

### Histoire

**1.** Cherchez la date de l'édit de Nantes et celle de sa révocation, et précisez l'importance de ces deux événements en les rattachant au contexte historique.

### Lecture analytique

**2.** Trouvez dans la première phrase du texte :
– une formule de définition ;
– des termes de connotation dépréciative exprimant un jugement critique. Que pouvez-vous en déduire en ce qui concerne les objectifs de l'article ?

**3.** Repérez dans la suite du texte des termes connotés négativement appartenant au même champ lexical : qu'est-ce qui est reproché au souverain et à ceux qui le conseillent ?

**4.** En prenant appui sur le lexique économique, dites quelles ont été les conséquences du départ des protestants pour l'économie française.

**5.** À partir de l'ensemble du texte, formulez la thèse défendue par l'auteur de l'article ainsi que ses arguments, en précisant leur domaine.

**6.** Quel idéal de gouvernement se dégage du texte ? L'article est-il uniquement critique ?

### Question d'oral

**7.** Étudiez le texte en montrant comment la définition et ses connotations se transforment en dénonciation.

### Commentaire

**8.** Commentez le texte en vous aidant des axes suivants :
– les éléments d'une définition ;
– la dénonciation d'une politique.

**REPÈRES** L'*Encyclopédie* ▶ p. 414
L'esprit des Lumières ▶ p. 434
La notion de courant culturel ▶ p. 435

Texte 5

## Chevalier Louis de Jaucourt, article « Traite des nègres » (extrait)

*La critique de l'intolérance et des atteintes portées à l'être humain englobe celle de l'esclavage, pratique inhumaine que Montesquieu et Voltaire ont eux aussi dénoncée, l'un dans* De l'esprit des lois *et l'autre dans* Candide*. Voici un extrait de l'article « Traite des nègres ».*

**Jacques Grasset de Saint Sauveur** (1757-1810), *Marchand d'esclaves au Sénégal* (1796), détail, gravure en couleurs provenant de l'*Encyclopédie des Voyages* (Bibliothèque des Arts Décoratifs, Paris).

« Traite des nègres » (*Commerce d'Afrique*). C'est l'achat des nègres que font les Européens sur les côtes d'Afrique, pour employer ces malheureux dans leurs colonies en qualité d'esclaves. Cet achat de nègres, pour les réduire en esclavage, est un négoce qui viole la religion, la morale, les lois naturelles, et tous les droits de la nature humaine.

Les nègres, dit un Anglais moderne, plein de lumières et d'humanité, ne sont point devenus esclaves par le droit de la guerre ; ils ne se dévouent pas non plus volontairement eux-mêmes à la servitude, et par conséquent leurs enfants ne naissent point esclaves. Personne n'ignore qu'on les achète de leurs princes, qui prétendent avoir droit de disposer de leur liberté, et que les négociants les font transporter de la même manière que leurs autres marchandises, soit dans leurs colonies, soit en Amérique où ils les exposent en vente.

Si un commerce de ce genre peut être justifié par un principe de morale, il n'y a point de crime, quelque atroce qu'il soit, qu'on ne puisse légitimer. Les rois, les princes, les magistrats ne sont point les propriétaires de leurs sujets, ils ne sont donc pas en droit de disposer de leur liberté et de les vendre pour esclaves.

D'un autre côté, aucun homme n'a droit de les acheter ou de s'en rendre le maître ; les hommes et leur liberté ne sont point un objet de commerce ; ils ne peuvent être ni vendus, ni achetés, ni payés à aucun prix. Il faut conclure de là qu'un homme dont l'esclave prend la fuite, ne doit s'en prendre qu'à lui-même, puisqu'il avait acquis à prix d'argent une marchandise illicite, et dont l'acquisition lui était interdite par toutes les lois de l'humanité et de l'équité.

Il n'y a donc pas un seul de ces infortunés que l'on prétend n'être que des esclaves, qui n'ait droit d'être déclaré libre, puisqu'il n'a jamais perdu la liberté ; qu'il ne pouvait pas la perdre ; et que son prince, son père, et qui que ce soit dans le monde n'avait le pouvoir d'en disposer ; par conséquent la vente qui en a été faite est nulle en elle-même ; ce nègre ne se dépouille, et ne peut pas même se dépouiller jamais de son droit naturel ; il le porte partout avec lui, et il peut exiger partout qu'on l'en laisse jouir. C'est donc une inhumanité manifeste de la part des juges des pays libres où il est transporté, de ne pas l'affranchir à l'instant en le déclarant libre, puisque c'est leur semblable, ayant une âme comme eux.

Contexte XVIIIe s. ▶ p. 498
Notice biographique ▶ p. 514

RECHERCHE

**Histoire**

**1.** Que désigne l'expression « Code noir » ? À quelle date et par qui ce code a-t-il été édicté ? Quelle était sa fonction ?

## Lecture analytique

**2.** En prenant appui sur le lexique et sur les connotations de certains termes, expliquez en quoi le texte, qui doit – comme un dictionnaire – définir une notion, s'oriente dès le début vers une dénonciation.

**3.** Récapitulez les arguments qui servent à la condamnation de l'esclavage et mettez en relief le caractère logique que leur donne l'exposé. Quel principe fondamental se trouve à la base du raisonnement de Jaucourt ?

**4.** Comment celui qui parle fait-il comprendre ses réactions personnelles par rapport à l'esclavage ? Pour répondre, identifiez différentes marques de subjectivité.

## Question d'oral

**5.** Étudiez le texte en faisant ressortir sa rigueur et en montrant qu'il est aussi l'expression d'une sensibilité.

## Commentaire

**6.** Commentez le texte de Jaucourt en vous aidant des axes suivants :
– une structure construite sur des négations ;
– une démarche qui va de la définition à la prise de position ;
– une condamnation rigoureuse et catégorique.

REPÈRES L'*Encyclopédie* ▸ p. 414
L'esprit des Lumières ▸ p. 434
La notion de courant culturel ▸ p. 435

# SUJET DE BAC 18

OBJETS D'ÉTUDE

**Convaincre, persuader, délibérer.**

**Un mouvement littéraire et culturel du XVIIIe siècle : les Lumières.**

CORPUS

**A –** Montesquieu, *Lettres persanes* (1721) ▸ p. 396.
**B –** D. Diderot, *Encyclopédie* (1751-1772), article « Autorité » ▸ p. 400.
**C –** *Encyclopédie* (1751-1772), article « Réfugiés » ▸ p. 406.

## Questions sur le corpus

**1.** Qu'y a-t-il de commun aux démarches engagées par les trois textes ?

**2.** Signalez ce qui différencie ces textes sur le plan du genre littéraire auquel ils appartiennent. Quelle force spécifique possède chacun des deux genres ?

## Écriture

**Commentaire**

Vous ferez le commentaire de l'article « Réfugiés » (▸ p. 406).

**Dissertation**

Le dictionnaire définit l'engagement comme « le fait de prendre parti et d'intervenir publiquement sur les problèmes sociaux et politiques de son époque ». Vous expliquerez en quoi les philosophes des Lumières ont été des écrivains engagés et vous analyserez les « armes » littéraires dont ils se sont servis.

**Écriture d'invention**

À partir du mot « tolérance », vous composerez un article d'encyclopédie : vous commencerez par la définition du mot pour aborder progressivement la critique des comportements intolérants, à travers des exemples. La finalité de l'article est de faire réfléchir sur des attitudes qui bafouent le respect et la reconnaissance des autres. Prenez exemple sur certains articles de l'*Encyclopédie* pour construire le vôtre.

**Jacques Grasset de Saint-Sauveur** (1757-1810), *Marabout de Saint-Louis au Sénégal* (vers 1796), lithographie en couleur (collection privée).

## 4 Voltaire, *Traité sur la tolérance* (1763)

*En rappelant un certain nombre de manifestations d'intolérance, Voltaire, dans le* Traité sur la tolérance*, ouvre une réflexion sur la religion et sur le fanatisme. Cette réflexion prend ici la forme d'une prière.*

### Prière à Dieu

Ce n'est donc plus aux hommes que je m'adresse, c'est à toi, Dieu de tous les êtres, de tous les mondes et de tous les temps : s'il est permis à de faibles créatures perdues dans l'immensité, et imperceptibles au reste de l'univers, d'oser te demander quelque chose, à toi qui as tout donné, à toi dont les décrets sont immuables comme éternels, daigne regarder en pitié les erreurs attachées à notre nature ; que ces erreurs ne fassent point nos calamités. Tu ne nous as point donné un cœur pour nous haïr, et des mains pour nous égorger ; fais que nous nous aidions mutuellement à supporter le fardeau d'une vie pénible et passagère ; que les petites différences entre les vêtements qui couvrent nos débiles[1] corps, entre tous nos langages insuffisants, entre tous nos usages ridicules, entre toutes nos lois imparfaites, entre toutes nos opinions insensées, entre toutes nos conditions si disproportionnées à nos yeux, et si égales devant toi ; que toutes ces petites nuances qui distinguent les atomes appelés *hommes* ne soient pas des signaux de haine et de persécution ; que ceux qui allument des cierges en plein midi pour te célébrer supportent ceux qui se contentent de la lumière de ton

1. Faibles.

soleil ; que ceux qui couvrent leur robe d'une toile blanche pour dire qu'il faut t'aimer ne détestent pas ceux qui disent la même chose sous un manteau de laine noire ; qu'il soit égal de t'adorer dans un jargon formé d'une ancienne langue[2], ou dans un jargon plus nouveau ; que ceux dont l'habit est teint en rouge ou en violet[3], qui dominent sur une petite parcelle d'un petit tas de la boue de ce monde, et qui possèdent quelques fragments arrondis d'un certain métal[4], jouissent sans orgueil de ce qu'ils appellent *grandeur* et *richesse*, et que les autres les voient sans envie : car tu sais qu'il n'y a dans ces vanités ni de quoi envier, ni de quoi s'enorgueillir.

Puissent tous les hommes se souvenir qu'ils sont frères ! Qu'ils aient en horreur la tyrannie exercée sur les âmes, comme ils ont en exécration[5] le brigandage qui ravit par la force le fruit du travail et de l'industrie paisible ! Si les fléaux de la guerre sont inévitables, ne nous haïssons pas, ne nous déchirons pas les uns les autres dans le sein de la paix, et employons l'instant de notre existence à bénir également en mille langages divers, depuis Siam[6] jusqu'à la Californie, ta bonté qui nous a donné cet instant.

Chapitre XXIII (intégral).

2. Le latin, langue du catholicisme, par opposition aux langues nationales utilisées dans d'autres religions.

3. Le rouge est la couleur des cardinaux ; le violet, celle des évêques.

4. Des pièces d'or.

5. Haine.

6. L'actuelle Thaïlande.

Contexte XVIIIe s. ▶ p. 498
Notice biographique ▶ p. 519
Du même auteur ▶ p. 260, p. 263, p. 267, p. 270, p. 272, p. 398, p. 411

## RECHERCHE

### Histoire littéraire

**1.** À propos de quelle affaire Voltaire a-t-il été conduit à composer le *Traité sur la tolérance* ? Citez d'autres exemples d'interventions de ce philosophe pour sauver ou réhabiliter des victimes de l'intolérance religieuse.

### Lecture analytique

**2.** Repérez et identifiez tous les procédés qui font de ce texte une véritable prière. Qu'est-ce qui est demandé ? À qui ?

**3.** Définissez le registre du texte en partant du lexique et des figures d'amplification et d'opposition : en quoi peut-on parler de véritable dramatisation et d'appel à l'imagination ? Quelle image de l'homme dans l'univers se trouve évoquée ici ?

**4.** Le texte est extrait du *Traité sur la tolérance* : comment s'exprime l'idée d'intolérance dans le texte ? À quoi est-elle due ? Prenez appui sur les champs lexicaux dominants et repérez toutes les références à la diversité religieuse pour répondre à cette question. Expliquez ensuite comment le texte plaide en faveur de la tolérance.

**5.** En quoi le second paragraphe du texte diffère-t-il du premier ? En quoi reste-t-il dans sa continuité thématique ? Qu'apprend ce texte au lecteur concernant les croyances religieuses de Voltaire ?

### Question d'oral

**6.** Étudiez en quoi la forme de la prière est adaptée à la nature de la demande, et ce qui est ainsi dénoncé.

### Travail sur un corpus de textes

**7.** À partir des textes de Montesquieu (▶ p. 396), de l'article « Réfugiés » de l'*Encyclopédie* (▶ p. 406) et du texte de Voltaire (▶ p. 409), étudiez quelles formes prend la critique religieuse et sur quoi elle porte.

### Lecture de l'image

**8.** Cherchez le sens du mot *marabout* puis décrivez la scène représentée sur la lithographie de la page 409.

**9.** Expliquez les relations que l'on peut établir entre la scène représentée et ce qui est dit dans le texte de Voltaire.

REPÈRES
L'esprit des Lumières ▶ p. 434
La notion de courant culturel ▶ p. 435
L'essai ▶ p. 243

*Interrogatoire de Damiens devant ses juges au Châtelet à Paris* (1757), gravure (Château de Versailles).

## 5 Voltaire, *Dictionnaire philosophique* (1764-1769)

*Dans une œuvre qui prend la forme d'un dictionnaire portatif, Voltaire traite de questions très diverses : religion, politique, société, dans une démarche qui rejoint toujours ses réflexions sur la tolérance et sur le respect des individus. Voici un extrait de l'article « Torture ».*

[...] Les Romains n'infligèrent la torture qu'aux esclaves, mais les esclaves n'étaient pas comptés pour des hommes. Il n'y a pas d'apparence non plus qu'un conseiller de la Tournelle[1] regarde comme un de ses semblables un homme qu'on lui amène hâve, pâle, défait, les yeux mornes, la barbe longue et sale, couvert de la vermine dont il a été rongé dans un cachot. Il se donne le plaisir de l'appliquer à la grande et à la petite torture, en présence d'un chirurgien qui lui tâte le pouls, jusqu'à ce qu'il soit en danger de mort, après quoi on recommence ; et, comme dit très bien la comédie des *Plaideurs*[2] : « Cela fait toujours passer une heure ou deux. »

Le grave magistrat qui a acheté pour quelque argent le droit de faire ces expériences sur son prochain va conter à dîner à sa femme ce qui s'est passé le matin. La première fois madame en a été révoltée, à la seconde elle y a pris goût, parce qu'après tout les femmes sont curieuses ; et ensuite la première chose qu'elle lui dit lorsqu'il rentre en robe chez lui : « Mon petit cœur, n'avez-vous fait donner aujourd'hui la question[3] à personne ? »

1. Chambre criminelle du Parlement de Paris.

2. Comédie de Racine, acte II, scène 4.

3. Ce terme désigne la torture infligée systématiquement aux accusés pour les faire avouer.

4. Référence historique : la France a perdu le Canada par le Traité de Paris, en 1763.

5. Référence à une affaire dans laquelle Voltaire a tenté, en vain, de sauver le jeune condamné (1766).

6. Tragédienne célèbre, interprète des pièces de Voltaire.

Contexte **XVIII^e^** s. ▶ p. 498
Notice biographique ▶ p. 519
Du même auteur ▶ p. 260 p. 263 p. 267 p. 270 p. 272 p. 398 p. 409

Les Français, qui passent, je ne sais pourquoi, pour un peuple fort humain, s'étonnent que les Anglais, qui ont eu l'inhumanité de nous prendre tout le Canada[4], aient renoncé au plaisir de donner la question.

Lorsque le chevalier de La Barre[5], petit-fils d'un lieutenant général des armées, jeune homme de beaucoup d'esprit et d'une grande espérance, mais ayant toute l'étourderie d'une jeunesse effrénée, fut convaincu d'avoir chanté des chansons impies, et même d'avoir passé devant une procession de capucins sans avoir ôté son chapeau, les juges d'Abbeville, gens comparables aux sénateurs romains, ordonnèrent, non seulement qu'on lui arrachât la langue, qu'on lui coupât la main, et qu'on brûlât son corps à petit feu ; mais ils l'appliquèrent encore à la torture pour savoir précisément combien de chansons il avait chantées, et combien de processions il avait vues passer, le chapeau sur la tête.

Ce n'est pas dans le XIII^e^ ou dans le XIV^e^ siècle que cette aventure est arrivée, c'est dans le XVIII^e^. Les nations étrangères jugent de la France par les spectacles, par les romans, par les jolis vers, par les filles d'Opéra, qui ont les mœurs fort douces, par nos danseurs d'Opéra, qui ont de la grâce, par Mlle Clairon[6], qui déclame des vers à ravir. Elles ne savent pas qu'il n'y a point au fond de nation plus cruelle que la française.

Article « Torture » (extrait).

RECHERCHE

**Histoire littéraire**

**1.** Retrouvez dans ce manuel un auteur qui a lui aussi pris position par rapport au respect des individus et qui a condamné la torture. Dites dans quelle œuvre on trouve cette condamnation.

## Lecture analytique

**2.** En observant les alinéas, dites comment le texte est construit et quel rôle les paragraphes jouent les uns par rapport aux autres. Quel « fil conducteur » thématique les relie ?

**3.** Comment la pratique de la torture est-elle successivement dénoncée ?

**4.** À quoi Voltaire fait-il appel chez son lecteur pour le convaincre de l'inhumanité de la torture ?

**5.** Quel est le registre du texte ? Sur quoi repose-t-il ? En quoi ce registre contribue-t-il à la force de la dénonciation ?

## Question d'oral

**6.** Étudiez le texte en faisant apparaître les différents procédés utilisés pour dénoncer l'usage de la torture.

## Travail sur un corpus de textes

**7.** Analysez ce que les textes de Damilaville (▶ p. 402), Jaucourt (▶ p. 407) et Voltaire (▶ p. 411) ont en commun, à la fois sur le plan de la forme et sur celui de la dénonciation engagée.

## Commentaire

**8.** Commentez le texte de Voltaire en vous aidant des axes suivants :
– une approche en petits paragraphes successifs ;
– un thème commun revenant dans des formes diverses ;
– la force de la dénonciation et l'ironie.

REPÈRES L'esprit des Lumières ▶ p. 434
La notion de courant culturel ▶ p. 435

# 6 Lire l'image : J. Vernet

**Joseph Vernet** (1714-1789), *Construction d'un grand chemin* (1774), huile sur toile, 97 x 162 cm (Musée du Louvre, Paris).

## RECHERCHE

### Histoire des arts

**1.** La famille Vernet comporte plusieurs peintres. Identifiez-les, donnez leurs dates et leurs spécialités picturales.

### Histoire littéraire

**2.** Les travaux représentés sur le tableau de Joseph Vernet renvoient à la notion de *corvée*, telle qu'elle est définie dans l'*Encyclopédie*. Cherchez le sens historique du mot dans l'*Encyclopédie*, puis dans le dictionnaire de Littré et rapprochez ces définitions de ce que représente le tableau.

## Lecture de l'image

**3.** Observez l'ensemble du tableau et dites ce que permet le choix du point de vue adopté par le peintre. Quelles sont les trois grandes composantes de la représentation ?

**4.** Quelles sont les caractéristiques de la nature représentée ici ? De quoi est-elle constituée ? Quels sont ses rapports avec l'homme ?

**5.** Comment se trouve rendue l'activité humaine dans le tableau ?

**6.** D'où vient l'impression générale d'équilibre et d'harmonie qui émane du tableau ? Que célèbre-t-il à travers ses qualités esthétiques et son caractère informatif ? Sur quels aspects de l'esprit des Lumières met-il l'accent ?

## Écriture d'invention

**7.** Deux interlocuteurs de notre époque échangent leurs points de vue sur l'inspiration picturale : prenant appui sur différents tableaux des XVIII$^{e}$, XIX$^{e}$ et XX$^{e}$ siècles, le premier soutient que la science, ses applications et la vie industrielle constituent des thèmes d'inspiration intéressants ; le second refuse ces différents thèmes au nom de la recherche du beau. Rapportez leur dialogue (50 à 80 lignes).

REPÈRES
La lecture de l'image ▸ p. 489
L'esprit des Lumières ▸ p. 434

# L'*Encyclopédie*

**L'*Encyclopédie*, ou *Dictionnaire raisonné des arts, des sciences et des métiers*, est une œuvre gigantesque qui témoigne de l'esprit des Lumières et révèle les ambitions des philosophes : récapituler et classer les connaissances accessibles au XVIII^e siècle, instruire et faire réfléchir. Ses maîtres d'œuvre sont Diderot et d'Alembert.**

## Le projet et sa mise en œuvre

Le point de départ de l'*Encyclopédie* est le souhait du libraire français Le Breton de traduire l'ouvrage de l'anglais Chambers, *Cyclopaedia*, publié en 1742. En 1747, il confie cette tâche à Diderot, qui se fait aider par le mathématicien d'Alembert. Ils réunissent de nombreux collaborateurs, et développent le projet initial en le modifiant.

■ **Ex :** Parmi les collaborateurs, outre les directeurs, comme Diderot, eux-mêmes auteurs de très nombreux articles, on trouve Voltaire, Turgot, Rousseau, Dumarsais, Condillac et bien d'autres. L'entreprise, qui devait compter huit volumes de textes, deux de planches, et cinquante-cinq collaborateurs, rassemble finalement dix-sept tomes de textes, onze de planches, cent-soixante auteurs, et soixante mille articles. Cet accroissement souligne l'ampleur prise par le projet à partir de sa réalisation, en dépit de nombreuses difficultés.

## Les difficultés rencontrées

À partir de 1749, les obstacles se multiplient. L'emprisonnement de Diderot prive l'entreprise de son directeur pendant quelques mois. Le caractère **critique** de l'œuvre dresse contre elle les Jésuites, le Parlement de Paris, et tous ceux que heurte l'esprit philosophique, comme le critique E. Fréron ou le dramaturge Palissot, qui se déchaînent contre les philosophes.

■ **Ex :** En 1752, l'ouvrage est condamné à cause des idées que l'un de ses collaborateurs, l'abbé de Prades, a émises dans un autre écrit. En 1757, le privilège royal, qui permet la publication, est supprimé. Il faut tout arrêter et rembourser les souscripteurs. En 1758, d'Alembert se brouille avec Diderot. En 1759, le pape Clément XIII condamne l'ouvrage tout entier.

Heureusement, les encyclopédistes comptent quelques alliés, parmi lesquels M. de Malesherbes, Directeur de la librairie royale, grâce à qui l'*Encyclopédie* peut survivre. L'ouvrage est achevé vers 1772. Le tirage à vingt-quatre mille exemplaires en France et des éditions à l'étranger montrent le succès de l'entreprise.

## L'esprit et les objectifs de l'*Encyclopédie*

L'ouvrage de Diderot et de d'Alembert répond à une double vocation : classer les connaissances pour instruire et développer une réflexion critique pour faire naître des changements.

– **La vulgarisation du savoir** : le premier objectif est précisé dans le *Discours préliminaire* écrit par d'Alembert : *exposer autant qu'il est possible l'ordre et l'enchaînement des connaissances humaines*, ce qui implique de trouver des principes de classification et de passer en revue toutes les branches de la connaissance.

■ **Ex :** De fait, l'*Encyclopédie* touche à tous les domaines, de la menuiserie à la philosophie (article « Philosophe », ▶ p. 404), du sort des protestants (article « Réfugiés », ▶ p. 406) à la vaccination (article « Inoculation »), de la botanique à la géographie (article « Zuéné », le dernier), de la politique (articles « Autorité », ▶ p. 400, « Paix », ▶ p. 402) aux pratiques inhumaines comme l'esclavage (article « Traite des nègres », ▶ p. 407).

La vulgarisation du savoir passe aussi par les planches illustrées qui permettent de visualiser ce qui est défini et présenté.

– **Une réflexion critique** : elle est inhérente à l'esprit philosophique qui guide les concepteurs et réalisateurs du projet, perçu comme rationnel et didactique. La raison et l'organisation sont indissociables de l'esprit d'examen et du refus de tout ce qui relève des préjugés et des superstitions. Les philosophes font passer dans les différents articles une contestation plus ou moins appuyée, dénonçant tout à la fois les atteintes à l'intégrité humaine, le caractère inégalitaire et injuste de la société, la monarchie absolue. Leur habileté consiste à transformer une démarche informative (principe du dictionnaire) en prise de position argumentée et contestataire. Le projet didactique est inséparable de l'analyse critique.

■ **Ex :** D'une définition de l'autorité, Diderot passe à la contestation de la monarchie absolue, autorité présentée comme sans fondement (▶ p. 400) ; la définition de l'esclavage conduit à une dénonciation sans appel de cette pratique (▶ p. 407).

Construite sur l'idée que l'homme peut progresser dans tous les domaines, l'*Encyclopédie* se révèle comme l'application de l'**esprit des Lumières**, dont elle souligne l'**humanisme**.

REPÈRES L'esprit des Lumières ▶ p. 434

# L'ironie

**Le dictionnaire définit l'ironie comme le fait d'exprimer le contraire de ce que l'on veut faire entendre, dans une perspective de moquerie. Cette absence apparente de cohérence exige donc la présence d'éléments permettant au destinataire d'un message ironique de ne pas faire de contresens. Par son pouvoir déconcertant et déstabilisateur, l'ironie est souvent utilisée dans les écrits et les démarches critiques.**

## Les composantes de l'ironie

Reposant sur un système de **décalage** ou de **distorsion**, l'ironie est indissociable des figures d'opposition. Elle utilise aussi les effets de disproportion et la fausse logique.

– **Les figures d'opposition** : par l'utilisation d'antithèses, d'oxymores, et d'antiphrases, l'ironie rapproche des éléments qui ne vont pas ensemble, et dont la juxtaposition inattendue fait nécessairement réagir.

■ **Ex :** Voltaire (▸ p. 411) parle de la torture sur un ton léger et désinvolte. Il reprend une phrase des *Plaideurs, cela fait toujours passer une heure ou deux...*, associant l'acte de torturer à un divertissement, ce qui crée un effet de rupture. Ce même auteur parle, dans *Candide*, du *merveilleux* de la guerre dans une phrase qui fait de celle-ci une *entreprise infernale,* ou évoque l'*harmonie* d'un champ de bataille, également associé aux enfers. Ces juxtapositions insolites apparaissent comme des incongruités.

– **Les jeux de disproportion** : l'ironie ressort aussi du rapprochement choquant d'éléments disproportionnés.

■ **Ex :** Dans la lettre 24 des *Lettres persanes* (▸ p. 396), Rica présente la manière dont Louis XIV se procure de l'argent pour faire la guerre comme un tour de magie : vente de charges, dévaluation de la monnaie. L'effet de disproportion étonnant se situe entre l'apparente facilité des procédés et l'importance des décisions. Dans l'apologue de la dent d'or (▸ p. 382), celui qui raconte affuble les savants mis en cause de titres importants et de noms latins, pour insister sur leur savoir. Mais leurs noms et leurs titres pompeux ne les empêchent pas de commettre une erreur grossière. L'ironie consiste dans le rapprochement moqueur et discordant de leur supposé savoir et de leur réelle superstition.

– **La fausse logique** : les raisonnements erronés présentés sous une apparence de grande logique créent des décalages d'où naît l'ironie.

■ **Ex :** Le philosophe Pangloss, dans *Candide,* explique très sérieusement que nous avons des lunettes parce que les nez ont été faits pour cela. Et Rica (▸ p. 396) explique avec gravité que si le roi est un magicien puisque pour lui un égale deux – *un écu en vaut deux* – le pape est un plus grand magicien encore puisqu'il affirme que un égale trois (la Sainte Trinité). Le raisonnement faux met en relief le décalage sur lequel il est construit.

## Les fonctions de l'ironie

L'ironie a plusieurs fonctions : la prise de conscience et la réflexion, la critique, la dénonciation.

– **Une prise de conscience :** il ressort des différents exemples précédents que l'ironie a comme effet de déconcerter en suscitant la surprise par suite des décalages et des ruptures qu'elle provoque. Au-delà du rire incertain qu'elle suscite, et grâce à lui, elle fait prendre conscience des situations sur lesquelles on veut attirer l'attention : l'horreur inhumaine de la torture, la barbarie de la guerre, parce qu'elles sont présentées de manière inattendue et décalée. La réflexion qui vient ensuite s'enracine dans la perception d'une anomalie qui n'est pas en elle-même drôle.

■ **Ex :** L'association divertissement / torture (▸ p. 411) fait réfléchir sur une pratique admise par les institutions d'Ancien Régime et sur laquelle, de ce fait, on ne se pose plus de questions.

– **La critique et la dénonciation** : la prise de conscience se double d'une critique, car l'ironie s'applique à des situations qu'il convient de modifier pour des raisons diverses, inhumanité, injustice, comportements inacceptables, raisonnement faux, croyances erronées.

■ **Ex :** L'explication ridicule des lunettes par l'existence du nez dans *Candide* de Voltaire a pour effet de ridiculiser toute la philosophie de Pangloss et l'optimisme injustifié qui la sous-tend.

On remarque aussi que l'ironie, en laissant penser que ce qui est énoncé n'est pas sérieux, permet à certains auteurs de faire passer – sans en avoir l'air et en échappant ainsi à la censure – de sévères dénonciations, politiques et religieuses. C'est ce que font Montesquieu et Voltaire, comme avant eux Érasme (▸ p. 316) dans sa critique des superstitions. À ce titre, l'ironie constitue une arme efficace, à condition que le destinataire du message en saisisse le sens, la portée et les enjeux.

**REPÈRES** La notion de registre ▸ p. 222

Séquence 22

# Lumières et sensibilité

## 1 Denis Diderot, *Entretiens sur Le Fils naturel* (1757)

*La comédie* Le Fils naturel *est accompagnée d'entretiens de Diderot avec le comédien Dorval. Il y est question du jeu théâtral, mais aussi de la nature de l'inspiration, comme dans l'extrait suivant, qui constitue le début du second entretien.*

Le lendemain, je me rendis au pied de la colline[1]. L'endroit était solitaire et sauvage. On avait en perspective quelques hameaux répandus dans la plaine ; au-delà, une chaîne de montagnes inégales et déchirées qui terminaient en partie l'horizon. On était à l'ombre des chênes, et l'on entendait le bruit sourd d'une eau souterraine qui coulait aux environs. C'était la saison où la terre est couverte des biens qu'elle accorde au travail et à la sueur des hommes. Dorval était arrivé le premier. J'approchai de lui sans qu'il m'aperçût. Il s'était abandonné au spectacle de la nature. Il avait la poitrine élevée. Il respirait avec force. Ses yeux attentifs se portaient sur tous les objets. Je suivais sur son visage les impressions diverses qu'il en éprouvait ; et je commençais à partager son transport[2], lorsque je m'écriai, presque sans le vouloir : « Il est sous le charme. »

Il m'entendit, et me répondit d'une voix altérée : « Il est vrai. C'est ici qu'on voit la nature. Voici le séjour sacré de l'enthousiasme[3]. Un homme a-t-il reçu du génie ? il quitte la ville et ses habitants. Il aime, selon l'attrait de son cœur, à mêler ses pleurs au cristal d'une fontaine ; à porter des fleurs sur un tombeau ; à fouler d'un pied léger l'herbe tendre de la prairie ; à traverser, à pas lents, des campagnes fertiles ; à contempler les travaux des hommes ; à fuir au fond des forêts. Il aime leur horreur[4] secrète. Il erre. Il cherche un antre qui l'inspire. Qui est-ce qui mêle sa voix au torrent qui tombe de la montagne ? Qui est-ce qui sent le sublime d'un lieu désert ? Qui est-ce qui s'écoute dans le silence de la solitude ? C'est lui. Notre poète habite sur les bords d'un lac. Il promène sa vue sur les eaux, et son génie s'étend. C'est là qu'il est saisi de cet esprit, tantôt tranquille et tantôt violent, qui soulève son âme ou qui l'apaise à son gré… Ô Nature, tout ce qui est bien est renfermé dans ton sein ! Tu es la source féconde de toutes vérités !… Il n'y a dans ce monde que la vertu et la vérité qui soient dignes de

1. C'est le lieu du rendez-vous pour le second entretien.

2. Mouvement de la sensibilité sous l'effet d'une émotion forte.

3. L'inspiration.

4. Profondeur et obscurité inspirant un sentiment de respect.

**Pierre-Henri de Valenciennes** (1750-1819), *L'Orage au bord d'un lac* (vers 1800), huile sur papier sur toile, 39 x 52 cm (Musée du Louvre, Paris).

m'occuper… L'enthousiasme naît d'un objet de la nature. Si l'esprit l'a vu sous des aspects frappants et divers, il en est occupé, agité, tourmenté. L'imagination s'échauffe ; la passion s'émeut. On est successivement étonné, attendri, indigné, courroucé. Sans l'enthousiasme, ou l'idée véritable ne se présente point, ou si, par hasard, on la rencontre, on ne peut la poursuivre… Le poète sent le moment de l'enthousiasme ; c'est après qu'il a médité. Il s'annonce en lui par un frémissement qui part de sa poitrine, et qui passe, d'une manière délicieuse et rapide, jusqu'aux extrémités de son corps. Bientôt ce n'est plus un frémissement ; c'est une chaleur forte et permanente qui l'embrase, qui le fait haleter, qui le consume, qui le tue ; mais qui donne l'âme, la vie à tout ce qu'il touche. Si cette chaleur s'accroissait encore, les spectres se multiplieraient devant lui. Sa passion s'élèverait presque au degré de la fureur[5]. Il ne connaîtrait de soulagement qu'à verser au dehors un torrent d'idées qui se pressent, se heurtent et se chassent. »

Second entretien.

5. Inspiration divine, semblable à celle qui animait les prêtresses de l'Antiquité.


Contexte XVIIIe s. ▶ p. 498
Notice biographique ▶ p. 512
Du même auteur ▶ p. 46, p. 152, p. 153, p. 232, p. 285, p. 400, p. 418


**RECHERCHE**

### Histoire littéraire

**1.** Cherchez à quelle forme de comédie le nom de Diderot reste attaché. Quelles sont les caractéristiques de son théâtre ? Donnez le nom de l'œuvre dans laquelle il analyse les différentes manières de jouer.

**2.** Dans l'Antiquité gréco-latine, par quoi l'inspiration créatrice était-elle incarnée ou symbolisée ?

## Lecture analytique

**3.** Le texte comporte deux parties nettement identifiables : par l'observation de chacune d'elles, faites apparaître ce qui les différencie et ce qu'elles ont en commun.

**4.** À partir des champs lexicaux et des structures grammaticales, analysez l'expression des relations entre la nature et l'inspiration dans le discours de Dorval.

**5.** Quelles sont les caractéristiques de l'inspiration selon Dorval ?

**6.** Observez la ponctuation du discours de Dorval, la composition des phrases : que traduisent-elles chez celui qui parle ? Quels sont les registres adoptés ?

## Question d'oral

**7.** Étudiez le texte en faisant ressortir les relations entre la nature et l'inspiration ainsi que les différents registres.


**REPÈRES** L'esprit des Lumières ▶ p. 434
La notion de courant culturel ▶ p. 435
La notion de registre ▶ p. 222

# 2 Denis Diderot,
## *Lettres à Sophie Volland* (1760)

*Dans sa correspondance avec Sophie Volland, qu'il aime, Denis Diderot parle de lui, évoque la vie qu'il mène, les conversations qu'il a, les gens qu'il rencontre. Dans l'extrait qui suit, il lui décrit, à travers les paroles d'un Écossais, le Père Hoop, l'état de mélancolie qu'on appelle le « spleen ».*

Au Grandval[1], le 31 octobre 1760.

Vous ne savez pas ce que c'est que le *spleen*, ou les vapeurs anglaises ; je ne le savais pas non plus. Je le demandai à notre Écossais dans notre dernière promenade, et voici ce qu'il me répondit :

« Je sens depuis vingt ans un malaise général, plus ou moins fâcheux ; je n'ai jamais la tête libre. Elle est quelquefois si lourde que c'est comme un poids qui vous tire en devant, et qui vous entraînerait d'une fenêtre dans la rue, ou au fond d'une rivière, si on était sur le bord. J'ai des idées noires, de la tristesse et de l'ennui ; je me trouve mal partout, je ne veux rien, je ne saurais vouloir, je cherche à m'amuser et à m'occuper, inutilement ; la gaieté des autres m'afflige, je souffre à les entendre rire ou parler. Connaissez-vous cette espèce de stupidité[2] ou de mauvaise humeur qu'on éprouve en se réveillant après avoir trop dormi ? Voilà mon état ordinaire, la vie m'est en dégoût ; les moindres variations dans l'atmosphère me sont comme des secousses violentes ; je ne saurais rester en place, il faut que j'aille sans savoir où. C'est comme cela que j'ai fait le tour du monde. Je dors mal, je manque d'appétit, je ne saurais digérer, je ne suis bien que dans un coche[3]. Je suis tout au rebours des autres : je me déplais à ce qu'ils aiment, j'aime ce qui leur déplaît ; il y a des jours où je hais la lumière, d'autres fois elle me rassure, et si j'entrais subitement dans les ténèbres, je croirais tomber dans un gouffre. Mes nuits sont agitées de mille rêves bizarres : imaginez que l'avant-dernière je me croyais marié à Mme R… Je n'ai jamais connu un pareil désespoir. Je suis vieux, caduc[4], impotent[5] ; quel démon m'a poussé à cela ? Que ferai-je de cette jeune femme-là ? Que fera-t-elle de moi ? Voilà ce que je me disais. Mais, ajoutait-il, la sensation la plus importune, c'est de connaître sa stupidité, de savoir qu'on n'est pas né stupide, de vouloir jouir de sa tête, s'appliquer, s'amuser, se prêter à la conversation, s'agiter, et de succomber à la fin sous l'effort. Alors il est impossible de vous peindre la douleur d'âme qu'on ressent à se voir condamner sans ressource à être ce qu'on n'est pas. Monsieur, ajoutait-il encore avec une exclamation qui me déchirait l'âme, j'ai été gai, je volais comme vous sur la terre, je jouissais d'un beau jour, d'une belle femme, d'un bon livre, d'une belle promenade, d'une conversation douce, du spectacle de la nature, de l'entretien des hommes sages, de la comédie des fous : je me souviens encore de ce bonheur ; je sens qu'il faut y renoncer. »

Extrait.

1. Château situé à une vingtaine de kilomètres à l'est de Paris, où résidaient durant l'été Diderot et ses amis philosophes.
2. État caractérisé par un manque de réaction intellectuelle.
3. Voiture à cheval.
4. Semblable aux feuilles qui tombent chaque année.
5. Qui se meut difficilement.

Contexte XVIIIe s. ► p. 498
Notice biographique ► p. 512
Du même auteur ► p. 46, p. 152, p. 153, p. 232, p. 285, p. 400, p. 416

**Jean-Baptiste Greuze** (1725-1805), *Portrait d'un jeune homme* (XVIII^e siècle), huile sur toile (Musée de Picardie, Amiens).

**RECHERCHE**

### Les mots et leur usage

**1.** À quelle langue appartient le mot *spleen* ? Quand est-il entré dans la langue française ? Cherchez son sens et dites à quel poète du XIX^e siècle il se trouve associé.

### Histoire littéraire

**2.** Cherchez des exemples de correspondances importantes du XVIII^e siècle. Quelle est leur utilité pour des lecteurs du XXI^e siècle ?

## Lecture analytique

**3.** En vous aidant du paratexte et du texte, identifiez les différents « protagonistes » de l'échange : qui sont *je* et *vous* dans les premières lignes ? À quel moment la situation change-t-elle ? Qui parle à partir de l'ouverture des guillemets ? Qui est désigné par le mot *Monsieur* (l. 27) ?

**4.** Repérez et classez les mots et expressions qui désignent les manifestations physiques du *spleen*, telles qu'elles sont rapportées par l'Écossais, puis ceux qui expriment les manifestations intellectuelles de cet état. Quelles en sont les caractéristiques ?

**5.** Par quels procédés d'écriture celui qui parle rend-il plus accessibles à son interlocuteur les manifestations et les effets de l'état qu'il analyse ?

**6.** *Je / les autres* : étudiez les rapports entre le *je* qui analyse son état et les autres. Quels effets le *spleen* a-t-il sur la sociabilité ?

## Question d'oral

**7.** Étudiez le texte en faisant ressortir les indices de l'écriture épistolaire et les caractéristiques du spleen.

**REPÈRES** L'esprit des Lumières ▸ p. 434
La notion de courant culturel ▸ p. 435

# 3 Jean-Jacques Rousseau, *La Nouvelle Héloïse* (1761)

*Roman épistolaire,* La Nouvelle Héloïse *(autre extrait ▸ p. 44) met en scène, à travers un échange de correspondance, une petite société idéale. Parmi ses membres, figurent Julie, une jeune aristocrate, et Saint-Preux, son précepteur. Ils sont amoureux mais leur condition sociale différente les sépare et Saint-Preux s'éloigne. Il écrit cependant à Julie et lui parle de son voyage dans les Alpes.*

**Anne-Louis Girodet** (1767-1824), *Le Torrent*, huile sur toile, 38 x 30 cm (Musée Magnin, Dijon).

[...] J'attribuai, durant la première journée, aux agréments de cette variété[1] le calme que je sentais renaître en moi. J'admirais l'empire[2] qu'ont sur nos passions les plus vives les êtres les plus insensibles, et je méprisais la philosophie de ne pouvoir pas même autant sur l'âme qu'une suite d'objets inanimés. Mais cet état paisible ayant duré la nuit et augmenté le lendemain, je ne tardai pas de juger qu'il avait encore quelque autre cause qui ne m'était pas connue. J'arrivai ce jour-là sur des montagnes les moins élevées, et, parcourant ensuite leurs inégalités, sur celles des plus hautes qui étaient à ma portée. Après m'être promené dans les nuages, j'atteignais un séjour plus serein, d'où l'on voit dans la saison le tonnerre et l'orage se former au-dessous de soi ; image trop vaine de l'âme du sage, dont l'exemple n'exista jamais, ou n'existe qu'aux mêmes lieux d'où l'on en a tiré l'emblème.

1. La variété des paysages et des productions de la montagne.
2. Le pouvoir, la domination.

3. Faiblesse provoquant des évanouissements.

4. « Au milieu des palais, des pavillons, des théâtres, les chênes, les noirs sapins, les hêtres, s'élancent de l'herbe verte au sommet des monts, et semblent élever au ciel, avec leurs têtes, les yeux et l'esprit des mortels. »

Contexte XVIII<sup>e</sup> s. ▶ p. 498
Notice biographique ▶ p. 517
Du même auteur ▶ p. 44, p. 185, p. 186, p. 204, p. 230, p. 252, p. 422, p. 423

Ce fut là que je démêlai sensiblement dans la pureté de l'air où je me trouvais la véritable cause du changement de mon humeur, et du retour de cette paix intérieure que j'avais perdue depuis si longtemps. En effet, c'est une impression générale qu'éprouvent tous les hommes, quoiqu'ils ne l'observent pas tous, que sur les hautes montagnes, où l'air est pur et subtil, on se sent plus de facilité dans la respiration, plus de légèreté dans le corps, plus de sérénité dans l'esprit ; les plaisirs y sont moins ardents, les passions plus modérées. Les méditations y prennent je ne sais quel caractère grand et sublime, proportionné aux objets qui nous frappent, je ne sais quelle volupté tranquille qui n'a rien d'âcre et de sensuel. Il semble qu'en s'élevant au-dessus du séjour des hommes, on y laisse tous les sentiments bas et terrestres, et qu'à mesure qu'on approche des régions éthérées, l'âme contracte quelque chose de leur inaltérable pureté. On y est grave sans mélancolie, paisible sans indolence, content d'être et de penser : tous les désirs trop vifs s'émoussent, ils perdent cette pointe aiguë qui les rend douloureux ; ils ne laissent au fond du cœur qu'une émotion légère et douce ; et c'est ainsi qu'un heureux climat fait servir à la félicité de l'homme les passions qui font ailleurs son tourment. Je doute qu'aucune agitation violente, aucune maladie de vapeurs[3] pût tenir contre un pareil séjour prolongé, et je suis surpris que des bains de l'air salutaire et bienfaisant des montagnes ne soient pas un des grands remèdes de la médecine et de la morale.

*Qui non palazzi, non teatro o loggia ;*
*Ma'n lor vece un' abete, un faggio, un pino,*
*Trà l'erba verde e'l bel monte vicino*
*Levan di terra al ciel nostr' intelletto*[4] [...]

Première partie, Lettre XXIII (extrait), à Julie.

**RECHERCHE**

### Histoire littéraire

**1.** Qu'est-ce qu'un roman épistolaire ? Donnez quelques-unes de ses caractéristiques et citez quatre romans épistolaires du XVIII<sup>e</sup> siècle.

## Lecture analytique

**2.** Observez dans le texte la présence de la première personne et identifiez, à partir des verbes (sens et temps), les différents rôles de « je » et les différentes formes de discours que mêle cet extrait de lettre.

**3.** Nature, sentiments, émotions : comment ces éléments sont-ils liés dans le texte ? À partir des structures grammaticales, précisez quelles sont et comment s'expriment leurs interactions.

**4.** En prenant appui sur le lexique, étudiez la présence et l'importance des notions morales dans le texte. Qu'est-ce qui, selon Rousseau, contribue à développer les qualités morales des êtres humains ?

**5.** Expliquez en quoi il est difficile d'identifier ce texte comme étant une lettre.

## Question d'oral

**6.** Étudiez le texte en montrant l'importance de la nature et son influence sur les sentiments et les comportements humains.

## Lecture de l'image

**7.** Décrivez ce que vous voyez sur le tableau (▶ p. 420), puis caractérisez ce paysage à partir de ses composantes, des formes, de ce qui rend compte des mouvements et des couleurs.

**8.** À quel état de sensibilité ce paysage peut-il correspondre ? Que peut-il inspirer ?

**9.** Expliquez ses relations avec le texte de Rousseau. Connaissez-vous d'autres textes qui pourraient être illustrés par cette représentation ?

**REPÈRES** L'esprit des Lumières ▶ p. 434
La notion de courant culturel ▶ p. 435
La notion de registre ▶ p. 222

**Alexandre-Hyacinthe Dunouy** (1757-1841), *J.-J. Rousseau en 1770, méditant dans le parc de La Rochecardon* (XVIII^e siècle), huile sur toile (Musée Marmottan, Paris).

## 4 Jean-Jacques Rousseau, *Quatre lettres à Monsieur de Malesherbes* (1762)

*En 1762, Rousseau écrit quatre lettres à Monsieur de Malesherbes, pour répondre aux attaques dont il est, ou se croit, l'objet. Dans la troisième, il évoque son amour de la nature et de la solitude ainsi que certaines aspirations.*

[...] Oh ! si dans ces moments[1] quelque idée de Paris, de mon siècle, et de ma petite gloriole d'auteur, venait troubler mes rêveries, avec quel dédain je la chassais à l'instant pour me livrer, sans distraction, aux sentiments exquis dont mon âme était pleine !

Cependant, au milieu de tout cela, je l'avoue, le néant de mes chimères venait quelquefois la contrister[2] tout à coup. Quand tous mes rêves se seraient tournés en réalités, ils ne m'auraient pas suffi : j'aurais imaginé, rêvé, désiré encore. Je trouvais en moi un vide inexplicable que rien n'aurait pu remplir, un certain élancement de cœur vers une autre sorte de jouissance dont je n'avais pas d'idée, et dont pourtant je sentais le besoin. Hé bien, monsieur, cela même était jouissance, puisque j'en étais pénétré d'un sentiment très vif, et d'une tristesse attirante, que je n'aurais pas voulu ne pas avoir.

Bientôt de la surface de la terre, j'élevais mes idées à tous les êtres de la nature, au système universel des choses, à l'être incompréhensible qui embrasse tout. Alors, l'esprit perdu dans cette immensité, je ne pensais pas, je ne raisonnais pas, je ne philosophais pas ; je me sentais, avec une sorte de volupté, accablé du poids de cet univers, je me livrais avec ravissement à la confusion de ces grandes idées, j'aimais à me perdre en imagination dans l'espace, mon cœur resserré dans les bornes des êtres s'y trouvait trop à l'étroit ; j'étouffais dans l'univers ; j'aurais voulu m'élancer dans l'infini. Je crois que si j'eusse dévoilé[3] tous les mystères de la nature, je me serais senti dans une situation moins délicieuse que cette étourdissante extase, à laquelle mon esprit se livrait sans retenue, et qui, dans l'agitation de mes transports, me faisait écrier quelquefois : « Ô grand Être ! ô grand Être ! », sans pouvoir dire ni penser rien de plus.

1. Des moments de rêverie inspirée par la nature.
2. La rendre triste.
3. Découvert.

Contexte XVIII^e s. ► p. 498
Notice biographique ► p. 517
Du même auteur ► p. 44, p. 185, p. 186, p. 204, p. 230, p. 252, p. 420, p. 423

Ainsi s'écoulaient dans un délire continuel les journées les plus charmantes que jamais créature humaine ait passées ; et quand le coucher du soleil me faisait songer à la retraite, étonné de la rapidité du temps, je croyais n'avoir pas assez mis à profit ma journée, je pensais en pouvoir jouir davantage encore ; et, pour réparer le temps perdu, je me disais : « Je reviendrai demain. »

Troisième lettre (extrait), 26 janvier 1762.

## RECHERCHE

### Les mots et leur usage

**1.** Quel est le sens de *quand* employé avec le mode conditionnel (l. 6) ?
**2.** Donnez les différents sens du mot *délire* : lequel d'entre eux correspond au sens du texte (l. 25) ?

### Histoire littéraire

**3.** Précisez quelle était la fonction de M. de Malesherbes et cherchez quel rôle important il a joué sur le plan littéraire.

## Lecture analytique

**4.** Observez les indices de la première personne : qui parle ? De qui est-il question ? Quelle conclusion pourriez-vous tirer de cette observation concernant le genre littéraire du texte ? Quels éléments peuvent rappeler qu'il s'agit d'une lettre ?
**5.** Repérez et classez les termes appartenant au lexique de l'affectivité : quelle orientation leur présence donne-t-elle au texte ? À quel domaine ces termes se trouvent-ils associés ?
**6.** La réflexion de Rousseau est marquée par une évolution : prenez appui sur le rythme des phrases, sur la ponctuation et sur les modes verbaux pour déterminer où commence cette évolution, quels en sont le thème, les caractéristiques et le registre.
**7.** Quelle est l'importance de la sensibilité et des émotions pour Rousseau ? Prenez appui sur les oppositions présentes dans le texte pour répondre.

## Question d'oral

**8.** Étudiez le texte en faisant apparaître l'expression des sentiments contradictoires.

## Commentaire

**9.** Commentez le texte de Rousseau en vous aidant des axes suivants :
– l'expression des émotions et du rêve ;
– les aspirations vers l'infini ;
– de la sensibilité à la croyance religieuse et à la réflexion philosophique.

**REPÈRES** L'esprit des Lumières ▶ p. 434
La notion de courant culturel ▶ p. 435
La notion de registre ▶ p. 222

# 5 Jean-Jacques Rousseau, *Les Confessions* (1765-1770)[1]

*Au début du sixième livre des* Confessions *(autres extraits ▶ p. 185, 186 et 423) œuvre autobiographique rédigée de 1765 à 1770 mais publiée après sa mort, Jean-Jacques Rousseau évoque un moment heureux de sa vie en compagnie de sa protectrice et maîtresse, Madame de Warens, une femme pieuse qui l'a recueilli à Chambéry.*

Ici commence le court bonheur de ma vie ; ici viennent les paisibles, mais rapides moments qui m'ont donné le droit de dire que j'ai vécu. Moments précieux et si regrettés ! ah ! recommencez pour moi votre aimable cours, coulez plus lentement dans mon souvenir, s'il est possible, que vous ne fîtes réellement dans votre fugitive succession. Comment ferai-je pour prolonger à mon gré ce récit si

1. Publication posthume en 1782.

touchant et si simple, pour redire toujours les mêmes choses, et n'ennuyer pas plus mes lecteurs en les répétant que je ne m'ennuyais moi-même en les recommençant sans cesse ? Encore si tout cela consistait en faits, en actions, en paroles, je pourrais le décrire et le rendre en quelque façon ; mais comment dire ce qui n'était ni dit, ni fait, ni pensé même, mais goûté, mais senti, sans que je puisse énoncer d'autre objet de mon bonheur que ce sentiment même ? Je me levais avec le soleil, et j'étais heureux ; je me promenais, et j'étais heureux ; je voyais Maman[2], et j'étais heureux ; je la quittais, et j'étais heureux ; je parcourais les bois, les coteaux, j'errais dans les vallons, je lisais, j'étais oisif ; je travaillais au jardin, je cueillais les fruits, j'aidais au ménage, et le bonheur me suivait partout : il n'était dans aucune chose assignable, il était tout en moi-même, il ne pouvait me quitter un seul instant.

Rien de tout ce qui m'est arrivé durant cette époque chérie, rien de ce que j'ai fait, dit et pensé tout le temps qu'elle a duré, n'est échappé de ma mémoire. Les temps qui précèdent et qui suivent me reviennent par intervalles ; je me les rappelle inégalement et confusément : mais je me rappelle celui-là tout entier comme s'il durait encore. Mon imagination, qui dans ma jeunesse allait toujours en avant, et maintenant rétrograde, compense par ces doux souvenirs l'espoir que j'ai pour jamais perdu. Je ne vois plus rien dans l'avenir qui me tente ; les seuls retours du passé peuvent me flatter, et ces retours si vifs et si vrais dans l'époque dont je parle me font souvent vivre heureux malgré mes malheurs.

Livre VI.

2. C'est ainsi que Rousseau appelle Madame de Warens.

Contexte XVIII^e s. ▶ p. 498
Notice biographique ▶ p. 517
Du même auteur ▶ p. 44, p. 185, p. 186, p. 204, p. 230, p. 252, p. 420, p. 422

## Lecture analytique

**1.** À partir de deux mots clés de la première phrase, et de deux champs lexicaux dominants, déterminez le thème du passage : quelles sont les deux notions mises en cause ? Comment ces deux notions sont-elles liées ?

**2.** Rapprochez les deux paragraphes du texte : qu'ont-ils en commun ? Quel rôle le second joue-t-il par rapport au premier ?

**3.** Comment le thème abordé se trouve-t-il associé à l'écriture ? Repérez les indices de ce rapprochement puis déterminez, à partir du texte, certaines caractéristiques et certaines fonctions de l'écriture autobiographique.

**4.** Quel est le registre du texte ?

## Question d'oral

**5.** Étudiez le texte en précisant la nature du bonheur évoqué et les relations de ce bonheur avec la mémoire et l'écriture.

## Travail sur un corpus de textes

**6.** À partir des trois textes de Rousseau (▶ p. 420, 422 et 423), étudiez l'expression et l'importance du « moi » en relation avec la nature, dans trois genres littéraires différents, mais du même auteur.

## Commentaire

**7.** Faites le commentaire de ce texte en vous aidant des axes suivants :
– les composantes d'un bonheur individuel ;
– l'expression dominante du temps ;
– le pouvoir de l'écriture autobiographique.

REPÈRES
L'esprit des Lumières ▶ p. 434
La notion de courant culturel ▶ p. 435
L'écriture autobiographique ▶ p. 219
La notion de registre ▶ p. 222

**Francisco José de Goya y Lucientes** (1746-1828), *Scène de sorcellerie ou Le Grand bouc* (1797-1798), huile sur toile, 43,3 x 30,5 cm, (Musée Lazaro Galdiano, Madrid).

## 6 Jacques Cazotte, *Le Diable amoureux* (1772)

*Dans* Le Diable amoureux, *le héros, Don Alvare, a invoqué le diable par esprit de provocation. Il a vu apparaître alors une épouvantable tête de chameau, métamorphosée en une séductrice du nom de Biondetta, dont il est tombé amoureux. Au cours d'un voyage qui les conduit en Espagne, elle révèle sa véritable identité : Béelzébuth.*

À ce nom[1] fatal, quoique si tendrement prononcé, une frayeur mortelle me saisit ; l'étonnement, la stupeur accablent mon âme : je la croirais anéantie si la voix sourde du remords ne criait pas au fond de mon cœur. Cependant, la révolte de mes sens subsiste d'autant plus impérieusement qu'elle ne peut être réprimée par la raison. Elle me livre sans défense à mon ennemi : il en abuse et me rend aisément sa conquête.

Il ne me donne pas le temps de revenir à moi, de réfléchir sur la faute dont il est beaucoup plus l'auteur que le complice. « Nos affaires sont arrangées, me dit-il, sans altérer sensiblement ce ton de voix auquel il m'avait habitué. Tu es venu me chercher : je t'ai suivi, servi, favorisé ; enfin, j'ai fait ce que tu as voulu. Je désirais ta possession, et il fallait, pour que j'y parvinsse, que tu me fisses un libre abandon de toi-même. Sans doute, je dois à quelques artifices la première complaisance ; quant à la seconde, je m'étais nommé[2] : tu savais à qui tu te livrais, et ne saurais te prévaloir de ton ignorance. Désormais notre lien, Alvare, est indissoluble, mais pour cimenter notre société[3], il est important de nous mieux connaître. Comme je te sais déjà presque par cœur, pour rendre nos avantages réciproques, je dois me montrer à toi tel[2] que je suis. »

1. Béelzébuth, le diable.

2. Celui qui parle utilise le masculin : il s'agit bien du diable et non plus de Biondetta.

3. Association.

On ne me donne pas le temps de réfléchir sur cette harangue[4] singulière : un coup de sifflet très aigu part à côté de moi. À l'instant l'obscurité qui m'environne se dissipe : la corniche qui surmonte le lambris[5] de la chambre s'est toute chargée de gros limaçons : leurs cornes, qu'ils font mouvoir vivement et en manière de bascule, sont devenues des jets de lumière phosphorique[6], dont l'éclat et l'effet redoublent par l'agitation et l'allongement. Presque ébloui par cette illumination subite, je jette les yeux à côté de moi ; au lieu d'une figure ravissante, que vois-je ? Ô ciel ! c'est l'effroyable tête de chameau[7]. Elle articule d'une voix de tonnerre ce ténébreux *Che vuoi* [8] qui m'avait tant épouvanté dans la grotte, part d'un éclat de rire humain plus effrayant encore, tire une langue démesurée…

Je me précipite ; je me cache sous le lit, les yeux fermés la face contre terre. Je sentais battre mon cœur avec une force terrible : j'éprouvais un suffoquement comme si j'allais perdre la respiration.

Je ne puis évaluer le temps que je comptais avoir passé dans cette inexprimable situation, quand je me sens tirer par le bras ; mon épouvante s'accroît : forcé néanmoins d'ouvrir les yeux, une lumière frappante les aveugle.

Ce n'était point celle des escargots, il n'y en avait plus sur les corniches ; mais le soleil me donnait[9] d'aplomb sur le visage. On me tire encore par le bras : on redouble ; je reconnais Marcos[10].

« Eh ! seigneur cavalier, me dit-il, à quelle heure comptez-vous donc partir ? Si vous voulez arriver à Maravillas[11] aujourd'hui, vous n'avez pas de temps à perdre, il est près de midi. »

4. Discours solennel.

5. Revêtement mural en bois ou en marbre.

6. Formée par combustion.

7. Forme de la première apparition du diable, au début du roman.

8. En italien, *que veux-tu ?*, question posée par le diable à sa première apparition.

9. Tombait.

10. Fermier qui a recueilli le narrateur et Biondetta au cours de leur voyage.

11. Nom du château espagnol de la mère d'Alvare.

Contexte XVIIIe s. ► p. 498
Notice biographique ► p. 511

RECHERCHE

### Les mots et leur usage

**1.** Qu'appelle-t-on « illuminisme » au XVIIIe siècle ? Après avoir cherché le sens de ce mot dans un dictionnaire littéraire, vous le rapprocherez, pour faire quelques observations, du mot « Lumières ».

## Lecture analytique

**2.** Différenciez dans le texte ce qui relève du récit à la première personne et ce qui appartient au discours direct. Quels sont les différents locuteurs ? Pourquoi est-il important que le narrateur et le héros soient la même personne ?

**3.** Dans le récit d'Alvare, quelles formulations expriment ses réactions immédiates ? Comment se trouvent exprimées la force du diable et son emprise sur le personnage ? Prenez appui sur la ponctuation, le lexique et les temps verbaux pour répondre.

**4.** Quels sont, dans la scène, les phénomènes qui relèvent de l'irrationnel ?

**5.** En quoi la situation évoquée s'oppose-t-elle à l'esprit des Lumières ?

## Question d'oral

**6.** Étudiez le texte en analysant tous les procédés qui actualisent la situation et qui soulignent son caractère surnaturel.

## Lecture de l'image

**7.** Étudiez la composition du tableau (► p. 425) et les effets de contraste pour en faire ressortir le caractère inquiétant et burlesque à la fois.

REPÈRES L'esprit des Lumières ► p. 434
La notion de courant culturel ► p. 435

**Caspar Wolf** (1735-1783), *Le Glacier du Lauteraar* (1776), huile sur toile, 54 x 82 cm (Aargauer Kunsthaus, Aarali).

# 7 Johann Wolfgang von Goethe, *Les Souffrances du jeune Werther* (1774)

*Dans* Les Souffrances du jeune Werther, *qui est un roman par lettres, Werther, l'épistolier, sorte de double de Goethe, rend compte de sa vie et de ses émotions. La rencontre d'une jeune fille, Lotte, a fait naître chez lui une passion douloureuse, car Lotte est fiancée. Dans des lettres écrites à son ami Wilhelm, Werther évoque cette rencontre et les changements qu'elle a provoqués en lui.*

Le 18 août[1].

Était-il donc fatal que ce qui fait la félicité de l'homme devînt en retour la source de sa détresse ?

Le sentiment d'ardente plénitude que la nature vivante faisait naître en mon cœur, ce sentiment qui m'inondait de tant de volupté, qui transformait le monde autour de moi en un paradis, me devient maintenant un intolérable bourreau, un génie de la persécution, qui me pourchasse en tout lieu. Jadis, quand du haut du rocher mon regard embrassait la vallée féconde qui s'étend par-delà le fleuve jusqu'aux lointaines collines et que je voyais tout germer, sourdre autour de moi ; quand j'apercevais ces montagnes revêtues du pied jusqu'à la cime de grands arbres touffus, ces vallées aux multiples détours ombragés des plus aimables forêts, tandis que doucement la rivière s'écoulait entre les roseaux murmurants et reflétait les gracieux nuages que la douce brise du soir berçait et poussait vers nous dans le ciel ; quand alors j'entendais les oiseaux autour de moi animer la forêt et que par millions des essaims de moucherons dansaient allégrement dans l'ultime rayon du soleil couchant, dont le dernier regard palpitant délivrait le scarabée bourdonnant de sa prison d'herbe ; quand la vie bruissante

1. De l'année 1771.

et mouvante qui m'entourait attirait mon attention sur le sol et sur la mousse qui arrache au rocher sa nourriture, et que les broussailles qui croissent sur la pente de l'aride colline sablonneuse me révélaient la vie intérieure, ardente et sacrée, de la nature, comme alors je recueillais tout cela dans mon cœur brûlant ! Dans cette débordante plénitude je me sentais presque devenir Dieu et les formes admirables de l'univers infini se mouvaient dans mon âme porteuse d'une vie unanime. Des montagnes énormes m'entouraient, des abîmes s'ouvraient devant moi et des torrents s'y précipitaient ; les fleuves au-dessous de moi coulaient à flots ; forêts et montagnes retentissaient et je les voyais agir et créer, entremêlées dans les profondeurs de la terre, toutes les forces insondables, tandis qu'entre terre et ciel fourmillent les générations des créatures en leur diversité. Tout, tout est peuplé de mille formes, cependant que les hommes se rassemblent à l'abri de leurs chaumières et se font un nid en s'imaginant qu'ils règnent sur le vaste monde ! Pauvres insensés ! qui jugent tout si infime, parce qu'ils sont si petits.

Contexte XVIIIe s. ► p. 498
Notice biographique ► p. 513

Livre Ier traduit de l'allemand par J.-F. Angelloz © éd. Flammarion, 1976.

**RECHERCHE**

**Histoire culturelle**

**1.** Cherchez les dates de Goethe, son pays d'origine, le titre et le genre de plusieurs de ses œuvres. Pour quelles raisons peut-on l'associer à Gérard de Nerval, au dramaturge anglais Christopher Marlowe, aux compositeurs Hector Berlioz et Charles Gounod, au cinéaste allemand F. W. Murnau et à Paul Valéry ?

**2.** Quel écrivain du XVIIe siècle a évoqué la petitesse de l'homme, sa disproportion par rapport au monde ? Dans quelle œuvre et à quel propos ?

## Bilan de lecture

**3.** *Félicité / détresse* : comment se trouve reprise, dans le texte, l'idée énoncée dans la première phrase ? À quelle opposition temporelle se trouve-t-elle associée ? Dites aussi quelle nature évoque dans chaque cas celui qui parle, nature heureuse ou nature génératrice de malheur.

**4.** La ponctuation et la reprise anaphorique d'une structure particulière attirent ici l'attention du lecteur : qu'est-ce qui se trouve répété ? À quel moment et avec quel effet se trouve enfin exprimée la proposition principale attendue ?

**5.** À quels éléments de la nature celui qui parle se montre-t-il particulièrement sensible ? Trouvez à ces éléments un principe de classification.

**6.** Comment peut s'expliquer le sentiment de *devenir Dieu* (l. 21) ? Quel est le sens de la dernière phrase (l. 27 à 30) par rapport au sentiment de *détresse* évoqué au tout début du texte ?

## Travail sur un corpus de textes

**7.** À partir des textes de Diderot (► p. 418), de Rousseau (► p. 420) et de Goethe (► p. 427), analysez les relations entre la sensibilité et la nature, en précisant quels rôles sont attribués à la nature.

## Écriture d'invention

**8.** L'épistolier Werther pense à la nature inspiratrice de bonheur et c'est celle qu'il évoque. En vous mettant à sa place, vous évoquerez la même nature associée au sentiment de détresse dont il parle dans les premières lignes. Vous vous efforcerez de conserver la structure du texte, avec l'anaphore d'une subordonnée et une principale longtemps attendue.

## Lecture de l'image

**9.** Étudiez la composition du tableau (► p. 427) en mettant en parallèle les deux plans successifs que perçoit le spectateur. Quelles sont leurs différences ?

**10.** Comment est rendue la présence humaine dans ce tableau et où figure-t-elle ? Quelle signification peut-on attribuer à cette présence ?

**11.** Cherchez les raisons expliquant que la montagne constitue un thème privilégié de la peinture de paysage, notamment au XVIIIe et au XIXe siècles.

**12.** Trouvez différentes relations entre le tableau et le texte de Goethe.

**REPÈRES** L'esprit des Lumières ► p. 434
La notion de courant culturel ► p. 435
La notion de registre ► p. 222

# 8 Jacques Delille, *Les Jardins* (1782)

*Homme de science, latiniste qui traduisit les* Géorgiques *de Virgile, l'abbé Jacques Delille est aussi un poète sensible à la nature et à ses métamorphoses. En témoigne cette évocation des jardins à l'automne.*

Remarquez-les[1] surtout lorsque la pâle automne,
Près de la voir flétrir, embellit sa couronne ;
Que de variété ! que de pompe[2] et d'éclat !
Le pourpre, l'orangé, l'opale[3], l'incarnat[4],
De leurs riches couleurs étalent l'abondance.
Hélas ! tout cet éclat marque leur décadence.
Tel est le sort commun. Bientôt les aquilons
Des dépouilles des bois vont joncher les vallons ;
De moment en moment la feuille sur la terre
En tombant interrompt le rêveur solitaire.
Mais ces ruines même ont pour moi des attraits.
Là, si mon cœur nourrit quelques profonds regrets,
Si quelque souvenir vient rouvrir ma blessure,
J'aime à mêler mon deuil au deuil de la nature ;
De ces bois desséchés, de ces rameaux flétris,
Seul, errant, je me plais à fouler les débris.
Ils sont passés les jours d'ivresse et de folie ;
Viens, je me livre à toi, tendre mélancolie ;
Viens, non le front chargé de nuages affreux
Dont marche enveloppé le chagrin ténébreux,
Mais l'œil demi-voilé, mais telle[5] qu'en automne,
À travers des vapeurs un jour plus doux rayonne ;
Viens, le regard pensif, le front calme et les yeux
Tout prêts à s'humecter de pleurs délicieux.

Chant II (extrait).

1. Le poète s'adresse aux paysagistes chargés de la création et de l'entretien des jardins. Le pronom *les* désigne les arbres.
2. Somptuosité.
3. De la couleur de l'opale, c'est à dire d'un blanc laiteux et irisé.
4. Couleur rose vif.
5. *Telle* s'accorde avec *mélancolie*.

Contexte XVIIIe s. ▶ p. 498
Notice biographique ▶ p. 512

## Lecture analytique

**1.** À partir du champ lexical dominant, déterminez le thème de l'extrait.
**2.** Quelle est l'importance du vers 11 ? Répondez en prenant appui sur l'articulation logique qui le commence, sur la présence de la première personne et sur l'opposition de deux termes importants.
**3.** De quoi se compose la première partie du texte ? Quels en sont les registres et les connotations ?
**4.** Nature et sentiments : quelles sont, et comment s'expriment, dans la seconde partie, les relations entre celui qui parle et ce qui l'entoure ?
**5.** À quel courant littéraire du XIXe siècle ce texte poétique fait-il penser, bien qu'il se situe à l'époque des Lumières ? De quels textes de cette séquence pourriez-vous le rapprocher ?

## Commentaire

**6.** Commentez le texte de Jacques Delille en vous aidant des axes suivants :
– l'omniprésence de la nature dans le texte ;
– l'expression d'un accord profond entre les sentiments et la saison.

REPÈRES La versification ▶ p. 123
L'esprit des Lumières ▶ p. 434
La notion de courant culturel ▶ p. 435
La notion de registre ▶ p. 222

*Dessus de table décoré des figures dansantes d'Apollon et les Muses* (XVIIIe siècle), (Palais Pitti, Florence).

# 9 André Chénier, *Élégies* (1781-1787)

*André Chénier est un poète qui puise son inspiration dans les réminiscences de l'Antiquité. Cet appel aux Muses reprend un thème cher aux poètes latins, puis à ceux de la Pléiade.*

Ô Muses, accourez ; solitaires divines,
Amantes des ruisseaux, des grottes, des collines !
Soit qu'en ses beaux vallons Nîme[1] égare vos pas,
Soit que de doux pensers, en de riants climats,
Vous retiennent aux bords de Loire ou de Garonne ;
Soit que parmi les chœurs de ces Nymphes du Rhône
La lune sur les prés, où son flambeau vous luit,
Dansantes, vous admire au retour de la nuit ;
Venez. J'ai fui la ville aux Muses si contraire,
Et l'écho fatigué des clameurs du vulgaire.
Sur les pavés poudreux d'un bruyant carrefour
Les poétiques fleurs n'ont jamais vu le jour.
Le tumulte et les cris font fuir avec la lyre
L'oisive rêverie au suave délire ;
Et les rapides chars et leurs cercles d'airain[2]
Effarouchent les vers qui se taisent soudain.
Venez. Que vos bontés ne me soient point avares.

Mais, oh ! faisant de vous mes Pénates[3], mes Lares[3],
Quand pourrai-je habiter un champ qui soit à moi ?
Et, villageois tranquille, ayant pour tout emploi
Dormir et ne rien faire, inutile poète,
Goûter le doux oubli d'une vie inquiète ?
Vous savez si toujours, dès mes plus jeunes ans,
Mes rustiques souhaits m'ont porté vers les champs ;
Si mon cœur dévorait vos champêtres histoires :
Cet âge d'or si cher à vos doctes mémoires ;
Ces fleuves, ces vergers, Éden aimé des cieux
Et du premier humain berceau délicieux.

Livre I, IV, vers 1 à 28.

1. La ville de Nîmes.
2. Roues des chars, cerclées de métal.
3. Divinités latines protectrices des foyers.

Contexte XVIIIe s. ▸ p. 498
Notice biographique ▸ p. 511

**RECHERCHE**

**Histoire culturelle**

**1.** Qu'appelle-t-on *âge d'or* (v. 26) dans la mythologie gréco-latine ? En quoi cette période peut-elle être rapprochée du mot *Éden* (v. 27) ?

**Histoire littéraire**

**2.** Qu'est-ce qu'une *élégie* ? À quel registre correspond cette forme de poème ?

**3.** Qui sont les Muses ? Cherchez leur nombre, leur nom et leur spécialité. Qu'incarnent-elles ?

## Lecture analytique

**4.** À partir des pronoms personnels, des verbes et des interpellations, dites qui parle et à qui s'adresse le message.

**5.** En prenant appui sur des éléments opposés, précisez ce que refuse le poète et ce qu'il attend. À quels lieux les attentes et les refus sont-ils liés ?

**6.** Quel idéal de vie et de création littéraire se trouve exprimé à travers ces vers ? Étudiez par quels procédés cet idéal se trouve mis en valeur.

## Question d'oral

**7.** Étudiez le texte en montrant comment, à travers les relations du poète et des Muses, se met en place un double idéal de vie et de création.

## Étude comparée

**8.** Rapprochez ce texte de celui de J. Du Bellay (► p. 325) pour étudier la relation entre le poète et les Muses.

**REPÈRES** L'esprit des Lumières ► p. 434
La notion de courant culturel ► p. 435
Fonctions du poète et de la poésie ► p. 141
La notion de registre ► p. 222

# 10 Matthew G. Lewis, *Le Moine* (1795)

*Roman gothique*[1] *anglais,* Le Moine *met en scène Ambrosio, un prêtre sadique. À la fin du roman, emprisonné et condamné au bûcher, il attend son exécution lorsqu'apparaît le diable, qu'il a appelé à son secours. Mais ce dernier pose ses conditions.*

– Écoute ! cria le tentateur : on vient ! fais vite ; signe le parchemin, et je t'emporte à l'instant d'ici.

En effet, on entendit venir les archers chargés de conduire Ambrosio au bûcher ; ce bruit encouragea le moine dans sa résolution.

– Quel est le sens de cet écrit ? dit-il.

– Il me donne ton âme pour toujours sans réserve.

– Que dois-je recevoir en échange ?

– Ma protection et ton évasion du cachot. Signe-le et à l'instant je t'emporte.

Ambrosio prit la plume ; il la posa sur le parchemin. De nouveau le courage lui manqua ; il se sentit au cœur une angoisse d'épouvante, et il rejeta la plume sur la table.

– Être pusillanime[2] ! s'écria le démon exaspéré ; c'est assez d'enfantillage ! Signe sur-le-champ cet écrit ou je te sacrifie à ma fureur.

À ce moment on tira le verrou de la porte extérieure ; le prisonnier entendit le bruit des chaînes ; la barre pesante tomba : les archers étaient sur le point d'entrer. Poussé à la frénésie par l'urgence du danger, reculant devant la mort, terrifié des menaces du démon, et ne voyant pas d'autre moyen d'échapper à

1. Ce terme désigne des romans d'inspiration fantastique et médiévale en vogue en Angleterre dans la seconde moitié du XVIIIe siècle. On parle aussi de « romans noirs ».

2. Lâche.

sa perte, le malheureux céda. Il signa le fatal contrat, et le mit aussitôt dans les mains du mauvais esprit, dont les yeux, en recevant ce don, étincelèrent d'une joie maligne.

– Prenez-le ! dit l'homme abandonné de Dieu. Maintenant sauvez-moi, arrachez-moi d'ici !

– Arrête ! Renonces-tu librement et absolument à ton Créateur et à Son Fils ?

– Oui ! oui !

– Me cèdes-tu ton âme pour toujours ?

– Pour toujours !

– Sans réserve ni subterfuge ? Sans appel futur à la divine merci[3] ?

La dernière chaîne tomba de la porte de la prison. On entendit la clef tourner dans la serrure ; déjà la porte de fer grinçait pesamment sur ses gonds rouillés…

– Je suis à vous pour toujours, et irrévocablement ! cria le moine, éperdu d'effroi. J'abandonne tous mes droits au salut ; je ne reconnais de pouvoir que le vôtre. Écoutez ! écoutez ! on vient ! Oh ! sauvez-moi ! emportez-moi !

– Je triomphe ! Tu es à moi sans retour, et je remplis ma promesse.

Pendant qu'il parlait, la porte s'ouvrit : aussitôt le démon saisit un des bras d'Ambrosio, étendit ses larges ailes et s'élança avec lui dans les airs ; la voûte s'entrouvrit pour les laisser passer, et se referma quand ils eurent quitté le cachot.

Le geôlier, cependant, était dans un extrême étonnement de la disparition de son prisonnier. Quoique ni lui ni les archers ne fussent entrés à temps pour être témoins de l'évasion du moine, une odeur de soufre répandue dans la prison leur apprit assez à qui il devait sa délivrance. Ils se hâtèrent d'aller faire leur rapport au Grand Inquisiteur. Le bruit qu'un sorcier avait été emporté par le diable courut bientôt dans Madrid, et pendant quelques jours ce fut le sujet de toutes les conversations de la ville ; peu à peu, on cessa de s'en entretenir : d'autres aventures plus nouvelles s'emparèrent de l'attention générale, et Ambrosio fut bientôt aussi oublié que s'il n'avait jamais existé.

Volume III, chapitre V, traduit de l'anglais par L. de Wailly.

3. Grâce.

Contexte XVIIIe s. ▸ p. 498
Notice biographique ▸ p. 515

## RECHERCHE

### Histoire littéraire

**1.** Recherchez les dates et les œuvres essentielles des auteurs anglais suivants : Ann Radcliffe, Horace Walpole, Matthew G. Lewis, Mary Shelley. Dites à quel genre appartiennent leurs œuvres littéraires et quelles relations on peut établir entre Jacques Cazotte (▸ p. 425) et ces auteurs.

**2.** Quel courant littéraire de la première moitié du XIXe siècle a été particulièrement marqué par cette inspiration ?

### Bilan de lecture

**3.** Étudiez la construction du passage : quelle alternance le lecteur peut-il observer ? Quelle est la position du narrateur ?

**4.** Quel rôle jouent les passages dialogués ? Que révèlent-ils de l'état d'Ambrosio ? des intentions et de la manière de se comporter du diable ?

**5.** À quoi servent les passages de récit, par rapport aux dialogues ? En quoi peut-on parler de suspense ?

**6.** Quels éléments de la scène permettent de parler de fantastique ? Comment ce fantastique s'insère-t-il dans la vie courante ?

**7.** En quoi ce texte s'oppose-t-il à l'esprit des Lumières ?

**8.** Rapprochez ce texte de celui de Jacques Cazotte (▸ p. 425) : qu'ont-ils en commun ?

REPÈRES L'esprit des Lumières ▸ p. 434
La notion de courant culturel ▸ p. 435

# 11 Lire l'image : J.-B. Greuze

**Jean-Baptiste Greuze** (1725-1805), *L'Oiseau mort* (XVIIIe siècle), huile sur bois, 68 x 55 cm (Musée du Louvre, Paris).

RECHERCHE

## Histoire littéraire

**1.** Pourquoi les noms de Diderot et de Greuze sont-ils souvent associés ?

**2.** Au XVIIIe siècle se manifeste un intérêt nouveau pour l'enfant, à travers des œuvres littéraires et picturales. Trouvez le titre d'une œuvre importante de Jean-Jacques Rousseau, qui traite de l'éducation et le nom d'un peintre contemporain de Greuze, qui s'est, lui aussi, intéressé aux enfants.

## Lecture de l'image

**3.** Décrivez ce que vous voyez sur le tableau : en quoi s'agit-il d'un thème qui touche la sensibilité ?

**4.** Vers quoi se trouve attiré le regard du spectateur ? Étudiez les effets de lumière, les contrastes, les mouvements : que contribuent-ils à mettre en relief dans le domaine des sentiments ?

**5.** Les tableaux de Greuze ont une signification morale implicite : quel(s) sens pourrait-on attribuer à la scène représentée et au titre du tableau ?

## Écriture d'invention

**6.** Composez un court texte narratif et didactique que le tableau de Greuze pourrait illustrer (30 lignes environ).

REPÈRES La lecture de l'image ▸ p. 489
L'esprit des Lumières ▸ p. 434

# L'esprit des Lumières

**On utilise le mot Lumières pour désigner un courant intellectuel et philosophique, qui se développe en Europe au XVIIIe siècle. Ses caractéristiques sont l'importance accordée à la raison, sans pour autant rejeter l'expérience ni les sentiments, la croyance dans le progrès, la lutte pour la tolérance et pour le respect des libertés. Cet esprit s'incarne dans ceux que l'on a appelés les philosophes, se développe dans les salons et s'exprime dans les œuvres littéraires.**

## Le contexte historique

L'esprit des Lumières n'apparaît pas avec le début du XVIIIe siècle : il est déjà présent dans le **rationalisme cartésien** et dans l'esprit contestataire que l'on observe chez Fénelon (▸ p. 387), Fontenelle (▸ p. 382) et Bayle (▸ p. 380). Mais la mort de Louis XIV et la régence qui la suit (de 1715 à 1723) constituent un contexte favorable, nourri d'influences littéraires diverses, venues notamment d'Allemagne.

■ **Ex :** La libéralisation politique et économique de la Régence favorise le développement de l'esprit critique et permet la publication des *Lettres persanes* (▸ p. 396). Le développement des voyages, notamment vers l'Orient, et des récits qui les accompagnent (Chardin, Tavernier) fait réfléchir sur la **relativité des coutumes** et sur l'efficacité dénonciatrice du « regard étranger ». Le développement des sciences – notamment la découverte de la gravitation universelle – bouleverse certaines connaissances. Enfin l'expansion économique donne un poids considérable à la bourgeoisie.

## Raison et esprit d'examen

L'esprit des Lumières est caractérisé par l'importance accordée à la **raison**, référence et critère de jugement, et à l'**esprit d'examen**, qui se veut scientifique. Cette importance se révèle dans les principes qui animent l'*Encyclopédie* et qui se trouvent définis dans l'article « Philosophe » (▸ p. 404). De là naît une méthode pour lutter contre tout ce qui relève de la croyance, des superstitions et des préjugés, c'est-à-dire des sources d'erreur : on ne juge pas d'un fait sans avoir vérifié son authenticité, on soumet la tradition elle-même à un sévère examen.

■ **Ex :** L'apologue de la dent d'or, de Fontenelle (▸ p. 382), fait apparaître l'absurde de certains modes de pensée.

## Les cibles de la contestation

Le travail critique des philosophes porte sur l'ensemble des institutions : ils dénoncent le caractère inégalitaire de la société, la monarchie absolue et son caractère « de droit divin », la religion catholique imposée, l'intolérance à l'égard des protestants et toutes les formes d'abus de pouvoir.

■ **Ex :** À travers ses épistoliers persans, Montesquieu critique le roi et le pape, présentés comme des « magiciens » (▸ p. 396) ; Voltaire dénonce la torture, le fanatisme et l'intolérance religieuse dans le *Traité sur la tolérance* (▸ p. 409). L'*Encyclopédie* (▸ p. 414), œuvre de vulgarisation du savoir, est aussi un ouvrage de forte contestation, qui cherche à bousculer les traditions et propose une nouvelle manière de penser.

## Une volonté de changement

Les philosophes des Lumières ne se contentent pas de critiquer et de contester : ils agissent et apportent des solutions nouvelles. Ils proposent ainsi d'instaurer une monarchie parlementaire sur le modèle anglais, penchent pour le déisme en matière de religion, préconisent le développement de l'éducation, défendent l'idée de la vaccination. Dans le *Contrat social*, Rousseau apparaît comme un novateur en matière d'organisation politique. Beaucoup de ces idées novatrices seront reprises par les révolutionnaires de 1789.

■ **Ex :** Voltaire donne l'exemple avec sa défense de Calas, de Sirven et du Chevalier de La Barre. Les théories qu'il défend dans l'épilogue de *Candide* sont mises en pratique dans son domaine de Ferney, où il montre comment « cultiver [son] jardin ».

## Une époque sensible

Le rationalisme des Lumières a tendance à occulter l'aspect sensible de l'époque. On observe pourtant une importance particulière accordée au sentiment de la nature, même si elle reste très rhétorique chez Chénier (▸ p. 430) et chez Delille (▸ p. 429) ; toute l'œuvre de Diderot et celle de Rousseau sont marquées par la présence des émotions. Parallèlement au rationalisme existe un courant illuministe proche parfois du fantastique, comme le montre l'œuvre de Cazotte (▸ p. 425). Cette sensibilité est omniprésente dans la peinture.

■ **Ex :** On peut citer les tempêtes de J. Vernet, les scènes galantes de Fragonard, la représentation de l'enfance et de la famille par Chardin et Greuze (▸ p. 433).

REPÈRES La notion de courant culturel ▸ p. 435

# La notion de courant culturel

**On désigne par l'expression courant culturel un ensemble d'idées, de sentiments, de goûts esthétiques se manifestant à une époque et se trouvant en continuité ou en rupture avec ce qui précède ou ce qui suit. Un courant culturel est perceptible à des convergences et à des similitudes dans ses productions. Il est lié au contexte historique, politique, social et même économique, dans lequel il naît et se développe.**

## L'importance du contexte historique

L'histoire de la littérature et celle des autres arts montrent que les courants qui se suivent s'inscrivent dans le temps et dans leur environnement.

**Ex :** Au XVI^e siècle, on ne peut dissocier les transformations architecturales de la Renaissance (▸ p. 298) de l'influence italienne venue avec les guerres d'Italie ; l'importance accordée à l'homme vient d'un retour à l'Antiquité redécouverte grâce aux savants et à des connaissances qui révèlent une nouvelle organisation du monde.
Dans la période charnière du XVI^e et du XVII^e siècles, les incertitudes politiques, les questions sur la place de l'homme, les déceptions de l'humanisme se matérialisent dans l'irrégularité baroque (▸ p. 357), dans l'évocation obsessionnelle des songes et des illusions (▸ p. 336, 341, 343).
De même, au XIX^e siècle, l'émergence de la classe ouvrière sous l'influence de la Révolution industrielle modifie la nature de ceux que mettent en scène les écrivains : les figures héroïques héritées de la tradition antique deviennent des personnages réalistes.

L'existence de ces relations met en évidence certaines caractéristiques communes aux courants culturels.

## Les caractéristiques d'un courant culturel

On parle de courant culturel à partir du moment où l'on peut observer la présence de certains des éléments suivants : une **sensibilité** proche, la récurrence de **certains thèmes** et de préoccupations similaires, une **esthétique commune**, une écriture ou un mode de représentation traduisant les mêmes aspirations.

– **Une sensibilité proche** : une façon similaire de réagir affectivement et émotionnellement se révèle à travers différentes formes d'art : littérature, peinture, musique.

**Ex :** Le courant dit romantique se définit à partir de l'importance de plus en plus grande accordée à la sensibilité, chez Rousseau (▸ p. 420) puis chez Lamartine : prédominance des sentiments personnels et du « moi » (▸ p. 108), goût de l'introspection, extériorisation des émotions. Ces différents éléments sensibles se révèlent dans la poésie, florissante dans les années 1820, et qui est imprégnée de lyrisme élégiaque. La mélancolie et le chagrin, les aspirations mal définies, sont partagés par les « enfants du siècle ».

– **La récurrence de certains thèmes** : l'observation d'œuvres contemporaines, dans des domaines esthétiques différents, fait émerger des thèmes communs, qui constituent des centres d'intérêts partagés.

**Ex :** On remarque que la littérature des Lumières est dominée par des préoccupations sociales et politiques qui sont le souci de la personne humaine, la lutte contre l'intolérance (▸ p. 409, 411), la volonté d'instruire et d'éduquer, l'établissement d'un régime plus juste que la monarchie absolue (▸ p. 400). Au XIX^e siècle, on retrouve dans plusieurs œuvres réalistes des éléments qui se rejoignent : les questions d'argent, les tensions familiales, l'alcoolisme, la déchéance sociale ou au contraire le désir de sortir de sa condition pour réussir, y compris de manière malhonnête.

– **Une esthétique commune** : on voit apparaître des principes, des règles, des manifestes qui définissent une certaine manière d'écrire, de s'exprimer, de représenter la réalité.

**Ex :** À l'image de Versailles et des jardins de Le Nôtre (▸ p. 372), l'esthétique classique se révèle à travers la rigueur, l'ordre, la clarté, le refus des désordres de l'esprit et du cœur, tout ce que l'on peut observer dans la littérature. Molière ridiculise les excès (▸ p. 354, 361), Racine dénonce le caractère destructif des passions.

Cette esthétique transparaît dans les modes d'expression : rhétorique complexe et parfois hermétique de la préciosité (▸ p. 346, 347, 349, 350), exotisme et caractère sauvage des tableaux romantiques (▸ p. 420), précision technique de l'écriture réaliste, incohérence apparente des représentations surréalistes.
Les éléments communs permettant d'identifier les courants culturels ne doivent pas faire oublier, cependant, que les manifestations marquantes ne sont pas toujours perceptibles, ni perçues comme telles, sur le moment : les artistes ne décident pas de la mise en place d'un courant ; ils y participent parce qu'il est « dans l'air du temps » et y contribuent, laissant à d'autres, qui viennent après, le soin d'en déterminer l'existence et de l'analyser.

▲
**Erró** (né en 1932), *Picasso* (1992), peinture sur toile, 220 x 490 cm (collection Erró, Musée municipal Reykjavick).

# 4

# Intertextualité et singularité des textes

singularité des textes

ualité

Séquence 23

# Les réécritures : d'un texte à l'autre

## 1 Virgile et Paul Scarron

### Texte 1

**Virgile,** *Énéide* (Ier s. ap. J.-C.)

*Dans le livre II de l'*Énéide*, le héros Énée raconte longuement à la reine de Carthage Didon la chute et le sac de la ville de Troie. Le récit de la construction du célèbre cheval n'occupe que quelques vers, dont voici la traduction.*

Épuisés par la guerre, repoussés des destins, les chefs des Danaens[1], après tant d'années déjà écoulées, construisent, avec le divin secours de Pallas, un cheval haut comme une montagne, dont ils recouvrent les flancs d'ais[2] de sapins entrelacés. Ils font croire que c'est un vœu pour leur retour, et le bruit s'en répand au loin. Ils y enferment furtivement des guerriers d'élite désignés par le sort, et les flancs ténébreux du colosse et les cavités profondes que son corps recèle se trouvent remplis de soldats armés.

Livre II, vers 13 à 20, traduit du latin par M. Rat © éd. Flammarion, 1965.

1. Noms désignant les Grecs.
2. De planches.

Notice biographique ▸ p. 519

Atelier de **Giovanni di Ser Giovanni** (1406-1480), *Le Cheval de Troie*, peinture sur bois (Musée de la Renaissance, Écouen).

**École Française**, *Le Siège de Troie* (XVIIe siècle), détail, huile sur toile (Musée des Beaux-Arts, Blois).

Texte 2

## Paul Scarron, *Le Virgile travesti* (1648-1652)

*À partir de l'Énéide de Virgile, et de la parodie écrite en 1633 par Giambattista Lalli, le poète Paul Scarron a recomposé l'histoire d'Énée et des origines de Rome. Voici sa version de la construction du cheval.*

Mais ils[1] s'avisèrent enfin
De vouloir jouer au plus fin :
Ils y trouvèrent mieux leur compte,
Et par là nous[2] eûmes la honte
De nous voir réduits aux abois
Par un simple cheval de bois.
Il plut donc à la Destinée
Qu'ils fissent une haquenée[3]
(Si vous voulez cheval de pas,
Lequel des deux n'importe pas.)
Par ce prodigieux ouvrage,
Ida[4] perdit tout son ombrage ;
Tous ses sapins prirent le saut,
Ou, pour le moins, bien peu s'en faut.
Pallas[5] même y prit la cognée,
Pour faire de l'embesognée[6] ;
Aussi fut ce maître dada
Aussi grand que le mont Ida.
Je ne sais comment diable ils firent :
Dans ce grand cheval ils bâtirent
Toutes sortes de logements,
Sans oublier des aisements[7] ;
Puis, de munitions et d'armes,

1. Désigne les Grecs, tenus en échec jusque-là par les Troyens.

2. Désigne les Troyens, groupe auquel appartient Énée.

3. Monture autrefois réservée aux dames pour voyager.

4. Haute montagne de Crète.

5. La déesse Athéna, protectrice des Grecs.

6. Pour participer à la besogne, au travail (terme familier).

7. Les « cabinets d'aisance » ; on dirait à notre époque les toilettes.

Et de leurs plus hardis gendarmes,
Tous altérés de notre sang,
Ils emplirent le vaste flanc
De cette bête à large échine.
Que maudite soit la machine,
Et le vilain qui l'inventa,
Et la femme qui l'allaita,
Et le mari de cette femme,
Et toute sa famille infâme ;
Et, pour n'en faire à tant de fois,
Les Grégeoises et les Grégeois[8] !
Ayant donc fait ce grand colosse,
Cette prodigieuse rosse,
Qu'ils disaient, pour couvrir leur jeu,
Être une offrande ou bien un vœu
Pour leur prompt retour dans la Grèce,
Qui diable eût deviné la pièce[9] [...]?

Livre II, vers 97 à 136.

8. Les Grecques et les Grecs.

9. La ruse.

Contexte XVIIe s. ▶ p. 494
Notice biographique ▶ p. 518

RECHERCHE

**Les mots et leur usage**

**1.** Cherchez le sens des mots « burlesque », « parodie » et « pastiche ». Lesquels ont une relation directe avec les deux textes cités ?

**Histoire littéraire**

**2.** Avant de figurer dans un texte latin, l'histoire du cheval de Troie a été écrite en grec : par quel auteur et dans quelle œuvre ? Recherchez le texte dans une traduction française et rapprochez-le de ceux de Virgile et de Scarron.

**3.** Qui est le héros Énée ? Retracez les grandes lignes de son histoire.

## Lecture analytique

**4.** De quel registre relève l'épisode rapporté ? Retrouvez, dans l'extrait de Scarron, tous les procédés d'écriture qui, habituellement, contribuent aux différentes formes de grandissement, d'exagération et de multiplication.

**5.** Concernant les dieux, la notion de fatalité et de destin, qu'est-ce qui caractérise l'épopée ? Retrouve-t-on, dans le poème de Scarron, cette présence des forces qui dominent les hommes ?

**6.** Par quels procédés la réalité légendaire évoquée se trouve-t-elle ramenée, par Scarron, à des éléments banals et triviaux ? Récapitulez tous les procédés qui concourent à ce phénomène de réduction.

**7.** Dans le poème de Scarron, le langage adopté et la versification participent-ils à cette entreprise de démythification ? De quelle manière ? Observez le niveau de langue, les choix lexicaux et les jeux de rimes.

## Question d'oral

**8.** Étudiez les deux textes pour expliquer en quoi consiste la réécriture et quelles peuvent en être les finalités.

## Étude comparée

**9.** Mettez les textes de Scarron et de Virgile en parallèle : quels éléments retrouve-t-on dans les deux extraits ? En quoi consiste la réécriture ? Comment peut s'expliquer la différence de longueur ?

**10.** Quels peuvent être les intérêts et les raisons d'une telle transformation à une époque, le XVIIe siècle, où l'on a une grande admiration pour les modèles antiques (▶ p. 394) ?

## Écriture d'invention

**11.** Choisissez un passage dans une épopée (*Iliade*, *Odyssée*, *Énéide*...) et réécrivez-le en vers ou en prose en modifiant le registre de départ, comme le fait Scarron.

**12.** Choisissez une scène triviale dans une comédie ou dans un roman de votre choix et transformez-la en scène d'épopée.

REPÈRES

Imitation, transposition, parodie et pastiche ▶ p. 461
Le classicisme ▶ p. 394
La notion de registre ▶ p. 222

# 2 Ésope, La Fontaine et Jean Anouilh

*S'inspirant d'Ésope, La Fontaine a lui-même inspiré des écrivains très divers, comme Florian, Hugo (► p. 254), ou encore le dramaturge Jean Anouilh. Voici trois versions d'une même fable.*

## Texte 1 Ésope, *Fables* (VI$^{e}$ siècle av. J.-C.)

Notice biographique ► p. 513
Du même auteur ► p. 244 p. 245

### Le roseau et l'olivier

Le roseau et l'olivier disputaient[1] de leur endurance, de leur force, de leur fermeté. L'olivier reprochait au roseau sa facilité à céder à tous les vents. Le roseau garda le silence et ne répondit mot. Or le vent ne tarda pas à souffler avec violence. Le roseau, secoué et courbé par les vents, s'en tira facilement ; mais l'olivier, résistant aux vents, fut cassé par leur violence.

Cette fable montre que ceux qui cèdent aux circonstances et à la force ont l'avantage sur ceux qui rivalisent avec de plus puissants.

Traduit du grec par É. Chambry 

1. Mettaient en compétition.

## Texte 2 Jean de La Fontaine, *Fables* (1693)

### Le Chêne et le Roseau

Le Chêne un jour dit au Roseau :
« Vous avez bien sujet d'accuser la Nature ;
Un Roitelet pour vous est un pesant fardeau.
Le moindre vent qui d'aventure
Fait rider la face de l'eau,
Vous oblige à baisser la tête :
Cependant que mon front, au Caucase[1] pareil,
Non content d'arrêter les rayons du Soleil,
Brave l'effort de la tempête.
Tout vous est Aquilon[2], tout me semble Zéphir[2].
Encor[3] si vous naissiez à l'abri du feuillage
Dont je couvre le voisinage ;
Vous n'auriez pas tant à souffrir :
Je vous défendrais de l'orage ;
Mais vous naissez le plus souvent
Sur les humides bords des Royaumes du vent.
La Nature envers vous me semble bien injuste.
– Votre compassion, lui répondit l'Arbuste,
Part d'un bon naturel ; mais quittez ce souci.
Les vents me sont moins qu'à vous redoutables.

1. Chaîne de montagnes séparant l'Europe de l'Asie.
2. Noms de vents : l'aquilon est un vent froid du nord, le zéphyr est un vent doux et léger.
3. Orthographe voulue par la versification.

Je plie et ne romps pas. Vous avez jusqu'ici
Contre leurs coups épouvantables
Résisté sans courber le dos ;
Mais attendons la fin. » Comme il disait ces mots
Du bout de l'horizon accourt avec furie
Le plus terrible des enfants[4]
Que le Nord eût portés jusque-là dans ses flancs.
L'Arbre tient bon ; le Roseau plie :
Le vent redouble ses efforts,
Et fait si bien qu'il déracine
Celui de qui la tête au Ciel était voisine,
Et dont les pieds touchaient à l'empire des morts.

Livre I, fable XXII.

4. Il s'agit du vent.

Contexte XVIIe s. ► p. 494
Notice biographique ► p. 514
Du même auteur ► p. 247 p. 249 p. 250 p. 372 p. 462

## Texte 3 Jean Anouilh, *Fables* (1962)

**Jean-Denis Malclès** (1912-2002), illustrations (ci-contre et p. 443) pour les *Fables* (1962) de Jean Anouilh (éd. La Table Ronde).

### Le chêne et le roseau

Le chêne un jour dit au roseau :
« N'êtes-vous pas lassé d'écouter cette fable[1] ?
La morale en est détestable ;
Les hommes bien légers de l'apprendre aux marmots.
Plier, plier toujours, n'est-ce pas déjà trop,
Le pli de l'humaine nature ? »
« Voire, dit le roseau, il ne fait pas trop beau ;
Le vent qui secoue vos ramures
(Si je puis en juger à niveau de roseau)
Pourrait vous prouver, d'aventure,
Que nous autres, petites gens,
Si faibles, si chétifs, si humbles, si prudents,
Dont la petite vie est le souci constant,
Résistons pourtant mieux aux tempêtes du monde,

1. Il s'agit de la fable de La Fontaine, qui sert de modèle.

Que certains orgueilleux qui s'imaginent grands. »
Le vent se lève sur ses mots, l'orage gronde.
Et le souffle profond qui dévaste les bois,
Tout comme la première fois,
Jette le chêne fier qui le narguait par terre.
« Hé bien, dit le roseau, le cyclone passé –
Il se tenait courbé par un reste de vent –
Qu'en dites-vous donc mon compère ?
(Il ne se fût jamais permis ce mot avant)
Ce que j'avais prédit n'est-il pas arrivé ? »
On sentait dans sa voix sa haine
Satisfaite. Son morne regard allumé.
Le géant, qui souffrait, blessé,
De mille morts, de mille peines,
Eut un sourire triste et beau ;
Et, avant de mourir, regardant le roseau,
Lui dit : « Je suis encore un chêne. »



Contexte xxe s. ► p. 506
Notice biographique ► p. 510
Du même auteur ► p. 164, p. 256

## Travail sur un corpus de textes

**1.** Mettez en évidence, en les classant, tous les éléments communs aux trois fables. À quoi le lecteur perçoit-il que chaque fable se réfère à la précédente ? Les références sont-elles les mêmes ? À quoi le lecteur remarque-t-il clairement que la troisième renvoie à la deuxième et non à la première ?

**2.** Quelles différences apparaissent cependant ? Comparez la longueur, les formulations, les images, la position du narrateur… Quelle semble être la vocation de la fable 3 par rapport à la fable 2 ?

**3.** Racontant la même histoire, les trois fables conduisent-elles le lecteur à la même conclusion ? Sur le plan de l'enseignement, lesquelles peut-on regrouper ?

**4.** À partir des réponses précédentes, expliquez en quoi consiste ici la double réécriture de la fable d'Ésope.

**5.** Dites quelle fable vous préférez et pourquoi.

## Question d'oral

**6.** Étudiez les textes 2 et 3 en mettant en évidence leurs similitudes et en expliquant ainsi en quoi il y a réécriture, chaque texte ayant des spécificités que vous indiquerez. Dites ensuite en quoi les deux fables se rattachent à celle d'Ésope (texte 1, ► p. 441).

## Commentaire comparé

**7.** Commentez les textes 2 et 3 en les mettant en parallèle. Vous pouvez vous aider des axes suivants :
– deux récits comparables : les éléments de comparaison ;
– deux récits ayant cependant certaines spécificités ;
– le statut de la seconde fable (texte 3) : pourquoi réécrire ?

## Travail sur un corpus de textes

**8.** Regroupez les textes de Virgile (► p. 438), Paul Scarron (► p. 439), Jean de La Fontaine (► p. 441) et Jean Anouilh (► p. 442) pour étudier deux exemples de réécriture, celle de Paul Scarron et celle de Jean Anouilh. Montrez en quoi ces deux démarches présentent des similitudes. Montrez aussi en quoi elles diffèrent.

REPÈRES
La fable ► p. 259
Imitation, transposition, parodie et pastiche ► p. 461
La notion de registre ► p. 222

# 3 Charles Baudelaire

*Entre certains poèmes versifiés des* Fleurs du mal *(▶ p. 84 et 114) et d'autres, en prose, du* Spleen de Paris *(▶ p. 96), il existe d'évidentes similitudes : en quoi peut-on parler de « réécriture » ?*

## Texte 1 *Les Fleurs du mal* (1857)

### La chevelure

Ô toison, moutonnant jusque sur l'encolure !
Ô boucles ! Ô parfum chargé de nonchaloir[1] !
Extase ! Pour peupler ce soir l'alcôve obscure
Des souvenirs dormant dans cette chevelure,
Je la veux agiter dans l'air comme un mouchoir !

La langoureuse Asie et la brûlante Afrique,
Tout un monde lointain, absent, presque défunt,
Vit dans tes profondeurs, forêt aromatique !
Comme d'autres esprits voguent sur la musique,
Le mien, ô mon amour ! nage sur ton parfum.

J'irai là-bas où l'arbre et l'homme, pleins de sève,
Se pâment longuement sous l'ardeur des climats ;
Fortes tresses, soyez la houle qui m'enlève !
Tu contiens, mer d'ébène, un éblouissant rêve
De voiles, de rameurs, de flammes et de mâts :

Un port retentissant où mon âme peut boire
À grands flots le parfum, le son et la couleur ;
Où les vaisseaux, glissant dans l'or et dans la moire[2],
Ouvrent leurs vastes bras pour embrasser la gloire
D'un ciel pur où frémit l'éternelle chaleur.

Je plongerai ma tête amoureuse d'ivresse
Dans ce noir océan où l'autre[3] est enfermé ;
Et mon esprit subtil que le roulis caresse
Saura vous retrouver, ô féconde paresse,
Infinis bercements du loisir embaumé !

Cheveux bleus, pavillon[4] de ténèbres tendues,
Vous me rendez l'azur du ciel immense et rond ;
Sur les bords duvetés de vos mèches tordues
Je m'enivre ardemment des senteurs confondues
De l'huile de coco, du musc[5] et du goudron[6].

1. Terme ancien désignant l'inaction, l'indolence.
2. Tissu aux nombreux reflets.
3. L'autre océan.
4. Tente.
5. Substance odorante utilisée en parfumerie et produite par certains mammifères.
6. Substance sombre et visqueuse, obtenue par distillation de divers produits, ayant une odeur forte.

Longtemps ! toujours ! ma main dans ta crinière lourde
Sèmera le rubis, la perle et le saphir,
Afin qu'à mon désir tu ne sois jamais sourde !
N'es-tu pas l'oasis où je rêve, et la gourde
Où je hume à longs traits le vin du souvenir ?

« Spleen et Idéal », poème XXIII.

## Texte 2 *Le Spleen de Paris* (1862)[1]

### Un hémisphère dans une chevelure

**Dante Gabriel Rossetti** (1828-1882), *Lady Lilith* (1864-1868), huile sur bois, 95,3 x 81,3 cm (Samuel & Mary R. Bancroft Memorial, Delaware Art Museum, Delaware).

Laisse-moi respirer longtemps, longtemps, l'odeur de tes cheveux, y plonger tout mon visage, comme un homme altéré dans l'eau d'une source, et les agiter avec ma main comme un mouchoir odorant, pour secouer des souvenirs dans l'air.

Si tu pouvais savoir tout ce que je vois ! tout ce que je sens ! tout ce que j'entends dans tes cheveux ! Mon âme voyage sur le parfum comme l'âme des autres hommes sur la musique.

Tes cheveux contiennent tout un rêve, plein de voilures et de mâtures ; ils contiennent de grandes mers dont les moussons me portent vers de charmants climats, où l'espace est plus bleu et plus profond, où l'atmosphère est parfumée par les fruits, par les feuilles et par la peau humaine.

Dans l'océan de ta chevelure, j'entrevois un port fourmillant de chants mélancoliques, d'hommes vigoureux de toutes nations et de navires de toutes formes découpant leurs architectures fines et compliquées sur un ciel immense où se prélasse l'éternelle chaleur.

Dans les caresses de ta chevelure, je retrouve les langueurs des longues heures passées sur un divan dans la chambre d'un beau navire, bercées par le roulis imperceptible du port, entre les pots de fleurs et les gargoulettes rafraîchissantes.

Dans l'ardent foyer de ta chevelure, je respire l'odeur du tabac mêlé à l'opium et au sucre ; dans la nuit de ta chevelure, je vois resplendir l'infini de l'azur tropical ; sur les rivages duvetés de ta chevelure je m'enivre des odeurs combinées du goudron, du musc et de l'huile de coco.

Laisse-moi mordre longtemps tes tresses lourdes et noires. Quand je mordille tes cheveux élastiques et rebelles, il me semble que je mange des souvenirs.

Poème XVII.

1. Date de rédaction supposée, publication posthume en 1869.

Contexte XIX^e^ s. ▶ p. 502
Notice biographique ▶ p. 510
Du même auteur ▶ p. 84, p. 94, p. 96, p. 114, p. 127, p. 234, p. 444

## Étude comparée

**1.** Observez la forme de chacun des deux textes et dites en quoi ces formes diffèrent tout en ayant un point commun important. Que révèle la comparaison des deux titres ?

**2.** À partir des pronoms personnels, définissez à qui s'adresse chacun des poèmes. Lequel des deux comporte une ambiguïté sur ce point particulier ?

**3.** Mettez en parallèle le thème des deux textes et retrouvez tout ce qu'ils ont en commun : domaines abordés, lexique, images.

**4.** Quelles sont cependant les différences ? Étudiez l'ordre des évocations dans chaque texte et les effets produits par la structure de chacun des deux poèmes, en relation avec leur forme poétique.

**5.** Définissez les spécificités du poème en prose par rapport à la forme versifiée et dites laquelle vous préférez en justifiant votre réponse.

**6.** L'analyse de la réécriture impose de connaître l'ordre d'écriture des deux textes. Or celui-ci n'est pas établi de façon certaine : dans ces conditions, dites en quoi consiste ici la réécriture dans deux cas différents, selon l'ordre d'écriture des deux textes. Est-il possible de déterminer ce qui justifie la coexistence des deux poèmes ?

## Question d'oral

**7.** Faites une étude comparée des deux poèmes en faisant apparaître leurs points communs et leurs différences, et interrogez-vous sur ce qu'induit l'ordre dans lequel ils ont été écrits.

**REPÈRES**

Imitation, transposition, parodie et pastiche ▸ p. 461
La versification ▸ p. 123
Poèmes en prose et formes libres ▸ p. 107

# 4 Émile Zola,
## Des *Carnets d'enquêtes* à *L'Assommoir*

*Les* Carnets d'enquêtes *rassemblent des notes prises par Zola pour préparer ses romans, ainsi que des croquis faits sur le terrain. Le passage des notes au roman transforme l'information en écriture littéraire.*

Contexte XIX^e^ s. ▸ p. 502
Notice biographique ▸ p. 519
Du même auteur ▸ p. 26, p. 447

### Texte 1 *Carnets d'enquêtes* (publiés en 1991)

**Le lavoir**

Un grand hangar, monté sur piliers de fonte, à plafond plat, dont les poutres sont apparentes. Fenêtres larges et claires. En entrant, à gauche, le bureau, où se tient la dame ; petit cabinet vitré, avec tablette encombrée de registres et de papiers. Derrière les vitres, pains de savon, battoirs, brosses, bleu, etc. À gauche est le cuvier pour la lessive, un vaste chaudron de cuivre à ras de terre, avec un couvercle qui descend, grâce à une mécanique. À côté est l'essoreuse, des cylindres dans lesquels on met un paquet de linge, qui y sont pressés fortement, par une machine à vapeur. Le réservoir d'eau chaude est là. La machine est au fond, elle fonctionne tout le jour, dans le bruit du lavoir ; son volant ; on voit le pied rond et énorme de la cheminée, dans le coin. Enfin, un escalier conduit au séchoir, au-dessus du lavoir, une vaste salle fermée sur les deux côtés par des persiennes à petites lames : on étend le linge sur des fils de laiton.

À l'autre bout du lavoir, sont d'immenses réservoirs de zinc, ronds. Eau froide.

**Jules Ferat** (1819- ?), Théâtre de l'Ambigu, *L'Assommoir*, drame en 10 tableaux de Messieurs Busnaca et Gastineau d'après le roman d'É. Zola, 2e tableau, « Le lavoir - Virginie (Mlle Lina Munte) jetant un sceau d'eau chaude à Gervaise (Mme Hélène Petit) », gravure (publiée dans *Le Monde illustré*, 1879).

## Texte 2 *L'Assommoir* (1877)

Le lavoir était situé vers le milieu de la rue, à l'endroit où le pavé commençait à monter. Au-dessus d'un bâtiment plat, trois énormes réservoirs d'eau, des cylindres de zinc fortement boulonnés, montraient leurs rondeurs grises ; tandis que, derrière, s'élevait le séchoir, un deuxième étage très haut, clos de tous les côtés par des persiennes à lames minces, au travers desquelles passait le grand air, et qui laissaient voir des pièces de linge séchant sur des fils de laiton. À droite des réservoirs, le tuyau étroit de la machine à vapeur soufflait, d'une haleine rude et régulière, des jets de fumée blanche.

Gervaise[1], sans retrousser ses jupes, en femme habituée aux flaques, s'engagea sous la porte encombrée de jarres d'eau de Javel. Elle connaissait déjà la maîtresse du lavoir, une petite femme délicate, aux yeux malades, assise dans un cabinet vitré, avec des registres devant elle, des pains de savon sur des étagères, des boules de bleu[2] dans des bocaux, des livres de bicarbonate de soude[2] en paquets. Et, en passant, elle lui réclama son battoir[3] et sa brosse, qu'elle lui avait donnés à garder, lors de son dernier savonnage. Puis, après avoir pris son numéro, elle entra.

C'était un immense hangar, à plafond plat, à poutres apparentes, monté sur des piliers de fonte, fermé par de larges fenêtres claires. Un plein jour blafard passait librement dans la buée chaude suspendue comme un brouillard laiteux. Des fumées montaient de certains coins, s'étalant, noyant les fonds d'un voile bleuâtre. Il pleuvait une humidité lourde, chargée d'une odeur savonneuse, une odeur fade, moite, continue ; et, par moments, des souffles plus forts d'eau de

1. Gervaise est l'héroïne du roman (▶ p. 26). Elle est blanchisseuse.

2. Produits utilisés pour blanchir le linge.

3. Les blanchisseuses tapaient sur le linge pour en extraire la saleté.

Contexte XIXe s. ▶ p. 502
Notice biographique ▶ p. 519
Du même auteur ▶ p. 26
p. 446

Javel dominaient. Le long des batteries, aux deux côtés de l'allée centrale, il y avait des files de femmes, les bras nus jusqu'aux épaules, le cou nu, les jupes raccourcies montrant des bas de couleur et de gros souliers lacés. Elles tapaient furieusement, riaient, se renversaient pour crier un mot dans le vacarme, se penchaient au fond de leurs baquets, ordurières, brutales, dégingandées, trempées comme par une averse, les chairs rougies et fumantes. Autour d'elles, sous elles, coulait un grand ruissellement, les seaux d'eau chaude promenés et vidés d'un trait, les robinets d'eau froide ouverts, pissant de haut, les éclaboussements des battoirs, les égouttures des linges rincés, les mares où elles pataugeaient s'en allant par petits ruisseaux sur les dalles en pente. Et, au milieu des cris, des coups cadencés, du bruit murmurant de pluie, de cette clameur d'orage s'étouffant sous le plafond mouillé, la machine à vapeur, à droite, toute blanche d'une rosée fine, haletait et ronflait sans relâche, avec la trépidation dansante de son volant qui semblait régler l'énormité du tapage.

Chapitre 1 (extrait).

## RECHERCHE

### Histoire littéraire

**1.** Qu'appelle-t-on « naturalisme » ? Quelles sont les relations entre Zola et ce courant culturel et littéraire ? Citez le titre d'un ouvrage théorique dans lequel Zola exprime comment il conçoit le roman naturaliste.

**2.** Que désignent les deux noms *Rougon-Macquart* ? Quelle est leur relation avec le roman *L'Assommoir* ?

### Étude comparée

**3.** Observez le premier extrait : à quoi voyez-vous qu'il s'agit de notes ? À quelle(s) forme(s) de discours ce texte appartient-il ?

**4.** Le second extrait pourrait également s'intituler « Le lavoir » : que notez-vous cependant comme différences, sur le plan de la longueur, du contenu et de la forme de discours adoptée ?

**5.** Retrouvez, dans l'extrait 2, tous les éléments qui figurent dans l'extrait 1 : qu'observez-vous concernant leur position dans l'extrait, leur utilisation et l'environnement textuel dans lequel ils se trouvent ? Quelle première différence syntaxique voyez-vous entre les notes et le second extrait ?

**6.** Qu'est-ce qui a été ajouté dans le second extrait ? Répondez à cette question en établissant une classification des éléments nouveaux du texte : lieux, personnages, actions, détails divers, figures de rhétorique.

**7.** Quelles observations pouvez-vous tirer de cette analyse en ce qui concerne l'écriture de fiction romanesque telle que la pratique Zola ?

### Question d'oral

**8.** Mettez en parallèle les deux textes pour analyser la manière dont le second intègre et développe les informations du premier.

### Écriture d'invention

**9.** Voici quelques notes de Zola, extraites des *Carnets d'enquêtes*, et décrivant une rue parisienne : « Large, montante, dégoûtante, à moitié pavée, les flaques d'eau qui croupissaient. Un grand chantier de bois de chauffage, immenses tours carrées. On les voit du boulevard par-dessus les maisons » (éd. Plon).
Intégrez ces quelques notes à un passage descriptif et narratif d'une trentaine de lignes montrant la rue et son animation. Puis transposez la même présentation à notre époque, en mettant en relief de nombreuses modifications liées à la modernisation urbaine.
Dans le premier cas, vous êtes un narrateur omniscient, qui connaît les lieux et les présente à la troisième personne. Dans le second, vous êtes toujours un narrateur omniscient, mais vous prenez le texte de Zola pour référence pour faire apparaître les transformations urbaines.

### Lecture de l'image

**10.** À partir de la légende qui accompagne l'illustration de la page 447, expliquez en quoi ce que représente l'image est une réécriture du texte de Zola. À quel genre appartient cette réécriture ?

**11.** Retrouvez, dans le décor représenté, les éléments qui correspondent au texte.

**REPÈRES**

Imitation, transposition, parodie et pastiche ▶ p. 461

# 5 Paul Verlaine, *Parallèlement* (1889)

*Dans le recueil* Lunes, *Paul Verlaine a composé un poème dans lequel il s'imite lui-même, comme l'indique le titre : il revient au lecteur de déterminer s'il s'agit d'un pastiche ou d'une parodie.*

## À la manière de Paul Verlaine

C'est à cause du clair de la lune
Que j'assume ce masque nocturne
Et de Saturne penchant son urne
Et de ces lunes l'une après l'une.

Des romances sans paroles ont,
D'un accord discord[1] ensemble et frais,
Agacé ce cœur fadasse exprès,
Ô le son, le frisson qu'elles ont !

Il n'est pas que vous[2] n'ayez fait grâce
À quelqu'un qui vous jetait l'offense :
Or, moi, je pardonne à mon enfance
Revenant fardée et non sans grâce.

Je pardonne à ce mensonge-là
En faveur en somme du plaisir
Très banal drôlement qu'un loisir
Douloureux un peu m'inocula.

« Lunes », poème II, in *Parallèlement*.

1. Discordant, qui manque d'harmonie.

2. *Il n'est pas que vous* + négation : « vous avez pourtant... ».

Contexte XIXe s. ▶ p. 502
Notice biographique ▶ p. 519

**Edvard Munch** (1863-1944), *Clair de Lune* (1895), huile sur toile (Nasjonalgalleriet, Oslo).

RECHERCHE

**Histoire littéraire**

**1.** À l'aide d'une édition des œuvres de Verlaine et d'une biographie un peu détaillée, élucidez certaines des expressions suivantes (ou toutes) en les rattachant soit à des titres de recueils, soit à certains poèmes, soit à certains épisodes de la vie de Verlaine : *clair de lune* (v. 1), *masque nocturne* (v. 2), *Saturne* (v. 3), *romances sans paroles* (v. 5), *son*, *frisson* (v. 8), *fait grâce* (v. 9), *offense* (v. 10), *Je pardonne* (v. 13).

## Lecture analytique

**2.** En utilisant les informations trouvées dans la « Recherche », dites quels sont les thèmes abordés et quelle est la particularité de ce texte en ce qui concerne la forme de discours et l'énonciation. Est-il possible de savoir à qui s'adresse le poète ? Quels pourraient être son ou ses interlocuteurs ?

**3.** Dans « L'Art poétique » (in *Jadis et Naguère*), Verlaine parle de la manière dont doivent se mêler le *précis* et *l'imprécis*, de l'importance de la musique, de l'incertitude de certaines significations en poésie : en quoi ces recommandations sont-elles appliquées dans ce poème ?

**4.** En quoi consiste ici la démarche de réécriture « À la manière de… » ? Par quel(s) mot(s) pourrait-on la désigner ?

**5.** De quoi doit disposer un lecteur pour apprécier et comprendre un texte composé sous le titre « À la manière de… » ?

## Question d'oral

**6.** Étudiez le texte pour définir la démarche de Verlaine à partir des éléments qu'il « s'emprunte » aussi bien sur le plan des œuvres que sur celui des thèmes et sur celui de l'écriture.

## Travail sur un corpus de textes

**7.** Regroupez les textes de Charles Baudelaire (▸ p. 444 et 445), les textes d'Émile Zola (▸ p. 446 et 447) et le texte de Paul Verlaine (▸ p. 449) pour identifier et analyser des formes différentes de réécriture.

REPÈRES La versification ▸ p. 123
Imitation, transposition, parodie et pastiche ▸ p. 461

# 6 Georges Fourest, *La Négresse blonde* (1909)

*Georges Fourest donne ici, sous la forme d'un sonnet imitant l'écriture d'un poète du XIXe siècle, et dans un registre inattendu, l'intrigue de la tragi-comédie de Corneille,* Le Cid.

Le palais de Gormaz, comte et gobernador,
est en deuil : pour jamais dort couché sous la pierre
l'hidalgo dont le sang a rougi la rapière[1]
de Rodrigue appelé le Cid Campeador.

Le soir tombe. Invoquant les deux saints Paul et Pierre
Chimène, en voiles noirs, s'accoude au mirador
et ses yeux dont les pleurs ont brûlé la paupière
regardent, sans rien voir, mourir le soleil d'or…

Mais un éclair, soudain, fulgure en sa prunelle :
sur la plaza Rodrigue est debout devant elle !
Impassible et hautain, drapé dans sa capa,

Le héros meurtrier à pas lents se promène :
« Dieu ! » soupire à part soi la plaintive Chimène,
qu'il est joli garçon l'assassin de Papa ! »



1. L'épée.

Contexte xxe s. ▸ p. 506
Notice biographique ▸ p. 513

*Le Cid*, de Corneille, mise en scène de **Thomas Le Douarec**, avec Vanessa Gregory et Gilles Nicoleau, au Théâtre de la Madeleine à Paris, en mars 1998.

RECHERCHE

**Histoire littéraire**

**1.** Résumez ici en quelques lignes, le plus fidèlement possible, l'intrigue du *Cid* et cherchez les sources de la pièce.

## Lecture analytique

**2.** Retrouvez dans le texte toutes les références à la pièce de Corneille et explicitez-les.

**3.** Cherchez le sens des termes renvoyant à la culture espagnole et dites quel effet ils produisent. Parmi eux, distinguez ceux qui s'adaptent au registre de la pièce, que vous préciserez, et ceux qui ne semblent pas pertinents. D'où vient la distorsion ?

**4.** Repérez d'autres « anomalies » dans le choix de certains termes : en quoi la versification peut-elle apporter quelques justifications ? À partir de quel vers le lecteur peut-il noter un changement important ?

**5.** Le texte reprend le thème du *Cid* en imitant un poète du XIX$^{e}$ siècle : retrouvez le nom de ce poète appartenant au mouvement dit du « Parnasse » et auteur de sonnets évoquant des périodes passées et héroïques.

**6.** À partir des différents procédés utilisés par Georges Fourest, dites en quoi consiste ici la réécriture.

## Question d'oral

**7.** Étudiez le texte en montrant comment il reprend les éléments de la pièce de Corneille et de quelle manière sa forme sérieuse disparaît au profit d'une évocation inattendue qui change le registre.

## Commentaire

**8.** Commentez le sonnet de Georges Fourest en vous aidant des axes suivants :
– un thème connu et emprunté à Corneille ;
– le passage d'un registre à un autre à l'intérieur du sonnet ;
– les raisons d'une parodie.

## Écriture d'invention

**9.** À la manière de Georges Fourest, et en utilisant le même registre, choisissez un poème connu et une œuvre théâtrale ou romanesque célèbre, et évoquez la seconde sous la forme du premier. Dites en quoi consiste la difficulté de cette transposition.

REPÈRES
Les formes fixes ► p. 91
Imitation, transposition, parodie et pastiche ► p. 461

# 7 Marcel Proust, *Pastiches et Mélanges* (1908-1919)

*Comme le fera plus tard Raymond Queneau dans les célèbres* Exercices de style *(1947), Marcel Proust réécrit un fait divers authentique – l'affaire Lemoine – à la manière de plusieurs auteurs du* XIX*e siècle. Voici le texte qui présente les faits (texte 1), puis des extraits des versions attribuées à Flaubert (texte 2,* *▸ p. 453)* *et à Sainte-Beuve (texte 3,* *▸ p. 454)**.*

## Texte 1

### L'affaire Lemoine

On a peut-être oublié, depuis dix ans[1], que Lemoine ayant faussement prétendu avoir découvert le secret de la fabrication du diamant et ayant reçu, de ce chef[2], plus d'un million du président de la De Beers, Sir Julius Werner, fut ensuite, sur la plainte de celui-ci, condamné le 6 juillet 1909 à six ans de prison. Cette insignifiante affaire de police correctionnelle, mais qui passionnait alors l'opinion, fut choisie un soir par moi, tout à fait au hasard, comme thème unique de morceaux, où j'essayerais d'imiter la manière d'un certain nombre d'écrivains. Bien qu'en donnant sur des pastiches la moindre explication on risque d'en diminuer l'effet, je rappelle pour éviter de froisser de légitimes amours-propres, que c'est l'écrivain pastiché qui est censé parler, non seulement selon son esprit, mais dans le langage de son temps. À celui de Saint-Simon par exemple, les mots bonhomme, bonne femme n'ont nullement le sens familier et protecteur d'aujourd'hui. Dans ses *Mémoires*, Saint-Simon dit couramment le bonhomme Chaulnes pour le duc de Chaulnes qu'il respectait infiniment, et pareillement de beaucoup d'autres.

Note écrite par Marcel Proust, accompagnant le premier texte, attribué à Balzac, in *Pastiches*.

1. L'affaire Lemoine s'est déroulée en 1908-1909.
2. À ce titre.

SUJET DE BAC 19 ▸ p. 455

**RECHERCHE**

**Histoire littéraire**

**1.** Dans une édition des œuvres de Marcel Proust, cherchez dans *Pastiches et Mélanges* qui sont les auteurs qu'il a imités à propos de « L'Affaire Lemoine ».

**Bilan de lecture**

**2.** Quel est le statut de ce texte par rapport à l'ensemble des pastiches qui suivent ? Que comporte-t-il d'essentiel ? Déduisez de ces deux questions la fonction du texte et son importance.

**3.** Quelles informations le texte donne-t-il sur la démarche du pastiche ? Quel en est le registre ?

Texte 2

## L'affaire Lemoine par Gustave Flaubert

La chaleur devenait étouffante, une cloche tinta, des tourterelles s'envolèrent, et, les fenêtres ayant été fermées sur l'ordre du président, une odeur de poussière se répandit. Il était vieux, avec un visage de pitre, une robe trop étroite pour sa corpulence, des prétentions à l'esprit ; et ses favoris égaux, qu'un reste de tabac salissait, donnaient à toute sa personne quelque chose de décoratif et de vulgaire. Comme la suspension d'audience se prolongeait, des intimités s'ébauchèrent ; pour entrer en conversation, les malins se plaignaient à haute voix du manque d'air, et, quelqu'un ayant dit reconnaître le ministre de l'Intérieur dans un monsieur qui sortait, un réactionnaire soupira : « Pauvre France ! » En tirant de sa poche une orange, un nègre s'acquit de la considération, et, par amour de la popularité, en offrit les quartiers à ses voisins, en s'excusant, sur un journal : d'abord à un ecclésiastique, qui affirma « n'en avoir jamais mangé d'aussi bonne ; c'est un excellent fruit, rafraîchissant » ; mais une douairière[1] prit un air offensé, défendit à ses filles de rien accepter « de quelqu'un qu'elles ne connaissaient pas », pendant que d'autres personnes, ne sachant pas si le journal arriverait jusqu'à elles, cherchaient une contenance : plusieurs tirèrent leur montre, une dame enleva son chapeau. Un perroquet le surmontait. Deux jeunes gens s'en étonnèrent, auraient voulu savoir s'il avait été placé là comme souvenir ou peut-être par goût excentrique. Déjà les farceurs commençaient à s'interpeller d'un banc à l'autre, et les femmes, regardant leurs maris, s'étouffaient de rire dans un mouchoir, quand un silence s'établit, le président parut s'absorber pour dormir, l'avocat de Werner[2] prononçait sa plaidoirie. Il avait débuté sur un ton d'emphase[3], parla deux heures, semblait dyspeptique[4], et chaque fois qu'il disait « Monsieur le Président » s'effondrait dans une révérence si profonde qu'on aurait dit une jeune fille devant un roi, un diacre[5] quittant l'autel. Il fut terrible pour Lemoine, mais l'élégance des formules atténuait l'âpreté du réquisitoire. Et ses périodes[6] se succédaient sans interruption, comme les eaux d'une cascade, comme un ruban qu'on déroule.

Marcel Proust, texte publié initialement dans *Le Figaro* (Supplément littéraire), du 14 mars 1908 (incipit), in *Pastiches*.

1. Veuve bénéficiant d'un douaire, c'est-à-dire de biens venant de son mari.
2. Président de la société De Beers, productrice de diamants.
3. Exagération.
4. Dont la digestion est difficile.
5. Personne appartenant au clergé sans être prêtre.
6. Parties d'un discours.

Contexte xx^e^ s. ▶ p. 506
Notice biographique ▶ p. 517
Du même auteur ▶ p. 62, p. 192, p. 452, p. 454
SUJET DE BAC 19 ▶ p. 455

### Bilan de lecture

**1.** De quel moment de « L'affaire Lemoine » s'agit-il ici ?
**2.** Voici quelques caractéristiques reconnues habituellement à l'écriture de Flaubert : souci des détails et réalisme, observation aiguë des conventions sociales, regard critique et ironique sur les gens et sur leurs comportements, mise en évidence de leurs ridicules, dénonciation de la vanité, vision pessimiste de l'espèce humaine. Ces caractéristiques ont-elles été reprises ici par Proust ? Donnez des exemples précis pris dans le texte.
**3.** Si certains éléments du texte évoquent pour vous des passages d'œuvre de Flaubert que vous connaissez, signalez-les.
**4.** Comment l'auteur supposé de l'extrait (mais en réalité Proust) transforme-t-il l'*insignifiante affaire* (texte 1, ▶ p. 452, l. 5) en texte littéraire ?
**5.** Comment peut-on expliquer que « l'affaire » elle-même tienne aussi peu de place dans l'extrait compte tenu de son statut d'incipit et de sa longueur ?

**REPÈRES**

Imitation, transposition, parodie et pastiche ▶ p. 461

Texte 3

## Critique du roman de M. Gustave Flaubert sur « l'affaire Lemoine », par Sainte-Beuve dans son feuilleton du *Constitutionnel.*

**Honoré Daumier** (1808-1879), *Un défendeur habile* (vers 1855-1860), dessin à la craie (Sotheby's, Londres).

[…] Le récit[1] débute par une scène qui, mieux conduite, aurait pu donner de M. Flaubert une idée assez favorable, dans ce genre tout immédiat et impromptu du croquis, de l'étude prise sur la réalité. Nous sommes au Palais de justice, à la chambre correctionnelle, où se juge l'affaire Lemoine, pendant une suspension d'audience. Les fenêtres viennent d'être fermées sur l'ordre du président. Et ici un éminent avocat m'assure que le président n'a rien à voir, comme il semble en effet plus naturel et convenable, dans ces sortes de choses, et à la suspension même s'était certainement retiré dans la chambre du conseil. Ce n'est qu'un détail si l'on veut. Mais vous qui venez nous dire (comme si en vérité vous les aviez comptés !) le nombre des éléphants et des onagres[2] dans l'armée carthaginoise[3], comment espérez-vous, je vous le demande, être cru sur parole quand, pour une réalité si prochaine, si aisément vérifiable, si sommaire même et nullement détaillée, vous commettez de telles bévues[4] ! Mais passons : l'auteur voulait une occasion de décrire le président, il ne l'a pas laissée échapper. Ce président a « un visage de pitre (ce qui suffit à désintéresser le lecteur), une robe trop étroite pour sa corpulence (trait assez gauche et qui ne peint rien), des prétentions à l'esprit ». Passe encore pour le visage de pitre ! L'auteur est d'une école[5] qui ne voit jamais rien dans l'humanité de noble ou d'estimable. Pourtant M. Flaubert, bas Normand s'il en fut, est d'un pays de fine chicane[6] et de haute sapience[7] qui a donné à la France assez de considérables avocats et magistrats, je ne veux point distinguer ici. Sans même se borner aux limites de la Normandie, l'image d'un président Jeannin[8], sur lequel M. Villemain[9] nous a donné plus d'une indication délicate, d'un Mathieu Marais[10], d'un Saumaise[11], d'un Bouhier[12], voire de l'agréable Patru[13], de tel de ces hommes distingués par la sagesse du conseil et d'un mérite si nécessaire, serait aussi intéressante, je crois, et aussi vraie que celle du président à « visage de pitre » qui nous est ici montrée. Va pourtant pour visage de pitre !

Marcel Proust, texte publié initialement dans *Le Figaro* (Supplément littéraire) du 14 mars 1908 (extrait), in *Pastiches*.

1. Le supposé Sainte-Beuve vient de consacrer un long paragraphe à la manière dont le supposé Flaubert est passé de *Salammbô*, un roman historique d'une grande violence, à « L'affaire Lemoine ».
2. Mammifère intermédiaire entre le cheval et l'âne.
3. Allusion à *Salammbô*, dont l'intrigue se passe dans la Carthage antique.
4. Erreurs.
5. École littéraire.
6. Querelle de mauvaise foi.
7. Sagesse.
8. Magistrat qui fut ministre d'Henri IV (1540-1623).
9. Professeur et homme politique (1790-1870).
10. Mémorialiste français (1665-1737).
11. Philosophe et juriste français (1588-1653).
12. Magistrat et érudit français (1673-1741).
13. Avocat et écrivain français (1604-1681).

Contexte XXe s. ▶ p. 506
Notice biographique ▶ p. 517
Du même auteur ▶ p. 62, p. 192, p. 452, p. 453
SUJET DE BAC 19 ▶ p. 455

RECHERCHE

**Histoire littéraire**

**1.** Cherchez qui était Sainte-Beuve, et quels étaient ses liens avec la littérature.

## Bilan de lecture

**2.** Retrouvez dans le texte tous les éléments qui correspondent aux différentes composantes de son titre. Expliquez comment le passage est construit, à partir d'une première phrase qui en donne le registre.
**3.** En quoi consiste la critique ? Récapitulez les différents reproches adressés au « présumé Flaubert ». Comment sont-ils argumentés ?
**4.** Concernant la critique littéraire, quels principes sont ici mis en œuvre par le « présumé » Sainte-Beuve ?

## Étude comparée

**5.** Mettez en parallèle le texte 2 du présumé Flaubert (▸ p. 453) et le texte 3 du présumé Sainte-Beuve (▸ p. 454) et dites à quel genre littéraire chacun appartient.
**6.** Retrouvez tous les éléments du texte 2 repris dans le texte 3 et expliquez en quoi consiste la réécriture.
**7.** Expliquez ce qu'implique le travail de celui qui imite et ce que ce travail demande au lecteur, pour être apprécié.

## Question d'oral

**8.** Mettez les textes 2 (▸ p. 453) et 3 (▸ p. 454) en parallèle pour exposer en quoi ils constituent un pastiche de Flaubert et un autre, de Sainte Beuve, pastiches qui se doublent d'une réécriture de l'un à l'autre.

REPÈRES

Imitation, transposition, parodie et pastiche ▸ p. 461
La notion de genre ▸ p. 348

# SUJET DE BAC 19

OBJET D'ÉTUDE

**Les réécritures.**

CORPUS

A – M. Proust, *Pastiches et Mélanges* (1908-1919), texte 1 ▸ p. 452.
B – M. Proust, *Pastiches et Mélanges* (1908-1919), texte 2 ▸ p. 453.
C – M. Proust, *Pastiches et Mélanges* (1908-1919), texte 3 ▸ p. 454.
D – *Dictionnaire des littératures de langue française*, article « Pastiche » (1985), ▸ p. 458.

## Questions sur le corpus

**1.** Trouvez l'élément commun aux quatre textes et dites comment vous l'avez découvert.
**2.** Identifiez le genre littéraire et le statut des quatre textes. Indiquez clairement qui est l'auteur de chacun d'entre eux.

## Écriture

### Commentaire

Commentez le texte B (▸ p. 453) du « présumé » Flaubert (jusqu'à *plaidoirie*, l. 22) sans perdre de vue qu'il s'agit d'un pastiche.

### Dissertation

En vous appuyant sur les pratiques de réécriture que vous avez étudiées, vous montrerez en quoi les imitations, pastiches et parodies relèvent d'un codage littéraire et culturel qui peut les rendre incompréhensibles. Vous étudierez aussi en quoi elles peuvent être, comme le disait Proust, une véritable entreprise de « critique littéraire ».

### Écriture d'invention

En prenant appui sur certaines formes de réécriture que vous avez étudiées dans cette séquence, et sur d'autres lectures, faites dialoguer deux interlocuteurs. L'un soutient que le pastiche et la parodie sont, pour des raisons diverses, une démarche irrespectueuse à l'égard des auteurs. L'autre, au contraire, défend cette manière de reprendre des textes en lui prêtant des rôles positifs, y compris à travers la moquerie et l'irrévérence.

# 8 Paul Reboux et Charles Muller, *À la manière de...* (1908-1913)

*Le texte qui suit, signé Paul Reboux et Charles Muller, est la scène d'exposition d'une tragédie supposée écrite par Jean Racine,* Cléopastre, *« annotée par M. Libellule, professeur de troisième classe au lycée de Romorantin ». C'est à lui que le lecteur doit toutes les notes explicatives qui suivent le texte.*

## Personnages

AUGUSTE, Empereur de Rome.

ANTOINE, Général romain, amant de Cléopastre.

CLÉOPASTRE, Reyne d'Ægypte, amante d'Auguste.

EXUTOIRE, confident d'Auguste.

ZOÉ, confidente de Cléopastre.

ADJUPÈTE, confident d'Antoine.

### Acte I

*La scène est à Alexandrie, dans les cabinets qui sont entre les appartements d'Antoine et ceus de Cléopastre.*

### Scène I

CLÉOPASTRE, ZOÉ[1]

ZOÉ. – Ouy, Madame, espérez un destin plus paisible.
Auguste à vos attraits ne doibt estre insensible.

CLÉOPASTRE. – Il se peut, et mon cœur, de sa flame occupé,
Contre toute rayson voudroit croire à Zoé.
Mais l'ingrat depuys hier[2] de ce cabinet l'hoste
Se dérobe au destin qui nous mit côte-à-coste[3],
Et, détournant les yeux d'un object trop épris,
Du plus dous des thrésors veult ignorer le prix.
En vain, pour engager[4] un amant si rebèle,
Aux suppliques d'Antoine ay-je resté cruèle.
Auguste me dédaigne et, de gloire embrasé,
Ne répond à mon feu que par un feu glacé[5].
Ton cœur, cherre Zoé, garde-t-il la mémoire
D'Horatius Gracchus traisné dans le prestoire,
De Romulus captif aus bords[6] de Jugurtha,
D'Alexandre égorgeant l'innocent Cocula[7],
Et de tant de grandeurs tour à tour imolées
Pour que Rome sans cesse enflast ses destinées ;
De la triste Didon assise sur les lieux[8]
Où l'avait enfermée Hannibal oublieus,
Et de Caton parjure, et d'Achille timide,

Qui, tournant vers soy-mesme un transport[9] homicide
A d'un glaive fatal son propre cœur percé
Et dans son sein vingt fois ce fer a repassé[10] ?
Sy de tant de forfais la funeste cohorte
Peuple ton souvenir, chaire Zoé, qu'importe[11] !
Un bien plus vaste object tient mon asme en suspens
Et l'amour d'un perfyde est tout ce que j'attens.

ZOÉ. – Pour ne le point charmer vous estes trop aimable[12]
Et son cœur vous doibt randre un arrest favorable.

CLÉOPASTRE. – Ta fidelle amitié pour moi s'efforce en vain.
Auguste à mes soupirs oppose un œil d'airain[13].
C'en est trop, et mon sang que la vangence altère
Faict entendre une voix où paraist la colère…

ZOÉ. – Madame, Antoine approche et sous quelque moment…

CLÉOPASTRE. – C'est luy ! Retyrons-nous dans mon appartement[14].

Contexte **XXe** s. ▶ p. 506
Notice biographique ▶ p. 516
p. 517

**1.** *Zoé.* – Le dictionnaire de Littré (t. IV, p. 2554) donne de ce mot la définition suivante : terme de zoologie ; sorte de crustacé presque microscopique.

**2.** *Hier.* – Il est à remarquer que ce vocable peut avoir deux pieds ou un seul, comme c'est ici le cas.

**3.** *Côte-à-coste.* – Au XVIIe siècle on avait coutume, dans les mots tels que : côte, faute, aéronaute, de remplacer l'accent circonflexe par un s.

**4.** *Engager.* – L'infinitif est ici employé absolument. Aujourd'hui ce terme, non suivi de complément indirect, ne s'usite plus guère que dans la locution : j'ai engagé une cuisinière. Encore faut-il distinguer s'il s'agit d'une domestique que l'on prend en service, ou d'un poêle culinaire que l'on porte au Mont-de-Piété.

**5.** *Glacé.* – Cf. : *Phèdre* (I, 3).
*Et dérober au jour une flamme si noire.*

**6.** *Aus bords.* – C'est-à-dire : sur la rive, sur le littoral.

**7.** *Cocula.* – Nul n'ignore le vers célèbre de Tite-Live : *Innocens gladio dicitur perisse Cocula.*

**8.** *Lieux.* – À rapprocher du début de *Bérénice* (I, 1).
*Arrestons un moment. La pompe de ces lieux,*
*Je le vois bien, Arsace, est nouvelle à tes yeux.*
*Souvent ce cabinet superbe et solitaire*
*Des secrets de Titus est le dépositaire.*
*C'est ici quelquefois qu'il se cache à sa cour…*

**9.** *Transport.* – L'histoire compte nombre de morts violentes occasionnées par des transports. Les transports en commun sont les plus périlleux.

**10.** *Repassé.* – Il y a ici une assonance, qui, à la représentation, peut sembler équivoque.
Nous en trouvons de nombreux exemples dans les classiques.
On se rappelle le 42e vers de *Polyeucte* (acte I, 1) :
*Et le désir s'accroyt quand l'effet se recule.*

**11.** *Qu'importe.* – Il faut admirer l'art avec lequel Racine intercala dans cette scène, grâce à d'heureuses transitions, les épisodes les plus fameux de l'histoire ancienne.

**12.** *Vous êtes trop aimable.* – Cette expression s'est beaucoup affaiblie. Aujourd'hui la locution : « Vous êtes trop aimable » ne signifie plus : « vous méritez un excès d'amour », mais tout au contraire : « laissez-moi en repos ».

**13.** *D'airain.* – Licence poétique, comme front d'airain, cœur de pierre, âme de boue, cœur d'artichaut, pieds nickelés.

**14.** *Appartement.* – Cette conclusion, qui est à louer, confirme les promesses d'un magnifique début. Jamais l'immortel auteur de la *Thébaïde* et d'*Alexandre* ne s'est élevé à un plus haut degré sur l'échelle des sentiments tragiques. Nous connaissons le lieu et la genèse de l'action, les mobiles des principaux personnages, nous touchons du doigt le nœud de l'intrigue, nous avons exploré jusqu'au tréfonds de l'âme secrète de Cléopâtre. Voyons la suite. *Orditur ab ovo.*

*Astérix et Cléopâtre*, texte de **Goscinny**, dessins de **Uderzo**, page 1 © 2005- Les Éditions Albert René/ Goscinny - Uderzo.

RECHERCHE

**Les mots et leur usage**

**1.** Repérez les anomalies orthographiques qui figurent dans le texte et corrigez-les après avoir défini leur effet. Pourquoi les notes en sont-elles exemptes ?

## Lecture analytique

**2.** Lisez la liste des personnages et distinguez ceux qui sont historiques de ceux qui sont inventés. Qu'ont de particulier les noms des seconds ?
**3.** Classez tous les éléments qui, dans sa forme et dans son thème, apparentent cette scène d'exposition à une scène de tragédie classique. Trouvez et classez ensuite tout ce qui, par rapport à la tragédie, manque de pertinence et crée des distorsions. Quels sont les effets produits ?
**4.** Prenez connaissance des notes. Observez leur longueur, leur fonctionnement, leur rôle et leur contenu. Différenciez, comme pour le texte de la pièce, ce qui relève du sérieux pertinent et ce qui détruit ce sérieux.
**5.** Déduisez des réponses aux questions précédentes les procédés utilisés pour écrire « à la manière de... » en parodiant. Comment la démarche de parodie littéraire peut-elle se justifier ?

## Étude comparée

**6.** Cherchez une scène d'exposition racinienne et mettez-la en parallèle avec le texte ci-dessus : relevez tous les éléments communs et tous les effets de distorsion.
**7.** Faites, à partir de là, quelques observations sur les connaissances indispensables qu'il faut avoir pour écrire une parodie, sur la difficulté de cette démarche et sur ses finalités.

REPÈRES

Imitation, transposition, parodie et pastiche ▸ p. 461

# 9 Dictionnaire des littératures de langue française (1984)

*À propos de termes proches et de démarches parfois similaires, l'auteur de l'article suivant cherche à établir une clarification en partant des mots « pastiche », « plagiat », « parodie », et en abordant la question des citations.*

**PASTICHE.** [...] 1) La citation consiste à insérer un texte dans un autre texte, en indiquant explicitement, par différents artifices typographiques – au premier rang desquels les fascinants guillemets –, les limites et l'origine du texte enchâssé. Surtout : en citant explicitement le nom de l'auteur de ce texte. Quoique limitée dans son extension par les lois relatives à la propriété littéraire (voir la formule qui accompagne le *copyright* des ouvrages publiés), la citation ne donne pas lieu à des appréciations nettement négatives. Il est cependant facile de repérer les indices qui montrent que la citation n'est pas placée sur le même plan que la « création originale ». Ne prenons qu'un exemple : l'éditeur des *Essais* de Montaigne pour la collection « 10/18 » a cru pouvoir supprimer la quasi-totalité des innombrables citations (en quatre ou cinq langues !) qui en émaillent (en constituent ?) le texte, « ne gardant que celles qui étaient indispensables à l'intelligence du contexte ». Aux yeux de cet éditeur, la citation n'a donc tout au plus qu'une fonction subalterne, auxiliaire : on peut la supprimer (sans même en signaler la trace) quand elle n'a pas (ou ne semble pas avoir) cette fonction.

2) Le plagiat, dans son acception la plus courante, consiste à reproduire « littéralement » (qu'on réfléchisse à l'équivalence établie par l'usage entre littéralement et textuellement) un autre texte sans en indiquer l'origine ni les limites. Surtout : en omettant d'indiquer le nom de l'auteur du texte emprunté.

3) Pastiche et parodie ont en commun de ne pas recourir à une reproduction littérale du texte. Le pastiche consiste à produire un texte susceptible d'être lu comme s'il avait été écrit par un autre auteur. La parodie repose sur le même principe, mais se distingue du pastiche en ce qu'elle accuse, dans une intention de dérision, certains des traits caractéristiques du texte imité.

D'une façon plus technique, le pastiche peut être défini comme la production d'un texte B observant les règles de production d'un texte préalable A. L'activité du pasticheur suppose donc une connaissance aussi complète que possible de ces règles – ce qu'on appelle traditionnellement une « connaissance intime de l'œuvre pastichée ». Proust[1] – pour qui le pastiche fut une activité constante – parle de « critique littéraire en action ». Il eut même un moment l'intention de faire paraître ses pastiches relatifs à l'affaire Lemoine[2] « avec des études critiques parallèles sur les mêmes écrivains, les études énonçant de façon analytique ce que les pastiches figuraient instinctivement (et *vice versa*) ». [...]

Article (extrait) de M. Arrivé © éd. Bordas, 1984.

1. Marcel Proust, auteur d'*À la recherche du temps perdu* (▶ p. 192), œuvre en plusieurs volumes, mais également d'un recueil de pastiches intitulé *Pastiches et Mélanges* (▶ p. 452 à 454).

2. L'affaire Lemoine est le thème utilisé par Marcel Proust pour écrire « à la manière de... » Balzac, Flaubert... (▶ p. 452 à 454).

Contexte XXe s. ▶ p. 506

SUJET DE BAC 19 ▶ p. 455

RECHERCHE

### Les mots et leur usage

**1.** L'auteur du texte parle des *fascinants guillemets* : recherchez tous les emplois de guillemets que vous connaissez. Donnez à chaque fois un ou plusieurs exemples d'utilisation. À quelle difficulté typographique vous heurtez-vous ?

### Histoire culturelle

**2.** Il est question de *copyright* et de propriété littéraire (l. 6) dans le texte. Faites une recherche pour savoir à quelle époque ont été créées les premières lois concernant la protection des auteurs et garantissant la propriété littéraire. Qu'appelle-t-on « tomber dans le domaine public » ? Quel mode de communication pose, à notre époque, des questions nouvelles à propos de la propriété littéraire ?

## Bilan de lecture

**3.** À quelle forme de discours cet extrait appartient-il ? Quelles sont ses visées ? Cet article « fonctionne-t-il » comme celui d'un dictionnaire lexical ? Quelles informations donne-t-il ? Cherchez les mots « citation », « pastiche », « parodie » et « plagiat » dans un dictionnaire lexical, et comparez les définitions trouvées avec celles qui sont ici : que remarquez-vous ?

**4.** Des quatre termes abordés, quel est celui dont la définition est la plus claire ? D'où vient cette facilité d'identification ? D'où viennent les difficultés dans l'identification des trois autres ? Comment l'auteur de l'article fait-il apparaître ces difficultés ?

## Travail sur un corpus de textes

**5.** À la lumière des définitions données par le texte extrait du *Dictionnaire des littératures de langue française*, dites, avec des justifications précises, à quelle catégorie appartiennent les textes de Paul Scarron (▶ p. 439), Paul Verlaine (▶ p. 449), Georges Fourest (▶ p. 450), Paul Reboux et Charles Muller (▶ p. 456).

## Écriture d'invention

**6.** En prenant pour modèle l'utilisation des lettres A et B dans le dernier paragraphe (l. 25-26), reformulez les quatre définitions sous une forme mathématique, mais en précisant tous les critères permettant de différencier les démarches.

REPÈRES

Imitation, transposition, parodie et pastiche ▶ p. 461

# 10 Lire les images : J.-A.-D. Ingres et P. Picasso

**Jean-Auguste-Dominique Ingres** (1780-1867), *La Grande Odalisque* (XIXe siècle), huile sur toile, 91 x 162 cm (Musée du Louvre, Paris).

**Pablo Picasso** (1881-1973), *Odalisque d'après Ingres* (été 1907), encre bleue, gouache sur traits à la mine de plomb, 47,7 x 62,5 cm (Musée Picasso, Paris).

## Lecture des images

**1.** Observez les deux tableaux : à quoi voit-on qu'il s'agit du même motif ? Faites une étude comparée des deux représentations pour faire apparaître ce qui est commun et ce qui diffère.

**2.** Lequel des deux tableaux préférez-vous ?

**3.** Les deux tableaux réunis ici ne sont pas exposés dans le même musée. Pensez-vous qu'il serait intéressant de les exposer l'un à côté de l'autre ?

## Écriture d'invention

**4.** Des écrivains comme Fénelon ont trouvé intéressant de faire se rencontrer des artistes liés par des éléments communs, indépendamment de toute chronologie. À votre tour, faites dialoguer Ingres et Picasso. Le premier reproche au second d'avoir « utilisé » son odalisque pour accroître sa renommée, et de l'avoir quelque peu « malmenée ». Rapportez leur conversation.

REPÈRES La lecture de l'image ▸ p. 489

# Imitation, transposition, parodie et pastiche

**Les phénomènes d'intertextualité montrent que les œuvres artistiques, notamment en littérature, se « nourrissent » de celles qui les ont précédées. Les « emprunts » prennent des formes différentes, simple imitation, transposition, parodie à visée critique ou comique, pastiche. Ces différentes sortes de réécriture ont des caractéristiques et des justifications différentes.**

## L'imitation

Parallèlement à la démarche qui consiste à copier la nature, le mot **imitation** est utilisé lorsque le modèle copié appartient au domaine de l'art. L'imitation est la **reprise**, dans le même genre littéraire, d'un thème d'inspiration, d'une intrigue, de personnages, d'images, parfois de vers ou de phrases entières.

**Ex :** Le thème de la « Belle matineuse » présent chez Rinieri et chez Ronsard est repris de très près par les poètes Voiture et Malleville (▸ p. 349 et 350). L'*Iphigénie* de Racine doit beaucoup à celle d'Euripide, et certains passages de *Phèdre* semblent directement traduits d'*Hippolyte porte-couronne*, du même auteur grec.

Cette forme d'imitation s'explique par la valeur reconnue aux auteurs de l'Antiquité gréco-latine et par l'influence des arts poétiques d'Aristote et d'Horace : les œuvres antiques étant considérées comme insurpassables, les artistes qui sont venus après se sont efforcés de les imiter et d'en respecter les codes.

## La transposition

On parle de **transposition** lorsqu'il y a emprunt mais **modification** de genre ou **adaptation** manifeste. La reprise de certains thèmes romanesques ou de mythes antiques dans la littérature du XXe siècle relève de cette démarche, qui conserve les personnages et les actions en les plaçant dans des contextes différents.

**Ex :** Michel Tournier transforme l'histoire de Robinson Crusoé pour faire de Vendredi le héros d'un éloge de la vie sauvage. Jean Anouilh situe Antigone et son engagement dans la France de 1942 ; Jean Giraudoux modernise le mythe d'Électre. Victor Hugo reprend une fable de La Fontaine (▸ p. 254).

On peut également parler de **transposition** lorsqu'un auteur réutilise un de ses propres textes pour en composer un autre.

**Ex :** Zola reprend dans ses romans les notes de ses *Carnets d'enquêtes* (▸ p. 446) et transforme ainsi des éléments informatifs à peine rédigés en texte de fiction romanesque.

Dans ces différents exemples, on peut parler d'appropriation dans la mesure où chaque auteur se démarque de l'œuvre d'origine, prise comme référence thématique plus que comme modèle à imiter. Il existe cependant d'autres formes de réécritures.

## La parodie

Ce mot désigne une imitation qui vise à créer des **effets comiques** proches de ceux de la caricature. La parodie reprend les caractéristiques d'une œuvre et les grossit, détourne certains aspects pour faire rire ou pour **ridiculiser** les actions, les personnages ou le genre imité. Elle agit à contre-temps, parfois à contre-sens, et repose sur des procédés de déformation.

**Ex :** Dans le *Virgile travesti* (▸ p. 439), Scarron recompose une épopée sur le mode trivial, et en vers : la construction du cheval de Troie est rapportée dans un registre faussement épique, avec un lexique commun. Le poète met ainsi en relief, par des effets de décalage, certains codes de ce genre littéraire. Dans le sonnet évoquant l'histoire du Cid, Georges Fourest (▸ p. 450) réduit à des proportions de fait divers le thème tragique de la pièce de Corneille.

La parodie exige une bonne connaissance de l'œuvre imitée, mais elle repose sur une écriture différente et répond parfois à une volonté de dévaloriser. Elle a souvent une fonction critique.

## Le pastiche

Le pastiche est également une forme de l'**imitation**, sans doute son degré extrême : il consiste en effet à écrire en utilisant les mêmes procédés que l'auteur que l'on imite, au point de provoquer des questions et des confusions sur l'identité de celui qui écrit, sauf lorsqu'il laisse passer quelques légers indices. Le pastiche exige non seulement une excellente connaissance de l'écriture à imiter, mais sans doute beaucoup plus. Pour être compris et apprécié, le pastiche demande aussi au lecteur une très bonne connaissance de l'auteur pastiché. C'est là un **exercice littéraire** de haut niveau, qui est souvent l'**hommage brillant** d'un auteur à un autre.

**Ex :** Les pastiches faits par Marcel Proust (▸ p. 453 et 454) montrent une connaissance et une analyse approfondies des œuvres de Flaubert, de Sainte-Beuve et d'autres auteurs.

Le talent exigé par les pastiches rappelle que certaines formes de réécritures ne sont pas le signe d'un manque d'inspiration. Réécrire, c'est reconnaître l'existence et la valeur de modèles, non les plagier.

Séquence 24

# Les réécritures : du texte à l'image

## 1 Jean de La Fontaine, *Fables*,

### de la fable à la gravure, à la bande dessinée et au théâtre (1693/1838/2004)

*Les œuvres de La Fontaine ont inspiré de nombreux illustrateurs, parmi lesquels des peintres, des graveurs, plus récemment des dessinateurs de bande dessinée et même des metteurs en scène. Voici deux exemples d'interprétation picturale (document 2,* *▸ p. 463* *et document 3,* *▸ p. 464**) et une interprétation théâtrale (document 4,* *▸ p. 467**) de la même fable (texte 1 ci-dessous).*

Texte 1 **Jean de La Fontaine**, *Fables* (1693)

**La Grenouille qui se veut faire aussi grosse que le Bœuf**

Une Grenouille vit un Bœuf
Qui lui sembla de belle taille.
Elle qui n'était pas grosse en tout comme un œuf
Envieuse s'étend, et s'enfle, et se travaille
Pour égaler l'animal en grosseur,
Disant : « Regardez bien, ma sœur ;
Est-ce assez ? dites-moi ; n'y suis-je point encore ?
– Nenni. – M'y voici donc ? – Point du tout. – M'y voilà ?
– Vous n'en approchez point. » La chétive pécore[1]
S'enfla si bien qu'elle creva.
Le monde est plein de gens qui ne sont pas plus sages :
Tout Bourgeois veut bâtir comme les grands Seigneurs,
Tout petit Prince a des Ambassadeurs,
Tout Marquis veut avoir des Pages.

Livre I, fable III.

1. Femme prétentieuse et stupide.

Contexte XVIIe s. ▸ p. 494
Notice biographique ▸ p. 514
Du même auteur ▸ p. 247, p. 249, p. 250, p. 372, p. 441, p. 462

## Document 2 Grandville, *La Grenouille et le Bœuf* (1838)

Jean Ignace Isidore Gérard, dit **Grandville** (1803-1847), *La Grenouille et le Bœuf* (1838), gravure (Bibliothèque des Arts décoratifs, Paris).

### RECHERCHE

#### Histoire des arts

**1.** Recherchez qui était Grandville et par quels genres d'œuvres il est resté célèbre. Trouvez le nom d'autres illustrateurs connus des fables de La Fontaine, aux XIXe et XXe siècles.

### Lecture analytique

**2.** Étudiez le caractère narratif de la fable en prenant appui sur des indices précis.

**3.** Observez les verbes et les paroles rapportées : quel effet produisent le changement de temps verbaux et l'utilisation du discours direct ?

**4.** Quelle est la leçon de la fable ? Comment pourrait-elle être formulée ? Quelle est la fonction des quatre derniers vers ?

### Lecture de l'image

**5.** Décrivez ce que vous voyez sur l'image en n'omettant pas de signaler ce qui se trouve à l'arrière-plan.

**6.** Identifiez les quatre personnages du premier plan et dites quelle est leur particularité, en relation avec l'univers des fables. À partir de leur apparence, de leur attitude et de leurs vêtements, dites ce qu'ils incarnent.

**7.** Les costumes et le contexte renvoient au XIXe siècle : cette représentation limite-t-elle le sens et la portée de la fable ?

### Questions d'oral

**8.** Étudiez la fable en faisant ressortir la clarté et l'efficacité de sa « leçon » en dépit de la brièveté de l'histoire.

**9.** Expliquez en quoi l'illustration de Grandville rend compte de l'univers des fables et de certaines particularités importantes de l'une d'entre elles, même si l'image n'en donne ni le déroulement ni la conclusion.

REPÈRES
Du texte à l'image ▸ p. 488
Imitation, transposition, parodie et pastiche ▸ p. 461
La fable ▸ p. 259
La lecture de l'image ▸ p. 489

**Document 3** **Mazan,** *La Grenouille qui voulait se faire aussi grosse que le Bœuf* (2004)

**Mazan**, *La Grenouille qui voulait se faire aussi grosse que le Bœuf* (extrait : deux dernières des quatre planches), in *La Fontaine aux fables : douze fables de La Fontaine interprétées en bande dessinée*, volume 2 (2004) © Guy Delcourt Productions.

## Lecture de l'image et du texte

**1.** Observez le nombre, la taille et la disposition des vignettes dans chacune des deux planches (► p. 464-465) : en quoi peut-on parler de « séries » ? Quels sont les effets produits ?

**2.** Quelles relations pouvez-vous établir entre la taille des vignettes et la présence des animaux héros de la fable ? Qu'a de particulier la dernière image par rapport aux autres ?

**3.** Comparez le texte des bulles et celui de la fable (► p. 462) et observez la répartition texte / images : que remarquez-vous ?

**4.** Sur quoi le dessinateur a-t-il mis l'accent ? Sur quelle figure d'analogie la fable et sa mise en images insistent-elles ?

## Étude comparée

**5.** Étudiez la présence du texte dans la bande dessinée, son découpage et sa répartition par rapport à l'image, puis dites comment sont rendus les différents énonciateurs.

**6.** Établissez une liste précise de tous les éléments de la fable que l'on retrouve dans l'illustration.

**7.** Quels éléments restés implicites dans le texte sont rendus par les images et par leur continuité ?

**8.** Qu'apportent les images au texte ? Que permet la spécificité de la bande dessinée ?

**9.** Rapprochez les images de Mazan de la gravure de Grandville (► p. 463) : que remarquez-vous ?

## Question d'oral

**10.** Étudiez la manière dont la bande dessinée reprend la fable en soulignant les étapes de son déroulement et en donnant à voir, dans un registre que vous préciserez, ce que le lecteur de la fable doit imaginer.

**REPÈRES** Du texte à l'image ► p. 488
Imitation, transposition, parodie et pastiche ► p. 461
La lecture de l'image ► p. 489

# SUJET DE BAC 20

**OBJET D'ÉTUDE**

**Les réécritures.**

**CORPUS**

A – G. Flaubert, *Madame Bovary* (1857) ► p. 474.
B – Entretien de C. Chabrol avec P.-M. de Biasi (1991), ► p. 476.
C – Affiche du film *Madame Bovary* de C. Chabrol (1991) ► p. 475.

## Questions sur le corpus

**1.** Dites quelle est la nature des trois documents et quel est leur thème commun.

**2.** Expliquez ensuite quel rôle joue le texte B par rapport au texte A et au document C.

## Écriture

### Commentaire

Vous ferez le commentaire du texte A (► p. 474), de Flaubert.

### Dissertation

Le critique Jacques Chevrier, dans une comparaison de la littérature et du cinéma (► p. 485), insiste sur les différences du second mode d'expression. Vous mettrez en évidence ces différences, puis vous vous demanderez quelles raisons peut avoir un metteur en scène d'adapter une œuvre littéraire et quelles difficultés il risque de rencontrer dans cette entreprise.

### Écriture d'invention

Dans une lettre ouverte à une revue de cinéma, un metteur en scène explique pourquoi, selon lui, il ne faut pas adapter à l'écran les œuvres de la littérature classique, comme les romans de Madame de La Fayette, Balzac, Stendhal, Flaubert, Zola... Ces œuvres, dit-il, n'ont rien à voir avec le cinéma et ne se prêtent à aucune transposition.
Rédigez cette lettre polémique, qui comportera une cinquantaine de lignes. Vous pouvez utiliser la première personne, mais celle-ci représente le metteur en scène qui parle, et non vous-même.

## Document 4 **Robert Wilson,** mise en scène des *Fables* de La Fontaine (2004)

*Fables* de La Fontaine, « La grenouille qui se veut faire aussi grosse que le bœuf » avec Nicolas Normeau (le bœuf), mise en scène de **Robert Wilson**, à la Comédie-Française, à Paris, en 2004.

### Lecture de l'image

**1.** Décrivez ce que vous voyez sur l'image en mettant en relief les effets de lignes et les contrastes de couleurs. En quoi peut-on parler de simplification et de stylisation à la fois dans la représentation des personnages et de leur environnement ?

**2.** Comment sont rendus les caractères propres à chaque personnage ? Comment la situation des deux personnages de la fable est-elle traduite ici ?

**3.** Expliquez pourquoi il n'est pas nécessaire de connaître autre chose que le titre de la fable pour comprendre la situation. Quelle est la partie du texte qui devient implicite dans cette image ?

### Question d'oral

**4.** Étudiez l'image du spectacle de Robert Wilson en relation avec la fable pour montrer en quoi les choix de costume, d'interprétation et de mise en scène rendent compte, en une situation unique, de la plupart des données de la fable.

### Travail sur un corpus

**5.** Regroupez le texte de Jean de La Fontaine (▶ p. 462) et ses trois illustrations (▶ p. 463, 464-465 et 467) et dites quelles sont les caractéristiques spécifiques de chacune, puis ce qu'elles ont en commun et ce sur quoi elles mettent toutes les trois l'accent, par rapport à la fable.

REPÈRES La lecture de l'image ▶ p. 489
Imitation, transposition, parodie et pastiche ▶ p. 461
La fable ▶ p. 259

# 2 Choderlos de Laclos, *Les Liaisons dangereuses*, du roman au film (1782/1989)

*L'adaptation d'un roman au cinéma entraîne une véritable réécriture. Avant de se transformer en images accompagnées de dialogues, elle prend la forme d'un scénario, puis d'une succession de plans (▸ texte 2, p. 469), précisant les mouvements de la caméra et le jeu des acteurs.*

## Texte 1 Choderlos de Laclos, *Les Liaisons dangereuses* (1782)

*Le roman épistolaire* Les Liaisons dangereuses *expose les relations amoureuses et les stratégies de séduction de deux aristocrates libertins, le vicomte de Valmont et la marquise de Merteuil, instigatrice de plusieurs entreprises.*

### Madame de Volanges[1] à Madame de Rosemonde[1]

[…] J'allais fermer ma lettre, quand un homme de ma connaissance est venu me voir, et m'a raconté la cruelle scène que Mme de Merteuil a essuyée avant-hier. Comme je n'ai vu personne tous ces jours derniers, je n'avais rien su de cette aventure ; en voilà le récit, tel que je le tiens d'un témoin oculaire.

Mme de Merteuil, en arrivant de la campagne, avant-hier jeudi, s'est fait descendre à la Comédie Italienne[2], où elle avait sa loge ; elle y était seule, et, ce qui dut lui paraître extraordinaire, aucun homme ne s'y présenta pendant tout le spectacle. À la sortie, elle entra, suivant son usage, au petit salon, qui était déjà rempli de monde ; sur-le-champ il s'éleva une rumeur, mais dont apparemment elle ne se crut pas l'objet. Elle aperçut une place vide sur l'une des banquettes, et elle alla s'y asseoir ; mais aussitôt toutes les femmes qui y étaient déjà se levèrent comme de concert, et l'y laissèrent absolument seule. Ce mouvement marqué d'indignation générale fut applaudi de tous les hommes, et fit redoubler les murmures, qui, dit-on, allèrent jusqu'aux huées.

Pour que rien ne manquât à son humiliation, son malheur voulut que M. de Prévan[3], qui ne s'était montré nulle part depuis son aventure, entrât dans le même moment dans le petit salon. Dès qu'on l'aperçut, tout le monde, hommes et femmes, l'entoura et l'applaudit ; et il se trouva, pour ainsi dire, porté devant Mme de Merteuil, par le public qui faisait cercle autour d'eux. On assure que celle-ci a conservé l'air de ne rien voir et de ne rien entendre, et qu'elle n'a pas changé de figure mais je crois ce fait exagéré. Quoi qu'il en soit, cette situation, vraiment ignominieuse pour elle, a duré jusqu'au moment où on a annoncé sa voiture ; et, à son départ, les huées scandaleuses ont encore redoublé. Il est affreux de se trouver parente de cette femme. M. de Prévan a été, le même soir, fort accueilli de tous ceux des Officiers de son Corps qui se trouvaient là, et on ne doute pas qu'on ne lui rende bientôt son emploi et son rang.

La même personne qui m'a fait ce détail m'a dit que Mme de Merteuil avait pris la nuit suivante une très forte fièvre, qu'on avait cru d'abord être l'effet de la situation violente où elle s'était trouvée ; mais qu'on sait, depuis hier au soir, que la petite vérole s'est déclarée, confluente[4] et d'un très mauvais caractère. En vérité, ce serait, je crois, un bonheur pour elle d'en mourir. On dit encore que toute cette aventure lui fera peut-être beaucoup de tort pour son procès, qui est près

1. Madame de Volanges est la mère d'une jeune fille, Cécile, séduite par Valmont. Madame de Rosemonde est une femme âgée et généreuse, amie et confidente de certains personnages, notamment de Madame de Tourvel, une femme pieuse et fidèle.

2. Théâtre parisien où se produisait la troupe des comédiens italiens.

3. M. de Prévan est un officier que Madame de Merteuil a entraîné dans une intrigue qui lui a valu d'être emprisonné à tort. Toute cette intrigue est racontée dans la lettre 85.

4. Ce terme signifie que l'éruption a gagné l'ensemble du corps.

Contexte XVIIIe s. ▸ p. 498
Notice biographique ▸ p. 514

5. Personnages comme Cécile de Volanges ou Madame de Tourvel (► p. 337) qui ont été bernés et trahis par les manigances des deux séducteurs.

d'être jugé, et dans lequel on prétend qu'elle avait besoin de beaucoup de faveur.

Adieu, ma chère et digne amie. Je vois bien dans tout cela les méchants punis ; mais je n'y trouve nulle consolation pour leurs malheureuses victimes[5].

Paris, ce 18 décembre 17**

Lettre 173 (extrait).

**RECHERCHE**

### Histoire littéraire

**1.** Dites quelles sont les caractéristiques d'un roman épistolaire et demandez-vous si ces particularités rendent l'adaptation cinématographique plus difficile ou plus facile que celle d'un roman classique.

## Bilan de lecture

**2.** Distinguez dans le texte ce qui relève de la lettre (écrite par Madame de Volanges) et ce qui appartient au récit qui a été fait à ce personnage.

**3.** Récapitulez les étapes successives de l'*humiliation* (l. 15) de Madame de Merteuil et les lieux où se déroule cette scène.

**4.** Concernant Madame de Merteuil, quelle est la seconde information donnée dans la lettre ?

**5.** À quel moment de la lettre, et sous quelle forme, s'exprime le point de vue de l'épistolière ? Quelle « leçon » ce point de vue fait-il ressortir ?

## Texte 2 **Stephen Frears**, film *Les Liaisons dangereuses* (1989)

*Le texte suivant donne 13 des 14 derniers plans (après montage) du film que Stephen Frears a tiré du roman de Choderlos de Laclos.*

### Opéra – Intérieur soir

**877** – *Plan large sur l'orchestre et la partie droite des loges de l'Opéra. Tout le monde s'installe, le spectacle n'a pas encore commencé. La loge de la Marquise*[1]*, la plus à gauche, est encore vide. Soudain, elle apparaît, vêtue d'une magnifique robe blanche, et jette un lent regard circulaire vers la foule en contrebas. Mais celle-ci se tait, ainsi que l'orchestre qui finissait de s'accorder. Tous se sont tournés vers la Marquise, et observent un grand silence.*

**878** – *Plan rapproché sur la Marquise, debout dans sa loge. Elle adresse des sourires convenus, mais ils s'effacent.*

**879** – *Sur les loges à gauche en plan américain. Tous ont le regard dirigé vers elle en contrechamp, immobiles et silencieux.*

**880** – *Plan serré sur la Marquise en contrechamp. Elle tente encore un sourire convenu, mais il n'y a que le silence, et son sourire de nouveau s'efface. Elle lève le regard vers d'autres loges, puis le descend vers l'orchestre.*

**881** – *Plan moyen en contrechamp sur les spectateurs et la fosse d'orchestre. Tous sans exception ont le regard tourné vers elle, et restent impitoyablement silencieux.*

**882** – *Retour sur la Marquise en plan serré. Elle tourne les yeux vers la scène, le visage de plus en plus crispé.*

1. Il s'agit de la marquise de Merteuil.

**883** – *Panoramique en plan moyen sur le balcon. Les gens sont immobiles et la dévisagent. Soudain, à droite, un homme lève la main en porte-voix et commence à huer.*

**884** – *Sur la Marquise en plan serré, mâchoire serrée. Elle lève immédiatement les yeux. D'autres se sont joints au premier, off.*

**885** – *Plan large en contre-plongée sur les balcons supérieurs. Les gens s'avancent et se joignent au hou général.*

**886** – *Plan rapproché sur des loges. Tous se lèvent, huant. Certaines femmes battent de leur éventail le rebord de leurs loges.*

**887** – *Plan large sur la partie droite des loges, celle de la Marquise à gauche, l'orchestre en amorce en bas du cadre. Le tonnerre des huées est assourdissant. La Marquise reste immobile, tandis qu'un travelling circulaire vers la droite se dirige vers elle.*

**888** – *Plan très serré sur la Marquise, couverte de huées, s'efforçant de garder une contenance, raidie comme une statue de pierre.*

Contexte **XX**e s. ► p. 506
Notice biographique ► p. 513

**889** – *Plan serré sur la Marquise de dos, vue depuis l'intérieur de sa loge. Elle se retourne, prête à sortir, s'avance, droite, chancelle un instant. Tous continuent leur huée infernale. Elle sort.*

Scénario de Christopher Hampton, découpage plan à plan par Pierre Kandel
© *L'Avant-Scène Cinéma*, janvier 2001, n° 498.

*Les Liaisons Dangereuses*, d'après Choderlos de Laclos, film réalisé par **Stephen Frears** en 1989, avec Glenn Close.

RECHERCHE

**Les mots et leur usage**

**1.** Vérifiez que vous connaissez le sens des mots techniques suivants : *plan large, plan rapproché, plan moyen, plan serré, plan américain, contrechamp, panoramique, off, travelling, contre-plongée.* À quoi sont-ils tous associés (lexique de l'image, ▸ p. 527)?

## Bilan de lecture

**2.** À quoi sert l'indication *Opéra – Intérieur soir* ? Que manque-t-il au lecteur de ce texte pour « voir » la scène ?
**3.** Chaque paragraphe associé à un plan comporte deux sortes d'informations : lesquelles ? À quelle forme de discours appartient l'une des deux ? De quoi y est-il question ?
**4.** Qui sont les deux « personnages » de la scène rapportée ? Répondez en tenant compte des mouvements de la caméra et de ce qui constitue les plans successifs. Quelle alternance le lecteur du texte peut-il remarquer ? Que devient cette alternance pour le spectateur du film ?
**5.** Quelles sont les étapes de l'évolution de la scène ? Qu'est-ce qui en marque la durée ? Étudiez ce qui se passe du côté de la marquise et autour d'elle. Comment sont rendues les réactions de l'une et des autres, à travers les mots d'un côté, au cinéma de l'autre ?
**6.** Que traduisent les réactions du public ? Comment le spectateur du film peut-il les interpréter ?
**7.** Comparez la « leçon » de la scène dans la lettre (texte 1, ▸ p. 468) et au cinéma.

## Étude comparée

**8.** Rapprochez l'extrait du roman (texte 1, ▸ p. 468) et l'extrait du découpage du film (texte 2, ▸ p. 469) : qu'a conservé le scénariste ? Qu'y a-t-il de différent ?
**9.** Que doit faire le lecteur de la lettre pour « visualiser » la scène rapportée ? Dans quelle situation se trouve le spectateur du film ? Expliquez à partir de là en quoi les deux documents donnés ici ne permettent pas de comparer réellement ces deux modes d'expression que sont les mots d'un côté, les images mobiles de l'autre.
**10.** Quelles raisons suggérez-vous pour expliquer les choix faits par le scénariste et par le metteur en scène en ce qui concerne la transposition de la scène rapportée dans la lettre 173 ?
**11.** À partir de la confrontation du texte littéraire et de la succession des plans cinématographiques, qui correspondent à des images, dites quelle est la spécificité des deux formes d'écriture.
**12.** Rapprochez le texte cinématographique (la succession des plans) et l'image du film. Répertoriez ce qui leur est commun. Que manque-t-il pour que le lecteur se trouve dans une vraie situation cinématographique ?

REPÈRES Du texte à l'image ▸ p. 488
Imitation, transposition, parodie et pastiche ▸ p. 461
La lecture de l'image ▸ p. 489

# 3 Gustave Flaubert, *Madame Bovary*,

## du roman au film (1857/1991)

*En 1990, le metteur en scène Claude Chabrol entreprend de réaliser un film à partir du roman de Flaubert. Le passage de l'écriture littéraire à l'écriture cinématographique impose de nombreuses modifications, que le cinéaste explique dans l'ouvrage* Autour d'Emma. *Voici un exemple de transformation du texte (texte 1 ci-dessous) en scénario (texte 2, ▸ p. 473).*

### Texte 1 Gustave Flaubert, *Madame Bovary* (1857)

*Charles Bovary, un médecin normand, vient d'être appelé en pleine nuit auprès du père Rouault, un fermier qui s'est fracturé la jambe.*

Vers quatre heures du matin, Charles, bien enveloppé dans son manteau, se mit en route pour les Bertaux. Encore endormi par la chaleur du sommeil, il se laissait bercer au trot pacifique de sa bête. Quand elle s'arrêtait d'elle-même devant ces trous entourés d'épines que l'on creuse au bord des sillons, Charles, se réveillant en sursaut, se rappelait vite la jambe cassée, et il tâchait de se remettre en mémoire toutes les fractures qu'il savait. La pluie ne tombait plus ; le jour commençait à venir, et, sur les branches des pommiers sans feuilles, des oiseaux se tenaient immobiles, hérissant leurs petites plumes au vent froid du matin. La plate campagne s'étalait à perte de vue, et les bouquets d'arbres autour des fermes faisaient, à intervalles éloignés, des taches d'un violet noir sur cette grande surface grise, qui se perdait à l'horizon dans le ton morne du ciel. Charles, de temps à autre, ouvrait les yeux ; puis, son esprit se fatiguant et le sommeil revenant de soi-même, bientôt il entrait dans une sorte d'assoupissement où, ses sensations récentes se confondant avec des souvenirs, lui-même se percevait double, à la fois étudiant et marié, couché dans son lit comme tout à l'heure, traversant une salle d'opérés comme autrefois. L'odeur chaude des cataplasmes[1] se mêlait dans sa tête à la verte odeur de la rosée ; il entendait rouler sur leur tringle les anneaux de fer des lits et sa femme dormir… Comme il passait par Vassonville, il aperçut, au bord d'un fossé, un jeune garçon assis sur l'herbe.

– Êtes-vous le médecin ? demanda l'enfant.

Et, sur la réponse de Charles, il prit ses sabots à ses mains et se mit à courir devant lui.

L'officier de santé, chemin faisant, comprit aux discours de son guide que M. Rouault devait être un cultivateur des plus aisés. Il s'était cassé la jambe, la veille au soir, en revenant de *faire les Rois*[2], chez un voisin. Sa femme était morte depuis deux ans. Il n'avait avec lui que sa *demoiselle*[2], qui l'aidait à tenir la maison.

Les ornières devinrent plus profondes. On approchait des Bertaux. Le petit gars, se coulant alors par un trou de haie, disparut, puis il revint au bout d'une cour en ouvrir la barrière. Le cheval glissait sur l'herbe mouillée ; Charles se baissait pour passer sous les branches. Les chiens de garde à la niche aboyaient en tirant sur leur chaîne. Quand il entra dans les Bertaux, son cheval eut peur et fit un grand écart.

C'était une ferme de bonne apparence. On voyait dans les écuries, par le dessus des portes ouvertes, de gros chevaux de labour qui mangeaient tranquillement dans des râteliers neufs. Le long des bâtiments s'étendait un large fumier, de la buée s'en élevait, et, parmi les poules et les dindons, picoraient dessus cinq ou six paons, luxe des basses-cours cauchoises[3]. La bergerie était longue, la grange était haute, à murs lisses comme la main. Il y avait sous le hangar deux grandes charrettes et quatre charrues, avec leurs fouets, leurs colliers, leurs équipages complets, dont les toisons de laine bleue se salissaient à la poussière fine qui tombait des greniers. La cour allait en montant, plantée d'arbres symétriquement espacés et le bruit gai d'un troupeau d'oies retentissait près de la mare.

Première partie, début du chapitre II.

1. Préparation pharmaceutique à appliquer sur une partie du corps pour combattre une inflammation.

2. Les deux expressions sont en italique dans le texte de Flaubert.

3. Du pays de Caux, en Normandie.

Contexte XIXe s. ► p. 502
Notice biographique ► p. 513
Du même auteur ► p. 24 p. 474 p. 477

**Texte 2** **Claude Chabrol,** scénario du film *Madame Bovary* (1991)

Madame Bovary.

1. Route de campagne - Extérieur. Aube

C'est une route entre bocages et villages, dans la campagne normande. L'aube chasse à peine la nuit, et sur la route, la lanterne de la carriole est encore allumée. Charles Bovary, encore endormi par la chaleur du sommeil, se laisse bercer au trot pacifique de sa bête. Il aperçoit, au bord d'un fossé, un jeune garçon assis sur l'herbe. Charles s'arrête.

Jeune garçon : Vous êtes le médecin ?

Charles : Oui. Monte !

2. Carriole - Intérieur / Extérieur. Aube

L'enfant, assis à côté de Charles, n'est pas avare de renseignements.

Jeune garçon : C'est un des plus riches d'ici, M. Rouault. Il s'est cassé la jambe en revenant de faire les rois.

Il tend longuement le bras vers la droite.

... c'est par là.

Ils s'engagent dans un chemin aux ornières plus profondes.

... Sa femme est morte depuis deux ans. Il n'a que sa demoiselle pour l'aider à tenir sa maison. Attendez !

L'enfant descend et va ouvrir une barrière.

coupe sur

3. Cour de la ferme. Extérieur. Aube

C'est une ferme de bonne apparence. Deux ou trois chiens aboient en tirant sur leur chaîne. Dans les écuries, aux portes ouvertes, de gros chevaux de labour mangent tranquillement dans des râteliers neufs. Un large fumier s'étale le long des bâtiments. Et au milieu des poules et des dindons, picorent deux ou trois paons. Sous le hangar, deux grandes charrettes et quatre charrues étalent leurs équipages complets, aux toisons de laine bleue.

*Le scénario de Claude Chabrol.*

Page du scénario de *Madame Bovary*, film réalisé d'après le roman de Gustave Flaubert par **Claude Chabrol** en 1991 © Claude Chabrol.

Notice biographique ▶ p. 511
Du même auteur ▶ p. 476

## Étude comparée

**1.** Lisez le texte de Flaubert (▸ p. 471), puis le scénario de Claude Chabrol (▸ p. 473), et dressez la liste de tous les éléments du roman que l'on retrouve dans le scénario ; signalez ceux qui sont exprimés dans les mêmes termes, puis ceux qui subsistent avec des modifications. Repérez aussi les passages absents du texte du scénario.

**2.** Comment peut s'expliquer la disparition – dans le scénario – de certains passages ? S'agit-il d'une disparition totale ou ces passages peuvent-ils être rendus autrement que par les mots ?

**3.** À quoi correspondent, dans le scénario, les indications 1, 2, 3 ? Retrouvez à quels moments du texte ces étapes correspondent.

**4.** Récapitulez l'ensemble des éléments qui peuvent être rendus par l'image, le son et le mouvement du cinéma. À partir de cette récapitulation, dites comment le cinéma peut rendre la notion de déroulement de l'action, le passage du temps, l'évolution d'une situation.

**5.** Pensez-vous que la transposition du passage donné ici puisse être qualifiée de « fidèle » ? Pourquoi est-il difficile de porter un jugement sur cette notion de « fidélité » d'un film à partir du seul scénario ?

## Question d'oral

**6.** Étudiez les deux textes (▸ p. 471 et 473) en montrant en quoi consistent les transformations qui permettent de passer du texte littéraire aux indications d'éléments qui seront transformés en images.

## Écriture d'invention

**7.** Prenez modèle sur le scénario écrit par Claude Chabrol pour réécrire la scène qui ouvre le roman, depuis *Nous étions à l'étude* jusqu'à *il la ramassa encore une fois*.

**8.** Choisissez vous-même un passage du roman qui contienne des actions et au moins une description et transformez-le en scénario à la manière de Claude Chabrol.

**REPÈRES** Du texte à l'image ▸ p. 488
Imitation, transposition, parodie et pastiche ▸ p. 461
Le personnage de roman ▸ p. 35
Roman et société ▸ p. 76

## Texte 3 Gustave Flaubert, *Madame Bovary* (1857)

*Certains passages de roman sont particulièrement difficiles à rendre au cinéma. Interrogé par Pierre-Marc de Biasi, éditeur des* Carnets de travail de Flaubert, *Claude Chabrol explique (texte 4,* *▸ p. 476**) comment il a transposé le moment qui précède le suicide d'Emma, dont voici le texte.*

Elle sortit[1]. Les murs tremblaient, le plafond l'écrasait ; et elle repassa par la longue allée, en trébuchant contre les tas de feuilles mortes que le vent dispersait. Enfin elle arriva au saut-de-loup[2] devant la grille ; elle se cassa les ongles contre la serrure, tant elle se dépêchait pour l'ouvrir. Puis, cent pas plus loin, essoufflée, près de tomber, elle s'arrêta. Et alors, se détournant, elle aperçut encore une fois l'impassible château, avec le parc, les jardins, les trois cours, et toutes les fenêtres de la façade.

Elle resta perdue de stupeur, et n'ayant plus conscience d'elle-même que par le battement de ses artères, qu'elle croyait entendre s'échapper comme une assourdissante musique qui emplissait la campagne. Le sol sous ses pieds était plus mou qu'une onde, et les sillons lui parurent d'immenses vagues brunes, qui déferlaient. Tout ce qu'il y avait dans sa tête de réminiscences, d'idées, s'échappait à la fois, d'un seul bond, comme les mille pièces d'un feu d'artifice. Elle vit son père, le cabinet de Lheureux, leur chambre là-bas, un autre paysage. La folie la prenait, elle eut peur, et parvint à se ressaisir, d'une manière confuse, il

1. Emma sort de chez Rodolphe, un de ses amants, à qui elle a demandé de lui prêter de l'argent et qui a refusé.

2. Court fossé creusé devant un mur de clôture.

3. Emma a des dettes très importantes qu'elle ne peut pas payer.

Contexte XIXe s. ▶ p. 502
Notice biographique ▶ p. 513
Du même auteur ▶ p. 24 p. 471 p. 477
SUJET DE BAC 20 ▶ p. 466

est vrai ; car elle ne se rappelait point la cause de son horrible état, c'est-à-dire la question d'argent[3]. Elle ne souffrait que de son amour, et sentait son âme l'abandonner par ce souvenir, comme les blessés, en agonisant, sentent l'existence qui s'en va par leur plaie qui saigne.

La nuit tombait, des corneilles volaient.

Il lui sembla tout à coup que des globules couleur de feu éclataient dans l'air comme des balles fulminantes en s'aplatissant, et tournaient, tournaient, pour aller se fondre sur la neige, entre les branches des arbres. Au milieu de chacun d'eux, la figure de Rodolphe[1] apparaissait. Ils se multiplièrent, et ils se rapprochaient, la pénétraient ; tout disparut. Elle reconnut les lumières des maisons, qui rayonnaient de loin dans le brouillard.

Troisième partie, chapitre VIII.

Affiche du film *Madame Bovary*, réalisé par **Claude Chabrol** en 1991, avec Isabelle Huppert.

## Bilan de lecture

**1.** Dans la scène rapportée par le narrateur, distinguez ce qui peut être rendu par l'image et par le mouvement cinématographiques.

**2.** Répertoriez ensuite ce qu'il est difficile, parfois même impossible, de rendre tel quel et expliquez d'où viennent les difficultés.

**3.** Dégagez des réponses aux questions 1 et 2 certaines différences essentielles entre l'écriture littéraire et l'écriture cinématographique.

## Commentaire

**4.** Commentez l'extrait de *Madame Bovary* en vous aidant des axes suivants :
- les actions d'Emma ;
- l'expression d'émotions violentes ;
- un moment de folie entre deux moments de lucidité.

## Lecture de l'image

**5.** Étudiez comment se trouve rendu, par le jeu de l'actrice et par la mise en scène, le trouble de l'héroïne. Retrouvez dans l'image certains éléments qui figurent dans le texte de Flaubert.

REPÈRES Le personnage de roman ▶ p. 35

## Texte 4 **Entretien** de **Claude Chabrol** avec **Pierre-Marc de Biasi** (1991)

CLAUDE CHABROL : […] J'ai remplacé toute cette scène d'hallucination par une simple alternance de courses et de stations immobiles. Pour une raison très simple, c'est que l'impression donnée par la lecture du texte ne pourrait avoir d'équivalent, une fois transposée à l'image, que sous la forme de violentes déformations visuelles. Des murs qui se referment, des globules de feu qui éclatent, un sol qui se dérobe sous vos pas, etc. sont, vécues ou non, des fictions littéraires. C'est une chose quand on les lit, et c'est tout autre chose quand on les montre. Si on veut les montrer en images, ce n'est pas l'impression de déchirure mentale que l'on voit, c'est le procédé qui apparaît !

PIERRE-MARC DE BIASI : Et c'est bien pourquoi je me demandais comment vous aviez pu adapter ce moment de délire !

CLAUDE CHABROL : Je vous l'ai dit, j'ai cherché à résoudre la difficulté en jouant la violence des contrastes : Emma court à en perdre haleine, et l'instant d'après, elle est complètement immobile. La nuit tombe, il fait noir, et l'instant d'après, la lumière l'inonde, elle est derrière la vitre de chez Homais. J'ai brusqué les choses.

PIERRE-MARC DE BIASI : Donc vous avez supprimé entièrement l'évocation, même indirecte, de l'hallucination : les éclatements de lumières, les sensations d'hémorragie, les sillons des champs qui deviennent comme les flots… ?

CLAUDE CHABROL : Oui, c'était impossible à rendre en images. Il n'y a pas de solution, ça se transforme toujours en procédé. En revanche, j'ai essayé de rattraper des choses, de faire sentir un peu plus indirectement ce qui se passe dans l'esprit d'Emma. Par exemple, au tout début de ce passage, au moment où ça se déclenche dans sa tête, c'est-à-dire au moment où Rodolphe lui refuse le pognon, j'ai réussi un coup visuel : Emma est en plan très rapproché avec en fond le vert de la chambre de Rodolphe. Là, il m'a suffi de la faire se déplacer un tout petit peu pour qu'elle se détache brusquement sur le fond rouge du lit. Et ce fond rouge est suffisant pour que, tout d'un coup, visuellement, il y ait quelque chose comme un vertige qui passe à l'écran. Là, on a au cinéma quelques petits avantages sur l'écriture… modestes, il est vrai ! Alors, ce passage au rouge, puis, sans transition, la fuite et l'arrivée à l'arsenic, j'ai traité tout cela comme une rupture, comme un crachement ! Mais c'est un moment où le jeu de l'actrice est aussi une chose déterminante. Isabelle[1] occupe tout l'écran. Sans oublier la bande-son qui a aussi sa place dans ce moment de vertige.



1. Isabelle Huppert, l'actrice qui joue Madame Bovary.

Notice biographique ▶ p. 511
Du même auteur ▶ p. 473
SUJET DE BAC 20 ▶ p. 466

## Bilan de lecture

**1.** Quelles difficultés le metteur en scène a-t-il rencontrées lors de la transposition du passage dans lequel Emma est submergée par l'angoisse ? Qu'est-ce qui est, pour lui, impossible à représenter ? Expliquez l'expression : *ça se transforme toujours en procédé* (l. 21).
**2.** Quels sont les moyens techniques utilisés par Claude Chabrol ? Que cherchent-ils à traduire ?
**3.** La transcription du roman passe par la mise en scène, le décor, les couleurs, les mouvements. À la fin de son intervention, Claude Chabrol y ajoute deux composantes : lesquelles ?
**4.** Complétez, à l'aide des remarques de Claude Chabrol, votre réflexion sur la spécificité des deux modes d'écriture – l'écriture littéraire, l'écriture cinématographique : qu'est-ce qui les rapproche ? Qu'est-ce qui les sépare ?

## Travail sur un corpus de textes

**5.** Rapprochez les textes de Gustave Flaubert (texte 3 ▸ p. 474), Claude Chabrol (▸ p. 476) et Jacques Chevrier (▸ p. 485) pour déterminer comment ils se situent chacun par rapport aux autres, quel est leur thème commun et quels sont les points sur lesquels il peut y avoir convergence ou divergence entre les deux spécialistes de cinéma que sont Claude Chabrol et Jacques Chevrier.

REPÈRES Du texte à l'image ▸ p. 488
Imitation, transposition, parodie et pastiche ▸ p. 461
La lecture de l'image ▸ p. 489

# 4 Gustave Flaubert, *Madame Bovary*,

## du roman au roman-photos (1857/1973)

*En 1973, le magazine* Nous Deux*, spécialiste du roman-photos, propose une version contemporaine de* Madame Bovary *sous le titre* Bovary 73*. En voici la seconde page (document 2 ▸ p. 479), qui correspond à l'arrivée de Charles Bovary à la ferme du père Rouault. Le texte de Flaubert (texte 1, ci-dessous) fait directement suite à celui qui figure page 471.*

### Texte 1 Gustave Flaubert, *Madame Bovary* (1857)

Une jeune femme, en robe de mérinos[1] bleu garnie de trois volants, vint sur le seuil de la maison pour recevoir M. Bovary, qu'elle fit entrer dans la cuisine, où flambait un grand feu. Le déjeuner des gens bouillonnait alentour, dans des petits pots de taille inégale. Des vêtements humides séchaient dans l'intérieur de la cheminée. La pelle, les pincettes et le bec du soufflet, tous de proportion colossale, brillaient comme de l'acier poli, tandis que le long des murs s'étendait une abondante batterie de cuisine, où miroitait inégalement la flamme claire du foyer, jointe aux premières lueurs du soleil arrivant par les carreaux.

Charles monta, au premier, voir le malade. Il le trouva dans son lit, suant sous ses couvertures et ayant rejeté bien loin son bonnet de coton. C'était un gros petit homme de cinquante ans, à la peau blanche, à l'œil bleu, chauve sur le devant de la tête, et qui portait des boucles d'oreilles. Il avait à ses côtés, sur une chaise, une grande carafe d'eau-de-vie, dont il se versait de temps à autre pour se donner du cœur au ventre ; mais, dès qu'il vit le médecin, son exaltation tomba, et, au lieu de sacrer comme il faisait depuis douze heures, il se prit à geindre faiblement.

1. Tissu de laine.

La fracture était simple, sans complication d'aucune espèce. Charles n'eût osé en souhaiter de plus facile. Alors, se rappelant les allures de ses maîtres auprès du lit des blessés, il réconforta le patient avec toutes sortes de bons mots, caresses chirurgicales qui sont comme l'huile dont on graisse les bistouris. Afin d'avoir des attelles, on alla chercher, sous la charretterie, un paquet de lattes. Charles en choisit une, la coupa en morceaux et la polit avec un éclat de vitre, tandis que la servante déchirait des draps pour faire des bandes, et que Mlle Emma tâchait de coudre des coussinets. Comme elle fut longtemps avant de trouver son étui, son père s'impatienta ; elle ne répondit rien ; mais tout en cousant, elle se piquait les doigts, qu'elle portait ensuite à sa bouche pour les sucer.

Charles fut surpris de la blancheur de ses ongles. Ils étaient brillants, fins du bout, plus nettoyés que les ivoires de Dieppe, et taillés en amande. Sa main pourtant n'était pas belle, point assez pâle, peut-être, et un peu sèche aux phalanges ; elle était trop longue aussi, et sans molles inflexions de lignes sur les contours. Ce qu'elle avait de beau, c'étaient les yeux ; quoiqu'ils fussent bruns, ils semblaient noirs à cause des cils, et son regard arrivait franchement à vous avec une hardiesse candide.

Première partie, chapitre II.

Contexte XIXe s. ▶ p. 502
Notice biographique ▶ p. 513
Du même auteur ▶ p. 24, p. 471, p. 474

## Lecture analytique

**1.** Identifiez dans l'extrait du roman ce qui appartient au récit et ce qui relève de la description. Récapitulez les différentes étapes de la visite de Charles Bovary. À quels moments Emma intervient-elle ?

**2.** Sur quels personnages l'accent est-il mis dans le texte ? Qui semble être, en revanche, un personnage secondaire ?

**3.** Le texte suggère-t-il des possibilités de dialogue ? Entre qui et qui ? À quel sujet ?

**4.** Quel personnage prend soudain de l'importance à la fin du texte ? Quel est le point de vue adopté ? En quoi le choix de ce point de vue est-il important ?

## Question d'oral

**5.** Étudiez le texte en faisant apparaître son caractère visuel et l'alternance de récit et de description, ainsi que la précision avec laquelle le narrateur rapporte une scène qui se révélera décisive dans la suite du roman.

## Commentaire

**6.** Commentez le texte de Flaubert en vous aidant des axes suivants :
– une alternance de récit et de description ;
– l'accent mis sur le personnage de Charles ;
– Emma vue par Charles : une scène de rencontre ?

## Écriture d'invention

**7.** Préparez une feuille avec un nombre de vignettes de votre choix et indiquez ce que vous mettriez dans chacune d'elles pour rendre compte du texte de Flaubert sous forme picturale. Indiquez le contenu des paroles et celui du texte accompagnateur, si vous jugez qu'il est indispensable.

REPÈRES Le personnage de roman ▶ p. 35
Roman et société ▶ p. 76

## Document 2 **Roman-photos,** *Bovary 73* (1973)

*Bovary 73*, supplément au magazine *Nous Deux*, n° 1340, 1973.

RECHERCHE

**Histoire culturelle**

**1.** La page reproduite page 479 appartient à un roman-photos : cherchez une définition de ce mode d'expression. À quelle époque a-t-il été créé ? Quel est son pays d'origine ? À quel lectorat s'adresse-t-il essentiellement ?

## Lecture de l'image et du texte

**2.** À partir des photos, dites où se passe la scène et quels sont les protagonistes.
**3.** Grâce à quels éléments le lecteur peut-il comprendre le sens de l'épisode rapporté ? Comment se fait cette nouvelle forme de lecture (images + texte) ? Quelle est la nature de chaque sorte de texte figurant sur les images ?
**4.** Observez les angles de prise de vue et la taille des photos, ainsi que la nature des différents plans. Qu'est-ce qui se trouve mis en relief par ces procédés ? Expliquez cette mise en relief par rapport à l'importance de l'épisode dans la vie de l'héroïne.

## Étude comparée

**5.** Mettez en parallèle la page de photos (► p. 479) et le texte de Flaubert (► p. 477) : quels éléments du texte retrouvez-vous à travers les photos ? En quoi l'image peut-elle remplacer certains éléments textuels ?
**6.** Identifiez ensuite et classez les nombreuses différences que l'on peut observer entre le texte de Flaubert et la série de photos.
**7.** Parmi les différences, dites quelles sont celles qui viennent de la modernisation (on passe de 1857 à 1973). Quelles explications pourriez-vous proposer pour les autres différences, en relation avec le genre du roman-photos et avec son lectorat ?

## Écriture d'invention

**8.** Racontez avec précision, et de manière littéraire, ce qui se passe sur la page du roman-photos, puis comparez votre texte avec celui de Flaubert.
Utilisez le discours descriptif (pour les lieux et les personnages) et le discours narratif (pour la succession des actions), les paroles rapportées.
Votre comparaison des deux textes devra permettre de répondre aux questions suivantes : s'agissant de la même situation, retrouve-t-on dans les deux textes les mêmes composantes et le même registre ? Qu'est-ce qui diffère ?

REPÈRES Du texte à l'image ► p. 488
Imitation, transposition, parodie et pastiche ► p. 461
La lecture de l'image ► p. 489
Le personnage de roman ► p. 35
Roman et société ► p. 76

Couverture de *Bovary 73*, supplément au magazine *Nous Deux*, n° 1340, 1973.

15 cent. le numéro. LE PETIT 8 francs par an.

MONITEUR ILLUSTRÉ

DIMANCHE 30 OCTOBRE 1887 — N° 44

TROISIÈME ANNÉE

LA MÈRE SAUVAGE

Nouvelle, par GUY DE MAUPASSANT

Première page du *Petit Moniteur Illustré*, illustration pour « La Mère Sauvage », de Guy de Maupassant, 30 octobre 1887.

## 5 Guy de Maupassant, « La mère Sauvage »

### de la nouvelle à la bande dessinée (1884/2002)

### Texte 1 Guy de Maupassant, « La mère Sauvage » (1884)

*Le narrateur raconte à un ami une histoire arrivée pendant la guerre de 1870. La mère Sauvage est une paysanne contrainte d'héberger quatre soldats prussiens. Les choses se passent bien jusqu'au jour où elle apprend la mort de son fils, tué sur le front. Elle met alors le feu à sa propre maison pour y faire mourir ses quatre hôtes en représailles. Voici ce qui se passe juste après et qui constitue la fin de la nouvelle.*

Des gens arrivaient, des paysans, des Prussiens.

On trouva la femme assise sur un tronc d'arbre, tranquille et satisfaite.

Un officier allemand, qui parlait le français comme un fils de France, lui demanda :

« Où sont vos soldats ? »

Elle tendit son bras maigre vers l'amas rouge de l'incendie qui s'éteignait, et elle répondit d'une voix forte :

« Là-dedans ! »

On se pressait autour d'elle. Le Prussien demanda :

« Comment le feu a-t-il pris ? »

Elle prononça :

« C'est moi qui l'ai mis. »

On ne la croyait pas, on pensait que le désastre l'avait soudain rendue folle. Alors, comme tout le monde l'entourait et l'écoutait, elle dit la chose d'un bout à l'autre, depuis l'arrivée de la lettre jusqu'au dernier cri des hommes flambés avec sa maison. Elle n'oublia pas un détail de ce qu'elle avait ressenti ni de ce qu'elle avait fait.

Quand elle eut fini, elle tira de sa poche deux papiers, et, pour les distinguer aux dernières lueurs du feu, elle ajusta encore ses lunettes, puis elle prononça, montrant l'un : « Ça, c'est la mort de Victor[1]. » Montrant l'autre, elle ajouta, en désignant les ruines rouges d'un coup de tête : « Ça, c'est leurs noms pour qu'on écrive chez eux. » Elle tendit tranquillement la feuille blanche à l'officier, qui la tenait par les épaules, et elle reprit :

« Vous écrirez comment c'est arrivé, et vous direz à leurs parents que c'est moi qui a fait ça[2]. Victoire Simon, la Sauvage ! N'oubliez pas. »

L'officier criait des ordres en allemand. On la saisit, on la jeta contre les murs encore chauds de son logis. Puis douze hommes se rangèrent vivement en face d'elle, à vingt mètres. Elle ne bougea point. Elle avait compris ; elle attendait.

Un ordre retentit, qu'une longue détonation suivit aussitôt. Un coup attardé partit tout seul, après les autres.

La vieille ne tomba point. Elle s'affaissa comme si on lui eût fauché les jambes.

L'officier prussien s'approcha. Elle était presque coupée en deux, et dans sa main crispée elle tenait sa lettre baignée de sang.

Mon ami Serval ajouta :

« C'est par représailles que les Allemands ont détruit le château du pays, qui m'appartenait. »

Moi, je pensais aux mères des quatre doux garçons brûlés là-dedans ; et à l'héroïsme atroce de cette autre mère, fusillée contre ce mur.

Et je ramassai une petite pierre, encore noircie par le feu.

« La mère Sauvage », in *Miss Harriet*.

1. Il s'agit de la lettre annonçant la mort du fils.
2. Tournure familière ; on devrait dire « c'est moi qui ai fait ça. »

Contexte XIXe s. ▶ p. 502
Notice biographique ▶ p. 515
Du même auteur ▶ p. 60, p. 291

## Bilan de lecture

**1.** Par rapport au paratexte de présentation, dites en quoi le passage donné ici est particulièrement important.

**2.** Étudiez de quoi se compose le texte, récit, discours rapporté, discours narrativisé. Sur le plan du récit et des paroles, quelles sont les caractéristiques essentielles du texte ? Pourquoi le narrateur ne donne-t-il pas le contenu précis du récit de la mère Sauvage (l. 14 à 17) ?

**3.** Quelle est la portée symbolique des *deux papiers* (l. 18) ? Comment leur importance est-elle mise en relief dans le texte ?

**4.** Quel est le statut des dernières lignes du texte, après le blanc (l. 35 à 40) ? Que laisse supposer ce passage en ce qui concerne la structure de la nouvelle ?

**5.** Ce texte vous semble-t-il se prêter à une mise en image ? Si vous deviez l'illustrer par une seule image, quel passage du texte donné ici choisiriez-vous de représenter ?

**Document 2** **Dino Battaglia,** ***Maupassant, Contes et récits de guerre*** **(1976-1977)**

*Les deux planches de bande dessinée ci-dessous et page 484 retracent la fin de la nouvelle « La mère Sauvage ».*

Texte original de Guy de Maupassant, texte adapté par **Dino et Laura Battaglia**, traduit de l'italien par Michel Jans © Laura Battaglia © Dauphylactère.

Notice biographique ► p. 510

## Lecture de l'image

**1.** Observez la disposition des images sur chaque planche (▸ p. 483-484) : que remarquez-vous par rapport à la notion précise de bande dessinée et à d'autres bandes dessinées que vous connaissez ? Quels sont les effets produits ?

**2.** Caractérisez le graphisme de Dino Battaglia : lignes, couleurs, représentation des personnages.

**3.** Étudiez les différents plans adoptés en relation avec la taille des vignettes : sur quoi ces choix mettent-ils l'accent ?

**4.** D'où viennent les impressions de tragique, de violence, de cruauté ? Pour répondre, observez les contrastes, les formes, les couleurs, l'expression des mouvements, les physionomies.

## Étude comparée

**5.** Dans une bande dessinée inspirée d'un texte, celui-ci est repris sous trois formes. Dites quelles sont ces formes et comment elles apparaissent ici.

**6.** Mettez en parallèle le texte de Maupassant (▸ p. 481) et le texte des deux planches de Dino Battaglia (▸ p. 483-484) : que retrouve-t-on du texte initial ? Qu'est-ce qui n'est pas repris ?

**7.** Étudiez en quoi les images illustrent ce qui est dit dans le texte de Maupassant. Cherchez ensuite ce que les images montrent, qui reste implicite dans le texte. Déduisez de cette réponse l'utilité de la transposition texte / bande dessinée, mais aussi ses limites.

**8.** Pourquoi, selon vous, l'auteur de la bande dessinée n'a-t-il pas repris les dernières lignes de la nouvelle ?

## Travail sur un corpus

**9.** Regroupez les six documents suivants : fable de Jean de La Fontaine (▸ p. 462) et bande dessinée de Mazan (▸ p. 464-465), texte de Gustave Flaubert (▸ p. 477) et page de roman-photos (▸ p. 479), texte de Guy de Maupassant (▸ p. 481) et planches de Dino Battaglia (▸ p. 483-484) pour analyser la fidélité des trois transpositions par rapport au texte d'origine. Construisez votre analyse à partir des textes et des images.

**REPÈRES** Du texte à l'image ▸ p. 488
Imitation, transposition, parodie et pastiche ▸ p. 461
La lecture de l'image ▸ p. 489

# 6 Jacques Chevrier, *Le Monde* (6 novembre 1970)

*Dans un article publié dans le quotidien* Le Monde, *Jacques Chevrier évoque les différents problèmes de l'adaptation d'une œuvre littéraire au cinéma.*

L'histoire des rapports entre la littérature et le cinéma est une longue suite de querelles et de malentendus. Les premiers échanges s'effectuent au niveau de l'adaptation ; prise comme modèle et adaptée à l'écran, l'œuvre littéraire joue alors un rôle de garant. On demande au film d'être scrupuleusement « fidèle » à l'œuvre dont il s'inspire et les écarts sont sévèrement critiqués par les idolâtres de la forme littéraire. De nos jours encore, d'habiles producteurs savent exploiter ce label de l'œuvre littéraire pour réaliser de fructueuses opérations commerciales, mais on se soucie beaucoup moins d'être fidèle à l'original : en fait, cela n'importe guère et André Bazin[1] remarque justement que, si approximatives soient-elles, « les adaptations ne peuvent pas faire tort à l'original auprès de la minorité qui le connaît et l'apprécie. Quant aux ignorants, de deux choses l'une : ou bien ils se contenteront du film – qui en vaut certainement un autre – ou bien ils auront envie de connaître le modèle, et c'est autant de gagné pour la littérature ». Ce problème de l'adaptation qui a longtemps opposé partisans et adversaires du cinéma est aujourd'hui dépassé ; l'antériorité chronologique de l'œuvre littéraire

1. Critique de cinéma, cofondateur de la revue *Les Cahiers du cinéma*.

ne suffit plus à établir sa supériorité esthétique, et l'on convient volontiers que le passage d'un langage à l'autre s'accompagne nécessairement d'une transformation, fruit de la rencontre profonde de deux créateurs, accordés l'un à l'autre par de subtiles affinités et néanmoins libres : Maupassant et Renoir, Bernanos et Bresson. À la notion de fidélité tend donc à se substituer la notion d'équivalence, et la meilleure adaptation peut être parfois celle qui s'écarte le plus du texte.

Si le cinéma a pu se dégager de l'impérialisme de la littérature, c'est qu'il est différent, différent par son mode de production comme par son mode de consommation. La création littéraire s'entoure volontiers de mystère ; subordonnée à l'inspiration solitaire, exigeant peu de moyens matériels, elle garde aujourd'hui encore un caractère artisanal. Pour exister, le cinéma doit au contraire passer par un appareil de production complexe et soumis à l'économie du profit. Aux contraintes financières s'ajoutent des contraintes techniques ; l'œuvre finale apparaît davantage comme une œuvre collective (qui est l'auteur d'un film ?). Et les détracteurs du cinéma ont beau jeu de faire ressortir les sentiments stéréotypés ou la psychologie sommaire des personnages portés à l'écran.

Au mode de production s'oppose également le mode de consommation. Le livre est un objet à l'intérieur duquel le lecteur solitaire circule en toute liberté ; le film commence et finit pour tout le monde à la même heure. Alors que dans l'acte de lecture le héros protéiforme[2] se colore des irisations multiples de notre imagination, le personnage qui bouge sur l'écran a le visage d'un acteur connu, et ses moindres frémissements sont imposés à un spectateur passif, assis dans l'espace clos d'une salle obscure.



2. Susceptible de prendre des formes multiples.

Contexte XXe s. ▶ p. 506

**RECHERCHE**

**Histoire littéraire**

**1.** L'auteur du texte cite des associations fructueuses : Maupassant / Renoir, Bernanos / Bresson (l. 19-20). De quelles œuvres littéraires et de quels films s'agit-il ?

**2.** Donnez d'autres exemples d'adaptations d'œuvres littéraires à l'écran et précisez s'il s'agit de télévision ou de cinéma.

## Bilan de lecture

**3.** Étudiez les premières relations littérature / cinéma envisagées par l'auteur de l'article : comment se trouve « exploitée » l'œuvre littéraire et par qui ?

**4.** Quelle est la thèse soutenue par Jacques Chevrier dans la seconde moitié du premier paragraphe ? Sur quelle spécificité du cinéma cette thèse repose-t-elle ? Quels sont les exemples cités ?

**5.** Quelles sont les explications données à cette évolution ? Qu'est-ce qui différencie les deux modes d'expression, fondamentalement ?

**6.** L'auteur parle de *consommation* (l. 32). Que signifie ce terme appliqué à la littérature et au cinéma ? En quoi les modes de consommation sont-ils différents pour l'un et pour l'autre ?

## Écriture d'invention

**7.** Pour une revue cinématographique, vous rédigez un article relatif à la transposition d'œuvres littéraires au cinéma. Dans une première étape, vous exposez les raisons qu'un metteur en scène peut avoir d'adapter une œuvre littéraire. En second lieu, vous expliquez pour quelles raisons, liées à la spécificité de chaque mode d'expression, il est difficile d'adapter un roman à l'écran. Votre article, qui mêle points de vue personnels et idées plus générales, sans oublier des exemples précis, aura de 80 à 100 lignes.

**REPÈRES** Du texte à l'image ▶ p. 488
Imitation, transposition, parodie et pastiche ▶ p. 461
La lecture de l'image ▶ p. 489

# 7 Lire les images : affiches des *Liaisons dangereuses*

Affiche du film *Les Liaisons dangereuses* (1960), réalisé par **Roger Vadim** avec Jeanne Moreau (à droite) et Gérard Philipe, lithographie en couleur.

Affiche du film *Les Liaisons dangereuses* (1989), réalisé par **Stephen Frears**, avec, de haut en bas, Glenn Close, John Malkovich et Michelle Pfeiffer.

## Lecture des images

**1.** Observez les deux affiches et précisez quelles informations elles donnent l'une et l'autre à travers ce qui est écrit.

**2.** Comparez la manière dont sont indiqués les deux titres : que comporte celui de la première affiche ? Quelle peut en être la justification ?

**3.** Trois personnages sont représentés sur les deux affiches : devinez leurs noms en fonction de ce que vous connaissez du roman (► p. 468). Analysez la manière dont ces personnages sont disposés et expliquez le sens de cette disposition. Qu'est-ce qui est ainsi mis en relief ? Trouvez les relations qui viennent à l'esprit du spectateur entre l'image et le titre.

**4.** Qu'est-ce qui peut laisser penser, sur les deux affiches, que la transposition du roman en film n'est pas la même ?

**5.** Quelles sont les fonctions d'une affiche de film ? Ces deux affiches vous semblent-elles rendre compte de l'intrigue ? Quel élément n'apparaît pas, par rapport au roman ?

**REPÈRES** La lecture de l'image ► p. 489
Du texte à l'image ► p. 488

# Du texte à l'image

**La transposition d'un texte en images fixes (dessin, bande dessinée, roman-photos) ou mobiles (cinéma, spectacle théâtral) est un défi qui séduit de nombreux dessinateurs, photographes, scénaristes et cinéastes. Dans les différents cas, il s'agit de la « métamorphose » d'un texte en représentation iconographique.**

## Des modalités d'expression différentes

Le texte littéraire est composé de mots à **décoder linéairement**. À partir des mots, l'imagination du lecteur se met en action, mais ce qu'il imagine n'est pas rendu de manière concrète. Le texte décrit, explique, analyse, rapporte des faits, des sentiments, des états d'âme, des perceptions. L'image rend certains de ces éléments de manière plus rapide, plus directe, plus globale, mais il en est d'autres qui résistent à la représentation iconographique. Le passage des mots à l'image pose ainsi toutes sortes de problèmes qui impliquent des choix et des adaptations.

**Ex :** Dans son entretien avec Pierre-Marc de Biasi (▸ p. 476), Claude Chabrol explique que certains passages du roman *Madame Bovary* ne peuvent pas être rendus par l'image cinématographique. Il faut alors trouver des moyens différents, propres au cinéma. Le roman-photos *Bovary 73* (▸ p. 479) montre comment une scène importante est réduite à quelques images.

## Du texte à la bande dessinée et au roman-photos

La bande dessinée et le roman-photos transforment le texte initial en images faites de dessins (dans la BD) et de photos (dans le roman-photos) accompagnées de deux sortes de texte : **récit** et **paroles**. Le récit, qui reprend le texte d'origine ou le résume, figure en haut de certaines vignettes et donne des précisions sur la situation en rappelant le contenu de passages non représentés graphiquement. Les paroles, elles, reprennent des éléments du texte explicitant les situations, avec plus ou moins de fidélité. L'**image** – prédominante – donne à voir des scènes, des actions, des comportements, restitue le décor – remplaçant ainsi les descriptions et les récits – et confère à l'ensemble, par la technique particulière de l'illustrateur, un style spécifique. Ces scènes ont été choisies en fonction de critères non précisés, mais qui sont en relation avec certains passages-clés de l'histoire.

**Ex :** Le dessin de Dino Battaglia (▸ p. 483-484) et la manière dont il dispose les différentes scènes, sans limites précises de vignettes, dramatisent la représentation d'une histoire violente. La dominante de gris et de noir accentue le côté réaliste du récit tandis que la couleur orange insiste sur le caractère destructeur du feu. Le dessinateur rend les moments importants de l'histoire à travers les gestes des personnages, leurs attitudes. Les images du roman-photos (▸ p. 479) font ressortir, au contraire, non la fidélité au roman du XIXe siècle, mais la différence d'époque et la volonté de faire de la scène une rencontre du XXe siècle.

C'est la succession des images, les changements de lieu, les gestes différents qui permettent au lecteur de se rendre compte de la continuité du récit.

## Du texte au cinéma

La transformation d'une œuvre littéraire en film passe par l'élaboration de **plusieurs textes** différents qui préparent l'image. Le texte littéraire se transforme en **dialogues**. Il faut ensuite envisager ce que seront les attitudes, les déplacements et les actions des personnages, traduction du texte romanesque représentée par l'image mobile. Cette restitution des mouvements et des déplacements est indiquée dans un document de travail, le **scénario**, qui comporte les dialogues et l'indication des lieux : leur perception par le spectateur remplace les descriptions, tout comme les actions remplacent le récit. Le scénario est la première étape de la transformation, qui conduit à la prise de vues, puis au montage.

Les prises de vues se font en fonction de ce que le metteur en scène a choisi de montrer, de valoriser ou d'occulter, pour produire certains effets cinématographiques : choix des plans qui permettent de voir de loin ou de près, de filmer en insistant sur des mouvements larges (panoramique) ou au plus près des acteurs. Par la suite, le montage issu du « story-board » juxtapose les plans en insistant sur la continuité ou sur les ruptures et assure le caractère narratif du film par la succession des images.

**Ex :** Le plan 877 du film *Les Liaisons dangereuses* (▸ p. 469) indique partiellement ce que verra le spectateur (une partie des loges de l'opéra), les mouvements du public, l'apparition de la Marquise, et le silence qui suit. Il y a là tous les éléments d'un récit transformé en images. La totalité de la transformation comporte en plus le mouvement, les paroles et la musique.

On peut remarquer que la scène finale du film renvoie plus à l'esprit du roman qu'à une scène réelle de roman : ce fait attire l'attention sur des transformations qui relèvent soit du changement de mode d'expression, soit du choix personnel du metteur en scène.

# La lecture de l'image

**Le monde qui nous environne est dominé par l'image sous des formes diverses : publicités, télévision, cinéma, ordinateurs, photographies, tableaux… Ces différentes représentations du réel sont de nature à brouiller la fiabilité de ce qui est représenté. La force et les dangers de l'image viennent de ce qu'elle est polysémique et codée culturellement. C'est pourquoi il est important de savoir la lire, décrypter son sens et les objectifs de son utilisation.**

## Photo et réalité

La première question qui se pose à propos d'une image censée représenter exactement le réel, comme la **photo**, est celle de l'**authenticité** de ce qu'elle montre. La question est particulièrement importante dans le cas de la photo de presse, dont on sait que certaines sont, ou ont pu être, **modifiées** pour des raisons de propagande et de falsification de l'Histoire. Des variations d'angles de vue, des mises en scène, la présence de figurants à la place des vraies personnes, permettent de faire croire à une représentation fidèle du réel alors qu'il s'agit de montage.

■ **Ex :** La célèbre photo de Robert Doisneau, *Le baiser de l'Hôtel de ville*, s'est révélée n'être pas un instantané pris sur le vif, et plein de poésie, comme on pouvait le croire, mais une mise en scène avec deux figurants.

Quand il est question d'images picturales elles aussi porteuses de sens et inscrites dans un environnement culturel, mais associées à la subjectivité de l'artiste, les problématiques sont différentes.

## La lecture de l'image et ses « instruments »

Par la perception globale qu'en a le spectateur, l'image semble livrer son sens immédiatement, lorsqu'elle est figurative. Mais ce sens immédiat est lui-même créé par différentes « techniques » que l'on peut mettre au jour par l'analyse.

– **Lignes, formes et composition** : le regard du spectateur est souvent frappé en premier par les lignes et les formes parce qu'elles déterminent l'**identification** de ce qui est représenté. Elles signalent la disposition des éléments les uns par rapport aux autres, la perspective, les plans successifs. Le point de fuite des lignes attire le regard vers le fond du tableau. Si les verticales et les horizontales concourent à un effet de rigueur, les courbes créent les mouvements. D'autre part, les limites imposées à l'image par celles du support invitent l'imagination à passer outre et à « continuer » le tableau. Les lignes sont essentielles à la lecture et à la compréhension. Ce sont également elles qui situent la réalité représentée par rapport au regard, vue de face, en plongée (image vue de haut en bas) ou en contre-plongée (image vue de bas en haut).

■ **Ex :** Les lignes du tableau de Claude Gellée dit Le Lorrain (▸ p. 377) convergent à l'endroit où va disparaître le soleil, qui éclaire toute la scène. Cette convergence met en relief différents plans : la ligne de maisons, à gauche, le quai au premier plan, le navire et sa mâture à droite. Ainsi se trouvent placées de manière organisée les composantes d'une scène à la fois urbaine et maritime. Dans le tableau de G. Caillebotte (▸ p. 291), l'utilisation de la fenêtre permet un découpage géométrique de l'espace, qui a pour effet différentes mises en valeur : l'insistance sur la « frontière » entre l'intérieur et l'extérieur, la perspective des immeubles et des lignes régulières de l'architecture haussmanienne, la disproportion des personnages. La masse sombre et les lignes courbes de la silhouette vue de dos contrastent avec le caractère rectiligne du décor, comme pour opposer l'humain à la pierre et l'obscurité à la lumière.

– **Les couleurs** : composante importante de la représentation picturale, la couleur contribue au sens. Lumineuses et claires ou sombres et profondes, froides (bleu, vert) ou chaudes (rouge, orange, brun), les couleurs jouent un rôle important par rapport à la fidélité au réel de référence. On sait grâce aux **synesthésies**, ou correspondances entre les cinq sens et les perceptions qui en découlent, que la couleur est génératrice de perceptions autres que visuelles. Les couleurs ont donc une double fonction, représenter et évoquer pour faire naître des émotions, des impressions.

■ **Ex :** La représentation du ciel de Tolède par Le Greco (▸ p. 337) mêle le bleu intense au blanc et au brun, créant une impression de mouvement mais aussi une présence disproportionnée par rapport à la ville, qui semble écrasée par le ciel.

Par ses lignes et ses couleurs, l'image a une force plus immédiate que le texte.

## Efficacité et dangers de l'image

Dessin de presse rapide et efficace, représentation picturale témoignant du regard et de la sensibilité du peintre, photographie, l'image détient un **pouvoir** qui tient à sa nature : elle est perçue d'emblée et frappe l'imagination, mais surtout elle semble contenir sa **propre vérité**, et ne jamais mentir, ce qui conduit à ne pas la remettre en cause. Ce qui fait sa **force** dans certaines circonstances, comme le témoignage, est aussi ce qui doit susciter une certaine **méfiance** à son égard.

# LE XVI$^e$ SIÈCLE

Siècle de «renaissance», et d'innovations dues aux grandes découvertes, le XVI$^e$ siècle est aussi celui des affrontements religieux, des interrogations et des remises en question. C'est un siècle de profonds bouleversements.

## Les sources de la Renaissance

D'après **Jan van der Straet** (1523-1605), *Le Développement de l'imprimerie*, planche 5 des *Nouvelles Découvertes*, gravé par Philippe Galle (vers 1600), gravure (collection privée).

À la fin du Moyen Âge, au XV$^e$ siècle, une série d'événements s'associent pour créer les conditions d'éclosion et de développement d'un esprit nouveau.

### L'invention de l'imprimerie (≈ 1440)

Jusqu'à cette époque, les manuscrits étaient recopiés, souvent par des moines, et de manière erronée. L'invention de l'imprimerie permet de multiplier les ouvrages et de diffuser le savoir. Le format des livres, *in-quarto* ou *in-octavo* (format de poche), les rend plus maniables ; le remplacement des caractères gothiques par des caractères romains, ainsi que la disposition du texte sur la page, les rendent plus lisibles. Il s'agit là d'une véritable révolution : la multiplication des ouvrages et leur diffusion contribuent à la vulgarisation du savoir, qui n'est plus réservé aux gens d'Église.

### La chute de Constantinople (1453)

L'Empire romain d'Orient, réputé pour le caractère brillant de sa civilisation, disparaît avec la prise de Constantinople par les Turcs (1453). Les savants, mathématiciens, philosophes, érudits en langues anciennes se réfugient en Italie, emportant avec eux les manuscrits de l'Antiquité gréco-romaine. Ils s'installent dans un pays qui connaît alors – au **Quattrocento** (le XV$^e$ siècle italien) – une très riche floraison des arts, avec des artistes comme Donatello puis, au XVI$^e$ siècle, Titien, le Primatice, Michel-Ange.

**Léonard de Vinci** (1452-1519), *La Vierge, l'enfant Jésus et Sainte Anne* (vers 1510), détail, huile sur bois (Musée du Louvre, Paris).

### Les guerres d'Italie (1494-1559)

C'est cette Italie artistique et florissante – Florence et Venise sont d'importantes villes d'art – que découvre François I$^{er}$, à partir de 1515, lors des guerres d'Italie : admiratif, il n'a de cesse de faire venir en France des artistes italiens, comme Léonard de Vinci.

### Les grandes découvertes

La fin du XV$^e$ siècle est marquée par de grandes expéditions, celle de Christophe Colomb avec la découverte de l'Amérique (1492), les voyages de Vasco de Gama (1497). Au début du XVI$^e$ siècle, Magellan et Jacques Cartier ouvrent de nouvelles voies de navigation. Ces découvertes de pays, de peuples, de modes de vie nouveaux bousculent les connaissances et provoquent d'importantes remises en question des croyances : on vérifie que la Terre est ronde, et non plate ; Copernic, en 1543, émet l'hypothèse que la Terre tourne autour du Soleil. Le passage de la théorie géocentriste à la conception héliocentriste soulève de nombreuses critiques, notamment de la part de l'Église.

L'ensemble de ces bouleversements et de leurs conséquences conduit à un double mouvement en Europe, d'une part l' **humanisme** , courant culturel et profane, d'autre part la **Réforme** , mouvement qui se situe sur le plan religieux.

## Les cadres et les caractéristiques de l'esprit nouveau

Trois monarques, Louis XII (1498-1515), François Ier (1515-1547) et Henri II (1547-1559), donnent à la vie intellectuelle et artistique des orientations déterminantes.

**Christophe Colomb**, manuscrit du *Livre des Privilèges* (1503), (Archives des Indes, Séville).

### L'importance du mécénat

Princes et grands seigneurs donnent l'exemple en protégeant les artistes et en leur faisant des commandes qui modifient progressivement les conceptions esthétiques traditionnelles. En architecture, les châteaux de la Loire montrent un art raffiné, inspiré de l'Italie et bien différent de la lourdeur des constructions médiévales (▸ **p. 298**). François Ier invite des artistes et crée un véritable foyer artistique à Fontainebleau, à partir de 1526 : tapisserie, céramique d'art, travail du bronze, peinture… Il s'entoure d'écrivains, comme **Clément Marot** (▸ **p. 79, 321**), et d'érudits qu'il protège, comme **Guillaume Budé**, **Jacques Amyot**, **Lefèvre d'Étaples**.

Sous le règne d'Henri II se forme un groupe de sept poètes prestigieux, **La Pléiade** , groupe auquel appartiennent, entre autres, **Joachim du Bellay** (▸ **p. 309, 325**) et **Pierre de Ronsard** (▸ **p. 82, 310**). Leur poésie est très marquée par l'admiration de l'Antiquité – littérature, philosophie, histoire –, première caractéristique de l' **humanisme** .

**Hans Holbein le Jeune** (1497-1543), *Portrait de Érasme écrivant* (XVIe siècle), huile sur bois, 42 x 32 cm (Musée du Louvre, Paris).

### Un enseignement nouveau

Souhaitant voir l'enseignement se libérer de la tutelle de l'Église et échapper aux pratiques scolastiques fondées sur la mémoire et la lecture de commentaires, François Ier crée et finance personnellement, en 1530, le Collège des lecteurs royaux, établissement qui ne dépend pas de la Sorbonne, faculté de théologie. Il veut y développer l'enseignement des langues anciennes (hébreu, grec et latin) pour que les textes antiques puissent être lus dans leur langue d'origine. Participent à cette entreprise des **humanistes** comme **Guillaume Budé** et **Lefèvre d'Étaples**, premier traducteur de la Bible en français. La question de l'éducation est au centre des préoccupations des penseurs du XVIe siècle : **Montaigne** (▸ **p. 311**), **Érasme** ou **Rabelais** (▸ **p. 303**) montrent, par leurs programmes, l'enthousiasme de l'époque pour le savoir et le souci d'une libération du système médiéval.

### L'évolution de la langue française

En 1539, François Ier impose, par l'ordonnance de Villers-Cotterêts, l'usage du français à la place du latin dans les actes juridiques et administratifs. Cette décision linguistique, qui rend plus accessibles les documents importants, est aussi un acte de centralisation politique. Il montre l'importance accordée par le roi à une langue commune, qu'il faut développer. Sous le règne d'Henri II, en 1549, le manifeste de **du Bellay**, *Défense et illustration de la langue française,* souligne le même souci d'enrichir la langue par toutes sortes de créations lexicales, dont certaines sont copiées sur le latin et le grec.

**Jean Goujon** ▸ (1510-vers 1567), relief provenant de la *Fontaine des Innocents* à Paris, Nymphe et petit génie sur un dragon marin (1549), calcaire, 74 x 195 cm (Musée du Louvre, Paris).

Cette politique culturelle – très active dans la première moitié du siècle – ne se poursuit pas avec la même intensité sous les règnes et régences qui suivent : François II (1559-1560), Catherine de Médicis (1560-1562), Charles IX (1562-1574), Henri III (1574-1589), Henri IV (1589-1610). Cette période, très troublée par les guerres de Religion, n'est pas favorable à l'épanouissement des arts. Néanmoins, les œuvres littéraires et artistiques montrent plusieurs orientations qui permettent de définir l' **humanisme** : admiration pour l'Antiquité ; célébration de l'être humain, mis au centre des préoccupations ; enthousiasme et confiance, comme le montrent l'*Utopie* de **Thomas More** (▸ **p. 300**) et l'abbaye de Thélème de **Rabelais** (▸ **p. 305**) ; interrogations portant sur sa condition, son destin, ses capacités… Ces interrogations conduisent à une remise en question des croyances religieuses.

## La Réforme et la question religieuse

Née de la constatation de nombreux abus révélés dans le monde religieux, la **Réforme** touche une partie de l'Europe : Allemagne, Angleterre, France. Le mouvement est difficilement dissociable d'enjeux politiques. En France, il dégénère en guerres civiles qui déstabilisent le pouvoir royal.

### Les origines de la contestation

Plusieurs raisons expliquent les violentes critiques adressées à l'Église. Entre le bas et le haut clergé existent des inégalités flagrantes : pauvreté et ignorance, d'un côté ; richesse, train de vie et scandales, de l'autre. Les impôts prélevés par l'Église sont jugés insupportables. Le « trafic des Indulgences », ou manière de racheter ses péchés par des sommes versées à l'Église, est jugé inacceptable et contraire à l'esprit évangélique.

▴ Anonyme, *Prédication de Martin Luther*, détail de l'autel de l'église Torslunde (1561), peinture (Musée ional de Danemark, enhague).

### Premières manifestations et développement en France

Les premières protestations viennent de l'Allemand Luther et du Hollandais Érasme. Le premier dénonce, dès 1517, dans ses *95 Thèses*, le scandale des Indulgences et la richesse de l'Église. Le second, dans l'*Éloge de la folie* (▸ **p. 316**), stigmatise des comportements inspirés, selon lui, par la folie. Luther est excommunié par le pape, mais le mouvement s'amplifie et l'Allemagne du Nord se sépare de Rome. On parle alors de « protestantisme ».

En France, deux tendances apparaissent. L' évangélisme, mouvement de même esprit que celui de Luther, se développe autour de Lefèvre d'Étaples, sans toutefois se séparer de Rome. François Ier soutient le mouvement évangéliste jusqu'à l'affaire dite « des Placards » en 1534 : des affiches hostiles à la messe sont « placardées » jusque sur les portes des appartements royaux. C'est une véritable provocation. Le calvinisme, né à Genève avec Calvin, se développe à partir de cette affaire.

Les trois mouvements sont nés d'une même protestation, mais ils divergent en ce qui concerne l'idée de l'homme et de son salut. Ils ont en commun de heurter de front le pouvoir royal et de l'obliger à prendre position, dans une situation d'extrême tension, qui dégénère rapidement en guerres de Religion.

## Les guerres de Religion et l'affaiblissement du pouvoir royal

Affaibli par la jeunesse des rois, et par une régence, le pouvoir ne peut empêcher le développement des conflits. Plusieurs guerres s'ensuivent, opposant de grandes familles qui ont fait des choix religieux différents : les Guise, catholiques, les Condé, protestants, s'affrontent, et ces affrontements ont des enjeux politiques qui dépassent la question religieuse. Chaque parti cherche des alliances à l'étranger : l'Angleterre soutient les « réformés » (protestants), l'Espagne les catholiques ; l'indépendance du pays est menacée par ces intrusions étrangères.

À la suite de la paix de Saint-Germain, en 1570, le parti catholique décide le massacre des chefs protestants venus à Paris, le 24 août 1572, assister au mariage de la sœur du roi catholique Charles IX, Marguerite de Valois, avec le protestant Henri de Navarre, futur roi Henri IV. C'est le massacre de la Saint-Barthélemy. Cet épisode tragique est suivi de guerres incessantes et de menaces venues de la famille de Guise, à la tête de la Ligue des catholiques ultras contre le pouvoir d'Henri III, monté sur le trône en 1574. Il est assassiné en 1589. Le réformé Henri de Navarre se convertit au catholicisme, monte sur le trône et s'efforce de pacifier le pays. En 1598, par l'édit de Nantes, il accorde aux protestants des droits importants : liberté de conscience, libre exercice du culte, égalité politique et places de sûreté pour se protéger.

**François Dubois** (1529-1584), *La Saint-Barthélemy, le 24 août 1572* (XVIe siècle), détail, peinture (Musée cantonal des Beaux-Arts Suisse, Lausanne).

## Les conséquences sur les arts et la culture

La politique culturelle engagée au début du siècle souffre de l'instabilité du pouvoir et de la violence des conflits : la littérature et les arts reflètent les engagements religieux et politiques. Deux poètes expriment, dans chacun des camps, l'horreur des combats et des massacres, la division des familles, la ruine du pays. **Ronsard** compose le *Discours des misères de ce temps* (▸ **p. 326**), suivi d'une *Continuation* du même discours, en 1562. **Agrippa d'Aubigné**, dans le camp protestant, compose *Les Tragiques* (▸ **p. 328**), de 1577 à 1616, où il exprime, avec une même violence, l'inhumanité des guerres fratricides.

À l'optimisme quelque peu utopique de l'esprit de la Renaissance et à la confiance en l'homme – qui définissent l' **humanisme** – s'opposent à la fin du siècle des interrogations et bien des incertitudes : l'idéal qui faisait de l'homme le centre d'intérêt des arts, de la pensée, de la philosophie, laisse place à la prise de conscience d'une barbarie qui s'exprime dans les conflits civils et religieux, ainsi que dans la conquête des nouveaux territoires lointains. Cette interrogation est présente dans l'œuvre de **Montaigne** (▸ **p. 330, 331**) et dans les récits de **Jean de Léry**. À la question : « Qui sont les barbares ? », la réponse n'est pas, pour Montaigne, les populations sauvages, mais ceux qui les ont corrompues et qui croient pouvoir imposer par la force des valeurs en contradiction avec leurs principes mêmes.

L' **humanisme** , cet élan de foi en l'homme, de confiance et d'admiration dans ses réalisations, trouve là certaines limites, et de nouvelles sources d'interrogations.

Château de Chambord (Loir-et-Cher).

# LE XVIIe SIÈCLE

Associé aux gloires de Versailles et à la somptuosité de la vie de cour, le Grand Siècle peut se confondre avec l'image solaire de Louis XIV. Mais celui-ci arrive au pouvoir, en 1661, à l'issue d'une longue période d'instabilité et son règne fait alterner lumières et ombres.

**Pierre-Paul Rubens** (1577-1640), *Portrait de Marie de Médicis (1573-1642), reine de France* (vers 1622), détail, huile sur toile (Musée du Prado, Madrid).

## L'instabilité du début du Grand Siècle

### La vie politique et économique

La première moitié du siècle est caractérisée par une instabilité politique due à une alternance de règnes et de régences, période de rivalités, de guerres et de conspirations. Certes, Henri IV (1589-1610) installe la paix, agrandit le territoire national, développe le commerce et l'agriculture, avec l'aide de son ministre Sully. Mais son assassinat par Ravaillac et la régence de Marie de Médicis (1610-1617), puis le début du règne de Louis XIII, jusqu'en 1624, entraînent un affaiblissement du pouvoir politique.

Il faut l'autorité et la rigueur de Richelieu pour que reprenne le développement économique de la France. Mais le poids de la fiscalité pour financer la guerre de Trente Ans (1618-1648) et les ambitions politiques des nobles entraînent révoltes et opposition au régime. Le pouvoir réagit de manière impitoyable : les jacqueries sont réprimées par la force, les complots des nobles sont sanctionnés par des exécutions capitales.

Peu après la disparition de Richelieu, en 1642, s'ouvre une nouvelle régence, Louis XIV étant trop jeune pour régner à la mort de Louis XIII, en 1643. Cette période est marquée par une opposition très forte à la personne et à la politique de Mazarin, successeur et continuateur de l'œuvre de Richelieu. Il vient cependant à bout de la Fronde (1648-1653), soulèvement populaire parisien prolongé par la révolte de certains nobles : il restaure le pouvoir royal et prépare l'accession au trône du jeune Louis XIV.

**Jacques Callot** (1592-1635), *Le Siège de La Rochelle*, planche E (tirage moderne), eau-forte, 57,3 x 45,5 cm (Musée du Louvre, Paris).

### Les questions religieuses

L'édit de Nantes, signé en 1598, devait assurer la paix religieuse après les déchaînements de violence des guerres de Religion, mais son application n'est pas rigoureuse. Les protestants continuent à se heurter à l'hostilité des catholiques. La situation s'aggrave après la mort d'Henri IV et de véritables combats opposent les troupes royales aux protestants, comme à Montauban (1621) ou à La Rochelle (1626-1628). Les réactions du pouvoir politique, étroitement associé à l'Église, montrent une crainte de déstabilisation au moment où se développe, parallèlement à la « menace » protestante, un mouvement d'incrédulité et de libertinage.

Les penseurs italiens Bruno et Vanini affirment un athéisme et un matérialisme qui les conduisent au bûcher (en 1600 et 1619). En France, le **libertinage**, qui refuse les croyances religieuses traditionnelles, est sévèrement puni et certains écrivains, comme le poète **Théophile de Viau**, sont poursuivis.

## La vie culturelle et les productions artistiques

Les productions artistiques de la première moitié du siècle portent la marque des incertitudes et de l'instabilité. L'enthousiasme humaniste du XVIe siècle a fait place à des interrogations sur le monde, sur la position de la Terre dans l'univers, avec les théories héliocentristes de Copernic, relayé par Galilée. Les remises en question du savoir laissent libre cours à l'imagination, qui se tourne parfois vers l'irrationnel, le fantastique : un courant, défini plus tard par l'adjectif **baroque** (du portugais *barroco* : « perle irrégulière »), exprime la profusion, le mouvement, les métamorphoses, le passage, l'inconstance des choses, la fragilité de la vie (▸ **p. 344**)... Cette profusion se retrouve dans l'art, notamment religieux, qui impose des ouvrages surchargés et excessifs dans leurs proportions. Les œuvres du Bernin révèlent une volonté d'impressionner le spectateur par une exubérance décorative et par un appel à l'émotion. En peinture, les vanités (▸ **p. 339, 341**) rappellent le caractère éphémère de la vie humaine.

Sur le plan de la vie littéraire et culturelle, on voit se développer, à partir de 1620, les **salons**, lieux d'échanges et de débats. **Molière** a mis en scène leurs excès, dans *Les Précieuses ridicules* (1659, ▸ **p. 354**) ou dans *Le Misanthrope* (1666, ▸ **p. 361**), mais ces lieux de réflexion et de création contribuent à l'élaboration d'une langue enrichie et raffinée, et au développement de certains genres, notamment la poésie. Les sonnets, rondeaux et madrigaux, le plus souvent consacrés à l'amour, sont caractérisés par une langue subtile, qui abuse des figures de style au point de rendre leur sens très complexe (▸ **p. 346-351**).

À ce langage « codé » correspondent des comportements tout aussi codifiés, particulièrement dans la vie amoureuse, ce que résume la célèbre « Carte de Tendre », qui figure dans un roman de **Madeleine de Scudéry**, *Clélie* (1654-1660, ▸ **p. 352**). Le romanesque, représenté aussi par **H. d'Urfé** connaît un grand succès dans cette période de **préciosité**, aussi bien à travers de longs récits d'analyse qu'au théâtre, où triomphe la tragicomédie aux péripéties multiples. **S. Cyrano de Bergerac** (▸ **p. 38**) invente, lui, des aventures dans d'autres mondes.

La création de l'Académie française, par Richelieu (1634), souligne la préoccupation – nouvelle – d'imposer des règles et des normes. Sur le plan du langage, comme sur celui de la politique, l'unification et la centralisation sont en route.

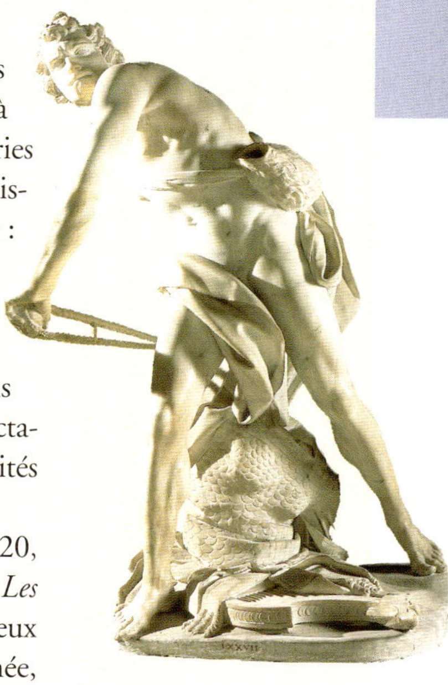

**Gian Lorenzo Bernin** (1598-1680), *David* (1622-1624), marbre (galerie Borghèse, Rome).

**Étienne Allegrain** (1644-1736), *L'île Royale et le Bassin du Miroir du château de Versailles* (XVIIe siècle), peinture, 200 x 137 cm (Château de Versailles).

# Le règne de Louis XIV (1661-1715)

## Les gloires de la monarchie absolue

Le règne personnel de Louis XIV offre une image rayonnante : autorité progressivement imposée, prestige de la monarchie constamment rappelé, magnificence de la vie de cour… Ces aspects lumineux correspondent à une politique de développement menée par le ministre Colbert, et relayée par le système des intendants, représentants du pouvoir central dans les provinces. Les manufactures d'État se multiplient, produisant des objets de luxe, comme les tapisseries d'Aubusson ou des Gobelins, en relation avec le commerce, lui-même intensifié par la création d'un empire colonial. Colbert crée les deux Compagnies des Indes pour commercer avec le Nouveau Monde et avec l'Orient. On fait venir en France des artisans et des spécialistes étrangers.

Le rayonnement de la France se marque aussi par une volonté d'expansion territoriale. Conquérant victorieux, Louis XIV annexe la Flandre, la

Franche-Comté, Strasbourg. Il mène de nombreuses guerres contre ses voisins européens : Provinces-Unies (actuels Pays-Bas), États de l'Allemagne, Angleterre, Espagne, pensant ainsi accroître son prestige. Deux longs conflits, la guerre de la ligue d'Augsbourg (1688-1697) et celle de la Succession d'Espagne (1701-1714), ont des conséquences humaines et financières catastrophiques, qui ternissent considérablement l'éclat du régime.

Sur le plan intérieur, depuis le début de son règne, Louis XIV travaille à la consolidation de la monarchie, qui devient absolue : concentration des trois pouvoirs dans les mains du souverain ; conception pyramidale de l'autorité et de la société ; le roi donne l'impulsion à la cour, la cour à la ville, la ville aux provinces... Le centralisme est extrême en ce qui concerne les décisions : tout est édicté par le roi, tout se décide à Versailles, le modèle vient d'en haut et il est unique. Le roi ne souffre aucune ombre : la condamnation du surintendant Fouquet (1664) en est un exemple. Quiconque s'oppose à lui peut être emprisonné par simple lettre de cachet. Son image devient celle d'un souverain autocrate, dont le règne somptueux, multipliant les fêtes, masque l'extrême misère des artisans, des domestiques et des paysans, de graves inégalités sociales et de profondes difficultés religieuses.

**École française**, Louis XIV costumé en soleil, projet de costume pour le *Ballet de la Nuit* de Jean-Baptiste Lully, ballet donné devant la Cour le 23 février 1653 (Bibliothèque nationale, Paris).

## Les arts et les lettres

À un régime marqué par l'opulence et la magnificence correspond une vie artistique brillante, dont les initiatives viennent du roi lui-même, qui joue le rôle de mécène. Il protège les artistes, leur accorde des pensions et facilite ainsi la carrière de certains auteurs : c'est le cas de **Molière**, de **Racine** et de **Boileau**, nommés « historiographes du roi », du peintre Le Brun (► **p. 384**), du compositeur Lully, de Le Nôtre pour les jardins... Les commandes royales les font connaître et assurent leur célébrité.

Par l'intermédiaire de Colbert, le roi crée un ensemble d'institutions culturelles et artistiques : Académie des sciences (1666), Académie de sculpture, de musique, d'architecture... Il s'agit de promouvoir les arts, mais aussi de les contrôler : ceux qui y enseignent, les « doctes », imposent des codes, des règles et des modèles, qui sont tous en relation avec l'Antiquité, période considérée comme jamais égalée – et inégalable – en perfection.

**École française**, le costume de Janus pour le *Ballet de la Nuit* par Jean-Baptiste Lully (XVII^e siècle), aquarelle sur papier (Bibliothèque de l'Institut de France, Paris).

Ainsi s'élabore un art officiel avec un ensemble de réglementations : à la centralisation des pouvoirs et des décisions correspond une centralisation du goût, qui conditionne les productions. L'ambition des artistes est de « plaire » au roi et à la cour, condition même de la consécration : ceux qui y réussissent triomphent, tandis que les exclus en retirent amertume et frustration, comme **La Fontaine** (► **p. 372**) ou **La Rochefoucauld**.

Aucun des genres littéraires, aucun des modes d'expression artistique de l'époque n'échappe à cette situation. Il en résulte un ensemble de caractères communs qui permettent de définir un idéal, désigné plus tard par le mot « **classicisme** » : modération, cohérence, clarté, rigueur de la pensée, des structures, de l'expression même... Le refus de l'excès nourrit les comédies de **Molière** (► **p. 378**), la « règle des unités » dans la tragédie (► **p. 360-366**) impose une structure formelle propre à faire ressortir la violence des passions et la force du destin. Le roman lui-même, avec **Madame de La Fayette** (► **p. 16**), exalte le triomphe de la raison.

La nécessité de respecter des codes conduit à deux types de démarches : la première est celle de la justification, dans des préfaces ou autres textes théoriques, nombreux à l'époque, comme chez **Racine** (► **p. 366**), **Corneille** ou **Molière** (► **p. 360-363**), qui va jusqu'à réfléchir sur le théâtre dans l'écriture théâtrale même (► **p. 378**). La seconde est celle de la contestation, au nom du progrès et du modernisme, parce que les auteurs veulent se libérer des contraintes. La fin du siècle est ainsi agitée par la **querelle des Anciens et des Modernes** (▸ p. 395), âpres débats entre les partisans de l'Antiquité, **La Fontaine**, **La Bruyère** (▸ p. 370), **Boileau** (▸ p. 368), et ceux, comme **Bayle** (▸ p. 380), **Perrault** (▸ p. 384), **Fontenelle** (▸ p. 382), **Saint-Évremond** (▸ p. 381), qui annoncent l'esprit ouvert et expérimental des Lumières du XVIIIe siècle.

## Les ombres du régime

Mais la vie de cour et la richesse des productions esthétiques, dans tous les domaines, ne font pas oublier les guerres, la conscription, les déficits financiers qu'elles provoquent et la lourdeur des impôts. À mesure que le règne avance, certaines catégories de la population connaissent des conditions de vie de plus en plus difficiles. **La Bruyère** compare les paysans à des « bêtes » parce qu'ils ne vivent pas autrement, ravalés à une condition animale. Des disettes (1693-1694, 1709) aggravent leur situation, alors qu'ils sont déjà surchargés de taxes diverses. Ainsi se creuse le fossé entre les pauvres du royaume, en très grand nombre, et les classes, minoritaires, qui affichent leurs privilèges : la noblesse, appelée aux plus hautes charges du régime, le haut clergé ou la bourgeoisie d'affaires, qui s'enrichit dans le commerce. Dans la *Lettre à Louis XIV* (▸ p. 387), **Fénelon** dénonce l'état pitoyable de la France.

▲ **Antoine, Louis et Mathieu Le Nain** (XVIIe siècle), *Paysans dans une cave* (1642), huile sur toile (Petworth House, West Sussex).

Parmi les ombres, on peut signaler les incohérences d'un monarque parfois velléitaire, qui choisit mal certains de ses conseillers et généraux, accorde récompenses et pensions de manière injustifiée, impose à la cour une étiquette et un protocole d'un formalisme excessif, se laisse influencer par ses maîtresses… Le portrait que trace **Montesquieu**, dans les *Lettres persanes,* met en relief des contradictions dont les conséquences se font sentir sur toute sa manière de gouverner.

Parmi les ombres, enfin, la persistance et l'aggravation des problèmes religieux. La question protestante trouve une issue tragique dans la révocation de l'**édit de Nantes** (1685), décision aux conséquences humaines et économiques considérables : intolérance à l'égard de ceux qui conservent leur croyance, exil en Allemagne et en Angleterre d'industriels utiles à la France... Les problèmes religieux sont également liés au jansénisme, branche dissidente de l'Église catholique, dont les membres, lettrés et influents, sont perçus comme une double menace pour l'Église et pour le pouvoir. Ils sont pourchassés et leur monastère, Port-Royal-des-Champs, est détruit sur ordre du roi en 1711.

Soucieux d'un État unifié sur le plan religieux, et craignant pour son autorité, le Roi-Soleil, si éclairé sur le plan des arts, se révèle intolérant et autoritaire à l'égard de groupes pourtant susceptibles de contribuer à la gloire, à la richesse économique et à la renommée intellectuelle de son pays.

D'après **Louise Madeleine Cochin** (1686-1767), chapitre des religieuses de l'Abbaye de Port-Royal (vers 1710), gouache sur papier (Château de Versailles). ▼

# LE XVIIIe SIÈCLE

Commencé sous le règne d'un monarque absolu et achevé par la Révolution, le XVIIIe siècle voit la fin d'un système politique sous la poussée des idées nouvelles et de la contestation qu'elles font naître : ce grand mouvement est mené par ceux que l'on appelle les philosophes des **Lumières** .

**Alexis-Simon Belle** (1674-1734), *Portrait de Louis XV* (1723), huile sur toile, 226 x 180 cm (Château de Versailles).

## Les grandes étapes historiques du siècle

Lorsque le siècle s'ouvre, Louis XIV règne en monarque absolu ; en 1793, Louis XVI est condamné à mort par un tribunal révolutionnaire et exécuté : c'est la fin de la monarchie. Entre-temps se succèdent le régent Philippe d'Orléans et Louis XV.

### La fin du règne de Louis XIV (1685-1715)

Le règne du Roi-Soleil s'achève dans l'austérité religieuse, les difficultés financières dues aux guerres (Succession d'Espagne, 1701-1714), et l'accroissement de la misère des paysans, des artisans et des domestiques. Un grand nombre de protestants émigrent à la suite de la révocation de l'édit de Nantes (1685), déséquilibrant l'économie du pays. Hivers rigoureux et terribles famines accentuent les inégalités : pauvreté d'un côté, richesse outrancière de l'autre.

En 1694, **Fénelon** écrit au roi une lettre dans laquelle il dénonce l'état de délabrement de la France, « grand hôpital désolé », et met en cause sa responsabilité (► **p. 387**).

### La Régence de Philippe d'Orléans (1715-1723)

L'âge de l'héritier du trône, Louis XV, impose une régence, assurée par Philippe d'Orléans. Cette période de huit ans est caractérisée par un mouvement de libéralisation sur tous les plans : à l'austérité succèdent le libertinage, le goût du luxe et des plaisirs, l'impiété. Le financier écossais Law développe le papier-monnaie et émet des emprunts, mais le système se solde par une faillite qui conduit à la ruine de bien des souscripteurs.

Le climat général est celui de l'instabilité, tandis qu'apparaissent les premiers ouvrages contestataires, comme les *Lettres persanes* (► **p. 40, 396**), de **Montesquieu**, publiées de manière anonyme à Amsterdam en 1721 et qui connaissent immédiatement un très grand succès.

### Le règne de Louis XV (1723-1774)

En 1723, le règne de Louis XV s'ouvre sur de grands espoirs : des réformes menées par le cardinal de Fleury et le développement économique laissent penser que la prospérité est revenue. Mais les difficultés s'accumulent : à l'intérieur, les parlements contestent le pouvoir monarchique ; à l'extérieur, après les victoires de la guerre de la Succession d'Autriche (Fontenoy, en 1745), le pays connaît de nouveau des problèmes financiers par suite de la guerre de Sept Ans (1756-1763), qui fait perdre à la France une grande partie de son empire colonial (Indes et Canada) au profit de l'Angleterre.

Dans le domaine des idées, le travail de contestation, engagé par les philosophes – notamment par **Voltaire** avec les *Lettres philosophiques* (1734, ▸ **p. 398**) ou le *Traité sur la tolérance* (1763, ▸ **p. 409**) –, se développe avec le lancement, en 1748, du projet de l'***Encyclopédie*** (1751-1772), vaste entreprise de classification des savoirs, mais aussi de critique des institutions (▸ **p. 400-407 et 414**). Le conflit est immédiat avec les autorités politiques et religieuses, qui se jugent – à juste titre – attaquées (▸ **p. 414**).

▲ **Émile-Jean-Horace Vernet** (1789-1863), *La Bataille de Fontenoy*, 11 mai 1745, le maréchal de Saxe présente à Louis XV et au Dauphin les prisonniers et les drapeaux pris aux Anglais et aux Hollandais (1828), huile sur toile, 510 x 958 cm (Château de Versailles).

## Le règne de Louis XVI (1774-1792)

Face à une crise financière permanente, le nouveau roi Louis XVI choisit des ministres efficaces, Turgot, Necker, mais ces derniers se heurtent, dans leurs réformes (projet de l'égalité devant l'impôt, notamment), aux réactions de la noblesse et des parlements qui exigent la convocation des États généraux, ce que le roi accepte (1788-1789).

C'est l'occasion pour la bourgeoisie enrichie par le commerce de faire entendre officiellement ses revendications et de s'opposer aux privilèges de la noblesse. Le mécontentement des défavorisés s'exprime à cette occasion, dans un grand mouvement de protestation et d'espoir d'où sortira la révolution de 1789.

Les aspirations du peuple et de la bourgeoisie ont déjà trouvé leur expression dans le théâtre contestataire de **Beaumarchais**, le personnage de Figaro (1784) incarnant à la fois les compétences et les frustrations de toute une catégorie sociale.

## La Révolution (1789-1799)

La dynamique mise en route par le rassemblement des États généraux conduit à des actes de liberté : prise de la Bastille, symbole de l'Ancien Régime et de son arbitraire (14 juillet 1789), abolition des privilèges (nuit du 4 août), *Déclaration des droits de l'homme et du citoyen* (26 août), abolition de la monarchie et proclamation de la République (21 septembre 1792). Mais ces conquêtes sociales et politiques sont menacées par une coalition étrangère (Autriche, Angleterre, Prusse), à laquelle s'associent les aristocrates exilés (« l'armée des princes »), et par de fortes résistances intérieures, catholiques et royalistes (Bretons et Vendéens notamment).

Contre cette double menace, le gouvernement révolutionnaire prend des mesures d'exception qui conduisent à une dictature de Salut public et à la Terreur (1793). Son instigateur, Robespierre, est renversé en 1794. En 1795, le Directoire poursuit la guerre à l'extérieur. Les victoires du jeune général Bonaparte le portent au pouvoir grâce au coup d'État du 18 Brumaire, en novembre 1799, qui ouvre sur le Consulat et l'Empire.

**Jean-Antoine Watteau** (1684-1721), *Tête de Nègre* (XVIIIe siècle), dessin à la craie (British Museum, Londres). ▼

## L'influence déterminante du mouvement des idées

L'exigence de réformes, exprimée par toute la littérature d'idées, renvoie à une conception généreuse de l'être humain, à une foi dans ses capacités de progrès, ce qui permet de définir les **Lumières** comme un courant humaniste.

### Les cibles de la contestation

Si l'on en juge par les *Lettres persanes,* roman qui constitue le premier ouvrage critique du siècle (1721, ▸ **p. 40, 396**), c'est l'ensemble des institutions qui est attaqué par les philosophes : le pouvoir politique et son organisation, l'intolérance religieuse, les inégalités sociales, les traditions respectées pour elles-mêmes et non pour leur valeur…

**Jean-Baptiste Siméon Chardin** (1699-1779), *Le Bénédicité* (1740), huile sur toile, 49,5 x 38,5 cm (Musée du Louvre, Paris).

• **Le pouvoir politique :** la légitimité du pouvoir absolu héréditaire est contestée, au nom d'une possibilité qui serait donnée au peuple de choisir son souverain. **Montesquieu** dans *De l'esprit des lois* (1748), **Diderot** dans l'article « Autorité » de l'*Encyclopédie* (1751, ▸ **p. 400**), **Voltaire** dans les *Lettres philosophiques* (1734, ▸ **p. 398**) s'appuient sur les exemples antiques et sur l'histoire récente de l'Angleterre pour faire l'éloge d'une monarchie parlementaire dans laquelle le pouvoir du roi serait contrebalancé par celui d'une chambre élue. La séparation des pouvoirs, prônée par **Montesquieu**, va dans le même sens. Les philosophes s'attaquent également à la manière dont ce pouvoir peut s'exercer arbitrairement à travers les « lettres de cachet », qui permettent au roi de faire arrêter et emprisonner n'importe lequel de ses sujets. Les critiques visent enfin la pratique systématique de la « question », ou torture, à laquelle sont soumis tous les accusés. Voltaire dénonce violemment cette « institution » dans son *Dictionnaire philosophique* (1764-1769 ▸ **p. 411**).

• **Le pouvoir de l'Église :** l'institution religieuse constitue un véritable « État dans l'État », force dont le roi lui-même doit tenir compte, même s'il en est officiellement le chef. Une partie du clergé constitue une classe privilégiée, à l'égal de la noblesse, qui ne paie pas d'impôt mais en perçoit sous forme de « dîme », ou dixième partie des récoltes. Ce haut clergé, qui vit de ses bénéfices ecclésiastiques, fréquente la cour et se mêle de politique, semble bien loin, dans ses pratiques, de l'esprit de l'Évangile. Religion d'État, le catholicisme se montre particulièrement intolérant à l'égard des protestants et de ceux qui affichent leur incroyance. Parmi les premiers, ceux qui sont restés en France sont l'objet d'accusations et d'arrestations iniques, comme Calas et Sirven, réhabilités grâce à **Voltaire**. Parmi les seconds, on peut citer le cas du jeune chevalier de La Barre, torturé et exécuté pour avoir chanté une chanson impie au passage d'une procession religieuse. L'article « Réfugiés » de l'*Encyclopédie* présente de manière critique la situation des protestants et la responsabilité royale dans leur exil (▸ **p. 406**). Mais les Lumières n'occultent pas l'émergence d'un courant sensible, illustré par Diderot (▸ **p. 416-418**), **Rousseau** (▸ **p. 420-423**), **Delille** (▸ **p. 429**) et **Chénier** (▸ **p. 430**). Ce courant met en lumière l'importance nouvelle du « moi » et le goût de la nature. Il est une préfiguration du romantisme.

Caricature de la Révolution française : les trois ordres, clergé, noblesse, tiers état (août 1789), estampe (Musée Carnavalet, Paris).

Au nom d'une conception traditionnelle du monde et de son organisation, l'Église refuse les idées nouvelles qui pourraient limiter son pouvoir. L'ordre des Jésuites représente cette tradition qui s'oppose à l'esprit philosophique. Des philosophes, **Voltaire** est le plus violent dans son anticléricalisme et dans sa dénonciation des pratiques religieuses différentes qui séparent les hommes (▸ **p. 409**). **Rousseau**, de son côté, prône un déisme dans lequel l'homme entrerait en communication avec la divinité, sans intermédiaire. Ce n'est pas la religion qu'ils condamnent, mais ses effets superstitieux.

• **Les inégalités sociales :** les trois ordres qui composent la société sont très inégaux en nombre, en richesse et en pouvoir. Le haut clergé (130 000 personnes environ) et la noblesse (300 000 personnes) sont des privilégiés. Le tiers état (24 millions de personnes) regroupe les ouvriers, les paysans et les bourgeois, avec de très grandes disparités.

Les philosophes dénoncent le fait que ceux qui contribuent à l'économie du pays n'ont pas accès à la gestion des affaires politiques, réservée à une aristocratie dont la « naissance » ne garantit pas les compétences, comme le rappelle avec ironie **Beaumarchais**. Il met en scène avec Figaro (1784) un personnage qui incarne les ambitions de la petite bourgeoisie. En s'intéressant aux questions économiques et à l'agriculture, les encyclopédistes montrent qu'ils n'oublient pas, dans leurs réflexions, la partie la plus défavorisée de la population. Ils dénoncent aussi avec vigueur l'esclavage mis en place dans les colonies.

**Patte** (mort en 1762), « Le tannage de cuir », de l'*Encyclopédie* de Diderot et D'Alembert (1751-1772), gravure (collection privée).

## Les armes de la contestation

Le mouvement des **Lumières** est animé par un esprit nouveau qui croit au progrès et qui a foi en l'homme. Ses armes essentielles sont la pensée, la raison et l'esprit d'examen.

• **La croyance dans le progrès :** issue de l'esprit des Modernes à la fin du XVII^e^ siècle, la foi dans le progrès est étroitement liée aux débuts de la première révolution industrielle, déjà bien avancée en Angleterre. Dans la querelle qui l'oppose à Rousseau, **Voltaire** développe l'idée que le progrès technique et matériel est source de progrès moral. La partie scientifique et technique de l'***Encyclopédie***, avec ses volumes de planches explicatives, souligne les préoccupations de ses auteurs, comme le montrent aussi le sous-titre de l'œuvre – *Dictionnaire raisonné des sciences, des arts et des métiers* – et le « Discours préliminaire », rédigé par le mathématicien **d'Alembert**. Cet ouvrage rend compte des découvertes récentes, celles de Lavoisier, évoque les voyages de Bougainville, de Cook, de La Pérouse et prône la vaccination.

• **L'importance de la raison et de l'esprit d'examen :** au poids des traditions, au principe d'autorité, les philosophes opposent la rigueur de l'observation scientifique. À l'imitation de **Fontenelle** (▸ **p. 382**) et de **Bayle** (▸ **p. 380**), qui posèrent les bases de cet esprit nouveau, ils passent au crible de l'analyse raisonnée les croyances et les superstitions.

• **Une littérature engagée :** l'esprit nouveau s'exprime à travers des œuvres diverses, qui contournent la censure. L'œuvre majeure est l'***Encyclopédie***, somme des savoirs de l'époque, outil d'éducation et de contestation, ce qui lui vaut interdiction et condamnation au bûcher. Mais bien d'autres genres littéraires sont mis au service de la critique : **lettres**, comme les *Lettres philosophiques* (▸ **p. 398**) de Voltaire, ou la *Lettre sur les aveugles* de Diderot ; **essais** et **traités**, comme le *Traité sur la tolérance* (▸ **p. 409**), de Voltaire, *Le Contrat social*, de Rousseau, ou *De l'esprit des lois*, de Montesquieu ; **contes** philosophiques de Voltaire, *Candide* (▸ **p. 267**), *Zadig* (▸ **p. 260**), *L'Ingénu* (▸ **p. 272**) ; **discours** et **pamphlets** divers… Les **romans** de l'abbé Prévost (▸ **p. 18**), de Marivaux (▸ **p. 20**), de Rousseau (▸ **p. 44**) témoignent de l'état de la société et soulignent la naissance de l'individualisme.

**Nicolas-André Monsiau** (1754-1837), *Louis XVI donnant des instructions à La Pérouse, 29 juin 1785* (1817), huile sur toile, 172 x 227 cm (Château de Versailles).

Sur un mode souvent ironique, pour déstabiliser, ou par le truchement d'un regard étranger, pour surprendre, les auteurs s'efforcent de faire prendre conscience à leurs lecteurs des anomalies qui touchent la société et de la nécessité de changement. Ce travail de contestation, qui valut à **Voltaire** ou **Diderot** d'être condamnés et emprisonnés, est à l'origine de « l'esprit de 1789 » qui animera les premières grandes réformes de la Révolution.

De ce siècle de transition entre tradition centralisatrice et modernisme émerge un courant humaniste majeur, les **Lumières**, et son incarnation dans le « philosophe » apparaît comme la continuité de l'« humaniste » du XVI^e^ siècle et de l'« honnête homme » du XVII^e^.

# LE XIX$^{e}$ SIÈCLE

Issu de la révolution politique de 1789, le XIXe siècle est caractérisé par une autre révolution, celle de l'industrie, qui ouvre la voie aux applications techniques, aux avancées du progrès, mais entraîne avec elle la formation du prolétariat, le machinisme et l'exode rural.

**Jacques-Louis David** (1748-1825), *Le sacre de l'empereur Napoléon Ier et le couronnement de l'impératrice Joséphine* à Notre-Dame de Paris, le 2 décembre 1804 (1806), détail, huile sur toile (Musée du Louvre, Paris).

**Eugène Devéria** (1805-1865), *Le roi Louis-Philippe prête serment de maintenir la Charte de 1830 en présence des chambres réunies dans la salle provisoire du Palais-Bourbon, le 9 août 1830* (1836), détail, huile sur toile (Château de Versailles).

## Le contexte historique et ses grandes articulations

Une succession de régimes et de changements importants caractérise le XIX$^{e}$ siècle.

### Le Premier Empire (1804-1814), les Cent-Jours (1815)

Le siècle commence avec l'arrivée au pouvoir de Napoléon : Premier consul depuis 1799, il se fait sacrer empereur le 2 décembre 1804 et engage la France dans une double politique d'organisation intérieure rigoureuse et d'expansion territoriale. L'image de ce roturier parvenu au sommet de l'État enflamme les imaginations des jeunes gens « nés avec le siècle », comme **Hugo**, **Balzac**, **Stendhal**, **Musset**, **Dumas**, avides de réussite et de gloire.

L'épopée, semée d'éclatantes victoires successives mais aussi de tragédies (retraite de Russie en 1812, premier exil à l'île d'Elbe), s'achève à Waterloo, le 18 juin 1815 (▸ **p. 188**), face à une coalition anglo-prussienne. Avec l'exil de l'empereur à Sainte-Hélène disparaissent les espoirs de toute une génération, qui ne voit dans la Restauration qu'ennui, tristesse et conformisme. **Musset** désigne ce malaise par l'expression « mal du siècle ».

### La Restauration (1815-1830) et la monarchie de Juillet (1830-1848)

Le retour à la monarchie est marqué par le règne de Louis XVIII, jusqu'en 1824, puis par celui de Charles X, mais les mentalités ont changé et il n'est plus question de l'absolutisme d'Ancien Régime. Les revendications libertaires, les incertitudes politiques conduisent aux journées révolutionnaires de 1830.

Trois journées de révolte et de barricades, les « Trois Glorieuses », soulèvent Paris en juillet 1830 et mettent fin au règne de Charles X. Mais la monarchie demeure : Louis-Philippe, le « roi bourgeois », monte sur le trône et s'ouvre alors le règne de la bourgeoisie et des banquiers, sous la devise officielle « Enrichissez-vous… ». La volonté de progrès se double d'un repli sur des préoccupations de réussite et de confort individuels. Sur le plan social, cette période voit un accroissement des inégalités entre la bourgeoisie aisée et le monde ouvrier et paysan. L'artiste, lui, souffre de marginalité et d'incompréhension parce qu'il refuse le conformisme et les valeurs bourgeoises. Le poète se pose en conducteur de peuple vers la lumière (▸ **p. 124**).

### La révolution de 1848 et la II$^{e}$ République (1848-1851)

Le soulèvement de février 1848 se fait dans la ligne de 1789 : mêmes aspirations du « peuple », mêmes revendications égalitaires. La République est proclamée. Dans un même élan sont abolis la censure, l'esclavage, la peine de mort. Le suffrage universel est instauré. Mais l'éphémère II$^{e}$ République s'achève en 1852 avec le coup d'État du premier président, Louis-Napoléon Bonaparte, le 2 décembre 1851.

## Le Second Empire (1852-1870)

Le Second Empire est mis en place pour vingt ans. Les opposants s'exilent, comme **Hugo**, qui, de Jersey, puis de Guernesey, condamne le régime avec une grande violence dans les *Châtiments* (▸ **p. 126, 254**). Le nouveau régime de Napoléon III se construit sur un ordre intérieur sévère (l'empire autoritaire) et sur d'ambitieux projets de politique extérieure et coloniale. Paris est transformé par les grands travaux d'Haussmann, de 1853 à 1869, qui développent une spéculation immobilière effrénée (l'empire libéral). Un ordre moral est instauré, qui conduit au retour de la censure : **Flaubert** et **Baudelaire** en sont les victimes en 1857, l'un pour *Madame Bovary*, l'autre pour *Les Fleurs du mal*.

**Henri Meyer** (1844-1899), « Le Traître, dégradation d'Alfred Dreyfus », illustration pour la couverture du *Petit Journal* (13 janvier 1895), gravure (collection privée).

## La Commune (1870-1871) et les débuts de la IIIe République

1870 est, selon **Hugo**, « l'année terrible ». Le régime s'effondre avec la défaite de Sedan, en septembre 1870 : la France est occupée, les Prussiens campent autour de Versailles. La IIIe République naît difficilement de la terrible répression de la Commune (1871), insurrection parisienne qui tentait d'imposer un régime révolutionnaire.

Il aura ainsi fallu presque un siècle pour que s'instaure le régime entrevu et espéré en 1789. Installée, la IIIe République doit faire face à de nombreuses crises : chutes de ministères, scandales financiers… La « guerre scolaire » s'ouvre entre partisans et adversaires de la laïcité. Elle se résout avec les lois de Jules Ferry (1882-1883) imposant la scolarité obligatoire, gratuite et laïque.

Un nationalisme doublé d'antisémitisme est à l'origine de l'affaire Dreyfus, dans laquelle **Zola** (1898) prend position avec courage.

# Le contexte industriel, social et économique

Le XIXe siècle est caractérisé par des progrès aux conséquences sociales importantes.

## Progrès et positivisme

Le développement industriel et la recherche scientifique se font dans un contexte d'optimisme : la foi dans le progrès et dans la science, qui caractérise le **positivisme**, conduit à penser qu'ils pourront apporter des réponses à toutes les interrogations des hommes et des solutions à tous leurs maux. Les découvertes semblent illimitées : machine à vapeur, vaccins, pasteurisation, rayons X, photographie, anesthésie, médecine expérimentale… Le développement de l'électricité, du moteur à explosion, les fonderies permettent à des régions entières de s'industrialiser. Le XIXe siècle est celui des concentrations financières. Dans le domaine commercial, la création des grands magasins, comme le Bon Marché décrit par **Zola** dans *Au bonheur des Dames*, révolutionne les pratiques d'achat et de vente au détriment du petit commerce.

**Albert Gustaf Aristide Edelfelt** (1854-1905), *Louis Pasteur dans son laboratoire* (1885), détail, huile sur toile (Musée d'Orsay, Paris).

**Jules Chéret** (1836-1932), affiche pour l'édition illustrée de *La Terre* d'Émile Zola (1889), lithographie en couleur (Bibliothèque des Arts Décoratifs, Paris).

### Les mutations sociales et les premières revendications

En ne s'attachant qu'aux aspects positifs du progrès, le positivisme ne prend pas en compte ce que l'on appelle au siècle suivant les « effets pervers » du progrès, et que certains – **Flaubert**, **Baudelaire** – dénoncent déjà : la prospérité n'atteint pas toute la population.

• **Les ouvriers :** la situation de la classe ouvrière n'est pas homogène. Les pires conditions sont celles des ouvriers de la grande industrie du Nord : journées de 13 à 15 heures sans pause pour les repas, travail sans protection entraînant de nombreux accidents, aucune couverture sociale, pas de congés, pas de retraite. Femmes et enfants travaillent, à un taux inférieur. L'incapacité de travailler conduit à l'alcoolisme, à la misère, à la marginalité. C'est cette situation que **Zola** (▸ **p. 26, 447**) s'attache à montrer, faisant de ces êtres malheureux les héros de ses romans. Ces conditions sont la cause de mouvements ouvriers et d'ébauches de mouvements syndicaux. Les idées de Proudhon, Bakounine, Marx se répandent. La Ire Internationale se tient à Londres en 1864.

• **Les paysans :** le monde rural connaît un exode qui s'explique par l'industrialisation. Certains rendements progressent, mais la population paysanne vit de manière difficile sur des exploitations réduites, la plupart du temps salariée des bourgeois qui détiennent la grande propriété. **Maupassant**, dans ses contes (▸ **p. 481**), et **Zola**, dans *La Terre*, donnent des images saisissantes de la vie misérable et souvent violente de ces familles de paysans.

• **Les bourgeois :** ils sont les acteurs et les bénéficiaires de l'essor économique, participant activement à l'enrichissement qui caractérise la monarchie de Juillet, le Second Empire et la IIIe République. Ces bourgeois matérialistes souvent taxés de conformisme et d'absence d'imagination, héros des romans de **Balzac**, de **Stendhal** (▸ **p. 22**), de **Flaubert** (▸ **p. 24**) ou de **Maupassant** (▸ **p. 291**), sont la cible des poètes comme **Corbière**, **Verlaine**, **Rimbaud**, des auteurs de théâtre comme **Labiche**. Ce sont ces bourgeois qui assurent un « ordre moral » apparent, criant au scandale devant l'*Olympia* de Manet, ou les poèmes de **Baudelaire**.

## Les courants esthétiques et leurs productions

La vie artistique et culturelle du XIXe siècle s'inscrit dans un contexte qu'elle reflète ou rejette parfois.

### Le romantisme : frustrations, liberté et évasion

**Ignace Henri Jean Fantin-Latour** (1836-1904), *Coin de table*, avec, de gauche à droite, Paul Verlaine, Arthur Rimbaud, Elzéar Bonnier, Léon Valade, Émile Blémont, Jean Aicart, Ernest d'Hervilly, Camille Pelletan (1872), huile sur toile, 160 x 225 cm (Musée d'Orsay, Paris).

La révolution de 1789 a fait naître de grands espoirs et des revendications de liberté qui s'expriment aussi dans les arts.

Le théâtre s'affranchit des règles du classicisme et produit le drame ; la poésie assouplit l'alexandrin et invente le poème en prose (▸ **p. 92, 94 et 107**).

Avec **Lamartine** (▸ **p. 108**), **Hugo** (▸ **p. 112**), **Nerval** (▸ **p. 110**), la poésie se fait l'écho d'une profonde insatisfaction, d'un sentiment de mal-être que les poètes compensent par le rêve, l'inspiration fantastique et les voyages, notamment en Orient. La peinture de **Delacroix** traduit le mouvement, la couleur, l'exotisme…

Les nouveaux héros romanesques, issus du peuple, comme Julien Sorel chez **Stendhal** (► **p. 22**), ou les personnages de **Balzac** incarnent une génération qui se sent à l'étroit dans le conformisme bourgeois et dont l'avidité de réussite se heurte aux conventions d'une société encore très rigide. Les ouvrages littéraires connaissent une grande diffusion, favorisée par l'expansion de la presse, qui les publie en feuilletons.

## Positivisme, réalisme et naturalisme

Les mutations sociales dues au progrès ont une influence sur le regard et l'inspiration des artistes. Il leur semble important de représenter la société et le monde économique tels qu'ils sont, en pleine transformation, sans les embellir. C'est l'objectif que se donne le réalisme, avec des peintres, comme **Courbet**, et des romanciers, comme **Balzac**, **Flaubert**, **Maupassant** (► **p. 54, 24, 471 et 60**).

Dans le naturalisme, **Zola** systématise la référence à la science et à la foi positiviste dans le progrès, pour faire de la méthode expérimentale de Claude Bernard un modèle de démarche littéraire : le projet naturaliste n'est pas seulement de montrer le réel, mais de faire de la littérature un mode d'analyse et de connaissance de la nature humaine. Il s'agit alors de placer des personnages dans des milieux différents, ceux qu'offre une société diversifiée – prolétariat, paysannerie, milieux financiers, bas-fonds, milieux diplomatiques – et d'observer l'influence de ces milieux sur les comportements (► **p. 26**). Les limites de l'expérience sont perceptibles, mais elle permet à **Zola** de tracer une vaste fresque de la France du Second Empire, à travers l'*Histoire naturelle et sociale d'une famille sous le Second Empire.*

**Caspar David Friedrich** (1774-1840), *Ruines du monastère de Oybin (Le Rêveur)*, (1835-1840), huile sur toile (Musée de l'Hermitage, Saint Petersbourg).

## Symbolisme et décadentisme

Parallèlement, certains poètes se sentent étrangers à un monde qu'ils considèrent comme trop attaché aux valeurs matérialistes du progrès et trop contraignant sur le plan des règles morales. **Baudelaire** et les poètes dits « maudits », **Verlaine**, **Rimbaud**, **Corbière**, **Lautréamont**, se mettent délibérément en marge d'une société qui a tendance à les rejeter. Leur poésie ne montre du réel que ce qui blesse leur sensibilité ; elle s'efforce de trouver une évasion dans la recherche de l'Idée à travers les symboles. Les notions de « spleen » et d'« idéal » illustrent la coexistence difficile de deux orientations contradictoires.

Il faut attendre la fin du siècle pour que la poésie se mette, avec **Verhaeren**, à l'unisson du monde moderne. Durant une longue période, elle est soit l'expression d'un mal de vivre, d'un refus de la société et d'une recherche philosophique, soit un instrument de lutte politique. Elle fait du poète un créateur dont la mission s'apparente à celle d'un guide, d'un prophète (► **p. 124**), et un médiateur capable d'accéder aux mystères du langage et du monde. Dans cette mission difficile, il n'est pas le seul à devoir subir les sarcasmes de la foule qui ne le comprend pas : les peintres de l'époque, **Monet**, **Manet**, **Van Gogh**, connaissent, eux aussi, refus et insultes, preuves d'une incompréhension du public.

**Claude Monet** (1840-1926), *La Gare Saint-Lazare* (1877), huile sur toile, 75,5 x 104 cm (Musée d'Orsay, Paris).

# LE XXe SIÈCLE

D'après le projet de **Joseph de la Nézière** (1873-1944), publicité des chemins de fer Paris-Lyon-Méditerranée, « Marseille, exposition coloniale, 15 avril-novembre 1906 » (1906), lithographie en couleur.

Attendu comme un siècle heureux et prometteur, le XXe siècle offre un bilan contradictoire : il est l'époque du progrès triomphant et l'illustration de la barbarie humaine. Les deux guerres mondiales, les interactions politiques, le développement intensif des communications sont les signes d'une mondialisation. Dans ces conditions, il devient difficile de limiter à ses frontières les grands faits de l'histoire d'un pays, même si ses productions culturelles restent attachées à l'esprit national.

## La « Belle Époque » et ses menaces (1900-1914)

Le siècle s'ouvre sur une période dont l'euphorie apparente cache mal les menaces de la guerre. Le développement industriel est intense, l'expansion coloniale source de richesse, et la littérature porte les traces d'un enthousiasme qui se traduit par une inspiration et un esprit nouveaux, illustrés par la poésie d'**Apollinaire**, de **Larbaud**, de **Cendrars** : les voyages sont à l'honneur, ils permettent de célébrer les progrès de la communication, le modernisme industriel. Les villes s'ornent de lumières et se couvrent de publicités que célèbre Cendrars. Les peintres découvrent le **cubisme** de **Picasso**, **Braque** (▸ **p. 90**), Léger et l'influence des arts africains. Une quantité d'œuvres importantes s'ébauche alors : **Proust** (▸ **p. 62, 192**), **Gide**, **Giraudoux**, **Martin du Gard** (▸ **p. 64**), **Colette** (▸ **p. 209**)…

Mais le complexe système des alliances, la politique de l'empereur allemand Guillaume II, plusieurs crises importantes entre la France et l'Allemagne mettent en danger un équilibre fragile. D'autre part, la rivalité entre la Russie et l'Autriche à propos des Balkans crée un état de guerre latent dans cette région. L'assassinat, le 28 juin 1914, à Sarajevo, du prince héritier d'Autriche-Hongrie déclenche une guerre d'ampleur internationale : la Première Guerre mondiale commence le 1er août 1914.

D'après un projet de **Paul Colin**, *Joséphine Baker, chanteuse et danseuse noire américaine* (1924), lithographie en couleur (Musée de l'Arsenal, Paris).

## La Première Guerre mondiale (1914-1918)

L'assassinat de Jaurès, le 31 juillet 1914, montre la détermination des partisans de la guerre. Après les grandes offensives de 1915, le conflit prend la forme d'une guerre de position et d'usure, épouvantable guerre de tranchées, où l'on utilise des gaz asphyxiants et dont témoignent les lettres de combattants, les « poilus ». De nombreux romans témoignent de cette « boucherie » et du sacrifice de toute une génération : *Le Feu*, de **Barbusse**, *Les Croix de bois*, de **Dorgelès**, ainsi que des auteurs allemands, comme **E. M. Remarque**, et russes. L'année 1917, particulièrement meurtrière, entraîne des mutineries, suivies d'exécutions capitales. L'Allemagne capitule en 1918, après l'entrée des États-Unis dans le conflit, mais les conditions du traité de Versailles laissent planer une nouvelle menace.

## L'entre-deux-guerres et les « années folles » (1919-1939)

La période qui suit la guerre est caractérisée par des tendances contradictoires : soulagement de la paix et de la fin des combats, douleur devant le nombre de vies sacrifiées et l'état désastreux du pays, sentiment diffus d'une menace et désir de profiter de la vie… L'expression « années folles » traduit une vitalité un peu artificielle qui se manifeste dans la mode (coiffures courtes des femmes, « à la garçonne », jupes raccourcies) et la musique avec le jazz et le charleston.

Sur le plan de la vie littéraire, le **mouvement Dada** , né à Zurich en 1916, apparaît comme une réaction à l'incohérence de la guerre : rejet de toutes les valeurs, il se caractérise par un esprit de subversion refusant toutes les contraintes et exprimant sous des formes diverses, mais toujours libres, le sentiment d'un monde absurde et violent. C'est de ce courant que naît le **surréalisme** , animé par **Breton**, mouvement auquel adhèrent **Desnos**, **Aragon**, **Éluard**, les peintres Dalí, Ernst, Magritte.

Cependant, l'équilibre européen semble fragile : le traité de Versailles a fait naître une profonde amertume en Allemagne. La Russie s'installe, non sans difficultés, dans un nouveau régime né de la révolution bolchevique de 1917. La crise économique de 1929 aux États-Unis a des conséquences déstabilisatrices sur les économies européennes. Des régimes fascistes se mettent en place en Allemagne (1933) et en Italie (1922), à la faveur des crises politiques et économiques. La guerre civile espagnole de 1936-1939 est une préfiguration du second conflit mondial que de nombreux hommes politiques, diplomates et écrivains voient poindre. La vie artistique est caractérisée par le développement du **roman** , sous l'influence d'écrivains américains comme **Faulkner** et **Dos Passos** : **Malraux** (► p. 28), **Giraudoux**, **Bernanos**, **Montherlant** s'interrogent sur le sens de l'**engagement**. La réflexion philosophique, avec Bergson, Alain, Bachelard, s'oriente vers les mêmes thèmes de réflexion.

▲ **Salvador Dalí** (1904-1989), *Construction molle avec haricots bouillis ou Prémonition de la guerre civile* (1936), huile sur toile, 100 x 99 cm (Museum of Art, Philadelphie).

## La Seconde Guerre mondiale (1939-1945)

Provoqué par les annexions successives que mène l'Allemagne nazie en Europe, le conflit prend rapidement une ampleur mondiale. Écrasée militairement, la France, dirigée par le maréchal Pétain, subit l'occupation allemande et se soumet aux lois raciales du IIIe Reich, ce qui entraîne la déportation de nombreux Juifs – y compris de très jeunes enfants – dans les camps de la mort. Parallèlement, la Résistance s'organise à Londres autour du général de Gaulle.

Sur le plan littéraire, les écrivains se divisent assez vite en résistants et en partisans de la collaboration. Les premiers, parmi lesquels **Desnos** (► p. 88), **Aragon**, **Éluard** (► p. 134), **Char** (► p. 119), **P. Emmanuel**, **Vercors**, publient, souvent dans la clandestinité, des textes appelant à la résistance, ou célébrant le courage de ceux qui sacrifient leur vie. **Vercors** fonde les éditions de Minuit en 1942 et publie des récits célébrant la Résistance. **Anouilh** fait représenter *Antigone* (► p. 164).

Lorsque les armées alliées américaines et soviétiques effectuent leur jonction, après la libération de la France, la découverte des camps de concentration révèle une horreur inimaginable et quasi impossible à exprimer : les survivants, parmi lesquels les écrivains **R. Antelme**, **J. Semprun**, **D. Rousset**, **P. Levi**, ont beaucoup de difficultés à transcrire en récits leur expérience de la barbarie humaine et d'une organisation de destruction encore jamais mise en place. Le « devoir » de mémoire qu'ils s'imposent dans leurs témoignages, souvent de nombreuses années après les faits, et que reprennent d'autres écrivains sous des formes différentes, comme **G. Perec**, a pour fonction de lutter contre toutes les formes de révisionnisme.

## L'après-guerre et les « trente glorieuses » (1945-1973)

Après toutes les formes d'horreur, camps, bombardements systématiques de populations civiles, bombes d'Hiroshima et de Nagasaki en 1945, un nouvel ordre s'installe, décidé par les alliés à Yalta, générateur de guerre froide entre l'Union soviétique et les États-Unis.

**Victor Vasarely** (1908-1997), *Vega 200* (1968), acrylique sur toile, 200 x 200 cm.

En France, comme partout, il s'agit de reconstruire, et de restaurer l'économie, de moderniser le pays. Les années qui suivent la fin de la guerre, la IV$^{e}$ République, constituent une période d'instabilité due aux relations difficiles avec les colonies, Maroc, Tunisie, Indochine. Lorsque le général de Gaulle revient au pouvoir, en 1958, et instaure la V$^{e}$ République, la France est confrontée à la guerre d'Algérie après avoir perdu l'Indochine. Il y a beaucoup à faire pour moderniser le pays, au moment où se met en place la conquête spatiale, où les communications et l'informatique se développent, où l'on avance sur le plan de la génétique avec la découverte de la structure de l'ADN (1953).

Ce que l'on appelle les « trente glorieuses » est la période qui va de la fin de la guerre aux années 1970, années euphoriques de progrès et de marche en avant, de découvertes scientifiques et d'applications multiples, avec l'idée cependant que le progrès est générateur d'effets pervers, insuffisamment analysés et difficiles à prévoir. Cette période voit se développer la civilisation de consommation, fondée sur la possession de biens consommables rapidement renouvelés et sur une idéologie du bonheur matériel, tourné vers l'individualisme.

Sur le plan des productions littéraires, les années 1950 sont marquées par la **philosophie de l'absurde**, déjà présente dans certaines œuvres de l'époque de la guerre : la réflexion sur le sens de la vie, sur la responsabilité, sur la liberté figure au cœur des œuvres d'**A. Camus**, qui s'interroge aussi sur la notion de culpabilité, dans *La Chute* et sur l'univers concentrationnaire dans *La Peste* (▸ **p. 66**). Ces interrogations sont également celles de **Sartre**, créateur du **mouvement existentialiste**. Un peu plus tard, des dramaturges comme **S. Beckett** (▸ **p. 171**), **E. Ionesco** (▸ **p. 174**) et **J. Tardieu** (▸ **p. 168-169**) mettent en scène l'incohérence de la vie et le vide du langage.

**Andy Warhol** (1928-1987), *Rétrospective multi-colorée* (1979), 128 x 126 cm (Galerie Bruno Bischofberger, Zürich).

Du côté de l'anthropologie et de l'ethnologie, le chercheur **C. Lévi-Strauss**, après des recherches menées auprès de populations d'Amazonie, définit la démarche du **structuralisme**, tentative d'explication du monde à travers des structures et des codes. Ce mouvement a des incidences sur la linguistique, sur l'analyse des textes et des signes : un nouveau domaine de recherches apparaît, la sémiotique.

L'art pictural témoigne aussi de recherches : l'**abstraction** se révèle comme une manière de traduire l'inspiration et les émotions, les mouvements d'un monde perçu sous une forme fragmentaire, sans passer par des formes figuratives immédiatement identifiables. Les travaux des peintres **Hartung**, de **Staël**, **Soulages**, **Vasarely**, **Mondrian** témoignent de cette recherche, souvent mal comprise par le public.

## Les crises culturelles et la chute des idéologies (1968-2000)

Le rythme accéléré de l'évolution entre brusquement en conflit, à la même époque et dans plusieurs pays d'Europe, avec les traditions, certaines institutions (l'école, par exemple) et certaines structures perçues comme rétrogrades.

Cette « révolution culturelle », qui précipite dans la rue les étudiants contestataires, est celle de mai 1968 : issus du *baby boom* de l'après-guerre, ces jeunes proclament la nécessité d'une évolution des mœurs (sur le plan familial, dans les conditions de travail) et réclament plus de liberté. Ils s'inscrivent par là dans la ligne de la *beat generation* américaine des années 1950, niant les valeurs bourgeoises, prônant le voyage, la drogue, toutes les formes de liberté, refusant tous les interdits et partageant un goût commun pour la musique.

▲ Événements de mai-juin 1968 à Paris, slogan révolutionnaire « Sous les pavés, la plage », photographie.

Cette agitation, qui touche l'Angleterre, l'Allemagne et l'Italie, rejoint le mouvement de révolte de la Tchécoslovaquie, qui est réprimé violemment, en août 1968, par les Soviétiques. Les grands rassemblements de jeunes comme celui de Woodstock, en août 1969, témoignent d'une solidarité et de l'existence de thèmes communs de revendications. Ces mouvements illustrent le décalage entre le progrès technique d'une part, et le retard de certaines mentalités et surtout de certaines législations d'autre part.

Les trente dernières années du siècle sont caractérisées par des crises économiques et politiques importantes : conflit du Moyen-Orient, crise pétrolière de 1973, qui oblige à une révision des politiques énergétiques, crise politique des pays de l'Est. La chute du mur de Berlin et l'effondrement du système soviétique, en 1989, mettent fin à soixante-dix ans de régime totalitaire en Union soviétique. La fin du régime socialiste est vécue comme une libération, mais laisse des peuples entiers dans un grand désarroi politique. La mondialisation des problèmes est perceptible sur de nombreux plans.

Manifestation anti-nucléaire à Tokyo, manifestant défilant sous un masque de tête de mort (septembre 1995), photographie. ▼

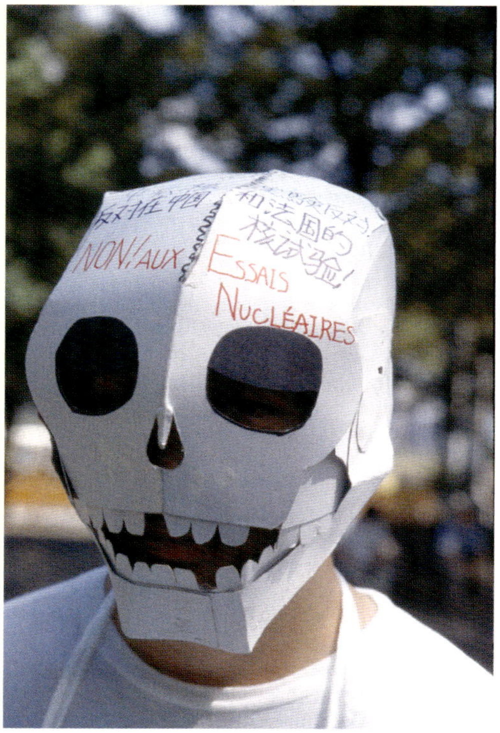


L'époque est caractérisée par un foisonnement d'ouvrages littéraires divers où se mêlent fiction, recherche sociologique et goût pour les biographies. Le courant du « **nouveau roman** », illustré dans les années 1960 par **M. Butor**, **A. Robbe-Grillet**, **C. Simon**, **N. Sarraute** (► **p. 30**), a fait éclater les notions traditionnelles de récit, de narrateur et de personnage. Il laisse la place à une littérature romanesque très diversifiée qui regroupe **M. Tournier** (► **p. 70**), **M. Duras**, **J. M. G. Le Clézio** (► **p. 72**) et bien d'autres auteurs. Leurs œuvres ont parfois un caractère expérimental, par le mélange des genres et des domaines et par le caractère parfois extrême des expériences traitées. Cette activité littéraire intense laisse penser que la création littéraire (roman, théâtre, poésie, plus discrète) est à la recherche de nouvelles voies, qu'elle explore systématiquement, à la fois sur le plan des thèmes et sur celui de l'écriture. Les romans ne se comptent plus (des centaines à chaque rentrée littéraire). Internet n'a pas détrôné le livre, mais donne la possibilité à chacun de s'exprimer et donc de « publier ». On assiste peut-être ainsi à l'émergence d'une nouvelle forme d'expression, distincte de la littérature, mais représentative des mentalités de l'époque.

# Notices biographiques

**Anouilh, Jean** (1910-1987)
Secrétaire de l'acteur Louis Jouvet, Jean Anouilh a composé une œuvre littéraire essentiellement théâtrale, écrivant des pièces de registres variés, mais toujours marquées par le pessimisme. Il se réfère à Molière, Marivaux, Pirandello. Dans *Antigone* (1944, ► p. 164), il reprend le thème de la pièce de Sophocle pour le transposer à l'époque de l'occupation allemande, en invitant le spectateur à réfléchir sur le sens de la représentation théâtrale. Il est aussi l'auteur de fables, dont certaines reprennent celles de La Fontaine (► p. 256 et 442).

**Apollinaire, Guillaume** (1880-1918)
D'origine polonaise, ce poète s'engage en 1914 et participe à la Grande Guerre après avoir publié un premier recueil, *Alcools* (1913), dans lequel il a supprimé toute ponctuation. Inspiré par le monde moderne et lié avec les peintres de différents mouvements, comme le cubisme, il renouvelle l'écriture poétique en l'enrichissant d'images insolites du monde urbain et en créant les *Calligrammes*. Il n'en reste pas moins fidèle à certaines formes traditionnelles, comme le sonnet (► p. 87).

**Aragon, Louis** (1897-1982)
Poète d'abord surréaliste, romancier, écrivain politiquement engagé par son appartenance au parti communiste, Aragon a construit une œuvre très abondante qui témoigne d'une période bouleversée de l'Histoire. Ses romans ont une vocation historique et sa poésie touche de très près aux grands événements du siècle ainsi qu'à sa vie personnelle. *Le Roman inachevé* (1956, ► p. 136) est marqué par cette double orientation, engagement d'un côté, lyrisme de l'autre.

**Artaud, Antonin** (1896-1948)
Poète ayant mené l'expérience poétique, comme Rimbaud, aux limites extrêmes de la vie et de la folie, adepte du surréalisme, Antonin Artaud a marqué le domaine de la dramaturgie par sa connaissance de formes théâtrales étrangères (le théâtre de Bali, notamment). Dans *Le Théâtre et son double* (1938, ► p. 162), il prône un retour aux « signes » et à tout ce qui, à travers la mise en scène, le décor, les déplacements, les costumes, le jeu des acteurs, peut, selon lui, enrichir et même parfois remplacer le langage.

**Aubigné, Agrippa (d')** (1552-1630)
Calviniste convaincu, et fidèle à la cause protestante dès son enfance, il lutte pour sa foi par les armes et par la littérature. Poète engagé aux côtés d'Henri de Navarre, il quitte la cour lorsque ce prince abjure pour devenir roi de France. Dans *Les Tragiques*, épopée violente et satirique, il met en cause les princes et dénonce les horreurs des guerres civiles (► p. 328). Il est aussi l'auteur de sonnets amoureux.

**Balzac, Honoré (de)** (1799-1850)
Venu de Touraine à Paris avec des ambitions littéraires, Balzac met dix ans à se faire reconnaître comme écrivain. « Forcené » de l'écriture, il compose une œuvre gigantesque, *La Comédie humaine*, dans laquelle il fait circuler les mêmes personnages, tous représentatifs des milieux sociaux de son temps. Ses différents romans sont classés en « Scènes de la vie... ». Il est l'auteur des *Chouans*, du *Père Goriot*, du *Colonel Chabert* (1832, ► p. 54) des *Illusions perdues*, du *Lys dans la vallée* et de beaucoup d'autres romans qui touchent au réalisme et parfois au fantastique. Il meurt en 1850, peu de temps après avoir épousé Ève Hanska, avec qui il a entretenu une longue correspondance.

**Barrault, Jean-Louis** (1910-1994)
Acteur, metteur en scène et directeur d'une compagnie fondée en 1946 avec sa femme Madeleine Renaud, Jean-Louis Barrault mena toutes sortes d'expériences théâtrales en suivant les idées d'Antonin Artaud. Il fut aussi acteur de cinéma. Il a laissé de nombreuses mises en scène originales, parmi lesquelles celle de *Phèdre* (► p. 166).

**Battaglia, Dino** (1923-1983)
Célèbre dessinateur italien du XXe siècle, il s'est fait connaître dans la période de l'après-guerre par l'illustration de textes littéraires d'auteurs aussi divers que Melville, E. A. Poe, Stevenson, Lovecraft, Rabelais et Maupassant (► p. 483). Tombé dans l'oubli, il a retrouvé une actualité grâce à la publication de son œuvre par les éditions Mosquito qui s'apprêtent à publier l'édition illustrée des *Histoires extraordinaires* d'E. A. Poe dans la traduction de Baudelaire.

**Baudelaire, Charles** (1821-1867)
Critique d'art menant une réflexion sur le progrès (► p. 234), lecteur admiratif et traducteur d'E. A. Poe (► p. 127), enfin poète, il fait scandale avec *Les Fleurs du mal* (1857, ► p. 84, 114 et 444), œuvre aussitôt condamnée pour immoralité. *Le Spleen de Paris* (► p. 96 et 445), recueil de poèmes en prose publié de manière posthume, témoigne de son admiration pour Aloysius Bertrand. L'ensemble de son œuvre est l'illustration d'une esthétique qui fait du poète un déchiffreur de symboles.

**Bayle, Pierre** (1647-1706)
Protestant converti au catholicisme, puis revenu à sa religion d'origine, Pierre Bayle a mené une vie constamment menacée par les persécutions religieuses. Rationaliste et critique à l'égard des traditions, il entreprend de dénoncer les superstitions, notamment dans les *Pensées diverses sur la comète* (1682, ► p. 380). Par ses recherches et sa réflexion, il ouvre la voie aux Lumières.

**Beckett, Samuel** (1906-1989)
Irlandais d'origine, Samuel Beckett s'installe en France à 22 ans et c'est en français qu'il publie ses premières œuvres, romanesques. Mais ses succès littéraires sont dus à son théâtre, en particulier aux trois pièces *En attendant Godot, Oh ! les beaux jours* et *Fin de partie* (1957, ► p. 171). Expression du désespoir, du sentiment de l'inanité de l'existence et du pouvoir limité de la parole, ce théâtre reflète un monde absurde dans lequel la présence humaine, condamnée à la dégradation, a perdu toute signification.

**Bertrand, Aloysius** (1807-1841)
Jeune homme inspiré, pauvre et malade, il est l'inventeur du poème en prose. Il a laissé une œuvre unique, publiée après sa mort grâce à son ami le sculpteur David d'Angers : *Gaspard de la nuit* (1842 ► p. 92), dont l'inspiration fantastique et médiévale, servie par une forme innovante, fait un chef-d'œuvre d'une grande originalité, admiré par Baudelaire.

**Boileau-Despréaux, Nicolas** (1636-1711)
D'abord orienté vers le droit, il se consacre à la littérature, grâce à un héritage. Il compose d'abord des satires inspirées des auteurs latins Horace et Juvénal, dans lesquelles il attaque les auteurs qu'il n'aime pas et défend ceux qu'il apprécie. Il fréquente les salons littéraires et compose un *Art poétique* (1674, ► p. 368), des *Épîtres* et *Le Lutrin*, un poème burlesque. Devenu historiographe du roi, il entre à l'Académie en 1684 et prend position en faveur des Anciens dans les *Réflexions sur Longin*.

**Bosquet, Alain** (1919-1998)
Poète et romancier, il est aussi l'auteur d'une autobiographie en plusieurs volumes. Sa poésie, notamment ses *Sonnets pour une fin de siècle* (1981), est empreinte d'une certaine dérision dans l'interrogation sur le rôle du poète et sur les fonctions de la poésie. Mais *Un jour après la vie* (► p. 138) montre un poète magicien dont le passage change le monde.

**Calderón de la Barca, Pedro** (1600-1681)
Soldat, courtisan et poète, il est surtout connu comme dramaturge, créateur de comédies de cape et d'épée, à ses débuts, puis de pièces orientées vers une réflexion sociale et morale. Certaines de ses œuvres réalisent une véritable synthèse de thèmes mythologiques et d'une philosophie de la vie fondée sur l'idée – dans *La Vie est un songe*, notamment (1633, ► p. 341) – que l'existence, comme le théâtre, n'est qu'illusion.

**Camus, Albert** (1913-1960)
Né à Mondovi, en Algérie, dans une famille pauvre, il s'oriente vers le journalisme puis vers la littérature, avec plusieurs romans, *L'Étranger* (1942), *La Peste* (1957, ► p. 66). Passionné par le théâtre, il met en scène les pièces d'autres auteurs, dont certaines qu'il traduit, puis les siennes, comme *Les Justes* (1949, ► p. 293), *Le Malentendu, Caligula*. Écrivain engagé, Camus voit son œuvre récompensée par le prix Nobel de littérature, en 1957. Il meurt en 1960 dans un accident de voiture.

**Cazotte, Jacques** (1719-1792)
Auteur d'une parodie des *Mille et Une Nuits*, les *Mille et Une Fadaises* (1742), et d'un poème épique, *Ollivier*, inspiré du *Roland furieux* de l'Arioste, Cazotte est considéré, avec *Le Diable amoureux* (1772, ► p. 425), comme l'initiateur du fantastique français. Attiré par l'illuminisme, Cazotte s'inscrit dans un courant de pensée qui s'oppose au rationalisme des Lumières.

**Cervantès y Saavedra, Miguel (de)** (1547-1616)
Cet auteur espagnol, qui mena une vie assez aventureuse, laisse une œuvre abondante, où figurent des nouvelles, du roman et du théâtre. Il y représente, avec ironie et cynisme, à travers des personnages picaresques et comme dans un miroir, une Espagne qu'il juge en pleine décadence, et qui voit disparaître ses valeurs traditionnelles. *Don Quichotte* (► p. 36), un chevalier qui s'est trompé d'époque, donne son nom à un roman que l'on considère comme un chef-d'œuvre.

**Chabrol, Claude** (né en 1930)
Metteur en scène de cinéma chef de file de la « Nouvelle vague », dans les années 1960, Chabrol est l'auteur de films qui s'attachent à montrer l'immoralité et la perversité des comportements dans les milieux de la bourgeoisie aisée. Certains de ses films appartiennent au domaine policier. Il a transposé le roman de Flaubert, *Madame Bovary*, en 1991 (► p. 473 et 476).

**Char, René** (1907-1988)
Après avoir appartenu au groupe surréaliste, ce poète compose une œuvre marquée par son expérience de la Résistance (*Feuillets d'Hypnos*, 1946) et par une certaine conception de la poésie, médiatrice de la connaissance du monde et expression des pouvoirs mystérieux que possèdent les êtres humains sans pouvoir les identifier ni les comprendre. C'est ce que traduisent les recueils *Fureur et mystère* (1948), *Les Matinaux* (1950) et *La Fontaine narrative* (1947, ► p. 119).

**Chassignet, Jean-Baptiste** (1578-1637)
Poète français auteur d'une paraphrase des *Psaumes* et d'un recueil de sonnets, *Mépris de la vie et Consolation de la mort* (1594, ► p. 336), il se révèle inspiré par le thème chrétien du mépris du monde et du sentiment de la vanité des choses.

**Chateaubriand, François-René (de)** (1768-1848)
Cet aristocrate breton a connu la fin de l'Ancien Régime, le Premier Empire et la Restauration, et a exercé différentes activités diplomatiques et politiques. Grand voyageur, il est l'auteur de romans, *Atala*, *René*, et d'une œuvre autobiographique monumentale, les *Mémoires d'outre-tombe*, dans laquelle il mêle son destin à celui de la France (► p. 188 et 205). Commencée dès le début du siècle, cette œuvre est publiée en 1848, l'année de la mort de son auteur.

**Chénier, André** (1762-1794)
Issu d'un milieu diplomatique très cultivé, il s'enthousiasme pour la Révolution de 1789, mais s'oppose aux idées des Jacobins dans des articles de presse monarchistes. Il est condamné à mort par le tribunal révolutionnaire et exécuté en 1794. Son œuvre poétique, très marquée par la littérature grecque (► p. 430), est publiée à partir de 1819.

**Claudel, Paul** (1868-1955)
Poète et diplomate, il voit sa vie bouleversée en 1886 par une révélation religieuse qui entraîne sa conversion. Sa carrière lui fait accomplir de nombreux voyages, sur différents continents, tandis qu'il poursuit une œuvre littéraire abondante où dominent le théâtre et la poésie. Dans les *Cinq Grandes Odes* (1913, ► p. 131), d'une écriture rythmée par le souffle de l'inspiration, il s'interroge sur l'origine et le sens de la création poétique, à travers la double évocation de la Muse et de la Grâce.

■ **Cocteau, Jean** (1889-1963)
Peintre, sculpteur, dessinateur, poète, dramaturge, auteur de films, il s'intéresse à tous les domaines d'expression artistique et à toutes les formes d'avant-garde. Son œuvre s'attache à ce qui est moderne pour y retrouver des traces de la mythologie antique. Ses interrogations poétiques dans *Le Rappel à l'ordre* (1926, ► p. 132) le conduisent à voir dans le poète de son temps le successeur d'Orphée, capable de révéler les mystères du monde.

■ **Colette, Sidonie-Gabrielle** (1873-1954)
Originaire de Bourgogne, Colette est un écrivain très sensible à la nature. Elle fait preuve très tôt de dons littéraires, et rédige la série des *Claudine*, que co-signe son mari Willy. À Paris, où elle vit, elle revendique une liberté qui se traduit par des choix professionnels divers : elle est danseuse de music-hall et mime. Son œuvre révèle des talents d'observation psychologique et une écriture très originale. Dans *Les Vrilles de la vigne* (► p. 209), elle évoque avec émotion le temps passé.

■ **Corbière, Tristan** (1845-1875)
Ce poète classé par Verlaine dans le groupe des « poètes maudits » est l'auteur d'un recueil unique, *Les Amours jaunes*, publié à compte d'auteur en 1873. Provincial venu chercher la gloire littéraire à Paris, disgracié et malade, il exprime dans ses poèmes un mal de vivre et un désespoir masqués par l'ironie et la dérision. On lui doit un sonnet célèbre indiquant la manière d'écrire... un sonnet (► p. 86).

■ **Corneille, Pierre** (1606-1684)
Originaire de Rouen et se destinant d'abord au métier d'avocat, Corneille se fait connaître d'abord par des comédies : *L'Illusion comique*, *La Place royale*, *Le Menteur*. Il se consacre ensuite à des tragi-comédies, dont la plus célèbre est *Le Cid* (1637), avant d'aborder la tragédie. Il écrit *Horace* (1640, ► p. 280), *Cinna*, *Polyeucte*, pièces dont certaines le mettent en compétition avec Racine. Théoricien de la dramaturgie, il est aussi l'auteur d'un *Discours de la tragédie* (► p. 360).

■ **Cyrano de Bergerac, Savinien (de)** (1619-1655)
Celui qui est devenu le héros du drame d'Edmond Rostand en 1897 est un écrivain libertin et baroque, auteur d'une comédie, *Le Pédant joué*, et d'une tragédie, *La Mort d'Agrippine*. Il a également écrit des romans qui s'orientent vers l'anticipation et le fantastique, *Histoire comique des États et Empires de la lune* (1659, ► p. 38), puis *Histoire comique des États et Empires du soleil*. On doit aussi à Cyrano de Bergerac de nombreuses lettres très variées (► p. 344).

■ **Damilaville, Étienne-Noël** (1723-1768)
Ce haut fonctionnaire des finances, ami de Voltaire et de Diderot, est l'auteur des articles « Population » et « Paix » de l'*Encyclopédie* (► p. 402).

■ **Delille, Jacques** (1738-1813)
Latiniste, auteur d'une traduction en vers des *Géorgiques*, de Virgile, Jacques Delille est l'auteur d'un recueil de poésie très inspiré par la nature, *Les Jardins ou l'art d'embellir les paysages* (1782, ► p. 429). Il a aussi composé des ouvrages de réflexion philosophique, *L'Imagination* (1806) et *Les Trois Règnes de la nature* (1808).

■ **Descartes, René** (1596-1650)
Auteur des *Méditations métaphysiques* (1641), ce philosophe a marqué la littérature classique par la rigueur de sa pensée et de sa méthode. Mettant au centre de sa réflexion la recherche de la vérité, il est à l'origine d'une tradition rationaliste accordant à la raison un pouvoir souverain. Le *Discours de la méthode* (1637, ► p. 358) constitue un mode rationnel d'accès à la connaissance.

■ **Desnos, Robert** (1900-1945)
Poète associé au groupe des surréalistes, Desnos refuse d'adhérer au parti communiste et se sépare du groupe en 1929. Il publie à cette époque plusieurs recueils, dont *La Liberté ou l'amour !* (1927) et *Corps et biens* (1930), qui portent la marque de cette première orientation. Sa poésie, à la fois fantaisiste et grave, fait alterner des poèmes-jeux de mots d'une grande virtuosité comme les *Chantefables*, et l'expression d'une réflexion sur la vie (► p. 88) et sur l'engagement politique (*Destinée arbitraire*). Engagé dans la Résistance, il est arrêté par les Allemands et déporté en tant que résistant et juif. Il meurt dans le camp de concentration de Térezin peu de temps avant la libération de ce camp par les troupes alliées.

■ **Diderot, Denis** (1713-1784)
Philosophe, auteur d'une œuvre foisonnante et très diversifiée qui comporte dialogues, théâtre, essais, contes et romans, parmi lesquels *Le Neveu de Rameau* (1762-1777, ► p. 46). Il touche à tous les genres et mène une réflexion qui englobe le théâtre (► p. 153 et 416), la morale, les sciences politiques, la religion et les arts (► p. 232). Il est le concepteur et le maître d'œuvre, avec le mathématicien d'Alembert, de l'*Encyclopédie* (► p. 400), entreprise qu'il mène à son terme malgré les difficultés. Ses idées se révèlent aussi dans ses lettres à Sophie Volland (► p. 418).

■ **Du Bellay, Joachim** (1522-1560)
Ami de Ronsard, il fréquente comme lui le collège de Coqueret, centre de la poésie nouvelle, et fait partie du groupe de la Pléiade. Il est l'auteur de la *Défense et Illustration de la langue française* (1549) où il prône l'enrichissement de la langue. Après un premier recueil, *L'Olive*, il compose *Les Antiquités de Rome* (1558) et *Les Regrets* (► p. 309 et 325) à la suite d'un décevant séjour à la cour pontificale. Son œuvre comporte également les *Divers Jeux rustiques* et *Le Poète courtisan*.

■ **Dumarsais, César** (1676-1756)
Grammairien français, auteur d'une méthode nouvelle pour apprendre le latin, il participe à l'*Encyclopédie* pour tout ce qui concerne les problèmes de la langue. Il est aussi l'auteur de l'article « Philosophe » (► p. 404) qui définit l'idéal humain des Lumières.

■ **Éluard, Paul** (1895-1952)
D'abord marqué par le surréalisme, comme Aragon et René Char, Éluard est un poète engagé, comme eux, ce dont témoigne sa poésie (► p. 134), notamment *Au rendez-vous allemand* (1944). Son œuvre, lyrique et inspirée par celles qui ont partagé sa vie, Gala, Nusch, est une célébration du monde, idéalisé par l'amour partagé.

■ **Érasme, Didier** (1466 ou 1469-1536)
Humaniste hollandais d'expression latine, adepte de l'évangélisme, Érasme est, à son époque, une référence intellectuelle et morale. Il voyage en Angleterre où il rencontre Thomas More, mais aussi en Italie et en Allemagne. Ayant une grande connaissance des textes sacrés, qu'il traduit, et des textes latins et grecs, il est une figure essentielle de l'humanisme européen. Auteur de l'*Éloge de la Folie* (1511, ► p. 316), il a aussi composé plusieurs traités d'éducation.

**Ésope** (VII^e-VI^e siècles av. J.-C.)
Ancien esclave phrygien affranchi, Ésope est supposé avoir écrit un grand nombre de fables, petits récits mettant en scène des animaux et comportant une moralité (► p. 244, 245 et 441). Il fut l'inspirateur de La Fontaine.

**Fénelon, François de Salignac de La Mothe** (1651-1715)
Issu d'une famille aristocratique peu aisée, Fénelon entre dans les ordres, où il manifeste des talents pédagogiques. Il compose en 1687 le *Traité de l'éducation des filles*. Devenu précepteur du duc de Bourgogne, petit-fils de Louis XIV, il écrit pour lui *Les Aventures de Télémaque* (1699) et les *Dialogues des morts*. Sa carrière est brillante, mais le choix religieux du quiétisme lui fait perdre ses appuis et la protection du roi. Il est l'auteur d'une *Lettre à Louis XIV* (► p. 387) qui donne de la France une image pitoyable.

**Flaubert, Gustave** (1821-1880)
Fils d'un chirurgien de Rouen, Flaubert doit à sa fortune personnelle de pouvoir consacrer son temps à l'écriture, dans sa propriété de Croisset. Son premier roman *Madame Bovary* (1857, ► p. 471, 474 et 477) est condamné pour immoralité. Un voyage en Tunisie lui inspire *Salammbô* (1862), roman de l'Antiquité, tandis que *L'Éducation sentimentale* (1869, ► p. 24), retrace les échecs de sa génération. Il écrit encore *La Tentation de Saint Antoine* (1874) et les *Trois contes*. Sa dernière œuvre, *Bouvard et Pécuchet*, est un recueil d'exemples de la bêtise humaine.

**Fontenelle, Bernard Le Bovier (de)** (1657-1757)
Cet auteur a la particularité d'avoir vécu cent ans, et d'avoir eu une vie partagée entre le XVII^e et le XVIII^e siècle. Partisan des Modernes, il est connu par deux ouvrages philosophiques dans lesquels il dénonce les superstitions et les préjugés : les *Entretiens sur la pluralité des mondes* (1686) et l'*Histoire des oracles* (1686, ► p. 382).

**Fourest, Georges** (1867-1945)
Poète écrivant pour des revues comme *Le Décadent* et *La Connaissance*, Georges Fourest est aussi l'auteur de deux recueils poétiques, *La Négresse blonde* (1909) et *Le Géranium ovipare* (1935) ; leur vocation est de pasticher des auteurs célèbres (par exemple J.-M. de Heredia), en empruntant les thèmes à d'autres (Corneille), ce qui donne, par exemple, un sonnet mettant en scène Rodrigue et Chimène (► p. 450).

**Frears, Stephen** (né en 1941)
Metteur en scène de cinéma britannique, réalisateur de films mettant en scène la réalité sociale du XX^e siècle, notamment dans *My Beautiful Laundrette* (1985) et *The Snapper* (1993). Il a adapté pour l'écran le roman épistolaire de C. de Laclos, *Les Liaisons dangereuses* (► p. 469), en même temps qu'un autre metteur en scène, Milos Forman, reprenait la même intrigue sous le titre *Valmont*.

**Gide, André** (1869-1951)
Romancier influencé par le caractère austère de son éducation protestante, André Gide compose une œuvre romanesque, *L'Immoraliste*, *La Symphonie pastorale*, *Les Faux-Monnayeurs*, qui peut apparaître comme une tentative d'échapper à la morale de son milieu. Voyageur, il rapporte de l'Afrique coloniale et de l'URSS des analyses très critiques. Son autobiographie, *Si le grain ne meurt* (► p. 210), est consacrée à son enfance et pose, comme le fait Rousseau, la question de la sincérité. Il est aussi l'auteur d'un *Journal*.

**Goethe, Johann Wolfgang (von)** (1749-1832)
Le succès des *Souffrances du jeune Werther* (1774, ► p. 427), de ce romancier, poète et dramaturge, fait connaître en Europe le mouvement « Sturm und Drang », inspirateur des poètes romantiques français. Il est l'auteur de deux *Faust*, drames qui font la somme de réflexions enracinées dans les mythes antiques et éclairées par l'idée de modernisme. Ses écrits autobiographiques, *Poésie et Vérité* (1811-1822), font suite au roman *Les Affinités électives*.

**Goncourt, Edmond et Jules Huot (de)** (1822-1896 et 1830-1870)
Ces deux frères qui écrivaient ensemble ont produit une œuvre romanesque naturaliste, *Renée Mauperin* (1864), *La Fille Élisa* (1877), *Germinie Lacerteux*. Ils sont également connus par leur *Journal* (► p. 190), chronique très vivante et souvent satirique de la vie littéraire parisienne, à laquelle ils participaient de manière active. Ils sont à l'origine d'une académie qui décerne chaque année le prix Goncourt, pour récompenser un roman.

**Góngora y Argote, Luis (de)** (1561-1627)
Issu d'une famille noble de Cordoue (Espagne), Góngora se consacre très tôt à la poésie et son talent est reconnu en 1585 par Cervantès. Il est connu pour la *Fable de Polyphème et Galatée* (1612), pour le poème des *Solitudes* (1613) et pour des recueils de sonnets à la fois baroques et précieux, d'une écriture extrêmement complexe et recherchée (► p. 346).

**Gracq, Julien** (né en 1910)
Écrivain et poète en marge des courants et des modes, allant jusqu'à refuser le prix Goncourt en 1951, il est l'auteur de plusieurs romans, dont certains se situent aux frontières du fantastique ; il a également composé un recueil de poèmes en prose, *Liberté grande* (1946, ► p. 104), et un essai qui regroupe toutes sortes de notes de lecture, *En lisant en écrivant* (1981).

**Guéhenno, Jean** (1890-1978)
Originaire d'un milieu très modeste, ce qui le marque définitivement, Jean Guéhenno est l'auteur de nombreux « journaux » – *Journal d'un homme de quarante ans* (1934), *Journal des années noires* (1940-1944, ► p. 196) – , d'essais et de biographies, notamment de Jean-Jacques Rousseau. Certaines de ses œuvres de réflexion sont consacrées à la notion de culture de masse.

**Hugo, Victor** (1802-1885)
Poète, dramaturge créateur du drame romantique, romancier (*Les Misérables*, 1862, ► p. 56 et 289), et homme politique, Hugo a composé une œuvre gigantesque qui témoigne de nombreux engagements personnels et de la diversité esthétique de son époque. Poète militant et visionnaire dans les *Châtiments* (1853, ► p. 126 et 254), ou dans *La Fin de Satan* (1886), philosophe angoissé et lyrique dans *Les Contemplations* (1856, ► p. 112), il a contribué à libérer la poésie et le théâtre de certaines contraintes formelles, pour les rapprocher de la vie.

**Huyghe, René** (1906-1997)
Ce spécialiste de la psychologie de l'art a été professeur au Collège de France. Il est l'auteur de nombreux ouvrages d'esthétique, parmi lesquels *Dialogue avec le visible* (1955), *Les Puissances de l'image* (1965) et *L'Art et l'homme* (1961, ► p. 238).

**Ionesco, Eugène** (1909-1994)
Eugène Ionesco est avant tout un homme de théâtre dont les pièces se jouent de manière constante depuis les années 1960. Il met en scène le conformisme et tout ce qui relève des habitudes, y compris et surtout celles qui atteignent la pensée et font que l'on ne pense plus que par stéréotypes. Chacune de ses pièces est en même temps une réflexion sur le langage, ses dangers et ses limites. On le voit notamment dans *La Cantatrice chauve*, et aussi dans *La Leçon* et dans *Rhinocéros* (1959, ► p. 174). Les réflexions théoriques de Ionesco figurent dans *Notes et contre-notes* (1966, ► p. 176).

**Jaccottet, Philippe** (né en 1925)
Écrivain suisse de langue française, Philippe Jaccottet a traduit les œuvres de Thomas Mann, Rilke, Musil et Hölderlin. Il consacre également sa vie à la poésie, avec une vision intimiste des choses, allant des perceptions extérieures à l'intériorisation. Empreinte à la fois de simplicité et de mystère, son œuvre n'est pas toujours facile à déchiffrer, comme en témoignent les textes du recueil *L'Effraie et autres poésies* (1953, ► p. 89).

**Jaucourt, Louis (chevalier de)** (1704-1780)
Intellectuel protestant d'esprit européen, le chevalier de Jaucourt est l'auteur de *L'Histoire de la vie et des œuvres de Leibniz* (1734). Il est connu pour sa participation à l'*Encyclopédie*, pour laquelle il écrivit un très grand nombre d'articles sur des sujets divers, notamment sur l'esclavage (► p. 407).

**Labé, Louise** (1524-1566)
Originaire d'une famille de cordiers, ce qui lui vaut le surnom de « belle cordière », elle reçoit une éducation raffinée et diversifiée. Sa vie est marquée par une passion violente et malheureuse qui inspire toute son œuvre poétique, faite de sonnets très travaillés (► p. 81) et d'élégies. Femme très cultivée, elle a présidé un salon littéraire et entretenu des relations avec les personnalités artistiques de son temps.

**La Bruyère, Jean (de)** (1645-1696)
Né à Paris, La Bruyère est d'abord avocat, puis précepteur du duc de Bourbon. Observateur de ses contemporains, il compose en 1688 *Les Caractères* (► p. 370 et 386), faits de portraits, maximes et réflexions présentés comme la traduction de l'auteur grec Théophraste (IVe s. av. J.-C.). Ces portraits, sur lesquels on pourrait mettre des noms, ont beaucoup de succès. Entré à l'Académie française en 1693, La Bruyère y prend la défense des Anciens.

**Laclos, Choderlos (de)** (1741-1803)
Officier déçu par une carrière militaire qu'il espérait plus brillante, Laclos est l'auteur d'une œuvre unique, le roman épistolaire *Les Liaisons dangereuses* (► p. 468), qui fait scandale à sa publication, en 1882. Révolutionnaire convaincu, admirateur de Bonaparte, il participe au coup d'État du 18 Brumaire et meurt au siège de Tarente en 1803.

**La Fayette, Marie-Madeleine (de)** (1634-1693)
Comme Mlle de Scudéry et Madame de Sévigné, Madame de La Fayette est une femme instruite, qui tient un salon à Paris et fréquente la cour. Elle est proche d'Henriette d'Angleterre et de La Rochefoucauld. Son œuvre comporte des ouvrages historiques comme *L'Histoire d'Henriette d'Angleterre*, œuvre posthume publiée en 1720 et les *Mémoires de la cour de France pour les années 1688 et 1689*. Elle est surtout connue pour ses romans, dont le plus célèbre est *La Princesse de Clèves* (1678, ► p. 16).

**La Fontaine, Jean (de)** (1621-1695)
Il est le fils d'un maître des Eaux et Forêts, ce qui peut expliquer son goût pour la nature, cadre de ses fables (► p. 247, 249, 372, 441 et 462), publiées de 1670 à 1693. Ami du surintendant Fouquet, qui joue pour lui le rôle de mécène, La Fontaine lui reste fidèle lorsqu'il est arrêté, ce qui entraîne sa propre disgrâce en 1664 et son exil dans le Limousin. Partisan de l'imitation de l'Antiquité, il prend part à la querelle des Anciens et des Modernes du côté des premiers.

**Laforgue, Jules** (1860-1887)
La vie douloureuse de Laforgue, sa jeunesse pauvre et sa maladie, dont il meurt à vingt-sept ans, inspirent une œuvre dont le titre est lui-même révélateur : *Les Complaintes*. Grinçante, ironique et fantaisiste à la fois, sa poésie (► p. 98 et 116), qui mêle la vie aux réflexions philosophiques, reste souvent dans un registre parodique ; elle souligne ainsi la distance prise par son auteur, qui semble constamment refuser de se prendre au sérieux.

**Lamartine, Alphonse (de)** (1790-1869)
Aristocrate provincial nourri de culture classique et grand admirateur de Chateaubriand, opposé à l'Empire, Lamartine mène une vie qui cumule les voyages et l'engagement politique, à partir de 1833, lorsqu'il devient député. Sa première œuvre, les *Méditations poétiques* (1820, ► p. 108) connaît un grand succès, suivi par les *Nouvelles Méditations poétiques* en 1823 et les *Harmonies poétiques et religieuses* (1830). On considère cette poésie comme la manifestation d'une sensibilité nouvelle, qui définit le romantisme.

**La Rochefoucauld, François (de)** (1613-1680)
Membre de la haute aristocratie, le duc de La Rochefoucauld s'oppose au pouvoir royal lors de la Fronde (1648-1652). Abandonnant la politique au profit de la littérature, il compose ses *Mémoires*, puis des *Réflexions ou Sentences* (1664, ► p. 374) qui dénoncent, sous des formes brèves et percutantes, la puissance de l'amour-propre et la prédominance de l'intérêt personnel dans les comportements humains. Il est aussi l'auteur de portraits.

**Le Clézio, Jean Marie Gustave** (né en 1940)
Grand voyageur à la recherche d'une sagesse que n'offre pas la vie moderne, J.M.G. Le Clézio est un romancier discret, dont l'œuvre importante révèle les interrogations et les angoisses. Certains de ses romans, comme *Désert* (1980, ► p. 72), opposent au modernisme la simplicité difficile de la vie nomade. Le court récit autobiographique *L'Africain* (2004, ► p. 199) est un hommage rendu à son père, médecin de brousse, dont il a été longtemps séparé dans son enfance.

**Leiris, Michel** (1901-1990)
Né dans un milieu bourgeois, Leiris commence à écrire en 1921 et fréquente les peintres et les poètes de cette époque : Picasso, Queneau, Miró, Max Jacob. Devenu ethnologue, il parcourt l'Afrique et dénonce le colonialisme dans différentes études dont *L'Afrique fantôme* (1934). Il compose une autobiographie, *L'Âge d'homme,* en 1939 (► p. 194), œuvre qui est suivie de *La Règle du jeu*, également autobiographique, qui regroupe différents travaux sur le langage.

## Lewis, Matthew G. (1775-1818)

Cet écrivain anglais est connu pour avoir publié, à 21 ans, en 1796, un roman à succès, *Ambrosio ou Le Moine* (► p. 431). C'est là le fondement du « roman noir » ou « roman gothique », succession d'intrigues mêlant la violence, le fantastique et la poésie, à travers la mise en situation d'un héros voué à la damnation.

## Machiavel, Nicolas (1469-1527)

Homme politique et écrivain italien, Machiavel a composé *Le Prince* (1513, ► p. 319) à partir de son expérience diplomatique en France et en Allemagne et de ses relations agitées avec la famille Médicis. Il est aussi l'auteur d'une *Histoire de Florence* et de *Discours*, œuvres également imprégnées d'une réflexion très moderne sur les fondements de l'État et sur ce qui dicte les comportements politiques des gouvernants.

## Malherbe, François (de) (1555-1628)

Issu d'une famille protestante, Malherbe est attiré par le catholicisme, ce qui le conduit à rompre avec sa famille. Magistrat à Caen, il compose des vers baroques et cherche un mécène, sans parvenir à accéder à la gloire, jusqu'en 1605 : il devient alors poète de cour du roi Henri IV. Boileau reconnaît l'importance de Malherbe dans la mise en place de certaines règles poétiques caractéristiques du classicisme. Malherbe est l'auteur de poèmes religieux, d'odes célébrant les grands personnages du royaume et de paraphrases des *Psaumes* (► p. 338).

## Malleville, Claude (de) (1597-1647)

Ce poète, hôte assidu de l'hôtel (et salon précieux) de la marquise de Rambouillet, participa à la *Guirlande de Julie* (► p. 347) et composa des sonnets sur des thèmes à la mode, comme celui de la « Belle Matineuse » (► p. 350).

## Malraux, André (1901-1976)

La vie d'André Malraux est caractérisée par deux activités qui se rejoignent à travers ses œuvres : l'engagement dans l'action politique et l'écriture. Il participe notamment à la guerre d'Espagne (1936-1939), ce dont témoigne *L'Espoir*, et à la Résistance, après s'être intéressé aux conflits orientaux. *La Condition humaine* (1933, ► p. 28) lui vaut le prix Goncourt. Auteur de plusieurs romans, de nombreux articles et d'essais relatifs aux arts, il est nommé par le général de Gaulle ministre des Affaires culturelles en 1958. On lui doit la création des Maisons de la culture.

## Marbeuf, Pierre (de) (1596 ?-1645)

Poète auteur d'un *Recueil de vers* (1628) inspiré à la fois par la nature, par l'amour et par le sentiment de la fragilité du monde, ses thèmes sont parfois proches de ceux de Ronsard (► p. 340).

## Marivaux, Pierre Carlet de Chamblain (de) (1688-1763)

Originaire de la ville de Riom, Marivaux vient à Paris dans le but de réussir une carrière littéraire. Ses premières publications, romanesques et parodiques, et la fréquentation des salons le font connaître. L'intérêt du public vient vers 1720 avec des comédies liées à l'inspiration de la commedia dell'arte et aux comédiens italiens qui sont ses interprètes : *La Double Inconstance*, *Le Jeu de l'amour et du hasard*, *Les Acteurs de bonne foi* (► p. 150). Son théâtre, comme ses romans (*Le Paysan parvenu*, ► p. 20), s'intéresse à l'évolution des sentiments, à leur complexité, dans un contexte social qui joue un rôle important.

## Marot, Clément (1496-1544)

Fils d'un poète appartenant au groupe des « Grands rhétoriqueurs », Marot entre au service de Marguerite d'Angoulême. Il connaît ses premiers ennuis et se trouve par deux fois emprisonné au Châtelet pour des raisons religieuses. Malgré son statut de poète officiel et ses succès poétiques, sa vie est assez agitée, il doit s'exiler plusieurs fois en Italie puis en Suisse. Il est l'auteur de *L'Enfer* (1542, ► p. 321), de *L'Adolescence clémentine* et le traducteur de nombreux textes religieux.

## Martin du Gard, Roger (1881-1958)

Après plusieurs essais littéraires inachevés ou désavoués, Roger Martin du Gard compose une grande fresque historique et sociale de la vie française avant la Guerre de 1914-1918, *Les Thibault*, neuf volumes publiés de 1922 à 1940 (► p. 64). Il y met en scène deux frères issus de la bourgeoisie, Antoine et Jacques, qui choisissent des voies différentes pour donner un sens à leur vie. La précision et le réalisme de l'écriture, le souci constant du détail inscrivent cette œuvre dans la tradition balzacienne.

## Maupassant, Guy (de) (1850-1893)

Originaire de Normandie, comme Flaubert, qui accompagne ses débuts dans l'écriture, Maupassant est un écrivain qui construit ses œuvres à partir de l'observation de la réalité sociale, qu'il s'agisse de la guerre, présente dans ses nouvelles réalistes (► p. 481), ou des problèmes familiaux (► p. 291). Ainsi, l'observation des milieux ministériels et journalistiques nourrit son roman *Bel-Ami* (1885, ► p. 60) qui connaît un très grand succès. Auteur de nouvelles fantastiques, Maupassant a signé de nombreux articles et une préface, *Le Roman*, qui définit le réalisme. Atteint de syphilis et de troubles mentaux, il meurt à 43 ans.

## Mauriac, François (1885-1970)

Originaire d'une famille de grands propriétaires du Sud-Ouest, Mauriac compose une œuvre marquée par le catholicisme, très imprégnée d'une réflexion sur le bien et le mal, et sur la culpabilité. Romancier – *Thérèse Desqueyroux*, *Le Baiser au lépreux* –, il est aussi chroniqueur politique à *L'Express* et au *Figaro littéraire*. Son autobiographie *Commencements d'une vie*, qui deviendra *Mémoires intérieurs* (1959 et 1965, ► p. 212), lui permet de « rendre compte » de sa vie.

## Mercier, Louis-Sébastien (1740-1814)

Grand admirateur de Jean-Jacques Rousseau, acquis à l'esprit des Lumières, Louis-Sébastien Mercier est l'auteur d'ouvrages moraux, d'un roman d'anticipation visionnaire, *L'An 2440 ou rêve s'il en fut jamais* (1770, ► p. 48) et d'une fresque, *Le Tableau de Paris* (1781), montrant, de manière satirique, la capitale à la veille de la Révolution. Il participe à cette dernière du côté des Girondins et échappe de peu à l'échafaud. Par la suite, changeant d'opinions, il critique le rationalisme et considère *L'Encyclopédie* comme un ensemble d'erreurs.

## Molière (Jean-Baptiste Poquelin, dit) (1622-1673)

Fondateur de l'Illustre-Théâtre, comédien, metteur en scène et surtout dramaturge, Molière met sa vie au service de la comédie, dont il est aussi un théoricien. Sa volonté de mettre en scène les vices de son temps lui vaut des difficultés avec le pouvoir politique et les autorités religieuses. Mais il connaît aussi la faveur du roi et de grands succès. Certaines pièces, comme *La Critique de l'École des femmes* (1663, ► p. 378) et *L'Impromptu de Versailles* (1663, ► p. 143), sont l'occasion de réfléchir sur le théâtre, sa portée, son pouvoir et ses vertus morales et sociales.

## Montaigne, Michel Eyquem (de) (1533-1592)
Issu d'une famille aristocratique, Montaigne reçoit une éducation très riche, qui illustre l'idéal nouveau de la Renaissance – Antiquité, textes bibliques, arts. Magistrat au Parlement de Bordeaux, puis maire de cette ville, il participe à plusieurs missions au moment des guerres de Religion. À partir de 1571, il consacre sa vie à écrire les *Essais* (► p. 184, 202, 226, 311, 313, 330 et 331), œuvre autobiographique qui comporte non un récit de vie, mais des réflexions sur la vie et sur l'homme, réflexions nourries de culture livresque et d'expériences personnelles.

## Montausier, Charles (de) (1610-1690)
Gentilhomme français resté fidèle au roi pendant la Fronde, il devint gouverneur du dauphin, le fils de Louis XIV. Habitué de l'hôtel de Rambouillet, il participa à la rédaction de la *Guirlande de Julie* (1634, ► p. 347 et 348) destinée à Julie d'Angennes, qui mit plus de dix ans à lui accorder sa main.

## Montesquieu, Charles-Louis de Secondat (baron de) (1689-1755)
Membre de la haute aristocratie, Montesquieu est un humaniste intéressé autant par les questions scientifiques que par les sciences politiques et la littérature. Il est l'auteur des *Lettres persanes* (► p. 40 et 396), roman publié de façon anonyme à Amsterdam en 1721, et *De l'esprit des lois* (1748), ouvrage dans lequel il analyse les principes des différents gouvernements. Philosophe des Lumières, il en incarne l'esprit.

## More, Thomas (1478-1535)
Cet humaniste anglais connut, sous le règne d'Henri VIII, de grands succès professionnels, dans différentes ambassades. Resté catholique au moment de la réforme anglicane, il s'opposa au roi lors de son divorce d'avec Catherine d'Aragon, ce qui lui valut d'être condamné et exécuté. Auteur de *L'Utopie* (1516, ► p. 300 et 302), il fut canonisé quatre siècles après son exécution.

## Muller, Charles (1877-1914)
Auteur, avec Paul Reboux, des pastiches *À la manière de...* (1908-1913, ► p. 456).

## Musset, Alfred (de) (1810-1857)
Poète appartenant à la génération « née avec le siècle », Musset en retrace l'évolution dans *La Confession d'un enfant du siècle* et analyse les sources du mouvement romantique. Son théâtre comporte des comédies comme *On ne badine pas avec l'amour* (► p. 155) et des drames comme *Lorenzaccio* (1834) ; sa poésie, lyrique, est le reflet de son mal de vivre ainsi que des joies et des souffrances de sa vie sentimentale, notamment de sa liaison passionnée avec George Sand.

## Nerval, Gérard (de) (1808-1855)
Contemporain des membres du « Cénacle » romantique, Nerval appartient à la génération de poètes et d'écrivains « nés avec le siècle ». Toute son œuvre, poèmes, récits, souvenirs, est marquée par la recherche d'une identité et par les relations complexes entre le rêve et la réalité. Une culture puisée dans les mythes et la philosophie antiques nourrit son inspiration (► p. 110). Atteint de folie, il est interné plusieurs fois et met fin à ses jours en 1855.

## Orléans, Charles (d') (1394-1465)
Fils de Louis d'Orléans (frère du roi Charles VI), Charles d'Orléans appartient à une famille princière qui doit défendre son trône contre le duc de Bourgogne. En 1415, Charles d'Orléans est fait prisonnier à la bataille d'Azincourt et reste captif pendant vingt-cinq ans en Angleterre. Sa poésie, des rondeaux (► p. 78) et des ballades, est imprégnée de lyrisme élégiaque, qui témoigne d'une vie marquée par les chagrins.

## Orwell (Eric Arthur Blair, dit George) (1903-1950)
Né au Bengale, Orwell accumule des expériences très variées, études à Eton, engagement dans la police en Birmanie, retour en Europe, chômage persistant à Paris, avant d'être reconnu comme écrivain, à partir de 1933. Auteur de *La Ferme des animaux* (1945), allégorie qui critique les régimes de dictature prolétarienne, il publie *1984* (► p. 68) en 1949, pour mettre en garde contre la déshumanisation des sociétés modernes. Il y montre en particulier l'importance des médias et leur utilisation par le pouvoir politique.

## Pascal, Blaise (1623-1662)
Homme de science, Pascal est passionné par la physique et les mathématiques. Auteur, très jeune, d'un *Essai sur les coniques*, il étudie la pesanteur, en relation avec les travaux du physicien Torricelli. Sensible aux théories jansénistes, il écrit *Les Provinciales*, mais son œuvre majeure est constituée par les fragments des *Pensées*, apologie de la religion chrétienne composée de 1657 à 1662, mais laissée inachevée. Il y présente une image malheureuse de la condition humaine, dont le seul espoir de salut est Dieu (► p. 228 et 365).

## Perrault, Charles (1628-1703)
Haut fonctionnaire protégé par Colbert, Perrault mène une vie littéraire active. Avec les *Parallèles des Anciens et des Modernes*, il prend position pour les Modernes et célèbre le siècle de Louis XIV (► p. 384). Il est connu surtout pour ses *Contes* en vers et en prose, récits de portée symbolique, à la structure narrative exemplaire, tirés de la tradition et terminés par une moralité.

## Phèdre (environ 10 av. J.-C.-54 ap. J.-C.)
Caius Julius Phaedrus est un fabuliste latin originaire de Thrace et de formation grecque. Esclave affranchi par l'empereur Auguste et auteur de cent vingt-trois fables imitées d'Esope (► p. 246), il introduisit ce genre littéraire à Rome. La Fontaine s'est beaucoup inspiré de son œuvre.

## Ponge, Francis (1899-1988)
Soucieux de rendre compte de la vie et de la noblesse des choses, Francis Ponge compose une œuvre faite de poèmes en prose dans laquelle il « prend le parti » des objets (► p. 102) pour les célébrer, dans leur existence, leur nature, jusqu'au mot même qui les désigne. Descriptive et explicative, son œuvre ouvre le regard du lecteur sur des réalités nouvelles, associant étroitement lexique et choses, en même temps que le poète analyse sa propre démarche.

## Prévost, Antoine-François (abbé) (1697-1763)
La vie aventureuse de l'abbé Prévost est caractérisée par deux orientations contradictoires, la passion amoureuse et l'engagement religieux. En 1734, après des séjours en Angleterre et en Hollande, il se fixe à Paris: il fréquente les salons philosophiques et mène la vie d'un grand seigneur libertin. Son œuvre, commencée en 1729, comporte les *Mémoires et aventures d'un homme de qualité*, dont le septième tome raconte l'histoire du chevalier Des Grieux (► p. 18). *L'Histoire de Cleveland* (1739) connaît un énorme succès.

■ **Proust, Marcel** (1871-1922)
Dans l'ensemble de romans qui composent *À la recherche du temps perdu* (► p. 62 et 192), Marcel Proust met en scène toute une société dans laquelle il a lui-même évolué. L'observation des comportements y prend la forme d'une analyse sociale et psychologique. Dans *Contre Sainte-Beuve*, le romancier s'en prend à la méthode critique qui consiste à chercher la signification d'une œuvre et à la juger à partir de la vie de son auteur. On lui doit aussi les *Pastiches et Mélanges* (► p. 452 à 454), brillants exercices de réécriture.

■ **Rabelais, François** (vers 1483-1553)
D'abord moine, puis médecin de renom, Rabelais est aussi un écrivain, auteur de « romans » qui mettent en scène des géants, Gargantua et Pantagruel (► p. 303, 305, 307 et 323), à l'image de l'appétit de découverte et de science de leur créateur et de leur époque. Leurs aventures sont l'occasion d'une critique sociale et politique. Ils permettent aussi, sur un mode burlesque et sérieux à la fois, l'expression d'un idéal d'éducation, de gouvernement, de justice.

■ **Racine, Jean** (1639-1699)
Instruit par les jansénistes de Port-Royal-des-Champs, Racine leur doit sa connaissance du grec, mais il rompt avec eux lorsqu'il entame une carrière théâtrale. Il compose des tragédies inspirées de l'Antiquité latine, comme *Britannicus* (1669, ► p. 148 et 366) et *Bérénice* (1670, ► p. 282), ou grecque, comme *Phèdre* (1677), dans lesquelles il montre la fatalité de la passion, mais il termine sa carrière par des pièces d'inspiration chrétienne. Cela lui permet de se réconcilier avec Port-Royal, dont il écrit l'histoire. Il est aussi, avec Boileau, historiographe de Louis XIV.

■ **Reboux, Paul** (1877-1963)
Écrivain auteur de romans et d'études historiques, Paul Reboux est surtout connu pour ses pastiches *À la manière de...* (1908-1913, ► p. 456), dont les premiers furent composés en collaboration avec Charles Muller.

■ **Restif de la Bretonne, Nicolas-Edme** (1734-1806)
Restif de la Bretonne est originaire du monde rural. Devenu typographe à Paris, il commence à écrire et devient son propre éditeur, mais connaît toutes sortes de difficultés, malgré le succès d'un premier roman, *Le Paysan perverti* (1775). Dans *Les Nuits de Paris* (1788-1794), il rend compte de la vie nocturne de la capitale pendant la Révolution. *La Paysanne pervertie* (► p. 50) reprend, en l'aggravant, le thème de la corruption du milieu urbain. Ruiné par la Révolution, il meurt dans la misère.

■ **Reverdy, Pierre** (1889-1960)
Typographe de métier, Reverdy fréquente le groupe des peintres surréalistes, Picasso, Juan Gris et Braque. On le considère comme un des créateurs de la poésie moderne avec Max Jacob et Apollinaire. Cette poésie est faite d'émotions juste esquissées, au contact d'une nature perçue de manière originale et visuellement insolite, à la fois attachante et lointaine, comme dans le recueil *Main d'œuvre* (1949, ► p. 105).

■ **Rimbaud, Arthur** (1854-1891)
Poète dès 16 ans, Rimbaud compose toute son œuvre avant d'avoir 20 ans, au cours d'années consacrées à toutes sortes d'expériences et de vagabondages. Se disant « voyant », le créateur des *Illuminations* (► p. 97 et 115) et d'*Une saison en enfer* (► p. 130) utilise les synesthésies baudelairiennes et s'efforce d'inventer un langage nouveau. Son influence sur les poètes du XXe siècle est très importante.

■ **Ronsard, Pierre (de)** (1524-1585)
Destiné à une carrière militaire, le jeune Ronsard doit y renoncer par suite d'une surdité. Il se consacre à la poésie et fait partie du groupe de la Pléiade. Ses recueils de poésie lyrique portent le nom des femmes qu'il y célèbre, Cassandre, Marie, Hélène (► p. 82 et 310). Il est aussi l'auteur des *Hymnes*, de textes engagés dans lesquels il prend la défense des catholiques, les *Discours des misères de ce temps* (1562, ► p. 326), et d'une épopée, *La Franciade*.

■ **Rostand, Jean** (1894-1977)
Fils du dramaturge Edmond Rostand, Jean Rostand est biologiste et chercheur. Humaniste, menant une réflexion philosophique en relation avec son domaine de recherche, il s'est interrogé sur les relations entre la biologie et la culture, et sur la manière dont l'environnement se trouve détérioré par l'homme (► p. 236).

■ **Rouaud, Jean** (né en 1952)
Originaire de Loire-Atlantique, Jean Rouaud fait des études de lettres à Nantes, puis exerce toutes sortes de métiers différents, dont celui de kiosquier à Paris. Il connaît une célébrité immédiate avec *Les Champs d'honneur* (► p. 32), prix Goncourt en 1990, début d'une suite romanesque qui raconte l'histoire de sa famille.

■ **Rousseau, Jean-Jacques** (1712-1778)
Originaire de Genève, Jean-Jacques Rousseau mène une vie assez aventureuse, dont il rend compte dans son autobiographie, *Les Confessions* (1765-1770, ► p. 185, 186, 423), qu'il rédige à la suite d'une querelle avec Voltaire. Philosophe qui s'oppose au rationalisme des Lumières, il se consacre à une réflexion politique, engagée dans ses premiers discours (1750, 1755, ► p. 230) et complétée par *Le Contrat social* (1762), qui inspira les révolutionnaires de 1789. Il est aussi l'auteur d'un traité d'éducation, *Émile ou De l'éducation* (1762, ► p. 252) et d'un roman par lettres, *La Nouvelle Héloïse* (1761, ► p. 44 et 420).

■ **Roy, Claude** (1915-1997)
De son vrai nom Claude Orland, Claude Roy a composé une œuvre littéraire très abondante, qui témoigne de ses orientations politiques. Il commence sa carrière en étant proche d'écrivains d'extrême droite, puis entre dans la Résistance, adhère au parti communiste, mais il en est exclu pour avoir critiqué la répression hongroise de 1957. Son œuvre comporte de nombreux recueils poétiques parmi lesquels *Enfance de l'art* (► p. 118). Il a écrit des romans, de nombreux essais, des textes autobiographiques, des récits de voyage et des monographies consacrées à des peintres et à des sculpteurs comme Maillol, Goya, Paul Klee.

■ **Saint-Amant** (1594-1661)
Né Antoine Girard, ce poète libertin choisit de se faire appeler Marc-Antoine Girard, sieur de Saint-Amant, nom qu'a retenu la postérité. Soldat, marin, voyageur, diplomate au service des Grands, il mène une vie aventureuse et compose une œuvre poétique dans laquelle l'amour, sincère ou conventionnel, constitue un thème essentiel (► p. 351).

**Saint Augustin** (354-430)
Fils d'un païen et d'une chrétienne, passionné de philosophie, ce professeur d'éloquence se convertit au christianisme et est nommé évêque. Son œuvre théologique est dominée par une analyse des textes sacrés. Il a laissé des *Confessions* (► p. 182), première œuvre littéraire de ce genre, d'une grande finesse psychologique. La pensée de Saint Augustin joue un rôle important dans la naissance et le développement du jansénisme.

**Saint-Évremond, Charles (de)** (1613-1703)
Maréchal de camp fidèle à Louis XIV pendant la Fronde, ce poète dut s'exiler en Angleterre au moment de l'affaire Fouquet. Il prend le parti des Modernes dans la querelle qui les oppose aux Anciens et écrit *Sur les poèmes des Anciens* en 1685 (► p. 381) : il reproche en particulier au drame ancien de reposer sur les superstitions.

**Sand, George** (1804-1876)
Celle qui s'appelle Aurore Dupin, née dans le Berry, à Nohant, choisit de changer son prénom pour entrer plus facilement dans la vie littéraire parisienne, réservée aux hommes. Elle est l'auteur de romans très remarqués comme *Indiana*, en 1832, et *Lélia* en 1833. Engagée dans la vie politique en 1848, elle fonde le journal *La Cause du peuple* puis se retire à Nohant après le coup d'État de 1851. Elle y rédige son autobiographie, *Histoire de ma vie* (► p. 207), après avoir écrit une série de romans champêtres.

**Sarraute, Nathalie** (1900-1999)
Née en Russie, dans une famille d'intellectuels, Nathalie Sarraute partage sa vie d'enfant entre la Russie et la France. Devenue avocate, elle abandonne son métier pour l'écriture, écrit des romans, comme *Le Planétarium* (1959, ► p. 30) et des pièces de théâtre. En 1983, son autobiographie, *Enfance* (► p. 215), connaît un grand succès. La romancière instaure un dialogue entre elle et sa « conscience », ou son double, sur la question de parler de soi. Ce dédoublement est à l'image même de la démarche autobiographique.

**Sartre, Jean-Paul** (1905-1980)
La première spécialité de Jean-Paul Sartre est la philosophie, qu'il enseigne, et qui constitue la matière de ses premières œuvres. Également romancier et homme de théâtre, avec *Les Mains sales* (1948), *Huis clos*, *Les Mouches*, il a composé une œuvre autobiographique, *Les Mots* (1964, ► p. 197), qui retrace son accès à la lecture puis à l'écriture. Engagé politiquement, Sartre a milité contre la guerre d'Algérie et a pris position dans les luttes sociales en dirigeant le quotidien d'extrême gauche *La Cause du peuple*. Il est le fondateur de *Libération*.

**Scarron, Paul** (1610-1660)
Secrétaire de l'évêque du Mans, cet écrivain est atteint en 1638 par une maladie qui le rend difforme et paralysé. Tournant sa vie en dérision, il fait rire, et compose des œuvres burlesques comme *Le Virgile travesti*, parodie de l'épopée de Virgile, l'*Énéide* (1648-1652, ► p. 439). Il est aussi l'auteur du *Roman comique* (1651-1657), qui raconte la vie aventureuse d'une troupe de comédiens ambulants.

**Scudéry, Madeleine (de)** (1607-1701)
Cette femme de lettres, sœur de l'écrivain Georges de Scudéry, publia certaines de ses œuvres, *Artamène* (1653) et *Clélie* (1660, ► p. 352), sous la signature de son frère. Ces romans aux intrigues multiples reflètent, sous une forme romanesque, toute l'idéologie et les codes de la société précieuse, comme en témoigne la *Carte de Tendre* et ses commentaires (► p. 352).

**Segalen, Victor** (1878-1919)
Médecin de la marine, Victor Segalen est un grand voyageur. En 1900, il part à Tahiti sur les traces de Gauguin, puis voyage en Chine où il rencontre Paul Claudel, et revient en France lors de la Première Guerre mondiale, avant de repartir à Nankin. Il est l'auteur d'un roman poétique, *Les Immémoriaux* (1907), et de poèmes inspirés par les inscriptions qui se trouvent le long des routes chinoises, *Stèles* (1912, ► p. 100). Sa poésie est influencée par celle de Rimbaud et celle de Mallarmé.

**Stendhal (Henry Beyle, dit)** (1783-1842)
Écrivain français de la génération romantique, admirateur de Napoléon Ier, passionné de musique italienne, Stendhal est l'auteur des romans *Le Rouge et le Noir* (1830, ► p. 22), *La Chartreuse de Parme*, *Lamiel*, *Armance* et des *Chroniques italiennes*. Sous le pseudonyme de Henry Brulard, il écrit son autobiographie, qui exprime, comme le reste de son œuvre, une constante recherche du bonheur.

**Supervielle, Jules** (1884-1960)
Poète français né à Montevideo, partageant sa vie entre la France et l'Uruguay, Jules Supervielle compose une œuvre dans laquelle les voyages et le mouvement tiennent une place prépondérante. À l'écart des mouvements esthétiques de son temps, il évoque dans ses recueils l'apparente simplicité d'un univers rempli de mystères et de symboles, où viennent prendre place le chagrin des parents disparus, la grâce de l'enfance et la richesse de l'amitié. Parmi ses œuvres, on peut citer *Débarcadères* (1922, ► p. 101 et 117), *Gravitations* (1925), *L'Enfant de la haute mer* (1931), *Les Amis inconnus* (1934), *Poèmes de la France malheureuse* (1941), *Oublieuse mémoire* (1949).

**Swift, Jonathan** (1667-1745)
Né à Dublin, en Irlande, où il fait ses études, Swift devient pasteur en 1694 et commence à composer de nombreux pamphlets politiques, notamment pour défendre son pays. Ses écrits, tous engagés, sont caractérisés par une ironie souvent désespérée, qui dénonce les apparences et met en évidence l'hypocrisie et la cruauté des comportements humains, en particulier dans les conflits de classe. *Les Voyages de Gulliver* (1726, ► p. 42) est un roman qui utilise, comme le fait Voltaire dans *Micromegas*, le relativisme culturel comme instrument de réflexion et de tolérance.

**Tallemant des Réaux, Gédéon** (1619-1690)
Issu d'une riche famille de banquiers protestants de Bordeaux, Tallemant des Réaux vit à Paris où il fréquente les salons précieux. Il participe à la *Guirlande de Julie* (► p. 348) et compose des *Historiettes*, publiées longtemps après sa mort, au XIXe siècle. Ce sont des sortes de petites biographies, ou « petits mémoires », comme il les désignait, biographies dans lesquelles il affirmait « dire le bien et le mal » sans masquer la vérité.

**Tardieu, Jean** (1903-1995)
Issu d'un milieu d'artistes, Jean Tardieu est d'abord poète et fait paraître un premier recueil en 1933, *Le Fleuve caché*. Pendant la Seconde Guerre mondiale, il s'engage dans la Résistance. Après la guerre, il travaille à la Radiodiffusion française, s'intéresse au théâtre et envisage de composer un catalogue des possibilités du langage théâtral. Dans *Un mot pour un autre* (1951, ► p. 168 et 169), il analyse, à travers un dialogue burlesque, la manière dont on peut, sans cesser de se faire comprendre, utiliser les mots les uns à la place des autres.

**Tolstoï, Léon Nikolaievitch** (1828-1910)
Issu de la noblesse russe, Tolstoï mène une vie marquée par les voyages, l'écriture et les réflexions sociales et pédagogiques, qu'il s'efforce de mettre en œuvre dans sa très vaste propriété d'Iasnaïa Poliana. On lui doit une trilogie autobiographique, *Enfance*, *Adolescence, Jeunesse*, des romans, et parmi eux *La Guerre et la paix* (1867, ► p. 58) et *Anna Karénine*. Une crise morale et religieuse le conduit vers 1880 à la conversion, mais ne pouvant trouver la paix intérieure, il quitte sa maison et les siens en 1910 et meurt un mois plus tard dans la solitude.

**Tournier, Michel** (né en 1924)
Ce romancier français germanophile a construit une œuvre autour de la permanence et de la résurgence de mythes dans la société moderne. Lauréat du prix Goncourt avec *Le Roi des Aulnes*, en 1970 (► p. 70), il est aussi connu pour avoir repris l'histoire de Robinson Crusoé, mais en détournant le récit au profit du personnage de Vendredi, devenu le héros de *La Vie sauvage*. Parmi ses autres œuvres, on peut citer *Les Météores* et *Les Rois mages,* et un ensemble de textes courts, *Célébrations*.

**Tristan L'Hermite, François (dit)** (1601-1655)
Poète et dramaturge, il retrace, dans *Le Page disgracié* (1643), une jeunesse mouvementée de libertin. *La Lyre* (1641, ► p. 343) est un recueil de vers lyriques, inspirés par l'amour et la mort. Il est aussi l'auteur de tragédies, *Marianne* (1636), qui concurrença *Le Cid*, et *La Mort de Sénèque* (1645).

**Verlaine, Paul** (1844-1896)
Venu à Paris, et fréquentant les cercles littéraires de la capitale, Verlaine fait ses débuts poétiques en participant au *Parnasse contemporain*. Quelques années de vagabondage avec Rimbaud s'achèvent en drame lorsqu'il blesse son ami d'un coup de pistolet (1873). Son œuvre poétique, qui va de l'inspiration italienne des *Fêtes galantes* à la nostalgie de *Sagesse*, en passant par la dérision parodique (► p. 449), est diverse et ne rend pas toujours compte d'une vie gâchée par l'alcoolisme et la violence. Le « Prince des poètes » meurt dans la misère, mais célébré comme un très grand poète.

**Virgile, en latin Publius Vergilius Maro**
(70-19 av. J.-C.)
Poète latin ami de l'empereur Auguste, il fut protégé par Mécène, haut personnage influent. Auteur des *Bucoliques* et des *Géorgiques* (29-39 av. J.-C.), poème célébrant la vie rurale, il composa à la demande d'Auguste une épopée capable de contribuer à la réconciliation nationale après la guerre civile opposant César à Pompée en 49 av. J.-C. Cette œuvre, l'*Énéide* (► p. 438), qui retrace les origines divines de la ville de Rome, reste inachevée. Au XVII$^{e}$ siècle, le poète Scarron en fit une parodie burlesque (► p. 439), *Le Virgile travesti*.

**Voiture, Vincent** (1597-1648)
Ce poète a marqué la vie mondaine du siècle classique, dont il fut une figure illustre. Il fréquenta les salons de Mme des Loges et de Mme de Rambouillet, brillant par sa conversation et par la virtuosité de ses compositions poétiques (► p. 349). Il est aussi l'auteur de *Lettres,* proches, par leur contenu et leur tournure, de celles de Mme de Sévigné.

**Voltaire (François Marie Arouet, dit)**
(1694-1778)
Bourgeois cultivé et grand voyageur, Voltaire incarne l'esprit contestataire et ambitieux de la philosophie des Lumières. Ses écrits et ses prises de position lui valurent de nombreuses difficultés avec le pouvoir (emprisonnement, exil). Il est l'auteur d'une œuvre très diverse (traités, essais, lettres, dictionnaires, contes philosophiques qui utilisent la fiction pour dénoncer et faire réfléchir ► p. 260 à 272, théâtre, pamphlets), marquée par un esprit frondeur et une ironie caustique, mis au service d'un combat contre les injustices, les inégalités et toutes les formes de l'intolérance (► p. 398, 409 et 411).

**Yourcenar, Marguerite** (1903-1987)
Première femme à être admise à l'Académie française, en 1980, Marguerite Yourcenar a passé la plus grande partie de sa vie dans une petite île américaine, où elle a composé son œuvre. Celle-ci comporte des romans, comme *Alexis ou le traité du vain combat*, *L'Œuvre au noir*, une autobiographie, *Le Labyrinthe du monde* (► p. 214), et une œuvre de fiction historique, *Mémoires d'Hadrien* (1951).

**Zola, Émile** (1840-1902)
Romancier français qui fut le fondateur du naturalisme. Auteur de la série des *Rougon-Macquart : Histoire naturelle et sociale d'une famille sous le Second Empire*, dont fait partie *L'Assommoir* (1875, ► p. 26, 446 et 447), il construit cette œuvre sur la théorie selon laquelle la création romanesque peut être envisagée comme une expérimentation. Très critiqué, il répond à ses détracteurs en exposant ses théories. Écrivain engagé, Zola est connu pour sa prise de position courageuse dans l'affaire Dreyfus et la rédaction de l'article « J'accuse », lettre ouverte au président de la République, publiée dans *L'Aurore* du 13 janvier 1898.

**Zweig, Stefan** (1881-1942)
Écrivain autrichien auteur de nombreuses nouvelles, de romans et de biographies, dont celle d'Érasme (► p. 332), de Marie-Antoinette et de Balzac, il voit ses livres brûlés par les nazis et s'exile. Après plusieurs séjours aux États-Unis, il s'installe au Brésil où il se suicide en 1942, désespéré par la guerre.

# Index des auteurs et des œuvres

*Les numéros indiqués renvoient aux pages.*

## L



## M



## N, O, P



## R



## S

## T, V, W, Y, Z



# Index des artistes et des images

*Les numéros indiqués renvoient aux pages des « Lire l'image » de fin de séquence.*

# Glossaire

*Les numéros indiqués renvoient aux pages.*

**Absurde (théâtre de l') :** courant représenté par un ensemble de pièces de théâtre de la seconde moitié du XX^e siècle dont le thème est le sentiment de l'incohérence de la condition humaine. Les représentants de ce théâtre sont Beckett et Ionesco (▶ p. 171, 174).

**Action :** au théâtre, l'action désigne ce qui se passe sur scène ; le théâtre classique impose la règle de l'unité d'action (▶ p. 360).

**Adjuvant :** dans le schéma actantiel, l'adjuvant est l'élément (ou le personnage) qui apporte son aide à celui qui agit.

**Alexandrin :** vers comportant douze syllabes accentuées.

**Allégorie :** figure de rhétorique appartenant à la catégorie des figures d'analogie. Elle consiste à représenter une idée par une personne (ex : *la liberté, la justice*).

**Allitération :** répétition d'un même son consonantique dans des mots qui se suivent. Ces mots sont mis en valeur par la répétition insistante du son.

**Anagramme :** mot formé à l'aide des lettres d'un autre mot. Ex : *aimer* est l'anagramme de *Marie*.

**Analogie :** relation de similitude existant entre deux éléments.

**Anaphore :** figure d'insistance qui consiste à répéter un mot ou une expression en début de phrase ou de vers.

**Anciens :** groupe d'écrivains de la fin du XVII^e siècle et du début du XVIII^e siècle, partisans de l'imitation de l'Antiquité. Ils s'opposent aux Modernes, partisans du progrès et de l'innovation (▶ p. 395).

**Antinomique :** opposé, contraire, contradictoire. Ex : *aimer* et *haïr* sont deux termes antinomiques.

**Antiphrase :** figure d'opposition qui consiste à dire le contraire de ce qu'on pense. L'antiphrase est souvent utilisée dans le registre ironique (▶ p. 415).

**Anthropologie :** science qui étudie l'homme dans sa dimension sociale.

**Antithèse :** figure d'opposition qui rapproche des notions contraires.

**Antithétique :** contraire, opposé, contradictoire.

**Aparté :** au théâtre, paroles prononcées par un personnage et entendues seulement par les spectateurs.

**Apologue :** court texte narratif qui raconte une histoire et se termine par une moralité.

**Apologie :** éloge ou célébration de quelqu'un ou de quelque chose. On dit « faire l'apologie de ».

**Argument :** dans le discours argumentatif, l'argument est une idée qui soutient une thèse ou qui permet d'en réfuter une autre. Ce mot désigne aussi le thème d'un roman, d'une pièce de théâtre ou d'un ballet.

**Argumentation (discours argumentatif) :** le discours argumentatif vise à démontrer, convaincre, persuader, et à faire valoir le bien-fondé d'une prise de position.

**Art poétique :** ouvrage regroupant des recommandations et des règles pour la rédaction d'ouvrages littéraires. On peut citer les arts poétiques d'Aristote (IV^e siècle av. J.-C.), d'Horace (I^er siècle av. J.-C.) et de Boileau (▶ p. 368).

**Athéisme :** courant de pensée refusant toute croyance en Dieu.

**Autobiographie :** genre littéraire dans lequel l'auteur, le narrateur et le personnage principal sont confondus (▶ p. 219). Il existe des autobiographies authentiques (ex : *Les Confessions* de J.-J. Rousseau, ▶ p. 423), et des autobiographies de fiction.

**Ballade :** poème médiéval de forme fixe composé de trois strophes et d'un envoi et construit sur un nombre restreint de rimes (▶ p. 79). Certains poètes du XIX^e siècle, comme Charles Cros, ont repris cette forme.

**Baroque :** courant littéraire et culturel du début du XVII^e siècle, caractérisé par la complexité des formes, l'irrégularité. Ses thèmes d'inspiration sont l'inquiétude, le mouvement, la métamorphose, la mort (▶ p. 357).

**Bienséance :** ce qu'il convient de faire ou de ne pas faire pour se conformer aux usages sociaux ou littéraires. La règle de bienséance concerne la tragédie classique.

**Biographie :** récit de la vie d'un personnage réel ou d'un personnage fictif.

**Blason :** texte poétique de la Renaissance dans lequel se trouve célébrée de manière élogieuse ou satirique une personne ou une chose.

**Brève :** très court texte journalistique rapportant un fait ou un événement.

**Burlesque :** manière parodique de traiter un sujet noble sur un mode trivial et bas (▶ p. 439).

**Cadavre exquis :** jeu inventé par les surréalistes et consistant à composer des textes à partir de phrases ou de morceaux de phrases que chacun écrit à tour de rôle sans avoir vu les phrases écrites par les autres joueurs. Ex : *Le cadavre exquis boira le vin nouveau.* L'expression désigne aussi un dessin obtenu par le même procédé.

**Calligramme :** dessin fait avec des mots. Les mots et la forme dessinée ont des relations de sens.

**Canal :** moyen ou support utilisé pour transmettre un message, comme la feuille de papier ou les ondes sonores.

**Catharsis :** purification produite chez les spectateurs par la représentation d'une tragédie, selon Aristote.

**Césure :** coupe centrale d'un vers à l'hémistiche (▶ p. 123).

**Champ lexical :** ensemble de termes se rattachant à une même notion. Ex : *clarté, bougies, feu, électricité, jaune, illumination, lampe* appartiennent au champ lexical de la lumière.

**Champ sémantique :** ensemble des significations d'un mot.

**Chiasme :** figure d'opposition qui consiste à placer les éléments de deux groupes formant une antithèse dans un ordre inversé. Ex : *Un roi chantait en bas, en haut mourait un dieu* (V. Hugo).

**Chronique :** suite de faits donnés dans l'ordre de leur déroulement. Récit historique. Article de presse écrit chaque jour par le même auteur.

**Chute :** trait spirituel ou conclusion inattendue par laquelle se termine un texte. On parle de chute ou pointe d'un sonnet, de la chute d'une nouvelle (▶ p. 91).

**Classicisme :** courant culturel du XVII^e siècle caractérisé par le goût de l'ordre, de la mesure, de la rigueur, de la raison. Le classicisme est le courant auquel appartiennent Molière, La Fontaine, Racine, Boileau et leurs contemporains.

**Cliché :** lieu commun, formule ou idée que l'on retrouve de manière récurrente et qui manque d'originalité.

**Codex :** livre formé de pages reliées, apparu au IVe siècle et ayant remplacé le *volumen*, ou rouleau.

**Comique :** registre caractérisé par le rire. Le comique est provoqué par des mots, des gestes, des situations (► p. 222).

**Commedia dell'arte :** théâtre italien qui met en scène, sans paroles, des personnages reconnaissables à leur nom et à leurs habits – Arlequin, Scaramouche, Colombine, Pulcinella..., qui improvisent à partir d'intrigues très schématiques.

**Concession :** type de raisonnement qui consiste à accorder un avantage à son interlocuteur dans la discussion, pour ensuite le contrer.

**Connotation :** ensemble de sens que peut prendre un mot en fonction de son environnement contextuel, de la sensibilité de celui qui écrit, de la culture de celui qui lit.

**Conquistadores :** terme désignant les conquérants espagnols et portugais du XVIe siècle qui ont découvert le « Nouveau Monde ».

**Conte :** genre narratif bref répondant à un schéma particulier. Le conte met en scène des personnages appartenant au merveilleux et une histoire contenant un enseignement moral (► p. 279). Le conte philosophique (► p. 260-274), illustré par Voltaire, détourne les codes du conte merveilleux à des fins critiques, dénonciatrices et contestataires. Il utilise en particulier l'arme de l'ironie.

**Couleur locale :** ensemble d'éléments (objets, végétaux, décors, costumes) permettant de rendre plus vraie l'évocation de certains lieux et pays.

**Courant culturel :** mouvement qui regroupe à une époque historique donnée des productions esthétiques présentant des caractéristiques similaires. On parle ainsi du courant romantique ou du courant baroque (► p. 435).

**Cubisme :** mouvement artistique qui, dans les années 1908-1920, a substitué aux modes de représentation hérités de la Renaissance, des types nouveaux de construction plastique. Une des orientations du cubisme consiste à représenter un objet perçu de plusieurs angles de vue à la fois (► p. 90).

**Dada (mouvement ou courant) :** mouvement de révolte et de contestation contre les dangers de la civilisation moderne, notamment la guerre. Ce mouvement est né à Zurich, en 1916, et fut animé par Tristan Tzara. Il se manifeste en peinture et en littérature. Parmi ses membres, on peut citer F. Picabia, Man Ray, Arp.

**Délibération :** action de débattre, de peser le pour et le contre, seul ou à plusieurs, en vue de prendre une décision (► p. 297).

**Dénotation :** sens premier d'un terme, tel qu'il est donné par le dictionnaire.

**Dépêche (d'agence) :** information brève transmise par les agences de presse.

**Destinataire :** dans le schéma de la communication, désigne celui à qui est destiné un message.

**Deus ex machina** (« dieu descendu au moyen d'une machine ») : au théâtre, en particulier dans la comédie, personne ou événement venant opportunément dénouer une situation inextricable.

**Didactique :** qui concerne l'enseignement, qui a pour objet d'instruire.

**Didascalies :** ensemble des remarques et des informations de mise en scène et de jeu qui figurent dans un texte théâtral. On désigne par l'expression « didascalies internes » des éléments faisant partie du texte littéraire et qui disent ce que font et ressentent les personnages.

**Discours :** énoncé ancré dans la situation d'énonciation, par opposition au récit ; texte rapportant les paroles d'un orateur ; énoncé ayant une finalité particulière (forme de discours) : raconter, décrire, informer, expliquer, argumenter, ordonner.

**Distique :** strophe constituée de deux vers.

**Dithyrambe :** éloge très marqué d'une personne, d'une action ou d'un objet.

**Doctes :** au XVIIe siècle, savants élaborant les règles en matière de littérature et d'art.

**Dogme :** point fondamental d'une doctrine ou d'une croyance religieuse.

**Dramaturgie :** ensemble des composantes de l'art théâtral.

**Drame (romantique) :** genre théâtral apparu au XIXe siècle qui s'oppose aux théories de la tragédie classique (► p. 157-158).

**Élégie :** texte poétique d'origine latine exprimant le chagrin et le deuil.

**Élégiaque :** ce terme sert à caractériser ce qui est marqué par le chagrin, le regret, la nostalgie. On parle ainsi de lyrisme élégiaque.

**Ellipse :** raccourci dans l'expression du temps, de l'espace ou de la pensée.

**Emboîtement :** technique narrative qui consiste à insérer un récit à l'intérieur d'un autre. Il y a alors deux récits (premier, second) et deux narrateurs (► p. 481).

**Émetteur :** dans le schéma de la communication, désigne celui qui est à l'origine d'un message.

**Engagement :** on désigne par ce terme le fait de prendre parti et d'intervenir publiquement, dans des écrits ou dans des créations artistiques, sur les problèmes sociaux et politiques de son temps.

**Enjambement :** phénomène de versification qui consiste à faire « déborder » un vers sur le vers suivant. La partie du vers qui « déborde » s'appelle le rejet (► p. 123).

**Énonciation :** ensemble des conditions dans lesquelles se trouve produit un énoncé : temps, lieu personne qui parle, visée de ses propos.

**Envoi :** dernière strophe d'une ballade (► p. 91), comportant un nombre de vers réduit (en général la moitié d'une strophe) et désignant le dédicataire du poème.

**Épigraphe :** court texte précédant le début d'une œuvre pour en définir l'esprit.

**Épigramme :** court poème terminé en général par une « pointe » critique et cruelle.

**Épilogue :** conclusion, fin d'un ouvrage ou d'une histoire.

**Épique :** registre qui caractérise l'épopée et qui est marqué par des effets de grandissement et d'exagération (► p. 222).

**Épistolaire :** caractérise ce qui appartient au domaine de la lettre. On parle ainsi de genre épistolaire.

**Épistolier (-ère) :** auteur d'une lettre.

**Épître :** lettre en vers traitant de sujets politiques ou philosophiques, de registre souvent critique et satirique ou moralisateur.

**Épopée :** genre littéraire narratif qui met en scène des actions et des héros hors du commun.

**Essai :** ouvrage dans lequel un auteur fait part de ses réflexions personnelles sur une ou plusieurs questions, sans pour autant se poser en spécialiste (► p. 243).

**Esthétique :** ensemble des caractères définissant le beau. Ensemble des caractères définissant un mouvement artistique.

**Ethnocentrisme :** idée selon laquelle seul ce qui appartient à un groupe humain particulier a de la valeur. L'ethnocentrisme conduit souvent au rejet de l'autre.

**Ethnologie :** science qui étudie le comportement des groupes humains.

**Euphémisme :** figure d'atténuation qui adoucit le sens de certaines expressions ou de certains mots jugés crus, choquants ou discriminatoires.

**Existentialisme :** courant philosophique du XXe siècle, qui place l'existence au cœur de ses interrogations. J.-P. Sartre fut un des principaux représentants de ce courant.

**Exorde :** début d'un discours.

**Exposition :** au théâtre, on désigne par ce terme la première scène ou l'ensemble des scènes qui mettent en place l'intrigue. Il arrive que l'exposition occupe tout un acte.

**Fable :** dans la langue classique, désigne toute forme de fiction. La fable est aussi un genre littéraire (l'apologue). Elle se compose d'une petite histoire suivie d'une moralité (► p. 259).

**Fantastique :** ce terme caractérise, en littérature ou en peinture, l'intrusion de l'irrationnel dans la vie quotidienne. Le fantastique constitue à la fois un genre et un registre (▶ p. 222).

**Farce :** genre théâtral médiéval et populaire reposant essentiellement sur un comique de gestes.

**Focalisation (ou point de vue) :** ce terme désigne la manière de voir et/ou de rapporter une scène dans le récit. On distingue la focalisation zéro, la focalisation interne et la focalisation externe.

**Fonctions du langage :** rôles attribués au langage selon que l'accent est mis sur tel ou tel des six éléments de la communication : le référent, le message, le canal, le code, le destinataire et l'émetteur.

**Formes de discours :** *voir* Discours.

**Gradation :** figure d'insistance qui procède par degrés successifs de manière croissante ou décroissante.

**Héliocentrisme :** conception du monde qui consiste à placer le soleil au centre de l'univers connu. Au XVI^e^ siècle, cette théorie remplaça celle – le géocentrisme – qui consistait à considérer la terre comme le centre de l'univers (▶ p. 490).

**Hémistiche :** moitié d'un vers délimitée par la césure (▶ p. 123).

**Hendécasyllabe :** vers de onze syllabes.

**Heptasyllabe :** vers de sept syllabes.

**Historiographe :** historien nommé par un chef d'État pour écrire l'histoire officielle du règne. Racine et Boileau furent les historiographes de Louis XIV (▶ p. 496).

**Humanisme :** courant culturel et esthétique du XVI^e^ siècle qui fait de l'homme le centre de ses préoccupations (▶ p. 335). On parle aussi de courant humaniste pour les Lumières (▶ p. 434) et pour la philosophie du XX^e^ siècle.

**Humanités :** disciplines littéraires regroupant le français, le latin et le grec. C'est de là que vient le mot *humanisme*.

**Hymne :** chant ou texte poétique pour célébrer un personnage ou un événement.

**Hyperbole :** figure de rhétorique (amplification) qui consiste à grossir, agrandir, exagérer un fait, un portrait, une action. L'hyperbole est particulièrement utilisée dans le registre épique (▶ p. 222).

**Illuminisme :** croyance mystique en une illumination intérieure directement inspirée par Dieu. Ce courant a existé au XVIII^e^ siècle parallèlement aux Lumières (▶ p. 434).

**Implicite :** ce qui n'est pas dit clairement et ouvertement (contraire : *explicite*).

**Impromptu :** petit texte versifié écrit spontanément ou rapidement.

**Incipit :** début de roman. La fin est désignée par le mot *excipit*.

**Intertextualité :** ensemble des relations qu'un texte entretient avec un autre (ou avec d'autres) sur le plan de la création (emprunts, citations, plagiat…), du thème, de la compréhension, par les rapprochements que peut faire le lecteur.

**Introspection :** observation et analyse de soi-même.

**Ironie :** procédé d'écriture ou de parole qui consiste à exprimer le contraire de ce que l'on veut faire comprendre (▶ p. 415).

**Jansénisme :** courant de pensée religieux du XVII^e^ siècle, selon lequel les croyants ne peuvent être sauvés que s'ils ont été prédestinés et ont reçu une « grâce » divine. Les jansénistes se rassemblaient à l'abbaye de Port-Royal, dans la région parisienne. Cette abbaye fut détruite en 1711 sur ordre de Louis XIV, qui voyait dans ce courant un danger politique (▶ p. 497).

**Jésuites :** les jésuites sont les membres d'un ordre religieux fondé par Ignace de Loyola en 1540, appelé Compagnie de Jésus. Engagés dans l'évangélisation et dans l'enseignement, ils s'opposèrent aux jansénistes et aux philosophes des Lumières. Leur ordre fut interdit en 1762.

**Liminaire :** adjectif utilisé pour caractériser un texte d'ouverture d'une œuvre.

**Lumières :** mouvement intellectuel et philosophique européen du XVIII^e^ siècle, qui met en avant la raison, la croyance dans le progrès et dans les capacités humaines, la tolérance et le respect des libertés civiles (▶ p. 434 et 501).

**Lyrisme :** registre caractérisé par l'expression des sentiments personnels (▶ p. 222).

**Madrigal :** court poème exprimant de manière ingénieuse une pensée galante.

**Matérialisme :** philosophie selon laquelle tout ce qui existe relève uniquement de la matière, même l'esprit.

**Manifeste :** déclaration écrite par laquelle un mouvement, un parti, un groupe définit son programme.

**Maxime :** formule brève et catégorique énonçant une règle de morale ou un constat de valeur générale.

**Métaphore :** figure d'analogie qui consiste à rapprocher deux éléments sans utiliser de mot de comparaison, parfois sans préciser sur quoi porte le rapprochement. Ex : *cette faucille d'or* (V. Hugo) est une métaphore pour désigner la lune.

**Métonymie :** figure d'analogie qui consiste à désigner un élément par un autre avec lequel il entretient une relation nécessaire. On peut ainsi désigner le contenu par le contenant. Ex : *boire un verre*.

**Modalisation :** procédés permettant à celui qui parle d'exprimer sa subjectivité (hésitation, incertitude, atténuation, acquiescement…). Certains adverbes, certains modes verbaux (le subjonctif et le conditionnel, notamment) et les connotations participent à la modalisation d'un énoncé.

**Modernes :** groupe d'écrivains de la fin du XVII^e^ et du début du XVIII^e^ siècle, partisans du progrès et de l'innovation. Ils s'opposent aux Anciens, partisans de l'imitation de l'Antiquité (▶ p. 395).

**Monologue :** au théâtre, discours prononcé par un personnage qui parle sans avoir d'interlocuteur, ou qui adresse ses paroles à lui-même. Le monologue intérieur désigne, dans un roman, des paroles qu'un personnage s'adresse à lui-même et que formule le narrateur. Le monologue intérieur est fréquent dans la délibération (▶ p. 297).

**Moralité :** petite phrase située soit à la fin, soit au début d'une fable et délivrant un enseignement moral (▶ p. 259).

**Mythe :** récit légendaire, transmis de manière orale et permettant de donner des explications à certains phénomènes naturels ou sociaux.

**Narrateur :** celui qui prend en charge un récit (discours narratif). Le narrateur doit être distingué de l'auteur, sauf dans l'autobiographie et dans les lettres réelles (▶ p. 219 et 220).

**Narration (discours narratif) :** récit s'inscrivant dans le temps, situé dans un lieu et mettant en jeu des actions accomplies par des personnages. Le discours narratif implique la présence d'un narrateur.

**Naturalisme :** courant littéraire et esthétique de la seconde moitié du XIX^e^ siècle qui considère que la littérature peut être un instrument « scientifique » de connaissance de la nature humaine. Le chef de file des naturalistes est É. Zola.

**Niveau de langue :** registre d'une même langue que peut adopter un locuteur. On distingue les niveaux de langue argotique, familier, courant, littéraire, recherché.

**Nouveau roman :** tendance littéraire française des années 1950 caractérisée par son refus des conventions du genre romanesque traditionnel (personnage, rôle du narrateur, techniques narratives…). Parmi les représentants de ce courant figurent M. Butor, N. Sarraute, C. Simon, A. Robbe-Grillet.

**Nouvelle :** genre narratif bref.

**Nouvelliste :** auteur de nouvelles.

**Octosyllabe :** vers de huit syllabes.

**Ode :** poème destiné à être mis en musique et célébrant des personnages ou des événements.

**Opposant :** dans le schéma actantiel, élément ou personnage qui fait obstacle à l'action.

**Orphée :** premier poète, selon la légende, il s'accompagnait de la lyre et charmait les bêtes sauvages par la beauté de ses chants (▶ p. 140).

**Oulipo :** terme formé avec le début des mots *Ouvroir de Littérature Potentielle*, désignant un atelier de littérature expérimentale animé par un groupe d'écrivains parmi lesquels G. Perec, I. Calvino, R. Queneau et le mathématicien F. Le Lyonnais.

**Oxymore :** figure d'opposition qui consiste à rapprocher dans une même expression deux termes antithétiques. Ex : *le soleil noir* (Nerval).

**Pamphlet :** court texte critique et satirique qui attaque avec violence les institutions, la religion, le pouvoir…

**Pantoum :** poème à forme fixe d'origine malaise formé de quatrains dans lesquels certains vers sont repris de manière régulière d'une strophe à l'autre (▶ p. 84 et 91).

**Parabole :** court récit rapportant des faits de la vie de tous les jours, mais ayant une portée symbolique et comportant un enseignement moral.

**Paradoxe :** pensée ou opinion contraire à l'opinion commune.

**Parallélisme :** structure de phrase ou de paragraphe mettant sur le même plan des mots ou des groupes de mots construits de la même manière.

**Paratexte :** ensemble des éléments informatifs (notes, chapeau, situation dans l'œuvre…) qui accompagnent un texte.

**Parodie :** imitation à tendance satirique pour faire rire ou critiquer (▶ p. 461).

**Paronyme :** on désigne par ce terme des mots de sonorités très proches, comme *événement* et *avènement*. Le rapprochement de paronymes crée des jeux de mots appelés paronomases.

**Pastiche :** imitation des caractéristiques d'un style visant à son exacte reproduction, sans volonté satirique (▶ p. 461).

**Pathétique :** registre caractérisé par l'émotion inspirée au lecteur ou au spectateur par une situation pitoyable (▶ p. 222).

**Péripéties :** ensemble des revirements et des événements qui viennent changer le cours d'une intrigue, au théâtre ou dans un roman.

**Périphrase :** figure de substitution qui consiste à utiliser plusieurs termes pour désigner une notion. Ex : *le siècle des Lumières* désigne le XVIIIe siècle.

**Personnification :** figure d'analogie qui attribue à des objets, à des animaux ou à des idées, des caractères humains.

**Picaresque (roman) :** roman mettant en scène un *picaro*, personnage issu du peuple, aventureux, ambitieux et débrouillard, dont les mésaventures constituent la trame du récit.

**Plagiat :** action de prendre des passages entiers dans les œuvres d'autrui et de les faire passer pour sa propre production (▶ p. 461).

**Pléiade :** groupe de sept poètes de la Renaissance parmi lesquels Ronsard et du Bellay. Leur poésie est caractérisée par l'admiration de l'Antiquité et le lyrisme (▶ p. 335 et 491).

**Poème en prose :** texte poétique dont la forme est prosaïque, mais qui s'apparente à la poésie par les rythmes, les images et une structure recherchée. Le poème en prose est né au XIXe siècle avec A. Bertrand (▶ p. 107).

**Point de vue (ou focalisation) :** manière de voir et / ou de rapporter une scène dans le récit ; on distingue le point de vue omniscient, le point de vue interne et le point de vue externe.

**Polémique :** caractérise ce qui relève du combat. Un texte polémique est un texte qui attaque des personnes, des idées… (▶ p. 222). Une polémique est un débat houleux, une controverse.

**Polysémique :** caractère de ce qui comporte plusieurs sens. Presque tous les mots de la langue française sont polysémiques.

**Positivisme :** mouvement philosophique du XIXe siècle caractérisé par la foi dans le progrès et par l'idée que les hommes pourront accéder au bonheur grâce à la science. Le chef de file de ce courant est A. Comte (▶ p. 501).

**Préciosité :** courant littéraire du XVIIe siècle, dont l'objectif est d'atténuer la grossièreté des mœurs et du langage. Molière tourna en ridicule l'excès de complexité du langage précieux (▶ p. 357).

**Quatrain :** groupe (strophe) de quatre vers.

**Quiproquo :** malentendu qui fait prendre quelqu'un pour quelqu'un d'autre. Le quiproquo est source de comique au théâtre.

**Raisonnement (types de) :** on distingue les raisonnements concessifs, déductifs, dialectiques, inductifs, par développement linéaire, par analogie…

**Rationalisme :** conception philosophique selon laquelle la raison est le principe de toute connaissance.

**Réalisme :** manière de rendre compte du réel sans le modifier ni l'embellir ; courant littéraire et pictural du XIXe siècle attaché à la représentation exacte du réel.

**Récit :** énoncé coupé de la situation d'énonciation, par opposition au discours.

**Récit emboîté :** *voir* Emboîtement.

**Réforme :** mouvement de protestation contre les abus de l'Église aux XVe et XVIe siècles, marqué par la volonté de revenir aux enseignements des textes sacrés (▶ p. 335 et 492).

**Règles :** conventions régissant le théâtre classique, notamment la tragédie. Ex : règle de bienséance, règle des trois unités… (▶ p. 394).

**Réfutation :** démarche argumentée qui consiste à démontrer le caractère inexact d'une thèse par des preuves contraires.

**Registre :** manière d'exprimer dans un texte une attitude particulière face à une situation, en relation avec différentes émotions (joie, angoisse, colère, indignation, admiration, plainte, compassion, méfiance, doute…). On distingue ainsi les registres épique, fantastique, tragique, comique, pathétique, lyrique, polémique, parodique, satirique… (▶ p. 222).

**Rejet :** *voir* Enjambement.

**Rétrospective (ou retour en arrière) :** à l'intérieur d'un récit, insertion d'un passage qui rapporte des faits survenus antérieurement.

**Rondeau :** bref poème médiéval à forme fixe dans lequel revient un refrain (▶ p. 91).

**Roman :** genre narratif appartenant à la fiction. Son historique montre qu'il a évolué de l'épopée chevaleresque à une forme plus simple et populaire, avec la métamorphose de ses héros épiques en personnages communs (▶ p. 35). Le roman offre à chaque époque un témoignage des aspirations et des modifications sociales (▶ p. 76-77).

**Romantisme :** courant culturel de la première moitié du XIXe siècle (▶ p. 504).

**Salons :** lieux où se réunissaient, à partir du XVIIe siècle, écrivains et artistes pour débattre de questions littéraires (▶ p. 357).

**Satire :** critique moqueuse des défauts humains et des situations.

**Sonnet :** poème à forme fixe, composé de deux quatrains et de deux tercets (▶ p. 91).

**Stances :** tirade en vers sous forme de strophes, dont chacune présente des récurrences de disposition des vers et possède une unité de sens.

**Stichomythies :** au théâtre, échange rapide et souvent violent de répliques brèves, se limitant à un vers, dans un dialogue animé (▶ p. 180).

***Sturm und Drang* :** « Tempête et élan », mouvement littéraire créé en Allemagne vers 1770, par réaction contre le rationalisme et le classicisme. Goethe et Schiller participèrent à ce mouvement.

**Surréalisme :** courant littéraire et pictural qui a suivi la Première Guerre mondiale et dont la caractéristique est de laisser libre cours à l'imaginaire dans la création artistique.

**Syllogisme :** raisonnement logique reposant sur trois propositions. La troisième découle nécessairement des deux premières. L'exemple du syllogisme est le raisonnement suivant : tous les hommes sont mortels, Socrate est un homme donc Socrate est mortel.

**Synonymes :** mots de même sens.

**Tercet :** groupe (strophe) de trois vers.

**Tragique :** registre caractérisé par un enchaînement de faits conduisant à la mort (▶ p. 222).

**Utopie :** désigne, par son étymologie, un « lieu qui n'existe pas », et, de là, une société idéale, de conception imaginaire (▶ p. 300, 302).

**Vaudeville :** comédie légère, fondée sur des rebondissements de l'intrigue, sur des quiproquos et des bons mots.

**Vers libres :** vers de longueur irrégulière et sans rime. Ils sont identifiables à leur disposition dans la page, disposition elle-même associée à leur rythme (▶ p. 107).

# Le lexique de l'image

**Abstraction :** représentation picturale qui ne cherche pas à rendre une imitation du réel figuratif, mais à suggérer, par les lignes, les couleurs, des mouvements, des éléments de la vie intérieure et de l'imaginaire du peintre.

**Angle de prise de vue :** au cinéma et dans la photographie, cette expression désigne la position de la caméra ou de l'appareil photo par rapport à ce qui est filmé, soit sur le même plan (à hauteur du regard d'un homme), soit de haut en bas (plongée), soit de bas en haut (contre-plongée).

**À-plat :** en peinture, désigne une couleur appliquée de manière uniforme.

**Bulle (ou phylactère) :** espace délimité dans lequel sont inscrites les paroles des personnages des bandes dessinées.

**Cadrage :** mise en place du sujet dans les limites du cadre du viseur d'une caméra ou d'un appareil photographique.

**Cadre :** ce qui limite une représentation, contours, taille de la toile, de l'écran. Le cadre délimite le champ.

**Champ :** espace limité par le cadre de l'image. Ce qui est en dehors constitue le hors-champ, ce qui est en face, le contre-champ.

**Composition :** manière dont sont disposés les éléments d'une image les uns par rapport aux autres.

**Couleurs :** sensations que produisent sur l'œil les radiations de la lumière. Les couleurs sont dites « chaudes » (rouge, orange...) ou « froides » (bleu, vert...). Les combinaisons des couleurs primaires (rouge, jaune, bleu) forment de très nombreuses nuances. Aux différentes couleurs sont associées des significations symboliques. Ex : le rouge est lié à la passion, à la violence, le blanc à la pureté...

**Découpage :** le découpage technique d'un film est un document qui donne, sous forme de colonnes, la succession des images plan par plan, avec l'indication des sons. C'est l'ultime phase de préparation avant le tournage du film. Le découpage donne la structure du film. Chez certains metteurs en scène, ce découpage peut prendre la forme d'un storyboard.

**Dessin :** représentation des formes et des contours d'un objet ou d'une figure, plutôt que leur couleur.

**Ébauche :** premier stade d'exécution d'une œuvre d'art.

**Esquisse :** première forme, traitée à grands traits et généralement en dimension réduite, d'une œuvre envisagée.

**Images fixes :** désigne un ensemble de représentations picturales comme une photographie, un tableau, une affiche, un dessin de presse, une publicité sur papier.

**Images mobiles :** images de cinéma, qui se succèdent et sur lesquelles les éléments représentés sont animés.

**Lignes (grandes) :** ensemble d'éléments géométriques (droites, courbes, diagonales, parallèles...) permettant de comprendre les grandes directions et la structure d'une représentation.

**Montage :** choix et assemblage raisonné des plans d'un film.

**Perspective :** technique de représentation en deux dimensions d'objets perçus dans la réalité en trois dimensions.

**Photogramme :** au cinéma, image isolée d'une série photographique enregistrée sur la pellicule d'un film.

**Plan :** façon de situer et de cadrer une scène ou un élément représenté : premier plan, arrière-plan ; au cinéma on parle de plan général ou plan d'ensemble (totalité d'un paysage), de plan moyen (plusieurs personnages en pied), de plan américain (personnage vu à mi-cuisse), de plan rapproché (personnage vu à hauteur de la taille), de gros plan (visage). Au cinéma le mot plan désigne aussi une suite continue d'images enregistrées par la caméra au cours d'une même prise.

**Point de fuite :** point d'un dessin en perspective où convergent des lignes qui seraient parallèles dans la réalité.

**Scénario :** canevas rédigé des différents épisodes d'un film. Le scénario comporte parfois des éléments de dialogue, mais pas de détails techniques de réalisation.

**Storyboard** (scénarimage en français) : sorte de bande dessinée réalisée par le metteur en scène, qui représente – par anticipation – les images du film selon le découpage technique. Ce procédé est utilisé par les metteurs en scène qui refusent l'improvisation. Le storyboard peut se confondre avec le découpage en fonction de son importance et de sa forme.

**Synopsis :** résumé rapide de l'argument d'un film.

**Travelling :** déplacement de la caméra sur un chariot lui-même placé sur des rails. Le travelling permet de saisir une image ou un mouvement en continu.

**Zoom :** objectif de caméra permettant le travelling optique, c'est-à-dire un effet de rapprochement ou d'éloignement de ce qui est perçu.

# Table des illustrations

14 ph © Gérard Blot / RMN / DR
17 ph © Staatliche Museen Kassel / Bridgeman-Giraudon
18 ph © Fitzwilliam Museum University of Cambridge / Bridgeman-Giraudon
21 ph © Bridgeman-Giraudon
22-28 ph © Collection Roger-Viollet
23 ph © Bulloz / RMN
24 ph © Bridgeman-Giraudon
27 ph © The Barnes Foundation Merion, Pennsylvanie / Bridgeman-Giraudon
32 © Adagp, Paris 2007
34 ph © Alinari / Bridgeman-Giraudon © Adagp, Paris 2007
37 ph © Akg-Images
38 ph © Bridgeman-Giraudon
40 ph © Archives Charmet / Bridgeman-Giraudon
43 Collection Kharbine-Tapabor
45 ph © PrimaArchivo / Leemage
46 ph © Michèle Bellot / RMN
48-49 ph © Musée des Arts d'Afrique et d'Océanie, Paris / Archives Charmet / Bridgeman-Giraudon
51 ph © Heritage Images / Leemage
53 ph © Daniel Arnaudet / RMN
56 ph © Archives Hatier
59 ph © Bridgeman-Giraudon
61 ph © Bulloz / RMN © Adagp, Paris 2007
62 ph © Museum of Fine Arts Boston / Bridgeman-Giraudon
64 ph © Lauros / Bridgeman-Giraudon © Adagp, Paris, 2007
67 ph © Akg-Images / DR
68-70 Collection Christophe L
69 ph © Pouzet / 20 Minutes / Sipa
73 ph © Raymond Depardon / Magnum
75 ph © Gilles Mermet / Akg-Images © Adagp, Paris 2007
78 ph © M. Bellot / RMN
79-81-82 ph © Bridgeman-Giraudon
88 ph © B. Hatala / RMN © Succession Picasso, 2007
89 ph © T. Le Mage / RMN © Succession Picasso, 2007
90 ph © Bridgeman-Giraudon © Adagp, Paris 2007
93 ph © Agnew's, London, UK / Bridgeman-Giraudon
94 ph © Whitworth Art Gallery, The University of Manchester, UK. / Bridgeman-Giraudon
97 ph © F. Raux / RMN
99 ph © J.-G. Berizzi / RMN
102 ph © CNAC / MNAM Dist. RMN © Adagp, Paris 2007
106-120 ph © Bridgeman-Giraudon © 2005 Mondrian / Holtzman Trust c/o HCR International – hcr@hcrinternational.com
109 ph © Withworth Art Gallery, the University of Manchester, UK / Bridgeman-Giraudon
110 ph © Bridgeman-Giraudon
113 ph © Archives Charmet / Bridgeman-Giraudon
122 ph © Akg-Images
125 ph © Lauros / Bridgeman-Giraudon
126 ph © Archives Hatier
128 ph © Bridgeman-Giraudon
131 ph © Akg-Images © Adagp, Paris 2007
133 ph © J.-L. Charmet / Archives Hatier © Adagp, Paris 2007
135 ph © Lefevre Fine Art Ltd, London / Bridgeman-Giraudon © Adagp, Paris 2007
136 ph © Archives Charmet / Bridgeman-Giraudon
138 ph © Bridgeman-Giraudon © Adagp, Paris 2007
140 ph © H. Lewandowski / RMN
143 ph © Lauros / Bridgeman-Giraudon
145-146 ph © Ph. Coqueux / Specto
148-150 ph © Marc Enguerand / Agence Enguerand-Bernand
153 ph © Bridgeman-Giraudon
155 ph © Jacques Noël © Adagp, Paris 2007
158 ph © Collections de la Comédie Française © Adagp, Paris 2007
159-161 ph © Bernand / Agence Enguerand-Bernand
163 ph © Agence Enguerand-Bernand
164 ph © Archives Hatier / DR
166 ph © BnF, Paris © Adagp, Paris 2007
172 ph © S. Steinberger / Agence Enguerand-Bernand
175 ph © Ph. Coqueux / Specto
177 ph © Brigitte Enguerand / Agence Enguerand-Bernand
179 ph © R. Senera / Agence Enguerand-Bernand
183 ph © Alinari / Bridgeman-Giraudon
184 ph © Lauros / Bridgeman-Giraudon
185-186 ph © Bridgeman-Giraudon
189 ph © The Art Archive / Fondation Dosne-Thiers Coll. F. Masson / G. Dagli Orti
190 ph © Bridgeman-Giraudon
192 ph © Archives Charmet / Bridgeman-Giraudon © Adagp, Paris 2007 © éd. Gallimard
195 ph © J.-C. Planchet / Photo CNAC / MNAM Dist. RMN © Succession Picasso 2007
197 ph © Collection Roger-Viollet
199 ph © Éditions Mercure de France
201 ph © R. G. Ojeda / RMN
203 ph © ARJ / Photos12
204 ph © G. Dagli Orti
206 ph © Bridgeman-Giraudon
209 ph © Archives Charmet / Bridgeman-Giraudon © Adagp, Paris 2007
211 ph © Collection Danièle Allegret
213 ph © Collection Roger-Viollet © Adagp, Paris 2007
214 ph © J.-P. Laffont / Sygma / Corbis
218 g-d ph © Lucian Freud / Bridgeman-Giraudon
224 ph © Sotheby's / Akg-Images
227 ph © Collection Roger-Viollet
228 ph © R. G. Ojeda / RMN
231 ph © The Stapleton Collection / Bridgeman-Giraudon
233 ph © Leeds Museums and Art Galleries (Temple Newsam House) / Bridgeman-Giraudon
234 ph © Archives Charmet / Bridgeman-Giraudon
236 ph © Bridgeman-Giraudon © Adagp, Paris 2007
239 ph © Lauros / Bridgeman-Giraudon © Adagp, Paris 2007
241 ph © D. Reymon / UNEP / Still Pictures / BIOS
242-244 ph © H. Lewandowski / RMN
245 ph © Bridgeman-Giraudon
247 ph © Bridgeman-Giraudon © Succession Picasso, Paris 2007
248 Collection Jonas / Kharbine-Tapabor
249 ph © Archives Hatier
251 ph © Archives Charmet / Bridgeman-Giraudon
252 Collection Kharbine-Tapabor © Adagp, Paris 2007
253 Collection Kharbine-Tapabor
254 ph © G. Blot / RMN
256-257 © Éditions de La Table Ronde, 1962 © Adagp, Paris 2007
258 ph © Adagp, Paris 2007
261 ph © Saint-Pétersbourg, Institut d'Études Orientales
263 ph © Bridgeman-Giraudon
265 ph © Jean-Louis Nou / Akg-Images
268 Collection Jonas / Kharbine-Tapabor
271 ph © The Stapleton Collection / Bridgeman-Giraudon
272 ph © Bridgeman-Giraudon
273 ph © René-Gabriel Ojeda / RMN
275 h-b ph © BnF, Paris
276 g ph © BnF, Paris
276 d © Éditions Flammarion, coll. « GF », 1966
278-281 ph © Bernand / Agence Enguerand-Bernand

Achevé d'imprimer par Grafica Editoriale Printing à Bologne - Italie
dépôt légal n° 86420 - Août 2007

283 ph © Marc Enguerand / Agence Enguerand-Bernand
285 ph © M. Bellot / RMN
287 ph © Bridgeman-Giraudon
289 Collection Christophe L
291 ph © Bridgeman-Giraudon
295 ph © Akg-Images
296 ph © Bulloz / RMN
298 ph © E. Lessing / Akg-Images
301 ph © The Art Archive / Musée civique / G. Dagli Orti
303 ph © Bridgeman-Giraudon
306 ph © The Art Archives / Musée Granet / G. Dagli Orti
307 ph © The Art Archives / Musée de l'Art sanitaire / G. Dagli Orti
311-315 ph © Bridgeman-Giraudon
313 ph © Akg-Images
317 ph © R. G. Ojeda / RMN
319 ph © The Art Archive / Chapelle du palais Medici Riccardi / G. Dagli Orti
321 ph © The Art Archive / Musée municipal / G. Dagli Orti
323 ph © The Art Archive / Château / G. Dagli Orti
326-328 ph © Bridgeman-Giraudon
331 ph © The Art Archive / Bibliothèque capitulaire / G. Dagli Orti
334-337 ph © Bridgeman-Giraudon
339-341 ph © E. Lessing / Akg-Images
344 ph © Artothek
347-348 ph © BnF, Paris
349 ph © Bridgeman-Giraudon
350 ph © J. Schormans / RMN
351 ph © J.-G. Berizzi / RMN
352 ph © BnF, Paris
354 ph © Bridgeman-Giraudon
356-361 ph © G. Blot / RMN
359 ph © C. Jean / RMN
364 ph © J. Arnaudet / RMN
367 ph © Archives Charmet / Bridgeman-Giraudon
369 ph © F. Raux / RMN
370 ph © Bridgeman-Giraudon
372 ph © D. Arnaudet / G. Blot / RMN
377 ph © G. Blot - J. Schormans / RMN
379 ph © The Stapleton Collection / Bridgeman-Giraudon
380-383 ph © Bridgeman-Giraudon
384 g ph © Droits Réservés / RMN
384 d ph © G. Blot / RMN
387 ph © G. Blot / RMN
389 ph © R. G. Ojeda / RMN
391 ph © H. Lewandowski / RMN
393 ph © G. Blot / RMN
397 ph © J. Schormans / RMN
398 ph © Bridgeman-Giraudon
400 ph © Droits Réservés / RMN
402 ph © G. Blot / RMN
403 ph © C. Jean / RMN
405 ph © Bridgeman-Giraudon
407-409 ph © Archives Charmet / Bridgeman-Giraudon
411 ph © The Art Archive / Château / G. Dagli Orti
413 ph © F. Raux / RMN
417 ph © G. Blot / RMN
419 ph © Bridgeman-Giraudon
420 ph © R. G. Ojeda / RMN
422 ph © Archives Charmet / Bridgeman-Giraudon
425-430 ph © Bridgeman-Giraudon
427 ph © Akg-Images
433 ph © D. Arnaudet / RMN
436 ph © Erró © Adagp, Paris 2007
438 ph © G. Blot / RMN
439 ph © Lauros / Bridgeman-Giraudon
442-443 © Éditions de La Table Ronde, 1962 © Adagp, Paris 2007
445 ph © Akg-Images
447 Collection Kharbine-Tapabor
449 ph © E. Lessing / Akg-Images ©The Munch-Museum – The Munch-Ellingsen Group – Adagp, Paris 2007
451 ph © Agence Enguerand-Bernand
454 ph © Sotheby's / Akg-Images
457 © 2005-Les Éditions Albert René / Goscinny – Uderzo.
460 h ph © H. Lewandowski / RMN
460 b ph © RMN © Succession Picasso, 2007
463 ph © Archives Charmet / Bridgeman-Giraudon
464-465 © 2004 - Guy Delcourt Productions — Mazan
467 ph © M. Franck / Magnum
470 ph © Warner Bros / The Kobal Collection
473 © Claude Chabrol
475 Collection Christophe L
479-480 © Avec l'aimable autorisation du magazine Nous Deux
481 Collection Kharbine-Tapabor
483-484 © Battaglia – Éditions Mosquito
487 g ph © Bridgeman-Giraudon
487 d Collection Christophe L
490 h ph © The Stapleton Collection / Bridgeman-Giraudon
490 b ph © P. Willi / Bridgeman-Giraudon
491 h ph © The Art Archive / Archives des Indes / G. Dagli Orti
491 b ph © Bridgeman-Giraudon
492 h ph © The Art Archive / Musée du Louvre / G. Dagli Orti
492 b ph © The Art Archive / Musée national / G. Dagli Orti
493 h ph © The Art Archive / Musée cantonal des Beaux-Arts / G. Dagli Orti
493 b ph © The Art Archive / Château / G. Dagli Orti
494 h ph © The Art Archive / Musée du Prado / G. Dagli Orti
494 b ph © G. Blot / RMN
495 h ph © The Art Archive / Galerie Borghèse / G. Dagli Orti
495 b ph © G. Blot / RMN
496 h ph © Akg-Images
496 b ph © Archives Charmet / Bridgeman-Giraudon
497 h ph © Lauros / Bridgeman-Giraudon
497 b ph © Bridgeman-Giraudon
498 ph © Lauros / Bridgeman-Giraudon
499 h-b ph © Bridgeman-Giraudon
500 h ph © H. Lewandowski / RMN
500 b ph © The Art Archive / Musée Carnavalet / G. Dagli Orti
501 h ph © The Stapleton Collection / Bridgeman-Giraudon
501 b ph © Bridgeman-Giraudon
502 h ph © D. Arnaudet / G. Blot / RMN
502 b ph © G. Blot / RMN
503 h-b ph © Bridgeman-Giraudon
504 h ph © Bridgeman-Giraudon © Adagp, Paris 2007
504 b ph © H. Lewandowski / RMN
505 h ph © Bridgeman-Giraudon
505 b ph © H. Lewandowski / RMN © Adagp, Paris 2007
506 h ph © Akg-Images
506 b ph © Akg-Images © Adagp, Paris 2007
507 ph © Akg-Images © Salvador Dalí, Fondation Gala – Salvador Dalí / Adagp, Paris 2007
508 h ph © E. Lessing / Akg-Images © Adagp, Paris 2007
508 b ph © Akg-Images © 2007 Andy Warhol Foundation for the Visual Arts – Adagp, Paris
509 h ph © Collection Roger-Viollet
509 b ph © H. Yamaguchi / Corbis Sygma

## XIXe

1800 — 1850

| I<sup></sup>re République, Directoire et Consulat (1792-1804) | Premier Empire (1804-1814) | Restauration (1815-1830) | Monarchie de juillet (1830-1848) | IIe République (1848-1852) | Second Empire (1852-1870) | IIIe R… (1… |
|---|---|---|---|---|---|---|

### HISTOIRE ET POLITIQUE

**1804** Code civil
**1805** Austerlitz
**1812** Campagne de Russie
**1815** Les Cent-jours Waterloo
**1822** Lois contre la presse
**1823** Guerre d'Espagne
**1828** Abolition de la censure
**1830** Conquête de l'Algérie
**1831** Révolte des canuts de Lyon
**1841** Loi limitant le travail des enfants
**1848** Révolution Suffrage universel
**1848** Abolition de l'esclavage
**1851** Coup d'État de Louis-Napoléon Bonaparte
**1854** Guerre de Crimée
**1859** Campagne d'Italie
**1859-1869** Construction du canal de Suez
**1864** Droit de grève
**1864** Ire Internationale
**1870** Guerre franco-prussienne
**1871** Commune de Paris
**1881-1882** Lois Ferry sur l'école
**1889** IIe Internationale
**1894-190…** Affaire Dreyfus
**1895** Créatio… de la C…
**1898** Zola *J'accu…*

### SCIENCES

**1814** Stephenson Première locomotive
**1816-1829** Niépce Première photographie
**1828** Première ligne de chemin de fer
**1853-1869** Haussmann Rénovation de Paris
**1859** Darwin *Origine des espèces*
**1862** Moteur à explosion
**1865** Claude Bernard *Introduction à l'étude de la médecine expérimentale*
**1876** Bell Invention du téléphone
**1877** Edison Invention du phonographe
**1883** 1re automobile à essence
**1885** Pasteur Vaccination contre la rage
**1889** Exposition universelle à Paris (tour Eiffel)
**1895** Premier fil… des frères Lumière
**1896** Becquere… Découver… de la radi… activité

### ARTS

**1801** Haydn *Les Saisons*
**1808** Beethoven *Symphonie pastorale*
**1814** Goya *Tres de Mayo*
**1824** Delacroix *Les Massacres de Scio*
**1832-1835** Chopin *Nocturnes*
**1836** E. de Girardin, journal *La Presse*
**1843** Wagner *Le Vaisseau fantôme*
**1853** Verdi *La Traviata*
**1862** Ingres *Le Bain turc*
**1874** Première exposition des impressionnistes
**1880-1906** Rodin *Le Penseur*

### Mouvements

Romantisme
Le Parnasse
Réalisme
Symbolisme
Naturalisme

### Auteurs

**J. von Goethe** 1749-1832
**F.-R. de Chateaubriand** 1768-1848
**Stendhal** 1783-1842
**J. & W. Grimm** 1785-1863 / 1786-1859
**G. Byron** 1788-1824
**A. de Lamartine** 1790-1869
**J. Keats** 1795-1821
**H. de Balzac** 1799-1850
**V. Hugo** 1802-1885
**A. Dumas** 1802-1870
**G. Sand** 1804-1876
**A. Bertrand** 1807-1841
**G. de Nerval** 1808-1855
**E. A. Poe** 1809-1849
**A. de Musset** 1810-1857
**C. Dickens** 1812-1870
**H. Melville** 1819-1891
**G. Flaubert** 1821-1880
**C. Baudelaire** 1821-1867
**F. Dostoïevski** 1821-1880
**E. & J. de Goncourt** 1822-1896 / 1830-1870
**J. Verne** 1828-1905
**A. Tolstoï** 1828-1910
**J. Vallès** 1832-1885
**É. Zola** 1840-1902
**S. Mallarmé** 1842-1898
**H. James** 1843-1916
**P. Verlaine** 1844-1896
**T. Corbière** 1845-1875
**G. de Maupassant** 1850-1893
**P. Loti** 1850-1923
**J.-K. Huysmans** 1848-1907
**A. Rimbaud** 1854-1891
**O. Wilde** 1854-1900
**J. Laforgue** 1860-1887